Karl-May-Weltkarte, Amerika
Die Ziffern bezeichnen die Handlungsorte der Karl-May-Bände 1-82
90
60
30
0
30
90
60
30

KARL MAY'S GESAMMELTE WERKE

BAND 71

OLD FIREHAND

KARL-MAY-VERLAG
BAMBERG · RADEBEUL

OLD FIREHAND

UND ANDERE ERZÄHLUNGEN
VON
KARL MAY

352. TAUSEND

KARL-MAY-VERLAG
BAMBERG · RADEBEUL

INHALT

Die vorliegenden Erzählungen spielen in nicht eindeutig bestimmbaren Jahren des 19. Jahrhunderts. Die am Beginn jeder der Geschichten in Klammern abgedruckte Jahreszahl bezeichnet die Zeit der ersten Veröffentlichung.

Herausgegeben von Roland Schmid

Deckelbild: Roy Paul Drake

Druck: Fuldaer Verlagsagentur

ISBN 3-7802-0071-6

Mit diesem Sammelband wird dem Bedürfnis vieler Leser und dem immer wiederholten Wunsch an den Karl-May-Verlag Rechnung getragen, auch die Urfassungen der abenteuerlichen Geschichten im Rahmen der Gesammelten Werke zu veröffentlichen, soweit sich deren Texte wesentlich von den später erschienenen Reiseerzählungen, Novellen usw. unterscheiden. Zum Teil war jahrzehntelange, mühevolle Suche nötig, die wirklichen Erst-Abdrucke ausfindig zu machen. So fand sich der Jahrgang 1877/1878 der Zeitschrift ‚Frohe Stunden' mit der sechsten bis zehnten Erzählung des vorliegenden Buches hinter einem Regal der Bibliothek Karl Mays, als diese 1960 für das damalige Karl-May-Museum in Bamberg erworben werden konnte. Ein ähnlich glücklicher Umstand, von dem im Nachwort die Rede sein wird, erbrachte den Beweis, dass Karl May auch der Verfasser der am Ende abgedruckten Texte ist. Im Nachwort wird ferner auch über die Textparallelen berichtet. Vorweg sei aber darauf hingewiesen, dass der Leser sich nicht über zum Teil erhebliche Widersprüche zu den übrigen Werken Karl Mays wundern darf; als der Schriftsteller diese seine Erstlingswerke verfasste, konnte er nicht ahnen, welch gewaltigen Umfang später sein Gesamtschaffen erreichen sollte und dass die von ihm gestalteten Helden eine so große Beliebtheit bei den Lesern erlangen würden, dass er, der Autor, immer neue Abenteuer dieser Helden zu ersinnen nachgerade gezwungen sein könnte. Aus dieser Sicht ist es begreiflich, dass in der Titelerzählung zum Beispiel Old Firehand, Dick Stone und Will Parker ihren Tod finden, dass das berichterstattende ‚Ich' noch nicht Old Shatterhand oder Kara Ben Nemsi heißt und besonders dass Winnetou noch ganz und gar nicht der edle, junge Häuptling der Apatschen – May verwandte hier noch die Schreib-

art ‚Apachen' – ist, wie ihn die Leser aus späteren Reiseerzählungen kennen. Aber gerade solche Widersprüche machen die Lektüre besonders reizvoll, abgesehen davon, dass alle diese Geschichten romantische Frische und jugendliche Unbekümmertheit eines hochtalentierten Erzählers verraten. Manche tastende Schwäche des Beginnenden wird ausgeglichen durch ein instinktsicheres Formgefühl, das bei einigen der weit berühmteren späteren Werke nicht mehr so ausgeprägt erkennbar ist.

Hin und wieder kann man Anklänge an literarische Vorbilder feststellen, von denen sich Karl May im Laufe seiner künstlerischen Entwicklung mehr und mehr freizumachen wusste. So steht der junge Schriftsteller bei der erlebnishaften Gestaltung unverkennbar noch unter dem nachhaltigen Eindruck des großen französischen Meistererzählers Gabriel Ferry, so nimmt man bei näherem Hinsehen erstaunt die deutliche Verwandtschaft der Nil-Novelle ‚Die Rose von Kahira' mit Wilhelm Hauffs ‚Die Errettung Fatmes' aus dem Märchenzyklus ‚Die Karawane' wahr, so gemahnen Novellen wie ‚Die Rache des Ehri' an die Südsee-Erzählungen von Friedrich Gerstäcker.

Diesen und anderen Vorbildern folgend, hielt sich May zu Beginn seiner Schriftstellerlaufbahn da und dort auch an die realistisch harte Darstellungsweise; solche Züge, die übrigens durchweg der historischen Wirklichkeit des ‚Far West' entsprechen, machten bei fortschreitendem Schaffen der wohltuenden Gesinnung tiefer, verstehender Menschlichkeit Platz, die ganz besonders die Alterswerke Karl Mays auszeichnet.

INN-NU-WOH

der Indianerhäuptling

(1875)

Die Jahreszeit, in welcher der Gelbe Jack und das Schwarze Fieber den Aufenthalt in New-Orleans für den Weißen gefährlich machen, war eingetreten, und wer nicht von der eisernen Notwendigkeit festgehalten wurde, der beeilte sich, die dünsteschwangere Atmosphäre des unteren Mississippi zu verlassen und die Niederungen des Stromes mit höher gelegenen Orten zu vertauschen.

Die vorsichtige Aristokratie der Stadt hatte sich längst unsichtbar gemacht. Einige, die aus Rücksicht auf ihr Geschäft noch zurückgeblieben waren, beeilten sich fortzukommen; denn schon erzählte man sich von mehreren plötzlichen Sterbefällen und auch ich hatte meine wenigen Habseligkeiten zusammengepackt und stand, das Dampfboot erwartend, am Landeplatz, um nach St. Louis zu gehen, wo Verwandte meiner Ankunft warteten.

Ned, der alte, grauköpfige Neger, der als Faktotum meines Hotels mir seine besondere Zuneigung geschenkt und jetzt den Koffer getragen hatte, lehnte neben mir an einem der Eisenkrane, die bestimmt sind, die ungeheuersten Lasten an und von Bord zu heben, und machte mit grinsendem Zähnefletschen seine drolligen Bemerkungen über die verschiedenartigen Gestalten, die geschäftig um uns wogten. Da plötzlich packte er mich am Arm und gab mir eine andere Stellung, sodass ich den Blick nach rückwärts werfen musste.

„Sehen Master dort Indian?"

„Welchen? Meinst du den finsteren Kerl, der gerade auf uns zusteuert?"

„Yes, yes, Master! Kennen Master Indian?"

„Nein."

„Indian sein groß Häuptling von Sioux, heißen Inn-nu-woh, sein best' Schwimm' in United States."

„So, dazu gehört viel."

„Well, well, Sir; aber so sein, actually so sein!"

Ich entgegnete nichts und sah mir den Mann, der jetzt in stolzer Haltung an uns vorüberschritt, genau an. Sein Name war mir nicht unbekannt, oft sogar hatte ich von ihm erzählen hören, aber immer an der Wahrheit der wunderbaren Geschichten, die über seine Fertigkeit und Ausdauer im Schwimmen kursierten, gezweifelt. Er war von nicht gar zu hoher Gestalt, aber der Bau seines gedrungenen Körpers und insbesondere die Breite seiner Brust machten mich in meinem bisherigen Unglauben doch etwas wankend.

In diesem Augenblick kam eine offene Equipage, in der ein ältlicher Herr und eine junge verschleierte Dame saßen, dahergerollt. Mit etwas ungewöhnlicher Rücksichtslosigkeit drängte der reich gallonierte Kutscher das Geschirr durch die Menge und knallte mit der Peitsche um die Ohren der im Wege Stehenden. Erschrocken fuhren die Leute auseinander und nur der Indianer schritt ruhig weiter und wich kein Haar breit von seiner ursprünglichen Richtung ab. War ja doch zur Seite Platz genug für den herrschaftlichen Wagen, der ebenso gut drüben auf dem kurzen Setzpflaster wie hier auf den glatten, breiten Quadern fahren konnte.

„Weg da vorn, Rothaut, oder bist du etwa taub?", rief der Rosselenker, und als der Angeredete trotz des lauten und barschen Zurufes ohne sich umzudrehen seinen Weg fortsetzte, fuhr er, die Peitsche schwingend, fort: „Troll dich beiseite, Nigger, oder meine Peitsche zeigt dir den Weg!"

Obgleich das Wort Nigger die größte Beleidigung für einen Indianer enthält, schien der Voranschreitende diese doch nicht zu beachten, sondern ging langsam weiter. Da knallte die Peitsche, und ihr Riemen strich dem roten Mann gerade über das Gesicht, sodass die Spuren des Hiebes sofort zu bemerken waren. In demselben Augenblick aber stand der Getroffene auch schon auf dem Bock, riss dem ungezogenen Burschen mit einem von unten nach oben geführten Hieb Lippe und Nase auf, hob ihn dann vom Sitz und schmetterte ihn mit solcher Wucht herunter auf die Steinplatten, dass er alle viere von sich streckte und lautlos liegen blieb.

Diese Bewegungen waren so schnell geschehen, dass der im Wagen sitzende Herr nicht Zeit hatte, seinem Untergebenen zu Hilfe zu kommen; jetzt aber riss er einen Revolver aus der Tasche, und ihn auf den Indianer richtend, rief er:

„Zounds, Kanaille, das ist für dich, wenn er nicht in einer Minute wieder auf dem Bock sitzt!"

Ohne mit der Wimper zu zucken oder eine Miene zu verziehen, nahm der Bedrohte die Büchse von der Schulter, legte sie auf den Yankee an, und ganz gewiss wäre es zwischen den beiden zu einer ernsten Tat gekommen, wenn sich nicht einige schnell hinzugetretene Konstabler dazwischengestellt und durch ihr Bitten den Besitzer der Equipage bewogen hätten, die Waffe an sich zu nehmen.

„Bitte, fahrt weiter, Sir", mahnte der eine von ihnen. „Euer Kutscher hat sich erhoben und wird wohl, das zerrissene Gesicht abgerechnet, keinen Schaden genommen haben. Der Unvorsichtige musste wissen, dass nach den Gesetzen der Indianer ein Schlag nur mit dem Tod gesühnt werden kann."

Nach Art und Weise der Amerikaner, die sich nie in die Händel anderer mischen und ihr Interesse an einem Streit nur dadurch betätigen, dass sie Raum zum Ausfechten geben, hatten die Umstehenden einen Kreis um den Wagen gebildet, um zu sehen, wie die interessante Begebenheit enden werde; als jedoch in diesem Augenblick die schrille Pfeife des herandampfenden Steambootes ertönte und der wieder aufgestiegene Kutscher auf den drängenden Zuruf seines Herrn das Gespann in der Richtung nach der Landungsbrücke leitete, löste sich der Kreis schnell auf und ein jeder beeilte sich, auf dem Boot einen guten Platz zu erobern.

Es war nicht der gewöhnliche und äußerst komfortabel eingerichtete Passagierdampfer, sondern eines jener riesigen Paketschiffe, die man zur Personenbeförderung nur ausnahmsweise und meist dann benutzt, wenn bei Beginn der Fieberzeit der Andrang der Reisenden schwer zu bewältigen ist. Deshalb entbehrte das Fahrzeug alle jene Bequemlichkeiten, mit denen sich der Yankee das Reisen weniger beschwerlich macht, und die Passagiere mussten Platz nehmen, wo und wie sie ihn fanden.

Ich erstieg, nachdem sich mein Neger verabschiedet hatte, einen Haufen Warenballen, der eine Reihe viereckiger Kästen flankierte, die sich fast über das ganze Deck hinzog. Da oben hatte ich nun eine freiere Aussicht als unten; auch strich mir die Luft merklicher um die Stirn, und rechnete ich dazu die Ungeniertheit, mit der ich mich hier ausstrecken konnte, so war mein Platz ganz prächtig.

Umschau haltend, gewahrte ich, dass sowohl der Besitzer der Equipage mit seiner Dame als auch der Indianer anwesend waren. Der Weiße gehörte jedenfalls den höchsten Ständen an und benutzte das Packboot nur, um so rasch wie möglich dem gefährlichen Boden zu entkommen, und der Indianer hatte vielleicht seinen Vorrat an Häuten in der Stadt verkauft und ging in die Prairie zurück, um seinen Stamm zu neuen Jagden und Abenteuern zu führen. Auch ihm mochte es da unten im Gedränge zu unbehaglich und schwül werden; er kletterte empor und nahm, um mir meinen Sitz nicht streitig zu machen, auf dem ersten der Kästen Platz, von denen ich vorhin sprach.

Kaum aber hatte er sich niedergesetzt, als ein Laut die Luft erschütterte, so tief, so grollend, so dröhnend und erschütternd, dass sämtliche Passagiere emporsprangen und sich entsetzt nach der Ursache dieses fürchterlichen Brüllens umschauten. Nur Inn-nu-woh war ruhig sitzen geblieben, obgleich die Töne gerade unter seinem Sitz erklungen waren. Kein Zug seines braunen, unbeweglichen Gesichtes verriet eine auch nur leise Spur von Überraschung oder gar Bestürzung und die erschrockenen Leute auf dem Deck schien er keines auch nur halben Blicks für wert zu halten.

Da öffnete sich eine Luke, aus der ein Mann stieg, bei dessen Anblick mir jenes Brüllen sofort erklärlich wurde. Ich hatte ihn in Boston, New York und später auch in Charleston gesehen und mit ihm so ziemlich innige Bekanntschaft geschlossen. Es war Forster, der berühmte Tierbändiger, der damals mit seiner Menagerie die bedeutenderen Städte der Vereinigten Staaten besuchte und überall, wohin er kam, durch die Macht, die er über die wildesten Bestien hatte, das bedeutendste Aufsehen erregte.

Die Kästen gehörten ihm und enthielten die Käfige seiner zoologischen Untergebenen. Der Indianer hatte auf dem Sommerlogis des Löwen Platz genommen, ihn durch das dabei verursachte Geräusch aus der Siesta aufgeschreckt und zu jenem zornigen Brüllen veranlasst, das Forster gehört hatte, der nun natürlich herbeigeeilt kam, um sich über den Grund aufzuklären.

In dem vorsichtigen Europa würde man sich allerdings sehr hüten, einer kompletten Menagerie Platz auf einem Boot zu gewähren, das die Bestimmung hat, Reisende zu befördern. Der Amerikaner aber ist selbst in solchen Dingen weniger schwierig. In dem Land, das er bewohnt, hat die Gefahr ihre Heimat, man ist vertraut mit ihr, man kennt ihre verschiedenen Gestalten, man achtet sie, aber man fürchtet sie nicht, und da man gewohnt ist, den vierfüßigen Bewohnern der Wildnis in Urwald und Prairie kühn und furchtlos entgegenzutreten, so scheut man sich natürlich wenig, ihnen außerhalb der Wildnis, wenn sie sich in gezähmten Zustand befinden, zu begegnen.

Nur das Unerwartete hatte die Reisenden erschreckt. Als man jetzt die Bestimmung der zahlreichen Kästen begriff, lachte man über die Furcht, die man gezeigt hatte, und bat den Besitzer der Tiere, die Umhüllung der Käfige zu lüften.

„Well, ich habe nichts dagegen, wenn es euch Spaß macht, Ladys und Gentlemen; ein wenig frische Luft wird den Kreaturen wohl tun. Aber fragt den Kapitän; auf eigene Faust darf ich es nicht tun!“, antwortete er und wandte sich dann an den Indianer.

„Wollt Ihr nicht so gut sein und von Euerm Thron steigen, Mann? Der Löwe ist König und mag nicht gern jemanden über sich leiden!“

Der Angerufene machte, ohne die Lippen zu öffnen, durch eine leichte, abweisende Handbewegung bemerklich, dass es ihm hier oben ganz gut gefalle und er nicht die Absicht habe, seinen Platz zu verlassen.

„Nun gut; mir soll es recht sein. Aber beklagt Euch nicht, wenn Euch etwas Ungemütliches passiert!“

Jetzt brachte man den Kapitän herbei, der nach einigem Zögern die Erlaubnis gab, die Käfige auf einer Seite von den Bretterwänden zu befreien. Mit Hilfe der Tierwärter war dies bald geschehen, und da Forster diese Gelegenheit gleich zur Fütterung der Tiere benutzen wollte, so war den Zuschauern bald ein höchst interessantes und unterhaltendes Schauspiel geboten.

Die Sammlung bestand aus meist wirklich prachtvollen Exemplaren und ganz besonders war es ein bengalisches Königstigerweibchen, das die allgemeine Aufmerksamkeit in Anspruch nahm. Das Tier war erst vor kurzem gefangen, von Indien nach Amerika gebracht und von seinem jetzigen Besitzer gekauft worden. Noch ungezähmt und in der freien Wildnis aufgewachsen, bot es einen imposanten Anblick dar und riss durch den Bau seiner gewaltigen Glieder, die urkräftige Geschmeidigkeit seiner Bewegungen und den markerschütternden Ton seiner Stimme zu lauten Ausrufen der Bewunderung hin.

„Geht Ihr auch in diesen Käfig, Sir?", fragte einer der Umstehenden den Tierbändiger.

„Warum nicht? Von außen ist die Bestie nicht zu zähmen; man muss hinein, wenn man ihr Respekt einflößen will."

„Aber Ihr riskiert dann jedes Mal das Leben."

„Das habe ich schon tausendmal getan und bin es also gewohnt. Übrigens bin ich nicht unbewaffnet; ein Hieb mit diesem Totschläger betäubt, wenn er kräftig geführt wird und richtig trifft, das stärkste Tier. Aber ich brauche ihn wenig; die Macht eines echten und rechten Bändigers liegt ganz woanders. Zuweilen trete ich ohne jede Waffe in die Käfige."

„Aber in diesen hier würdet Ihr Euch nicht so wagen."

„Wer sagt Euch das?"

„Nein, das wagt Ihr nicht zu tun!", meinte näher tretend der Besitzer der Equipage, der bisher abgesondert von den Übrigen die Käfige besehen hatte, während seine Begleiterin, sich vor deren Insassen scheuend, nach dem Vorderteil des Schiffes gegangen war und dort über die Sprietverkleidung hinweg in das Wasser sah, das rauschend am Bug emporschäumte. „Ich wollte wohl tausend Dollar für meine Behauptung setzen!"

Der Amerikaner hat eine Leidenschaft für Wetten, und wo sich ihm eine Gelegenheit dazu bietet, lässt er sie sicher nicht vorübergehen.

„Ihr seid unvorsichtig, Sir!", antwortete Forster. „Seht, wie ruhig und furchtlos der Indianer da auf dem Käfig des numidischen Löwen sitzt. Glaubt Ihr wirklich, dass ich, der Besitzer dieser Tiere, weniger Mut habe?"

„Pshaw!", machte der Yankee mit verächtlicher Handbewegung. „Bei diesem Menschen ist es nicht Mut, sondern Ignoranz, Dummheit. Hätte er ein Verständnis für das Gefährliche seiner Lage, so würde er bald hier unten bei uns stehen oder sich in irgendeinen Winkel verkriechen. Er kennt ja den Löwen gar nicht. Diese roten Halunken verstehen nur, den Feind zu beschleichen und ihn dann nächtlicherweile und hinterrücks zu überfallen. Aber einer Gefahr offen und frei in das Auge zu schauen, dazu fehlt ihnen nichts weniger als alles."

Inn-nu-woh verstand jedes dieser Worte; aber die Züge seines scharfgeschnittenen Gesichtes blieben unbeweglich und kein Glied seines Körpers rührte sich zu einer wenn auch noch so leisen Bewegung.

„Ihr irrt Euch in dem Indianer ebenso wie in mir. Wer die Völker der Prairien so kennen gelernt hat wie ich, der hat sie zugleich achten gelernt."

„Macht Euch nicht lächerlich vor dieser ehrenwerten Gesellschaft! Lasst dort nur das Stachelschwein heraus und ich bin überzeugt, dass er sofort vor lauter Angst in den Fluss springen wird, sobald er es in Freiheit sieht. Diese Kanaillen sind ebenso feig, wie sie grausam zu sein verstehen. Aber wir kommen von unserer Wette ab."

„Ich halte sie. Kapitän, Ihr seid Zeuge!"

„Das bin ich; aber ich werde nicht zugeben, dass Ihr zu dem Tiger geht, denn ich habe die Verantwortung, wenn an Deck ein Unfall passiert."

„Ihr werdet keinem freien Amerikaner verbieten können, mit seinem Eigentum zu tun, was ihm beliebt. Und was den Unfall betrifft, so könnte er doch nur mir allein begegnen, und da bin ich doch wohl Manns genug, Sir, die Verantwortung selbst zu tragen; oder meint Ihr nicht?"

Der Kapitän war selbst Yankee genug, um nicht Interesse für eine solche Wette zu haben, und da er mit der ausgesprochenen Warnung seine Pflicht getan zu haben glaubte, so antwortete er:

„Wenn Ihr die Folgen auf Euch nehmt, so kann ich nichts dagegen haben. Tut also, was Ihr wollt!"

„Tretet zurück, ihr Leute!", befahl Forster und übergab dem Kapitän die mit dem Totschläger versehene Peitsche. Dann näherte er sich mit festen, sicheren Schritten dem Käfig und schob, das Auge groß und voll auf das Tier gerichtet, den Riegel zurück.

Die Tigerin hatte sich im Hintergrund des engen Raumes niedergeduckt und lag, den Kopf auf den Vorderpranken, mit an der Wand emporstrebendem Schwanz und blinzelnden Augen am Boden. Als der Bändiger sich der Tür nahte, riss sie das Auge auf und richtete es auf ihn; dann verengte sich die Pupille immer mehr und mehr; die Tatzen wurden gekrümmt und an den Körper gezogen; der hintere Teil des Tieres erhob sich leise und fast unmerklich; in dem Augenblick, in welchem der Riegel klang, flog ein kurzes Zittern über das weiche, schöngezeichnete Fell und im nächsten Moment donnerte ein Entsetzen erregender Laut zwischen den Eisenstäben hervor. Forster lag mit halb aus der Schulter gerissenem Arm blutend am Boden und das frei gewordene Tier schnellte in mächtigen Sätzen über das Deck hin.

Ein allgemeiner Schrei des Entsetzens erfüllte die Luft und jeder suchte sich zu retten. Es war eine Minute der größten Todesangst und Verwirrung. Die Menschen stürzten übereinander den Luken, Winkeln, Masten und Strickleitern zu und die Tiere erhoben ein solches Geheul, dass sogar das Keuchen der Maschine unhörbar wurde.

Ich war wieder auf die Ballen gesprungen, die ich vorhin verlassen hatte, und blieb da oben, vor Grausen unbeweglich; denn da vorn, gerade vor mir, sah ich das arme Mädchen unrettbar verloren an der Reling stehen. Die Tigerin hatte ihren Lauf gerade auf sie zu genommen und duckte sich, kaum noch sieben bis acht Schritte von ihr entfernt, zum verderblichen Sprung nieder. Das Gesicht des Mädchens war todesbleich und starr; mit ausgestreckten Armen stand sie da, keiner Bewegung fähig, und in der nächsten Sekunde musste sie verloren sein.

Da sprang mit katzenhafter Behändigkeit eine Gestalt an mir vorüber, von dem Ballen hinunter, voltigierte in weiten, raubtierartigen Sprüngen über den in der Mitte des Schiffes liegenden freien Raum hinweg an der Tigerin vorüber, packte das Mädchen mit der Linken, stützte sich mit der Rechten auf die Reling und war im nächsten Augenblick in den tiefen, schmutzig gelben Fluten des Mississippi verschwunden. Es war Inn-nu-woh.

Ein einziger Schrei aus allen Kehlen erfüllte die Luft. War es ein Schrei der Freude oder neuen Schreckens? Niemand wusste es, denn gleich hinter den beiden war auch die Tigerin über Bord gesprungen und in den Wogen verschwunden. Alles eilte nach der Reling, um hinabzusehen, und mit lauter Stimme kommandierte der Kapitän:

„Mann am Ruder, beidrehen. Stopp, Maschinist!"

Eine lange Zeit, in der niemand zu atmen wagte, verging. Das entsprungene Raubtier lag, die vier Pranken von sich gestreckt, auf dem Wasser und bewachte mit glühenden Augen jede Bewegung. Da, kaum zwanzig Ellen von ihm entfernt, tauchte plötzlich mit raschen Stößen die Gestalt des Indianers in die Höhe, sodass er fast mit dem halben Körper über die Oberfläche des Wassers emporschoss und man deutlich sehen konnte, dass sich das jetzt ohnmächtige Mädchen mit beiden Armen krampfhaft fest an seinen Hals geklammert hatte.

Kaum aber hatte er Zeit gehabt, Atem zu holen, so schoss die ihn erblickende Tigerin auf ihn zu. Er fuhr wieder in die Tiefe, tauchte eine Strecke entfernt wieder zum Atmen empor, ward von dem Tier sofort wieder verfolgt und hinuntergetrieben, und so währte die fürchterliche Jagd wohl fünf Minuten, die bei diesen Verhältnissen zu fünf Ewigkeiten wurden.

Man hatte eine Menge Taue ausgeworfen und das Fallreep niedergelassen; aber der schlaue Indianer wusste, dass ihm diese Vorkehrungen nichts nützen konnten, denn noch ehe er einige Fuß hoch emporgekommen wäre, hätte ihn die Tigerin erreicht. Es gab nur ein Mittel, sich zu retten: Er musste unter dem Schiff hinwegtauchen und das war gut möglich, da die Maschine stand. Hätte er um das Fahrzeug herumschwimmen wollen, so hätte das verfolgende Tier seine Absicht bemerkt und das Emporklimmen wäre ihm dann an Backbord ebenso unmöglich gewesen wie jetzt an Steuerbord.

Er versuchte deshalb, jetzt so lange als möglich auf der Oberfläche des Wassers zu bleiben, um die nötige Luft zu schöpfen. Eine Handbewegung deutete seine Absicht an; dann verschwand er.

„Taue über Backbord!“, kommandierte der Kapitän. Alles eilte auf die angegebene Seite und wirklich dauerte es nicht lange, so erschien Inn-nu-woh über dem Wasser und ruderte auf das nächste Seil zu, das herniederhing.

„Cheer up, cheer up, come on!“, rief der Kapitän und in seiner Stimme klang so deutlich die größte Angst und Besorgnis, dass sich alle nach ihm umwandten.

Ohne ein Wort zu verlieren, deutete er mit ausgestreckter Hand hinaus auf die gelben Wogen. Aller Blicke folgten der Richtung seines Armes und aller Lippen riefen auch sofort die ermunternden Worte, die er soeben ausgesprochen hatte.

In nicht gar weiter Entfernung waren drei Furchen zu bemerken, die sich mit vehementer Schnelligkeit dem Schiff näherten.

„Um Gottes willen, rasch, rasch; die Krokodile kommen!“, rief es die ganze Seite des Schiffes entlang.

„Mein Kind, mein Kind, mein armes Kind!“, wehklagte der Vater des Mädchens und beugte sich mit weit aufgerissenen Augen und angstverzerrten Zügen über die Reling hinaus.

Inn-nu-woh hatte den Ruf vernommen. Ein einziger, rückwärts gerichteter Blick belehrte ihn über die große Nähe der neuen Gefahr und mit beiden Armen zugleich schnellte er sich mit fast herkulischer Kraft an dem Tau empor. Da er das Mädchen nicht halten konnte, war es ein Glück, dass die Ohnmacht ihr die Arme fest um seinen Nacken legte, und noch hatte er kaum den dritten Teil der Deckhöhe erklommen, so hörte er unter sich einen dumpfen Laut, als ob zwei Balken zusammengeklappt würden. Das erste Krokodil hatte die Seite des Schiffes erreicht und nach ihm geschnappt. Er war gerettet. Mit ruhigeren Griffen turnte er vollends in die Höhe und stieg über die Brüstung auf Deck.

Sämtliche Anwesenden wollten auf ihn zueilen, wurden aber von einem Ruf davon abgehalten.

„Der Tiger, der Tiger, schaut, Leute!“

Die Tigerin hatte den Verschwundenen gesucht und kam jetzt um das Steuer herüber nach Backbord geschwommen. Sofort eilte alles wieder an die Brüstung und nur der Vater blieb bei seiner ohnmächtigen Tochter zurück.

Es war wirklich ein prächtiger Anblick, den die ruhigen und sicheren Bewegungen des kräftigen Tieres boten. Da plötzlich machte es den Versuch sich zu wenden, aber es war zu spät: Drei Furchen schossen blitzschnell auf den Punkt zu, wo sich die Tigerin befand; dann erfolgte ein Brüllen, so schrecklich und entsetzlich, dass sich den Hörern die Haare sträubten; das Wasser wurde zu Schaum und Gischt gepeitscht und in hochfliegenden Flocken umhergespritzt, es folgte ein tiefes, dumpfes Gurgeln und Röcheln, eine kreiselnde, trichterförmige Öffnung bildete sich im Wasser, dessen gelbe Farbe sich in blutrot verwandelte, und dann ward es still: Die Alligatoren hatten die Tigerin in die Tiefe gezogen.

Mit einem allgemeinen „Ah“ der Erleichterung machten sich die Herzen los von der Beklemmung, die bisher auf ihnen gelegen hatte, und dann richteten sich die Blicke auf die beiden, die eng umschlungen in der Nähe des Schornsteins standen.

„Sie lebt noch; sie ist zu sich gekommen!“, rief es von allen Seiten und der Kapitän trat hinzu, um dem erschöpften Mädchen seine Kajüte zur Verfügung zu stellen.

Während alle anderen mit dem Tiger beschäftigt gewesen waren, hatten die Menageriewärter ihrem Herrn ein Lager bereitet und ihn notdürftig verbunden. Es war notwendig, ihn am nächsten Haltepunkt auszuschiffen und in ärztliche Pflege zu geben.

Endlich fragte man auch nach Inn-nu-woh und der Vater des geretteten Mädchens war nicht der Letzte, der sich nach ihm erkundigte.

Der Gesuchte hing hoch droben in den Wanten und man bemerkte, dass er sich bemühte, mit dem von der Schulter genommenen Fell ein Signal zu geben. Vom jenseitigen Ufer hatte sich eine Canoe abgelöst, in dem zwei Indianer standen, die mit kräftigen Paddelschlägen dem Dampfer zustrebten. Sie kamen, ihren Häuptling abzuholen. Der Sohn der Prairie kennt keine Station; er nimmt Abschied von der Zivilisation da, wo es ihm passt und er die Seinen zu treffen meint.

Da legte sich eine Hand auf seine Schulter und eine zitternde Stimme sprach:

„Du darfst nicht gehen; du hast mir meine Tochter gerettet und ich will dir dankbar sein!"

Der Indianer drehte sich um, maß den Sprecher langsam vom Kopf bis herab zu den Füßen. Seine Gestalt reckte sich in die Höhe; seine Augen blitzten leuchtend über die Umstehenden und seine Stimme klang scharf und hell als er die ersten Worte sprach, die man von ihm hörte:

„Der weiße Mann irrt. Nicht seine Tochter habe ich retten wollen, sondern der rote Mann ist nur deshalb in die Fluten des heiligen Vaters gesprungen, weil er sich fürchtete vor dem Stachelschwein, das ihr losgelassen habt!"

Mit stolzem Neigen des Hauptes drehte er sich um, stieg das niedergelassene Fallreep hinab und fuhr mit seinen beiden Leuten davon. Noch lange sah man sein reiches, mähnenartiges Haar wehen. Noch lange lag der Klang seiner Stimme den Hörern im Ohr, und noch heute denke ich an Inn-nu-woh, wenn von einem Menschenkind die Rede ist, das den Namen eines Helden verdient.

OLD FIREHAND

(1875)

„Mein Frühling ging zur Rüste,
ich weiß gar wohl warum:
Die Lippe, die mich küsste,
ist worden kühl und stumm."

So klang es über die weite Ebene hin und Swallow, mein wackerer Mustang, spitzte die kleinen Ohren, schnaubte freudig durch die Nüstern und hob graziös die feinen Hufe wie zum Menuett.

Warum gerade dieses Lied, das ich zuletzt vor drei Monaten in Cincinnati von einer Tiroler Gesellschaft gehört hatte, mir über die Lippen tönte, ich weiß es nicht. Noch hatte mich kein Mund geküsst und mein Frühling konnte also wohl beginnen, doch beileibe nicht schon zu Ende sein, aber das Leben war mir bisher nichts gewesen als ein Kampf mit Hindernissen und Schwierigkeiten, ich war einsam und allein meinen Weg gegangen, unbeachtet, unverstanden und ungeliebt, und bei dieser inneren Abgeschiedenheit hatte sich eine Art Weltschmerz in mir entwickelt, zu dem der klagende Inhalt dieser Strophen recht gut passte.

Schon neigte sich dem Teil der Rocky-Mountains, der die Grenze zwischen Nebraska und Oregon bildet, die Sonne zu und noch immer ließ sich keine Senkung der mit gelbblühendem Helianthus übersäten Ebene wahrnehmen. Das Pferd bedurfte der Ruhe, ich selbst war müde und so sehnte ich mich je länger desto mehr nach New-Venango, wo ich mich von langer Wanderung einmal einen ganzen Tag lang gehörig ausruhen und die ziemlich alle gewordene Munition wieder ergänzen wollte.

Plötzlich hob Swallow das Köpfchen seitwärts und stieß

den dampfenden Atem mit jenem eigentümlichen Laut aus, durch den das echte Prairiepferd das Nahen eines lebenden Wesens signalisiert.

Mit einem leisen Ruck war er zum Stehen gebracht und ich wandte mich auf seinem Rücken, um den Horizont abzusuchen.

Da, seitwärts von meinem Standort, nahte ein Reiter, der gerade auf mich zuhielt und sein Pferd weit ausgreifen ließ, und da die Entfernung zu groß war, um genau unterscheiden zu können, griff ich zum Fernrohr und gewahrte zu meiner nicht geringen Verwunderung, dass dieser Reiter nicht ein Mann, sondern ein Frauenzimmer war.

„Alle Teufel, eine Dame, hier im ‚Far West', mitten in der Prairie, und gar mit einem Reitkleid und wehendem Schleier!", fuhr es mir über die Lippen und erwartungsvoll schob ich Revolver und Bowiemesser, die ich vorsichtig gelockert hatte, wieder zurück. „Oder ist's gar der ‚flatsghost', der Geist der Ebene, der auf feurigem Ross über die Woodlands fliegen soll, um die weißen Menschen von den Jagdgründen ihrer ‚roten Brüder' zu vertreiben?"

Mit einigem Bedenken musterte ich meinen äußeren Adam, der mir allerdings nicht sehr hoffähig erschien. Die Mokassins waren mit der Zeit höchst offenherzig geworden, die Leggins glänzten, da ich sie bei der Tafel als Serviette zu gebrauchen pflegte, vor Fett, das sackähnliche lederne Jagdhemd verlich mir den würdevollen Anstand einer von Wind und Wetter malträtierten Krautscheuche und die Bibermütze, die mein Haupt bedeckte, hatte einen guten Teil ihrer Haare verloren und schien zu ihrem Nachteil mit den verschiedenen Lagerfeuern intime Bekanntschaften gepflogen zu haben.

Aber ich befand mich ja nicht im Parkett eines Opernhauses, sondern zwischen den Black-Hills und dem Felsengebirge und hatte auch gar keine Zeit, mich zu ärgern, denn noch war ich mit meiner Selbstinspektion nicht fertig, so hielt die Reiterin schon vor mir, hob den Griff ihrer

Reitpeitsche grüßend in die Höhe und rief mit tiefer, reiner und sonorer Stimme:

„Good day, Sir! Was wollt Ihr finden, dass Ihr so an Euch herumsucht?"

„Your servant, Mistress! Ich knöpfte mein Panzerhemd zu, um unter dem forschen Blick Eures schönen Auges nicht etwa Schaden zu leiden."

„So darf man Euch wohl nicht ansehen?"

„Doch, doch, wenn mir die Erlaubnis zur Gegenbetrachtung wird."

„Die sollt Ihr haben."

„Danke; so wollen wir uns denn einmal nach Herzenslust begucken, wobei ich natürlich besser wegkomme als Ihr." Und meinen Mustang auf den Hinterbeinen herumdrehend, setzte ich hinzu: „So, da habt Ihr mich von allen Seiten, zu Pferd und in Lebensgröße! Wie gefalle ich Euch?"

„Wartet ein wenig und seht auch mich erst an!", erwiderte sie lachend, zog ihre Stute vorn in die Höhe und präsentierte sich durch eine kühne Wendung in derselben Weise, wie ich es getan hatte. „Jetzt ist die Vorstellung vollständig und nun sagt erst Ihr, wie ich Euch gefalle."

„Hm, nicht übel, wenigstens scheint Ihr mir gut genug für diesen Ort hier. Und ich?"

„So la la! An dem ganzen Mann ist das Pferd das Beste."

„Ihr seid eine Dame, folglich habt Ihr Recht. Überhaupt hat mich Eure Gegenwart hier mitten in der Prairie so perplex gemacht, dass ich nicht die nötigen Worte finde, um Euch einen besseren Begriff von meiner Schönheit beizubringen."

„Mitten in der Prairie? So seid Ihr wohl fremd hier?"

„Welche Frage – in der Wildnis!"

„Folgt mir, so sollt Ihr sehen, wie groß diese Wildnis ist."

Sie wandte sich der Richtung zu, die ich verfolgt hatte, und ließ ihr Pferd vom langsamen Schritt durch alle Gangarten bis zum gestreckten Galopp übergehen. Swallow folgte mit Leichtigkeit, obwohl wir vom grauenden Morgen an unterwegs gewesen waren. Ja, das brave Tier schien zu bemerken, dass es sich hier um eine kleine Probe handle, und griff ganz freiwillig in der Weise aus, dass die Reiterin zuletzt nicht mehr zu folgen vermochte und mit einem Ausruf der Bewunderung ihr Tier parierte.

„Ihr seid außerordentlich gut beritten, Sir. Ist Euch der Hengst feil?"

„Um keinen Preis, Mistress."

„Lasst das ‚Mistress' fort."

„Dann Miss, ganz wie es Euch beliebt. Das Pferd hat mich aus so mancher Gefahr hinweggetragen, sodass ich ihm mehr als einmal mein Leben verdanke und es mir also unmöglich feil sein kann."

„Es hat indianische Dressur", sagte sie mit scharfem Kennerblick. „Wo habt Ihr es her?"

„Ich erhielt es von Winnetou, einem Apachenhäuptling, mit dem ich am Rio Suanca ein weniges zusammenkam, zum Geschenk."

„Von Winnetou? Das ist ja der berühmteste und gefürchtetste Indianer zwischen Sonora und Columbien! Ihr seht gar nicht nach einer solchen Bekanntschaft aus, Sir!"

„Warum, Miss?", fragte ich mit offenem Lächeln.

„Ich hielt Euch für einen Surveyor (Feldmesser) oder etwas Derartiges, und diese Leute sind zwar oft recht gute Schützen, aber sich mitten zwischen Apachen, Nijoras und Navajos hineinzuwagen, dazu gehört schon ein wenig mehr. Eure blanken Revolver, das zierliche Messer da im Gürtel und die Weihnachtsbüchse dort am Sattelriemen oder gar noch Eure Paradehaltung auf dem Pferd stimmen wenig mit dem überein, was man an einem echten und rechten Trapper oder Squatter zu bemerken pflegt."

„Ihr sollt wieder Recht haben und ich gestehe offen, dass ich auch nur so eine Art Sonntagsjäger bin; aber die Waffen sind nicht ganz schlecht. Ich habe sie in Front-Street, St. Louis, gekauft, und wenn Ihr auf diesem Feld so zu

Hause seid, wie es scheint, so müsst Ihr auch wissen, dass man dort für gute Preise auch gute Ware bekommt."

„Diese Ware aber zeigt ihre Güte erst beim rechten Gebrauch. Was sagt Ihr zu dieser Pistole?"

Sie zog bei diesen Worten ein altes, verrostetes Schießinstrument aus der Satteltasche und hielt es mir zur Besichtigung hin.

„Hm, das Ding stammt jedenfalls noch von Anno Pocahontas her; aber es kann doch gut sein. Ich habe Indianer oft mit dem miserabelsten Schießzeug zum Verwundern umgehen sehen."

„Haben sie auch das fertig gebracht?"

Sie warf das Pferd zur Seite, schlug im raschen Trab einen Kreis um mich, hob den Arm und drückte auf mich los, ehe ich nur eine Ahnung von ihrer Absicht haben konnte.

Ich fühlte einen leisen Ruck an meiner Kopfbedeckung und sah zu gleicher Zeit die Helianthusblüten, die ich mir an die Mütze gesteckt hatte, vor mir niederfliegen. Es schien mir ganz, als wolle die sichere Schützin sich darüber informieren, was von meiner Sonntagsjägerei zu halten sei, und ich antwortete also auf die ausgesprochene Frage kaltblütig:

„So etwas bringt jeder fertig; aber ich bitte denn doch ganz höflich, Miss, die Mütze von jetzt an in Ruhe zu lassen, da zufälligerweise mein Kopf drinnen steckt."

Sie lachte und hielt sich wieder an meiner Seite. Die ganze Begegnung kam mir wie ein Traum vor, und hätte ich früher vielleicht etwas Ähnliches in irgendeinem Roman gelesen, so wäre mir der Verfasser ganz gewiss in den Verdacht gekommen, Unmögliches als möglich darzustellen. Jedenfalls, das war klar, musste eine Ansiedlung in der Nähe sein, und da seit längerer Zeit der Kriegspfad keines der wilden Stämme in diese Gegend geführt hatte, so konnte es selbst eine Dame immerhin wagen, ein Stückchen in die Ebene hinein zu reiten.

Nicht so klar war es mir, was ich eigentlich aus meiner Begleiterin machen sollte. Ihre ganze Erscheinung deutete auf den Salon und doch verriet sie eine Kenntnis des Westens und eine Übung in den hier notwendigen Fertigkeiten, die auf ganz besondere Verhältnisse schließen ließen. Deshalb war es wohl kein Wunder, dass mein Auge mit dem größten Interesse auf ihr ruhte.

Sie ritt jetzt eine halbe Pferdelänge vor und der goldene Sonnenstrahl umflutete ihre tadellose, vollendete Gestalt. „Bräunlich und schön", wie die Bibel von David erzählt, zeigten die eigenartigen Züge trotz ihrer mädchenhaften Weichheit eine Festigkeit des Ausdrucks, die auf geistige Überlegenheit und Energie des Willens schließen ließ, und in der ganzen Haltung, in jeder einzelnen Bewegung des bezaubernden Wesens sprach sich eine Selbstständigkeit und Sicherheit aus, die neben der freiwilligen Bewunderung unbedingte Achtung forderte.

Ich gestand mir offen, noch nie ein Mädchen von solcher Schönheit gesehen zu haben, und wunderte mich über mich selbst, dass ich trotz meiner gewöhnlichen Zaghaftigkeit im Umgang mit dem anderen Geschlecht bei der heutigen Begegnung so – so unverfroren hatte sein können. Freilich war auch ihre Art und Weise ganz geeignet gewesen, diese Zaghaftigkeit nicht aufkommen zu lassen; aber jetzt beim näheren Anschauen konnte ich doch einer leisen Bedrückung nicht so ganz Herr werden.

Oft schon hatte ich von der Wirkung gehört, die der Klang einer Frauenstimme selbst auf den sonst verschlossenen Mann auszuüben vermag, an mir selbst jedoch noch keinerlei Erfahrung darüber gemacht. Jetzt aber fühlte ich mit einem Mal diese Wirkung und es war mir, als sei mir etwas ins einsame Herz gedrungen, das die Öde und Leere auszufüllen und mich mit all dem Vergangenen zu versöhnen vermöchte.

Plötzlich zog sie die Zügel an.

„Ihr seid ein Deutscher?"

„Ja. Spreche ich das Englische mit so bösem Akzent, dass Ihr meine Abstammung so genau bestimmen könnt?"

„Nein, Sir. Euer Englisch ist rein; aber Euer Verhalten ist echt deutsch. Erst laut, munter und gemütlich und jetzt still, nachdenklich und grübelnd. Wenn es Euch recht ist, wollen wir uns unserer Muttersprache bedienen?"

„Wie? Auch Ihr habt die gleiche Heimat?"

„Vater ist ein Deutscher, geboren bin ich am Quicourt. Meine Mutter war eine Indianerin vom Stamm der Assiniboins. Eine Amerikanerin wäre Euch wohl in anderer Weise begegnet."

Jetzt war mir der eigentümliche Schnitt ihres Gesichtes und der tiefe Schatten des Teints erklärlich. Ihre Mutter war also tot und der Vater lebte noch. Hier stieß ich jedenfalls auf außergewöhnliche Verhältnisse und es war mehr als bloße Neugierde, die ich jetzt für sie empfand.

„Seht da hinüber!", belehrte sie mich mit erhobenem Arm. „Seht Ihr den Rauch wie aus dem Boden aufsteigen?"

„Ah, das ist der Bluff, den ich schon längst suchte und in dessen Senkung New-Venango liegt. Kennt Ihr Emery Forster, den Ölprinzen?"

„Ein wenig. Er ist der Vater von meines Bruders Frau, die mit ihrem Mann in Omaha lebt. Ich komme von daher, um den Vater zu sehen, und habe hier Quartier genommen. Habt Ihr mit Forster zu tun, Sir?"

„Nein, ich habe im Store zu tun, um mich mit einigem zu versorgen, und fragte nur, weil er als einer der bedeutendsten Ölprinzen bekannt ist."

„Könnte Euch auch nicht viel an ihm empfehlen. Ihr wisst ja, wie diese Leute sind. Doch lasst uns ausgreifen, es wird Abend."

Nach kurzer Zeit hielten wir am Rand der Schlucht und blickten auf die kleine Niederlassung, deren Häuserzahl wenigstens ich mir höher vorgestellt hatte. Das vor uns liegende Tal bildete eine schmale Pfanne, die rings von steil ansteigenden Felsen umschlossen, in ihrer Mitte von einem ansehnlichen Fluss durchströmt wurde, der sich zwischen nahe zusammentretendem Gestein unten einen Ausweg suchte.

Das ganze unter uns liegende Terrain war mit Anlagen, wie sie die Petroleumerzeugung erfordert, bedeckt; oben, ganz nahe am Wasser, sah ich einen Erdbohrer in voller Tätigkeit, am mittleren Lauf stand etwas vor den eigentlichen Fabrikräumlichkeiten ein trotz des Interims doch ganz stattliches Wohngebäude, und wo das Auge nur hinblickte, waren Dauben, Böden und fertige Fässer, teils leer, meist aber mit dem vielbegehrten Brennstoff gefüllt, zu sehen.

„Da drüben seht Ihr den Store, Sir, zugleich Restauration und alles sonst noch Mögliche, und hier führt der Weg hinab, ein wenig steil, sodass wir absteigen müssen, aber doch immer noch ohne Lebensgefahr zu passieren. Wollt Ihr mitkommen?"

Rasch schnellte ich mich aus dem Sattel, um ihr beim Absteigen behilflich zu sein. Aber ich kam zu spät, denn schon stand sie mit aufgenommenem Kleid vor mir und rief mit goldenem Lachen:

„Danke! Man gewöhnt sich, hier dergleichen Aufmerksamkeiten nicht zu beanspruchen. Nehmt Euer Tier an die Hand."

„Swallow kommt von selbst nach, Miss; erlaubt mir das Eure."

Ich ergriff die Zügel der Stute, und während mein Mustang ohne besondere Aufforderung nachfolgte, hatte ich Gelegenheit, an der Vorangehenden die Gewandheit und Sicherheit des Schrittes zu bewundern. Diese Übung hatte sie sich ganz bestimmt nicht im Institut aneignen können und mein Interesse an dem wundervollen Wesen wuchs von Minute zu Minute.

Auf der Sohle des Tales angekommen, bestiegen wir die Pferde wieder und hielten in raschem Tempo auf den Store zu.

„Forster steht unter der Tür, er wird mich wohl nicht vorüberlassen."

Der Bezeichnete war eine lange, hagere Gestalt mit echter Yankeephysiognomie.

„Stopp, Ellen, hier wird abgestiegen! In welche Gesellschaft bist du denn da geraten?"

Es lag in Ton und Wort nicht die mindeste Höflichkeit für mich und ebenso bekümmerte er sich nicht im mindesten um das Mädchen, sondern trat sofort zu meinem Pferd.

„Hm – hm – hab's gleich von weitem bemerkt – hm – hm – das Tier muss man kaufen – was meint Ihr, Fenders?"

Der Angeredete war ein Mann mit vertrunkenen Gesichtszügen und jedenfalls ein Irländer. Ich vermutete den Wirt in ihm, schritt aber, ohne die beiden weiter zu beachten, dem Mädchen nach, das in den Barraum gegangen war. Sie empfing mich mit den Worten:

„Wenn Ihr das Pferd ja verkauft, so lasst es mir, ich zahle Euch dasselbe wie Forster."

„Welches Pferd?", riefen einige Leute, die am Tisch standen, und traten, nachdem sie einen Blick durch das Fenster geworfen hatten, hinaus, worauf sich ein lebhafter Wortwechsel draußen erhob, am Schluss dessen Forster Miene machte, das Tier zur Probe zu besteigen. Ich öffnete das Fenster.

„Swallow!"

Das folgsame Tier schüttelte den Zudringlichen mit einem jähen Seitensprung ab und kam herbei. Ich band die Zügel an das Fensterkreuz.

„Glaubt Ihr, dass ich Euch das Pferd stehlen will, Herr?", fuhr mich der Abgeworfene an. „Ich werde es kaufen und kann also wohl auch erst einmal aufsitzen. Gebt her!"

„Ich denke, es Euch nicht angeboten zu haben, Sir. Der Hengst ist müde, lasst ihn in Ruhe!"

„Oho! Ihr scheint ja ein ganz resoluter Junge zu sein. Man muss Euch wirklich einmal näher ansehen!"

Er wandte sich rasch nach der Tür und trat an der Spitze der Übrigen in das Zimmer. Nach einem kurzen Blick auf mich meinte er mit gering schätzendem Schütteln des Kopfes:

„Würde Euch auch besser stehen, hübsch artig zu sein! Scheint mir ganz, als ob Ihr ein gutes Handgeld gebrauchen könntet."

„Ist nicht Eure Sache, Mann, sondern die meinige. Werde mit meinen Angelegenheiten schon selbst fertig!"

„Good lack, klingt das wichtig! Doch will ich verständig sein und Euch hundertfünfzig Dollar bieten."

„Ist mir nicht feil, das Pferd."

„Hundertfünfundsiebzig!"

„Ist mir nicht feil!"

„Zweihundert, aber nicht fünf Cent mehr."

„Ist mir nicht feil, zum dritten Mal; und nun lasst mich in Ruhe!"

„Ihr seid ein Grobian, der froh sein sollte, wenn ein Gentleman ihm zu einem ganzen Zeug verhilft. Wisst Ihr das?"

„Pah!"

Ich begnügte mich, diesen einen Laut auszusprechen, obwohl ein anderer jedenfalls zur Waffe gegriffen hätte. Meine Meinung über das Duell, über Beleidigung und Genugtuung war eben nicht landläufig, und wer daheim ein Paar arme, alte Eltern hat, die ihre ganze Hoffnung allein nur auf ihn gesetzt haben, der setzt sein Leben nur dann ein, wenn es sich um Würdigeres als die Fausthöflichkeit eines Hinterwäldlers handelt. Freilich musste mich diese Selbstbeherrschung in den Verdacht der Feigheit bringen; aber das Urteil dieser Leute konnte mir ja sehr gleichgültig sein.

Ein Wesen gab es allerdings, dessen Meinung mich nicht empfindungslos lassen konnte, und das war Ellen, wie sie von Forster genannt worden war. Sie hatte unserem kurzen Wortwechsel eine gespannte Aufmerksamkeit gewidmet und jedenfalls ganz bestimmt erwartet, dass ich losbrechen würde. Als das aber nicht geschah, sah ich einen Zug der Enttäuschung über ihr schönes Angesicht gehen, und es lag eine sichtbare Zustimmung in ihrem Blick, als Forster, verächtlich die Achsel zuckend, meinte:

„Ein Coyote, mehr nicht. Lasst ihn stehen, Leute!"

Trotz dieser neuen und größeren Beleidigung hielt ich an mich, und nun war es wirklich die ausgesprochenste Verachtung, mit der sich das Mädchen zur Seite wandte und ihren Verwandten zum Aufbruch mahnte.

Mein Auge folgte ihr, bis die letzte Falte ihres Kleides verschwunden war, und dann überkam mich eine Bitterkeit, wie ich sie in meinem ganzen Leben noch nicht empfunden hatte. Ganz gewiss war nur ich allein schuld an der Unbill, die mir widerfahren; aber warum war ich doch nur so besonnen und überlegsam! Ein wenig Jähzorn, ein wenig Leichtsinn ist oft nicht so ganz am unrechten Platz.

So dachte ich in meinem Unmut und erhob mich endlich, um ihn im Handel vielleicht zu vergessen.

Als ich mich mit dem Nötigen versehen hatte und dem Wirt die geforderte Summe vorzählte, fragte er:

„Wollt Ihr für diese Nacht nicht dableiben? Man wird bei mir gut bedient!"

„Danke; schwärme nicht für Eure Bude."

„Könntet aber doch dableiben, Mann, nicht bloß für heute, sondern für morgen und übermorgen und immer. Ich brauche einen Barkeeper, der nicht gleich dreinspringt, wenn er einen Tritt bekommt oder zwei. In unserem Geschäft ist die Ambition oft ein recht überflüssiges und schädliches Ding. Wie gesagt, Ihr könntet hier bleiben, denn ich meine, Ihr seid der beste Mann dazu."

Eigentlich hätte ich den scharfsinnigen Landlord per figuram belehren sollen, dass er sich in mir geirrt habe, doch war die Offerte wirklich mehr lächerlich als ärgerlich, und so ließ ich ihn ruhig stehen und trat ins Freie, wo Swallow immer noch meiner wartete.

Der Abend hatte sich mittlerweile über das Tal gebreitet

und es war ziemlich dunkel geworden. Mir war die Lust vergangen, an meiner ursprünglichen Absicht, zu bleiben, festzuhalten. Pferd und Reiter hatten sich ausgeruht und so konnte es heute noch ein Stück in die offene Prairie hineingehen, wo es sich jedenfalls angenehmer schlafen ließ als in dem nach Petroleum duftenden Tal. Zuvor aber trieb es mich die kurze Strecke abwärts dem Wohngebäude zu, das ich am Nachmittag von der Höhe aus gesehen.

Der Weg führte am Fluss entlang, und was ich vorher nicht bemerkte, das fiel mir jetzt, wo meine Aufmerksamkeit nicht von der schönen Begleiterin in Anspruch genommen wurde, sofort auf, nämlich dass in der Nähe des Wassers sich der Ölgeruch verstärkte und der Fluss also eine nicht unbedeutende Quantität des Brennstoffs mit sich führen musste.

Der Gebäudekomplex lag vollständig schwarz vor mir, aber als ich eine leichte Krümmung des Weges hinter mir hatte und nun das Herrenhaus von vorn nehmen konnte, fiel heller Lichterglanz von der Veranda herüber und ich sah, dass dort eine kleine Gesellschaft versammelt war. Ich sprang vom Pferd, das ich an eine Fenzstange band, und schlich mich leise über die dunklen Stellen des Vorplatzes bis an das niedere Mauerwerk, in dem die Träger der leichten Überdachung befestigt waren.

Noch nie in meinem Leben hatte ich den Lauscher gemacht, aber heute trieb mich ein unbestimmtes und bisher ungekanntes Etwas zum unerlaubten Beobachten und mit Genugtuung bemerkte ich die Gesuchte, die, von einem leichten Hauskleid umflossen, in einer der Hängematten lag. Eben war sie im Begriff, dem in ihrer Nähe sitzenden Forster eine Auseinandersetzung zu machen.

„Es ist ein unnützes und lästerliches Unternehmen, dear uncle, und du hast dir die Sache wohl nicht richtig berechnet."

„Lehre uns doch das Kalkulieren nicht, Mädchen. Die Preise sind nur deshalb so gedrückt, weil die Quellen zu viel liefern. Wenn wir also, einer wie der andere, das Öl so einen Monat lang ablaufen lassen, so muss es dann wieder teuer werden und wir machen Geschäfte, gute Geschäfte, sage ich dir. Und diesen Coup werden wir ausführen, es ist so beschlossen und ein jeder wird sein Versprechen halten."

„Mir scheint nur, ihr habt die Quellen drüben im alten Lande und sonst wo noch dabei außer Acht gelassen. Euer Verhalten wird die dortige Konkurrenz sofort zur äußersten Anstrengung anspornen und ihr selbst gebt also dem jetzt noch schlafenden Gegner die Waffen in die Hand. Übrigens sind auch hier in den Staaten die aufgestapelten Vorräte so groß, dass sie für sehr geraume Zeit zureichen."

„Du kennst den Bedarf nicht und hast also auch kein Urteil, wie ihr Frauen ja überhaupt gar nicht denken solltet. Denn sooft ihrs tut, geratet ihr auf Irrwege."

„Das müsste denn doch sehr bewiesen werden, und ich glaube gerade..."

„Der Beweis liegt nahe", unterbrach er sie. „Hast du nicht vorhin erst gestanden, dass du dich in dem Woodsman oder was der Mensch eigentlich war, getäuscht hast? Hätte mir nie gedacht, dass es dir in solcher Gesellschaft gefallen könne!"

Ich sah sie tief erröten, aber sie anwortete schnell:

„Von einer Täuschung ist keine Rede, denn ich sagte, dass er mir erst anders geschienen habe, und zwischen Schein und bewiesener Wirklichkeit pflege ich einen Unterschied zu machen."

Forster wollte etwas erwidern, kam aber nicht dazu, denn in demselben Augenblick geschah ein Donnerschlag, als sei die Erde unter uns mitten auseinander geborsten. Der Boden erzitterte, und als ich das Auge erschrocken seitwärts wandte, sah ich im oberen Teil des Tales, da, wo der Bohrer tätig gewesen sein musste, einen glühenden Feuerstrom fast fünfzig Fuß in die Höhe steigen, der flackernd oben breit auseinander floss und, wieder zur Erde niedersinkend, mit reißender Schnelligkeit das abfallende Terrain überschwemmte. Zugleich drang ein scharfer, stechender, gasartiger Geruch in die Atmungswerkzeuge und die Luft schien von leichtflüssigem, ätherischem Feuer erfüllt zu sein.

Ich kannte dieses furchtbare Phänomen, denn ich hatte es im Kanawhatal in seiner ganzen Schrecklichkeit gesehen, und stand mit einem einzigen Sprung mitten unter der vor Schreck fast todesstarren Gesellschaft.

„Lichter aus, Lichter aus! Der Bohrer ist auf Öl getroffen und ihr habt beim Aufsteigen des Strahls Feuer in der Nähe gehabt. Lichter aus, sonst brennt in zwei Minuten das ganze Tal!"

Ich sprang von einem der brennenden Armleuchter zum anderen, aber da oben im Zimmer brannten die Lampen auch und drüben vom Store her sah ich ebenfalls Lichtschimmer. Dazu hatte die Flut des hoch aufspringenden Öls, das sich mit unglaublicher Raschheit über das ganze obere Tal ausbreitete, jetzt den Fluss erreicht, und nun galt es, alles einzusetzen für das nackte, bloße Leben.

„Rettet euch, lauft um Gottes willen! Sucht die Höhen zu gewinnen!"

Mich um weiter niemand kümmernd, riss ich Ellen empor in meine Arme und saß im nächsten Augenblick mit ihr im Sattel. Das Mädchen, die Größe der Gefahr nicht erkennend, sträubte sich mit Aufbietung aller Kräfte gegen die Umschlingung, aber wie man in solchen Augenblicken stets Riesenkraft besitzt, so verschwand auch diese Anstrengung fast ganz unter der Stärke, mit der ich sie festhielt, und in rasendem Lauf trug Swallow, dessen Instinkt die Führung des Zügels oder den Gebrauch der Sporen überflüssig machte, uns stromabwärts.

Der Bergpfad, der mich nach New-Venango geführt hatte, war uns verschlossen, denn der Glutstrom war schon an ihm vorübergeflutet. Nur abwärts konnten wir Rettung finden, aber ich hatte am Tage nichts einer Straße Ähnliches bemerkt und im Gegenteil gesehen, dass sich der Fluss nur schäumend den Ausweg erzwingen konnte.

„Sagt, Miss", rief ich in ängstlicher Hast, „gibt es einen Weg, der hier unten aus dem Tal führt?"

„Nein, nein!", stöhnte sie unter der krampfhaften Anstrengung, von mir loszukommen. „Lasst mich fahren, sage ich Euch, lasst mich fahren!"

Ich konnte natürlich auf ihre Worte nicht hören und musterte mit Aufmerksamkeit den nahe zusammentretenden Horizont, den die beiden schroff aufstrebenden Höhenzüge bildeten. Da fühlte ich einen Druck in der Gürtelgegend, und zugleich rief das Mädchen:

„Lasst mich los! Gebt mich frei oder ich stoße Euch Euer eigenes Messer in den Leib!"

Sie hatte das Bowiemesser an sich gerissen. Aber ich hatte keine Zeit zu einer langen Auseinandersetzung, sondern vereinte mit einem raschen Griff ihre beiden Handgelenke in meiner Rechten, während ich mit dem linken Arm sie immer fester umschloss.

Die Gefahr wuchs mit jeder Sekunde. Der glühende Strom hatte die Lagerräume erreicht und nun sprangen die Fässer mit kanonenschussähnlichem Knall und ergossen ihren, sofort in heller Lohe brennenden Inhalt in das auf diese Weise immer mehr anwachsende und immer rascher vorwärts schreitende Feuermeer. Die Atmosphäre war zum Ersticken heiß, ich hatte das Gefühl, als kochte ich in einem Topf siedenden Wassers, und doch wuchsen Hitze und Trockenheit mit solcher Rapidität, dass ich innerlich zu brennen vermeinte. Fast wollten mir die Sinne schwinden, aber es galt nicht bloß mein Leben, sondern noch viel mehr das meiner kostbaren Bürde.

Es war mir in diesen entsetzlichen Augenblicken zumute, als habe ich das herrlichste Gut der ganzen, weiten Schöpfung, den größten Schatz des Himmels und der Erde dem flammenden Orkus entführt und müsse nun meinen herrlichen Raub schützen und bergen vor den nachsprühenden Blitzen und Gluten der Unterwelt. Obwohl ich kaum noch eines Gedankens mächtig war, durchzuckte mich doch die Erkenntnis der ersten, allgewaltigen Liebe, und Rettung, Rettung musste ich finden für sie, und sollte ich selbst zehnmal, nein, tausendmal dabei zu Grunde gehen!

„Swallow, voran, voran, Swall...!"

Ich konnte nicht weitersprechen und das brave Tier raste ja auch mit fast unmöglicher Geschwindigkeit dahin. So viel sah ich, diesseits des Flusses war kein Ausweg. Die Flammen beleuchteten die Felswände ja hell genug, um sehen zu lassen, dass sie nicht zu erklimmen waren, deshalb ins Wasser – hinüber auf die andere Seite!

Ein leiser Schenkeldruck – ein Sprung des gehorsamen Mustangs und hochauf schlugen die Wellen über uns zusammen. Ich fühlte neue Kraft, neues Leben durch die Adern pulsen, aber das Pferd war unter mir verschwunden. Doch das war jetzt gleich, nur hinüber – immer hinüber! Ich schwamm wie noch nie, nie in meinem ganzen Leben – mit einer Angst, so furchtbar – so furchtbar, nicht für mich, sondern für sie – sie – sie – – –. Da schnaufte es hinter mir – – „Swallow, du treuer, wackerer, bist du's? – Hier ist das Ufer – – wieder aufs Pferd – fort – fort!"

So ging es weiter. Fast wahnsinnig vor Aufregung und Überanstrengung ritt, sprang, lief und kletterte ich, ohne mehr zu wissen, was ich tat, aber endlich – endlich war's erreicht und ich sank mit meiner Bürde nieder.

Nach einigen Augenblicken der dringendsten Erholung trug ich sie mehrere hundert Schritte weit in die sichere Nacht hinein. Der Himmel glänzte blutigrot und der Brodem des entfesselten Elementes kumulierte in dichten, schwarzen, von purpurnen Lichtern durchbrochenen Ballen über dem Herd der Verwüstung.

Aber ich hatte keine Zeit zu diesen Betrachtungen, denn vor mir lag, das Messer noch krampfhaft festhaltend, das Mädchen, so bleich, so kalt und starr, dass ich sie tot glaubte, ertrunken im Wasser, während ich sie den Flammen entreißen wollte.

Das leichte Gewand war durchnässt und legte sich eng an die wunderbar schöne Gestalt, auf dem bewegungslosen Angesicht spielten die düsteren Reflexe der über den Rand der Ebene emporsprühenden Feuerstrahlen, der Mund, der am Tage so herzlich gelacht, war geschlossen, das Auge, dessen großer, voller Blick mir so tief in die Seele gedrungen, lag verborgen unter den gesunkenen Lidern, die reine, klangvolle Stimme – doch nein und abermals nein, sie konnte, sie durfte nicht gestorben sein! Ich nahm sie in die Arme, strich ihr das lange, reiche, aufgelöste Haar aus der Stirn, rieb ihr die zarten Schläfen, legte, um der regungslosen Brust Atem zu geben, meinen Mund auf ihre Lippen, rief sie bei den zärtlichsten Namen, die ich jemals gehört, und – da ging ein Zittern über ihren Körper, erst leise, dann immer bemerkbarer, ich fühlte das Klopfen ihres Herzens, trank den Hauch ihres Atems, sah die langen, seidenen Wimpern sich öffnen – sie lebte, sie erwachte, sie war dem Tode entgangen!

Ich drückte sie an das Herz und küsste vor seliger, unendlicher Freude die sich mehr und mehr erwärmenden Lippen. Da mit einem Mal öffnete sie weit, weit das Auge und starrte mir mit unbeschreiblichem Ausdruck in das Angesicht, dann belebte sich der wiederkehrende Blick und mit einem lauten Schrei des Entsetzens wand sie sich los und sprang empor.

„Wo bin ich? Wer seid Ihr? Was ist mir mir geschehen?“, rief sie.

„Ihr seid gerettet, Miss, aus der Glut da unten.“

Beim Klang meiner Stimme und dem Anblick des noch immer hochlodernen Brandes kehrte ihr die Besinnung zurück.

„Herr, ich verachte Euch!“

Ich konnte nicht sofort eine Antwort finden, so unerwartet kamen mir diese Worte, und nur nach einigem Zögern erwiderte ich:

„Ich verstehe Euch nicht!"

„Das begreife ich. Wer keine Ehre hat, wird Rücksicht nie verständlich finden. Und es ist nicht bloß das, sondern Ihr seid auch feige!"

„Das verstehe ich noch weniger!"

„Ist es etwa nicht feig, eine Wehrlose..."

Sie stockte, tiefes Rot bedeckte ihr Gesicht bis zum Nacken herab, und mit einer Miene der Entrüstung, vor der ich fast zurückweichen konnte, trat sie hart an mich heran und rief:

„Wärt Ihr ein Mann, so würde ich Genugtuung von Euch verlangen, blutige Genugtuung, aber Ihr fürchtet die Streiche wie ein Schulknabe und so mögt Ihr gehen. Aber nehmt Euch in Acht, mir einmal vor den Lauf meiner Büchse zu kommen, denn dann halte ich Euch für das, für was Euch Forster erklärt hat – einen Coyoten – mein Gott, Forster – und ich stehe hier!"

Jetzt erst kam ihr die vollständige Erinnerung und mit einem kreischenden Weheruf stürzte sie fort, dem Felsenabsturz zu. Mit einigen raschen Sprüngen hatte ich sie erreicht und fasste sie bei beiden Händen.

„Bleibt, Miss, bei allem was Euch heilig ist! Ihr seid verloren, wenn Ihr Euch in dieses Feuermeer wagt!"

„Lasst mich, Elender. Ihr habt die Gefahr gekannt, Ihr konntet sie retten, alle, alle, und habt es nicht getan. Lasst fahren oder Ihr schmeckt Euern eigenen Stahl!"

Noch immer war das Messer in ihrer Hand geblieben. Sie merkte es erst jetzt, da ich sie bei der Hand gefasst hielt, und wandte alle Kraft auf, um sich loszumachen. Wollte ich ihr die Hand nicht brechen, so musste ich nachgeben. Die Rechte frei bekommend, entriss sie auch die Linke meinem Griff und ich fühlte einen kleinen Gegenstand zwischen meinen Fingern. Sie merkte den Verlust nicht und eilte längs des Bergrandes von dannen.

Schon wollte ich ihr folgen, da ertönte aus einiger Entfernung leichter Hufschlag. Ich blieb stehen und lauschte.

„Swallow!“

Ein lautes, freudiges Wiehern antwortete und im nächsten Augenblick stand das treue Pferd, das Köpfchen liebkosend an meiner Schulter reibend, vor mir.

„Swallow, mein lieber, lieber Swallow“, rief ich, das Tier vor Freude umarmend, „auch du bist gerettet? Du kommst zurück, obwohl ich dich verlassen habe im Augenblick der Gefahr, und die, an der ich fast Übermenschliches getan habe, sie nennt mich feig und ehrlos, droht mir mit der Waffe und flieht mich wie einen schmutzigen Yambarico! Und doch wollen wir diesen Ring, den ich ihr gegen meinen Willen abgestreift habe, aufbewahren, Swallow. Wir müssen sie wieder finden und dann wird sich's vielleicht entscheiden lassen, ob dein Herr nichts weiter ist als ein verächtlicher – – Coyote!“

*

„Uff!“, rief mein Begleiter, „mein weißer Bruder hat Recht. Hier ist der rote Mann geritten. Lass uns sehen, was er hier gewollt hat.“

„Winnetou, der große Häuptling“, erwiderte ich, „ist weise und hat das Auge des großen Geistes. Er sieht sehr wohl, was sein böser Bruder hier gewollt hat, aber er versucht mich auf die Probe zu stellen.“

Über das scharf gezeichnete Angesicht des Indianers glitt ein flüchtiges Lächeln, als er, noch immer über die Spur gebückt, antwortete:

„Und was denkt der weiße Freund von dieser Fährte?“

„Der Mann, der hier geritten ist, hat seine Gefährten gesucht. Auf jedem Hügel hat er sein Pferd angehalten, um sich nach ihnen umzusehen, und wir müssen also vorsichtig sein, wenn wir nicht unsere Skalpe verlieren wollen.“

Winnetou – denn dieser, von dem ich Swallow erhalten hatte, war es – richtete sich empor und maß mich mit einem langen, verwunderten Blick.

„Mein bleicher Bruder kennt mich. Er hat mit mir den Lasso um die Hörner des Büffels geworfen und den Bären des Gebirges in der Höhle getötet, er ist an meiner Seite gestanden gegen die Übermacht der Arapahos und hat die Mandans im Blut zu meinen Füßen gesehen, er zählte die Skalps an den Wänden meines Wigwams und sieht die Locken meiner Feinde an meinem Gürtel hängen. Winnetou hat seinen Stamm verlassen, um die großen Hütten der Weißen zu sehen, ihre Feuerrosse und ihre Dampfcanoes, von denen ihm der Freund erzählt hat, aber sein Haupt wird von keinem Messer berührt werden!"

„Der große Häuptling der Apachen hat Recht", nickte ich ihm zu und fuhr, auf die Spuren deutend, fort: „Aber hat er auch bemerkt, dass dieses Pferd hier müde gewesen ist?"

Statt aller Antwort folgte er, sein Tier am Lasso führend, der Fährte weiter und blieb endlich, auf den Boden zeigend, stehen.

„Hier hat er ausgeruht", und mit gespannter Miene setzte er hinzu: „Wird mein Bruder sehen, auf welchem Pfad er sich befindet?"

Ich untersuchte den Boden sorgfältig. Das Pferd war angepflockt gewesen und hatte die halbdürren Büschel des Prairiegrases abgefressen, der Reiter hatte am Boden gelegen und mit dem Köcher gespielt. Dabei war ihm der Schaft eines Pfeiles zerbrochen und er hatte die beiden Bruchstücke ganz gegen die gewöhnliche Vorsicht der Indianer liegengelassen.

Ich hob sie auf, um sie zu betrachten. Es war kein Jagd-, sondern ein Kriegspfeil.

„Er befindet sich auf dem Kriegspfad; aber er ist noch jung und unerfahren, denn sonst hätte er die verräterischen Stücke versteckt, und die Spuren seines Fußes sind nicht die eines erwachsenen Mannes."

Winnetou gab durch einen beifälligen Laut seine Zufriedenheit kund. Bei unserer ersten Begegnung war er mir sozusagen Lehrer gewesen und hatte mich gewöhnt, auf die unscheinbarste Kleinigkeit zu achten, da das bei den vielfältigen Gefahren der Prairie unumgänglich notwendig ist. Jetzt nun benutzte er jede Gelegenheit, um zu erfahren, ob seine Lehren von Erfolg gewesen seien.

Ein Blick auf die weiterlaufenden Eindrücke genügte, uns zu zeigen, dass der Mann erst vor ganz kurzem den Platz wieder verlassen habe; denn die Kanten der Spuren waren noch scharf und die gestreiften oder zerdrückten Halme hatten sich noch nicht vollständig wieder erhoben. Winnetou breitete seine Decke aus und streckte sich, nachdem er das Pferd gefesselt hatte, nieder.

Ich folgte ihm und zog zwei Zigarren aus der Seitentasche meines Jagdhemdes. Es waren die letzten von einigen Dutzend, die ich vor mehreren Wochen in Provo mitgenommen hatte. Sie waren für eine besondere Gelegenheit stecken geblieben; da sich aber nichts dergleichen einzustellen schien, so konnten sie ebenso gut auch jetzt verraucht werden.

Mit sichtbarer Begierde griff der brave Indianer zu, als ich ihm die eine Zigarre reichte, und wer die Enthaltsamkeit kennt, die der Westen einem jeden auferlegt, der wird ahnen, mit welcher Wonne wir uns dem seltenen Genuss hingaben, ich, die blauen Ringeln mit innigem Behagen ausblasend, Winnetou aber, den Rauch nach Indianerweise erst hinunterschluckend und dann durch die Nase von sich gebend.

So verging eine geraume Zeit, während der kein Wort gewechselt wurde. Schweigsamkeit gehört selbst unter Gefährten zur Haupttugend und ich beabsichtigte keineswegs, mir durch unzeitige Sprachseligkeit die Freundschaft und Achtung meines Begleiters zu verscherzen.

Endlich, nachdem die Zigarre längst verraucht und ihr letzter Rest hinter den Lippen des Indianers verschwunden war, erhob er sich und in kurzer Zeit ritten wir wieder, den Körper tief herabgebeugt und das forschende Auge am Boden, nebeneinander her.

Unsere Schatten wurden länger und länger, der Abend begann zu dunkeln und wir waren nun gezwungen abzusteigen, wenn wir die Fährte nicht verlieren wollten. Aber ehe ich vom Pferd stieg, griff ich zum Fernrohr, um die Ebene vorher noch einmal abzusuchen.

Wir hielten gerade auf einer der zahlreichen wellenförmigen Erhebungen, die sich in jenem Teil der Prairie wie die Wogen eines erstarrten Meeres aneinander legen, und es war mir deshalb ein ziemlich freier Ausblick gestattet.

Kaum hatte ich das Glas am Auge, so fiel mir eine lange, gerade Linie auf, die sich von Oster her längs des nördlichen Horizontes bis zum entferntesten westlichen Punkt hinzog.

Voll Freude gab ich Winnetou das Rohr und zeigte ihm die Richtung, in die er es zu führen hatte. Nachdem er einige Zeit hindurchgesehen, setzte er es mit einem neugierigen „Uff" wieder ab und blickte mich mit fragendem Ausdruck an.

„Weiß mein Bruder, was für ein Pfad das ist? Es ist nicht der Weg des Buffalo, auch hat ihn nicht der Fuß des roten Mannes ausgetreten."

„Ich weiß es. Kein Büffel kann die Strecke laufen, welche dieser Pfad durchführt, und kein Indsman vermag, ihn durch die Prairie zu ziehen. Es ist der Pfad des Feuerrosses, das mein Bruder heute noch sehen wird."

Rasch hob er das Rohr wieder empor und betrachtete mit regem Interesse den durch die Linsen nahe gerückten Schienenstrang. Plötzlich aber sah ich einen Zug der Überraschung über sein ausgewettertes Gesicht gehen und im nächsten Augenblick war er abgesessen und zog sein Pferd raschen Laufes hinunter in das Wellental.

Natürlich musste dieses Beginnen einen sehr triftigen Grund haben und ich ahmte deshalb sein Verhalten ohne Verzug nach.

„Da drüben am Pfad des Feuerrosses liegen die roten Männer", rief er. „Sie stecken hinter dem Rücken der Erhebung, aber ich sah eines ihrer Pferde!"

Er hatte wohl getan, unseren erhöhten Standpunkt sofort zu verlassen, da wir auf ihm leicht bemerkt werden konnten. Zwar war die Entfernung selbst für das scharfe Gesicht eines Indianers sehr bedeutend, aber ich hatte während meiner Streifereien mehrere Male in den Händen dieser Leute Fernrohre gesehen. Die Kultur schreitet eben unaufhaltsam vorwärts, und indem sie den Wilden immer weiter zurückdrängt, bietet sie ihm doch die Mittel, sich bis zum letzten Mann gegen ihre Gewalt zu verteidigen.

„Was sagt mein Freund zu der Absicht dieser Leute?", fragte ich.

Er schwieg. Augenscheinlich fiel es ihm schwer, sich ihr Verhalten zu erklären. Sie befanden sich auf dem Kriegspfad und hatten doch keine Wache aufgestellt. Sie mussten also wissen, dass in ziemlichem Umkreis kein Feind vorhanden war, und da sie bei ihrer jedenfalls nicht bedeutenden Anzahl einen weiten Zug nicht vorhaben konnten, so wusste er mir keine Antwort zu geben. Mir hingegen schien ihr Vorhaben unschwer zu erraten, und das Rohr aus seiner Hand nehmend forderte ich ihn auf, mich hier zu erwarten, und schlich mich vorsichtig vorwärts.

Obgleich ich fast überzeugt sein konnte, dass sie von unserer Nähe keine Ahnung hatten, suchte ich so viel wie möglich Deckung zu behalten und gelangte dadurch so weit an sie heran, dass ich, am Boden liegend, sie zählen und beobachten konnte.

Es waren ihrer dreiundsechzig, sämtlich mit den Kriegsfarben bemalt und sowohl mit Pfeilen als auch mit Feuerwaffen bewehrt. Die Zahl der angepflockten Pferde war bedeutend höher und dieser Umstand bekräftigte meine Ansicht.

Da hörte ich einen leisen Atemzug hinter mir. Rasch das Messer ziehend, drehte ich mich um. Es war Winnetou, den es nicht bei den Pferden gelitten hatte.

„Uff!", klang es von seinen Lippen. „Mein Bruder ist

sehr kühn, so weit voranzugehen. Es sind Oglalas, der kühnste Stamm der Sioux, und dort liegt Parranoh, der weiße Häuptling."

Erstaunt sah ich ihn an. „Der weiße Häuptling?"

„Hat mein Freund noch nichts gehört von Parranoh, dem grausamen Häuptling der Athabaskah? Niemand weiß, wo er hergekommen, aber er ist ein gewaltiger Krieger und vom Rat des Stammes unter die roten Männer aufgenommen worden. Als die grauen Häupter alle zu Manitou, dem großen Geist gegangen, hat er das Kalumet erhalten und viele Skalpe gesammelt. Dann ist er aber von dem bösen Geist verblendet worden, hat seine Krieger für Niggers gehalten und fliehen müssen. Jetzt wohnt er im Rat der Oglalas und wird sie zu großen Taten führen.

„Kennt mein Bruder sein Angesicht?"

„Winnetou hat seinen Tomahawk mit ihm gemessen, aber der Weiße ist voller Tücke, er kämpft nicht ehrlich."

„Er ist ein Verräter, ich sehe es. Er will das Feuerross halten und meine Brüder töten und berauben."

„Die weißen Männer?", fragte er erstaunt. „Er trägt doch ihre Farbe! Kann er das Ross halten?"

„Nein, und wenn er alle Indsmen, die einen Lasso schwingen können, zusammenbrächte, so könnten sie doch dessen Lauf nicht hemmen. Aber wenn man seinen Pfad zerstört, so muss es stehen bleiben und wird seine eigenen Reiter töten."

Das Erstaunen des Häuptlings wuchs. Er hatte keinen Begriff von dem Wesen der Lokomotive und konnte meine Worte also auch nicht begreifen. Nach einer Weile des Schweigens, währenddessen wir, wie überhaupt bisher, die vor uns lagernden Krieger scharf beobachtet hatten, fragte er: „Was wird mein Freund tun?"

„Er wird warten und sehen, ob Parranoh den Pfad des eisernen Rosses zerstört, und dann seinen Brüdern entgegenreiten, um sie zu warnen."

Er nickte.

„Winnetou wird ihm helfen. Wie viele Männer werden auf dem Ross sitzen?“

„Ich weiß es nicht.“

„Werden sie dem Vater der Apachen freundlich gesinnt sein?“

„Sie werden meinem Freund die Hände drücken, die große Pfeife mit ihm rauchen und ihm Pulver, Blei und Tabak geben, so viel er will.“

Sein Angesicht glänzte vor Freude und mit einem verächtlichen Neigen seines Kopfes meinte er:

„Wenn die Brüder meines Freundes halb so viele sind wie die Hundefresser dort, so werden wir diese voranschicken in die ewigen Jagdgründe.“

Das Dunkel des Abends senkte sich immer tiefer herab, sodass es immer schwieriger wurde, die feindlichen Gestalten im Auge zu behalten. Ich musste über das Tun der Indianer genau unterrichtet sein und bat Winnetou, zu den Pferden zurückzukehren und dort auf mich zu warten. Er konnte mir nichts nützen, da er die Beschaffenheit der Bahn nicht kannte, und fügte sich, wenn auch widerwillig, meinem Verlangen.

„Wenn mein Bruder in Gefahr ist, so mag er den Schrei des Prairiehuhns ausstoßen. Ich werde dann kommen, ihm zu helfen.“

Er bewegte sich rückwärts und ich schlug, immer am Boden kriechend und aufmerksam jedes Geräusch beachtend, eine schräge Richtung nach dem Bahnkörper ein. Lange dauerte es, bis ich ihn erreichte. Dann aber überkroch ich ihn und hielt auf seiner anderen Seite mit verdoppelter Vorsicht auf die Stelle zu, an der ich die Oglalas gesehen.

Da drang ein leise klingender Ton an mein Ohr. Ich horchte. Es war der Schall eines regelmäßig wiederkehrenden Schlages, und als ich die Aufschüttung erklomm und das Ohr an eine der Schienen legte, hörte ich ein so deutliches Hämmern und Klopfen, dass mir kein Zweifel übrig blieb.

Hier war nicht die mindeste Zeit zu versäumen, und nachdem ich nur eine kurze Strecke rückwärts geschlichen, erhob ich mich und sprang den Weg zurück, den ich gekommen war. Ich kannte den Punkt der Bahnstrecke nicht, an dem wir uns befanden, und wusste ebenso wenig die Zeit, in der ein Zug vorüberkommen musste. Das konnte alle Augenblicke geschehen und zur Warnung war ein bedeutender Vorsprung nötig. Ich befand mich in einer nicht geringen Aufregung und wäre von Winnetou, an den ich fast anrannte, beinahe verkannt und niedergestochen worden.

Nach einigen Worten der Verständigung saßen wir zu Pferde und bewegten uns in scharfem Trab längs des Schienengleises nach Osten zu. Ein wenig Mondschein wäre uns jetzt zwar willkommen gewesen, aber der klare Schimmer der Sterne genügte ja auch so ziemlich, uns die Strecke erkennen zu lassen.

Eine Viertelstunde verging und noch eine. Gefahr für den herannahenden Zug war also nicht mehr zu befürchten, sobald es nur gelang, uns bemerklich zu machen. Aber besser noch war es, wenn es ohne Wissen der Indianer geschehen konnte, und bei dem platten Terrain war das durchdringende Licht, wie es die amerikanischen Maschinen bei sich führen, auf mehrere Meilen weit bemerklich.

Also ließen wir die Pferde laufen und legten so, wortlos nebeneinander haltend, noch eine ansehnliche Strecke zurück.

Jetzt endlich schien es mir Zeit. Ich hielt an und sprang vom Pferd. Winnetou tat dasselbe. Nachdem die Tiere gehörig gefesselt waren, sammelte ich einen Haufen ausgedörrten Grases, dessen trockenste Teile ich zu einer Art Fackel zusammendrehte. Mit Hilfe von etwas aufgestreutem Pulver war sie leicht in Brand zu stecken und nun konnten wir das Kommende ruhig erwarten.

Auf unsere Decken gelagert lauschten wir in die Nacht hinein und verwandten fast kein Auge von der Richtung, aus der der Zug zu erwarten war. Winnetou sprach kein Wort, er verstand von dem, was ich vorhatte, wenig oder gar nichts und ließ mich ruhig gewähren. Außer dem Geräusch, das die grasenden Pferde verursachten, war kein Laut zu hören als höchstens das leise Knistern eines auf Raub ausgehenden Käfers und die Minuten dehnten sich zu einer immer peinlicher werdenden Länge.

Da, nach einer kleinen Ewigkeit, blitzte in weiter, weiter Ferne ein Licht auf, erst klein und kaum wahrnehmbar, aber nach und nach immer größer werdend.

„Der große Häuptling der Apachen wird jetzt das Feuerross sehen. Es kommt."

Winnetou erhob sich. Kein Laut seines Mundes gab Zeugnis von der Spannung, in der er sich befand. Ich nahm die Lunte zur Hand und schüttete Pulver auf.

Jetzt machte sich das Nahen der Wagen durch ein immer vernehmlicher werdendes Rollen bemerklich, das nach und nach zu einem Geräusch anwuchs, das dem Grollen eines entfernten Donners glich.

„Das eiserne Ross hat eine böse Stimme", sprach Winnetou. „Wie sind seine Gedanken über den Stamm der Apachen?"

Er fühlte also doch eine Besorgnis um seine Sicherheit. Dem Feind, selbst dem überlegenen gegenüber, wäre ihn nicht das mindeste Bangen angekommen, die unbekannte und sich auf so schreckliche Weise ankündigende Macht des Dampfes aber störte doch seine Gemütsruhe.

„Das ist nicht die Stimme des Feuerrosses, sondern das Zittern des Pfades, über den es daherfliegt."

„Da muss das Wiehern seines Mundes noch fürchterlicher sein. Mein Bruder wird Winnetou nicht verlassen!"

Ich konnte nur ein kurzes Wort der Beruhigung aussprechen, denn der Augenblick war gekommen. Einen blendenden Lichtkeil vor sich herwerfend, brauste der Zug heran.

Ich zog den Revolver und drückte los. Im Nu flammte

das Pulver auf und brachte das dürre Gras in glimmenden Brand. Die Lunte schwingend, versetzte ich sie in helle Flamme und gab mit dem anderen Arm das Zeichen zum Halten.

Der Maschinist musste das Zeichen durch die Glastafeln des Wetterschutzes sofort bemerkt haben, denn schon nach den ersten Schwingungen des Brandes ertönte ein sich rasch und scharf wiederholender Pfiff, fast in demselben Augenblick wurden die Bremsen angezogen und mit donnerndem Dröhnen flog die Wagenreihe an uns vorüber.

„Uff, uff, uff!“, rief voller Schrecken Winnetou, aber ich hatte nicht Zeit auf sein ängstliches Erstaunen zu achten, sondern gab ihm nur ein kurzes Zeichen, mir zu folgen, und sprang dem seine Geschwindigkeit zusehends verringernden Zug nach.

Endlich hielt er. Ohne zunächst die sich von ihren erhöhten Plätzen herabbeugenden Zugbegleiter zu beachten, eilte ich an den Wagen vorüber bis vor die Lokomotive und warf die Decke, die ich vorsorglich von der Erde gerafft hatte, über den Reflektor und rief zu gleicher Zeit mit möglichst lauter Stimme:

„Lichter aus!“

Sofort verschwanden die Laternen. Die Angestellten der Pazifikbahn sind ein geistesgegenwärtiges und schnell gefasstes Völkchen.

„’s death!“ rief es von der Maschine herab, „warum verdeckt Ihr unsere Flamme, Mann? Ich hoffe nicht, dass da vorn irgendetwas los ist!“

„Wir müssen im Finsteren sein, Sir“, antwortete ich, „es sind Indianer vor uns und ich glaube sehr, dass sie die Schienen aufgerissen haben!“

„Alle Teufel! Wenn das so ist, so seid Ihr der bravste Kerl, der jemals durch dieses verfluchte Land stolperte.“ Und zur Erde herabspringend drückte er mir die Hand, dass ich hätte aufschreien mögen.

In einigen Augenblicken waren wir von Neugierigen

umringt und ich musste mich fast wundern über die bedeutende Anzahl von Leuten, die sich da aus den verschiedenen Wagen hervorpaddelten.

„Was ist, was gibt's, warum halten wir?", rief es rund im Kreise.

Mit kurzen Worten erklärte ich ihnen die Verhältnisse und brachte dadurch eine nicht geringe Aufregung unter den Männern hervor.

„Gut, sehr gut!", rief der Ingenieur. „Zwar bringt das eine Störung im Betrieb hervor, aber das hat nichts zu sagen gegen die prächtige Gelegenheit, den roten Halunken einmal eins aufs Fell zu brennen. Das ist in kurzer Zeit das dritte Mal, dass sie es wagen, Züge zu überfallen und auszurauben, aber heute sollen sie sich geirrt haben und den Dank gleich in Summa bekommen. Jedenfalls haben sie geglaubt, dass dieser Zug Güter und wie gewöhnlich nur fünf bis sechs Leute bei sich habe. Glücklicherweise aber haben wir einige hundert Arbeiter geladen, und da diese Leute sämtlich bewaffnet sind, so wird uns die Sache nur Spaß machen! Aber was steht denn da drüben für ein Mann? Bei Gott, eine Rothaut!"

Er griff in den Gürtel und wollte sich auf Winnetou stürzen, der mir gefolgt war und nun in aufrechter, wartender Stellung seitwärts im Halbdunkel hielt.

„Bleibt ruhig hier, Sir! Es ist mein Jagdgenosse, der sich freuen wird, die kühnen Reiter des Feuerrosses kennen zu lernen."

„Das ist was anderes. Ruft den Mann her."

Ich winkte dem Häuptling, und er trat langsamen Schritts herzu, fuhr aber mit einem lauten Ausruf des Schreckens wieder zurück, denn der Ingenieur war wieder auf den Wagen gestiegen, um die Dämpfe abzulassen, die mit gellendem Zischen den Ventilen entströmten und die Umgebung der Maschine in eine weiße Wolke hüllten.

„Uff, uff! Warum ruft mein Bruder Winnetou, wenn das Ross zornig ist?"

„Winnetou?“, rief es da laut im Hintergrund, und ein Mann drängte sich hastig durch die Umstehenden. „Winnetou, der große Häuptling der Apachen, ist er hier?“

Es war ein Mann von wahrhaft riesigen Körperformen, wie ich in der Dunkelheit erkennen konnte, auch schien er mir nicht die Kleidung der ihm rasch Platz machenden Arbeiter, sondern das Gewand eines Prairiejägers zu tragen. Er stellte sich vor dem Häuptling auf und fragte mit hörbar freudigem Ton:

„Hat Winnetou die Gestalt und die Stimme seines Freundes vergessen?“

„Uff!“, antwortete mit ebensolcher Freude der Gefragte. „Wie kann Winnetou vergessen Old Firehand, den größten unter den weißen Jägern, obgleich er ihn seit vielen Sonnen nicht gesehen!“

„Glaub's, glaub's, alter Skalper – geht mir mit dir ja ebenso; aber...“

„Old Firehand?“, rief's, ihn unterbrechend, rund im Kreise und fast ehrerbietig traten die Anwesenden einen Schritt von dem Genannten zurück. Auch mir war der Name dieses berühmtesten unter den Indianerfeinden bekannt, an dessen Person sich Erzählungen von fast unglaublicher Kühnheit knüpften, sodass ihn der Aberglaube der Prairiejäger mit einem durch immer neue Berichte wachsenden Nimbus umgab.

„Old Firehand?“, rief auch der Ingenieur. „Warum habt Ihr mir Euren Namen nicht genannt, als Ihr aufstiegt, Mann? Ich hätte Euch einen besseren Platz angewiesen als jedem anderen, den man aus Gefälligkeit ein Stück mit in den Westen hineinnimmt!“

„Danke, Sir, war gut genug! Aber lasst uns die kostbare Zeit nicht verschwatzen, sondern beraten, was wir gegen die Indsmen vorzunehmen haben.“

Sofort gruppierte sich alles, als wäre er selbstverständlich der, dessen Ansicht die beste sei, um ihn, und ich musste meinen Bericht eingehender wiederholen.

„So seid Ihr also Winnetous Freund?“, fragte er, als ich geendet hatte. „Ich mag so leicht nicht von jemandem was wissen, aber wem der seine Achtung schenkt, der kann auch auf mich rechnen. Hier habt Ihr meine Hand! Und nun lasst euch meine Meinung sagen, ihr Leute: Wir bilden zwei Abteilungen, die zu beiden Seiten der Bahn sich an die Indianer schleichen. Zwei Führer haben wir ja, sodass wir uns nicht irren können. Während die eine dieser Abteilungen die Indsmen vorsichtig in einem Halbkreis umfängt und über die Schienen treibt, nimmt die andere den Feind auf, sodass er in die Mitte kommt und vollständig aufgerieben wird. Aber nehmt euch in Acht, dass wir nicht vor der Zeit bemerkt werden. Der Zug bleibt natürlich hier halten, und wem es nicht behagt mitzukommen, der bleibt bei ihm zurück.“

„Well, Sir, ich stimme bei!“, rief der Ingenieur. „Aber obgleich ich eigentlich meinen Posten nicht verlassen darf, will ich doch nicht umsonst ein Paar gesunde Fäuste besitzen. Ich würde es auf dem alten Feuerkasten nicht aushalten können, sobald ich eure Büchsen knallen hörte, und gehe also mit.“ Und sich zu seinem Personal wendend, fuhr er fort: „Ihr anderen bleibt bei den Wagen und gebt gut Acht; man weiß zuweilen nicht, was passieren kann. – Tom!“

„Sir!“, antwortete der Feuermann.

„Du verstehst so ziemlich, mit der Maschine umzugehen. Damit wir nicht erst wieder zurückzugehen brauchen, kommst du mit den Wagen nach, sobald du ein Feuerzeichen erblickst. Aber langsam, so langsam wie möglich. Es wird jedenfalls an der Trasse auszubessern geben.“

In kurzer Zeit lag tiefe Stille über der Gegend und nicht das leiseste Geräusch verriet, dass der auf der weiten Ebene ruhende scheinbare Friede die Vorbereitung einer blutigen Katastrophe in sich berge.

Zunächst hatten wir eine ansehnliche Strecke in aufrechter Stellung zurückgelegt, jetzt aber, nachdem wir die Nähe des mutmaßlichen Kampfplatzes erreicht hatten, legten wir uns nieder und krochen, einer nach dem anderen, auf Händen und Füßen die Böschung entlang.

Der Mond war mittlerweile aufgegangen und warf ein ruhiges, klares Licht über die Gegend, sodass es möglich war, in sehr geraume Entfernung zu blicken. Diese Helligkeit erschwerte zwar das Anschleichen, war uns aber in anderer Beziehung wieder von Vorteil. Bei der Gleichheit der Hebungen und Senkungen des Bodens wäre es uns im Dunkeln nicht leicht geworden, den Ort genau zu bestimmen, an dem wir die Oglalas gesehen hatten, und möglicherweise konnten wir also ganz unversehens auf sie stoßen; das war aber jetzt nicht zu befürchten.

Von Zeit zu Zeit im Vorwärtsdringen einen Augenblick innehaltend und mich vorsichtig erhebend, warf ich einen forschenden Blick über den Damm hinaus und gewahrte jetzt auf der seitwärts liegenden Erhöhung eine Gestalt, die sich leicht kenntlich am Horizont abzeichnete. Man hatte also jetzt eine Wache ausgestellt, und wenn der Mann sein Augenmerk nicht bloß in die Ferne auf den von ihm erwarteten Bahnzug, sondern auch auf die nähere Umgebung richtete, so musste er unbedingt die Abteilung von uns, die sich auf der anderen Seite des Schienenstrangs fortbewegte, bemerken. Doch vertraute ich der Klugheit des Apachenhäuptlings, der mir schon öfter eine geradezu erstaunenswerte Meisterschaft im Beschleichen gezeigt hatte.

Nach wenigen Minuten konnten wir die Übrigen sehen, die bewegungslos am Boden lagen. Eine kurze Strecke hinter ihnen hielten die angekoppelten Pferde, ein Umstand, der einen plötzlichen Überfall sehr erschwerte, da die Tiere leicht zu Verrätern werden konnten. Zu gleicher Zeit erblickte ich die Vorrichtung, die die Indianer getroffen hatten, um den Zug aufzuhalten. Es waren mehrere Schienen ausgebrochen und mit den ausgehobenen Schwellen quer über das Gleis gelegt worden, und mit Schaudern dachte ich an das Schicksal, das die Insassen der Wagen hätte treffen müssen, wenn das Vorhaben der Wilden nicht von uns bemerkt worden wäre.

Wir setzten unsere Bewegung so lange fort, bis wir uns der Truppe gerade gegenüber befanden, und blieben nun, die Waffen zum sofortigen Gebrauch bereit haltend, erwartungsvoll liegen.

Besser wäre es gewesen, den Angriff von unserer Seite aus zu übernehmen, aber die Disposition war nun einmal getroffen und so mussten wir uns gedulden. Die Hauptaufgabe unserer Verbündeten war, zunächst den Posten unschädlich zu machen, ein Vorhaben, das ich kaum einem anderen als Winnetou zutraute. Der Mann konnte im hellen Mondschein die geringste Kleinigkeit seiner Umgebung genau erkennen und musste bei der ringsum herrschenden Ruhe das leiseste Geräusch bemerken. Und selbst wenn es gelang, ihn zu überraschen, so war es doch, um ihn durch einen gutgeführten Messerstich unschädlich zu machen, notwendig, aufzuspringen, und dann musste man ja sofort von den anderen gesehen werden.

Mit mir zu Rate gehend, wie diesem Übelstand abzuhelfen sei, sah ich ihn plötzlich wie in den Boden hinein verschwinden, im nächsten Augenblick aber schon wieder in seiner früheren geraden Haltung aufrecht stehen. Nur einen einzigen, blitzschnellen Moment hatte diese Bewegung in Anspruch genommen: aber ich wusste sogleich, was sie zu bedeuten hatte. Der jetzt scheinbar Wachehaltende war nicht mehr der Oglala, sondern Winnetou. Er musste sich mit noch einem bis unmittelbar an den Posten geschlichen haben und war in demselben Augenblick, an dem jener von dem anderen bei den Füßen niedergerissen und sofort eines Lautes unfähig gemacht wurde, kerzengerade in die Höhe gefahren.

Das war wieder eines seiner bewundernswerten Indianerstücke, bei dem ihm sicher nur Old Firehand geholfen haben konnte. Niemand weiter von uns hatte den Vorgang bemerkt, und da die Feinde in ihrer Unbeweglichkeit verharrten, so musste er auch ihnen entgangen sein. Das Schwerste war somit glücklich vollbracht und nun konnten wir in kürzester Zeit den Angriff erwarten.

Wirklich gewahrte ich auch nur kurze Zeit später eine Reihe dunkler Punkte, die sich in einiger Entfernung hinter den Pferden immer weiter vorschob und das Bestreben zeigte, sich zu einem Halbkreis zu verengen. Ungesehen von den Indianern rückten sie näher und immer näher und schon schien mir die vollständige Überrumpelung des Feindes sicher, da – zuckte ein flüchtiges Leuchten drüben auf, dem ein lauter Knall folgte – es war irgendeinem das Gewehr losgegangen.

Sofort standen die Oglalas auf den Füßen, und kaum hatten sie die rasch heranstürmenden Gegner bemerkt, so saßen sie mit Gedankenschnelle im Sattel, warfen die Pferde herum und stürmten im Galopp auf den Bahndamm zu.

Sie waren eines Überfalls nicht gewärtig gewesen und hatten also auch für den Fall eines solchen keine Verhaltungsmaßregeln besprochen. Deshalb suchten sie, da sie die Überzahl der Weißen erkannten, zunächst aus deren Nähe zu kommen, um dann in einer sicheren Stellung einen Entschluss zu fassen. Dass auf der anderen Seite des Dammes ein Hinterhalt liege, konnten sie nicht wissen, und es kam nun darauf an, ihre Flucht aufzuhalten.

„Have care!“, rief ich, als sie nur noch einige Pferdelängen von uns entfernt waren. „Zielt auf die Pferde und dann drauf!“

Ich hatte einen Henrystutzen mit fünfundzwanzig Kugeln im Kolben, gegen Reiter eine fürchterliche Waffe, die ich auch nach Kräften gebrauchte. Schon bei unserer ersten Salve bildeten die Indsmen einen Knäuel, auf den sich die anderen alle stürzten, während ich einstweilen meinen Standpunkt beibehielt, um Kugel auf Kugel aus dem sicheren Lauf zu entsenden.

Der Kampf wütete mit tödlicher Erbitterung. Zwar war es einer kleinen Anzahl gelungen, unsere Linie zu durchbrechen und das Weite zu gewinnen, aber die bei weitem meisten waren entweder von ihren verwundeten Pferden abgeworfen oder von unserer Übermacht am Ausbrechen verhindert worden, und wenn sie auch wie die Teufel kämpften, so war es doch augenscheinlich, dass sie dem Untergang geweiht waren.

Die ursprüngliche Verwirrung des Handgemenges löste sich allmählich in einen besser zu übersehenden Einzelkampf auf, der einem nicht beteiligten Zuschauer Gelegenheit gegeben hätte, Taten zu beobachten, für die der zivilisierte Boden kaum einen Platz haben dürfte. Die Schar der Bahnarbeiter bestand begreiflicherweise zwar meist aus Leuten, die in den Stürmen des Lebens ihre Kräfte geübt hatten, aber der Kampfart der Indianer war wohl keiner von ihnen gewachsen, und wo nicht mehrere von ihnen gegen einen Indsman standen, behielt dieser gewiss die Oberhand und die Stätte bedeckte sich immer mehr mit den unter dem wuchtigen Hieb des Tomahawk Gefallenen.

Nur drei von uns, Old Firehand, Winnetou und ich, waren mit dieser Waffe versehen und es zeigte sich allerdings, dass bei gleichen Waffen der intelligentere Europäer meist im Vorteil steht. Ich hatte das Gewehr längst aus der Hand gelegt und mich am Handgemenge beteiligt. Je geringer die Zahl der Feinde wurde, desto mehr glaubten die Arbeiter ihre Pflicht getan zu haben und traten beiseite, um sich zu erholen, umso mehr aber waren wir anderen engagiert und hatten wirklich vollauf zu tun, um den Rest der Feinde zu meistern.

Winnetou kannte ich genug und ließ ihn also unbeachtet, mit Gewalt dagegen drängte es mich in die Nähe von Old Firehand, dessen Anblick mich an jene alten Recken mahnte, von denen ich als Knabe so oft und mit Begeisterung gelesen. Mit auseinandergespreizten Beinen stand er gerade und aufrecht da und ließ sich von den anderen die Indianer in das Schlachtbeil treiben, das, von seiner riesenstarken Faust geführt, bei jedem Schlag zerschmetternd auf die Köpfe der Feinde sank. Die langen, weißen, mähnenartigen Haare wehten ihm ums entblößte Haupt und in seinem vom Mond hell beschienenen Angesicht sprach sich ein Gefühl der Wonne aus, das den Zügen einen geradezu befremdenden Ausdruck gab.

Seitwärts von ihm und mir kämpfte ein Indianer, der seinen Gegnern sehr zu schaffen machte, sodass es ihm endlich doch gelang, sich einen Weg zu bahnen, um dem Schicksal der übrigen zu entgehen. Eben stieß er den letzten im Wege Stehenden weit ab von sich und wollte das Weite suchen, als sich ihm ganz unerwartet ein neuer Feind entgegenstellte. Es war Winnetou, der bei dem Anblick des Wilden sofort herbeigesprungen kam, noch ehe ich die gleiche Absicht ausgeführt hatte.

„Parranoh!“, rief er, der sonst nach Indianersitte während des Kampfes den Mund nicht öffnete. „Will der Hund von Athabaskah laufen vor Winnetou, dem Häuptling der Apachen? Der Mund der Erde soll sein Blut trinken und die Kralle des Geiers soll zerreißen den Leib des Verräters; aber sein Skalp wird zieren den Gürtel des Apachen!“

Er warf den Tomahawk weit von sich, riss das Messer aus dem mit Kopfhäuten geschmückten Gürtel und packte den weißen Häuptling bei der Kehle. Aber er wurde von dem tödlichen Stich abgehalten.

Als er gegen seine sonstige Gewohnheit sich mit so lautem Ruf auf den Oglala stürzte, hatte Old Firehand einen raschen Blick herübergeworfen, der das Gesicht des Feindes streifte. Trotz der Flüchtigkeit dieses Blickes aber hatte er doch ein Gesicht gesehen, das er hasste mit der tiefsten Faser seines Innern, das er lange, lange Jahre mit fürchterlicher Anstrengung, aber vergebens gesucht, und das ihm nun so unerwartet an diesem Ort vor die Augen kam.

„Tim Finnetey“, schrie er, schlug mit den Armen die

Indianer wie Grashalme auseinander und sprang mitten durch sie hindurch auf Winnetou zu, dessen soeben zum Stoß erhobene Hand er packte. „Halt, Bruder, dieser Mann gehört mir!"

Vor Schrecken starr stand Parranoh, als er seinen eigentlichen Namen rufen hörte; kaum aber hatte er einen Blick in das Angesicht Old Firehands geworfen, so riss er sich von der Hand Winnetous, der seine Aufmerksamkeit geteilt hatte, los und stürmte wie von der Sehne geschnellt von dannen. Im Augenblick machte auch ich mich von dem Indianer, mit dem ich während dieser Szene im Kampf stand, los und setzte dem Fliehenden nach. Zwar hatte ich für meine Person keinerlei Abrechnung mit ihm zu halten, aber selbst wenn er auch nicht als der eigentliche Urheber des beabsichtigten Überfalls Anrecht auf eine Kugel gehabt hätte, so wusste ich doch, dass er ein Todfeind Winnetous war und ebenso hatten mich die letzten Augenblicke belehrt, dass Old Firehand an seiner Person gelegen sein müsse.

Beide hatten sich ebenfalls augenblicklich zur Verfolgung in Bewegung gesetzt, aber ich wusste, dass sie den Vorsprung, den ich vor ihnen hatte, nicht verringern würden, und musste freilich auch zu gleicher Zeit bemerken, dass ich es mit einem außerordentlich guten Läufer zu tun hatte. Obgleich Old Firehand nach dem, was ich von ihm gehört hatte, ein Meister in allen Fertigkeiten, die das Leben im Westen verlangt, sein musste, so befand er sich doch schon längst nicht mehr in den Jahren, die einen Wettlauf auf Tod und Lerben begünstigen, und Winnetou hatte mir schon öfter eingestanden, dass er mich nicht einzuholen vermöge.

Zu meiner Genugtuung bemerkte ich, dass Parranoh den Fehler beging, ohne seine Kräfte gehörig abzumessen, Hals über Kopf immer geradeaus zu rennen, und in seiner Bestürzung die gewöhnliche Taktik der Indianer, im Zickzack zu fliehen, nicht befolgte, während ich den Odem zu sparen suchte und in vollständiger Berechnung meiner Kräfte und der möglichen Ausdauer die Anstrengung des Laufs abwechselnd von einem Bein auf das andere legte, eine Vorsicht, die mir stets von Vorteil gewesen war.

Die beiden anderen blieben immer weiter zurück, sodass ich das Geräusch ihres Atems, das ich erst dicht hinter mir gehört hatte, nicht mehr vernahm, und jetzt erscholl auch aus schon ziemlicher Entfernung die Stimme Winnetous:

„Old Firehand mag stehen bleiben! Mein junger, weißer Bruder wird die Kröte von Athabaskah fangen und töten. Er hat die Füße des Sturmes und niemand vermag ihm zu entkommen."

So schmeichelhaft dieser Ruf für mich klang, ich konnte mich doch nicht umsehen, um zu gewahren, ob der grimme Jäger ihm auch Folge leiste. Zwar schien der Mond, aber bei seinem trügerischen Schimmer musste ich den Flüchtling immer fest im Auge behalten.

Bisher war ich ihm noch um keinen Schritt näher gerückt, aber als ich jetzt bemerkte, dass seine Geschwindigkeit im Abnehmen begriffen war, holte ich weiter aus, und in kurzer Zeit flog ich so nahe hinter ihm her, dass ich sein keuchendes Schnaufen vernahm. Ich hatte keine andere Waffe bei mir als die beiden abgeschossenen Revolver und das Bowiemesser, das ich jetzt zog. Das Beil hatte mich beim Laufen gehindert und war deshalb schon nach den ersten Schritten von mir weggeworfen worden.

Da plötzlich sprang er zur Seite, um mich im vollen Jagen an sich vorüberschießen zu lassen und dann von hinten an mich zu kommen, aber ich war natürlich auf dieses Manöver gefasst und bog in eben demselben Moment seitwärts, sodass wir mit voller Gewalt zusammenprallten und ihm dabei mein Messer bis an den Griff in den Leib fuhr.

Der Zusammenstoß war so kräftig, dass wir beide zur Erde stürzten, von der er sich allerdings nicht wieder erhob, während ich mich augenblicklich zusammenraffte, da ich nicht wissen konnte, ob er tödlich getroffen sei.

Aber er bewegte kein Glied und tief Atem holend zog ich das Messer zurück.

Es war nicht der erste Feind, den ich niedergestreckt, und mein Körper zeigte manches Andenken an nicht immer glücklich bestandene Rencontres mit den kampfgewandten Bewohnern der amerikanischen Steppen, aber hier lag ein Weißer vor mir, der von meiner Waffe gestorben, und ich konnte mich eines beengenden Gefühls nicht erwehren. Doch hatte er den Tod jedenfalls verdient und war des Bedauerns also nicht wert.

Noch mit mir zu Rat gehend, welches Zeichen meines Sieges ich mit mir nehmen solle, hörte ich hinter mir den eiligen Lauf eines Menschen. Rasch warf ich mich nieder; aber ich hatte nichts zu befürchten, denn es war Winnetou, der mir in freundschaftlicher Besorgnis doch gefolgt war und jetzt an meiner Seite hielt.

„Mein Bruder ist schnell wie der Pfeil der Apachen und sein Messer trifft sicher das Ziel."

„Wo ist Old Firehand?"

„Er ist stark wie der Bär zur Zeit des Schneefalls; aber sein Fuß wird gehalten von der Hand der Jahre. Will mein Bruder sich nicht schmücken mit der Skalplocke des Athabaskah?"

„Ich schenke sie meinem roten Freund!"

Mit drei Schnitten war die Kopfhaut des Gefallenen vom Schädel gelöst. Ich hatte mich, um von dieser Prozedur nicht berührt zu werden, abgewandt, da war es mir, als bewegten sich einige dunkle Punkte langsam auf uns zu.

„Winnetou mag sich zur Erde strecken, er wird den Skalp des weißen Häuptlings verteidigen müssen!"

Die Kommenden nahten sich mit sichtbarer Vorsicht; es waren ungefähr ein halbes Dutzend Oglalas, augenscheinlich von denen, die uns entkommen waren, und sie kehrten zurück, jedenfalls um zu rekognoszieren und etwa versprengte Ihrige aufzusuchen.

Der Apache kroch, tief zur Erde gedrückt, seitwärts und

ich folgte, seine Absicht erratend. Längst schon hätte Old Firehand bei uns sein müssen, aber vermutlich hatte er, sobald Winnetou ihm aus den Augen geraten war, eine falsche Richtung eingeschlagen. Jetzt bemerkten wir, dass die Nahenden Pferde bei sich hatten, die sie am Zügel nachführten, auf diese Weise waren sie für alle Fälle zur schnellen Flucht bereit, uns aber konnte dieser Umstand gefährlich werden und wir mussten uns deshalb in den Besitz der Tiere setzen. Wir schlugen daher einen Bogen ein, eine Bewegung, die uns in ihren Rücken und die Pferde zwischen uns und sie bringen musste.

In dieser Entfernung vom eigentlichen Kampfplatz hatten sie natürlich keinen Toten vermutet und stießen ein verwundertes „Hugh!" aus, als sie einen regungslosen menschlichen Körper vor sich erblickten. Hätten sie vermutet, dass er hier getroffen sei, so wären sie gewiss mit weniger Eile auf ihn zugeschritten, sie schienen aber anzunehmen, dass er sich verwundet aus dem Handgemenge bis hierher geschleppt habe, bückten sich unverzüglich zu ihm nieder und stießen, als sie ihn und seine Entstellung erkannten, ein unterdrücktes Wutgeheul aus.

Das war der geeignete Augenblick für uns. Im Nu hatten wir sämtliche Pferde, die sie im Schrecken losgelassen hatten, bei den Riemen, saßen auf und jagten im Galopp den Unsrigen zu. An einem Kampf konnte uns nichts gelegen sein; es war genug, dass wir, fast waffenlos, wie wir waren, den dreifach Überlegenen entkamen und außer dem Skalp des feindlichen Anführers noch eine Anzahl Pferde mitbrachten.

Mit sehr verzeihlichem Vergnügen dachte ich an die verdutzten Gesichter, welche die Betrogenen uns jedenfalls nachschnitten, und selbst der so ernste Winnetou konnte ein lachendes „Uff" nicht unterdrücken. Zugleich aber war eine kleine Sorge um Old Firehand sicher gerechtfertigt, da er ebenso gut wie wir mit einer Truppe der Verschlagenen zusammengetroffen sein konnte.

Und diese Sorge erwies sich als gerechtfertigt, denn wir fanden ihn bei unserer Rückkehr zu dem Platz des Überfalls nicht vor, obwohl seit unserer Entfernung eine geraume Zeit vergangen sein musste.

Der Kampf war beendet, man befand sich beim Verbinden der Verwundeten und trug die Gefallenen zusammen. In der Nähe der Stelle, an der die ausgerissenen Schienen lagen, brannten zwei hochlodernde Feuer und verbreiteten die nötige Helle und dienten zugleich dem Zugpersonal als Signal.

„Da seid ihr ja wieder!“, rief uns der Ingenieur entgegen, der ein Tuch um den verletzten Arm trug und uns die unbeschädigte Rechte zum Gruß hinstreckte.

„Habt Euch brav gehalten, Alter, hätte einem Indsman so was gar nicht zugetraut, werde es zu berichten wissen! Wohin führt Euch Euer Pfad?“

„Winnetou geht, zu sehen das mächtige Volk der Bleichgesichter“, antwortete der Gefragte.

„Dann vergesst ja nicht, nach Washington zu gehen, zur Stadt des großen Vaters, dem ich schreiben werde von dem tapferen und guten Häuptling der Apachen.“

„Winnetou wird ihn sehen und ihm sagen die Wünsche der roten Männer.“

„Er wird die Worte unseres Bruders hören und mit Weisheit und Güte beantworten. Aber wo ist Old Firehand, den ich Euch nachjagen sah?“

„Mein weißer Bruder hat verloren die Fährte des roten Mannes und ist auf einen neuen Feind gestoßen. Der Apache wird mit seinem jungen Freund gehen, ihn zu suchen.“

Auch ich hegte diese Ansicht, da er längst wieder da sein musste, wenn ihn nichts begegnet gewesen wäre. Ohne ein weiteres Wort zu verlieren, schloss ich mich deshalb dem Indianer an, nachdem wir uns unsere Waffen wieder angeeignet, sie in den gehörigen Zustand gesetzt und die erbeuteten Pferde in Sicherheit gebracht hatten. Zusammen schritten wir der Richtung zu, aus der wir soeben gekommen waren.

Der Mond warf sein fahles, zweifelhaftes Licht über die vor uns ausgebreitete Weite, hinter uns flammten die beiden Feuerzungen empor und am östlichen Punkt des Gesichtskreises wurde nun auch das scharfe Licht der nahenden Maschine sichtbar. Der Knoten, der uns für wenige Viertelstunden mit der Zivilisation verband, war nur leicht geschlungen, vielleicht löste er sich schon in dem gegenwärtigen Augenblick, der uns in die ungewisse und gefahrvolle Nacht hinausführte.

*

Eine Reihe von Tagen war vergangen. Unser glücklich zurückgelegter Weg hatte uns mitten durch das Gebiet feindlicher Stämme geführt und jetzt nun, wo die uns dabei drohenden Gefahren hinter uns lagen, konnten wir uns einmal nach Herzenslust ausruhen und pflegen.

Unsere Büchsen waren in den letzten Tagen, um durch ihren Knall nicht die Rothäute auf uns aufmerksam zu machen, stumm geblieben, aber trotzdem hatten wir, da wir an der Station der Bahnarbeiter mit hinreichendem Proviant und manch anderem reichlich versehen worden waren, nicht Mangel gelitten, und auch jetzt eben ließ Old Firehand den letzten Inhalt einer mitgenommenen Rumflasche in das heiße Wasser laufen und kostete mit sichtbarem Wohlbehagen den in diesen Breiten so seltenen Trank.

Winnetou hatte die Wache und trat, von einem seiner Rundgänge zurückgekehrt, zum Feuer. Old Firehand bot ihm den dampfenden Becher.

„Will mein Bruder sich nicht ans Feuer setzen? Der Pfad des Arapaho führt nicht an diese Stelle."

„Das Auge des Apachen steht immer offen, er traut nicht der Nacht, denn sie ist ein Weib."

Nachdem er einen langen, behaglich schlürfenden Schluck getan hatte, schritt er wieder in das Dunkel zurück.

„Er hasst die Frauen", warf ich hin, um den Anfang zu geben zu einer jener traulichen Unterhaltungen, die, geführt unter ruhig flimmernden Sternen, für lange Jahre in der Erinnerung bleiben.

Old Firehand öffnete das an seinem Hals hängende Futteral und entnahm ihm die sorglich darin verwahrte kurze Pfeife, die er gemächlich stopfte und dann in Brand steckte.

„Meint Ihr? Vielleicht auch nicht."

„Seine Worte schienen es zu sagen."

„Schienen", nickte der alte Jäger, „aber es ist nicht so. Es gab einmal eine, um deren Besitz er mit Mensch und Teufel gekämpft hätte, und seit jener Zeit ist ihm das Wort ‚Squaw' entfallen."

„Warum führte er sie nicht in seine Hütte?"

„Sie liebte einen anderen."

„Danach pflegt ein Indianer nicht zu fragen."

„Aber dieser andere war sein Freund."

„Und der Name dieses Freundes?"

„Ist jetzt Old Firehand."

Ich blickte überrascht empor. Hier stand ich vor einer jener Katastrophen, an denen der Westen so reich ist und die seinen Gestalten und Ereignissen jenen energischen Charakter geben, durch den sie sich kräftig auszeichnen. Natürlich hatte ich kein Recht, weiter zu fragen; aber das Verlangen nach Weiterem musste sich deutlich in meinen Mienen aussprechen, denn er fuhr nach einer Pause fort:

„Lasst die Vergangenheit ruhen, Mann. Wollte ich von ihr sprechen, wahrhaftig, Ihr wärt trotz Eurer Jugend der Einzige, zu dem ich es täte, denn ich habe Euch lieb gewonnen in der kurzen Zeit, die wir nun beisammen sind."

„Danke, Sir! Kann Euch offen sagen, dass auch ich nicht ganz empfindungslos bin."

„Weiß es, weiß es, Ihr habt's ja reichlich bewiesen und ohne Eure Hilfe wäre ich in jener Nacht verloren gewesen. Ich hatte in der Hitze, in die mich der Anblick Tim Finneteys brachte, Eure Spur, der ich nicht schnell genug folgen konnte, weil mir vor kurzer Zeit ein Pfeil durchs Bein gedrungen war, aus dem Auge gelassen und geriet, nur mit dem Messer bewaffnet, zwischen eine Truppe der herumschleichenden Oglalas, der sich dann noch die zugesellten, denen Ihr mit den Pferden davongegangen wart. Ich hatte einen teufelsmäßig harten Stand und blutete wie ein vielangeschossener Büffel, als Ihr endlich kamt."

„Das muss gesagt sein, Sir, einer anderen Mutter Sohn wäre in Eurer Lage der Mut in die Beine gefahren und an der Ehre, lebendig davonzukommen, hätte er vollkommen genug gehabt."

„Pah, es hat noch nie eine Rothaut sagen können, dass Old Firehand ihr den Rücken gekehrt habe. Es war nur ärgerlich, dass ich meine Rechnung mit Tim Finnetey nicht selbst ausgleichen konnte, und ich gäbe auf der Stelle diese meine Hand darum, wenn es mir vergönnt gewesen wäre, dem Halunken mein eigenes Eisen zu schmecken zu geben."

Bei diesen Worten zuckte eine ingrimmige Erbitterung über das sonst so ruhige und offene Gesicht des Sprechenden, und wie er mit wutblitzenden Augen und festgeballten Fäusten mir so gegenüber lag, konnte ich nicht anders denken, als dass die erwähnte Rechnung mit diesem Parranoh oder Finnetey ganz ordentlich gewesen sein müsse.

Ich gestehe gern, dass meine Wissbegierde immer größer wurde, und bei jedem anderen an meiner Stelle wäre es ebenso gewesen, aber ich musste mich gedulden, was mir auch gar nicht schwer fiel, da ich von der Zukunft ganz sicher Aufklärung erwarten konnte.

Als ich ihn in der Nacht des Überfalls mit Winnetou aufsuchte, fanden wir ihn im Kampf mit einer überlegenen Anzahl Indsmen und die dabei erhaltenen Wunden hätten bei dem Mangel an Pflege in der Prairie in kurzer Zeit seinen Tod herbeigeführt. Glücklicherweise aber bot sich uns in dem anwesenden Bahnzug ein willkommenes Rettungsmittel und mit Freuden folgten wir der vom Ingenieur ausgesprochenen Einladung, bis an den nächsten und zugleich auch am weitesten vorgeschobenen Verwaltungspunkt der damals noch im Bau begriffenen Bahn mitzufahren und dort die Genesung des Verwundeten abzuwarten.

Diese Genesung war schneller vorgeschritten, als wir erwartet hatten, und so brachen wir nach verhältnismäßig kurzer Zeit auf, um unsere unterbrochene Wanderung fortzusetzen und zunächst durch das Land der Arapahos und Pawnees bis an den Mankizita vorzudringen, an dessen Ufer Old Firehand seine ‚Festung' hatte, wie er sich ausdrückte, die wir vielleicht in kurzer Zeit erreichen konnten, da wir schon vorgestern den Kehupahan überschwommen hatten.

Dort wollten wir einige Tage Rast halten und dann über Dakotah und die Hundeprairie die Seen zu gewinnen suchen. Während dieses Aufenthalts bot sich hoffentlich Gelegenheit, einen Einblick in die Vergangenheit Old Firehands zu tun, und so verharrte ich jetzt schweigend in meiner Stellung, die ich nur zuweilen veränderte, um das Feuer zu schüren und ihm neue Nahrung zu geben.

Bei einer dieser Bewegungen funkelte der an meinem Finger steckende Ring im Strahl der Flamme. Old Firehands scharfes Auge hatte trotz der Schnelligkeit dieses Leuchtens den kleinen, goldenen Gegenstand genau erfasst und er fuhr mit betretener Miene aus seiner bequemen Lage empor.

„Was ist das für ein Ring, den Ihr hier tragt, Sir?"

„Er ist das Andenken an eine der schrecklichsten Stunden meines Lebens."

„Wollt Ihr ihn mir einmal zur Betrachtung geben?"

Ich erfüllte seinen Wunsch. Mit sichtbarer Hast griff er zu, und kaum hatte er einen näheren Blick auf den Ring geworfen, so erklang die Frage.

„Von wem habt Ihr ihn?"

Es war eine unbeschreibliche Aufregung, die sich seiner bemächtigt hatte, und auf meine Antwort: „Ich erhielt ihn von einer jungen Dame in New-Venango", stieß er hervor:

„In New-Venango? Wart Ihr bei Forster? Habt Ihr Ellen gesehen? Ihr spracht von einer schrecklichen Stunde, von einem Unglück!"

„Ein Abenteuer, bei dem ich mit meinem braven Swallow in Gefahr kam, bei lebendigem Leib gebraten zu werden", erwiderte ich, die Hand nach dem Ring ausstreckend.

„Lasst das!", wehrte er ab. „Ich muss wissen, wie dieser Reif in Euren Besitz gekommen ist. Ich habe ein heiliges Anrecht auf ihn, heiliger und größer als irgendein anderes Menschenkind!"

„Lasst Euch ruhig nieder, Sir. Verweigerte mir ein anderer die Zurückgabe, so würde ich ihn dazu zu zwingen wissen. Euch aber will ich das Nähere berichten und Ihr werdet dann mir wohl auch Euer Anrecht beweisen können."

„Sprecht, aber wisst auch Ihr, dass dieser Ring in der Hand eines Mannes, dem ich weniger vertraute als Euch, sehr leicht sein Todesurteil werden könnte. Also erzählt, erzählt!"

Er kannte Ellen, er kannte auch Forster, und die Erregung, in der er sich befand, zeugte von dem großen Interesse, das er an diesen Personen nahm. Ich hatte hundert Fragen auf der Zunge, aber ich drängte sie zurück und begann meinen Bericht von der Begegnung mit dem wunderbaren und rätselhaften Mädchen, dessen Bild sich meiner Erinnerung so fest eingedrückt hatte, dass ich den Gedanken an sie nur auf kurze Unterbrechungen von mir zu weisen vermochte.

Auf den einen Ellbogen gestützt, lag er, das Feuer zwischen uns, mir gegenüber und in jedem einzelnen seiner Züge sprach sich die Spannung aus, mit der er dem Lauf meiner Erzählung folgte. Von Wort zu Wort wuchs seine Aufmerksamkeit, und als ich zu dem Augenblick kam, an dem ich sie vor mir auf das Pferd gerissen hatte, sprang er auf und rief:

„Mann, das war das Einzige, sie zu retten! Ich zittere für ihr Leben, rasch, rasch, sprecht weiter!“

Auch ich hatte mich in dem Wiederfühlen jener furchtbaren Aufregung erhoben und fuhr in meiner Schilderung fort. Er trat mir näher und immer näher, seine Lippen öffneten sich, als wolle er jedes einzelne meiner Worte trinken, sein Auge hing, weit aufgerissen, an meinem Mund und sein Körper bog sich in eine Stellung, als säße er selbst auf dem dahinbrausenden Swallow, stürze sich selbst mit in die hoch aufschäumenden Fluten des Flusses und strebe selbst in fürchterlicher Angst um das holde Wesen die steile, zackige Felswand empor. Längst schon hatte er meinen Arm erfasst, den er unbewusst drückte, dass ich hätte die Zähne zusammenpressen mögen, und laut und ächzend drängte sich der Atem aus seiner von fürchterlicher Besorgnis beklommenen Brust.

„Heavens!“, rief er mit einem tiefen, tiefen Atemzug, als er hörte, dass ich glücklich mit ihr über den Rand der Schlucht gekommen war und sie also in Sicherheit gebracht hatte. „Das war entsetzlich – fürchterlich! Ich habe eine Angst ausgestanden, als ob mein eigener Körper in den Flammen war, und doch wusste ich vorher, dass Euch die Rettung gelungen sei, denn sonst hätte sie Euch ja den Ring nicht geben können.“

„Sie hat es auch nicht getan, ich streifte ihn wider Willen von ihrem Finger, und sie hat den Verlust gar nicht bemerkt.“

„So musstet Ihr das fremde Eigentum der Besitzerin unbedingt zurückstellen.“

„Ich wollte es, doch floh sie mich. Zwar folgte ich ihr, doch sah ich sie erst am anderen Morgen in Gesellschaft einer Familie wieder, die dem Tod entgangen war, weil ihre Wohnung im obersten Winkel des Tales lag und der Brand seine Richtung abwärts genommen hatte.“

„Und da spracht Ihr von dem Ring?“

„Nein, sie ließ mich gar nicht vor und ich bin dann natürlich meines Weges fortgeritten.“

„So ist sie, ja, so ist sie! Sie hasst nichts mehr als Feigheit und hat Euch für mutlos gehalten. Was ist aus Forster geworden?“

„Ich habe gehört, dass nur allein jene Familie davongekommen sei. Das Glutmeer, von dem der Talkessel erfüllt war, hat alles verschlungen, was in seinen Bereich gekommen ist.“

„Es ist schrecklich und eine zu furchtbare Strafe für das allerdings unnütze und lächerliche Vorhaben, das Öl fortlaufen zu lassen, um dessen Preis in die Höhe zu bringen!“

„Auch Ihr habt ihn gekannt, Sir?“, fragte ich jetzt.

„Ich war einige Mal bei ihm in New-Venango. Er war ein stolzer, geldprotziger Mann, der wohl Ursache gehabt hätte, wenigstens mit mir etwas manierlicher umzuspringen.“

„Und Ellen habt Ihr bei ihm gesehen?“

„Ellen?“, sagte er mit einem eigentümlichen Lächeln in seinem jetzt wieder ruhigen Angesicht. „Ja, bei ihm und in Omaha, wo sie einen Bruder hat – vielleicht auch noch sonst irgendwo.“

„Ihr könntet mir wohl etwas über das Mädchen mitteilen!“

„Möglich, aber jetzt nicht, jetzt nicht! Eure Erzählung hat mich so mitgenommen, dass ich keine rechte Sammlung zu einer solchen Unterhaltung verspüre, aber zu gelegener Zeit sollt Ihr mehr über sie erfahren, das heißt natürlich, so viel ich selbst von ihr weiß. Hat sie Euch nicht gesagt, was sie in Venango wollte?“

„Doch! Sie wollte ihren Vater sehen und hatte dort nur Quartier genommen!“

„So so; das tut sie alle Jahre. Also Ihr behauptet, dass sie der Gefahr dort wirklich und ganz bestimmt entgangen sei?“

„Ganz sicher.“

„Und schießen habt Ihr sie auch sehen?“

„Wie ich Euch sagte, und zwar ganz vorzüglich. Sie muss eine sehr ungewöhnliche Erziehung genossen haben.“

„Das ist so. Ihr Vater ist ein alter Skalper, der keine einzige Kugel gießt, die nicht ihren Weg zwischen die bewussten zwei Indianerrippen fände. Von ihm hat sie das Zielen gelernt, und wenn Ihr etwa glaubt, dass sie es nicht zur rechten Zeit und am richtigen Ort anzuwenden verstehe, so irrt Ihr Euch ganz gewaltig."

„Wo ist dieser Vater?"

„Er ist bald da, bald dort zu finden, und ich darf wohl sagen, dass wir einander so ziemlich kennen gelernt haben. Es ist möglich, dass ich Euch helfe, ihn einmal zu sehen."

„Wenn Ihr das könntet, Sir!", rief ich aufspringend.

„Werden ja sehen, Mann, habt es an der Tochter verdient, dass Euch der Vater Dank sage."

„Oh, das ist's nicht, was ich meine!"

„Versteht sich, versteht sich, kenne Euch gut genug, aber hier habt Ihr Euren Ring. Werdet später erst sehen, was es heißt, dass ich ihn Euch wieder gebe. Für jetzt aber will ich Euch den Apachen schicken, seine Wache ist um. Legt Euch aufs Ohr, damit Ihr früh am Tage munter seid. Wir werden morgen einmal unsere Gäule drannehmen und zwei Tagereisen erzwingen müssen."

„Zwei? Wollten wir morgen nicht bloß bis zum Greenpark?"

„Habe mich anders besonnen; good night!"

„Good guard! Vergesst nicht, mich zu wecken, wenn ich Euch abzulösen habe!"

„Schlaft nur zu! Kann's auch mal für Euch tun, die Augen offen halten, habt für mich genug getan!"

Mir war ganz wunderbar zumute. Ich wusste nicht, was ich von der Unterredung denken sollte, und als ich nun so allein dalag, gingen mir tausenderlei Vermutungen durch den Kopf, von denen ich nicht eine einzige stichhaltig fand. Lange noch, nachdem Winnetou zurückgekehrt war und sich zum Schlafen in seine Decke gewickelt hatte, warf ich mich ruhelos von einer Seite auf die andere. Die Erzählung hatte mich aufgeregt, jener fürchterliche Abend ging mit allen seinen Einzelheiten immer von neuem an meiner Seele vorüber, zwischen seinen grausigen Gestalten tauchte immer und immer wieder Old Firehand empor und noch im letzten Ringen zwischen Wachen und Träumen klangen mir die Worte ins Ohr: „Schlaft nur zu; habt genug für mich getan!"

Als ich am anderen Morgen erwachte, fand ich mich allein am Feuer, doch konnten die beiden anderen nicht weit entfernt sein, denn der kleine, blecherne Kessel hing mit dem kochenden Wasser über der Flamme und neben dem Stück Bärenzunge, das gestern Abend übrig geblieben war, lag der offene Mehlbeutel.

Ich wickelte mich aus meiner Umhüllung und schritt, um mich zu waschen, nach dem Wasser. Dort standen, im eifrigen Gespräch begriffen, die Gefährten, und ihre Bewegungen, als sie mich erblickten, sagten mir, dass ich der Gegenstand ihrer Unterhaltung gewesen sei.

Kurze Zeit später waren wir zum Aufbruch bereit und schlugen eine Richtung ein, die uns in einer Entfernung von vielleicht zwanzig Meilen vom Missouri parallel mit diesem Fluss auf das Tal des Mankizita zuführte.

Der Tag war kühl. Wir waren gut beritten, und da wir unsere Tiere während der letzten Tour geschont und immer gut gepflegt hatten, so legten wir nach und nach ein tüchtiges Stück grünes Land hinter uns.

Eigentümlich war die Veränderung, die ich heute in dem Verhalten meiner Gefährten zu mir bemerkte. Bisher hatten sich beide zu mir gestellt wie alte, erfahrene Gönner zu einem wenn auch gelehrigen, aber doch noch unkundigen Schützling, jetzt aber lag eine deutlich erkennbare Rücksicht, ich möchte sagen Achtung in ihrem ganzen Benehmen und es war mir ganz so, als ob in dem Blick, den der eine oder andere zuweilen über mich gleiten ließ, etwas einer zurückhaltenden Zärtlichkeit Ähnliches lag.

Es war überhaupt augenfällig, welch beinahe liebevolle

Aufmerksamkeit und Ergebenheit die beiden Leute gegeneinander zeigten. Zwei Brüder, die sich durch die Bande des Blutes mit jeder Faser des Innern aneinandergefesselt fühlen, hätten nicht besorgter füreinander sein können und es dünkte mich, als begegne sich diese beiderseitige Fürsorge jetzt in meiner Person.

Als wir um die Mittagszeit Halt machten und Old Firehand sich entfernte, um die Umgebung des Lagerplatzes zu rekognoszieren, streckte sich, während ich den Proviant hervorholte, Winnetou an meiner Seite nieder und meinte:

„Mein Bruder ist kühn wie die große Katze des Waldes und stumm wie der Mund des Felsens."

Ich schwieg zu dieser sonderbaren Einleitung.

„Er hat die Blume der Savanne aus dem Feuer gerissen und nicht davon gesprochen zu Winnetou, seinem Freund."

„Die Zunge des Mannes", antwortete ich, „ist wie das Messer in der Scheide. Es ist scharf und spitz und taugt nicht zum Spiel."

„Mein Bruder ist weise und hat Recht, aber Winnetou ist betrübt, wenn das Herz seines jungen Freundes sich ihm verschließt wie der Stein, in dessen Schoß die Körner des Goldes verborgen liegen."

„Ist das Herz Winnetous geöffnet gewesen dem Ohr seines Freundes?"

„Hat er ihm nicht gesagt alle Geheimnisse der Prairie? Hat er ihm nicht gezeigt und gelehrt die Spur zu sehen, den Lasso zu werfen, den Skalp zu lösen und alles zu tun, was ein großer Krieger können muss?"

„Winnetou hat es getan, aber hat er auch gesprochen von Old Firehand, der seine Seele besitzt, und von dem Weibe, dessen Andenken nicht gestorben ist in seinem Herzen?"

„Winnetou hat sie geliebt und die Liebe wohnt nicht in seinem Mund."

„Nun weiß wohl auch der Apache, warum sein Bruder

nicht gesprochen hat von der Jungfrau, die er genannt hat die Blume der Savanne!"

„Hat er ihr geschenkt seine Liebe?"

„Winnetou sagt es."

„Sie sind würdig, miteinander zu wohnen im Wigwam und der Apache wird ihnen geben eine große Medizin, die glücklich macht und ein Schutz ist gegen jede Gefahr und die Angriffe des bösen Geistes."

„Hat mein Bruder die Blume gesehen?"

„Er hat sie getragen auf seinen Armen, er hat ihr gezeigt die Blumen des Feldes, die Bäume des Waldes, die Fische des Wassers und die Sterne des Himmels, er hat sie gelehrt, den Pfeil vom Bogen zu schießen und das wilde Ross zu besteigen, er hat ihr geschenkt die Sprache der roten Männer und ihr zuletzt gegeben das Feuergewehr, dessen Kugel getötet hat Ribanna, die Tochter der Assiniboins."

Erstaunt blickte ich ihn an. Es dämmerte eine Ahnung in mir auf, der ich kaum Worte zu geben wagte, und doch hätte ich es vielleicht getan, wenn nicht gerade jetzt Old Firehand zurückgekehrt wäre und unsere Aufmerksamkeit auf das Mahl gerichtet hätte. Aber währenddessen musste ich immerfort an die Worte Winnetous denken, aus denen in Verbindung mit dem, was Ellen mir gesagt hatte, fast hervorging, dass Old Firehand ihr Vater sei. Sein Benehmen bei meiner Erzählung am gestrigen Abend stimmte allerdings mit dieser Vermutung überein, aber er hatte von diesem Vater als von einem Dritten gesprochen und nichts gesagt, was meine Vermutung zu einer festen Überzeugung machen konnte.

Nach einigen Stunden der Ruhe brachen wir wieder auf. Als ob unsere Tiere wussten, dass ein Ort mehrtägiger Erholung vor ihnen liege, trabten sie munter dahin und wir hatten eine ziemliche Strecke zurückgelegt, als mit der hereinbrechenden Dämmerung der Höhenzug, hinter dem das Tal des Mankizita liegt, uns so nahe getreten war, dass das Terrain sich zu erheben begann und wir uns durch eine Schlucht bewegten, die, wie es mir schien, uns genau senkrecht auf den Lauf des Flusses führen musste.

„Halt!“, tönte es da plötzlich aus den zur Seite stehenden Cottonsträuchern hervor und zugleich ward zwischen den Zweigen der Lauf einer auf uns gerichteten Büchse sichtbar. „Wie heißt das Wort?“

„Tapfer!“

„Und?“

„Verschwiegen“, gab Old Firehand die Parole, indem er mit scharfem Blick das Gesträuch zu durchdringen suchte. Bei dem letzten Wort teilte es sich und ließ einen Mann hindurch, bei dessen Anblick ich mich eines leisen Lächelns nicht erwehren konnte.

Unter der wehmütig herabhängenden Krempe eines Filzhutes, dessen Alter, Farbe und Gestalt selbst dem schärfsten Denker einiges Kopfzerbrechen verursacht haben würde, blickte zwischen einem Wald von verworrenen, schwarzgrauen Barthaaren eine Nase hervor, die fast von erschreckenden Dimensionen war und jeder beliebigen Sonnenuhr als Schattenwerfer hätte dienen können. Infolge des gewaltigen Bartwuchses waren außer diesem so verschwenderisch ausgestatteten Riechorgan von den übrigen Gesichtsteilen nur die zwei kleinen, klugen Augen zu bemerken, die mit einer außerordentlichen Beweglichkeit begabt zu sein schienen und mit einem Ausdruck von schalkhafter List von einem zum anderen von uns dreien sprangen.

Diese Oberpartie ruhte auf einem Körper, der uns bis auf das Knie herab vollständig unsichtbar blieb und in einem alten, bockledernen Jagdrock steckte, der augenscheinlich für eine bedeutend stärkere Person angefertigt worden war und dem kleinen Mann vor uns das Aussehen eines Kindes gab, das sich zum Vergnügen einmal in den Schlafrock des Großvaters gesteckt hatte. Aus dieser mehr als zulänglichen Umhüllung guckten zwei dürre, sichelkrumme Beine hervor, in ausgefransten Leggins, die so hoch betagt waren, dass sie das Männchen schon vor einem Jahrzehnt ausgewachsen haben musste, und dabei einen umfassenden Blick auf ein Paar Indianerstiefel gestatteten, in denen zur Not der Besitzer in voller Person hätte Platz finden können.

In der Hand trug der Mann eine alte Rifle, die ich nur mit der äußersten Vorsicht angefasst hätte, und als er sich so mit einer gewissen Würde auf uns zu bewegte, konnte ich mir keine größere Karikatur eine Prairiejägers denken als ihn.

„Sam Hawkens!“, rief Old Firehand. „Sind deine Äuglein blöde geworden, dass du mir die Parole abverlangst?“

„Meine es nicht, Sir! Halte aber dafür, dass ein Mann auf Posten auch zuweilen zeigen muss, dass er die Losung nicht vergessen hat. Willkommen im Bayou, Mesch'schurs! Wird Freude geben, große Freude.“

„Wer von den Männern ist vorhanden?“, fragte unser Anführer, indem er ihm vom Pferd herab die Hand schüttelte.

„Alle, außer Bill Bulcher, Dick Stone und Harris, meine ich, die fort sind, um ‚Fleisch zu machen‘. Die kleine Lady ist auch gekommen und, wenn ich recht gesehen habe, ein wenig groß geworden.“

„Weiß es, weiß es, dass sie da ist. Wie ist's sonst gegangen? Gab's Rothäute?“

„Danke, danke, Sir, könnte mich nicht besinnen, welche gesehen zu haben, obgleich“ – setzte er, auf sein Schießinstrument hindeutend, hinzu – „Liddy Hochzeitsgedanken hat.“

„Und die Fallen?“

„Haben gute Ernte gehabt, sehr gute, wenn ich mich nicht irre. Könnt's selbst sehen, Sir; werdet wenig Wasser im Tor finden, meine ich.“

Er drehte sich um und schritt, während wir weiterritten, seinem Versteck wieder zu.

Die kleine Szene hatte mir gezeigt, dass wir in der Nähe

der ‚Festung' angekommen seien; denn Sam Hawkens stand jedenfalls als Sicherheitswache in kurzer Entfernung vom Zugang, und mit Aufmerksamkeit musterte ich die Umgebung, um ihn zu entdecken.

Jetzt öffnete sich links eine enge Kluft, die von so nahe aneinandertretendem und oben von Brombeerranken überdachtem Gestein gebildet wurde, dass man beide Seitenwände mit den ausgespreizten Händen erreichen konnte. Die ganze Breite des Bodens nahm ein Bach ein, dessen hartes, felsiges Bett nicht die geringste Spur eines Fußes wiedergeben konnte und sein klares, durchsichtiges Wasser in das Flüsschen leitete, an dessen Rand wir in das Tal emporgeritten waren. Old Firehand bog hier ein und wir folgten, langsam gegen den Lauf des Wassers reitend. Jetzt verstand ich auch die Worte des Postens, dass wir wenig Wasser im Tor finden würden.

Kurze Zeit nur hatten wir diese Richtung eingeschlagen, als die Felsen zusammenrückten und uns in so geschlossener Masse entgegentraten, dass der Weg hier zu Ende zu sein schien. Aber zu meinem Erstaunen ritt Old Firehand immerzu und ich sah ihn mitten durch die Mauer verschwinden. Winnetou folgte, und als ich die rätselhafte Stelle erreichte, bemerkte ich nun allerdings, dass die dichten, von oben herabhängenden, wilden Efeuranken nicht eine Bekleidung des Steines, sondern einen Vorhang bildeten, hinter dem die Öffnung tunnelartig fortlief und in dichte Finsternis führte.

Lange, lange Zeit und in verschiedenen Krümmungen folgte ich den beiden Voranreitenden durch das Dunkel, bis endlich wieder ein matter Tagesschein vor mir auftauchte und wir in eine ähnliche Kluft kamen wie die, durch die wir uns vorhin gewunden hatten.

Als sie sich öffnete, blieb ich überrascht halten und auch Winnetou ließ ein erstauntes „Uff" hören.

Wir befanden uns nämlich am Eingang eines mächtigen und weit ausgedehnten Talkessels, der rings von ungangbaren Felswänden umschlossen war. Ein blätterreicher Saum von Büschen umrahmte die mit lockigem Gras bestandene, fast kreisrunde Fläche, auf der mehrere Trupps von Pferden und Maultieren weideten, zwischen denen sich zahlreiche Hunde herumtrieben, die teils jener wolfsähnlichen Rasse, die den Indianern ihre Wach- und Lasttiere liefert, teils aber auch den kleinen, schnell fett werdenden Bastardarten angehörten, deren Fleisch nächst dem des Panthers als der größte Leckerbissen gilt.

„Da habt ihr meine Burg“, wandte sich Old Firehand an uns, „in der es sich sicherer noch wohnen lässt als selbst in Abrahams Schoß.“

„Gibt es eine Öffnung dort in den Bergen?“, fragte ich.

„Nicht so viel, dass ein ‚Skunk‘ hindurchschlüpfen könnte, und von außen ist es fast unmöglich, die Höhen zu erklimmen. Es ist wohl schon manche Rothaut da draußen vorübergeschlichen, ohne zu ahnen, dass diese schroffen Felsenzacken nicht eine kompakte Masse bilden, sondern ein so allerliebstes Tal umschließen.“

„Aber wie habt Ihr diesen köstlichen Ort entdeckt?“

„Ich verfolgte ein Racoon (Waschbär) in die Spalte, die damals noch nicht vom Efeu verdeckt wurde, und habe natürlich sofort Besitz von dem Platz ergriffen.“

„Allein?“

„Erst ja, und hundertmal bin ich dem Tod entronnen, weil ich vor den Verfolgungen der rothäutigen Halunken hier ein sicheres und untrügliches Versteck fand. Später aber habe ich meine Jungens mit hergenommen, wo wir nun unsere Häute sammeln und dem Schrecken des Winters trotzen können.“

Noch während der letzten Worte tönte ein gellender Pfiff weit über den grünenden Plan, und kaum war er erklungen, so öffneten sich an verschiedenen Stellen ringsum die Büsche und es kam eine Anzahl von Gestalten zum Vorschein, denen man das Bürgerrecht des Westens auf mehrere tausend Schritt anzusehen vermochte.

Wir trabten der Mitte des Platzes zu und waren bald von den Leuten umringt, die ihre Freude über die Ankunft Old Firehands in den kernigsten Ausdrücken kundgaben.

Mitten in dem Lärm, der allerdings nur in dieser vollständigen Abgeschlossenheit erlaubt sein konnte, sah ich Winnetou beschäftigt, sein Pferd, von dem er gestiegen war, abzusatteln. Als dies geschehen war, gab er dem Tier mit einem leichten Schlag die Weisung, sich um das Abendbrot zu kümmern, nahm Sattel, Zaum und Decke auf die Schulter und schritt davon, ohne die Umstehenden eines Blickes zu würdigen.

Ich folgte, da unser Anführer zu sehr in Anspruch genommen war, um sich jetzt viel mit uns beschäftigen zu können, seinem Beispiel, machte den braven Swallow vollständig frei und unternahm, die neugierigen Frager kurz abfertigend, eine Untersuchung des Platzes.

Wie eine riesenhafte Seifenblase waren die Gesteinsmassen bei der Bildung des Gebirges von den plutonischen Gewalten emporgetrieben worden und hatten bei ihrem Zerplatzen eine hohle, nach oben offene und von außen unzugängliche Halbkugel gebildet, die dem eingesunkenen Krater eines ungeheuren Vulkans glich. Luft und Licht, Wind und Wetter waren dann beschäftigt gewesen, den harten Boden zu zersetzen und der Vegetation zugänglich zu machen, und die angesammelten Wassermengen hatten sich nach und nach durch die eine Seite der Felswand gebohrt und den Bach gebildet, der heute unser Führer gewesen war.

Ich wählte zu meinem Gang den äußersten Saum des Tales und schritt zwischen dem Gebüsch und der meist senkrecht aufsteigenden, oft sogar überhängenden Felswand entlang. In dieser bemerkte ich zahlreiche mit Tierfellen verschlossene Öffnungen, die jedenfalls zu Wohnungen oder Lagerräumen führten, deren die Jägerkolonie ja notwendig bedurfte.

Jedenfalls bestand diese aus mehr Personen, als sich uns beim Empfang gezeigt hatten, wenigstens konnte ich das aus der Anzahl der Squaws schließen, die ich während meines Ganges erblickte, aber die meisten waren jedenfalls auf Jagdzügen abwesend und kehrten erst bei Beginn des Winters, dessen Nahen allerdings in nicht mehr langer Zeit zu erwarten war, zurück.

Während ich so dahinschlenderte, bemerkte ich auf einer der, wie es schien, unbesteigbaren Klippen eine kleine, aus knorrigen Ästen aufgeführte Hütte. Von ihr aus musste das ganze Tal mit all seinen Einzelheiten vollständig zu überschauen sein und ich beschloss hinaufzusteigen. Bald fand ich, wenn auch keinen Pfad, so doch die Spuren von Fußtritten, die sich da hinaufgearbeitet hatten, und folgte ihnen empor.

Nur noch eine kurze Strecke hatte ich zurückzulegen, da sah ich aus der schmalen und niederen Tür einen Mann schlüpfen, der wohl kaum durch mein Kommen gestört worden sein konnte; denn er bemerkte mich gar nicht und trat, den Rücken mir zugewendet, an den Rand des Felsens und warf, das Auge mit der erhobenen Hand beschattend, einen Blick hinunter in die Tiefe.

Er trug ein buntes, starkstoffiges Jagdhemd, an der äußeren Naht von der Hüfte bis zum Knöchel mit Fransen verzierte Leggins (Lederbeinkleider), und die kleinen Mokassins waren reich mit Glasperlen und Stachelschweinsborsten besetzt. Um den Kopf war turbanartig ein rotes Tuch geschlungen, und eine ebenso gefärbte Schärpe vertrat die Stelle des gewöhnlichen Gürtels.

Als ich den Fuß auf die kleine Plattform setzte, vernahm er das Geräusch meiner Schritte und wandte sich schnell um. War es Wahrheit oder Täuschung? Vor mir stand das Bild meiner Träume, der stetige Gegenstand meines Sinnens und Denkens, das Ziel aller meiner Wünsche und Hoffnungen, und in hellem, rückhaltlosem Jubel rief ich aus:

„Ellen! Ist's möglich?“, und trat mit rascher Bewegung auf sie zu.

Aber ernst und kalt blickte ihr Auge, stolz und unbeweglich stand ihre der Männerkleidung jedenfalls nicht ungewohnte Gestalt und kein Zug ihres jetzt tief gebräunten Angesichts verriet auch nur die leiseste freundliche Regung über mein Kommen.

„Wenn es nicht möglich wäre, würdet Ihr mich nicht hier treffen, Sir. Aber die Berechtigung zur Frage ist wohl mehr an mir als an Euch. Welche Ursache gab Euch die Erlaubnis, Euren Weg in unser Lager zu nehmen?"

Wie ein Strom eiskalten Wassers auf einen erhitzten Körper, so wirkten diese Worte auf mein Entzücken, das wunderbare Mädchen wieder zu sehen, und kälter und gemessener als sie erwiderte ich nur das eine Wort: „Pshaw!" und glitt, ihr den Rücken wendend, vorsichtigen Fußes wieder hinab.

Ich hatte in der Überraschung die reinsten und heiligsten Gefühle meines Herzens bloßgegeben und eine Demütigung erlitten, die mich tiefer traf, als es der Pfeil eines Indianers tun konnte, und die Bitterkeit, die ich jetzt empfand, war ganz anders als die, die ich gefühlt hatte, als sie mich an jenem Abend so energisch von sich wies.

Es war also doch so, wie ich vermutet hatte, dass sie die Tochter Old Firehands sei, und nun war mir auch das andere so ziemlich klar. Nie hatte ich es für möglich gehalten, dass ein Weib, ein so zartes und schönes Wesen wie sie, die den Genüssen und Ansprüchen des zivilisierten Lebens ganz gewiss nicht fremd geblieben war, dieses Leben mit den Gefahren und Entbehrungen der Wildnis vertauschen könne. Dass es doch so geschehen war, musste ganz besondere Gründe haben und es schien mir nicht schwer, aus den einzelnen Mitteilungen, die mir gemacht worden waren, das Ganze zusammenzusetzen.

Schwieriger aber konnte ich die so deutlich gezeigte Abneigung begreifen, welche sie mir, ganz entgegengesetzt den ersten Augenblicken unserer Bekanntschaft, später an den Tag gelegt hatte. Die Behauptung Old Firehands, dass sie mich für feig gehalten habe, stimmte allerdings vollständig mit ihrer eigenen damaligen Äußerung überein, aber es war mir absolut unmöglich zu sagen, worin diese Feigheit denn eigentlich bestanden habe. Ein besserer Menschenkenner, als ich damals war, würde die Motive ihres Verhaltens ohne Zweifel an einem ganz anderen Ort gesucht haben, doch ich war mit den Unwägbarkeiten eines Frauenherzens zu wenig bekannt, als dass ich das Richtige hätte treffen können.

*

Es war Abend geworden. In der Mitte des weiten Talkessels brannte ein hoch emporzüngelndes Feuer, um das sich sämtliche anwesenden Bewohner des Lagers versammelt hatten. Ellen, die, wie ich bald bemerkte, den Männern in jeder Beziehung gleichberechtigt war, hatte mitten unter den Jägern Platz genommen, doch dünkte es mich, dass sie von der Erzählung all der Abenteuer, die in rascher Folge vorgetragen wurden, wenig berührt werde. Träumerisch suchten ihre Augen das Weite, und wenn sie zurückkehrten, so ruhte ihr Blick mit einem eigentümlichen Ausdruck auf meinem Angesicht, sodass auch mein Auge immer wieder zu ihr hinübergezogen wurde.

Auch ich hörte nur mit halbem Ohr auf die Worte der Erzählenden. Ich konnte die Empfindung nicht loswerden, als sei ich der Held eines jener phantastischen Märchen, die ihre Gestalten der Einbildungskraft des Dichters entnehmen und gerade desto interessanter sind, je unmöglicher die Ereignisse genannt werden müssen, die sie erzählen. Wie eine der verzauberten Prinzessinnen, die, verfolgt von dem Fluch einer bösen Fee, herabsteigen mussten von blinkender Höhe, um in unscheinbarer Gestalt des Erretters zu warten, lag sie vor mir und ich fühlte in diesem Augenblick, dass ich für sie zu jeder Anstrengung, zu allem, allem fähig sei, was ein Mann nur zu tun vermag für das Weib, dem jeder Pulsschlag seines Herzens gewidmet ist.

Aber was half mir diese Liebe einem Wesen gegenüber, das eine so in die Augen fallende Abneigung für mich an den Tag legte? Ich stand auf und schritt in das Dunkel hinaus, über das sich der klare, sternenvolle Himmel ausbreitete.

Ein leises, freudiges Wiehern am Saum des Gebüsches, das den Bach berandete, rief mich zu Swallow, der mich erkannt hatte und nun den Kopf zärtlich an meiner Schulter rieb. Er war mir doppelt lieb geworden, seit er sie durch Glut und Feuer getragen, und liebkosend drückte ich meine Wange an seinen schlanken, weichen Hals.

Ein kurzes Schnaufen seiner Nüstern, das mir als Warnungszeichen bekannt war, ließ mich zur Seite blicken. Eine männliche Gestalt kam auf uns zugeschritten und ich sah den Zipfel des um den Kopf geschlungenen Tuches sich bewegen. Es war Ellen.

„Verzeiht, wenn ich störe", klang ihre tiefe, jetzt etwas unsichere Stimme. „Ich dachte an Euren Swallow, dem ich das Leben zu danken habe, und wollte das brave Tier gern begrüßen."

„Hier steht es, Miss. Ich werde die Herzlichkeit dieser Begrüßung nicht durch meine Gegenwart beeinträchtigen. Good night!"

Ich wandte mich zum Gehen, hatte aber kaum ein Dutzend Schritte getan, als ich ihren halblauten Ruf vernahm.

„Sir!"

Ich blieb stehen. Zögernden Fußes kam sie mir nach und das eigentümliche Vibrieren ihrer Stimme verriet die Verlegenheit, die sie nicht so schnell überwinden konnte.

„Ich habe Euch beleidigt!"

„Beleidigt?", erwiderte ich kühl und ruhig, „Ihr irrt, Miss. Der Mann kann einer Dame gegenüber wohl Nachsicht, nie aber das Gefühl des Beleidigtseins empfinden."

Es dauerte eine Minute, ehe sie eine Antwort auf diese vielleicht unerwarteten Worte fand.

„Dann verzeiht meinen Irrtum."

„Gern, ich bin an ihn gewöhnt."

„Eure Nachsicht werde ich wohl nicht wieder in Anspruch nehmen."

„Sie steht Euch trotzdem zu jeder Zeit zur Verfügung."

Schon wollte ich mich wieder abwenden, als sie mir mit einem schnellen Schritt nahe trat und die Hand auf den Arm legte.

„Lassen wir Persönlichkeiten jetzt unberührt. Ihr habt mit der größten Gefahr für Euer eigenes Leben mir das meines Vaters an einem Abend zweimal erhalten, ich muss Euch danken und wenn Ihr noch so böse und abstoßende Worte sprecht."

Warm und weich legten sich ihre Finger um meine Hand und der Hauch ihres Atems berührte mein Gesicht. Ihre großen, offenen Augen blickten voll und forschend in die meinen; je länger dieser magische Blick auf mir ruhte, desto näher zog er mich zu ihr und ich musste mich bezwingen, um nicht meine Arme um sie zu legen und denselben Fehler zu begehen, der sie in New-Venango von mir fortgescheucht hatte.

„Jeder Westmann ist zu dem bereit, was ich getan habe, und es geschehen noch ganz andere Dinge als das, was Ihr da erwähnt. Was der eine für den anderen tut, ist ihm von noch anderen vielleicht schon zehnfach geschehen und kaum der Rede wert. Ihr durft nicht nach dem Maßstab urteilen, den Eure Kindesliebe Euch in die Hand gibt."

„Erst war ich es, jetzt aber seid Ihr es, der ungerecht gegen Euch selbst ist. Wollt Ihr es auch gegen mich sein?"

„Nein!" Nur dies eine Wort vermochte ich auszusprechen, so voll war mein Inneres von der Wirkung dieser Stimme, deren Modulation mich mit süßer Wonne durchbebte. Wie scharf und abweisend hatte sie da droben beim Felsenhäuschen geklungen und mit welchem fesselnden Wohllaut legte sie sich jetzt so lind und beruhigend auf die Bitterkeit, die sie mir vorher im Herzen erweckt hatte!

„Dann darf ich wohl eine Bitte sagen?"

„Sprecht, Miss!“

„Zürnt mir, Sir, seid böse auf mich, so sehr Ihr es nur immer könnt, wenn ich nicht recht tue, aber sprecht nicht wieder von Nachsicht. Wollt Ihr?“

„Ich will!“

„Danke. Und nun kehrt mit zum Feuer zurück, um den anderen gute Nacht zu sagen. Ich werde Euch Euren Schlafraum anweisen und wir müssen bald die Ruhe suchen, da es morgen einen zeitigen Aufbruch geben wird.“

„Aus welchem Grund?“

„Ich habe am Beefork meine Fallen gestellt und Ihr sollt mit mir gehen, nach dem Fang zu sehen.“

Einige Minuten später standen wir vor einer der erwähnten Felltüren, die sie zurückschlug, um mich in einen dunklen Raum zu führen, der indes bald durch eine primitive und mit Hilfe des ‚Punks‘ (Prairiefeuerzeug) entzündete Hirschtalgkerze erleuchtet wurde.

„Hier ist Euer bedroom (Schlafzimmer), Sir. Die Companymänner pflegen sich in diese Räume zurückzuziehen, wenn sie unter freiem Himmel einen Rheumatismus befürchten.“

„Und Ihr meint, dass dieser schlimme Gesell auch mir nicht unbekannt sei?“

„Will Euch das Gegenteil wünschen, aber das Tal ist feucht, da die rundum liegenden Berge dem Wind den Zutritt verwehren, und Vorsicht ist zu allen Dingen nütze, wie man drüben in der Heimat sagt. Schlaft wohl!“

Sie bot mir die Hand und schritt dann mit freundlichem Kopfnicken hinaus.

Als ich allein war, blickte ich mich in der kleinen Klause um. Sie war nicht eine natürliche Höhle, sondern durch menschliche Hand in das Gestein gehauen worden. Den felsigen Fußboden hatte man mit gegerbten Häuten belegt, ebenso waren die Wände damit behangen und an der hinteren Wand stand die Lagerstätte, bestehend aus einer allerdings nur aus glatten Kirschbaumstämmchen zusammengesetzten Bettstelle, über die sich auf einer dicken Lage weicher Yutafelle eine sehr hinreichende Anzahl echter Navajodecken breitete.

Mehrere in die Ritzen eingeschlagene Holzpflöcke trugen Gegenstände, die zur weiblichen Toilette gehörten, und eine sorgfältigere Umschau brachte mich bald zu der Überzeugung, dass Ellen mir ihr eigenes Kabinett abgetreten habe.

Einzig und allein nur dieser Umstand vermochte mich in dem engen, abgeschlossenen Raum zu halten, denn wer seine Nächte in der Unendlichkeit der freien, offenen Prairie zugebracht hat, kann sich nur schwer entschließen, sich zur Benutzung jenes Gefängnisses zu bequemen, das der zivilisierte Mensch eine ‚Wohnung' nennt.

Aber nie hatte ich mich mit herzlicherer Befriedigung zur Ruhe gelegt als an diesem Abend. Ihr Sträuben gegen meine ‚Nachsicht' machte ja alles wieder gut und genau genommen trug nur ich die Schuld an dem, was sich zwischen uns gelegt hatte.

Die Abgeschlossenheit meines ‚Boudoirs' mochte doch wohl schuld sein, dass mich der Schlaf etwas fester als gewöhnlich in seine Arme nahm, denn noch hatte ich mich nicht erhoben, als ich durch eine weckende Stimme wach gerufen wurde.

„Pooh! Mann, ich glaube gar, Ihr seid noch nicht ganz fertig, die Decken zu messen, meine ich. Streckt Euch noch ein wenig, aber nicht in die Länge, sondern in die Höhe, das wird gut sein, wie mir scheint!"

Ich sprang empor und sah mir den Störenfried, der unter der zurückgeschlagenen Tür stand, an. Es war Sam Hawkens. Während er gestern nur mit der Rifle versehen gewesen war, sah ich ihn jetzt in vollständiger Trapperausrüstung meiner warten, ein Beweis, dass er uns begleiten werde.

„Bin gleich fertig, Mann."

„Hoffe es, Sir; die kleine Miss steht, denke ich, schon am hole (Loch, Tür)."

„Ihr geht mit?"

„Scheint so, wenn ich mich nicht irre. Die kleine Miss – aber gewachsen ist sie doch einen ‚Haufen' – die kleine Miss also, wollte ich sagen, soll doch das Gerät nicht etwa tragen, und Ihr" – und dabei flimmerten die kleinen Augen höchst ehrenrührig aus dem Bartwald hervor – „na, ich meine, dass Ihr auch noch keinen Truthahnbussard geschluckt haben werdet, Sir!"

„Möglich, werde es aber lernen."

„Gut, hoffe es; scheint mir sonst kein so unrechtes Greenhorn, habe schon manchen noch Grüneren die Rifle halten gelehrt! Na, da seid Ihr ja fertig, denke ich. Kommt!"

Ich war innerlich belustigt über die Ansicht, die der alte Waschbär über mich hegte. Allerdings war meine äußere Erscheinung wohl nicht ganz genau die eines echten, verwitterten Gebirgsmannes und meine immer sorgfältig blank gehaltenen Waffen mochten wohl für das Auge eines solchen ein etwas spielzeugartiges Aussehen haben, aber ich war dieser Ansicht schon so oft begegnet, dass ich mich an sie gewöhnt hatte und unmöglich durch sie gekränkt werden konnte.

Vor die Tür tretend bemerkte ich Ellen, die uns am Eingang der Schlucht erwartete. Sam nahm einige zusammengebundene Fallen auf, warf sie über die Schulter und schritt, ohne sich zu überzeugen, dass ich ihm auch nachfolge, auf die unser Harrende zu.

„Lassen wir die Pferde hier?"

„Meine nicht, dass Euer Tier gelernt hat, ein regelrechtes Eisen zu legen oder einen Dickschwanz (Biber) vom Grund des Flusses heraufzuangeln. Wir müssen die Beine auseinandernehmen, wenn wir zu rechter Zeit fertig sein wollen. Kommt also!"

„Muss doch erst nach dem Pferd sehen, Alter!"

„Ist nicht notwendig, Sir! Die kleine Miss hat's schon getan, wenn ich nicht irre."

Ohne dass er es wusste, sagte er mir mit den letzten Worten etwas höchst Erfreuliches. Sie hatte sich also schon bei grauendem Tag um Swallow gekümmert, ein Zeichen, dass sie auch an seinen Herrn gedacht hatte. Jedenfalls hatte ihr Vater von mir gesprochen und den Anstoß zur Änderung ihrer Meinung gegeben. Eben wollte es mich wundern, dass er, der Wachsame, noch nicht zu sehen sei, als er mit Winnetou und einem der Jäger durch den Bach gewatet kam.

„Good morning, Sir!“, grüßte er, mir die Hand bietend. „Habe mich draußen umgesehen und die Wache abgelöst. Seid Ihr schon mal mit auf Biber gewesen?“

„Nein.“

„So, da gibt’s also doch noch was Neues für Euch. Werdet aber nicht ohne Lehrmeister sein, das ‚Blitzmädel‘ weiß die Damme zu säubern.“

Es war das erste Mal, dass er ein deutsches Wort zu mir sprach. Ellen hatte ihn also auf meine Nationalität aufmerksam gemacht.

Auch Winnetou grüßte mich mit einem in seiner Art freundlichen „Howgh!“ und machte dann Ellen sein indianisches Kompliment:

„Die Tochter Ribannas ist schön wie das errötende Gebirge und stark wie die Krieger vom Ufer des Gila. Ihr Auge wird viele Biber sehen und ihre Hand nicht tragen können die große Zahl der Felle.“ Und den Blick bemerkend, den ich, nach Swallow suchend, über das Tal warf, meinte er beruhigend: „Mein guter Bruder kann gehen, sein Freund wird sorgen für das Ross, das auch besitzt die Liebe des Apachen.“

Nachdem wir durch die Kluft gegangen waren, wandten wir uns der Richtung, aus der wir gestern kamen, entgegengesetzt, nach links, und schritten den Lauf des Wasser abwärts, bis wir an die Stelle gelangten, an der es sich in den Mankizita ergoss.

Dichtes, fast undurchdringliches Gestrüpp stand an den Ufern des Flusses und die Ranken des wilden Weins kletterten an den eng stehenden Stämmen empor, liefen von Zweig zu Zweig, ließen sich, fest ineinander geschlungen, von oben hernieder, stiegen am nächsten Baum wieder in die Höhe und bildeten so ein Wirrwarr, in das man sich nur mit Hilfe des Messers Eingang verschaffen konnte.

Sam, der Kleine, war immer vor uns hergegangen und seine vollbepackte Gestalt erinnerte mich lebhaft an die slowakischen Mausefallenhändler, die sich drüben in meinem freundlichen Heimatstädtchen von Zeit zu Zeit sehen ließen. Obwohl in der Nähe kein feindliches Wesen zu vermuten war, vermied sein großbeschuhter Fuß mit bewundernswerter Behändigkeit jeden Punkt, der eine Spur seines leisen Tritts zurückbehalten konnte, und die kleinen Äuglein streiften mit ununterbrochener Beweglichkeit bald rechts, bald links über die reiche Vegetation, die trotz der späten Jahreszeit mit der Üppigkeit der jungfräulichen Bottoms des Mississippitales zu wetteifern vermochte.

Jetzt hob er einige Ranken in die Höhe und kroch, sich bückend, unter ihnen hindurch.

„Kommt, Sir", forderte Ellen, ihm folgend, mich auf. „Hier zweigt unser Biberpfad ab."

Wirklich zog sich hinter dem grünen Vorhang eine schmale, offene Linie durch das Dickicht und wir schlüpften, immer parallel mit dem Fluss, eine ansehnliche Weile zwischen dem Baum- und Strauchgewirr hindurch, bis Sam bei einem halb knurrenden, halb pfeifenden Laut, der vom Wasser her vernehmlich wurde, innehielt und sich zu uns wendend die Hand an den Mund legte.

„Wir sind da", flüsterte Ellen, „und die Wache hat Verdacht geschöpft."

Nach einer Weile, während der die tiefste Stille in der Umgebung herrschte, schlichen wir wieder vorwärts und gelangten an eine Biegung des Flusses, wo sich uns Gelegenheit bot eine ansehnliche Biberkolonie zu beobachten.

Ein breiter, für einen vorsichtigen menschlichen Fuß gangbarer Damm war weit in das Wasser hineingebaut und seine vierfüßigen Bewohner waren eifrig beschäftigt, ihn zu befestigen und zu vergrößern. Drüben am anderen Ufer sah ich eine Anzahl der fleißigen Tiere bemüht, mit ihren scharfen Zähnen schlanke Stämmchen so zu durchnagen, dass sie in das Wasser fallen mussten, andere waren mit dem Transport dieser Bäume beschäftigt, die sie schwimmend vor sich herschoben, und noch andere beklebten den Bau mit fettem Erdreich, das sie vom Ufer herbeibrachten und mit ihren Füßen und dem breiten, als Kelle gebrauchten Schwanz an das Holz- und Strauchwerk befestigten.

Mit regem Interesse betrachtete ich das Treiben des regsamen Völkchens und hatte ganz besonders meine Aufmerksamkeit auf ein ungewöhnlich großes Exemplar gerichtet, das in wachsamer Haltung auf dem Damm saß und allem Anschein nach als Sicherheitsposten fungierte. Da plötzlich spitzte der dicke Kerl die kurzen Ohren, machte eine halbe Drehung um seine eigene Achse, stieß den schon erwähnten Warnungsruf aus und war im nächsten Augenblick unter dem Wasser verschwunden.

Im Nu folgten die anderen nach und es war höchst possierlich zu sehen, wie sie beim Untertauchen den Hinterkörper in die Höhe warfen und der Wasserfläche mit dem platten Schwanz einen Schlag versetzten, dass es weithin schallte und das Wasser hoch in die Höhe spritzte.

Freilich war es nicht Zeit, sich humoristischen Betrachtungen hinzugeben, denn diese unerwartete Störung konnte bloß durch ein nahendes feindliches Wesen hervorgerufen worden sein, und der größte Feind dieser friedlichen und so sehr gesuchten Tiere ist – der Mensch.

Noch war deshalb der letzte der Biber nicht unter der Wasserfläche verschwunden, so lagen wir schon, die Waffe in der Hand, unter den tief herabhängenden Zweigen einiger Pinien und erwarteten mit Spannung das Erscheinen des unwillkommenen Gastes. Nicht lange dauerte es, so bewegten sich eine Strecke aufwärts von uns die Spitzen des Röhrichts und nur wenige Augenblicke später sahen wir zwei Indianer schleichenden Schritts am Ufer herabkommen. Der eine hatte mehrere Fallen über der Schulter hängen, der andere trug eine Anzahl Felle, beide aber waren vollständig bewaffnet und beobachteten eine Haltung, der man es anmerkte, dass sie sich in Feindesnähe wussten.

„Zounds!", zischte Sam durch die Zähne, „sind die Schurken über unsere Fallen geraten und haben geerntet, wo sie nicht gesät haben, wenn ich nicht irre. Wartet, ihr Halunken, meine Liddy mag euch sagen, wem die Eisen gehören und die Pelze!"

Er nahm die Büchse langsam auf und machte sich schussfertig. Ich traute wirklich dem alten Kanonenrohr keinen nur einigermaßen leidlichen Schuss zu und war auch von der Notwendigkeit, die beiden Rothäute ohne Lärm niederzustoßen, so sehr überzeugt, dass ich den alten Trapper am Arm fasste. Auf den ersten Blick hatte ich bemerkt, dass es Oglalas waren, und die schwarze Bemalung ihres Gesichts gab mir die Gewissheit, dass sie sich nicht auf einem Jagdzug, sondern auf dem Kriegspfad befanden.

Sie waren also nicht allein in der Nähe und jeder Schuss konnte ihnen Helfer oder doch wenigstens Rächer herbeirufen.

„Nicht schießen, Alter! Nehmt das Messer. Sie haben den Kriegspfeil ausgegraben und sind also wohl nicht nur zu zweien."

Der kleine, schießlustige Mann sah mich mit einer eigentümlich zweifelhaften Miene an und entgegnete:

„Das sehe ich natürlich auch, sollte ich meinen, und freilich ist es besser, sie im Stillen auszulöschen; aber mein altes ‚Knife' (Messer) ist zu sehr abgeschliffen, als dass es sich durch zwei solcher Männer hindurchbeißen könnte."

„Pah! Ihr nehmt den einen und ich den anderen, come on!"

„Hm! Vier von unseren besten Fallen, kosten jede dreieinhalb Dollar. Würde mich freuen, wenn sie zu den gestohlenen Häuten noch ihre beiden eigenen Felle hergeben müssten, meine ich, aber wenn Euch eins von ihren Messern in die Seele fährt, Sir, dann habt Ihr Eure letzten Boudins[1] gegessen, wenn ich mich nicht irre!"

„Vorwärts, Mann, ehe es zu spät ist!"

Die beiden Indianer standen jetzt von uns abgewendet gerade vor uns und suchten nach Fußspuren im Boden. Leise, leise schob ich mich, die Büchse zurücklassend und das Messer zwischen die Zähne nehmend, vorwärts. Da flüsterte es ängstlich ganz nahe an meinem Ohr:

„Bleibt, Sir! Ich werde es an Eurer Stelle tun."

„Danke, Miss Ellen! Das ist keine Frauenarbeit."

„So wollen wir in das Lager zurückkehren und..."

Ich hörte die weiteren Worte nicht mehr, denn schon hatte ich den Rand des Gebüschs erreicht, sprang empor, hatte im nächsten Augenblick den mir zunächst stehenden Indianer mit der Linken beim Nacken und stieß ihm mit der Rechten das Messer zwischen die Schultern, dass er sofort lautlos zusammenbrach. Rasch drehte ich mich mit der wieder zurückgezogenen Klinge zur Seite, um nötigenfalls den anderen auch zu nehmen; aber auch dieser lag auf der Erde, und Sam stand mit ausgespreizten Beinen über ihm, hatte sich die lange Skalplocke um die Linke gewickelt und zog ihm die losgeschnittene Kopfhaut vom Schädel.

„So, mein Junge, nun kannst du in den ewigen Jagdgründen so viel Fallen stehlen, wie es dir beliebt, wenn ich nicht irre, aber die unsrigen wirst du dort nicht gebrauchen können."

Und den blutenden Skalp im Gras abwischend, fügte er mit kurzem Lachen hinzu:

„Das eine Fell haben wir, und das andere – aber by God, Sir, Ihr habt einen sicheren Stoß und dazu das Herz gera-

[1] Blutwürste (frz.)

de richtig unter dem Pfeifenfutteral. Hätte es nicht gedacht, meine ich, saht mir so – so – so unverheiratet aus. Aber wollt Ihr Euch nicht Euren Skalp nehmen?"

„Meinen Skalp, Sam? Den werde ich am liebsten da behalten, wo er mir angewachsen ist."

„Gut, gut, Sir, seid der rechte Mann, lasst Euch den Humor durch den Geruch eines Tropfens Indianersaft nicht verderben. Meinte aber dieses Rattenfell hier. Wollt wohl mir es lassen?", setzte er schmunzelnd hinzu.

„Kann es nicht gebrauchen. Nehmt es!"

„Danke, Sir, danke. Macht mir das größte Gaudium, einen solchen Schnitt tun zu können, meine ich. Habe auch Grund dazu. Da seht her!"

Er riss sich den traurigen Filz vom Kopf und zog dabei die eigene, langhaarige Haut mit ab. Ich erschrak fast über den Anblick, den der kahle, blutigrote Schädel bot.

„Was sagt Ihr dazu, Sir, wenn ich mich nicht irre? Hatte meine Haube von Kindesbeinen an ehrlich und mit vollem Recht getragen und kein Lawyer (Advokat) hat es gewagt, sie mir streitig zu machen, bis so ein Dutzend oder zwei Pawnees um mich waren und mir die Haare nahmen. Bin dann nach Tekama gegangen und habe mir dort eine neue Haut gekauft. Nannten es eine Perücke und kostete mich zwei dicke Bündel Biberfelle, meine ich. Schadet aber nichts, denn die neue ist zuweilen praktischer als die alte, besonders im Sommer, kann sie abnehmen, wenn ich schwitze. Aber trotzdem hat manche Rothaut dafür untergehen müssen und ein Skalp macht mir mehr Vergnügen als der feinste Dickschwanz."

Während dieser Worte hatte er sich Hut und Perücke wieder aufgestülpt und dem zweiten Indianer die Kopfhaut genommen. Der alte Mann war von mir unterschätzt worden. Er war trotz seiner unansehnlichen Gestalt eine jener eisernen, im Kampf mit den Elementen und in tausenderlei Gefahren gestählten Naturen, wie sie der Westen so zahlreich bietet. Und als er unter derb scherzenden

Worten, aber mit von Hass und Grimm verzerrten Zügen und wutblitzenden Augen sich über die Leiche beugte und rasch zuckenden Schnittes mit dem Messer ihr um Stirn und Schläfe fuhr, machte er auf mich den Eindruck der wildesten Unversöhnlichkeit.

Ich wandte mich ab, von jenem vor mir selbst grauenden und der Reue ähnlichen Gefühl erfüllt, das in den Herzen aller derer wohnen sollte, von denen die stolzen Nationen der amerikanischen Savannen heimatlos und vogelfrei erklärt mit Gift, Feuer und Schwert gelichtet und zwischen die Cañons der Felsengebirge getrieben wurden, wo ihnen nur die Wahl bleibt, ruhm- und ehrlos hinzusterben oder mit kämpfender Hand den Todesstoß zu empfangen.

Vor mir stand Ellen. Ihr Auge ruhte mit einem Blick auf den beiden entseelten Körpern, der mich durchfröstelte und von ihr abstieß, und erst nach und nach, als sie es zu mir erhob, bekam es einen freundlicheren Ausdruck.

„Warum nahmt Ihr den Skalp nicht für Euch, Sir?“, fragte sie. „Habt schon Winnetou einen gelassen.“

Von einem weiblichen Wesen ausgesprochen war mir diese Frage vollständig unbegreiflich und ich antwortete deshalb auch nur mit einem Blick des Erstaunens. Auch war hier der Ort gar nicht zu zartsinnigen Bemerkungen, denn hinter jedem Baum konnte die Sehne eines Bogens schwirren oder der Hahn einer Büchse knacken, und es war vor allen Dingen notwendig, das Lager zu alarmieren und die Jäger auf die Nähe der Indianer aufmerksam zu machen.

„Greift zu, Sam, wollen die Indsmen unsichtbar machen.“

„Habt Recht, Sir! Ist notwendig das, meine ich. Aber die kleine Miss mag doch ein wenig hinter die Büsche treten, ich wette meine Mokassins gegen ein Paar Ballettschuhe, dass es in kurzer Zeit hier rote Männer geben wird.“

Sie folgte der Warnung des Alten und ich verbarg mit

seiner Hilfe die Leichen, die wir vorsichtigermaßen nicht in das Wasser stoßen durften, unter dem Uferschilf. Als wir damit fertig waren, meinte Hawkens:

„So, das wäre getan, und nun geht Ihr mit der kleinen Miss nach der ‚Festung' und warnt unsere Leute, während ich diese Spuren zurückgehen werde, um etwas mehr zu erfahren, als die beiden Braunen uns gesagt haben, scheint es mir."

„Mögt nicht lieber Ihr zum Vater gehen, Sam Hawkens?", fragte Ellen. „Ihr versteht besser mit den Fallen umzugehen und vier Augen sehen mehr als zwei."

„Hm! Wenn die kleine Miss es nicht anders will, so muss ich's schon tun, meine ich, aber wenn ‚der Stock anders schwimmt', als sie es jetzt denkt, so mag ich nicht die Schuld haben."

„Habt sie auch nicht, Alter! Wisst schon, dass ich nicht gern etwas anderes tue, als was mir beliebt. Eure zwei Skalps habt Ihr, muss sehen, dass ich mir mein Teil auch hole. Kommt, Sir!"

Sie ließ den kleinen Trapper stehen und wandte sich durch das Dickicht weiter vorwärts. Ich folgte ihr.

Obgleich es die Umstände erforderten, dass ich meine volle Aufmerksamkeit auf die Umgebung richtete, konnte ich doch nicht umhin, an das Verhalten des Mädchens zu denken, das mit der vollständigen Gewandtheit eines erfahrenen Waldläufers sich geräuschlos durch das Gestrüpp arbeitete und in jeder Bewegung ein Bild angestrengtester Vorsicht bot.

Es war gar nicht anders möglich, Ellen musste schon von Jugend auf mit dem Leben im ‚Jagdland' vertraut sein, musste Eindrücke empfangen haben, die ihre Sinne geschärft, ihr Gefühl gehärtet und dem Lauf ihres Schicksals eine so ungewöhnliche Richtung gegeben hatten. Aber trotz allem wirkte die vorhin gezeigte Nervenstärke fast erkältend auf mich und die Glorie, mit der meine Erinnerung ihr Bild umgeben hatte, ward von der rauen, rücksichtslosen Wirklichkeit verdunkelt.

Die Angst, die sie vorhin gezeigt, als ich im Begriff stand, mich auf den Indianer zu stürzen, hätte mich in anderer Lage beseligen können, aber die dabei ausgesprochenen Worte „ich werde es an Eurer Stelle tun“ mussten mir die Überzeugung geben, dass sie mit ruhigem Blut und ohne zaghaftes Bedenken ein Menschenleben zu zerstören vermöge, und ich konnte die Ansicht nicht von mir weisen, dass Büchse und Messer in den Händen des Mannes Waffen, in denen eines Weibes aber Mordinstrumente seien.

Wohl beinahe eine Stunde lang waren wir ununterbrochen vorwärts gedrungen, als wir an eine zweite Biberkolonie kamen, deren Bewohner aber nicht außerhalb ihrer Wohnungen zu erblicken waren.

„Hier hatten wir die Fallen gestellt, die wir den Rothäuten wieder abgenommen haben, Sir, und weiter droben teilt sich der Beefork ab, wo wir ursprünglich hin wollten. Doch wird's wohl anders kommen, denn seht, die Spuren laufen nach dem Wald, aus dem sie gekommen sind. Wir müssen sie verfolgen.“

Sie stand im Begriff weiterzugehen, als ich sie zurückhielt.

„Miss Ellen!“

Sie blieb stehen und sah mich fragend an.

„Wollt Ihr nicht lieber umkehren und das andere mir allein überlassen?“

„Wie kommt Ihr auf diesen Gedanken?“

„Kennt Ihr die Gefahren, die uns da vorn vielleicht erwarten?“

„Warum sollte ich nicht? Sie können unmöglich größer sein als die, denen ich schon getrotzt und die ich überwunden habe.“

„Ihr müsst Euch erhalten!“

„Das will und das werde ich ja auch. Oder glaubt ihr etwa, dass mich der Anblick eines bunt bemalten Mannes zu erschrecken vermöge?“

„Ich wollte, es wäre so!“

„Wirklich?“

Sie sprach das Wort langsam und gezogen aus und ihre Augen ruhten mit forschendem Blick auf meinem Angesicht. Aber ich sah ein leises und nach und nach sich immer mehr vertiefendes Rot in ihre Wangen steigen und wusste nun, dass sie mich verstanden hatte.

Ihre Augen suchten den Boden und ich bemerkte deutlich, dass sie mit ihren Gefühlen kämpfte.

„Ist ein weibliches Wesen hassenswert, wenn es dasselbe tut, was sonst nur dem Mann gestattet ist?"

„Hassenswert, nein", antwortete ich, die beiden ersten Silben betonend, „aber Hass ist nicht das Einzige, was man gewöhnlich zu vermeiden strebt."

Eine ganze Weile verging im Schweigen, ehe sie den Blick wieder erhob und ihn voll und groß auf mich richtete.

„Ihr urteilt nach dem Augenblick und legt den Maßstab der Gewöhnlichkeit an Verhältnisse, die mehr als ungewöhnlich sind. Ihr sollt erfahren, welche Ereignisse es gewesen sind, die meinem Leben den Wahlspruch der Rache und des Kampfes gegeben haben; jetzt aber kommt, wir dürfen nicht unvorsichtig oder nachlässig sein."

Wieder ging es vorwärts. Wir entfernten uns jetzt vom Fluss und schritten leicht zwischen den schlanken und freien Stämmen des Hochwaldes hin, der ein dichtes, grünes Dach über den mit feuchtem Moos überzogenen Boden wölbte, durch dessen weiche Beschaffenheit wir die Fußeindrücke ohne besonderen Scharfsinn erkennen konnten.

Da blieb Ellen, die immer noch voranschritt, stehen. Es waren jetzt die Spuren nicht von zwei, sondern von vier Männern zu erkennen, die zusammen gegangen waren und sich hier getrennt hatten. Die beiden von uns unschädlich gemachten hatten vollständige Kriegsbewaffnung getragen, und da ich annahm, dass eine größere Anzahl ihrer Stammesgenossen vorhanden sei, die nur durch ein wichtiges Unternehmen veranlasst sein konnte, einen so weiten Weg mitten durch das Gebiet feindlicher Horden zu machen, so kam ich jetzt auf den Gedanken, dass dies Unternehmen vielleicht mit dem gestörten Bahnüberfall in Verbindung stand und einer jener Rachezüge war, bei denen die Indianer alles aufbieten, um eine erlittene Beleidigung oder einen Verlust quitt zu machen.

„Was tun wir?", fragte Ellen. „Diese Spuren führen in der Richtung nach unserem Lager, das wir der Entdeckung nicht aussetzen dürfen. Verfolgen wir sie oder teilen wir uns, Sir?"

„Und diese vierfache Spur geht jedenfalls zum Lager der Rothäute, die sich natürlich verborgen haben und die Rückkehr ihrer Kundschafter abwarten. Vor allen Dingen müssen wir das Lager aufsuchen, um Gewissheit über ihre Zahl und Zwecke zu bekommen. Der Eingang zu unserer Ritterburg wird ja von einem Posten bewacht, der das seinige schon tun wird, unser Geheimnis zu bewahren."

„Ihr habt Recht. Gehen wir vorwärts!"

Der Wald lief von der Höhe, zu der das Flusstal emporstieg, eine ansehnliche Strecke in die Ebene hinein und war von tiefen, felsigen Rinnen durchschnitten, in denen Farnkraut und wildes Beerengesträuch üppig wucherten. Eben nahten wir uns leise einer dieser Einsenkungen, als ich einen brenzligen Geruch bemerkte und, dadurch aufmerksam gemacht, sodass ich mit schärferem Blick die Waldung zu durchdringen suchte, eine leichte, dünne Rauchsäule wahrnahm, die, oft unterbrochen oder auch ganz verschwindend, in spielender Bewegung gerade vor uns zu den Baumkronen in die Höhe stieg.

Dieser Rauch konnte nur von einem Indianerfeuer kommen, denn während der Weiße das Holz gleich in seiner ganzen Länge in die Glut wirft und dadurch eine breite und hochleckende Flamme hervorbringt, die stets eine ansehnliche und oft verräterische Menge Rauch erzeugt, schiebt der Wilde die Scheite nur mit den Spitzen in das Feuer, wodurch nur eine kleine Flamme mit kaum wahrnehmbarem Rauch entsteht. Winnetou hatte mich auf das Vorteilhafte dieser Art aufmerksam gemacht und wiederholt gesagt: „Mein Bruder macht mit seinem Feuer so viel

Hitze, dass er sich nicht daran setzen kann, um sich zu wärmen."

Ich hielt Ellen zurück und machte sie auf meine Entdeckung aufmerksam.

„Steckt Euch hinter jenes Gestrüpp, Miss, ich werde mir die Leute ansehen!"

„Warum nicht auch ich?"

„Einer genügt, bei zweien ist die Gefahr des Entdeckens doppelt so groß."

Sie nickte zustimmend und schritt, behutsam jede Spur verwischend, seitwärts, während ich, von Stamm zu Stamm Deckung suchend, gegen die Rinne schlich.

Auf deren Grund saßen und lagen eng aneinandergedrängt eine solche Menge von Rothäuten, dass sie die Vertiefung kaum zu fassen vermochte; unten an ihrem Ausgang stand bewegungslos wie eine eherne Statue ein junger, langhaariger Bursche und auch hüben und drüben am Rand bemerkte ich Wachen, denen meine Anwesenheit glücklicherweise vollständig entgangen war.

Ich versuchte die Lagernden zu zählen und nahm deshalb jeden einzelnen ins Auge, hielt aber bald in größter Überraschung inne. Als nächster am Feuer saß – war es denn nur auch möglich? – der weiße Häuptling, Parranoh oder Tim Finnetey, wie er von Old Firehand genannt worden war. Ich hatte in jener Nacht sein Gesicht beim Schein des Mondes und dann, als er niedergestoßen wurde, zu deutlich gesehen, um mich jetzt täuschen zu können, und doch wurde ich irr an mir selbst, denn von seinem Kopf hing die prächtigste Skalplocke herab, während Winnetou sie ihm doch genommen und nicht eine Minute lang aus seinem Gürtel gebracht hatte.

Da machte der Wachtposten, der diesseits der Schlucht stand, eine Bewegung nach dem Ort zu, an dem ich, von einem Felsenstück verborgen, lag, und ich musste mich deshalb schleunigst zurückziehen.

Glücklich bei Ellen angelangt, winkte ich ihr, mir zu

folgen, und schritt nun den Weg, den wir gekommen waren, wieder bis zu der Stelle zurück, an der sich die Spuren teilten. Von hier aus verfolgten wir die neue Fährte, die durch das dichteste Pflanzengewirr immer gerade auf das Tal zulief, durch das wir gestern gekommen und von dem Posten angerufen worden waren.

Es war mir jetzt klar, dass uns die Oglalas Schritt um Schritt gefolgt waren, um sich an uns zu rächen. Unser Aufenthalt bei den Bahnarbeitern während der Krankheit Old Firehands hatte ihnen Zeit gegeben, alle verfügbaren Kräfte zusammenzuziehen; aber warum sich wegen uns dreien eine so große Zahl streitbarer Krieger versammelt hatte, warum sie nicht schon längst über uns hergefallen waren und stattdessen uns ruhig hatten ziehen lassen, das konnte ich nicht begreifen, wenn ich nicht annehmen wollte, dass Parranoh von der Jägerniederlassung wisse und seine Pläne auf deren sämtliche Angehörigen erstreckte.

Die beiden Vorangeschlichenen hatten uns gut Bahn gebrochen, sodass wir verhältnismäßig schnell vorwärts kamen und uns gar nicht mehr weit von dem senkrecht unsere Richtung durchschneidenden Tal befinden konnten, als ich ein leises Klirren vernahm, das hinter einem dichten Gebüsch wilder Kirschenstämmchen hervorklang.

Ellen mit einer Handbewegung bedeutend, sich zu verstecken, legte ich mich sogleich auf den Boden nieder, zog das Messer und kroch auf einem Umweg der erwähnten Richtung zu. Das nächste nicht an diesen Ort Gehörige, was ich erblickte, war ein Haufen eiserner Biberfallen, neben denen ein paar krumme Beinchen sichtbar wurden, die in riesigen Mokassins steckten. Weiter heranschleichend bemerkte ich auch ein langes, weites Sackhemd, auf dessen oberem Teil die breite, runzlige Krempe eines uralten Filzhutes lag, und etwas abwärts von dieser Krempe sah ich die gerade und dornig abstehenden Spitzen eines verworrenen Bartes, aus denen zwei kleine Äuglein munter und aufmerksam durch das Blätterwerk lugten.

Es war Sam der Kleine. Aber wie war er nur hierher gekommen, da ich ihn doch längst in der ‚Burg‘ vermutete? Das war jedenfalls leicht und sofort zu erfahren, ich durfte ihn ja nur fragen, und als ich deshalb so geräuschlos wie möglich an ihn herankroch, machte mir der Schreck, den er über den unvermuteten Überfall haben musste, schon im Voraus Vergnügen.

Leise, leise, ganz leise griff ich nach der Rifle, die an seiner Seite lag, zog die alte, vorsintflutliche Liddy an mich heran und öffnete den rostbedeckten Hahn. Bei dem dadurch verursachten Knacken fuhr er so schnell herum, dass ihm das überhängende Zweigwerk Hut und Perücke abstreifte, und als er seine eigene Büchse auf sich gerichtet sah, wurde unmittelbar unter der in allen Regenbogenfarben spielenden Papageiennase ein mächtig großes Loch sichtbar, das vom Erstaunen immer weiter aufgerissen wurde.

„Sam Hawkens“, flüsterte ich, „wenn Ihr Euren Mund nicht bald zumacht, werde ich Euch das ganze Dutzend Fallen hineinschieben, das hier liegt!“

„Good lack, habt Ihr mich erschreckt, Mann, wenn ich mich nicht irre!“, antwortete der Trapper, der trotz seiner Bestürzung keinen einzigen unvorsichtigen Laut von sich gegeben hatte und schleunigst Hut und Perücke ihren verlorenen Herrschersitz wieder anwies.

„Glaubt Ihr nun noch immer, dass ich ein Greenhorn sei, dem Ihr beibringen müsst, die Büchse zu halten?“

„Hol Euch der Teufel, Sir! Mir ist's in alle Glieder gefahren, meine ich, denn wenn Ihr eine Rothaut gewesen wärt, so...“

„So hättet Ihr Eure letzten Boudins gegessen gehabt, wie Ihr vorhin sagtet. Hier habt Ihr Euer Schießgewehr! Und nun sagt, wie Ihr dazu kommt, Euch hier schlafen zu legen.“

„Schlafen? Na, hört mal, Sir, von Schlafen war wohl gar keine Rede, wenn Ihr mir auch auf den Leib gerückt seid, ohne dass ich es gemerkt habe. Hatte meine drei Gedanken eben nur bei den zwei Rattenfellen, die ich mir noch holen wollte, und Ihr braucht da drin bei den anderen beileibe nicht zu erzählen, dass der alte Sam überrumpelt worden ist."

„Werde still sein."

„Wo habt Ihr die Miss?"

„Steht da hinten. Wir hörten Eure Fallen klirren und ich musste natürlich wissen, was das für Glocken wären."

„Glocken? Ist's so laut gewesen? Sam Hawkens, was bist du für ein altes, dummes Coon (Racoon)! Liegt das alte Maultier da, um Skalpe zu fangen, und macht dabei einen Lärm, der droben in Canada zu hören ist, wie mir scheint! Aber wie seid Ihr denn in die Richtung geraten? Seid wohl auch hinter den beiden Rothäuten her?"

Ich bejahte diese Frage und erzählte ihm, was ich gesehen hatte.

„Hm, wird Pulver kosten, viel Pulver, Sir! Kam da mit meinen Fallen das Wasser herauf und sah plötzlich zwei Braune, wenn ich mich nicht irre, die spionierend dort am Rand des Gebüschs kaum acht Schritte von uns entfernt standen. Natürlich duckte ich mich ins Gesträuch und gewahrte nun, dass der eine abwärts, der andere aber aufwärts ging, um das Tal abzusuchen. Wird ihnen aber schlecht bekommen, meine ich! Ich ließ den einen an mir vorüber und machte mich dann hierher, um die Burschen zu fragen, was sie gesehen haben, wenn sie nachher hier wieder zusammentreffen."

„Glaubt Ihr es?"

„Meine es! Wenn Ihr klug sein wollt, so macht Euch da hinüber auf die andere Seite, damit wir sie dazwischen kriegen, und lasst die Miss nicht länger warten, Sir. Könnte sonst vor lauter Ungeduld einen Fehler machen."

Ich folgte der Weisung und kehrte zu Ellen zurück. Nachdem ich ihr in kurzen Worten Bericht erstattet hatte, nahmen wir eine Sam gerade gegenüberliegende Stellung ein und warteten auf die Rückkehr der beiden Rothäute.

Lange wurde unsere Geduld auf die Probe gestellt und es vergingen fast einige Stunden, ehe wir den leisen Schritt eines heranschleichenden Menschen hörten. Es war einer von den Erwarteten, ein alter, verwetterter Bursche, der für die erbeuteten Skalpe so wenig Platz an seinem Gürtel gefunden hatte, dass er die Außennähte seiner weiten Hose in dicken Lagen mit dem Haar seiner erlegten Feinde ausgefranst hatte.

Kaum war er in unseren Bereich getreten, als er auch schon von hüben und drüben gepackt und ‚ausgelöscht' wurde.

Ebenso erging es dem anderen, der nach kurzer Zeit erschien, und nun kehrten wir vereint, wie wir ausgegangen waren, in die Festung zurück.

Vor dem Tor suchten wir den Posten auf, der hinter dem schützenden Gesträuch geborgen gelegen und den spionierenden Wilden, der in einer Entfernung von kaum einigen Schritten an ihm vorübergeschlichen war, wohl bemerkt hatte.

Sam blickte ihn erstaunt an.

„Bist ein Greenhorn gewesen, Will, und wirst ein Greenhorn bleiben, bis dich mal die Redmen beim Schopf haben, meine ich. Hast wohl geglaubt, der Braune gehe hier nur Ameisen fangen, dass du das Eisen stecken gelassen hast?"

„Sam Hawkens, wirf den Lariat um deine Zunge, sonst tue ich jetzt an dir, was ich vorhin unterlassen habe! Will Parker ein Greenhorn! – Der Spaß wäre schon einige Körner Pulver wert, altes Coon. Aber deiner Mutter Sohn ist wohl nicht klug genug, um einzusehen, dass man einen Kundschafter laufen lässt, um nicht die Übrigen durch seinen Untergang aufmerksam zu machen?"

„Sollst Recht haben, Mann, wenn du nämlich nicht zu Indianerfellen kommen willst, wie mir scheint. Da –" bei diesen Worten zeigte er die erbeuteten Skalpe vor und über sein Gesicht ging ein entzücktes Grinsen, das eine erdbebenartige Bewegung des chaotischen Bartwuchses hervorbrachte – „lass deines Vaters Kind einmal diese prachtvollen Häute ansehen! Ist das nichts, Will Parker, frage ich dich, wie mir scheint, ist das nichts?"

„Eins", zählte der Angeredete und es klang fast wie eine Art Neid aus seiner Stimme, „zwei – aber beim alten ‚Caw', Mensch, wo hast du diese kostbaren Dinger her? – drei – hört's noch nicht auf, Sam Hawkens, he? – vier – die hast du doch nicht allein geholt, wie?"

„Allein, ganz allein, wenn ich die zwei nicht zähle, die mir der – der – der junge Skalper da abgelassen hat."

„Abgelassen?", fragte der andere erstaunt und warf mir einen Blick zu, in dem sich der aufrichtigste Zweifel über meine geistige Zurechnungsfähigkeit aussprach.

„Magst's wohl nicht glauben? Hi – hi – hi – Will Parker, he? Hast ja 'nen echten Kingfieldstahl und 'ne gute Kentuckybüchse, lass nichts vorüberlaufen, dann hast du auch was, wenn ich mich nicht irre!"

Mit den letzten Worten wandte er sich dem Wasser zu, drehte sich aber, ehe er zwischen den Felsen verschwand, noch einmal um und warnte den Wachehaltenden:

„Mach deine Augen auf, meine ich! Da drüben im ‚Gutter'[1] gibt's ein ganzes Nest Pfeilmänner. Können ihre Nasen auch zwischen deine Beine stecken wollen. Wäre schade um dich, wie mir scheint, schade!"

Tief unter den um ihn hangenden Fallen begraben, schritt er uns voran und bald standen wir am Ausgang der Schlucht und konnten den Talkessel überblicken. Ein scharfer Pfiff des alten Trappers genügte, um sämtliche Bewohner unseres Verstecks herbeizurufen, und mit gespannter Aufmerksamkeit folgten alle dem Bericht unseres Abenteuers.

Schweigend hörte Old Firehand ihn bis zu Ende; aber als ich ihm von Parranoh sagte, entfuhr ihm ein Ausruf der Verwunderung und zugleich der Freude.

[1] Rinne

„Wär's möglich, dass Ihr Euch nicht getäuscht hättet, Sir? Dann könnte ich meinen Schwur wahrmachen und ihn zwischen meine Fäuste nehmen, wie es jahrelang mein einziger, mein heißester Wunsch gewesen ist."

„Die Haare allein machen mich irr."

„Oh, die sind gleichgültig. Sam Hawkens mag Euch als Beispiel dienen, und es ist doch nicht ganz unglaublich, dass Ihr in jener Nacht nicht recht getroffen habt. Die Seinen haben ihn gefunden und mitgenommen. Während ich krank war, hat er sich erholt, hat uns beobachten lassen und ist uns dann gefolgt."

„Aber warum griff er uns nicht an?"

„Weiß es nicht, wird aber jedenfalls seinen Grund haben, den wir auch erfahren. Seid Ihr müde, Sir?"

„Könnte es nicht behaupten."

„Ich muss den Mann selbst sehen. Wollt Ihr mich begleiten?"

„Versteht sich. Nur muss ich Euch auf das Gefährliche dieses Ganges aufmerksam machen. Die Indianer werden vergebens auf ihre ausgesandten Späher warten, sich bald nach ihnen umsehen und die Toten finden. Wir geraten zwischen die Suchenden und werden vielleicht von den Unseren abgeschnitten."

„Das alles ist möglich; aber ich kann unmöglich bleiben und ruhig warten, bis sie uns finden. Dick Stone!"

„Sir!"

„Hast du es gehört, wohin es gehen soll?"

„Denke es."

„Hol deine Gun (Gewehr) und schnür dich ein wenig fester, altes Gerippe! Wir sehen nach Rothäuten!"

„Bin dabei, Sir, das muss so sein. Reiten wir?"

„Nein, es geht nur bis zum ‚Gutter'. Ihr anderen aber rührt die Hände und deckt die ‚Caches' (Versteck für Häute) mit Rasen zu. Man kann nicht wissen, wie es geht, und wenn die Braunen ja zwischen unsere Felsen kommen, sollen sie wenigstens nichts von dem finden, was sie brauchen können. Harris, du gehst hinaus zu Will Parker, und du, Bill Bulcher, magst auf Ordnung sehen, während wir fort sind!"

„Vater, lass mich bei dir sein", bat Ellen.

„Kannst mir zu nichts dienen, Kind. Ruhe dich aus; wirst schon noch zur rechten Stelle kommen!"

Sie wiederholte ihre Bitte, aber Old Firehand hielt an seiner Bestimmung fest und so schritten wir bald wieder zu dreien durch das Bett des Baches hinaus.

Dick Stone war nicht weniger ein Original als Sam Hawkens. Unendlich lang und entsetzlich dürr und ausgetrocknet hing seine knochige Gestalt weit vornüber, sodass es schien, als gebe es für seine Augen keine andere Perspektive als die auf die beiden Füße, die an ein Paar Beine gewachsen waren, deren Ausdehnung einem Angst und Bange machen konnte. Über die festen, kernigen Jagdschuhe hatte er ein Paar lederne Gamaschen geschnallt, die noch ein gut Stück des Oberschenkels bedeckten, der Leib befand sich in eng anliegenden Hosen, die mittels eines breiten Gürtels, an dem neben Messer und Revolver die verschiedensten kleinen Notwendigkeiten hingen, zusammengehalten wurde; um die breiten, eckigen Schultern zog sich eine wollene Decke, deren Fäden die ausgedehnteste Erlaubnis hatten, nach allen Himmelsgegenden auseinander zu laufen, und der kurzgeschorene Kopf steckte in einem Ding, dessen Definition geradezu eine Sache der reinen Unmöglichkeit war.

Draußen angekommen, schritten wir nach einigen kurzen Weisungen an der Wache vorüber dem Ort zu, an dem sich Sam Hawkens versteckt gehabt hatte. Die von dort nach der Schlucht führende Richtung war jedenfalls die für uns vorteilhafteste, denn wir hatten von beiden Seiten Deckung und waren sicher, den Indianern zu begegnen, die annehmbarerweise ihr Versteck verlassen hatten, um nach dem Verbleib ihrer Brüder zu sehen.

Winnetou hatte kurz nach unserem frühzeitigen Aufbruch am Morgen das Lager auch verlassen und war noch nicht zurückgekehrt. Er wäre uns auf dem jetzigen Gang der willkommenste Begleiter gewesen und ich konnte, da ich ihn wirklich liebgewonnen hatte, mich einer leisen Sorge um ihn nicht erwehren. Es war ja ein Zusammentreffen mit dem Feind so leicht möglich und in diesem Fall war er trotz seiner Tapferkeit verloren.

Eben dachte in an diesen Umstand, als sich plötzlich neben uns die Büsche teilten und der Apache vor uns stand. Unsere Hände, die beim ersten raschelnden Laut der Zweige nach den Waffen gegriffen hatten, fuhren davon zurück, als wir ihn erkannten.

„Winnetou wird gehen mit den weißen Männern, um zu sehen Parranoh und die Oglalas."

Erstaunt blickten wir ihn an. Er wusste also schon von der Anwesenheit der Indianer.

„Hat mein roter Bruder die Krieger des grausamsten Stammes der Sioux gesehen?"

„Winnetou muss wachen über seinen jungen Bruder und über die Tochter Ribannas. Er ist hinter ihnen gegangen und hat gesehen ihre Messer fahren in das Herz der roten Krieger. Parranoh hat sich genommen den Schädel eines Mannes vom Volk der Osagen, sein Haar ist eine Lüge und seine Gedanken sind voller Falschheit. Winnetou wird ihn töten."

„Nein, der Häuptling der Apachen wird ihn nicht berühren, sondern ihn mir lassen!", entgegnete Old Firehand.

„Winnetou hat ihn schon einmal geschenkt seinem weißen Freund!"

„Er wird mir nicht wieder entgehen, denn meine Hand..."

Nur das letzte Wort hörte ich noch, denn in dem Augenblick, in dem es gesprochen wurde, sah ich zwei glühende Augen hinter dem Strauch, der die Biegung der Fußspuren verbarg, hervorleuchten und hatte mit einem raschen Sprung den Mann gepackt, dem sie angehörten.

Es war der, vom dem gesprochen wurde: Parranoh, und

kaum stand ich vor ihm und warf ihm die Finger um die Kehle, so raschelte es zu beiden Seiten und eine Anzahl Indianer sprang hervor, ihrem Häuptling zu Hilfe.

Die Freunde hatten meine Bewegung gesehen und stürzten sich sofort auf meine Angreifer. Wie es kam, ich weiß es nicht, aber ich hatte den weißen Häuptling, der mir an Stärke und Geschicklichkeit doch weit überlegen war, unter mir. Mein Knie auf seiner Brust fühlend, die Finger der Linken um den Hals und die Rechte um seine Hand, die das Messer gepackt hatte, krümmte er sich unter mir wie ein Wurm und machte die wütendsten Anstrengungen, mich von sich zu stoßen. Ich hatte keine Zeit, auch nur einen einzigen Blick auf das um mich her wogende Getümmel zu werfen, denn beim geringsten Versehen meinerseits war ich verloren und nie im ganzen Leben habe ich es mehr gefühlt, dass sich die Kräfte des Menschen im Augenblick solcher Gefahr verdoppeln, ja verzehnfachen können.

Mit den Füßen wie ein angeketteter Stier um sich schlagend, versuchte er, in riesenkräftigen Rucken sich emporzuschnellen, die langhaarige Perücke lag neben ihm, die Augen traten weit und mit Blut unterlaufen aus ihren Höhlen, vor dem Mund stand ihm der gärende Schaum der Wut und die nackte, vom Skalpmesser Winnetous barbierte Kopfblöße schwoll unter der Anstregung aller Fasern und Nerven und dem wilden Schlag des zusammengedrückten Pulses mit einer erschreckenden Hässlichkeit auf. Mir war, als hätte ich ein rasendes Tier unter mir, und mit mir jetzt unbegreiflicher Gewalt krampfte ich meine Finger um seine Kehle, sodass er einige Male konvulsivisch zuckte, den Kopf hintenüber legte und, die Augen verdrehend, unter einem immer leiser werdenden Zittern die Glieder von sich streckte – er war besiegt.

Jetzt endlich blickte ich, mich erhebend, um mich, und es bot sich mir eine Szene, wie sie die Feder nie zu beschreiben vermag. Keiner der Kämpfenden hatte aus Sorge, dem Feind Hilfe herbeizurufen, eine Schusswaffe gebraucht, sondern nur das Messer und der Tomahawk waren tätig gewesen. Keiner von ihnen stand aufrecht, sondern alle lagen am Boden und wälzten sich in ihrem oder dem Blut ihres Gegners.

Winnetou stand eben im Begriff, einem unter ihm Liegenden die Klinge in die Brust zu stoßen, er bedurfte meiner nicht. Old Firehand lag auf einem der Gegner und versuchte einen zweiten, der ihm den Arm zerfleischte, von sich abzuhalten. Ich eilte ihm zu Hilfe und schlug den Dränger mit seinem eigenen Beil, das ihm entfallen war, nieder. Dann ging's zu Dick Stone, der zwischen zwei toten Rothäuten unter einem riesigen Mann lag, der sich alle Mühe gab, einen tödlichen Stich anzubringen. Es gelang ihm nicht, das Beil des Stammesgenossen machte seiner Bemühung ein Ende.

Stone erhob sich und brachte seine langweiligen Gliedmaßen in Ordnung.

„By God, Sir, das war Hilfe zur rechten Zeit! Drei gegen einen ist doch, wenn man nicht schießen darf, ein wenig zu viel. Das muss so sein, habt Dank!"

Auch Old Firehand streckte mir die Hand entgegen und wollte eben sprechen, als sein Blick auf Parranoh fiel.

„Tim Finn – ist's möglich? Der Häuptling selber! Wer hat's mit ihm zu tun gehabt?"

„Mein junger, weißer Bruder hat ihn niedergeworfen", antwortete Winnetou statt meiner, und bemerkend, dass der Häuptling nicht verletzt, sondern nur durch den Druck der Hand besiegt worden war, fügte er mit einem Ausdruck des Erstaunens, wie ich ihn noch nie von ihm gehört hatte, hinzu: „Der große Geist hat ihm die Kraft des Büffels gegeben, der die Erde pflügt mit seinem Horn."

„Mann", rief Old Firehand, „wie Euch, so hab' ich noch keinen getroffen, so weit ich auch herumgekommen bin, und Ihr wollt nach dem Westen gekommen sein, nur um Steine und Pflanzen kennen zu lernen?"

Statt aller Antwort legte ich meine Hand auf seinen Arm. Die fast übermenschliche Anstrengung hatte meine Kräfte so überschritten, dass ich wie ein Frierender am ganzen Körper zitterte und kaum im Stande war, die Hand an der Stelle festzuhalten.

„Fühlt Ihr jetzt, was für ein gewaltiger Held ich bin, Sir? Der Schwächste wehrt sich, wenn es sein Leben gilt, und hier handelte es sich nicht bloß um meins, denn wenn er obenauf gekommen wäre, so war es vielleicht aus mit uns allen. Die Partei des Überlebenden von uns beiden musste siegen."

„Aber wie ist es möglich, dass er mit den Seinen hier versteckt sein konnte, da Winnetou dort in der Nähe war?"

„Der weiße Häuptling ist nicht verborgen gewesen an der Seite des Apachen. Er hat bemerkt die Spuren seiner Feinde und ist ihnen nachgegangen auf ihrem Pfad. Seine Männer werden ihm nachkommen und meine weißen Brüder müssen Winnetou schnell folgen in ihre Wigwams."

„Hat Recht, der Mann", bekräftigte Dick Stone. „Das muss so sein und wir werden sehen müssen, dass wir zu den Unseren kommen."

„Gut", erwiderte Old Firehand, von dessen Arm das Blut in hellen Strömen floss, „auf alle Fälle aber müssen wir die Spuren des Kampfes möglichst beseitigen. Geh doch ein wenig vorwärts, Dick, damit wir nicht etwa überrascht werden."

„Soll geschehen, Sir, aber nehmt mir doch zuvor einmal das Messer hier aus dem Fleisch. Ich kann nicht gut zu dem Ding kommen. Und erlaubt, dass ich zuvor meinen drei Vettern da nach dem Kopf sehe, es scheint ihnen in den Haaren zu liegen."

Nachdem er ihnen die Skalpe genommen, trat er zu mir. Einer von den dreien hatte ihm das Messer in die Seite gestoßen und durch das Ringen war es immer weiter hineingedrungen, glücklicherweise an keiner gefährlichen Stelle. Es hinterließ bei seiner Entfernung eine für Stones Eisennatur nur leichte Wunde.

In kurzer Zeit war das Notwendige getan.

„Wie bringen wir unseren Gefangenen fort?“, fragte Old Firehand.

„Er wird getragen werden müssen“, antwortete ich. „Wird aber seine Schwierigkeiten haben, wenn er vollständig zur Besinnung kommt.“

„Tragen?“, fragte Stone. „Ist mir seit etlichen Jahren nicht so wohl geworden und möchte diesem alten Knaben dies Herzeleid auch nicht antun.“

Mit einigen Schnitten trennte er eine Anzahl der neben stehenden Stämmchen von der Wurzel, nahm die Decke Parranohs wieder vor, schnitt sie in Streifen und meinte, uns vergnügt zunickend:

„Bauen da eine Schleife, einen Schlitten, ein Rutschholz oder so etwas zusammen, binden das Mannskind darauf fest und trollen uns damit von dannen. Das muss so sein!“

Der Vorschlag wurde angenommen und ausgeführt und bald setzten wir uns in Bewegung, die allerdings eine so deutliche Spur zurückließ, dass der hinterhergehende Winnetou alle Mühe hatte, sie nur einigermaßen zu verwischen.

*

Es war früh am anderen Tag. Noch hatten die Strahlen der Sonne nicht die Spitzen der umliegenden Berge berührt und tiefe Ruhe herrschte im Lager. Ich aber war längst schon wach und auf den Felsen gestiegen, wo ich Ellen wieder gefunden hatte.

Unten im Tal wälzten sich dichte Nebelballen um die Büsche, oben aber war die Luft rein und klar und wehte mir mit ermunternder Kühle um die Schläfe. Drüben hüpfte ein Kernbeißer unter Brombeerranken auf und ab und lockte mit schwellender, pfirsichblütenroter Kehle sein unfolgsames Weibchen, etwas tiefer saß ein blaugrauer Katzenvogel und unterbrach seinen Gesang zuweilen durch einen possierlichen miauenden Schrei und von unten herauf ertönte die wundervolle Stimme des Entenvogels, der am Schluss jeder Strophe seine musikalische Bravour mit einem lauten Entengequake applaudierte. Meine Gedanken aber waren weniger bei diesem Frühkonzert als vielmehr bei den Erlebnissen des vorhergehenden Tages.

Nach dem Bericht eines unserer heimkehrenden Jäger, der, still durch die Waldungen schleichend, die Oglalas auch bemerkt hatte, waren diese in noch größerer Anzahl vorhanden, als wir angenommen hatten, denn er war unten in der Ebene an einem zweiten Lagerplatz vorübergekommen, an dem sich auch die Pferde befunden hatten. Es war also mit Bestimmtheit anzunehmen, dass ihr Kriegszug nicht gegen einzelne Personen, sondern gegen unsere ganze Niederlassung gerichtet war, und aus diesem Grund und der bedeutenden Anzahl der Feinde wegen durften wir unsere Lage keineswegs als beneidenswert ansehen.

Die Vorbereitungen, die getroffen werden mussten, einem Überfall zu begegnen, hatten den gestrigen Nachmittag und Abend in der Weise ausgefüllt, dass wir keine Zeit gefunden hatten, über das Schicksal unseres Gefangenen eine Bestimmung zu treffen. Er lag wohlgebunden und gut bewacht in einer der Felsenkammern und noch vorhin erst, gleich nach meinem Erwachen, hatte ich mich von der Zuverlässigkeit seiner Fesseln überzeugt.

Die nächsten Tage, vielleicht schon die heutigen Stunden, mussten uns wichtige Entscheidungen bringen und es war wirklich ein außergewöhnlicher Ernst, mit dem ich an meine gegenwärtige Lage dachte, als ich durch nahende Schritte aus dem Sinnen gerufen wurde.

„Guten Morgen, Sir! Der Schlaf scheint Euch ebenso geflohen zu sein wie mir."

Ich dankte dem Gruß und erhob mich aus meiner sitzenden Lage.

„Wachsamkeit ist die notwendigste Tugend in diesem gefahrvollen Land, Miss."

„Fürchtet Ihr Euch vor den Braunen?“, fragte sie lächelnd.

„Ich weiß, dass Ihr diese Frage nicht im Ernst aussprecht. Aber wir zählen im Ganzen dreizehn Mann und haben einen zehnfach überlegenen Feind vor uns. Offen können wir uns seiner gar nicht erwehren, und unsere einzige Hoffnung besteht nur allein darin, von ihm nicht entdeckt zu werden.“

„Ihr seht die Sache doch wohl etwas zu schwarz. Dreizehn Männer von der Art und Weise unserer Leute vermögen schon Erkleckliches zu leisten, und selbst wenn die Rothäute unser Versteck aufspürten, würden sie sich nichts als blutige Köpfe holen.“

„Ich bin anderer Meinung. Sie sind ergrimmt über unseren Überfall, noch mehr aber über den gestrigen Verlust ihrer Leute und wissen jedenfalls ihren Häuptling in unseren Händen. Sie haben natürlich nach den Fehlenden gesucht, die Leichen gefunden und dabei Parranoh vermisst, und wenn eine so zahlreiche Horde um irgendeines Zweckes willen solche Strecken zurücklegt wie diese, so wird dieser Zweck auch mit der möglichsten Energie und Schlauheit zu erreichen gesucht.“

„Alles ganz recht, Sir, aber noch kein Grund zu schlimmen Befürchtungen. Ich kenne diese Leute besser als Ihr. Feig und verzagt von Natur, wissen sie nur hinterrücks zu handeln und den Wehrlosen anzugreifen. Wir haben ihre Jagdgründe durchstreift vom Mississippi bis zum stillen Meer, von Mexico bis hinauf zu den Seen, haben sie vor uns hergetrieben, uns mit ihnen herumgeschlagen, vor der Übermacht fliehen und uns verbergen müssen, aber immer, immer wieder die Faust am Messer gehabt und die Oberhand behalten.“

Ich sah sie an, antwortete aber nicht und es musste in meinem Blick etwas der Bewunderung Unähnliches gelegen haben, denn nach einer kurzen Pause fuhr sie fort:

„Sagt, was Ihr wollt, Sir, es gibt Gefühle im Menschenherzen, denen der tatkräftige Arm gehorsam sein muss, gleichviel, ob er ein männlicher oder weiblicher ist. Hätten wir gestern den Beefork erreicht, so wäre Euch ein Grab zu Gesicht gekommen, das zwei Wesen birgt, die mir die liebsten und teuersten gewesen sind auf der ganzen weiten Erdenrunde. Sie wurden hingeschlachtet von Männern, die dunkles Haar und braune Haut besaßen, und seit jenen schrecklichen Tagen zuckt mir's in der Hand, wenn ich eine Skalplocke wehen sehe, und mancher Indianer ist blutend vom Pferd geglitten, wenn die Pistole blitzte, aus der das tötende Blei in das Herz meiner Mutter fuhr und deren Sicherheit Ihr ja auch bei New-Venango kennen gelernt habt."

Sie zog die Waffe aus dem Gürtel und hielt sie mir vor die Augen.

„Ihr seid ein guter Schütze, Sir, aber aus diesem alten Rohr würdet Ihr auf fünfzehn Schritte nicht den Stamm eines Hickory treffen. Ihr mögt also denken, wie oft und viel ich mich geübt habe, um meines Ziels gewiss zu sein. Ich weiß mit allen Instrumenten umzugehen, aber wenn es sich um Indianerblut handelt, dann greife ich nur zu dieser da, denn ich habe geschworen, dass jedes Körnchen Pulver, das jene mörderische Kugel trieb, mit dem Leben einer Rothaut gezahlt werden müsse, und ich glaube, ich stehe nicht sehr weit von der Erfüllung dieses Schwurs. Dasselbe Rohr, das die Mutter niederstreckte, soll auch das Werkzeug meiner Rache sein!"

„Ihr bekamt die Pistole von Winnetou?"

„Hat er Euch davon erzählt?"

„Ja."

„Alles?"

„Nichts, als was ich eben sagte."

„Ja, sie ist von ihm. Doch setzt Euch, Sir! Ich versprach Euch gestern eine Aufklärung und Ihr sollt das Notwendigste erfahren, wenn es auch nicht eine Sache ist, über die man viele Worte machen könnte."

Sie nahm neben mir Platz, warf einen beobachtenden Blick über das unter uns liegende Tal und begann:

„Vater war Oberförster da drüben im alten Land und lebte mit seinem Weib und einem Sohn in ungetrübtem Glück, bis die Zeit der politischen Gärung kam, die so machen braven Mann um seine Ziele betrogen hat und auch ihn in den Strudel trieb, dem er sich schließlich nur durch die Flucht zu entziehen vermochte. Die Überfahrt kostete ihn die Mutter seines Kindes, und da er nach der Landung mittellos und ohne Bekannte in einer anderen und neuen Welt stand, so griff er zum Ersten, was ihm geboten wurde, ging als Surveyor nach dem Westen und ließ den Knaben bei einer wohlhabenden Familie zurück, in der er als Kind aufgenommen wurde.

Einige Jahre verflossen ihm unter Gefahren und Abenteuern, die aus ihm einen von den Weißen geachteten, von ihren Feinden aber gefürchteten Westmann machten. Da führte ihn seine Jagdwanderung hinauf an den Quicort, mitten unter die Stämme der Assiniboins hinein, und hier traf er zum ersten Mal mit Winnetou zusammen, der von den Ufern des Colorado kam, um sich am oberen Mississippi den heiligen Ton für die Kalumets seines Stammes zu holen. Beide waren Gäste des Häuptlings Tah-schatunga und lernten in dessen Wigwam Ribanna, seine Tochter kennen

Sie war schön wie die Morgenröte und lieblich wie die Rose des Gebirges. Keine unter den Töchtern des Stammes vermochte die Häute so zart zu gerben und das Jagdkleid so sauber zu nähen wie sie, und wenn sie ging, um Holz zu holen für das Feuer ihres Kessels, so schritt ihre schlanke Gestalt wie die einer Königin über die Ebene und von ihrem Haupt floss das Haar in langen Strömen fast bis zur Erde herab. Sie war der Liebling Manitous, des großen Geistes, war der Stolz des Stammes und die jungen Krieger brannten vor Begierde, sich die Skalpe der Feinde zu holen, um sie ihr zu Füßen legen zu dürfen.

Aber keiner von ihnen durfte die Hand an ihre Hüfte legen, denn sie liebte den weißen Jäger, der schöner war und tapferer als all die roten Männer und zu ihr sprach mit sanfter, wohltönender Stimme, deren Klang tief in ihr Herz drang und ihren jungfräulichen Busen schwellen ließ unter süßen, sehnsüchtigen Gefühlen.

Auch in seiner Seele war aufgegangen das Feuer des Verlangens, er folgte der Spur ihres Fußes, wachte über ihrem Haupt und sprach mit ihr wie mit einer Tochter der Bleichgesichter. Da trat eines Abends Winnetou zu ihm.

‚Der weiße Mann ist nicht wie die Kinder seines Volkes. Aus ihrem Mund fallen die Lügen wie die Boudins aus einem Büffelmagen, er aber hat stets die Wahrheit gesprochen zu Winnetou, seinem Freund.‘

‚Mein roter Bruder hat den Arm eines starken Kriegers und er ist der Weiseste beim Feuer der großen Beratung. Er dürstet nicht nach dem Blut der Unschuldigen und ich habe ihm gegeben die Hand eines Freundes. Er spreche!‘

‚Mein Bruder hat lieb Ribanna, die Tochter Tah-schatungas?‘

‚Sie ist mir lieber als die Herden der Prairie und die Skalpe aller roten Männer.‘

‚Und er wird gut mir ihr sein und nicht hart reden zu ihren Ohren, sondern ihr sein Herz geben und sie schützen gegen die bösen Stürme des Lebens?‘

‚Ich werde sie auf meinen Händen tragen und bei ihr sein in aller Not und Gefahr.‘

‚Winnetou kennt den Himmel und weiß die Namen und die Sprache der Sterne, aber der Stern seines Lebens geht hinunter und in seinem Herzen wird es dunkel und Nacht. Er wollte die Rose vom Quicourt nehmen in sein Wigwam und an ihre Brust legen sein müdes Haupt, wenn er zurückkehrt vom Pfad des Buffalo oder von den Dörfern seiner Feinde. Aber ihr Auge leuchtet auf seinen Bruder und ihre Lippen sprechen den Namen des guten Bleichgesichts. Der Apache wird gehen aus dem Land des Glücks und sein Fuß wird einsam weilen an den Wogen des Gila. Seine Hand wird nimmermehr berühren das Haupt eines Weibes und nie wird die Stimme eines Sohnes dringen an sein Ohr. Doch wird er zurückkehren zur Zeit, wenn das Elen durch die Pässe geht, und wird sehen, ob glücklich ist Ribanna, die Tochter Tah-scha-tungas.'

Er drehte sich um, schritt in die Nacht hinaus und war am anderen Morgen verschwunden.

Als er zur Zeit des Frühlings zurückkehrte, fand er Ribanna, und ihre strahlenden Augen erzählten ihm besser als Worte von dem Glück, das ihr beschieden war. Er nahm mich, das erst einige Tage alte Kind, von ihrem Arm, küsste mir den kleinen Mund und legte seine Hand beteuernd auf mein Haupt:

,Winnetou wird sein über dir wie der Baum, in dessen Zweigen die Vögel schlafen und die Tiere des Feldes Schutz finden vor der Flut, die aus den Wolken rinnt. Sein Leben sei dein Leben und sein Blut wie dein Blut. Nie wird der Hauch seines Atems stocken und die Kraft seines Armes erlahmen für die Tochter der Rose vom Quicourt. Möge der Tau des Morgens fallen auf deine Wege und das Licht der Sonne auf deine Pfade, damit Freude habe an dir der weiße Bruder des Apachen. Howgh!'

Jahre vergingen und ich wuchs heran. Aber ebenso wuchs auch das Verlangen des Vaters nach dem zurückgelassenen Sohn, den ich ihm vergebens zu ersetzen strebte. Ich vergaß, ein Mädchen zu sein, nahm teil an den mutigen Spielen der Knaben und ward erfüllt von dem Geist des Krieges und der Waffen. Da konnte Vater seiner Sehnsucht nicht länger gebieten, er ging nach dem Osten und nahm mich mit. Mir ging an der Seite des Bruders und mitten im zivilisierten Leben eine neue Welt auf, von der ich mich nicht trennen zu können vermeinte. Vater kehrte allein zurück und ließ mich bei den Pflegeeltern des Bruders. Bald aber regte sich das Heimweh nach dem Westen mit solcher Macht in mir, dass ich es kaum zu bewältigen vermochte und nach dem nächsten Besuch des Vaters mit ihm wieder in die Heimat ging.

Dort angekommen fanden wir das Lager leer und vollständig ausgebrannt. Nach längerem Suchen entdeckten wir ein Wampum, das Tah-scha-tunga zurückgelassen hatte, um uns bei unserer Ankunft von dem Vorgefallenen zu benachrichtigen.

Tim Finnetey, ein weißer Jäger, war früher oftmals in unserem Lager gewesen und hatte die Rose vom Quicourt zur Squaw begehrt, aber die Assiniboins waren ihm nicht freundlich gesinnt, denn er war ein Dieb und hatte schon zu mehreren Malen ihre ‚Caches' geöffnet. Er wurde abgewiesen und ging, mit dem Schwur der Rache auf den Lippen. Vom Vater, der mit ihm in den Black Hills zusammengetroffen war, hatte er erfahren, dass Ribanna sein Weib sei, und er ging zu den Schwarzfüßen, um sie zu einem Kriegszug gegen die Assiniboins zu bewegen.

Sie folgten seiner Stimme und kamen zu einer Zeit, in der die Krieger auf einem Jagdzug abwesend waren. Sie überfielen, plünderten und verbrannten das Lager, töteten die Greise und Kinder und führten die jungen Frauen und Mädchen gefangen mit sich fort. Als die Krieger zurückkehrten und die eingeäscherte Stätte sahen, folgten sie den Spuren der Räuber, und da sie ihren Rachezug nur einige Tage vor unserer Ankunft angetreten hatten, so war es uns vielleicht möglich, sie noch einzuholen.

Lasst es mich kurz machen. Unterwegs stießen wir auf Winnetou, der über die Berge gekommen war, die Freunde zu sehen. Er wandte auf des Vaters Bericht, ohne ein Wort zu verlieren, sein Pferd, und nie im Leben werde ich den Anblick der beiden Männer vergessen, die lautlos, aber mit glühendem Herzen und drängender, angstvoller Eile den Weg der Vorangezogenen verfolgten.

Wir trafen sie am Beefork. Sie hatten die Schwarzfüße ereilt, die im Flusstal lagerten, und erwarteten nur die Nacht, um über sie herzufallen. Ich sollte bei der Pferdewache zurückbleiben, aber es ließ mir keine Ruhe, und als der Augenblick des Überfalls kam, schlich ich mich zwischen die Bäume vor und kam gerade am Rand des Gehölzes an, als der erste Schuss fiel. Es war eine furchtbare Nacht. Der Feind war uns überlegen und das Kampfgeschrei verstummte erst als der Morgen zu grauen begann.

Ich hatte das Gewirr der wilden Gestalten gesehen, das Ächzen und Stöhnen der Verwundeten und Sterbenden gehört und betend im nassen Gras gelegen. Jetzt kehrte ich zur Wache zurück. Sie war verschwunden. Unsägliche Angst bemächtigte sich meiner, und als ich jetzt das Freudengeheul der Feinde vernahm, wusste ich, dass wir besiegt waren.

Ich versteckte mich bis zum Abend und wagte mich dann auf den Platz, wo der Kampf stattgefunden hatte.

Tiefe Stille herrschte ringsum und der helle Schein des Mondes fiel auf die leblos daliegenden Gestalten. Gepackt von grausem Entsetzen irrte ich zwischen ihnen herum, und – da lag sie, die Mutter, mitten durch die Brust geschossen, die Arme krampfhaft um das kleine Schwesterchen geschlungen, dessen Köpfchen von einem tiefen Messerhieb klaffte. Der Anblick raubte mir die Besinnung und ich fiel ohnmächtig über sie hin.

Wie lange ich dagelegen, ich wusste es nicht. Es wurde Tag und Abend und wieder Tag, da hörte ich leise Schritte in der Nähe. Ich richtete mich empor und – o Wonne – ich sah den Vater und Winnetou, beide in zerfetzten Kleidern und mit Wunden bedeckt. Sie waren der Übermacht erlegen und gefesselt fortgeschleppt worden, hatten sich aber loszumachen gewusst und waren entflohen."

Tief Atem holend hielt sie inne und richtete ihr Auge mit starrem Ausdruck in die Weite. Dann sich rasch zu mir wendend, fragte sie:

„Ihr habt noch Eure Mutter, Sir?"

„Ja."

„Was würdet Ihr tun, wenn jemand sie Euch tötete?“

„Ich würde den Arm des Gesetzes walten lassen.“

„Gut. Und wenn der zu schwach oder zu kurz ist wie hier im Westen, so leiht man dem Gesetz den eigenen Arm.“

„Es ist ein Unterschied zwischen Strafe und Rache, Miss! Die erste ist eine notwendige Folge der Sünde und eng verbunden mit dem Begriff göttlicher und menschlicher Gerechtigkeit, die zweite aber ist hässlich und betrügt den Menschen um die hohen Vorzüge, die ihm vor dem Tier verliehen sind.“

„Ihr könnt nur deshalb so sprechen, weil Euch kein Indianerblut durch die kalten Adern rinnt. Wenn der Mensch aber sich freiwillig dieser Vorzüge entäußert und zur lebensgefährlichen Bestie wird, so darf er auch nur als eine solche behandelt und muss verfolgt werden, bis ihn die tötende Kugel ereilt hat. Als wir an jenem Tag die beiden Toten in die Erde gescharrt und so den Angriffen der Aasgeier entzogen hatten, da gab es in den Herzen von uns dreien kein anderes Gefühl als das des glühendsten Hasses gegen die Mörder unseres Glücks, und es war unser eigenes Gelübde, das Winnetou aussprach, als er mit tiefgrollender Stimme schwur:

‚Der Häuptling der Apachen hat in der Erde gewühlt und den Pfeil der Rache gefunden. Seine Hand ist geballt, sein Fuß ist leicht und sein Tomahawk hat die Schärfe des Blitzes. Er wird suchen und finden Tim Finnetey, den Mörder der Rose vom Quicourt, und seinen Skalp nehmen für das Leben Ribannas, der Tochter der Assiniboins.‘“

„So war Finnetey der Mörder, Miss?“

„Er war's. In den ersten Augenblicken des Kampfes, als es schien, dass die überraschten Schwarzfüße unterliegen würden, schoss er sie nieder. Winnetou sah es, stürzte sich auf ihn, entriss ihm die Waffe und würde ihn getötet haben, wenn er nicht von anderen gepackt und nach verzweifelter Gegenwehr gefangen genommen worden wäre. Zur Verspottung ließ man ihm die ungeladene Pistole, sie kam später als sein Geschenk in meine Hand und hat mich nie verlassen, mochte ich meinen Fuß auf die Gehsteige der Städte oder den Grasboden der Prairie setzen."

„Ich muss Euch sagen, dass..."

Sie schnitt mir die Rede durch eine hastige Handbewegung ab.

„Was Ihr mir sagen wollt, weiß ich und habe es mir tausend Mal schon selbst gesagt. Aber habt Ihr noch nie die Sage vom ‚flats-ghost' vernommen, der in wilden Stürmen über die Ebene braust und alles vernichtet, was ihm zu widerstehen wagt? Es liegt ein tiefer Sinn in ihr, der uns sagen will, dass der ungezügelte Wille sich wie ein brandendes Meer über die Ebene ergießen müsse, bevor die Ordnung zivilisierter Staaten hier festen Fuß fassen kann. Auch durch meine Adern pulsiert eine Woge jenes Meeres und ich muss ihrem Drang folgen, obgleich ich weiß, dass ich in der Flut versinken werde."

Es waren ahnungsvolle Worte, die sie hiermit aussprach, und es folgte ihnen eine tiefe, gedankenreiche Stille, die ich endlich mit einer leisen Vorstellung zu unterbrechen wagte. Sie hörte mich ruhig an und schüttelte dann den Kopf. Mit beredtem Mund gab sie eine Schilderung des Eindrucks, den jene Schreckensnacht auf ihr Gemüt hervorgebracht hatte, eine Beschreibung ihres späteren Lebens, das sie zwischen den Extremen der Wildnis und Gesittung hin- und hergeworfen hatte, und ich lag vor ihr, dem Klang ihrer tiefen, sonoren Stimme lauschend und jedes ihrer Worte trinkend, die ohne mich zu überzeugen, doch offenen Eingang in mein Inneres fanden.

Da ertönte von unten herauf ein scharfer Pfiff. Sie unterbrach sich und meinte:

„Vater ruft die Leute zusammen. Kommt nach unten. Es wird Zeit, den Gefangenen vorzunehmen."

Ich erhob mich und ergriff ihre Hand.

„Wollt Ihr mir eine Bitte erfüllen, Miss?"

„Gern, wenn Ihr nichts Unmögliches von mir verlangt."

„Überlasst ihn den Männern!“

„Ihr erbittet gerade das, was ich nicht gewähren kann. Tausend und aber tausend Mal hat es mich verlangt, ihm Angesicht zu Angesicht gegenüberstehen und den Tod entgegenschleudern zu können, tausend und aber tausend Mal habe ich mir diese Stunde ausgemalt mit allen Farben, die der menschlichen Phantasie zu Gebote stehen, sie ist das Ziel meines Lebens, der Preis aller Leiden und Entbehrungen gewesen, die ich durchkämpft und durchkostet habe, und nun – wo ich so nah an der Erfüllung meines größten Wunsches stehe, soll ich darauf verzichten? Nein, nein und abermals nein!“

„Dieser Wunsch wird erfüllt werden, auch ohne Eure unmittelbare Beteiligung, Miss; der Menschengeist hat nach höheren Zielen zu streben als dem, das Ihr Euch vorgesteckt habt, und das Menschenherz ist eines heiligeren und größeren Glücks fähig, als es die Befriedigung auch des glühendsten Rachegefühls bietet. Euch ist alles, alles gegeben, um glücklich zu sein und glücklich zu machen, warum wollt Ihr auf dies Glück verzichten, indem Ihr die Hände in das Blut eines Elenden taucht und das von Euch werft, was allein den Wert des Weibes bestimmt – die Milde, die Liebe?“

„Die Liebe? Geht, Sir! Ihr habt Romane gelesen, man hört es.“

Sie wandte sich um und schritt mir voran den Felsensteig hinab.

Eigentümlich berührt von unserer Unterhaltung, folgte ich ihr langsam nach. Wie alle Frauen, so gehorchte auch sie fast stets nur dem Drang ihres Gefühls, und wie ihrer lückenhaften Schilderung des Vergangenen der Zusammenhang mangelte und man sich gerade das Bedeutungsvolle, die Entwicklung ihres inneren, zwiespältigen Wesens hinzudenken musste, so war auch dies Wesen in seiner gegenwärtigen Erscheinung unklar und ermangelte der Vollendung. Die Verhältnisse hatten die Erziehung des äußerlich so herrlichen Mädchens übernommen, und da diese Verhältnisse so verschiedenartig, so extrem waren, durfte es nicht verwundern, dass ich mich von ihr zeitweilig ebenso sehr abgestoßen sah, wie ich mich vorher von ihr angezogen gefühlt hatte.

Nachdem ich erst zu Swallow gegangen war, um dem braven Tier meinen Morgengruß zu bringen, trat ich zu der Versammlung, die rund um den jetzt an einen Stamm gebundenen Parranoh stand. Man beriet über die Art seines Todes.

„Ausgelöscht muss er werden, der Halunke, wenn ich mich nicht irre“, meinte eben Sam Hawkens, „aber ich möchte meiner Liddy nicht das Herzeleid antun, dies Urteil auszuführen, meine ich.“

„Sterben muss er, das muss so sein“, stimmte Dick Stone, mit dem Kopf nickend, bei, „und es soll mir Freude machen ihn am Ast hängen zu sehen, denn anderes hat er nicht verdient. Was meint Ihr, Sir?“

„Wohl“, antwortete Old Firehand. „Unser schöner Platz hier darf aber nicht mit dem Blut dieses Scheusals verunreinigt werden. Da draußen am Beefork hat er die Meinen gemordet und da draußen an derselben Stelle soll er auch seine Strafe finden. Der Ort, der meinen Schwur gehört, soll auch seine Erfüllung sehen.“

„Erlaubt, Sir“, fiel Stone ein, „warum soll ich den skalpierten Rotweißen umsonst auf dem Schleifholz hierher transportiert haben? Glaubt Ihr, dass ich ein Vergnügen daran finde, den Braunhäuten dafür nun meine Schmachtlocken zu überlassen?“

„Was meint Winnetou, der Häuptling der Apachen?“, fragte Old Firehand, die Gründe dieses Einwurfs begreifend.

„Winnetou fürchtet nicht die Pfeile des Oglala, er trägt in seinem Gürtel die Kopfhaut des Hundes von Athabaskah und schenkt den Leib des Feindes seinem weißen Bruder.“

„Und Ihr?“, wandte sich der Fragende jetzt auch zu mir.

„Macht's kurz mit ihm! Furcht vor den Indsmen wird

wohl keiner von uns haben, aber ich halte es nicht für nötig, uns in unnötige Gefahr zu begeben und dabei unseren Aufenthalt zu verraten. Dieser Mensch ist ein solches Wagnis nicht wert."

„Ihr könnt ja hier bleiben, Sir, um Eure Schlafkammer zu bewachen", riet mir Ellen mit zweifelhaftem Achselzucken. „Was aber mich betrifft, so verlange ich unbedingt das Urteil an demselben Ort vollstreckt, an dem die Opfer des Mörders liegen. Das Schicksal bestätigt mein Verlangen dadurch, dass es ihn uns hier und nirgends anderswo in unsere Hände gab. Was ich verlange, bin ich denen schuldig, an deren Grab ich den Schwur getan habe, nicht zu ruhen und zu rasten, bis sie gerächt sind."

„Tut, was Ihr wollt, Miss!", erwiderte ich kalt und wandte mich ab. Das mehr als Unweibliche, das wahrhaft Dämonische, das aus ihren Worten, aus jeder ihrer Mienen sprach, stieß mich heftig von ihr ab und brachte ein Schmerzgefühl in meinem Innern hervor, als bohre sich ein kalter, spitzer Stahl mir in das Herz.

Der Gefangene stand aufrecht an den Stamm gelehnt und verzog trotz der Schmerzen, die die tief in sein Fleisch eindringenden Fesseln ihm verursachen mussten, und trotz der ernsten Bedeutung, die die Verhandlung für ihn hatte, keine Falte seines von Alter und Leidenschaft durchfurchten Angesichts. In seinen abschreckenden Gesichtszügen stand die ganze Geschichte seines Lebens geschrieben und der Anblick des nackten, in blutigen Farben spielenden Schädels erhöhte den schlimmen Eindruck, den der Mann selbst auf den unparteiischen Beschauer machen musste.

Nach einer längeren Beratung, an der ich mich nicht beteiligte, löste sich der Kreis auf und die Jäger rüsteten sich zum Aufbruch.

Der Wille des Mädchens war also doch durchgedrungen und ich konnte mich des Gedankens nicht erwehren, dass uns daraus Unheil entstehen müsse. Old Firehand trat zu mir und legte die Hand auf meine Schulter:

„Lasst es ruhig gehen, wie es gehen will, Mann, und legt keinen falschen Maßstab an Dinge, die nicht nach der Schablone Eurer so genannten Bildung geschnitten sind."

„Ich gestatte mir kein Urteil über Eure Handlungsweise, Sir. Das Verbrechen muss seine Strafe finden, das ist einmal richtig, doch werdet Ihr mir nicht zürnen, wenn ich meine, dass ich mit der Exekution nichts zu tun habe. Ihr geht nach dem Beefork?"

„Wir gehen, und da Ihr Euch nun doch mit der Sache nicht befassen wollt, so ist es mir lieb, jemanden hier zu wissen, dem ich die Sicherheit unseres Lagerplatzes anvertrauen darf."

„Wird nicht an mir liegen, wenn etwas geschieht, was wir nicht wünschen, Sir. Wann kommt Ihr zurück?"

„Kann's nicht bestimmt sagen, richtet sich nach dem, was wir draußen finden. Also lebt wohl und haltet die Augen offen!"

Er trat zu denen, die bestimmt waren, ihn mit dem Gefangenen zu begleiten. Dieser wurde vom Baum losgebunden, und als Winnetou, der gegangen war, um sich von der Sicherheit der Passage zu überzeugen, zurückkehrte und die Meldung machte, dass er nichts Verdächtiges bemerkt habe, schob man Finnetey einen Knebel in den Mund und schritt dem Ausgang zu.

„Mein weißer Bruder bleibt zurück?", fragte der Apache, ehe er sich dem Zug anschloss.

„Der Häuptling der Apachen kennt meine Gedanken, mein Mund braucht nicht zu sprechen."

„Mein Bruder ist vorsichtig wie der Fuß, ehe er in das Wasser der Krokodile tritt, aber Winnetou muss gehen und sein bei der Tochter Ribannas, die starb von der Hand des Athasbaskah."

Er ging, ich wusste, dass meine Ansicht auch seine war und er nur aus Sorge für die anderen und ganz besonders für Ellen sich entschlossen hatte, ihnen zu folgen.

Nur wenige der Jäger waren zurückgeblieben, unter ihnen Dick Stone. Ich rief sie zu mir und machte ihnen die Mitteilung, dass ich beabsichtige, einmal hinauszugehen, um mir die Büsche anzusehen.

„Wird wohl nicht nötig sein, Sir", meinte Stone. „Der Posten steht ja draußen und hält die Augen offen, das muss so sein, und außerdem ist ja auch der Apache auf Umschau aus gewesen. Bleibt hier und pflegt Euch. Werdet schon noch Arbeit bekommen!"

„Inwiefern?"

„Na, haben ja Augen und Ohren, die Rothäute, und werden schon merken, dass es da draußen, was zu fangen gibt. Sind schlaue Kerls; das muss so sein."

„Gebe Euch vollständig Recht, Dick, und werde deshalb mal zuschauen, ob sich irgendetwas regen will. Nehmt Ihr indessen den Ort hier in Eure Obhut! Werde nicht sehr lange auf mich warten lassen."

Ich holte die Büchse und begab mich hinaus. Der Wachtposten versicherte mir, nichts Verdächtiges bemerkt zu haben, aber ich hatte gelernt, nur meinen eigenen Augen zu trauen, und durchbrach den Saum des Gebüsches, um es nach Indianerspuren abzusuchen.

Gerade dem Eingang unseres Talkessels gegenüber bemerkte ich einige abgeknickte Zweige und fand bei näherer Untersuchung des Bodens, dass hier ein Mensch gelegen und bei seiner Entfernung die Eindrücke, die sein Körper auf das abgefallene Laub und den lockeren Humusboden hervorgebracht, mit Sorgfalt verwischt und möglichst unbemerkbar gemacht hatte.

Man hatte uns also belauscht, unseren Aufenthalt entdeckt und jeder Augenblick konnte uns einen Angriff bringen. Da ich aber schloss, dass der Feind zunächst wohl sein Augenmerk auf Parranoh und seine Eskorte richten werde, so war es vor allen Dingen notwendig, Old Firehand womöglich noch rechtzeitig zu warnen, und ich entschied mich dafür, dem vorangegangenen Zug schleunigst zu folgen.

Nachdem ich der Wache die nötigen Anweisungen gegeben, schritt ich den Spuren unserer Leute, die längs des Flusses sich aufwärts begeben hatten, nach und kam auf diesem Wege an dem Schauplatz unserer gestrigen Taten vorüber.

Wie ich geahnt, so war es geschehen: Die Oglalas hatten die beiden Toten entdeckt und aus der Menge des niedergetretenen Grases war zu schließen, dass sie sich in bedeutender Anzahl an dem Ort eingefunden hatten, um die Leichname ihrer Brüder zu holen.

Noch war ich nicht sehr weit über diesen Punkt hinausgekommen, als ich auf neue Spuren stieß. Sie kamen seitwärts aus dem Gebüsch und führten auf dem Weg weiter, den unsere Jäger eingeschlagen hatten. Ich folgte ihnen, wenn auch mit möglichster Vorsicht, so doch in größter Eile und legte so in verhältnismäßig kurzer Zeit eine bedeutende Strecke zurück, sodass ich bald die Stelle erreichte, an der sich die Wasser des Beefork in die Fluten des Mankizita ergossen.

Da ich den Platz nicht kannte, an dem die Exekution vor sich gehen sollte, so musste ich meine Vorsicht jetzt verdoppeln und folgte, die Spuren nur von der Seite im Auge behaltend, ihrer Richtung durch das nebenan laufende Gebüsch.

Jetzt machte das Flüsschen eine Biegung und grenzte an dieser Stelle eine Lichtung ab, von der sich der so genannte ‚schwarze Wuchs' zurückgezogen und den Gräsern den nötigen Raum zur ungehinderten Entwicklung gelassen hatte. Mitten auf dem freien Platz stand eine Gruppe von Balsamfichten, unter deren Zweigen die Jäger in lebhaftem Gespräch saßen, während der Gefangene an einen der Stämme gebunden war.

Gerade vor mir, höchstens drei Mannslängen von meinem Standort entfernt, lugte eine kleine Anzahl Indianer durch den Buschrand hinaus auf die Blöße und es war mir augenblicklich klar, dass die anderen rechts und links abgegangen waren, um die Belauschten von drei Seiten einzuschließen und durch einen plötzlichen Überfall niederzumachen oder in den Fluss zu treiben.

Es war kein Augenblick Zeit zu verlieren. Ich nahm den Henrystutzen an die Wange und drückte ab. Für die ersten Sekunden verursachten meine Schüsse das einzige Geräusch, das zu hören war, denn sowohl Freunde wie Feinde befanden sich in lebhafter Überraschung über die unerwartete Durchkreuzung ihres Vorhabens. Dann aber gellte ein markerschütterndes „Ho – ho – hi", der Kampfesruf der Indianer, fast hinter jedem Strauch hervor, eine Wolke von Pfeilen drang von allen Seiten aus dem Gebüsch, und im Nu war der Platz von heulenden, keuchenden und schreienden Menschen bedeckt, die im wütendsten Handgemenge miteinander kämpften.

Fast zu gleicher Zeit mit den Indianern war auch ich vorgesprungen, um an der Seite von Ellen zu sein, und kam gerade recht, einen der Rothäute niederzuschlagen, der auf sie eindrang. Das Mädchen war emporgeschnellt und hatte die Pistole erhoben, um Parranoh niederzuschießen, war aber von dem Indianer, der die Absicht bemerkt hatte, daran gehindert worden. Mit den Rücken gegeneinander oder an die Baumstämme gelehnt, verteidigten sich die Jäger mit allen ihnen zu Gebote stehenden Kräften gegen die sie umzingelnden Wilden. Es waren lauter wohlgeschulte Trapper, die schon manchen harten Strauß ausgefochten hatten und keine Furcht kannnten, aber es war klar, dass sie hier der Übermacht erliegen mussten, zumal sie vorhin den Indianern ein offenes Ziel geboten hatten und infolgedessen fast alle verwundet waren.

Einige der Braunen hatten gleich im ersten Augenblick sich auf Parranoh geworfen, um ihn seiner Bande zu entledigen, und so sehr dies auch Firehand und Winnetou, die von ihm weggedrängt worden waren, zu hintertreiben suchten, so war ihnen diese Absicht doch endlich gelungen. Mit einem kräftigen Schlag schleuderte der muskulöse Mann die Arme in die Luft, um das stockende Blut wieder in Bewegung zu bringen, entriss der Hand eines seiner Leute den Tomahawk und knirschte, auf Winnetou eindringend:

„Komm her, du Hund von Pimo! Du sollst jetzt meine Haut bezahlen!“

Der Apache, der sich mit dem Schimpfnamen seines Stammes angeredet fühlte, drang sofort auf ihn ein, aber es war zu sehen, dass er seinem Gegner, dessen Kräfte die Wut verzehnfacht hatte, nur mit äußerster Mühe würde standhalten können, zumal er schon verwundet war und in demselben Augenblick auch von beiden Seiten angefallen wurde. Old Firehand war rund von Feinden umgeben und wir anderen alle waren so in Anspruch genommen, dass wir an eine gegenseitige Hilfe gar nicht denken konnten.

Längerer Widerstand wäre hier die größte Torheit und ein falsches Ehrgefühl am unrechten Platz gewesen. Deshalb rief ich, Ellen am Arm durch den Kranz der Feinde, der uns umgab, reißend: „Ins Wasser, Männer, ins Wasser!“, und fühlte es auch schon im nächsten Augenblick über uns zusammenschlagen.

Mein Ruf war trotz des laut tobenden Kampfes gehört worden, und wer sich loszumachen vermochte, folgte ihm. Der Fork war, wenn auch tief, aber doch so schmal, dass es nur weniger Ruderschläge bedurfte, um das jenseitige Ufer zu erreichen; aber in Sicherheit waren wir natürlich damit noch lange nicht, vielmehr beabsichtigte ich, die zwischen ihm und dem Mankizita auslaufende Landspitze zu durchschneiden und dann diesen zu überschwimmen, und schon winkte ich dem Mädchen nach der Richtung hin, die wir auf diese Weise einzuschlagen hatten, als die kleine, krummbeinige Gestalt Sams in triefendem Jagdrock und schwappenden Mokassins an uns vorüberschoss und, die kleinen Äuglein schlau auf die verfolgenden Feinde zurückwerfend, mit einem raschen Satz seitwärts im Weidengestrüpp verschwand.

Sofort waren wir hinter ihm her, denn die Zweckmäßigkeit seines Verfahrens war zu einleuchtend, als dass ich an meinem vorherigen Plan hätte festhalten mögen.

„Der Vater, der Vater!“, rief Ellen angstvoll. „Ich muss zu ihm, ich darf ihn nicht verlassen!“

„Kommt nur, Miss“, drängte ich und zog sie immer vorwärts. „Wir vermögen ihn nicht zu retten, wenn es nicht schon ihm selbst gelungen ist!“

Mit möglichster Raschheit uns durch das Dickicht windend, gelangten wir schließlich wieder an den Beefork, und zwar oberhalb der Stelle, an der wir in das Wasser gesprungen waren. Sämtliche Indianer hatten ihre Richtung auf den Mankizita zu genommen, und als wir drüben anlangten, konnten wir mit ziemlicher Sicherheit unseren Weg fortsetzen.

Sam Hawkens aber schien zu zaudern.

„Seht Ihr dort die Büchsen liegen, wie mir scheint, Sir?“

„Die Indsmen haben sie abgeworfen, ehe sie in das Wasser gingen.“

„Hi hi, Sir, sind das dumme Männer, uns ihre Schießhölzer liegen zu lassen, wenn ich mich nicht irre!“

„Ihr wollt sie holen? Es ist Gefahr dabei.“

„Gefahr? Sam Hawkens und Gefahr!“

In raschen Sprüngen, die ihm das Ansehen eines gejagten Kängurus gaben, eilte er davon und las die Gewehre zusammen. Ich war ihm natürlich gefolgt und zerschnitt, die Bogen, die zerstreut umherlagen, vom Boden nehmend, deren Sehnen, sodass sie wenigstens für einige Zeit unbrauchbar wurden.

Niemand störte uns in dieser Beschäftigung, denn die Rothäute ahnten sicher nicht, dass einige von den Verfolgten die Verwegenheit besitzen könnten, nach dem Kampfplatz zurückzukehren. Hawkens hatte die Gewehre in den Händen, betrachtete sie mit mitleidigen Blicken und warf sie dann miteinander in das Wasser.

„Schönes Zeug, Sir, schönes Zeug! Können die Ratten

hineinhecken in die Läufe, meine ich, ohne dass sie viel gestört werden. Aber kommt, es ist hier nicht geheuer, wenn ich mich nicht irre!"

Wir schlugen den geradesten Weg mitten durch dick und dünn ein, um so bald wie möglich das Lager zu erreichen. Nur ein Teil der Indianer war am Beefork gewesen, und da ich gesehen hatte, dass man uns belauscht und also Kenntnis von unserem Aufenthaltsort genommen hatte, so stand zu vermuten, dass die übrigen die Abwesenheit der Jäger zu einem Überfall der Zurückgebliebenen benutzt hatten.

Noch hatten wir eine ziemliche Strecke zurückzulegen, als wir einen Schuss aus der Richtung des Talkessels vernahmen.

„Vorwärts, Sir!", rief Hawkens und beschleunigte seine Bewegungen. „Da vorn wird's lebendig, scheint es mir, und wir können die armen Braunen doch nicht so allein beim Vergnügen stehen lassen, wenn ich mich nicht irre."

Ellen hatte noch kein Wort wieder gesprochen und mit angstvollen Zügen drängte sie in hastiger Eile vorwärts. Es war gekommen, wie ich vorhergesagt hatte, und wenn ich auch nicht unternehmen konnte, einen Vorwurf auszusprechen, so sah ich es ihr doch deutlich an, dass sie dieselbe Einsicht hatte.

Die Schüsse wiederholten sich und es blieb uns kein Zweifel, dass die zurückgebliebenen Jäger sich in einem Kampf mit den Indianern befanden. Hier war Hilfe notwendig und trotz der Unwegsamkeit des Gehölzes gelang es uns doch in kurzem, das Tal zu erreichen, in das der Ausgang unseres ‚Schlosses' mündete. Wir hielten auf den Punkt zu, der diesem Ausgangspunkt gegenüber lag und wo ich die Spuren des Indianers entdeckt hatte. Jedenfalls lagen die Rothäute im Saum des Waldes verborgen und blockierten also von da aus das ‚Wassertor'. Wir mussten ihnen also in den Rücken kommen, wenn wir einen Erfolg erzielen wollten.

Da hörte ich seitwärts hinter uns ein Geräusch, als dringe jemand in aller Eile durch die Büsche. Auf ein Zeichen von mir traten die beiden anderen ebenso wie ich hinter das dichte Blätterwerk eines Strauches und erwarteten das Erscheinen dessen, der dies Geräusch verursachte. Wie groß war unsere Freude, als wir Old Firehand erkannten, hinter dem Winnetou und noch zwei Jäger folgten. Sie waren also der Verfolgung entkommen, und wenn Ellen ihre Freude über das Wiedersehen auch nicht in auffälliger Weise kundgab, so war ihr diese doch in einer Weise anzumerken, die mir die Überzeugung gab, dass ihr Herz gar wohl mächtiger Gefühle fähig war, und mich mit ihr vollständig aussöhnte.

„Habt Ihr die Schüsse gehört?", fragte Old Firehand hastig.

„Ja."

„So kommt! Wir müssen den Unseren Hilfe bringen. Denn wenn der Eingang auch so schmal ist, dass ein einzelner Mann ihn recht gut zu verteidigen mag, so wissen wir doch nicht, was geschehen ist."

„Nichts ist geschehen, Sir, wenn ich mich nicht irre!", meinte Sam Hawkens. „Die Rothäute haben unser Nest entdeckt und sich nun davor gelegt, um zu sehen, was wir darinnen ausbrüten wollen, meine ich. Bill Bulcher, der die Wache hat, wird ihnen ein wenig Blei gegeben haben und so hat der ganze Lärm also nichts zu bedeuten, als dass wir uns noch einige Rattenfelle holen sollen."

„Möglich, dass es so ist, aber wir müssen trotzdem vorwärts, um uns Gewissheit zu verschaffen. Auch ist zu bedenken, dass unsere Verfolger bald hier sein werden und wir es dann mit einer doppelten Anzahl Indianer zu tun haben."

„Aber unsere versprengten Leute?", warf ich ein.

„Hm, ja, wir brauchen jeden Arm so notwendig, dass wir keinen von ihnen entbehren können. Der Einzelne wird sich den Eingang nicht erzwingen können, wir müssen also sehen, ob sich nicht vielleicht noch irgendwer zu uns finden will."

„Meine weißen Brüder mögen bleiben hier an diesem Ort. Winnetou wird gehen, um zu sehen, an welchem Baum die Skalpe der Oglalas hängen."

Ohne eine Antwort auf diesen Vorschlag abzuwarten, ging der Apache von dannen und wir konnten nichts anderes tun, als ihm Folge zu leisten, in dem wir uns niederließen, um seine Rückkehr zu erwarten. Während dieser Zeit gelang es uns wirklich, noch zwei von unseren zerstreuten Leuten an uns zu ziehen. Auch sie hatten das Schießen vernommen und waren herbeigeeilt, um die vielleicht notwendige Hilfe zu bringen. Der Umstand, dass wir alle den geradesten Weg mitten durch den Wald eingeschlagen hatten, war die alleinige Ursache unseres glücklichen Zusammentreffens, und wenn es auch keinen gab, der ohne Wunde dem Überfall entgangen war, so besaßen wir doch immer noch die gute Zuversicht, dass wir uns glücklich aus der Affäre ziehen würden.

Wir waren ja neun Personen, eine Anzahl, die bei kräftigem Zusammengreifen schon etwas auszurichten vermochte.

Es verging eine geraume Zeit, ehe Winnetou zurückkehrte, aber als er kam, sahen wir einen frischen Skalp an seinem Gürtel. Er hatte also einen der Indianer in aller Stille ‚ausgelöscht' und unseres Bleibens konnte hier nun nicht länger sein, denn wenn der Tod eines der Ihrigen bemerkt wurde, so mussten die Indsmen sofort erkennen, dass wir hinter ihnen waren.

Auf Old Firehands Rat sollten wir eine dem Buschrand parallel laufende Linie bilden, dem Feind in den Rücken fallen und ihn aus seinem Versteck hinauswerfen. Infolgedessen trennten wir uns, nachdem wir unsere vom Wasserbad nass gewordenen Gewehre wieder schussfähig gemacht hatten, und kaum waren einige Minuten vergangen, so krachte eine der neun Büchsen nach der anderen. Jede Kugel forderte ihren Mann und ein lautes Schreckensgeheul der Überraschten erfüllte die Luft.

Da unsere Linie ziemlich ausgedehnt war und unsere Schüsse immer von neuem fielen, hielten die Wilden unsere Zahl für größer, als sie war, und nahmen die Flucht. Aber anstatt in den freien Talraum hinauszugehen, wo ihre Körper uns ein sicheres Ziel geboten hätten, brachen sie zwischen uns durch und ließen die Gefallenen zurück, über die die Jäger sofort herfielen, um ihnen die Kopfhaut zu nehmen.

Bill Bulcher, der Wachthabende, hatte das Nahen der Rothäute bemerkt und sich zu rechter Zeit noch nach der ‚Festung' zurückgezogen. Sie waren ihm gefolgt, hatten aber nach einigen Schüssen, die er und der herbeieilende Dick Stone von dem engen Felsengang aus, in den sie ihm nicht folgen konnten, unter sie gefeuert, sich wieder zurückgezogen und im Gebüsch festgesetzt, aus dem wir sie jetzt vertrieben hatten.

Die beiden Genannten waren noch immer im Wassertor; denn da sie sich nicht bloßgeben durften, konnten sie nicht eher zum Vorschein kommen, als bis wir uns gezeigt hatten.

Als dies geschehen war, standen sie und alle anderen Zurückgebliebenen bei uns und hörten den Bericht über das Geschehene.

Der letzte, der aus den Büschen kam, war Sam der Kleine, der alsogleich auf Dick Stone zusteuerte.

„Schau her, Mann, was für Arbeit mein Messer gemacht hat, meine ich!"

Unter dem Grinsen, mit dem diese Worte gesprochen wurden, sträubte sich der Bartwald des alten Jägers wie der Borstenbesatz eines Stachelschweins und mit stolzem Augenfunkeln reckte er dem Angeredeten die eben erst abgezogenen Skalpe vor die Nase.

„Hm, ja! Hast sie dir wohl wieder von dem da schießen lassen?"

„Keine Beleidigung, altes Skunk! Sam Hawkens weiß schon eine Kugel dahin zu schicken, wo sie hingehört, wenn ich mich nicht irre, bei Dick Stone freilich kann es anders sein."

„Nimm dein Mundwerk unter die Serape, Mann, sonst springe ich dir in den Bart. Wenn Dick Stone Skalpe braucht, wird er sich schon welche holen, das muss so sein!"

Mit einigen raschen Schritten ging er seitwärts, wo am Rand des Wassers drei Indianer lagen, die beim ersten Vordringen auf die Wasserpforte unter den Kugeln der Jäger gefallen waren. Er löste ihnen die Kopfhäute, hängte sich zwei davon an seinen eigenen Gürtel und gab die dritte an Bulcher.

„Hier, Bill, hast du dein Teil. Hat nicht viel Weisheit darunter gesteckt, sonst hätte sich der Braune nicht so weit an unsere Büchsen gemacht. Trage sie gesund und halte die fest, die dir über die Ohren gewachsen ist, alter Bison, damit du nicht auch eine Haube brauchst wie Sam Hawkens, der Goliath!"

„Lasst's gut sein, Leute, und macht, dass wir in Sicherheit kommen", meinte Old Firehand, „denn es wird wohl nicht lange dauern, so haben wir die Rothäute wieder hier."

„Wird mir lieb sein!", brummte Sam Hawkens. „Habe mit ihnen ein Wörtchen zu reden wegen des Wasserspringens, meine ich. Aus dem Rock trieft's wie ein Wolkenbruch und in den Schuhen, na, da wate ich rum, als steckten meine alten Beine im Schlamm des Mississippi, wenn ich mich nicht irre. Mögen immer kommen, meiner Liddy juckt's im Rohr!"

In diesem Augenblick kam es von der Seite heraufgedonnert wie eine Herde wilder Büffel. Sofort sprangen wir ins Gesträuch und machten uns schussfertig. Wie groß aber war unser Erstaunen, als wir eine Anzahl aufgezäumter Pferde erblickten, auf deren vorderstem ein Mann in Jägertracht saß, dessen Züge vor dem aus einer Kopfwunde rinnenden Blut nicht zu erkennen waren. Auch am Körper trug er mehrere Verletzungen und es war ihm anzusehen, dass er sich in einer nicht beneidenswerten Lage befunden hatte.

Gerade vor dem Ort, an dem sich gewöhnlich der Posten befand, hielt er an und schien sich nach diesem umzusehen. Als er ihn nicht bemerkte, ritt er kopfschüttelnd weiter und sprang beim Wassertor vom Pferd. Da ließ sich neben mir im Busch eine laute Stimme vernehmen:

„Jetzt lasse ich mich schinden und ausnehmen wie ein Dickschwanz, wenn das nicht Will Parker ist. So sauber fällt kein anderer vom Pferd wie dieser Mann, meine ich!"

„Sollst Recht haben, altes Coon! Will Parker ist's, das Greenhorn – weißt's noch, Sam Hawkens? Will Parker und ein Greenhorn, hahaha!" Und als wir anderen nun auch hervortraten, rief er:

„Segne meine Augen! Da sind sie ja alle, die Springfüße, die mit meiner Mutter Sohn so tapfer vor den Rothäuten herliefen! Na, Sir, nehmt's nicht übel, aber zuweilen ist das Laufen besser als irgendetwas anderes."

„Weiß es, Mann; doch sag, was soll's mit den Pferden?", fragte Old Firehand.

„Hm! Hatte so meine Ansicht, dass die Braunen den alten Will Parker überall eher suchen würden als in ihrem eigenen Lager. Bin deshalb erst hinüber nach dem Gutter, war aber nichts mehr da zu finden. Darum machte sich das Greenhorn – hörst du, Sam Hawkens, hahaha – das Greenhorn nach dem ‚couch', wo sie die Pferde hatten. Waren ausgeflogen, die Vögel, und hatten zwei bei den Tieren gelassen, damit sie mir ihre Felle geben sollten, ist ihnen auch nach Willen geschehen!"

Er zeigte dabei auf die Skalpe, die in seinem Gürtel hingen.

„Hab' sie mir selber geholt und nicht dem – dem – dem jungen Skalper da zu verdanken, Sam Hawkens. War böse Arbeit, sage ich, und hat mir einige Löcher eingetragen, aber Will Parker dachte den Indsmen eine Freude zu machen, wenn er ihnen von ihren Pferden helfe. Habe die schlechten hinaus in die Prairie gejagt und die guten mitgebracht, da sind sie!"

„Hm, das muss so sein!", rief Dick Stone vor Erstaunen über die Heldentat des Sprechers.

„Freilich muss das so sein", antwortete Parker, „denn wenn wir den Pfeilmännern ihre Pferde nehmen, so kommt ‚ihr Holz ins Schwimmen' und sie müssen elend untergehen. Aber da liegen ja drei von ihnen! Aha, hier gewesen, und darum war es im couch so leer. Seht Euch doch den Braunen an, Sir, ein Pferd wie ‚Tabak'. Muss dem Häuptling gehören!"

„Den wir so schön an die Luft geführt haben, wenn ich mich nicht irre", grollte Sam der Kleine. „War ein heilloser Streich, meine ich."

Old Firehand hörte den Vorwurf nicht. Er war zu dem Braunen getreten und betrachtete das Tier mit bewundernden Blicken.

„Ein Kapitalross", wandte er sich zu mir, „wenn mir die Wahl gelassen würde, so wüsste ich nicht, ob ich Swallow nähme oder diesen da."

„Winnetou spricht mit der Seele des Rosses und hört den Puls seiner Adern. Er nimmt Swallow", entschied der Apache.

Da ließ ein scharf zischender Laut sich hören; ein Pfeil flog Hawkens an den Arm, fiel aber, von dem brettsteifen, eisenharten Leder des Ärmels abgleitend, zur Erde und in demselben Augenblick erscholl betäubendes „Ho – ho – hi" aus dem Dickicht hervor. Trotz dieser kriegerischen Demonstration aber ließ sich keiner der Wilden sehen und Sam meinte, den Pfeil vom Boden nehmend und betrachtend: „Hahaha, Sam Hawkens' Rock und so ein dummes Gewächs durchgehen, meine ich! Habe dreißig Jahre lang einen Flicken auf den anderen gesetzt und stecke nun drin wie San Jago in Abrahams Schoss, wenn ich mich nicht irre."

Weiter hörte ich von seiner an das alte Kleidungsstück gerichteten Ode nichts, denn wir sprangen natürlich sofort in den Busch, um den unfreundlichen Gruß gehörig zu beantworten. Hätten wir uns in die ‚Burg' flüchten wollen, so wäre das wegen der Enge des Eingangs so langsam vor sich gegangen, dass, da wir ohne alle Deckung waren, einer nach dem anderen weggeschossen werden konnte. Auch mussten wir dann die erbeuteten Pferde im Stich lassen, da ihr Transport durch die schmale Felsenwindung uns ungemein aufgehalten hätte, und vor allem war aus dem Umstand, dass der Feind zu keinem Angriff vorging, mit ziemlicher Sicherheit zu schließen, dass er nicht zahlreich genug war und ihm die von mir und Sam weggenommenen oder doch wenigstens unbrauchbar gemachten Waffen fehlten.

Der ganze Lärm war nichts weiter gewesen als eine Kundgebung des kriegerischen Mutes der Indianer, denn obwohl wir weit in das Gebüsch eindrangen, bekamen wir doch keinen von ihnen zu Gesicht. Sie hatten sich schleunigst zurückgezogen, um auf Verstärkung zu warten, und wir waren durch das unschädliche Ereignis nun doch so weit gewitzigt worden, dass wir nicht länger halten blieben, sondern uns in den sicheren Talkessel begaben.

Einer der vorher zurückgebliebenen und also nicht ermüdeten Jäger wurde als Wache aufgestellt, während die anderen nach ihren Wunden sahen und dann sich um das Mahl versammelten oder der Ruhe pflegten.

Am Feuer, das den Versammlungsort aller derer bildete, die das Bedürfnis, sich auszusprechen, fühlten, ging es lebhaft her. Jeder der um das Feuer Sitzenden hatte notwendig seine Taten zu erzählen und seine Ansicht auszusprechen. Alle waren der freudigen Meinung, dass von den Wilden nichts zu befürchten sei. Die Zahl der erbeuteten Skalpe war ansehnlich, das Abenteuer siegreich bestanden und keine der Wunden zeigte eine gefährliche Beschaffenheit. Zudem schien unser Aufenthaltsort vollständig sicher zu sein, für Proviant und Munition war reichlich gesorgt und so konnten die Feinde den Eingang belagern, solange es ihnen gefiel, oder sich die Köpfe an den ringsum starrenden Felsen einrennen.

Auch Old Firehand teilte diese Ansicht und nur Winnetou schien ihr nicht beizustimmen. Er lag abseits von den anderen in der Nähe seines Pferdes und schien in tiefe, ernste Gedanken versunken.

„Das Auge meines roten Freundes blickt finster und seine Stirn trägt die Falten der Sorge. Welche Gedanken wohnen in seinem Herzen?", fragte ich, zu ihm tretend.

„Der Häuptling der Apachen sieht den Tod durch die Pforte dringen und das Verderben von den Bergen steigen. Es flammt das Tal von der Glut des Feuers und das Wasser ist rot vom Blut der Erschlagenen. Winnetou spricht mit dem großen Geist. Das Auge der Bleichgesichter ist blind geworden vom Hass und ihre Klugheit ist den Gefühlen der Rache gewichen. Parranoh wird kommen und nehmen die Skalpe der Jäger; aber Winnetou ist gegürtet zum Kampf und wird anstimmen den Totengesang auf den Leichen seiner Feinde."

„Wie soll der Oglala betreten das Lager unserer Jäger? Er vermag nicht, durch das Tor zu dringen."

„Mein weißer Bruder spricht Worte, aber er glaubt ihnen nicht. Vermag eine Büchse aufzuhalten die Zahl der roten Männer, wenn sie durch die Enge brechen?"

Er hatte Recht. Gegen eine geringe Anzahl Feinde konnte es wohl einem Einzigen glücken, den Pass zu verteidigen, nicht aber gegen eine so bedeutende Horde, wie sie uns gegenüberstand, denn wenn auch nur stets eine Person einzudringen vermochte, so stand ihr doch eben auch nur einer entgegen, und wenn die hintersten nachdrängten, so konnten wohl einige der vorderen getötet, nicht aber das Eindringen der übrigen verhütet werden.

Ich hatte das Old Firehand gesagt, er aber mir geantwortet:

„Und wenn sie es wagen, so wird es uns leicht sein, sie nacheinander auszulöschen, so wie sie durch die Schlucht kommen.“

Das klang wahr und ich musste mich zufrieden geben, obgleich ich wusste, dass der kleinste Umstand hinreichend sein konnte, diese Wahrheit zu Schanden zu machen.

Als der Abend hereinbrach, wurde die Wachsamkeit natürlich verdoppelt, und obwohl ich auf meinen ausdrücklichen Wunsch erst zur Zeit des Morgengrauens Posten zu stehen hatte, zu welcher Zeit die Indsmen am liebsten ihre Überfälle vornehmen, ließ es mir doch nirgends Ruhe und ich hielt mich für alle Fälle bereit.

Die Nacht lag still und ruhig über dem Tal, in dessen Vordergrund das Feuer brannte und sein zitterndes Licht über die Umgebung warf. Swallow, der sich in dem von Bergen umschlossenen Raum frei bewegen durfte, weidete im dunklen Hintergrund des Kessels; ich ging, nach ihm zu sehen, und fand ihn ganz am Rand der steil ansteigenden Höhen. Nachdem ich mit ihm die gewöhnlichen Liebkosungen gewechselt, wollte ich mich eben wieder entfernen, als ein leises Gepolter mich lauschen machte.

Auch das Pferd hob den Kopf in die Höhe, aber da der kleinste Atemzug unsere Gegenwart verraten konnte, so ergriff ich es beim Riemen und deckte die Hand auf die sich unter dem Verdacht schon erweiternden Nüstern. Während wir von oben herab nicht leicht bemerkt werden konnten, war es mir möglich, von unten hinauf gegen den lichten Himmel jeden Gegenstand zu erkennen, und mit angestrengtem Auge suchte ich nach der Ursache, die den herabgefallenen Stein von seinem Ort gelöst hatte.

In den ersten Augenblicken nach dem Fall des Steines war nichts Auffallendes zu bemerken. Jedenfalls hatte man das von dem Stein verursachte Geräusch ebenso gut bemerkt wie ich und wartete nun eine Weile, um sich zu überzeugen, dass es nicht gehört oder beobachtet werde.

Diese Ansicht war richtig, denn nachdem ich mich einige Zeit lang ruhig verhalten hatte, sah ich zuerst mehrere Gestalten, die sich von dem dunklen Felsen lösten und nach unten stiegen, bald aber gewahrte ich eine ganze Reihe Indianer, die einer hinter dem anderen über den Kamm der Höhe kamen und mit langsamen, vorsichtigen Schritten dem ersten folgten, der mit der Örtlichkeit außerordentlich vertraut zu sein schien und kaum noch zweier Minuten bedurfte, um die Talsohle zu erreichen.

Hätte ich meinen Stutzen bei mir gehabt, so wäre es mir leicht gewesen, ihn durch einen Schuss herunterzuholen und damit zugleich das notwendige Alarmsignal zu geben. Er war der Führer und die anderen durften bei dem Gefahr drohenden Terrain sich keinen Schritt weiter wagen, wenn er ihnen weggeschossen wurde. Aber leider hatte ich nur die Revolver im Gürtel, die für einen Fernschuss untauglich waren.

Gab ich mit ihnen das Lärmzeichen, so waren die Feinde doch unten, ehe Hilfe herbeikommen konnte, und ich befand mich dann in der gefährlichsten Lage; denn selbst wenn ich mich zurückziehen wollte, so musste ich meinen von mehreren Sträuchern gedeckten Standort verlassen und mich den Schießgewehren der Rothäute bloßgeben. Deshalb befolgte ich eine andere Taktik.

Parranoh, – denn dieser war jedenfalls der vordere – der allem Anschein nach seinen jetzigen Weg nicht zum ersten Mal zurücklegte, befand sich soeben in der Nähe einer Felsenklippe, die er umklettern musste. Konnte ich diese vor ihm erreichen, so musste er mir gerade in die Kugel laufen, und ich stieg deshalb kurz entschlossen nach oben. Hinter dem Felsblock verborgen und von ihm gedeckt, konnte ich ihnen allen Trotz bieten und sie einzeln, wie sie kamen, auslöschen.

Kaum hatte ich den ersten Schritt getan, so fiel vorn am Wassertor ein Schuss, dem bald mehrere folgten. Ich begriff sofort die Klugheit der Indianer, die einen Scheinangriff auf den Eingang vornahmen, um unsere Aufmerksamkeit von dem eigentlichen Punkt der uns drohenden Gefahr abzulenken. Mit verdoppelter Eile und Anstrengung kletterte ich deswegen empor und war der Klippe schon so nah, dass ich sie fast mit der Hand erreichen konnte, als die lockere Steinmasse unter mir nachgab und ich kopfüber von Stein zu Stein, von Riff zu Riff den zurückgelegten Weg wieder hinunterstürzte und, unten angekommen, für einige Momente die Besinnung verlor.

Als ich wieder zu denken vermochte und die Augen öffnete, sah ich die ersten Indsmen nur noch wenige Schritte von mir entfernt und sprang, obgleich furchtbar zerschlagen und zerquetscht, in die Höhe, feuerte alle Schüsse des einen Revolvers rasch hintereinander auf die dunklen Gestalten ab, warf mich auf Swallow und galoppierte dem Feuer zu – ich durfte das brave Pferd nicht igendeiner Gefahr aussetzen, indem ich es zurückließ.

Die Oglalas, die sich nun doch bemerkt sahen, stießen ihren schon wiederholt vernommenen Schlachtruf aus und stürmten, wie sie einer nach dem anderen den Boden des Kessels erreichten, mir nach.

Am Lagerplatz vom Pferd springend, fand ich ihn von den Jägern verlassen; sie hatten sich am Eingang zusammengeschart und waren auf meine Schüsse hin eben nach der Richtung unterwegs, aus der sie gekommen waren. Ich wurde von ihnen mit hastigen Fragen empfangen.

„Die Indianer kommen“, rief ich, „rasch in die Höhlen!“

Es war das einzige Mittel uns vom Untergang zu retten, mit dem wir von der Übermacht bedroht waren. In den Höhlen waren wir sicher und konnten von ihnen aus nicht nur den Indsmen standhalten, sondern sie bis auf den letzten Mann niederschießen. Deshalb eilte ich noch während meines Rufes nach dem ‚Boudoir‘, das mir zur Schlafstelle gedient hatte, aber es war zu spät.

Die Rothäute waren mir auf dem Fuß gefolgt und ganz gegen ihre gewöhnliche Art und Weise, obgleich sie sich noch nicht gesammelt hatten, sofort auf die Jäger eingedrungen, denen die unerklärliche Anwesenheit des Feindes so überraschend kam, dass sie erst an Abwehr dachten, als die feindlichen Waffen unter ihnen zu arbeiten begannen.

Vielleicht hätte ich meinen Zufluchtsort noch zu erreichen vermocht, aber ich sah Ellen, Old Firehand und Will Parker vom Feind bedroht und sprang ihnen zu Hilfe.

„Fort, fort, an die Felswand!“, rief ich, mitten in den Knäuel hineinfahrend, sodass die Angreifer für einen Augenblick aus der Fassung gebracht wurden und wir Raum gewannen, das senkrecht aufsteigende Gestein zu erreichen, wo wir den Vorteil hatten, im Rücken gedeckt zu sein.

„Muss das sein, wenn ich mich nicht irre?“, rief uns eine Stimme aus einem im Felsen befindlichen Riss entgegen, der gerade so breit war, dass sich ein Mann hineinzwängen konnte. „Nun ist Sam Hawkens, der alte Trapper, verraten!“

Das listige Männlein war der einzige gewesen, der seine Geistesgegenwart bewahrt und die wenigen Sekunden benutzt hatte, sich zu salvieren. Leider machten wir ihm diese Bemühung erfolglos, da wir gerade den Ort, an dem sich sein Versteck befand, zum Ziel unseres Laufes wählten. Trotzdem aber streckte er schleunigst die Hand nach Ellen aus und fasste sie beim Arm.

„Die kleine Miss mag mit hereinkommen in das Nest, meine ich, ist gerade noch Platz für sie, wie mir scheint.“

Natürlich waren die Rothäute uns gefolgt und drangen mit wilder Energie auf uns ein und ein Glück war es, dass infolge des Scheinangriffs die Jäger alle ihre Waffen bei sich führten. Freilich waren im Nahkampf die Büchsen vollständig nutzlos, desto erfolgreicher aber wütete das Schlachtbeil unter den Wilden.

Nur Hawkens und Ellen machten Gebrauch von ihren Gewehren. Er lud und sie, die vornan im Riss stand, gab die Schüsse ab, die zwischen Old Firehand und mir aus der Spalte hervorblitzten.

Es war ein wilder, grauenhafter Kampf, wie kaum die Fantasie ihn sich auszumalen vermag. Das halb erloschene Feuer warf seinen flackernden, dunkel glühenden Schein über den Vordergrund des Tales, auf dem sich die einzelnen kämpfenden Gruppen wie der Hölle entstiegene und einander zerfleischende Dämonen abzeichneten. Durch das Geheul der Indianer drangen die einzelnen Rufe der Trapper und die scharfen, kurzen Laute der Revolverschüsse und der Erdboden schien zu erzittern unter den schweren, stampfenden Tritten der miteinander ringenden Feinde.

Es blieb uns kein Zweifel darüber, dass wir verloren waren. Die Zahl der Oglalas war zu bedeutend, als dass wir hoffen durften, uns gegen sie zu halten. Eine zufällige Wendung zu unseren Gunsten war ebenso wenig zu erwarten wie die Möglichkeit, uns durchzuschlagen, und deshalb hegte ein jeder die vollständige Überzeugung, dass er in kurzer Zeit aufgehört haben werde, zu den Lebenden zu gehören. Aber nicht umsonst wollten wir sterben, und wenn wir uns auch in das uns bestimmte Schicksal ergaben, so wehrten wir uns doch nach allen Kräften und mit jener Kaltblütigkeit, die dem Weißen ein so großes Übergewicht über den Bewohner der amerikanischen Steppen gibt.

Mitten in dem blutigen Ringen gedachte ich des alten Elternpaares, das ich in der Heimat zurückgelassen hatte und dem nun keine Kunde mehr von dem in die Ferne gezogenen Sohn zukommen sollte, gedachte – doch nein, ich warf diese Gedanken alle von mir, denn der gegenwärtige Augenblick erforderte nicht nur die kräftigste körperliche Anstrengung, sondern auch die größte geistige Aufmerksamkeit.

Ich hatte vorhergesehen, wie es kommen würde, hatte geraten und gewarnt und nun musste ich die Fehler der anderen mitbüßen, und wie ich dem Tod geweiht war, so auch sie, der trotz allem und allem mein ganzes Sinnen und Trachten gehört hatte, die nun hart hinter mir mit unerschrockenem Mannesmut ihr Leben verteidigte und doch dem Schicksal, dem sie auf der falschen Richtung ihrer Lebensbahn früher oder später entgegengeführt werden musste, unwiderruflich verfallen war. Es überkam mich ein noch nie gefühlter Ingrimm und eine Erbitterung, die meine Kräfte verdoppelte, sodass ich den Tomahawk mit solcher Nachdrücklichkeit handhabte, dass es anerkennend aus der Spalte scholl:

„Recht so, Sir, recht so! Sam Hawkens und Ihr, das passt zusammen, meine ich. Schade, dass wir ausgelöscht werden! Könnten noch manches Rattenfell miteinander holen, wenn ich mich nicht irre."

Wir kämpften still und lautlos, es war eine ruhige, aber desto fürchterlichere Arbeit und die Worte des kleinen Fallenstellers wurden deshalb deutlich gehört. Auch Will Parker hatte sie vernommen und rief, trotz der gestern erhaltenen Verletzungen mit der umgedrehten Büchse die wuchtigsten Hiebe austeilend:

„Sam Hawkens, blick hierher, altes Coon, wenn du sehen willst, wie es zu machen ist, raus aus dem Loch mit dir und sage, ob das Greenhorn – hahaha, Will Parker ein Greenhorn, hörst du es, Sam Hawkens? – ob das Greenhorn etwas gelernt hat!"

Kaum zwei Schritte von meiner Rechten entfernt stand Old Firehand. Stets war es mir bisher vorgekommen, als ob der Leumund etwas zu schmeichelhaft von ihm erzähle, und es mochte wohl auch sein, dass das Alter ihn nach und nach immer mehr beeinflusste, jetzt aber schien die volle, strotzende Jugendkraft in ihn zurückgekehrt zu sein und die Art und Weise, wie er mit beiden Händen im Leben der ihn umdrängenden Gegner wühlte, flößte mir die größte Bewunderung ein.

Über und über mit Blut bespritzt, lehnte er an der Felsenmauer. Die langen grauen Haare hingen in zusammengeklebten Strähnen von seinem Kopf, die ausgespreizten Beine schienen in der Erde zu wurzeln und in der einen Faust das schwere Beil, in der anderen das scharfe, leicht gekrümmte Messer, hielt er die mächtig an ihn Drängenden von sich ab. Noch mehr als ich war er von Wunden bedeckt, aber noch hatte keine ihn zu Fall gebracht und ich musste immer wieder von neuem meinen Blick auf seine hohe, reckenhafte Gestalt richten.

Da entstand eine Bewegung in dem Knäuel der Rothäute und Parranoh erschien, sich Bahn durch ihre dichte Menge brechend. Kaum erblickte er Firehand, so rief er:

„Endlich habe ich dich! Denke an Ribanna und stirb!"

Er wollte sich an mir vorüber auf ihn stürzen, da packte ich ihn bei der Schulter und holte zum tödlichen Hieb aus. Mich erkennend sprang er zurück, sodass mein Tomahawk die Luft durchsauste.

„Auch du?", brüllte er. „Dich muss ich lebendig haben. Gebt ihm ein Lariat!" An mir vorbeispringend, noch ehe ich das Beil wieder schwingen konnte, erhob er die Pistole, der Schuss krachte los, Old Firehand schlug die Arme weit auseinander in die Luft, sprang mit einem mächtigen krampfhaften Satz vorwärts mitten unter die Feinde und stürzte lautlos dann zusammen.

Es war mir, als sei die Kugel in meine Brust gefahren, so durchzuckte mich der Fall des Helden; ich schlug den Indianer, mit dem ich es in diesem Augenblick zu tun hatte, nieder und wollte auf Parranoh los, als ich eine dunkle Gestalt bemerkte, die sich mit schlangenhafter Behändigkeit durch die Feinde wand und gerade vor dem Mörder die geschmeidigen Glieder in die Höhe streckte.

„Wo ist die Kröte von Athabaskah? Hier steht Winnetou, der Häuptling der Apachen, zu rächen den Tod seines weißen Bruders!"

„Ha, der Hund von Pimo! Fahr zum Teufel!"

Mehr hörte ich nicht. Der Vorgang hatte meine Aufmerksamkeit in so hohem Grade in Anspruch genommen, dass ich die Verteidigung meiner selber versäumte. Eine Schlinge legte sich mir um den Hals, ein Ruck – zu gleicher Zeit fühlte ich einen schmetternden Schlag auf den Kopf und ich verlor das Bewusstsein.

Als ich erwachte, war es vollständig dunkel und still um mich und ich besann mich vergebens auf die Art und Weise, wie ich in diese Finsternis gekommen sei. Ein brennender Schmerz, den ich am Kopf fühlte, erinnerte mich endlich an den empfangenen Schlag und nun reihten sich die Einzelheiten des Vergangenen zu einem vollständigen Bild des Geschehenen aneinander. Zu dem erwähnten Schmerz kam noch die Qual, die mir von den empfangenen Wunden und den Fesseln verursacht wurde, die man mir mit raffinierter Festigkeit um Hände und Füße gelegt hatte, sodass sie mir tief in das Fleisch einschnitten und ich kaum zu irgendeiner Bewegung fähig war.

Da hörte ich ein Geräusch neben mir, als ob ein Mensch sich räuspere.

„Ist noch jemand hier?“, fragte ich.

„Hm, freilich! Fragt der Mann gerade so, als ob Sam Hawkens niemand wäre, wenn ich mich nicht irre.“

„Ihr seid es, Sam? Sagt doch um aller Welt willen, wo wir sind!“

„So leidlich unter Dach und Fach, Mann. Haben uns in die Lederhöhle gesteckt, wisst's schon, wo die Felle lagen, meine ich, die wir so schön vergraben haben. Sollen aber keines finden, sage ich, keines!“

„Und wie ist's mit den anderen?“

„Passabel, Sir. Old Firehand ist ausgelöscht, Dick Stone ist ausgelöscht, Will Parker ist ausgelöscht – war doch ein Greenhorn, der Mann, hihihi, ein Greenhorn, sage ich, wollt's aber nicht glauben, wenn ich mich nicht irre – Bill Bulcher ist ausgelöscht, Harry Korner ist ausgelöscht, alle, alle sind ausgelöscht, nur Ihr brennt noch und der Apache, auch die kleine Miss lebt ein wenig – ist aber doch einen ganzen ‚Haufen‘ gewachsen, wie mir scheint – und Sam Hawkens, hm, vielleicht haben sie auch ihn noch nicht ganz ausgelöscht, hihihi!“

„Wisst Ihr es gewiss und wahrhaftig, dass Ellen wirklich noch lebt, Sam?“, fragte ich angelegentlich.

„Denkt Ihr wohl, dass so ein alter Skalper nicht weiß, was er sieht, Mann? Haben sie da neben uns gesteckt in das andere Loch und Euren roten Freund dazu. Wollte gern auch mit da hinein, habe aber keine Audienz bekommen, wie mir scheint.“

„Wie steht es mit Winnetou?“

„Loch an Loch, Sir! Wird, wenn er davonkommt, aussehen wie der alte Rock, in den sie Sam Hawkens so vorsichtig eingeschnallt haben: Flick an Flick und Fleck auf Fleck, meine ich.“

„An das Davonkommen ist wohl nicht zu denken. Aber wie kam er lebendig in ihre Hände?“

„Gerade so wie Ihr und ich. Hat sich gewehrt wie ein Heide – hm, ist wohl auch einer, wenn ich mich nicht irre, hihihi – wollte lieber untergehen als sich am Pfahl braten lassen, half aber nichts, wurde doch niedergeschlagen und halb entzweigerissen. Nicht davonkommen wollt Ihr? Sam Hawkens hat große Lust dazu, wie mir scheint.“

„Was tut man mit der Lust, wenn es nicht möglich ist.“

„Nicht möglich? Hm, klingt gerade wie Will Parker! Sind gute Leute, die Braunen, gute Leute, haben dem alten Coon hier alles genommen, alles, die Pistole, die Pfeife – hihihi, werden sich wundern, wenn sie daran riechen, duftet ganz wie Skunk! Wird ihnen aber lieb sein – auch die Liddy ist zum Teufel – die arme Liddy, was für ein Schakal wird sie nun wohl nehmen! – und der Hut und die Haube – werden sich wundern über den Skalp, hihihi, kostete mich zwei dicke Bündel Dickschwanzfelle damals in Tekama, wisst's ja schon, meine ich – aber das Messer haben sie ihm gelassen, dem Sam Hawkens; steckt im Ärmel. Der alte, graue Bär da steckte es hinein, als er merkte, dass es mit dem Quartier in der Ritze vorüber sei, wie mir scheint.“

„Das Messer habt Ihr noch? Werdet wohl nicht gut dazukommen können, Sam!“

„Meine es auch, Sir, müsst dem Sohn meiner Mutter schon ein wenig helfen!"

„Komme gleich! Wollen sehen, was in dieser Sache zu tun ist."

Noch hatte ich nicht begonnen, mich zu ihm hinzuwälzen, die einzige Bewegung, durch die es mir möglich war, an ihn zu kommen, als die Felltür geöffnet wurde und Parranoh mit einigen der Indianer eintrat. Er hielt den Feuerbrand, den er in der Hand trug, so, dass der Schein uns überleuchtete. Ich gab mir nicht die Mühe, für noch bewusstlos zu gelten, würdigte ihn aber keines einzigen Blicks.

„Da haben wir dich ja endlich!", knirschte er mich an. „Bin dir bisher ein Kleines schuldig geblieben, sollst dich aber nun nicht zu beklagen haben. Kennst du den da?"

Er hielt mir einen Skalp vor das Gesicht, es war der, den Winnetou ihm selbst genommen. Er wusste also, dass ich es war, der ihn damals niederstach. Der Apache hatte ihn nicht darüber aufgeklärt, dessen war ich sicher, da ich wusste, er werde jede an ihn gerichtete Frage mit stolzem Schweigen beantworten, aber Finnetey hatte mich an jenem Abend vielleicht beim Schein des Feuers bemerkt oder im Augenblick unseres Zusammenprallens einen Blick in mein Gesicht geworfen. Als ich nicht antwortete, fuhr er fort: „Sollt auch erfahren, ihr alle, wie's ist, wenn man die Haut über die Ohren gezogen bekommt, wartet nur ein wenig, bis es Tag geworden ist, sollt eure Freude an meiner Dankbarkeit erleben!"

„Wird Euch nicht so wohl werden, wie mir scheint!", meinte Hawkens, der es nicht über das Herz bringen konnte, ruhig zu sein. „Wäre doch neugierig, welche Haut dem alten Sam Hawkens über das Ohr gezogen werden sollte; habt die meine ja schon in den Händen, ist vom hairdresser (Friseur) gemacht worden – wie hat Euch die Arbeit gefallen, alter Yambarico?"

„Schimpfe nur zu! Wirst schon noch Haut genug haben,

um geschunden werden zu können.“ Und nach einer Pause, während der er unsere Fesseln besichtigt hatte, fragte er:

„Habt wohl nicht geglaubt, dass Tim Finnetey eure Mausefalle hier kennt? War in dem Tal, noch ehe der – der Hund von Firehand, verdamme seine Seele, etwas von ihm geahnt hat, und wusste auch, dass ihr euch hergemacht hattet. Der da hat's mir erzählt!“

Er zog ein Messer aus dem Gürtel und hielt den hölzernen Griff vor Sams Augen. Dieser warf einen Blick auf die eingeschnittenen Buchstaben und rief:

„Fred Owins? Hm, war ein Halunke allezeit! Will wünschen, dass er das Knife hat selber kosten müssen, scheint mir.“

„Keine Sorge, Mann! Dachte, sich mit dem Geheimnis loszukaufen, war aber nichts, haben ihm Leben und Haut genommen, gerade so, wie Ihr es auch erfahren sollt, nur umgedreht, erst die Haut und dann das Leben.“

„Macht, was Ihr wollt! Sam Hawkens ist mit seinem Testament fertig, hat Euch das Ding vermacht, das sie Perücke nennen, wenn ich mich nicht irre. Könnt's gut gebrauchen, hihihi!“

Parranoh versetzte ihm einen Fußtritt und schritt, gefolgt von seinen schweigsamen Begleitern, wieder hinaus.

Eine Weile verhielten wir uns schweigend und bewegungslos, dann aber, als wir uns sicher glaubten, warfen wir uns gegenseitig herum, sodass wir endlich hart nebeneinander zu liegen kamen. Obgleich mir die Hände fest aneinander gebunden waren, gelang es mir doch, das Messer aus seinem Ärmel zu ziehen und mit dessen Hilfe ihm die Armfesseln zu durchschneiden. Dadurch bekam er die Hände frei und einige Augenblicke später standen wir mit ungebundenen Gliedern aufrecht voreinander und frottierten uns die durch die Bande taub gewordenen Körperteile.

„So recht, Sam Hawkens, scheinst mir kein so ganz unebenes Geschöpf zu sein, meine ich!“, belobte sich der kleine Mann selbst. „Hast zwar schon in mancher schlimmen

Patsche gesteckt, aber so bös ist es doch noch nie gewesen wie heute. Soll mich verlangen, wie du die Ohren aus der Mütze bringen wirst – wenn ich mich nicht irre, hihihi!"

„Lasst uns vor allen Dingen sehen, wie es draußen steht, Sam!"

„Meine es auch, Sir, ist das Notwendigste."

„Und dann vor allen Dingen Waffen. Ihr habt ein Messer, ich aber bin vollständig leer."

„Wird sich schon was finden lassen!"

Wir traten an die Tür und zogen die beiden Felle, die als Vorhänge dienten, ein wenig auseinander. Eben brachten einige der Indianer die beiden Gefangenen aus der Nebenhöhle gezogen und vom Lagerplatz kam Parranoh herbeigeschritten. Es war jetzt schon ziemlich hell geworden, sodass wir das Tal vollständig überblicken konnten. Nicht weit vom Wassertor entfernt war Swallow mit dem von dem armen Will Parker erbeuteten Braunen in Zwist geraten und der Anblick des mir an das Herz gewachsenen Tieres ließ mich auf eine Flucht zu Fuß, die jedenfalls die geratenste war, sofort verzichten. In nicht gar zu großer Entfernung davon graste der starkknochige und ausdauernde Klepper Winnetous, ein Pferd, dem sein Wert nur schwer anzusehen war, und wenn es uns gelang, zu einigen Waffen zu kommen und die Tiere zu erreichen, so war es vielleicht möglich zu entkommen.

„Seht Ihr etwas, Sir?", fragte Hawkens kichernd.

„Was?"

„Hm, da drüben den alten Burschen, der sich so behaglich im Gras wälzt."

„Sehe ihn."

„Und auch das Ding, das daneben am Stein lehnt?"

„Auch das."

„Hihihi, legt dem alten Coon da das Schießholz so mundgerecht in den Weg! Wenn ich wirklich Sam Hawkens heiße, so muss das auch die Liddy sein, meine ich, und einen Kugelbeutel wird der Mann wohl auch haben!"

Ich konnte nicht viel auf die Freude des kleinen Helden achten, denn Parranoh nahm meine ganze Aufmerksamkeit in Anspruch. Leider war es mir nicht möglich zu verstehen, was er zu den beiden Gefangenen sprach, und es dauerte eine geraume Zeit, ehe er von ihnen ging, aber seine letzten Worte, die er mit erhobener Stimme sprach, vermochte ich deutlich zu hören und sie klärten mich auf über den Inhalt seiner ganzen Rede.

„Mach dich gefasst, Pimo! Der Pfahl wird eben eingeschlagen, und du" – setzte er, sich mit einem eigentümlichen Blick zu Ellen wendend, hinzu – „hast lange genug den Mann gespielt und wirst für Ribanna die Squaw von Finnetey!"

Er gab seinen Leuten einen Wink, die Gefesselten nach dem Platz zu bringen, an dem sich die Indsmen um das jetzt wieder hell lodernde Feuer gelagert hatten, und schritt dann in hoch aufgerichteter und würdevoller Haltung davon.

Jetzt galt es schleunigst zu handeln, denn waren die beiden einmal in die Mitte der Versammlung gebracht, so war keine Hoffnung mehr, zu ihnen zu kommen.

„Sam, kann man sich auf Euch verlassen?"

„Hm, weiß es nicht, wenn Ihr's nicht wisst! Müsst's mal probieren, wie mir scheint."

„Ihr nehmt den rechts und ich den linken. Dann rasch die Riemen entzwei."

„Und dann zu Liddy, Sir!"

„Seid Ihr fertig?"

Er nickte mit einem Ausdruck im Gesicht, dem man deutlich das Vergnügen an dem bevorstehenden Streich anmerkte.

„Nun, dann drauf!"

Mit leisen aber raschen Sprüngen schnellten wir hinter den die Gefangenen nach sich schleppenden Indianern her, und obgleich sie gezwungen waren, eine infolge ihrer Last gegen uns gewendete Haltung einzunehmen, gelang es uns doch, unbemerkt an sie zu kommen.

Sam stieß den einen von hinten mit so gut geführtem Stich nieder, dass der Getroffene lautlos zusammenbrach, ich aber riss, da ich vollständig waffenlos war, dem anderen zuerst das Messer aus dem Gürtel und zog es ihm dann mit solchem Druck durch die Kehle, dass der Schrei, den er auszustoßen im Begriff gestanden hatte, als ein pfeifendes Gurgeln sich durch die Schnittwunde drängte und er ebenfalls niedersank.

Einige rasche Schnitte befreiten die Gebundenen von ihren Fesseln, sodass sie sich frei sahen, noch ehe bei der Raschheit des ganzen Vorganges etwas von irgendeinem der Feinde bemerkt worden war.

„Vorwärts, holt euch Waffen!“, rief ich, da ich wohl einsah, dass ohne diese ein Entkommen nicht denkbar war, riss dem von mir Getöteten den Schießbeutel vom Leib und stürmte Winnetou nach, der in richtiger Erfassung der Umstände nicht nach dem Tor zu, sondern mitten unter die am Feuer Lagernden hineinsprang.

Wie in jedem Augenblick, in dem es sich um Tod und Leben handelt, der Mensch ein ganz anderer ist als sonst, so gab auch uns die Erwägung dessen, was auf dem Spiel stand, die notwendige Behändigkeit. Noch ehe sich die Überfallenen besonnen hatten, waren wir schon, die ihnen entrissenen Waffen in der Hand, zwischen ihnen hindurch.

„Swallow, Swallow!“, rief ich dem Pferd zu, saß wenige Augenblicke später auf seinem Rücken, sah Winnetou auf das seinige springen und Hawkens den ersten besten Spritzer besteigen.

„Herauf zu mir, um Himmels willen rasch!“, bedeutete ich Ellen, die vergebens versuchte, auf Finneteys Braunen zu kommen, der wie rasend um sich schlug. Ich ergriff sie beim Arm, riss sie zu mir empor und wandte nach dem Ausgang um, durch den soeben Sam verschwand.

Es war ein Moment der höchsten Aufregung. Wütendes Geheul erfüllte die Luft, Schüsse krachten, Pfeile schwirrten um uns und dazwischen tönte das Getrappe und

Schnauben der Pferde, auf die sich die Wilden warfen, um uns zu verfolgen.

Ich war der hinterste von uns dreien und kann unmöglich sagen, wie ich durch den engen, gewundenen Pass hinaus ins Freie kam, ohne vom Feind erreicht zu werden. Hawkens war nicht mehr zu sehen, Winnetou bog rechts in das Tal hinab, das wir vor einigen Tagen bei unserer Ankunft heraufgeritten waren, und blickte sich dabei nach mir um, ob ich ihm auch folgen werde.

Eben standen wir im Begriff, die Biegung zurückzulegen, so fiel hinter uns ein Schuss, und ich fühlte, wie Ellen zusammenzuckte. Sie war getroffen worden.

„Swallow, mein Swallow, greif aus!“, ermunterte ich in höchster Angst das Tier und in demselben rasenden Lauf wie damals nach der Explosion in New-Venango schoss es vorwärts.

Als ich mich umblickte, sah ich Parranoh auf seinem Mustang dicht hinter mir, die anderen wurden mir durch die Krümmungen des Weges verdeckt. Obgleich ich nur einen flüchtigen Blick auf ihn werfen konnte, bemerkte ich doch den wütenden Ingrimm, mit dem er uns zu ereilen strebte, und verdoppelte meine Zurufe an das brave Pferd, von dessen Schnelligkeit und Ausdauer alles abhing, denn wenn ich auch einen Kampf mit dem wilden Mann nicht scheute, so wurde ich doch durch das Mädchen an jeder freien Bewegung verhindert und konnte nichts tun, als nur vorwärts zu streben.

Wie im Sturm flogen wir den Lauf des Wassers entlang. Winnetous Fuchs schleuderte die langen, knochenstarken Glieder von sich, dass die Funken stoben und das lockere Geröll hinter ihm einen förmlichen Steinregen bildete. Swallow hielt ihm gleichen Schritt, obgleich er doppelte Last zu tragen hatte, aber, obwohl ich mich nicht mehr umblickte, wusste ich doch, dass Parranoh uns hart auf den Fersen blieb, denn der Hufschlag seines Braunen ließ sich in steter Nähe vernehmen.

„Ihr seid verwundet, Miss?“, fragte ich in höchster Besorgnis.

„Rettet nur Euch!“, hauchte sie statt einer direkten Antwort. Das lebenswarme Blut rann aus der Wunde über die Hand, mit der ich sie um den Leib gefasst hielt, ihr Kopf legte sich ermüdet an meine Schulter und die Röte der Wangen wich mehr und mehr einer Blässe, die mich erschrecken machte.

„Ellen, seid aufrichtig! Ihr könnt nicht länger aushalten.“

„O doch!“, erwiderte sie mit matter Stimme, indem sie das Auge mit einem unbeschreiblichen Ausdruck zu mir aufschlug. „Ich mag nicht fort von diesem Platz und halte bei Euch aus, bis – bis...“

„Bis...?“, fragte ich mit tiefem Beben.

„Bis ich den großen, großen Fehler meines Lebens gesühnt habe mit dem Tode.“

„Nein“, rief ich, sie fester an mich drückend und das Pferd zu immer rasenderem Lauf anfeuernd, „sterben sollst du nicht und sterben darfst du nicht. Ich habe dich unter zehnfacher Todesgefahr errungen und mag ohne dich nicht sein und leben!“

Da schlang sie die beiden Arme um meinen Hals, legte ihren Mund mir auf die Lippen und nach einem langen, langen Kuss, währenddessen die wilde Jagd immer vorwärts tobte, klang es:

„Könnte ich leben, so wäre es nur und allein für dich. Oh, welches Glück, welche Seligkeit müsste es sein, der Liebe gehorchen zu dürfen!“

Die Ahnung des Todes ging durch ihr Herz und machte den künstlich hineingepflanzten Mut erzittern. Es schwieg die Rache, die darin geglüht, und alles war vergessen, was einst bestimmend auf ihr Denken und Wollen gewirkt hatte. Sie hielt es für ein Glück, zu sühnen, was sie an ihrer Weiblichkeit verbrochen hatte, und diese Sühne musste mir den Himmel geben, nach dem ich mit meinen heißesten Wünschen strebte. Sollte er mir mit dem dahinfließenden Leben verloren gehen? Nein, tausendmal nein, das durfte nicht geschehen!

Mit dem festen Vorsatz, Stich zu halten, blickte ich zurück.

Längst hatten wir den Lauf des Wassers verlassen und waren in die freie Ebene eingebogen, über die wir, parallel mit dem Saum des uns zur Linken liegenden Waldes dahinflogen. Parranoh war jetzt eine ziemliche Strecke zurückgeblieben und Swallow bewies sich also dem Braunen weit überlegen. Hinter dem weißen Häuptling, einzeln oder in kleinen Gruppen, folgten die Indianer, die die Verfolgung nicht aufgeben wollten, obwohl wir immer größeren Vorsprung gewannen.

Mich wieder umdrehend, sah ich, dass Winnetou abgesprungen war und hinter seinem Pferd stand. Er lud die erbeutete Büchse. Auch ich parierte meinen Hengst. Sanft ließ ich Ellen niedergleiten, stieg nach und legte sie in das Gras. Zum Laden blieb mir nicht mehr Zeit, denn Parranoh war schon zu nahe. Ich sprang also wieder auf und griff zum Tomahawk.

Der Verfolger hatte unsere Bewegungen wohl bemerkt, ließ sich aber in der Hitze der Verfolgung fortreißen und stürmte, das Schlachtbeil schwingend, auf mich ein. Da krachte der Schuss des Apachen, der Feind zuckte zusammen und stürzte, zu gleicher Zeit von meiner Waffe getroffen, mit tief gespaltenem Haupt vom Pferd.

Winnetou wandte den leblosen Körper mit dem Fuß um und sprach:

„Die Schlange von Athabaskah wird nicht mehr zischen und den Häuptling der Apachen nennen mit dem Namen eines Pimo. Mein Bruder nehme seine Waffen zurück."

Wirklich trug der Gefallene Messer, Beil, Revolver und Stutzen von mir; ich nahm eiligst mein Eigentum wieder an mich und sprang zu Ellen zurück, während Winnetou den Braunen einfing.

Mit Entzücken bemerkte ich, dass die Verwundung, die von einem Streifschuss herrührte, nicht gefährlich sei. Zum Verbinden war keine Zeit, denn während des Aufenthaltes waren uns die Indsmen fast so nahe gekommen, dass sie uns mit ihren Kugeln erreichen konnten. Wir saßen wieder auf und fort ging es mit erneuter Schnelligkeit.

Da plötzlich blitzte es zu unserer Linken hell und glänzend auf wie Waffenschimmer, eine zahlreiche Truppe Reiter flog vom Waldessaum her zwischen uns und die Verfolger hinein, schwenkte gegen diese um und stürmte in gestrecktem Galopp ihnen entgegen.

Es war ein Detachement Dragoner von Wilkes Fort, die durch einen Streifzug in die Gegend geführt worden waren.

Kaum hatte Winnetou die Helfer erblickt, so riss er seinen Gaul herum, schoss an ihnen vorüber und mit hochgeschwungenem Tomahawk unter die Oglalas hinein, die kaum Zeit gehabt hatten, den Lauf ihrer Pferde zu hemmen. Ich hingegen stieg ab, um nach der Wunde Ellens zu sehen.

Mit dem tiefen Rot der Scham ließ sie es geschehen, dass ich die getroffene Stelle enthüllte und in aller Eile einen notdürftigen Verband anlegte. Jetzt war sie ganz Weib und mit Entzücken las ich in ihren Augen die Liebe, die mir voll und innig aus ihnen entgegenleuchtete. Zwar war sie schwach, aber mehr aus Schreck und Angst als infolge des Blutverlustes, und als ich sie jetzt wieder auf das Pferd heben wollte, trat sie kopfschüttelnd zu dem Braunen, dessen Zügel mir Winnetou im Vorbeisprengen zugeworfen hatte, und saß gleich darauf auf seinem Rücken.

„Wirst du dich halten können?“, fragte ich besorgt.

„Ich muss wohl stark bleiben, da du ohne mich nicht leben kannst“, antwortete sie mit einem Lächeln des Glücks, und den Arm erhebend, fügte sie hinzu. „Dort fliehen die Roten. Vorwärts!“

Es war so, wie sie sagte. Ihres Anführers beraubt, dessen

Zuruf sie zum Widerstand ermutigt oder wenigstens ihre Flucht geregelt hätte, jagten sie, die Dragoner immer in ihren letzten Gliedern, denselben Weg zurück, den wir gekommen waren, und es war also zu vermuten, dass sie in unserem Talkessel ihre Zuflucht suchen wollten.

Jetzt ließen wir wieder ausgreifen, schossen an den zahlreich am Boden liegenden gefallenen Indianern vorüber und erreichten infolge der Schnelligkeit unserer Tiere die Soldaten noch eine ziemliche Strecke vor dem Wassertor.

Es kam sehr viel darauf an, die Wilden sich nicht in der Felsenwindung festsetzen zu lassen, sondern gleich mit ihnen einzudringen; deshalb ließ ich Ellen zurück und trieb Swallow durch Busch und Dorn, über Stock und Stein an der ganzen Reihe der Verfolgenden vorüber und war bald an der Seite Winnetous, der sich immerfort würgend an die Fersen der Flüchtenden geheftet hatte.

Jetzt bogen sie links nach dem Tor ein, und eben wollte der vorderste sein Pferd in die Enge lenken, als aus dieser ein Schuss fiel und er leblos vom Tier stürzte. Sofort krachte es zum zweiten Mal; der nächste wurde bügellos, und da die bestürzten Wilden sich auf diese Weise den Eingang verwehrt und zu gleicher Zeit von uns fast umzingelt sahen, so brachen sie in der Richtung nach dem Mankizita durch und flohen, immer wieder verfolgt von den Dragonern, dem Wasserlauf entlang davon.

Nicht geringer als die Bestürzung der Wilden war auch mein Erstaunen über die Schüsse, die unsere Absicht so kräftig unterstützten oder vielmehr unnötig machten. Aber ich sollte nicht lange im Zweifel über den mutigen Schützen sein, denn noch war der Hufschlag der Davonreitenden nicht verhallt, so lugte aus einem Wald von struppigen Barthaaren eine gewaltige Nase, über der ein Paar kleine, listige Äuglein funkelten, vorsichtig hinter der Felskante hervor, und da kein feindliches Wesen zu bemerken war, schoben sich die übrigen Körperteile vertrauensvoll hinter dem rekognoszierenden Riechorgan her.

„Segne meine Augen, Sir! Welche Büchse hat denn auch Euch wieder hierhergeschossen, wenn ich micht nicht irre?", fragte der kleine Mann, ebenso erstaunt über meinen Anblick wie ich über den seinen.

„Sam, Ihr seid's? Wie kommt denn Ihr in das Tor? Habe Euch doch mit diesen meinen eigenen Augen fortreiten sehen!"

„Fortreiten, Sir? Danke für den Ritt! War eine Bestie, die gar nicht von der Stelle kam und ihre alten Knochen mir so zwischen den Beinen herumschüttelte, dass diesem alten Coon die seinen auseinander gegangen wären, wenn er das dumme Tier nicht hätte laufen lassen. Bin dann wieder zurückgeschlichen, hihihi, dachte mir, dass die Roten alle hinter Euch her sein und die ‚Festung' leer gelassen haben würden, wie mir scheint. Fand es auch so. Haben sich schön gewundert, als sie wieder zurückkamen, und machten Gesichter, meine ich, Gesichter, hihihi! Aber wo bringt Ihr denn die Kommissleute her, Sir?"

„Stießen unterwegs auf uns, Sam, kamen gerade zur rechten Zeit."

„Glaube es. Aber kommt nur herein, wenn ich mich nicht irre, liegen alle noch da, alle, wie sie niedergemacht worden sind, meine ich."

Winnetou war uns vorangegangen, und wir folgten ihm, die Pferde nachziehend. Im Innern der ‚Burg' angekommen, sahen wir ihn an der Stelle stehen, an der wir gestern so heiß gekämpft hatten, zu seinen Füßen lag die Leiche eines Mannes, den wir sofort alle erkannten: Es war Old Firehand.

Die starken Glieder lang ausgestreckt, lag er auf dem Rücken, sodass wir die Wunde sahen, die die Kugel Parranohs in seine Brust gerissen hatte. Die Augen waren geschlossen, um die eingefallenen Wangen und den fest zusammengekniffenen Mund lag noch der Ausdruck mutiger Todesverachtung, die ihm bis zum letzten Augenblick seines tatenreichen Lebens treu geblieben war. Eins aber machte uns schaudern: der nackte, blutigrote Schädel. Man hatte ihn skalpiert, und die prachtvollen, langen, grauen Locken – wo waren sie nur? Parranoh hatte sie nicht bei sich gehabt – ah, dort am Pfahl hingen sie als Siegestrophäe bei den anderen Skalpen. Ellen konnte den Anblick nicht ertragen und warf sich laut schluchzend über den geliebten Toten.

Wir traten zurück, um ihrem Schmerz seine Rechte zu lassen. Es war einer der trübsten Augenblicke meines Lebens und selbst im Auge Winnetous, des festen, stolzen und unerschütterlichen Mannes, glänzte es wie eine Träne, als er, die Hand schwer auf meine Schulter legend, sagte:

„Die Seele des Apachen ist dunkel und sein Herz ist ohne Licht, er möchte sein Haupt legen neben das seines Freundes und tot sein wie er. Mein weißer Bruder mache glücklich die Tochter Ribannas, der Rose vom Quicourt!"

*

Es war mehrere Wochen später, als wir zu viert in jene Gegend kamen, wo ich Ellen zum ersten Mal gesehen und bei ihrem Erscheinen an den flats-ghost gedacht hatte. Sie ritt auf Parranohs Braunem dicht an meiner Seite, sodass wir warm die Hände ineinander legen konnten. Schon vor mehreren Tagen hatten wir von einigen Westmannern gehört, dass der Schwiegersohn Forsters, also Ellens Bruder, von Omaha nach New-Venango gezogen sei, um die vom Feuer zerstörten Besitzungen des verunglückten Ölprinzen wieder in den früheren Stand zu setzen.

Ihm galt heute, nachdem wir den Schauplatz unserer letzten Abenteuer in Begleitung der Dragoner verlassen hatten, unser Besuch und wir hatten uns vorgenommen, uns bei ihm von den gehabten Strapazen gehörig auszuruhen.

„Hier ist die Stelle, an der wir uns begrüßten, Ellen!"

„War's zum Glück oder war's zum Unglück?", fragte sie, den leuchtenden Blick tief in mein Auge senkend.

„Es war zum Glück, willst du es glauben?"

„Ich glaube es!" – Das waren wenige Worte, aber der aus dem innersten Herzen heraufsteigende Klang der tiefen, sonoren Stimme sagte mir mehr als eine lange Rede.

Unbekümmert um unser Zurückbleiben war Winnetou fortgeritten, sein kleiner Nachbar aber schien weniger Nachsicht zu haben und mahnte uns mit ungeduldigem Ruf:

„Wenn nur dieses alte Coon hier wüsste, was da hinten für ein Meeting abgehalten wird! Die kleine Miss mag doch vorwärts machen, wenn ich mich nicht irre! Die Sonne ist nun fort und Sam Hawkens sehnt sich nach manchem, was hier nicht zu haben ist, meine ich!"

DIE ROSE VON KAHIRA

(1876)

Es war um die Zeit, wo die ägyptische Sonne ihre Strahlen mit der höchsten Glut auf die lechzende Erde sendet und jeder, den nicht die Not hinaus unter den freien Himmel treibt, sich unter den Schutz seines Daches zurückzieht und nach der möglichsten Ruhe und Kühlung strebt. Auch ich lag auf dem weichen Diwan meiner gemieteten Wohnung, schlürfte würzigen Mokka und schwelgte im Duft des köstlichen Dschebeli, der meiner Pfeife entströmte. Die starken, fast fensterlosen Mauern boten dem Sonnenbrand einigen Einhalt und die aufgestellten porösen Gefäße, durch deren Wände das Nilwasser verdunstete, machten die Atmosphäre so erträglich, dass ich von der gewöhnlichen Abspannung des Menschen während der Mittagszeit wenig oder gar nichts bemerkte.

Da erhob sich draußen die scheltende Stimme Omar-Aghas, meines Dieners, der zugleich die Stelle eines Ministers aller inneren und äußeren Angelegenheiten bei mir vertrat und mit einer Liebe und Ergebenheit an mir hing, die bei einem Araber einem Christen gegenüber fast beispiellos genannt werden konnte. Er war früher Soldat seiner vizeköniglichen Majestät gewesen und nach langjähriger Dienstzeit infolge seiner Invalidität ohne weiteres fortgejagt und fast dem Hungertod in die Arme getrieben worden; damals nahm ich ihn zu mir, heilte ihn von seinen Gebrechen und fand mich in der Folge reichlich dafür belohnt. Er bekam gute Kleidung und trug ausgezeichnete Waffen, zwei Dinge, die ihn mit unendlichem Stolz erfüllten, und als ich ihm später noch die Vollmacht gab, mich mit dem königlichen Firman[1] in der Hand bei den meisten geschäftlichen Angelegenheiten zu

[1] Reisepass, Empfehlung

vertreten, da fühlte er die ganze Größe seiner Würde und wiederholte mir fast täglich die Beteuerung:

„Was war ich, o Herr, als du mich fandest und dich meiner erbarmtest? Eine tote Ratte, ein Hund, den man von sich stößt! Und was bin ich bei dir geworden? Ein Herr, vor dem sich der Fellah fürchtet und der Türke erzittert. El hamdullillahi, Gott sei Dank!"

Außer seiner Treue und Zuverlässigkeit besaß er noch eine ganz besonders schätzenswerte Eigenschaft, nämlich einen Humor, der nie zu versiegen schien, bei jeder Gelegenheit hervorsprudelte und selbst der ernstesten und schlimmsten Lage noch eine heitere Seite abzugewinnen wusste. ‚Mukle', Spaßvogel, wurde er deshalb von allen genannt, denen er eine solche Vertraulichkeit gestattete; und da er sich, wie die meisten Araber, bei jedem Selbstgespräch eine Person vorstellte, mit der er sprach, so hielt er oft unter seinen eigenen zwei Augen die köstlichsten Reden, bei denen das Zwerchfell eines etwaigen Zuhörers in die größte Gefahr geraten konnte.

Jetzt freilich schien seine Stimmung nicht gerade die allerbeste zu sein, denn in zornigem Ton hörte ich ihn rufen:

„Was? Den Effendi el kebir, den großen Herrn und Meister willst du stören – jetzt – in seinem Kef – in seiner Mittagsruhe? Hat der Teufel – Allah beschütze mich vor ihm – dir den Kopf mit Nilschlamm gefüllt, dass du nicht begreifen kannst, was ein Effendi zu bedeuten hat, ein Mann, den der Prophet mit Weisheit speist und der alles kann, sogar die Toten wieder lebendig machen, sobald sie ihm nur sagen, woran sie gestorben sind!"

„Gott erhalte deine Rede, Sihdi[1]", ertönte die Antwort, „aber ich muss deinen Effendi, den großen Arzt aus Frankhistan sehen, denn mein Herr, der mächtige und reiche Abrahim-Agha – Allah möge ihm tausend Jahre schenken – hat mich gesandt, ihn zu sich zu rufen."

[1] Mein Herr

„Abrahim-Agha? Zu sich rufen? Wer ist denn Abrahim-Agha und wie hieß sein Vater? Von wem wurde er geboren und wo leben die, denen er seinen Namen verdankt? Niemand kennt ihn, selbst ich, Omar-Agha, der tapfere Freund und Beschützer meines Gebieters, habe noch nie die Spitze seines Tarbuschs gesehen. Gehe fort und komme in drei Tagen wieder. Morgen reisen wir ab!"

„So höre, du Mann mit den verstockten Ohren, was ich dir zu sagen habe! Der Effendi soll kommen zu" – hier wurde die Stimme des Sprechers unhörbar und erst die letzten Worte seiner Rede konnte ich wieder verstehen: „Reicher Lohn wartet sein, wenn es ihm gelingt, den Tod vom Hause meines Gebieters fern zu halten!"

„Allah akbar, Gott ist groß! Und ich, Omar-Agha Ben Afradin stehe da, mit der Nilpeitsche in der Hand, und vergesse doch, ihr deinen Rücken zu zeigen. Beim Barte des Propheten, dein Mund spricht solche Weisheit, als wäre der Verstand dir bei der Fahrt ins Wasser gefallen. Weißt du nicht, dass ein Weib gar keine Seele hat und deshalb auch nicht in den Himmel darf? Mein Herr kennt den Koran und verachtet die Frauen. Die schönste Perle des Harems ist ihm wie der Skorpion im Sande, und seine Hand hat noch nie das Gewand eines Weibes berührt, denn er weiß, dass ich es für ihn tue. Komme in drei Tagen wieder. Morgen reisen wir ab!"

„Du musst wissen, o Unbarmherziger, dass er ihr Gewand nicht berühren und ihre Gestalt nicht sehen wird, denn die Gesetze des Harems sind streng. Er wird durch das Gitter mit ihr sprechen!"

„Ich bewundere die Weisheit deiner Rede und die Klugheit deiner Worte, o Mann! Merkst du denn nicht, dass die Gesundheit, welche der Effendi spendet, an dem Gitter hängen bleiben würde? Komme in drei Tagen wieder!"

„Ich darf nicht gehen; denn ich werde hundert Schläge auf die Sohlen bekommen, wenn ich den weisen Effendi nicht bringe!"

„Danke deinem gütigen Herrn, du Sklave eines Ägypters, dass er deine Beine mit Gnade erleuchtet! Ich will dich nicht um diese Seligkeit betrügen und dich deshalb allein ziehen lassen. Wir reisen morgen ab. Salam alejkum, der Herr sei mit dir; er lasse dir die Streiche wohlbekommen!"

„So lass dir noch eins sagen, tapferer Agha. Der Herr unseres Hauses hat mehr Beutel in seiner Schatzkammer, als du jemals zählen kannst. Du solltest auch mitkommen, hat er mir befohlen, und du wirst ein Bakschisch haben, ein Geschenk, wie es selbst Hafis-Pascha, der Diamantenspendende, niemals gegeben hat."

Jetzt wurde der Mann endlich klug und fasste meinen guten Omar bei dem Punkt, an dem man den Morgenländer zu packen hat, wenn man ihn günstig stimmen will. Der geldlustige Haushofmeister änderte auch sofort den Ton seiner Stimme und gab die etwas weniger harte Antwort:

„Allah segne deinen Mund, mein Freund! Aber ein Piaster in meiner Hand ist mir lieber als zehn Beutel in der deinigen. Ich will es mir überlegen, ob ich den Herrn stören darf."

„Lass den Rat deines Herzens nicht zögern; hier, nimm die Gabe deines Bruders!"

„Deine Hand ist mager wie der Schakal in der Schlinge und dürr wie die Wüste jenseits des Mokattam. Wie kann das Feld Frucht bringen, wenn nur zwei Tropfen Tau vom Himmel fallen!"

Nach dieser sehr deutlichen Aufforderung vernahm ich zum zweiten Mal den klimpernden Ton des Silbers, und nun erst war Omar bereit „mich zu stören". Ich konnte ihm unmöglich böse sein. Er handelte nur nach der allgemeinen Unsitte und übrigens sind hier oben in Nubien die deutschen Ärzte nicht so oft zu finden, dass ein reicher Türke, wie Abrahim jedenfalls war, mit einem kleinen Bakschisch hätte knausern dürfen.

Was mich aber bei der Angelegenheit mit Verwunderung erfüllte, war der Umstand, dass ich, wie ja aus den Reden der beiden zu ersehen war, nicht zu einem männlichen, sondern zu einem weiblichen Patienten verlangt wurde. Obgleich ich schon mehrere Jahre im Orient weilte, besaß das Wort Harem doch immer noch den Reiz des geheimnisvoll Romantischen für mich, und wenn ich auch den Charakter der morgenländischen Frauen nicht achten konnte, so musste ich doch ihre oft wirklich unvergleichliche Schönheit bewundern, von der ich schon öfters hinter einem fortgewehten Schleierzipfel eine kleine aber überzeugende Probe bemerkt hatte. Da aber der Muselmann die Bewohnerinnen seiner Frauengemächer sogar in den dringendsten Fällen nicht den Augen eines Fremden, auch nicht des Arztes freigibt, so handelte es sich hier jedenfalls entweder um eine alte Dienerin oder ich bekam nichts weiter zu sehen als die Fingerspitzen der Patientin. Deshalb sah ich dem Eintritt Omars mit ziemlicher Gleichgültigkeit entgegen.

„Herr, ein Mann will mit dir sprechen, der draußen steht. Er hat ein Boot im Nil und sagt, ich müsse auch mitkommen!"

Fast hätte ich lachen müssen über die letzte Bemerkung, mit der sich der schlaue Bursche ein weiteres Trinkgeld sichern wollte. Doch mochte ich ihn nicht in Verlegenheit bringen und befahl im deshalb kurz, den Boten hereinzuschicken.

Dieser verbeugte sich bei seinem Eintritt bis herab zur Erde, zog die Schuhe aus, trat einige Schritte näher und begann unter wiederholter Verbeugung:

„Salam alejkum, Allah sei mit dir, o Herr, und lasse deine Ohren offen sein für die Bitte des geringsten deiner Knechte."

Meine Antwort erwartend, schwieg er. Ich erwiderte seinen Gruß mit einem kurzen Nicken des Kopfes und befahl:

„Sprich!"

„Es ist großes Herzeleid gekommen über das Haupt Abrahim-Aghas, meines Gebieters, denn Leilet, die Krone seines Herzens, schwindet hin in die Schatten des Todes und kein Arzt, kein Fakir und auch kein Zauberer vermag die Schritte ihrer Krankheit aufzuhalten. Da hörte mein Herr – den Allah erfreuen möge – von dir und deinem Ruhm und dass der Tod vor deiner Stimme flieht. Er sandte mich zu dir und lässt dir sagen: Komm und gib mir meine Blume wieder; mein Dank soll süß und hell sein wie der Glanz des Goldes!"

„Ich kenne diesen Ort und habe doch deinen Herrn noch nicht gesehen. Wo wohnt er?"

„Er wohnt am Strom und sendet dir ein Boot. In einer Stunde hast du ihn erreicht."

„Ich komme!"

Er zog sich zurück und ich erhob mich, nicht ganz frei von einer erwartungsvollen Spannung, die sich während der kurzen Unterredung meiner bemächtigt hatte. Alt und hässlich war sie nicht, das wusste ich jetzt; ihr Name war Leilet, d. h. Nacht, und da der Orientale den Namen gern den Eigenschaften anpasst, so sah ich vor meiner lebhaften Einbildungskraft sofort eine jener mächtig-prächtig-nächtigen Erscheinungen stehen, wie sie sich vorzugsweise gern im Morgenland entwickeln. Auch die Wohnung war nicht ganz ungeeignet zu einem Tummelplatz für die Erfindungen der Fantasie. Vor einigen Monaten hatte ich sie bei der Reise nach dem Süden im Vorüberfahren liegen sehen und damals gehört, dass sie von einem verbannten Großen des Reiches erbaut worden sei und nun seit seinem Tode verlassen liege.

Wie kam der jetzige Besitzer dazu, den einsamen Ort zu bewohnen? Hatten auch ihn politische Gründe hergeführt, oder gab es sonstige Geheimnisse, die er zu verbergen suchte?

Ganz ungesucht traten diese Fragen an mich heran, und wenn ihre Beantwortung auch kein Interesse für mich haben konnte, so sah ich doch ebenso wenig Veranlassung, sie gewaltsam von mir abzuwehren, und ging dem Kommenden mit etwas mehr als gewöhnlicher Teilnahme entgegen.

In kurzer Zeit saßen wir bei den Ruderern im Kahn, ich in tiefe, wunderbare Gedanken versunken, Omar ernst und stolz wie ein Pascha von drei Rossschweifen, im Gürtel die silberbeschlagenen Pistolen und den scharfen, glänzenden Dolch, in der Hand aber die unvermeidliche Nilpeitsche, das beste Mittel, sich unter der dortigen Bevölkerung Achtung und Berücksichtigung zu verschaffen. Zwar war die Hitze nicht angenehm, aber die stromabwärts gehende Bewegung unseres Fahrzeugs brachte uns mit einem kühlenden Luftzug in Berührung und bei der kurzen Dauer war unsere Fahrt mehr eine Spaziertour als eine Anstrengung zu nennen.

Es ging eine Strecke weit an Durrha-, Tabak-, Sesam- und Sennesfeldern vorüber, aus deren Hintergründen schlanke Palmen emporragten; dann folgten unbebaute Flächen, über die sich ein niederes Gestrüpp von Mimosen und Sykomoren hinstreckte, endlich nacktes Gestein, und mitten aus den wohl schon vor Jahrtausenden hier umhergestreuten Felsenblöcken erhob sich die hohe quadratische Mauer, durch die wir uns den Eingang suchen mussten.

Als wir anlegten, bemerkte ich, dass ein Kanal vom Fluss her unter der Mauer hinführte, jedenfalls um die Bewohner mit dem nötigen Wasser zu versehen, ohne dass sie sich aus ihrer Wohnung zu bemühen brauchten. Unser Führer schritt uns voran, führte uns um zwei Ecken nach der dem Wasser abgekehrten Seite und gab an dem dort befindlichen Tor ein Zeichen, auf das hin uns bald geöffnet wurde.

Das Gesicht eines Schwarzen grinste uns entgegen; doch beachteten wir seine bis zur Erde herabgehende Reverenz gar nicht und schritten vorwärts. Architektonische Schönheiten durfte ich von einem orientalischen Privatgebäude nicht erwarten und so fühlte ich mich auch gar nicht überrascht über die kahle, nackte und fensterlose Front, die das Haus mir zukehrte; aber das Klima des Landes hatte doch einen etwas zu auffälligen Einfluss auf das alte Gemäuer geäußert, als dass ich es einem jungen, schönen und dabei noch kranken Weibe zur Wohnung hätte empfehlen mögen.

Die Zierpflanzen, die den schmalen Raum zwischen Mauer und Wohnhaus früher geschmückt und den Bewohnerinnen eine Erholung geboten hatten, waren längst verwelkt und verdorrt; wohin das Auge nur blickte, fand es nichts als leere, kahle Öde, und nur Scharen von Schwalben, die in den zahlreichen Rissen und Sprüngen des berstenden Gebäudes nisteten, brachten einigermaßen Leben und Bewegung in die traurige, tote Szene.

Durch einen dunklen, niedrigen Torgang führte uns der voranschreitende Bote in einen kleinen Hof, dessen Mitte ein Bassin einnahm. Also bis hierher führte der Kanal, den ich vorhin bemerkt hatte, und der Erbauer des einsamen Hauses war klugerweise vor allen Dingen darauf bedacht gewesen, sich und die Seinigen reichlich mit dem zu versorgen, was in dem heißen Klima jener Länderstriche das Notwendigste und Unentbehrlichste ist. Zugleich bemerkte ich nun auch, dass der ganze Bau darauf eingerichtet war, die jährlich wiederkehrenden Überschwemmungen schadlos auszuhalten.

In diesen Hof hinab gingen mehrere hölzerne Gitterwerke, hinter denen jedenfalls die zum Aufenthalt dienenden Räume lagen.

Ich konnte ihnen jetzt keine große, zeitraubende Beachtung schenken, sondern gab Omar einen Wink, mit der Reiseapotheke, die er umhängen hatte, hier des Weiteren zu harren, und folgte dem Wegweiser in den Diwan des Hausherrn.

Es war ein geräumiges, halbdunkles und hohes Zimmer,

durch dessen vergitterte Fensteröffnungen ein wohltuendes Licht fiel. Infolge der aufgeklebten Tapeten, Arabesken und Ornamente hatte es einen wohnlichen Anstrich erhalten und die in einer Nische stehenden Wasserkühlgefäße erzeugten eine recht angenehme Temperatur. Ein Geländer trennte den Raum in zwei Hälften, deren vordere für die Dienerschaft, die hintere aber für den Herrn und die ihn besuchenden Gäste bestimmt war. Den erhöhten Hintergrund zierte ein breiter Diwan, der von einer Ecke in die andere reichte und auf dem Abrahim-Agha, der „Besitzer von vielen Beuteln" mit untergeschlagenen Beinen saß.

Er erhob sich bei meinem Eintreten, blieb aber der Sitte gemäß vor seinem Sitz stehen. Da ich nicht die gewöhnliche Fußbekleidung trug, konnte ich mich ihrer auch nicht entledigen, sondern schritt unbekümmert mit meinen Lederstiefeln über die kostbaren Teppiche und ließ mich an seiner Seite nieder.

Die Diener brachten den unvermeidlichen Kaffee und die noch notwendigeren Pfeifen und nun konnte das Weitere folgen.

Mein erster Blick war natürlich nach seiner Pfeife gewesen; denn jeder Kenner des Orients weiß, dass man daran sehr deutlich die Verhältnisse ihres Besitzers zu erkennen vermag. Das lange, wohlriechende und mit stark vergoldetem Silberdraht umsponnene Rohr hatte gewiss seine tausend Piaster gekostet. Teurer aber noch war das Bernsteinmundstück, das aus zwei Teilen bestand, zwischen denen ein mit Edelsteinen besetzter Ring hervorschimmerte. Der Mann schien wirklich „viele Beutel" zu besitzen, doch war dies kein Grund, mich befangen zu machen, denn so mancher Inhaber einer Pfeife im Wert von zehntausend Piastern hat seinen Reichtum doch nur den geknechteten Untertanen entwendet oder geraubt. Lieber also einen Blick in das Gesicht!

Wo habe ich doch nur diese Züge schon einmal gesehen, diese schönen, feinen und in ihrer Missharmonie doch so diabolischen Züge? Forschend, scharf, stechend, nein, förmlich bohrend senkt sich der Blick des kleinen, unbewimperten Auges in den meinen und kehrt dann kalt und wie beruhigt wieder zurück. Glühende und entnervende Leidenschaften haben diesem Gesicht ihre immer tiefer eindringenden Spuren aufgraviert; die Liebe, der Hass, die Rache, der Ehrgeiz sind einander behilflich gewesen, eine groß angelegte Natur in den Schmutz des Lasters zu reißen und dem Äußeren jenes undefinierbare Etwas aufzudrücken, das der Reinheit ein sicheres Warnungszeichen ist. Wo bin ich diesem Mann begegnet? Ich muss mich besinnen; aber das fühle ich, unter freundlichen Umständen ist es nicht gewesen.

„Salam alejkum", tönte es langsam aus dem vollen, prächtigen, aber schwarz gefärbten Bart hervor. „Möge Allah Balsam wachsen lassen auf den Spuren deiner Füße und Honig träufeln von den Spitzen deiner Finger, damit mein Herz nicht mehr höre die Stimme seines Kummers!"

„Gott gebe dir Frieden und lasse mich das Gift finden, das am Leben deines Glückes nagt", erwiderte ich seinen Gruß, da nicht einmal der Arzt nach dem Weibe eines Muselmanns fragen kann, ohne den größten Verstoß gegen die Höflichkeit und Sitte zu begehen.

„Du bist ein weiser Arzt und deine Hand ist mit Erfolg begabt, als hätte sie der Prophet gesegnet. Du wirst die Krankheit finden und besiegen."

„Der Herr ist allmächtig; er kann retten und verderben; nur ihm gebührt die Ehre. Doch wenn ich helfen soll, so sprich!"

Diese direkte Aufforderung, ein, und wenn auch unbedeutendes, Geheimnis seines Harems preiszugeben, schien ihn unangenehm zu berühren, obschon er darauf vorbereitet sein musste; doch versuchte er diese Schwäche sofort zu verbergen und befolgte meine Aufforderung.

„Du bist aus dem Lande der Ungläubigen, wo es keine

Schande ist, von der zu sprechen, welche die Tochter einer Mutter ist?“

Ich nickte zustimmend, innerlich sehr amüsiert über die Art und Weise, mit der es umgehen wollte, von seinem Weib zu sprechen.

„Auch der Gläubige darf ohne Ärgernis von den Frauen in Frankhistan sprechen. Erlaube, dass ich es tue!“

Ein zweites Neigen des Kopfes war meine Antwort.

„Wenn das Weib eines Franken keine Speise zu sich nimmt...“

Er sah mich bei diesen Worten an, als ob er eine Bemerkung von mir erwarte. Ich winkte ihm nur, fortzufahren.

„...wenn sie den Glanz ihrer Augen und die Fülle ihrer Wangen verliert – müde ist und doch den Gruß des Schlafes nicht mehr kennt – nur lehnend steht und langsam geht – vor Kälte schauert und vor Hitze brennt – nichts wünscht, nichts hasst und unter dem Schlag ihres Herzens zittert – nicht lacht, nicht weint, nicht spricht – kein lautes Wort der Klage hören lässt und ihre Seufzer selbst nicht mehr vernimmt...“

Wieder blickte er mich an und in seinen Augen war deutlich eine Angst zu erkennen, die sich bei jedem der aufgezählten Krankheitsmerkmale zu vergrößern schien. Er musste die Kranke mit der letzten, trüben Glut seines fast gänzlich ausgebrannten Herzens lieb haben und hatte mir, ohne es zu wollen und zu wissen, sein ganzes Verhältnis zu ihr offenbart. Ich musste ihm die Strafe sofort zu kosten geben und antwortete schnell einfallend:

„...so wird sie sterben!“

Kaum hatte ich die Worte ausgesprochen, so stand er hoch aufgerichtet vor mir, der rote Fez war ihm vom kahlgeschorenen Kopf geglitten, die Pfeife seiner Hand entfallen; in seinem Gesicht zuckte es von den widerstreitendsten Gefühlen und das Auge ruhte mit einem Ausdruck des Entsetzens auf mir, der sich nach und nach in einen zornigen und zuletzt in einen drohenden verwandelte:

„Giaur!“, donnerte er mich an. „Wagst du, mir das zu sagen, Hund? Die Peitsche soll dich lehren, wer ich bin – und dass du zu tun hast, nur was ich dir befehle. Stirbt sie, so stirbst du auch; doch machst du sie gesund, so darfst du gehen und kannst verlangen, was dein Herz begehrt!“

Langsam und in tiefster Seelenruhe erhob auch ich mich, stellte mich in meiner ganzen Länge gerade vor ihn hin und sprach, auf den am Boden liegenden Fez deutend:

„Abrahim-Agha, was sagt der Prophet dazu, dass du die Scham deines Scheitels vor einem Ungläubigen entblößest?“

Im nächsten Augenblick hatte er sein Haupt bedeckt und, vor Grimm dunkelrot im Gesicht, den Dolch aus der Schärpe gerissen. Doch ruhig wie zuvor fuhr ich fort:

„Ich habe den Bären gejagt und bin dem Nilpferd nachgeschwommen; der Elefant hat meinen Schuss gehört und meine Kugel hat den Löwen, den ‚Herdenwürgenden‘ getroffen. Danke Allah, dass du noch lebst, und bitte Gott, dass er dein Herz bezwinge. Du kannst es nicht, du bist zu schwach dazu und wirst doch sterben, wenn es nicht sofort geschieht!“

Das war eine neue, eine schwerere Beleidigung als die andere und mit einem zuckenden Sprung wollte er mich fassen, fuhr aber sofort zurück, denn jetzt blitzte auch in meiner Hand die Waffe, die man in jenen Ländern niemals von sich legen darf. Wir standen einander allein gegenüber, denn er hatte sofort nach der Darreichung des Kaffees und der Pfeife die Dienerschaft hinausgewinkt, damit sie nichts von unserer zarten Unterhaltung vernahm.

Mit meinem tapferen Omar-Agha hatte ich nicht den mindesten Grund, mich vor den Bewohnern des alten Hauses zu fürchten; nötigenfalls hätten wir beide die wenigen hier wohnenden Männer zusammengeschossen, aber ich ahnte zu viel von dem Schicksal der Kranken, für die ich mich ungemein zu interessieren begann, und zog es deshalb vor, den Weg der Güte zu betreten.

„Lebe wohl; der Herr sei mit dir und deinem Haus! Du

willst es nicht, dass ich den Tod bezwinge; dein Wunsch mag sich erfüllen. Rabbena chalik, der Herr erhalte dich!"

Noch immer den Revolver in der Hand, machte ich Miene, dem Ausgang zuzuschreiten.

„Halt, halt, Effendi!", rief er und jetzt klang aus seiner Stimme mehr Angst als Wut. „Du hast die Seele eines Gläubigen beschimpft und darfst nicht gehen, ohne mir Genugtuung zu geben und meinem Willen Gehorsam zu erweisen!"

Ich trat zu ihm zurück, sah ihm lächelnd in das zuckende und blitzende Auge und antwortete so langsam wie nur immer möglich:

„Merk auf, was ich dir sage, mein Wort erklingt nie zweimal: Beim heiligen Leben Isa Ben Marryams, den wir Jesus, Sohn Marias nennen – du hast einen seiner Gläubigen Giaur geheißen und ihn mit der Peitsche bedroht – bittest du mich nicht um Verzeihung, und zwar sogleich, so gehe ich und Leilet mag sterben!"

Mit Absicht sprach ich jetzt den Namen aus, den mir der Bote genannt hatte. Bei seinem Klang zuckte es über die erregten Züge des Ägypters; es erwachte die Erkenntnis in ihm, dass er einen falschen Weg eingeschlagen hatte und umkehren musste, wenn er mich geneigt erhalten wollte. Aber sein Stolz empörte sich bei dem Gedanken, einem Christen Abbitte zu tun. Zwang, wie bei einem arabischen Quacksalber, war bei mir nicht möglich und ich sah deutlich, dass der Gedanke, aus diesem Labyrinth nicht herauszukommen, ihn in neue Wut versetzte.

Da drehte ich mich um, schritt durch die Öffnung des Geländers und befand mich schon der Tür nahe, als es angstvoll hinter mir erscholl:

„Bei dem Barmherzigen, bleib!"

Langsam drehte ich mich um und konnte nun die Züge des Erregten in ihrer hässlichsten Entstellung sehen. Die Spuren der Leidenschaften sprachen sich jetzt mit einer so widerwärtigen Deutlichkeit in ihnen aus, dass ich meinen

Sieg fast bereute und ihm mit einer raschen Handbewegung alle weiteren Worte abschnitt.

„Lass deine Rede schweigen! Der Christ vergibt auch ohne laute Sühne; es ist so gut, als hättest du gesprochen. – Nun lass uns deines Herzens Kummer heilen und zu der Kranken gehen, um sie zu sehen."

Wie von einem Stoß getroffen fuhr er zurück.

„Maschallah, bist du toll? Der Geist der Wüste hat dein Hirn verbrannt, dass du nicht weißt, was du forderst. Das Weib muss sterben, auf dem das Auge eines fremden Mannes ruhte!"

„Sie wird noch sicherer sterben, wenn mein Auge sie nicht sehen darf. Ich muss den Schlag ihres Pulses messen und Antwort von ihr hören über vieles, was ihre Krankheit betrifft. Nur Allah ist allwissend und braucht niemand zu fragen."

Wieder erhob sich ein heftiger Kampf und es dauerte lange, ehe er unter allerdings sehr beschränkenden Bedingungen auf mein Verlangen einging.

Ich durfte sämtliche Frauengemächer sehen, da ich sehr absichtlich die Behauptung ausgesprochen hatte, dass der Grund des Übels in irgendeinem ungesunden Zustand der Wohnung liegen könne.

Natürlich gab ich mir den Anschein, an eine rein körperliche Erkrankung zu glauben, obgleich ich schon seit der ersten Aufzählung der Symptome wusste, dass eine Herzens- und Gemütskrankheit vorlag, und ich war sehr geneigt anzunehmen, dass die Ursache in einem Zwang zu suchen sei, der die Patientin in die Hände Abrahim-Aghas gebracht hatte.

Ferner durfte ich sie gehen sehen und die ersten drei Finger meiner rechten Hand um ihr Handgelenk legen, um den Puls zu fühlen. Sodann durfte ich ihr diejenigen Fragen vorlegen, die ich für ganz und gar unumgänglich hielt; doch musste sie mit jeder Antwort warten, bis sie von ihm die Erlaubnis dazu erhielt.

Ich war sehr zufrieden mit diesen Zugeständnissen, denn sie gewährten mir mehr, als jemals wohl einem Europäer zugestanden worden ist. Die Liebe des Ägypters und infolgedessen auch seine Sorge musste wohl sehr ungewöhnlich sein, da er sich zu solchen Opfern verstand. Freilich konnte ich die ingrimmigste Erbitterung gegen mich aus jeder seiner Mienen lesen, denn ihm war ich ein leider unabweisbarer Eindringling in die bisher unentweihten Mysterien seiner inneren Häuslichkeit und ich hegte die Überzeugung, dass ich ihn auch selbst im Falle einer vollständigen Heilung als unversöhnlichen Feind zurücklassen würde.

Jetzt war er gegangen, um das Nötigste selbst anzuordnen, denn keiner seiner Diener durfte ahnen, dass er einem Fremden Eintritt in das Heiligtum gestattete.

Endlich kehrte er zurück. Es lag ein Ausdruck fester, trotziger Entschlossenheit um seinen zusammengekniffenen Mund und mit einem Blick voll versteckt sein sollendem und doch hervorbrechendem Hass drohte er:

„Bei der Seligkeit aller Himmel, Effendi; sobald du ein Wort sprichst, was ich nicht wünsche, oder nur das Geringste mehr tust als dir erlaubt ist, stoße ich sie nieder. Ich schwöre es dir bei jedem Wort des Korans und bei allen Kalifen, deren Andenken Allah segnen möge!"

Er hatte mich also doch kennen gelernt und wusste, dass ihm diese Versicherung mehr nützen würde als die sanguinischesten Drohungen gegen mich selbst. Übrigens war es mir ja gar nicht in den Sinn gekommen, ihn in seinen Rechten zu kränken, nur konnte ich mich bei seinem Verhalten je länger desto weniger einer Ahnung entschlagen, dass sein Verhältnis zu der Kranken irgendeinen dunklen Punkt habe.

Wir gingen. Er schritt voran und ich folgte.

Zunächst kamen wir durch einige fast in Trümmern liegende Räume, in denen allerlei nächtliches Getier sein Wesen treiben mochte; dann betraten wir ein Gemach, das als Vorzimmer zu dienen schien, und nun folgte der Raum, der allen Anzeichen nach als eigentlicher Frauendiwan benutzt wurde. Alle umherliegenden Kleinigkeiten waren solche, wie sie von Frauen gesucht und gern benutzt werden.

Eine größere Ausdehnung schien der Harem außer einem noch anstoßenden Raum nicht zu haben und das unentbehrliche Bad lag jedenfalls unten zur ebenen Erde.

„Nun sieh, ob du den Dämon der Krankheit hier findest!“ forderte mich Abrahim mit einem halb spöttischen, halb gläubigen Lächeln auf. „Ich will sehen, ob die Sonne ihr Angesicht verhüllt hat vor dem Auge des Fremden. Wage nicht, mir nachzufolgen, bis ich wiederkomme!“

Ich war allein. Wo war sie? War sie da draußen? Ganz gewiss; seine Worte waren ja deutlich genug. Wer sie doch sehen könnte, Leilet, die Nacht, die kranke, todesmatte! Welch süßer, lieblicher, sinnbetörender Duft strömte und flutete doch hier um mich! Waren das die sterbenden Wohlgerüche der hier gepflegten und verwelkten Blumen oder war es der würzige Hauch ihres reinen, jungfräulichen Mundes, der sich bisher gegen die Küsse des Verhassten gewehrt hatte? Es war mir so wunderbar, so märchensüß zumute, gerade so, als käme eine jener Feen, wie sie in den Märchen leben, hereingeschwebt, um meine Kühnheit zu erproben, die dann gefeit ist und alles vollbringen kann, ohne selbst Schaden zu leiden.

Mit Anstrengung musste ich mich aus dieser Stimmung herausreißen und ließ mein Auge durch den Raum schweifen. Ich hatte ja gewusst, dass der Herd der Krankheit hier nicht zu suchen sei, und war nur von dem Wunsch hergeführt worden, einmal das Innere eines Harems zu sehen. Es war hier ganz dieselbe Einrichtung getroffen wie im Zimmer des Hausherrn: das Geländer, der Diwan, die Nische mit dem Kühlge – doch halt, halt, was ist das?

Auch hier, geradeso wie dort, befindet sich über diesen Gefäßen ein Zugloch in der Mauer, damit die Abkühlung des Wassers rasch vor sich gehe und auch den Nebengelassen mit zugute komme, und diese Öffnung, sie führt...

Mit einigen raschen Schritten bin ich an der Mauer, neige das Auge an die Öffnung und – ja, das ist sie, das ist Leilet, die Nacht des Südens, wie sie dem Tor des Abendrots entschweben müsste, wenn ihr der Schöpfer die Erlaubnis gäbe, in menschlicher Gestalt wieder auf die traumbedürftige Erde zu steigen! Das ist die Nacht, die himmlische, das ist Leilet mit den dunklen, fast an der Erde schleifenden, sie wie ein Schleier umwallenden Locken.

Leilet mit dem reinen, blassen, schwermutsernsten und doch so milden, unvergleichlich schönen Angesicht, Leilet mit Augen so offen und groß, so tief und klar, in deren Blicken sich die ganze unberührte Unschuld eines Kindes mit dem Herzensglühen des beglückenden Weibes vermählt, Leilet mit der weichen, herrlichen Gestalt, wie sie kaum der Meißel des Künstlers dem Marmor zu entlocken vermag, Leilet, die tauzerfließende, die weinende, an deren Wimpern die Diamanten des Schmerzes glänzen, Leilet – doch nein, das ist nicht eine gottgewollte Inkarnation jener sterngeschmückten Göttin, deren Kommen und Scheiden der Himmel mit purpurnen Flammen und goldenen Reflexen feiert, sondern das ist ein vom tiefsten Gram zerrissenes Menschenkind, das keinen Seufzer auf der Lippe trägt, weil sein ganzes Dasein eine einzige, ungestillte und ungehörte Klage ist.

Sie hat seinen Befehlen noch nicht Gehorsam geleistet, in der Tiefe ihres Schmerzes vielleicht noch gar nicht wieder an sie gedacht und steht nun da im leichten, sich innig an die Glieder schmiegenden Gewand, während er unter allen möglichen Drohungen sich bemüht, sie zu schnellerem Anlegen der entstellenden Hüllen zu bewegen.

Ich habe genug gesehen, trete zurück und begebe mich, um nicht den leisesten Verdacht zu erregen, auch noch zurück in das vordere Gemach. Ich habe noch nie die Liebe gekannt, habe gescherzt, gespottet und gelacht über die Schwächlinge, die ihre goldene Freiheit für einige Tage des Tändelns verkaufen, um in Ketten und beengenden Banden zu erwachen; nie sollte mein Herz anders klopfen als unter dem Knall meiner Büchse oder der Arbeit eines begeisternden Schaffens, und jetzt? – Ein einziger kurzer Moment hat tief hinunter in das starre Herz gegriffen, um ein Leben, Knospen, Treiben, Blühen, ein Sehnen, Verlangen und Begehren zu erwecken, von dessen Dasein ich bisher keine Ahnung hatte, dessen Größe ich jetzt noch gar nicht ermessen kann und dessen Reichtum sich mir erst in der Zukunft zu zeigen vermag. Nur das eine fühle ich – nein, das weiß ich mit der heiligsten und unumstößlichsten Sicherheit: dass die Stunden ihres Aufenthalts in diesem Haus gezählt sind.

Doch hier gilt es nicht zu träumen und zu säumen; es will gehandelt sein! Das Gitter, das die Stelle des Fensters vertritt, besteht aus zwei senkrecht aneinander geschobenen Teilen, die auseinander gezogen oder geschoben werden können, falls es einmal notwendig ist, die Öffnung freizugeben. Bei näherer Betrachtung bemerke ich einen schmalen Holzriegel, der die beiden Hälften zusammenhält; rasch ist er, ohne die Stellung des Gitters zu verändern, beseitigt und das Glück mag alles Übrige besorgen!

„Tritt herein, Effendi!“, ertönte die Stimme Abrahims. Ich trat wieder ein. In weite Gewänder gehüllt, stand sie tief verschleiert an der hinteren Wand des Zimmers. Nichts war von ihr zu sehen als die kleinen, in Samtpantoffeln steckenden Füße.

„Einige Schritte gehen!“, wandte ich mich an den Ägypter.

Bei dem Klang meiner Stimme fuhr der Kopf mit einem raschen, jähen Ruck empor und es schien mir, als ob die dunklen Augen mit einem überraschten und ängstlich forschenden Ausdruck durch die Schleierlücke hindurch auf mir ruhten. Ich bedurfte meiner ganzen Kaltblütigkeit, um ruhig zu erscheinen.

Auf das Geheiß ihres Gebieters vollführte sie einige Bewegungen, deren Unsicherheit ich aber mehr auf Rechnung der Befangenheit als der Schwäche schrieb; dann begann ich meine Fragen, deren Enthaltsamkeit Abrahim vollständig befriedigte.

Endlich ließ ich mir die Hand reichen und fast wäre ich trotz der ernsten Situation in eine laute Heiterkeit ausgebrochen, als ich sah, dass die Hand so vollständig in ein dickes Tuch gebunden war, dass man dadurch unmöglich auch nur die Lage oder Form eines Fingers zu unterscheiden vermochte. Der Arm war in der Weise ebenso verhüllt, dass am Handgelenk gerade genug freier Raum blieb um meinen kleinen Finger zu platzieren. Und bei so eingeschnürtem Arm und so zusammengepresster Hand sollte ich aus dem Puls meine richtigen Schlüsse ziehen!

Ich gab mir doch den Schein dazu, und obgleich mein Gesicht die strengste Unempfindlichkeit bewahrte, war es mir bei der Berührung der kleinen, weichen, weißen Stelle doch, als fließe ein unbeschreibliches Etwas auf mich über und gebe mir Verständnis für die geheimste Regung des hinter den dichten Gewändern klopfenden Herzens. Es war, als sei ich jetzt nicht mehr ich, sondern eins mit ihr, als fühlte ich jeden Tropfen ihres Blutes rollen und jeden Gedanken erwachen, und jetzt – ja, jetzt wollte sie mir etwas sagen – ich sah nichts, kein Zeichen, nein, aber ich wusste es und neigte mein Ohr tiefer, wie um den Puls ihres Handgelenks nicht bloß zu fühlen, sondern auch zu hören, und – wirklich, da wehte es leise, leise, fast unhörbar durch den Schleier:

„Rette mich!"

Das war alles so schnell und wie unter dem Einfluss eines unwiderstehlichen sympathetischen Gesetzes geschehen, dass Abrahim nichts gemerkt hatte, obwohl er dicht an meiner Seite stand. Ich musste ihr eine Antwort geben, und noch ehe der Tyrann sie fortschicken oder sich selbst mit ihr entfernen konnte, gab ich den kurzen Bescheid:

„Allah kerim, Gott ist gnädig; bald wird die Krankheit dieses Haus verlassen. Mein Trank muss Schlaf und tiefe Ruhe bringen und dann wird neue Kraft einziehen in die kranke Seele. Lejltak saide, glückliche Nacht!"

Ich konnte beim Gehen diesen Gruß jetzt aussprechen; während der langen Verhandlungen mit Abrahim war nämlich der Nachmittag vergangen und jetzt dunkelte der Abend in seiner südlichen schnellen Weise schon herein. Omar-Agha wurde gerufen, da ich ein Opiat geben musste, dann brachen wir auf.

Meine Versicherung, dass ich die Patientin in kurzer Zeit vollständig herstellen werde, hatte Abrahim-Agha bewogen, das Vorhergegangene einstweilen zu vergessen, und so bot er mir für die Nacht seine Gastfreundschaft an. Ich schlug diese ebenso aus wie jedes Geschenk, zu dem er sich geneigt zeigte; doch konnte und wollte ich auch nicht verhindern, dass mein treuer Omar mit einem Bakschisch beglückt wurde, wie er es wohl seit langer Zeit nicht bekommen hatte.

Als wir das Boot bestiegen, das uns unter der Leitung unseres vorigen Führers wieder zurückbringen sollte, wandte er sich deshalb mit stolzem Selbstbewusstsein zu dem Diener:

„Wir werden das Weib deines Gebieters gesund machen, obwohl sie keine Seele hat. Dafür hat der Mann, den du Abrahim-Agha nennst, meine Hand mit Segen gefüllt, was mir lange nicht so wehe tut, wie dass du deshalb deine guten hundert Streiche eingebüßt hast. Ich bin gern bereit, sie dir aus unseren eigenen Mitteln zu erstatten, und passt es dir auch jetzt nicht gleich, so komme in drei Tagen wieder. Wir reisen morgen noch nicht ab!"

*

Unser Boot legte in der Nähe einer Dahabije, einer Nilbarke an, die wegen Mangel an Wind das Ufer gesucht hatte. Die Taue waren befestigt, die Segel eingezogen, und nach dem frommen mohammedanischen Gebrauch lud der Rejs, der Kapitän des Schiffes, seine Leute zum Abendgottesdienst.

„Haj al as salah, auf zum Gebet", tönte seine tiefe, männliche Stimme und schon im Fortgehen wandte ich mich schnell wieder zurück.

Hatte ich recht gehört? War das wirklich mein alter Freund Hassan, der Abu er Rejsan, der Vater der Schiffsführer, wie er von allen seinen Bekannten genannt wurde? Die Stimme war die seinige; klar und deutlich schallte sie von Bord herüber, und als er die letzten Worte: „es salam alejkum, der Friede sei mit euch", mit einer Betonung gesprochen hatte, die nur ihm eigentümlich war, konnte ich keinen Zweifel mehr hegen.

Fast hüpfte mir das Herz vor Freude über diese willkommene Überraschung. Auf ihn, meinen alten Führer und Beschützer, konnte ich mich in jeder Lage, auch in der gegenwärtigen, verlassen. Wir hatten zahlreiche Fahrten und Kamelwanderungen miteinander unternommen und uns infolge der gemeinschaftlich bestandenen Gefahren so innig zusammengelebt als seien wir Vater und Sohn.

Nach wenigen Augenblicken stand ich bei ihm auf dem Schiff und fühlte die kräftige Umarmung, mit der er mich, ganz gegen den kalten orientalischen Gebrauch, an sich drückte.

„Heil sei mit dir, mein Sohn, dass du meinen Augen dein Angesicht zeigest; Allah hat dich beschützt mitten im Gift des Sudan, damit mein Herz Freude an dir habe. Komm, steige über diese Ballen und lass mich hören, was deinen Fuß an diesen schlimmen Ort geführt!"

„Ein schlimmer Ort?"

„Vor dem Auge des Ungerechten welkt das Gras, und vor seinem Blick sterben die Blumen des Feldes. Weißt du nicht, dass hier Abrahim-Agha wohnt, der sich früher Hedschan-Bej nannte?"

„Hedschan-Bej, der Mörder der Karawanen!", rief ich

so laut, dass es weit über das Wasser schallte und Hassan mich mit einer angstvollen Bewegung zum Schweigen mahnte. „Hedschan-Bej, der dann vom Vizekönig begnadigt wurde, um seine früheren Spießgesellen an den Strick zu liefern?"

„Ja, Hedschan-Bej, der auch uns beraubte und gefangen nahm und dem wir nur entkamen, weil du sein Kamel tötetest!"

„Komm näher, immer näher, damit kein anderes Ohr meine Worte vernehme, Abu er Rejsan! Weißt du, dass ich bei ihm war?"

„Bei ihm? Erkannte er dich wieder?"

„Fast. Er zeigte mir seinen Harem."

„Seinen Harem? Allah bewahre deinen Kopf! Hat dich die Sonne gestochen?"

„Ich bin gesund und bei Sinnen, Hassan; du sollst alles wissen. So höre!"

Ich erzählte ihm das Abenteuer des heutigen Nachmittags, aber ohne noch etwas über meinen Entschluss, die Kranke zu befreien, verlauten zu lassen.

Seit ich nun wusste, warum mir Abrahim-Agha so bekannt vorgekommen war, hatte dieser Entschluss womöglich noch an Festigkeit gewonnen. Hassan hörte mir lautlos bis zum Schluss meiner Erzählung zu und beobachtete auch dann noch ein nachdenkliches Schweigen. Endlich fragte er langsam und mit Betonung:

„Wann willst du fortgehen von hier?"

„Noch diese Nacht."

„Und die Rose des Mörders?"

„Sie wird mit mir gehen", antwortete ich, erstaunt über den Scharfsinn des Alten, der meine Gedanken vollständig erraten hatte.

„Mein Sohn..."

„Lass deine Zunge schweigen, mein Vater!", fiel ich ihm in die Rede. „Ich weiß, was du mir sagen willst, und kenne meine Wege. Du sollst nicht sündigen an dem Gesetz des Propheten; aber zur Zeit des ersten Gebetes wirst du mit dem Schiff da sein, wo mein Kahn dich erwartet."

Wieder schwieg er eine geraume Zeit; dann antwortete er:

„Die Dahabije ist nicht mein Eigentum. Ich komme vom Bahr el abiad, wo ich Gummi und Senna bestellt habe, und reise als Gast zurück. Aber um die Zeit der Morgenröte werden wir schon weit von diesem Ort sein."

Damit war es abgemacht. Der alte „Vater der Schiffsführer" stand in so hohem Ansehen bei seinen Standesgenossen, dass er sich auf jedem von ihm bestiegenen Schiff getrost als Herr benehmen konnte, und ich wusste, dass er mir den größtmöglichen Schutz gewähren würde, obwohl er sich als Muselmann nicht näher in eine Angelegenheit einlassen konnte, die sich zwischen einem Weib und einem Ungläubigen entwickeln sollte.

In meine Wohnung zurückgekehrt, ging es vor allen Dingen nun eifrig ans Einpacken. Meine Sammlungen gab ich in Obhut des mir freundschaftlich gesinnten Konsuls, den ich noch besuchte, und alles Übrige musste Omar auf die Dahabije besorgen. Sodann konstruierte ich mir eine Laterne, wie sie zu dem vorliegenden Zweck am besten geeignet erschien. Ich füllte nämlich ein kleines geschliffenes Fläschchen fast bis an den Rand mit feinem Öl und gab ein Stückchen Phosphor hinein; dann schloss ich die Vorrichtung luftdicht zu und hatte eine Laterne, die nicht nur einen genügenden Lichtschimmer verbreitete, sondern auch wenig Platz beanspruchte und selbst unter Wasser keinen Schaden leiden konnte.

Zuletzt noch, als ich die Briefschaften in das Portefeuille schloss, fiel mir der letzte Brief meines Bruders in die Hände. Er war von Kairo datiert und lautete an einer Stelle:

„... Ich weiß, dass du mit deinem mehr auf die Tat gerichteten Charakter die Liebe für eine Schwäche hältst und kann leider deine Ansicht auch nicht widerlegen, da du noch kein Wesen getroffen hast, das es verstanden hätte, sich aller Ge-

fühle und Empfindungen deines Herzens zu bemächtigen. Aber wenn dir ein derartiges Wesen entgegenträte, wie ich es voll unendlicher Seligkeit in meinen Armen halte, so würde auch dein Gemüt sich dem Sonnenstrahl der Liebe öffnen und alle Stimmen deines Innern müssten zusammenklingen zu einem einzigen großen, unendlichen Jubel. Du weißt, dass ich ein nüchternes Menschenkind und kein Fantast und Schwärmer bin, aber seit ich in dieses Auge geblickt, seit ich diese Lippen geküsst, seit diese Locken mir duften und diese Stimme mir klingt, habe ich einen gut' Teil des trägen, irdischen Stoffes abgestreift und lebe in einer ununterbrochenen Entzückung, die mich fast an die Himmel Muhammeds glauben lässt. Lache und spotte meinetwegen über mich, aber komm und sieh selbst – ich bin überzeugt, dass dann dein Spott verstummen wird!...“

Wirklich hatte ich mich beim ersten Lesen dieser Zeilen eines gewissen Lächelns nicht erwehren können; jetzt aber weckte die Wiederholung ganz andere Gefühle in meinem Herzen.

Welch eine Schickung, dass wir beide fast zu gleicher Zeit unsere bisher so widerstrebenden Nacken unter das Zepter der Schönheit beugen mussten! Welch ein Glück, dass uns das Geschick gerade in dieser seligen Zeit zusammenführen sollte! Und welch eine Wonne, die uns im eng geschlossenen Kreis für die ganze Zeit unseres Lebens erwartete!

Der Kahn stieß ab.

Es war eine jener Nächte, in denen die Natur in so tiefem Vertrauen ruht, als gäbe es im ganzen weiten Erdenrund keine einzige drohende oder störende Macht.

Die leisen Lüfte, die mit den Schatten der Dämmerung gespielt hatten, waren zur Ruhe gegangen; die Sterne des Südens lächelten verschwiegen aus dem tiefblauen Dunkel des Himmels herab und die Wasser des göttlichen Stromes fluteten ruhig und fast lautlos in ihrer breiten Bahn dahin. Wir ließen das kleine, schwanke Fahrzeug von den Wellen treiben. Ich lehnte halb liegend am Steuer; Omar saß regungslos und träumend bei den eingezogenen Rudern und so gaben wir uns widerstandslos der Ruhe hin, die jeder Tat, sei es in der großen Gottesnatur oder im Leben des schaffenden Menschen, voranzugehen pflegt.

Auch in den Tiefen meines Innern herrschte Ruhe, stille, friedliche Ruhe; es war, als zöge ein heiliger Gotteshauch über die Gefilde meines Herzens, und ich dachte unwillkürlich an die Worte des orientalischen Königs, der unter den Palmen Zions dem Herrn Jehova die Klänge seiner Psalmen opferte: „Mein Seele ist stille in Gott!" Ja, so war es; die wahre Liebe lehnt sich an Gott, gründet sich auf das Vertrauen zu seiner Hilfe und spricht in der Stunde der Gefahr: „Mit dem Herrn wollen wir Taten tun."

Es war nichts Leichtes, was ich zu vollbringen gedachte; denn ich wollte mich in die Höhle des Löwen wagen, vor dessen Namen das ganze Niltal, die angrenzenden Wüstenstrecken und die in ihnen zerstreuten Oasen gezittert hatten; die Schusswaffen musste ich zurücklassen und sah mich also fast wehrlos ihm und den Seinen gegenübergestellt, falls ich überrascht und entdeckt wurde. In diesem Fall konnte ich auch auf den Beistand meines sonst so tapferen Dieners nicht zählen, denn dieser musste zurückbleiben, um das Boot zu bewachen, und den an das Ufer befestigten Kahn Abrahims in den Grund zu bohren, damit eine etwaige Verfolgung abgeschnitten und verhindert wurde. Aber die Gefahr war mir so oft begegnet, dass ich mich nach und nach an sie gewöhnt hatte, und zudem galt es hier ja einen Preis, für den das größte Wagnis noch kein zu hohes Opfer genannt werden konnte.

Also vorwärts; bis zur Morgenröte ist es keine Ewigkeit und jetzt gilt es zu handeln; dort heben sich schon die Umrisse des Gebäudes aus ihrer grauen, steinigen Umgebung hervor!

Ich ließ mich eine Strecke oberhalb des Ortes, den Omar

dann in einem weiten Bogen umfahren sollte, um weiter unten anzulegen, an Land setzen und schritt dann vorsichtig, zwischen den zerstreut umherliegenden Felsenblöcken Deckung nehmend, der Mauer zu, um zunächst zu rekognoszieren.

Wie sich allerdings erwarten ließ, war das äußere Tor verschlossen; aber es war auch in keiner Weise die Spur eines lebenden Wesens zu bemerken, ein Umstand, der mich mit Genugtuung erfüllte, denn so konnte ich annehmen, dass die Bewohner des einsamen Hauses nicht mehr wach seien.

Trotzdem schritt ich nicht in aufrechter Stellung zum Kanal, sondern gebrauchte die auf keinen Fall schädliche Vorsicht, mich auf die Erde zu legen, um ihn kriechend zu erreichen.

Seine Wasser blinkten mir nicht sehr einladend entgegen; jedenfalls war es nicht angenehm, einem schönen weiblichen Wesen in triefender, vielleicht schlammiger Kleidung entgegenzutreten. Natürlich hatte ich nur diejenigen Stücke angelegt, die unumgänglich notwendig waren, und alles andere im Boot gelassen. Ich warf einen Stein in das Wasser und hörte an dem dadurch hervorgebrachten Schall, dass es nicht tief war. Wirklich brauchte ich gar nicht zu schwimmen; es reichte mir kaum bis an den Mund, aber eine hohe Lage Schlamm hatte sich auf dem Boden abgesetzt, die mir das Vorwärtskommen sehr erschwerte.

Nach kurzer Zeit befand ich mich unter dem gewölbten Bogen der Leitung und zählte genau die Schritte, die ich vorwärts tat. Als ich mich nach meiner ungefähren Berechnung unter dem inneren Hof befinden musste, senkte sich plötzlich die Wölbung bis herab auf die Oberfläche des Wassers und ich wusste nun, dass ich mich in der Nähe des Bassins befand. Die noch übrige Strecke musste ich tauchend und in gebückter Stellung durchkriechen, was nicht bloß höchst unbequem und anstrengend, sondern auch mit Gefahr verbunden war. Wie nun, wenn sich mir ein unvorhergesehenes Hindernis in den Weg stellte und ich auch nicht mehr zurückkehren konnte, um den nötigen Atem zu holen – oder wenn ich beim Emportauchen von irgendwem bemerkt wurde? Es war doch immerhin möglich, dass sich jemand im Hof befinden konnte.

Aber alle diese Bedenken konnten mich nicht irremachen. Ich sog die Lunge voll Atem, bog mich unter das Wasser und schob mich, halb schwimmend, halb gehend, so schnell wie möglich vorwärts.

Eine ziemliche Strecke hatte ich zurückgelegt und schon verspürte ich den eintretenden Luftmangel, als ich mit der Hand an ein Hindernis stieß. Es war ein aus starken Stäben zusammengesetztes Gitterwerk, jedenfalls angebracht, um Tiere und grobe Unreinigkeiten von dem Bassin abzuhalten.

Bei dieser Entdeckung wollte sich doch eine gewisse Ängstlichkeit meiner bemächtigen.

Zurück konnte ich nicht, denn ehe ich die Stelle erreicht hätte, wo ich emportauchen und atmen konnte, war ich jedenfalls schon erstickt, und doch schien das Gitter sehr dauerhaft gearbeitet und befestigt zu sein. Aber hier gab es nur zwei Fälle: Entweder gelang es mir durchzukommen oder ich musste ertrinken.

Mit aller Gewalt stemmte ich mich gegen die Stäbe – vergebens; das Gitter war tief in die Mauer eingefügt. Jetzt fasste ich nur den einen Stab in seiner Mitte und zog ihn mit angestemmten Füßen an mich – er gab nach; das Wasser hatte ihn biegsam und morsch gemacht – ein zweiter Ruck und er brach – die nächsten folgten – jetzt war die Öffnung groß genug zum Hindurchschlüpfen, und gerade in dem Augenblick, wo mir die Brust zu zerspringen drohte, stand ich im Bassin, hob den Mund über die Oberfläche des Wassers, schöpfte neuen Atem und zog dann aber sofort den Kopf wieder zurück, um mich erst zu überzeugen, dass ich unbemerkt sei.

Infolge der Anstrengung aller Muskeln und der Aufregung der Atmungswerkzeuge zitterte ich heftig am ganzen Körper; doch ging das schnell vorüber, und als ich nichts Verdächtiges bemerkte, befand ich mich bald außerhalb des Wassers und schlich mich in den Schutz des dunklen Schattenstreifens, der sich längs der Wand hinzog.

Ein Schreck aber blieb mir nicht erspart: Bei der unausgesetzt gebückten und heftigen Bewegung war mir der Dolch entfallen. Zwar hatte ich, auch diesen Fall erwägend, nicht eine meiner besseren Waffen zu mir gesteckt und der Verlust war also an sich nur gering; kam ich aber in die Lage, mich verteidigen zu müssen, so war er doch groß genug, um mich ernstlich besorgt zu machen.

Zunächst schlich ich mich zum Tor, das den inneren Hof von dem äußeren abschloss; es war durch einen einfachen Riegel verschlossen, der sich leicht zurückschieben ließ. Dasselbe hatte ich auch an dem Tor bemerkt, das sich draußen in der Mauer befand. Der Rückzug konnte also unschwer vor sich gehen.

Ich öffnete, schlich hinaus und holte mir eine jener Stangen, die ich heute gesehen hatte. Sie waren als Stützen der Bäume verwendet worden und lagen jetzt, da diese Bäume längst eingegangen waren, zerstreut umher.

Sie war lang genug. Ich lehnte sie an die Mauer, klomm vorsichtig empor und bemerkte zu meiner großen Freude, dass das Fenstergitter nicht wieder geschlossen war. Mit einer Hand mich an der Stange haltend, schob ich die eine Hälfte leise und behutsam zurück und stand nach einigen vergeblichen und gefährlichen Versuchen endlich in dem Vorzimmer.

Aufmerksam horchend, vernahm ich die tiefen und regelmäßigen Züge eines Atmenden. Ich schlich mich näher, holte meine chemische Laterne aus der Tasche und ließ ihren phosphoreszierenden Schein einen kurzen Augenblick lang auf den Schlafenden fallen.

Es war ein altes Weib, das, mit dem Oberkörper an die

Wand gelehnt, in orientalischer Weise auf einem ausgebreiteten Teppich ruhte. Ihr Schlaf war, wie ich nach aufmerksameren Lauschen vernahm, kein gewöhnlicher. Leilet hatte meine Worte: „mein Trank muss Schlaf und tiefe Ruhe bringen“, wohl verstanden und der alten Dienerin einen Teil des Opiums gegeben.

Leise, leise schritt ich nun zur nächsten, durch einen Zeugstoff verhängten Türöffnung, schob die Portiere zurück und befand mich im tiefsten Dunkel. Wieder lauschte ich, aber nicht der leiseste Lufthauch war zu bemerken, und schon wollte ich wieder zu der Leuchte greifen, als ich bis in das tiefste Mark hinein vor Schreck erbebte, dann aber sofort von einer Seligkeit ergriffen und durchflutet wurde, wie ich sie noch nie empfunden hatte; eine kleine, weiche, warme Hand hatte die meine erfasst und zog mich jetzt tiefer in das Zimmer.

„Salam alejkum, Friede sei mit dir!“, hauchte es ganz nah an meiner Wange. „Ich wusste, dass du kommen würdest.“

„Wer sagte es dir?“ fragte ich leise.

„Dein Auge und mein Herz. Hattest du nicht deshalb das Gitter geöffnet?“

„Ja, ich bin's gewesen. Aber wenn ich nicht schon heute gekommen wäre?“

„Ich hätte dich erwartet, morgen, später, zu jeder Zeit, in jeder Nacht!“

Sie hatte mich verstanden, mir geglaubt, mir vertraut! Eine Wonne durchzitterte meine Seele, wie sie von keiner Sprache, von keiner Rede beschrieben werden kann.

„Willst du mit mir gehen?“

„Ja.“

„Bist du sein Weib?“

„Nein.“

Dieses „Nein“ klang so fest und energisch, dass ich seine Bedeutung in ihrem ganzen Umfang fühlen musste.

„Wo ist er?“

„In seinem Diwan. Er schläft."
„Auch von der Medizin?"
„Nein. Er ist zu klug und hätte es entdeckt."
„Hörtest du mich kommen?"
„Ja. Mein Herz hat gezittert und die Angst fesselt meine Glieder. Er kommt des Nachts oft bis an die Tür."
„So lass uns fliehen! Wie gehen wir?"
„So wie du kamst; kein anderer Weg ist möglich."
Sie schritt in eine Ecke des Zimmers und drückte, zu mir zurückgekehrt, mir das Ende einer starken Schnur in die Hand, die sie sich um den Leib befestigt hatte. Bei dieser Berührung bemerkte ich das angstvolle Beben ihrer Finger.
„Wirst du das halten?"
„Ja."
In der anderen Hand trug sie ein ziemlich umfangreiches Bündel, das sie vorsichtig aus dem Fenster fallen ließ. So fest hatte sie mein Kommen gewusst, dass sie vollständig zur Flucht vorbereitet war.
Sie stieg in die Fensteröffnung. Ungewohnt einer solchen Anstrengung, konnte sie die nötige Vorsicht nicht anwenden; eine der alten morschen Holzleisten brach mit lautem Krachen los und stürzte prasselnd hinab auf die Steine. Hier gab es kein Säumen, denn dieses Geräusch musste man im entferntesten Winkel des Hauses gehört haben. Ich bog mich neben ihr hinaus und zog die Stange herbei. Die Angst gab ihr die nötigen Kräfte, und an der Schnur von mir gehalten, glitt sie langsam hinab.
Kaum aber hatte sie den Boden berührt, so hörte ich rasche Schritte von der Seite der Männerwohnung nahen. Ich schwang mich auf die Brüstung und sprang, die Stange gar nicht benutzend, hinunter in den Hof. Dort griff ich das Bündel auf, fasste das Mädchen am Arm und zog sie in größter Eile nach dem Tor.
Da ertönte ein Schrei hinter uns, der aus keiner menschlichen Kehle zu kommen schien, und dann war es still.

Aber diese Stille war gefährlich; er war nach Waffen gesprungen. In raschem Lauf flohen wir über den äußeren Hof. Der Riegel des Tores ließ sich von unkundiger und ängstlicher Hand schwer regieren und raubte uns die kostbarsten Augenblicke. Endlich flog er zurück, aber hinter uns schnaubte auch schon der Verfolger. Noch waren wir nicht weit über die Mauerecke gekommen, als er aus dem Tor gesprungen kam. Ich zeigte nach der Stelle, an der ungefähr ich Omar vermutete.

„Flieh dorthin; ich werde ihn halten!"

Er kam näher; ich sprang auf die Seite, um ihn zum Schuss zu verleiten. Es gelang. Die Kugel pfiff an mir vorüber und ich stürzte wie getroffen zur Erde. Was ich erwartet hatte geschah: Sich gar nicht um mich kümmernd, sprang er dem Mädchen nach.

Sofort erhob ich mich wieder, flog hinter ihm her, packte ihn mitten im Lauf, sodass er zum Stehen kam, und schlug ihn, noch ehe er zu einem Entschluss kommen konnte, mit der Faust zu Boden.

Ich wusste, dass er schon nach wenigen Sekunden wieder zu sich kommen werde, auch mussten die übrigen Bewohner des Hauses ihm sofort folgen, deshalb fasste ich das Mädchen am Arm und rief laut nach meinem Diener. Aber da tauchte seine Gestalt auch schon vor uns auf. Er war bei dem Schuss aus dem Boot gesprungen, um mir zu Hilfe zu kommen. Jetzt drückte er mir vor allen Dingen den Revolver in die Hand und eilte uns dann voran.

Er hatte, um gleich abstoßen zu können, das Fahrzeug nicht vollständig aufs Trockene gebracht. Ohne mich lange zu besinnen, nahm ich deshalb Leilet auf die Arme und trug sie durch das Wasser. Auch das Kleiderbündel war gerettet und die größte Gefahr jedenfalls vorüber, obwohl wir die Verfolger jetzt wieder von neuem hörten.

Eben legte Omar die Ruder ein und ich zog das Steuer auf die Seite, als zwei Männer am Ufer erschienen. Es war der wieder zu sich gekommene Abrahim und der Diener, der uns heute gerudert hatte. Mit einem lauten Fluch sprang der Erstere ins Wasser und fasste mit den beiden Händen den Rand unseres Bootes. Da aber hob Omar das eine Ruder in die Höhe und ließ es mit so wuchtigem Schlag auf die Finger des Ägypters fallen, dass dieser mit einem schrillen Schmerzensschrei fahren ließ.

Der andere stand wie eine Bildsäule am Ufer; er schien jetzt erst zu bemerken, um was es sich eigentlich handelte. Mein tapferer Haushofmeister erhob sich jetzt von der Ruderbank und rief, ihm die gravitätischsten seiner Grüße zuwinkend:

„Warum stehst du da, Dschemmel, Kamel, und wunderst dich? Habe ich dir nicht gesagt, dass wir heute abreisen? Strecke deine Arme aus, du Inbegriff aller Weisheit, und ziehe den Fisch aus dem Wasser, den du Abrahim-Agha, deinen Gebieter nennst. Allah tröste euch; Salam salam alejkum!"

Es war uns leicht, den Eindruck zu beobachten, den diese salbungsvolle Rede auf den armen erschrockenen Mann machte, denn der Morgen begann sich zu röten und da drüben kam auch schon eine Dahabije herabgesegelt, in der ich die erwartete vermutete. Ich hatte mich nicht getäuscht; als wir uns näherten, erkannte ich Hassan, den Rejs, der vorn am Schnabel stand und uns zuwinkte.

Leilet hatte gleich nach der Besteigung des Bootes ihre Schleier umgelegt und zog sich, als wir auf dem Schiff angekommen waren, sofort in die Kajüte zurück. Ich dagegen schritt zu Hassan, um zu erforschen, wieweit die Mannschaft auf meine Anwesenheit vorbereitet war.

„Marhaba, du sollst willkommen sein!", sprach er, meine Absicht erratend. „Du bist mein Freund, mein Sohn!"

Er hatte deutlich gesprochen. Dass er das Mädchen nicht erwähnte, belehrte mich, dass er mir Gastfreundschaft in vollem Umfang gewähre, aber alle weitere Verantwortung von sich weise. Ich öffnete mein Portefeuille und winkte den Kapitän herbei.

„Wem gehört dieses Schiff?"
„Dem Herrn gehört's, Effendi!"
Es war also Eigentum der Regierung, ein glücklicher Umstand für mich. Ich hielt ihm meinen Firman entgegen.
„Kennst du diese Schrift?"
„Ich kenne sie, Effendina!", antwortete er mit einer dreimaligen und so tiefen Verneigung, als stehe er vor seiner Unüberwindlichkeit, dem Großherrn selbst.
„So wisse: Wenn ich mit dir zufrieden bin, wird meine Gnade über euch leuchten; tut ihr aber gegen meinen Willen, so werden eure Füße den Zorn der Peitsche fühlen."
Ich kannte diese Leute und wusste mit ihnen umzugehen. Wie sehr Omar-Agha in dieser Beziehung mit mir sympathisierte, bewies er mir sehr deutlich, dadurch, dass er jetzt, kaum zwei Minuten nach unserer Ankunft, schon vollständig bewaffnet und mit der Nilpeitsche in der Hand auf dem Deck umherstolzierte.
Der Morgenwind lag voll in den großen dreieckigen Segeln, sodass unser Fahrzeug eine recht gute Fahrt machte. Wir waren schon eine ansehnliche Strecke stromabwärts getrieben, trotzdem aber bemerkte ich mit Hilfe meines guten Glases, dass an dem einsamen Haus mehrere Personen an der Stelle beschäftigt waren, wo Omar das Boot Abrahims ins Wasser gesenkt hatte. Man war also doch willens gewesen, uns auf das Schiff zu folgen, hatte aber infolge unserer Maßregel diesen Vorsatz glücklicherweise nicht ausführen können.
So sehr mich dies befriedigte, musste doch ein anderer Umstand die lebhafteste Besorgnis in mir erregen. In nicht großer Entfernung hinter uns segelte nämlich ein Sandal, eine jener lang gebauten und stark bemannten Barken mit großen Segeln, die fast mit einem Dampfer um die Wette gehen. Man hatte ihn angerufen und ich sah deutlich, dass er seine Leinwand fallen ließ, um dem Ruf Gehör zu schenken. Wurde Abrahim mit dem Besitzer des Schiffes einig,

so konnten wir ihm zu Wasser nicht entkommen und die jetzt so günstig scheinenden Umstände mussten für uns höchst bedrohlich werden.

*

Der Tag war vergangen. Wir hatten der Windstille wegen anlegen müssen und folgten nun am anderen Morgen mit voll geblähten Segeln weiter unserem Weg.

Wenn man die Art und Weise, womit der überschwängliche und geräuschvolle Südländer seine Geschäfte betreibt, abrechnet, so konnten wir von einer recht ruhigen und angenehmen Fahrt reden. Die ganze Bemannung des Schiffes mitsamt dem Kapitän hielt sich in durchaus respektvoller Entfernung von uns und ließ uns mit einer Freiheit schalten und walten, die wir jedenfalls meinem Firman und dem Umstand zu verdanken hatten, dass ich ein Franke war. Der Rejs wusste recht wohl, dass die abendländischen Konsuln nicht spaßen, wenn es gilt, einen unter ihre Protektion Gehörigen in nachdrücklichen Schutz zu nehmen. Die besondere Freundschaft Hassans trug natürlich das ihrige ebenfalls bei, uns die gewünschte Rücksicht zu verschaffen.

Mit Leilet hatte ich nur die notwendigsten Worte gewechselt. Ich wollte ihr Zeit zur Sammlung und Einkehr geben und durfte die Vorteile meiner Stellung zu ihr nicht geltend machen. Es kam mir nicht in den Sinn, ihr gegenüber mit orientalischen Forderungen aufzutreten; die Zeit musste die gewünschten Blüten entwickeln, und was ihre sonstigen Verhältnisse betraf, so sah ich einer darauf bezüglichen Mitteilung zwar mit unleugbarer Spannung entgegen, wollte aber die Zeit und den Umfang dieser Eröffnungen ihrem eigenen Ermessen überlassen.

Ich stand neben dem Muddabir, dem Steuermann, auf dem Dach der Kajüte, von wo aus mir ein freier Blick über den ganzen Horizont gestattet war. Abrahim war nicht der Mann, von einer Verfolgung abzusehen, vielmehr hatte ich die feste Überzeugung, dass er alles Mögliche und Unmögliche aufbieten werde, mir meinen schönen Raub wieder abzujagen und Rache zu nehmen. Nach den Gesetzen des Landes hatte ich ein todeswürdiges Verbrechen begangen und der an seinem besten Eigentum, in seinen heiligsten Rechten Geschädigte konnte mich einfach niederschießen, wo und wie er mich nur immer fand, ohne den geringsten Schaden von diesem Akt der Selbstjustiz davonzutragen. Meine Lage war also nicht ganz beruhigend und mit einem der Sorge sehr verwandten Gefühl beobachtete ich einen Gegenstand, der unseren Lauf verfolgte und unserem großen und darum wenig schnell segelnden Fahrzeug immer näher rückte.

Erst hatte ich bloß die Mastenspitzen gesehen, die sich deutlich am Horizont abhoben; nach und nach aber waren die großen lateinischen Segel voll und deutlich hervorgetreten, und jetzt war auch der lange schmale Rumpf zu erkennen, der sich unter dem schweren und nachhaltigen Druck des Morgenwindes mit erstaunlicher Schnelligkeit durch die Flut bewegte. Es war derselbe Schnellsegler, den Abrahim-Agha gestern angerufen hatte; ich erkannte ihn sofort an einer ausgebesserten Stelle des Vordersegels, die mir gestern aufgefallen war.

Ich sprang vom Dach herab und trat an den Bug des Schiffes, wo sich stets der Sitz des Rejs befindet, der das Fahrwasser zu prüfen und dem Steuermann seine Befehle danach zu erteilen hat. Er erhob sich.

„Siehst du den Sandal dort hinten?"

„Ich sehe ihn, Effendi. Er gehört meinem Freund Chalid Ben Mustapha und ist das beste Schiff zwischen dem Sudan und El Kahira."

„Dein Freund Chalid Ben Mustapha wird heute noch zu seinen Vätern gehen."

„Ich höre, was dein Mund spricht, aber ich verstehe es nicht!"

„Er hat sein Schiff einem Mann geliehen, der mein Todfeind ist. Es wird die Kugel zwischen uns gewechselt werden und mein erster Schuss wird Chalid Ben Mustapha wegnehmen."

„Allah behüte uns, Effendi! Warum soll der Sohn Mustaphas büßen die Sünde deines Feindes?"

„Weil er ihm sein Schiff leiht, mich zu verfolgen."

„Ich werde nicht erlauben, dass hier auf meinem Fahrzeug sich der Geruch des Pulvers erhebt!"

„Rabbena chalik, der Herr erhalte dich! Denn wenn deine Seele nur eine Silbe denkt, die mir nicht gefällt, so wird die erste Kugel nicht deinen Freund, sondern dich selbst treffen. Jetzt weißt du meine Worte. Allah lenke deine Gedanken!"

Hassan hatte alles gehört und sprach, als ich mich entfernt hatte, mit dringlichen Gebärden auf den Rejs ein. Ich konnte jetzt nichts weiter tun und musste das Kommende geduldig abwarten.

Die Ermahnungen meines alten Beschützers schienen doch nicht ohne Erfolg zu sein, denn es dauerte nicht lange, so wurde noch eine Triketa, ein kleineres Segel, beigesetzt, um die Schnelligkeit des Schiffes zu vergrößern. Doch merkte ich gar bald, dass die Entscheidung dadurch höchstens verzögert, nicht aber aufgehoben wurde.

Natürlich war ich fest entschlossen, alles, selbst das Äußerste zu wagen. Unter Umständen hätte ein Geldgeschenk große Wirkung gehabt, aber ich kannte diese Art Leute genug und wusste, dass die Peitsche Omars und meine Büchse mir größeren Respekt verschaffen würden als sonst ein anderes Mittel.

Diese Meinung wurde auch sofort bestätigt; denn einer der jungen Schiffer bestieg das kleine Boot und blieb zurück. Wenn ich diesen Vorgang auch nicht zu beachten schien, so wusste ich doch, dass er den Befehl erhalten hatte, Chalid Ben Mustapha vor meiner Kugel zu warnen. Der Orientale weiß, dass der Europäer bessere Waffen besitzt und ein sichererer Schütze ist als er, und hegt deshalb eine ganz besondere Abneigung, sich der Mündung einer fränkischen Büchse gegenüberzustellen.

Die Zeit verging, der Sandal kam immer näher und hatte uns endlich so weit eingeholt, dass der zurückgelassene Bote wieder zu uns stoßen konnte. Seine Botschaft war nicht unberücksichtigt geblieben, denn obgleich das eine Segel eingenommen wurde, um gleichen Schritt mit uns zu halten, steuerte man doch nicht auf uns zu, sondern hielt sich immer in vorsichtiger Entfernung, und als ich mit meinem Rohr jetzt einen ziemlich entfernten Würgfalken, der fischend über das Wasser zog, herunterholte, war ich fest überzeugt, die guten Leute in eine heilsame Angst versetzt zu haben.

Abrahim-Agha war mit dieser außerordentlichen Vorsicht natürlich nicht zufrieden. Ich sah ihn unter den drohendsten Gesten drüben herumrennen und sich endlich mit Gewalt des Steuers bemächtigen. Der Sandal drehte sich herum und hielt auf uns zu.

Ich schritt, die Büchse in der Hand, auf den Rejs zu.

„Siehst du deinen Freund Chalid Ben Mustapha, den Kapitän, vorn am Bug sitzen?“

„Ich sehe ihn, Effendi!“

„Ich werde zu ihm sprechen, um ihn zu warnen.“

„Allah erleuchte dich, Effendina! Willst du ihm das Leben rauben?“

„Nein, jetzt nur die Reiherfeder, welche auf seinem Tarbusch weht!“

Ich hob die Büchse; der Schuss krachte und die Feder war verschwunden. Selbst das entsetzlichste Unglück hätte den würdigen Ben Mustapha nicht so in Aufregung versetzen können wie dieser Warnungsschuss. Er fuhr in die Luft, als beständen seine hageren Glieder aus Gummi elasticum, stürzte sich, den bedrohten Kopf mit beiden Händen haltend, unter hellem Zetern auf Abrahim zu und drängte ihn mit von der Angst verdoppelten Kräften vom Steuer weg. Der Sandal machte eine Wendung und hielt wieder von uns ab.

Diese Gefahr schien überstanden, aber zwei größere standen uns noch bevor. Schon seit einiger Zeit hatten wir bemerkt, dass die Wogen mit größter Gewalt und Schnelligkeit vorwärts strebten und die jetzt felsig gewordenen Ufer einander immer näher traten. Wir näherten uns einer jener Stromschnellen, die mehr oder weniger Gefahr drohend für den Schiffer, dem Verkehr auf dem Nil fast unübersteigliche Hindernisse entgegenstellten. Die Feindschaft der Menschen musste jetzt schweigen, damit sich die ungeteilte Aufmerksamkeit aller auf das Element richten konnte. Die andere Gefahr drohte mir in einer etwaigen Untersuchung meiner Angelegenheiten vor dem Richter, der ich nach der jetzigen Lage der Dinge wohl kaum entgehen konnte. Selbst wenn wir die Schnelle glücklich überstanden, waren wir früher oder später gezwungen anzulegen, und dann brachte Abrahim den Raub jedenfalls sofort zur Anzeige.

Da ertönte die Stimme des Rejs über das Deck:

„Blickt auf, ihr Männer, der Schellal, der Katarakt kommt! Tretet zusammen und betet die Fatha!"

Die Leute folgten der Weisung und beteten im Chor die erste Sure des Korans:

„Behüte uns, o Herr, vor dem von Dir gesteinigten Teufel!"

„Im Namen des Allbarmherzigen!", intonierte der Rejs und die anderen fielen ein.

„Lob und Preis dem Weltenherrn, dem Allerbarmer, der da herrscht am Tage des Gerichts. Dir wollen wir dienen, zu Dir wollen wir flehen, auf dass Du uns führest den rechten Weg, den Weg derer, die Deiner Gnade sich freuen, und nicht den Weg derer, über welche Du zürnst, und nicht den Weg der Irrenden."

Die Worte und Werke der Religion sind dem Muhammedaner keine Formeln, sondern tief empfundene Wahrheit. Die kurzen Worte ergriffen auch mich mächtig. Nicht Furcht vor der Gefahr war es, was sich meiner bemächtigte, sondern Ehrfurcht vor der im tiefen Herzen eingewurzelten Religiosität dieser halbwilden Menschen, die nichts tun und beginnen, ohne sich dessen zu erinnern, der in dem Schwachen mächtig ist.

„Wohlan, ihr jungen Männer, ihr mutigen Helden, geht an eure Plätze", gebot nun der Führer, „denn der Strom hat uns ergriffen!"

Das Kommando eines Nilschiffes läuft nicht so ruhig ab wie die Führung eines Fahrzeugs auf abendländischem Gewässer. Das heiße Blut des Südens rollt durch die Adern und treibt die Menschen von dem Extrem der ausschweifendsten Hoffnung herab auf das der tiefsten Verzweiflung. Alles schreit, ruft, brüllt, heult, betet oder flucht im Augenblick der Gefahr, um im nächsten Moment noch lauter zu jubeln, zu singen und zu jauchzen. Dabei arbeitet ein jeder mit Anspannung aller Kräfte und der Schiffsführer springt von einem zum anderen, um ihn anzufeuern, tadelt die Säumigen in Ausdrücken, wie sie nur ein Araber sich auszudenken vermag, und belohnt die anderen mit den süßesten und zärtlichsten Namen, unter denen das Wort ‚Held' sich am meisten wiederholt.

Wir hatten uns schon heute Morgen auf das Passieren der Schnelle vorbereitet und Reservemannschaft eingenommen. Jedes Ruder war doppelt besetzt und am Steuer standen drei Barkenführer, die jeden Fußbreit des Stromes hier kannten.

Mit furchtbarer Gewalt rauschten die Wogen jetzt über die kaum vom Wasser bedeckten Felsenblöcke; die Wellen stürzten schäumend über das Deck und der Donner des Katarakts übertäubte jedes Kommandowort. Das Schiff stöhnte und krachte in allen Fugen; die Ruder versagten ihre Dienste und dem Steuer vollständig ungehorsam tobte die Dahabije durch den kochenden Gischt.

Da treten die schwarzen, glänzenden Felsen vor uns eng zusammen und lassen nur noch ein Tor offen, das kaum die Breite unseres Schiffes hat. Die Wogen werden förmlich hindurchgepresst und stürzen sich in einem dicken, mächtigen Strahl nach unten in ein Becken, das übersät ist von haarscharfen und nadelspitzen Steinblöcken. Mit sausender Hast schießen wir dem Tor zu. Die Ruder werden eingezogen. Jetzt sind wir in dem furchtbaren Loch, dessen Wände uns zu beiden Seiten so nahe sind, dass wir sie mit den Händen erreichen können. Als wolle es uns hinaustreiben in die Luft, so schleudert uns die rasende Gewalt der Strömung über die sprühenden Kämme des Falles hinaus; wir stürzen hinab in den Schlund des Kessels; es brodelt, spritzt, rauscht, tobt, donnert und brüllt um uns her, als wären die Geister von tausend Höllen losgelassen – da packt es uns wieder mit unwiderstehlicher Macht und reißt uns eine schief abfallende Ebene hinab, deren Wasserfläche glatt und freundlich vor uns liegt, aber gerade unter dieser Glätte die gefährlichste Tücke birgt, denn wir schwimmen nicht, nein, wir fallen, wir stürzen mit rapider Vehemenz die abschüssige Bahn hinab, und...

„Allah kerim, Gott ist gnädig!“, tönte jetzt die schrille Stimme Hassans. „An die Ruder, an die Ruder, ihr Männer, ihr Helden! Seht ihr den Tod denn nicht vor euch? Amahl, amahl, ja Allah amahl, macht, macht, bei Gott, macht, ihr Hunde, ihr Feiglinge, ihr Söhne, arbeitet, arbeitet, ihr Männer, ihr Tapferen, ihr Helden!“

Wir schießen einer Schere zu, die sich gerade vor uns öffnet und uns im nächsten Augenblick vernichten muss. Die Felsen sind so scharf und der Fall des Stromes ist so reißend, dass von dem Schiff keine Handbreit Holz beisammenbleiben kann.

„Allah ja satir, o du Bewahrer, hilf! Links, links, ihr Hunde, ihr Söhne von Hunden, ihr Enkel von Hundesöhnen, links, links mit dem Steuer, ihr Braven, ihr Herrlichen, ihr Unvergleichlichen! Allah, Allah! Maschallah, Gott sei Dank!“

Das Schiff hat den fast übermenschlichen Anstrengungen gehorcht und ist vorübergeflogen. Auf einige Augenblicke befinden wir uns im ruhigen Fahrwasser und alles stürzt auf die Knie, um dem Allmächtigen zu danken.

„Eschhetu inu la illaha illa'llah!", tönt es jubelnd über das Deck. „Bezeuget, dass es nur einen Gott gibt! Salam allejna be baraktak, begnadige uns mit deinem Segen!"

Da kommt es hinter uns hergeschossen, wie von der Sehne eines Bogens geschnellt. Es ist der Sandal, der dieselben Gefahren hinter sich hat wie wir. Seine Schnelligkeit ist jetzt wieder größer als die unsrige und er muss an uns vorüber. Aber das offene Fahrwasser ist so schmal, dass wir nur mit Mühe auszuweichen vermögen, und fast Bord an Bord rauscht er vorbei. Am Mast lehnt Abrahim-Agha, die Rechte hinter sich versteckend. Mir gerade gegenüber reißt er die verborgen gehaltene, lange arabische Flinte an die Wange – ich werfe mich nieder – die Kugel pfeift über mich hinweg – und in der nächsten Sekunde ist der Sandal uns weit voran.

Alle haben den Meuchelversuch gesehen, aber niemand hat Zeit zur Verwunderung oder zum Zorn, denn wieder packt uns die Strömung und treibt uns in ein Labyrinth von Klippen. Eben will ich einmal nach der Kajüte, um mich von dem Befinden Leilets zu überzeugen, als mich ein lauter Schrei zurückblicken lässt.

Der Sandal ist an einen der Felsen gerannt und von der Gewalt des Stoßes wurde ein Mensch über Bord geworfen. Die Schiffer schlagen die Ruder in die Flut und das nur leicht beschädigte Fahrzeug schießt, von den Wogen erfasst, wieder frei davon. Aber der Herabgestürzte hängt im Wasser, sich verzweiflungsvoll an die Klippe klammernd. Ich ergreife einen der vorhandenen Dattelbaststricke, eile an das Seitenbord und werfe ihn dem Bedrohten zu – er fasst danach, ergreift ihn und wird emporgezogen – es ist Abrahim-Agha.

Glücklich auf dem Deck angekommen, schüttelt er das Wasser aus dem Gewand und stürzt dann mit geballten Fäusten auf mich zu. Aber, wie sich besinnend, hielt er mitten in dieser Bewegung inne, drehte sich um und eilte nach der Kajüte. Aber ehe er den Eingang noch erreicht hatte, stand ich schon davor.

Die Stromschnelle war in ihren gefährlichsten Stellen glücklich durchschifft und wir konnten uns nun mit der nötigen Muße unserer Privatangelegenheit zuwenden. Aber wie es schien, sollte mir das Handeln jetzt noch erspart bleiben, denn Omar war herbeigesprungen, riss den Gegner beim Genick zurück und hielt ihm die gespannte Pistole entgegen.

„Abrahim-Agha, vergissest du, dass ich der Diener meines Gebieters bin und den Zugang zu seinem Harem zu behüten habe?"

„Hinweg mit euch, ihr Räuber! Allah möge..."

„Abrahim-Agha, schweige, sonst ist deine Seele im nächsten Augenblick da, wo die Bürger der Hölle wohnen. Beim Barte des Propheten, ich scherze nicht!"

Mein guter Omar fühlte sich in seinem Amt gekränkt, und wenn dies der Fall war, so gab es keinen energischeren Kopf als ihn. Abrahim mochte das erkennen und trat zurück. Er stand hier allein zweien gegenüber und war klug genug, den Kampf einstweilen aufzugeben. Aber in jedem seiner Züge war der unumstößliche Entschluss zu lesen, ihn bei der nächsten Gelegenheit mit doppelter Kraft wieder zu beginnen. Ohne ein weiteres Wort zu verlieren, wandte er sich ab und nahm auf einem der Sennesblätterpakete Platz, die, weil der Raum die ganze Ladung nicht gefasst hatte, auf den Planken des Verdecks befestigt worden waren.

Am nächsten Landeplatz mussten die oberhalb der Stromschnelle eingenommenen Schiffer wieder an Land gesetzt werden. Unsere Dahabije wandte sich deshalb dem Ufer zu. Doch gebot ich dem Rejs, keine Zeit zu verlieren und sofort wieder abzustoßen. Obgleich er seinen Leuten gern die nach der gehabten Anstrengung so notwendige Ruhe gegönnt hätte, war er doch bereit, auf meinen Wunsch einzugehen, wurde aber leider davon abgehalten;

denn als wir uns dem Ufer näherten, kam uns ein Boot entgegengerudert, das von finster blickenden Männern besetzt war, die sofort zu uns an Bord stiegen. Es waren Khawassen – Polizisten.

Die Bemannung des Sandal, der hier gelandet war, um die erlittene Beschädigung auszubessern, hatte von dem Frauenraub erzählt und so durfte ich mich über den unliebsamen Besuch nicht wundern. Zudem war der vortreffliche Chalid Ben Mustapha eilenden Fußes zum Richter gesprungen und hatte eine so wohlgesetzte Rede gehalten von dem ungläubigen Mörder, Räuber, Aufrührer und Empörer, dass ich sehr zufrieden sein musste, mit dem Köpfen oder Säcken davonzukommen.

Da die Gerechtigkeit in jenen Ländern von der wichtigen Institution der Aktenstöße noch keine Ahnung hatte und deshalb sehr schnell und summarisch verfuhr, so wurden wir samt und sonders in Beschlag genommen und sofort „anhero transportiert“. Selbst Leilet, tief verschleiert, wurde in eine Sänfte genötigt und musste unserem Zug folgen, der bei jedem weiteren Schritt größer wurde, weil Jung und Alt, Groß und Klein sich ihm anschloss. Doch noch im Vorübergehen rief sie mir einige Worte in italienischer Sprache zu, die alle meine Befürchtungen sofort verscheuchten:

„Ich bin eine Christin und von ihm gewaltsam entführt worden!“

Welcher Grund sie bisher auch veranlasst haben mochte zu schweigen, jetzt erkannte sie, dass diese Mitteilung notwendig und von größtem Vorteil für mich sein musste. Aber wie kam sie zu dem Italienisch – wer und woher war sie?

Der Sabeth-Bej oder Polizeidirektor saß mit seinem Sekretär schon unserer Ankunft gewärtig.

Er trug die Abzeichen eines Majors, sah aber weder sehr kriegerisch noch überhaupt übermäßig intelligent aus. Wie die Bemannung des Sandal schien auch er den verunglückten Abrahim-Agha für ertrunken gehalten zu haben und behandelte jetzt den vom Tod Auferstandenen mit einem Respekt, aus dem ich auf die Furcht schließen konnte, in die sich der frühere Hedschan-Bej zu setzen gewusst hatte.

Nachdem er diesem eine Pfeife angeboten, die natürlich auch angenommen wurde, begann die Verhandlung mit dem Bericht, den Abrahim über das Geschehene erstattete.

Ich hatte mich auf dem Diwan niedergelassen, von dem ich mich trotz der Aufforderung des Sabeth-Bej auch nicht wieder erhob.

Nach beendigtem Vortrag des Anklägers wandte sich der Mann der Polizei zu mir:

„Was hast du zu den Worten des Agha, den Allah beschützen möge, zu sagen, Franke?"

„Nichts."

„Du gibst also die Wahrheit dessen, was ich gehört habe, zu?"

„Ja."

„Gut. Du bist schuldig und wirst nachher deine Strafe vernehmen!"

Sich zu Omar wendend, fuhr er in seinem zornigsten Ton fort:

„Weißt du, was dich erwartet, Hund von einem Sklaven? Denke nicht, dass du unter dem Schutz dieses Ungläubigen stehst, welcher sich auf seinen Konsul berufen wird! Du bist Untertan des Großherrn – Allah mehre seine Herrlichkeit – und hast den Tod verdient. Ich werde deine verruchte Seele vorbereiten. Khawassen, bringt die Peitsche!"

Die verhängnisvolle Kette mit den Lederriemen zur Bastonade wurde herbeigeholt und die Diener der Gerechtigkeit näherten sich meinem braven Haushofmeister, um die stets gern gesehene Exekution an ihm zu vollziehen.

Mit angstvollen und Hilfe suchenden Blicken flehte er zu mir herüber.

„Besch jehs, gebt ihm fünfhundert!" lautete der Befehl.

Jetzt erhob ich mich.

„Lass die Diener deiner hohen Gerechtigkeit noch ein wenig verziehen, o Bimbaschi, und wirf den Blick deines erleuchteten Auges auf diese Schrift!"

Ich winkte Omar und ließ durch ihn den Firman überreichen.

„Was soll's mit diesem Schreiben?"

„Ich fordere, dass du die ersten Worte laut vorliest oder durch deinen Sabeth-Effendi vorlesen lässt!"

Er gab das Pergamentpapier seinem Sekretär, und dieser las:

„Der Inhaber dieses Bujrultu ist der Kapitän-Effendi N.N. aus N., der auf Befehl seines Königs in Ägypten, Nubien und Habesch reist..."

„Halt, jetzt weißt du, wer ich bin, und nun befiehl deinem Diener, die letzten Zeilen zu lesen!"

Es geschah.

„Es ist ihm alle Ehre zu erweisen, man soll ihm Schutz und Hilfe geben und seine Wünsche so erfüllen, dass er bei seiner Rückkehr nur Gutes von unserem Lande erzählen kann!"

Das Gesicht des ehrwürdigen Bej wurde bei diesen Worten um einiges länger, als es vorher gewesen war. Noch größer aber wurde seine Unruhe, als ich fortfuhr:

„Willst du mir wohl sagen, o Bimbaschi, welche Ehre ein Beamter dem Firman Seiner Majestät zu erweisen hat? Du hast ihn in die Hand genommen und wieder fortgegeben wie eine Tüte, aus der die Datteln gefallen sind!"

„Ich wusste nicht, dass du einen Firman besitzest."

„Gut. Ich werde Seiner Unübertrefflichkeit erzählen, dass du zuweilen etwas nicht weißt, was du doch wissen solltest. Aber noch schlimmer ist es für deine Seele, dass du nicht gelernt hast, den Kläger vom Angeklagten zu unterscheiden. Wer hat dir befohlen, den Verbrecher mit Ehren zu überhäufen und den Geschädigten zu verurteilen, ohne ihn zu hören?"

Eine lautlose, tiefe Stille war während meiner Worte unter der vorher ziemlich unruhigen Versammlung eingetreten. Das Gesicht des Beamten bekam einen geradezu unbeschreiblichen Ausdruck totaler Verblüffung, und vollständig ratlos wanderte sein kleines, nichts sagendes Auge zwischen mir und Abrahim-Agha hin und her. Dieser letztere war von seinem Diwan emporgefahren und rief:

„Kelb, Hund, was wagst du?“

Ohne diese Beschimpfung zu beachten, fuhr ich fort:

„Ich bin es, o Bimbaschi, der hier die Klage zu erheben hat. Ich klage diesen Mann, den ihr jetzt Abrahim-Agha nennt, um seine früheren Taten zuzudecken, des Frauenraubes an. Er hat meine Freundin mit Gewalt entführt, und sie ist nicht eine Tochter des Islam, sondern eine Christin. Ich habe sie seinen Händen wieder entrissen, wie es mir die Pflicht und die Gerechtigkeit gebot, und du willst uns bestrafen, Sabeth-Bej? Allah schenke deinem Geiste Licht, damit du tust, was ihm und deinem Herrscher wohlgefällt!“

Es gehörte die ganze in diesem Land so notwendige Unverfrorenheit dazu, in dieser Weise die Situation geradezu auf die Spitze zu stellen; aber während sich der Bej unter der Last meiner Worte förmlich zusammenbückte, brachten sie bei dem von mir Beschuldigten die gerade entgegengesetzte Wirkung hervor. Er riss, vor Wut alles um sich her vergessend, den Dolch aus dem Gürtel und stürzte mit einem heiseren Brüllen auf mich los. Ich war ihm sowohl an Körperkraft wie auch an Besonnenheit überlegen, entwaffnete ihn mit einem raschen Griff und warf ihn meinem Diener in die bereitwilligen Arme, die sich sofort wie ein Schraubstock um ihn schlossen.

„Bimbaschi, bist du hier Obrigkeit oder soll ich selbst mich schützen?“ rief ich jetzt, den Revolver ziehend.

Das gab ihm die nötige Tatkraft zurück, und wie er erst gedankenlos gegen mich gewesen war, so wandte er sich jetzt ohne Mäßigung gegen den wutschnaubenden Hedschan-Bej.

„Bindet ihm Hände und Füße und schafft ihn in das Gefängnis. Der Fall ist schwer; ich werde über ihn nachdenken und ein gerechter Richter sein!“

*

Sei mir gegrüßt, Kahira, du herrliche, wüstenbegrenzte, gärtenumlegene, palmenumstandene Königin Ägyptens! Sei mir gegrüßt mit deinem milden Himmel, deinen schlanken Minarehs, deinen kühlen Straßen, deinen rauschenden Platanen und früchtereichen Sykomoren, deinen balsamduftenden Orangenhainen und dattelschweren Palmen! Ich grüße euch, ihr sarazenischen Häuser, ich grüße dich, o blumenreiche Esbekije, ich grüße euch, ihr himmelstrebenden Pyramiden, und dich, du Stadt der Toten in der Wüste, dich, o Mokattam, mit deinen Bergen, dich, o Bulak, mit deinem barkenreichen Hafen, und dich, o Fostat, mit deiner herrlichen Insel – ja, ich grüße dich, o Kahira, dich und all dein Volk! Es salam alejkum, mit euch sei das Heil!

Lange Monate war ich ein Wanderer in der Wüste gewesen und kehrte nun zurück zur unvergleichlichsten der Städte, wo ich wieder den Spuren europäischen Lebens begegnen, den Bruder finden und die Grüße der fernen Heimat empfangen sollte. Wer Kairo kennt, der wundert sich nicht über die Begeisterung, mit der ich die Stadt der fünfhundert Moscheen begrüßte, als unsere Dahabije in Alt-Kairo anlegte. Omar-Agha tanzte vor Entzücken um das Gepäck herum, und selbst Hassan, der alte Abu er Rejsan, rief ein tiefatmiges „Sallah en nebi, preist den Propheten!“

Wohin das Auge nur schaute, erblickte es Glück und Freude; nur Leilet lehnte bewegungslos am Eingang zur Kajüte und ließ kein Zeichen irgendwelcher Gefühlserregung bemerken. Sie war mir ein Rätsel, ein tiefes, unlösbares Rätsel, und diese Undurchdringlichkeit warf ihre schweren, dunklen Schatten bis hinein in die heiligsten und verborgensten Räume meines Herzens.

Die Verwicklung vor dem Sabeth-Bej war unaufgelöst geblieben. Um vielleicht von meiner günstigen Meinung profitieren zu können, hatte er mir seine Gastfreundschaft angeboten; aber ein Verweilen bei ihm konnte mir keinen Vorteil bringen und so war ich, ohne auf seine Rechtsentscheidung zu warten, abgereist. Zwar versicherte er mir beim Bart des Propheten und den zahllosen Bärten aller Khalifen, dass er ein Exempel statuieren werde; aber ich war überzeugt, dass er dem Gefangenen nicht das geringste Leid zufügen, sondern ihn so bald wie möglich entlassen würde. Die Wahrheit zu gestehen, war ich herzlich froh, so leichten Kaufs aus der Verlegenheit zu kommen, die leicht höchst verhängnisvoll für mich hätte werden können, und drang deshalb auf die möglichste Beschleunigung unserer Fahrt. Diese war glücklich in Beziehung auf den äußeren Verlauf, nicht aber in Hinsicht auf den heißesten Wunsch meines Herzens, das mit jeder Stunde höher und sehnender klopfte unter der mächtigen Regung einer Liebe, deren ich mich nie für fähig gehalten hätte.

Stundenlang saß ich bei Leilet und konnte mein Auge nicht wenden von den herrlichen Zügen, die sie mir unverhüllt darbot, wenn kein Fremder in der Nähe weilte, und aus denen mir die ganze Seligkeit eines Himmels entgegenstrahlte. Aber diesen Himmel, ich durfte ihn noch nicht mein nennen. Es war nicht Mutlosigkeit oder Mangel an Selbstvertrauen, was mich abhielt, ein entscheidendes Wort zu sprechen, sondern es lag über dem ganzen Wesen des schönen Mädchens ein Etwas ausgegossen, das sie einem rücksichtsvollen Charakter unnahbar machen musste, ein Nolimetangere, ein Rühr mich nicht an, das ich unmöglich verletzen und entheiligen konnte.

Ich wusste es und fühlte es nur zu deutlich, dass sie sich unendlich glücklich fühlte, aus den Banden Abrahims befreit zu sein, und doch sprach sich in ihren Zügen, im

Klang eines jeden ihrer Worte eine Wehmut, eine Unruhe und Beängstigung aus, die mich mit stiller Sorge erfüllte. Oft schon hatte ich die Frage nach Aufklärung auf den Lippen, aber dann traf mich stets ein so innig flehender Blick des großen, tiefleuchtenden Auges, dass ich nicht anders konnte, als die Frage zurückzudrängen und die Lösung der Zukunft anheim zu stellen. Und doch überraschte ich dieses Auge oft bei einem Blick, der mit dem Ausdruck der herzlichsten Liebe und des rückhaltlosesten Vertrauens auf mir ruhte, und nur zuweilen schien es mir, als spreche sich daneben eine unwillkürliche Teilnahme aus, die mich mehr beunruhigte als es eine offen dargelegte Abneigung getan hätte.

Gestern Abend war's; der Mond warf sein magisches Licht hernieder auf die dunklen Berge des Mokattam und silberne Reflexe zuckten über das Wasser. Die großen, hellen Sterne der südlichen Halbkugel traten so nahe zur Erde herab und die Abendluft war geschwängert von balsamischen Düften. Ich lehnte einsam vorn in der Nähe des Rejs und gab mich widerstandslos dem elegischen Eindruck hin, den eine solche Nacht auf jedes empfängliche Gemüt äußert.

Da trat Leilet an meine Seite, schlug den Schleier zurück und gab ihre Wangen dem leise fächelnden Hauch preis. Es war mir, als eilten die Strahlen des Mondes schneller und freudiger hernieder, um ihr Stirn und Mund zu küssen, als nickten ihr die Palmen des Ufers aus dem Halbdunkel ihre Grüße entgegen und als verstummte das Plätschern der Wellen vor dem bezaubernden Einfluss ihrer Nähe. Es lag so weich und wehe in dem engelgleichen Angesicht und ein langer, tiefer und schwerer Atemzug hob den Busen, dessen Bewegung ich trotz der Hülle deutlich zu erkennen vermochte. Plötzlich legte sie die Hand auf meinen Arm und leise und gepresst erklang es:

„Oh, zürne mir nicht, du Guter!"

Ich wusste ihr nicht zu antworten, und mein Schweigen

falsch deutend, schlang sie, wie von einem unwiderstehlichen Impuls getrieben, die Arme um meinen Nacken, presste ihr Köpfchen fest, fest an meine Brust und schluchzte:

„Leilet kann nicht dafür!“

Noch ein langer, tiefer, unbeschreiblicher Blick, als müsse sie ihre ganze Seele in mein Auge senken, und dann floh sie der Kajüte zu.

Ich blieb zurück unter einem Sturm von Empfindungen, der mich die ganze Nacht nicht ruhen ließ und auch am Morgen sich noch nicht beschwichtigt hatte. Es lastete ein Geheimnis, ein Druck auf ihrer Seele, der ihres Herzens Freiheit raubte und die Erfüllung meiner freudigsten Hoffnung verzögerte. Aber ich beschwichtigte meine Befürchtungen; die nächste Zukunft schon musste mir ja die Lösung des Rätsels bringen und mich über die Verhältnisse meines schweigsamen Schützlings unterrichten. Mochten diese aber sein, was sie wollten, das eine stand felsenfest: Mein musste sie werden, und sollte ich einen einzigen Augenblick des Glücks mit dem Tode oder mit einem öden und freudeleeren Leben bezahlen!

Die wenigen Passagiere, welche die Dahabije unterwegs aufgenommen hatte, waren jetzt über das Landungsbrett geschritten und ich wandte mich nun zu Leilet, um sie an den Aufbruch zu mahnen. Sie eilte herbei und bat hastig und flehend:

„Verlass mich nicht schon jetzt, sondern nimm mich mit dir!“

Wie klang doch diese Bitte so sonderbar! Ich bog mich zu ihr nieder und flüsterte mit überfließendem Herzen:

„Ich werde dich nie, nie wieder von mir lassen!“

Da ich wusste, dass mein Bruder die Wohnung geändert hatte und ich seine gegenwärtige Adresse noch nicht kannte, so nahm ich für mich und Leilet eine Barutsche, einen jener meist zweirädrigen und mit Kissen ausgelegten Wagen, wie sie in Kairo üblich sind, und fuhr, die Sorge für das Gepäck meinem Omar überlassend, nach dem

Hotel d'Orient, um dort einstweilen Wohnung zu nehmen.

Es war schon zu spät, den Konsul aufzusuchen, um die nötigen Erkundigungen einzuziehen und etwa eingegangene Briefe und Schriftstücke in Empfang zu nehmen. Deshalb beschloss ich, nicht auszugehen und mich vielmehr mit dem Ordnen meiner Effekten zu beschäftigen.

Eben hatte ich diese Arbeit beendet, als Leilet bei mir eintrat. Jeder ihrer Züge sagte mir, dass irgendein Entschluss sie beschäftigte, und als sie sich dem Tisch näherte, wusste ich, dass sie im Begriff stand, die bis heute aufgeschobene Aufklärung auszusprechen. Da fiel ihr Blick auf eine vor mir liegende Mappe, die in goldenen Lettern meinen Namenszug trug. Ein Blitz der Überraschung zuckte über ihr erbleichendes Angesicht und mit unsicherer, ja zitternder Stimme hauchte sie:

„Ich kam, um dir den Abendgruß zu bringen, Leiltak saide, gute Nacht!"

„Leilet", rief ich emporspringend, „worüber erschrakst du? Wolltest du mir nur diese zwei Worte sagen?"

„O nein, Herr, du solltest vieles vernehmen, aber meine Lippen müssen sich schließen, bis sie morgen sprechen dürfen!"

„Morgen? Warum nicht heute, nicht jetzt? Hast du nicht gefühlt, dass mein Herz sich allezeit gesehnt hat nach dem Wort, das du aufgehoben hast bis jetzt und nun auch weiter noch verschweigen willst?"

„Ich habe das Leid deiner Seele zu jeder Zeit in deinem Auge gelesen, aber die Lippe blieb mir stumm, weil..."

Die Hände vor das Gesicht legend, lehnte sie tief atmend den Kopf an meine Schulter. Ich schlang den Arm leise um ihre weiche, schlanke Gestalt; da aber wand sie sich los und war, noch ehe ich es verhindern konnte, hinter der Tür zu ihrem Gemach verschwunden.

Was war das? Was hatte sie so erschreckt, so erschüttert; konnte es wirklich die unschuldige, bedeutungslose Mappe sein, die eine so plötzliche Zurückhaltung bewirkt hatte? Von tausend unklaren und ungewissen Gedanken hin und her geworfen, saß ich da und zermarterte mir den Kopf mit Vermutungen und Befürchtungen, deren Stichhaltigkeit ich doch immer wieder bezweifeln musste. Mein auf der Mappe stehender Name, den sie bisher allerdings nur in seiner arabischen Verdolmetschung gehört hatte, konnte doch unmöglich auf die Stimmungen und Entschlüsse eines mir bis vor kurzer Zeit vollständig fremden Wesens einen so gewaltigen Eindruck haben, wie ich ihn soeben bemerkt hatte. Es blieb mir nichts weiter übrig, als mich in Geduld zu fassen und den morgigen Tag, von dem sie ja gesprochen hatte, abzuwarten.

Mein Bruder wohnte, wie ich am anderen Morgen erfuhr, in Bulak, wohin ich mich sofort verfügte, um ihn nach so langer Zeit wieder zu sehen und Zeuge seines Glücks zu sein, von dem er mir geschrieben hatte.

Unangemeldet trat ich ein. Mit untergeschlagenen Beinen saß er wie ein echter Padischah mit würdigem Gesichtsausdruck auf dem Diwan und hob das Auge zu dem Eindringling empor. Meine von der Sonne fast schwarzgebrannten, von der Glut der Wüste bis auf die Knochen ausgetrockneten und mit einem dichten Bart verhüllten Züge schienen ihm für den ersten Augenblick befremdlich vorzukommen, und schon wollte ich versuchen, wie lange ein Inkognito zu behaupten sei, indem ich mit orientalischem Ernst grüßte:

„Salam al...“, als er, aufspringend und mit ausgebreiteten Armen auf mich losstürzend, rief:

„Halt's Maul, Goldjunge, mit deinem Salam und rede, wie dir der Schnabel gewachsen ist! Aber, um Himmels willen, Herzensbruder, wie bist du von der Frau Sonne mitgenommen? Wahrhaftig, ich ertappte mich bei dem wohltuenden Gedanken, der König der sieben Indien habe einen seiner schwärzesten Mohren zu mir geschickt, um als abschreckendes Beispiel einer verbrannten Menschenschwarte Modell zu sitzen. Komm, mach deine langen Beine krumm und lass dich nieder, damit man in Ruhe deine alte, liebe, treue, ehrliche und hausbackene Physiognomie genießen kann."

Das war noch ganz der aufgeräumte, lebensfrohe und neckische Kumpan, der selbst die ernstesten Regungen seines Herzens in ein heiteres Gewand zu kleiden wusste und deshalb von Fremden oft für oberflächlich gehalten wurde, wo er doch nur stolz war, sein Inneres unberufenen Blicken preiszugeben. Fast zärtlich zauste er mir den wirren Bart, während er lachend fortfuhr:

„Höre, mein Lieber, lass dich mit diesem Mimosengestrüpp nur ja von keiner Dame sehen, sonst kannst du dir gar kein entschiedeneres Fiasko wünschen! Unter drei Monaten darfst du dich in keiner Gesellschaft sehen lassen, das steht bombenfest, und ich werde dich ganz gehörig in die Wäsche nehmen müssen, um dich ohne Blamage als meinen Bruder vorzeigen zu können!"

Es war die herzliche Freude des Wiedersehens, die ihn so sprechen ließ, und ich wusste ja, wie gut gemeint seine Worte waren, aber dennoch taten sie mir weh, denn er hatte mit ihnen den einzigen wunden Fleck berührt, den ich jetzt besaß. Wenn das fatale Klima meinen äußeren Menschen in der Weise verschimpfiert hatte, dass selbst der Bruder so wenig Angenehmes darüber zu bemerken wusste, wie konnte ich da an eine Liebe glauben, wie ich sie von Leilet erwartet hatte? Ich Tor! Allerdings konnte ich im Punkt der weiblichen Zuneigung wohl noch von keiner Erfahrung sprechen, aber so viel weiß doch auch der einfachste Mensch, dass die Liebe vorzugsweise gern durch das Auge ihren Einzug hält, und ich glich jetzt allerdings mehr einem Beduinen vom berühmten Stamm der Uëlad Sliman als einem zivilisierten Jünger Äsculaps, der in Heiratsstiefeln umherspaziert. Das Rätsel war mir gelöst, und zwar auf eine Weise, die mich nicht ganz ohne Hoffnung für die Zukunft ließ.

Nachdem dem froherregten Herzen Genüge geschehen war und sich der Sturm der Gefühle gelegt hatte, nahmen wir eng nebeneinander Platz, um die notwenigen Mitteilungen auszutauschen. Jetzt erst, im Lauf der ruhigen Unterhaltung, bemerkte ich den Zug schwerer Ermüdung, der um die eingesunkenen Augen, die eingefallenen Wangen und den schmerzlich geschlossenen Mund des Bruders lag. Seine Haltung, sonst kräftig und elastisch, war sichtlich schlaff und das vorhin so freudige Rot seiner Farbe war einer krankhaften Blässe gewichen. Er war krank – er litt – ich konnte keinen Zweifel hegen. Mit teilnehmender Sorge ergriff ich seine Hand und erkundigte mich nach der Ursache der Veränderung, die dem brüderlichen Auge eher auffallen musste als jedem anderen. Ein minutenlanges Schweigen folgte meiner Frage und dann klang es mit leiser, vibrierender Stimme:

„Du hast meinen letzten Brief erhalten?“

„Ja.“

„Und von meinem Glück gelesen?“

„Mit inniger Freude und Dank gegen Gott, Bernhard, der dich ein solches Wesen finden ließ!“

„Es ist aus – aus – wohl für immer!“

Das klang so trostlos, so aller Hoffnung bar, und da ich fest geglaubt hatte, ihn im Schoss eines reichen Glücks zu finden, musste ich betroffen ausrufen:

„Aus? – Inwiefern und warum?“

„Ich habe sie verloren.“

„Verloren? Durch wessen Verschulden? So sprich doch!“

„Natürlich musst du alles wissen, schon aus brüderlicher Offenheit. Aber eins noch: Du kennst die Verhältnisse dieses unglücklichen Landes besser als ich und weißt vielleicht da noch einen Rat, wo ich schon längst am Ende meiner Klugheit stehe und vergebens meine Gedanken zermartere, um noch etwas zu finden, was mir Hoffnung gibt. Ja, ich begrüße deine Ankunft, als das einzige Ereignis, das mir, wenn auch vielleicht nicht die ersehnte Hilfe, so doch wenigstens Trost und Beruhigung bringen kann.“

„Aber ich wiederhole meine Bitte: So sprich doch endlich! Du siehst ja, dass du mich förmlich auf die Folter spannst! Was ist denn nun geschehen, das dich, den fröhlichen, hoffnungsreichen und glücklichen Gesellen so niederschmettern, so mutlos machen, so um die gewohnte Energie und das glückliche Selbstvertrauen bringen konnte?"

„So höre! Du weißt, dass ich das obere Geschoss eines alten Gebäudes bewohnte, von dessen plattem Dach man einen freien Überblick auf die niedriger gelegenen Dächer der Nebenhäuser hatte. Ich pflegte da oben die kühlen Stunden des Tages zuzubringen und stieg auch öfters des Abends hinauf, um die milde Luft und die Pracht des Himmels zu genießen, obwohl ich als Ausländer Gefahr lief, mir dadurch eine hier so gefährliche Augenentzündung zuzuziehen.

Das Nachbarhaus bewohnte einer jener Levantiner, die meist als arme Schlucker nach Ägypten kommen und durch ehrlose Kunstgriffe und elende Schurkereien nach und nach ein Vermögen zusammenscharren, nach dem sie bloß streben, um es zu besitzen, da bei den Verhältnissen dieses Landes die Klugheit ihnen verbietet, ihre Wohlhabenheit bemerken zu lassen. Der Mann war mit einem Weib und deren Schwester aus Syrien herübergekommen und, wie ich bald erfuhr, für Geld zu allem bereit, was Gewinn zu bringen vermochte.

So wenig Sympathie man für den männlichen Teil der levantinischen Christen hegt, so berühmt sind die Frauen der Levante wegen ihrer oft geradezu sinnberückenden Schönheit und ihrer Herzenseigenschaften, durch die sie in den vorteilhaftesten Gegensatz gestellt werden zu ihren moralisch verderbten Angehörigen, und ich glaube fest, unter den Frauen all der hier vertretenen Rassen und Völkerschaften des Orients sind sie die einzigen, denen sich ein Lebensglück anvertrauen lässt.

Öfters schon hatte ich die beiden Nachbarinnen auf der Plattform ihres Hauses lustwandeln sehen, stets aber tief verschleiert, und nur zuweilen drang ein abgerissener Laut ihres immer leise geführten Gesprächs empor zu mir. Durfte ich nach dem süßen, weichen Wohlklang einer Stimme schließen, so war die Sprecherin jung und sicherlich nichts weniger als hässlich; jedenfalls begann meine Phantasie ihre schmeichelnde Tätigkeit, und da ich bemerkte, dass auch mir einige Aufmerksamkeit gewidmet wurde, so regte sich bald der Wunsch in mir, die Geheimnisse des Schleiers einmal lüften zu können. Sie waren keine Muhammedanerinnen, und ich durfte also annehmen, dass eine kleine Wissbegierde meinerseits nicht auf eine völlige Unmöglichkeit stoßen werde, zumal ich schon von Türkinnen die Erlaubnis bekommen hatte, einen Blick hinter die grausamen und neidischen Falten tun zu dürfen.

Eines Morgens waren sie nach beendigter Erholungsstunde wieder hinabgestiegen, und ich stand schon im Begriff, mein Zimmer nun auch aufzusuchen, als ich von neuem leichte Schritte vernahm. Rasch wandte ich mich zurück. Aber wie soll ich dir die Herrlichkeit beschreiben, auf die jetzt mein Auge fiel! Ich will es gar nicht versuchen, denn es würde mir doch unmöglich gelingen, dir einen auch nur annähernden Begriff von der Schönheit, Reinheit und Unschuld zu geben, die sich mir hier offenbarte, zu einem weiblichen Wesen verkörpert, wie es mir weder ein Gemälde noch ein Gebilde meiner Phantasie gezeigt hatte. Das war nicht ein Weib, sondern ein Mädchen, nicht die Frau des Kaufmanns, sondern jedenfalls ihre Schwester.

Mit einem raschen Schritt stand ich an der Brüstung und mit einem schnell gewagten Sprung befand ich mich unten bei ihr, vor ihr, in ihrer unmittelbaren Nähe, sodass ich meine Arme hätte um sie legen können, wenn sie nicht zurückgewichen wäre.

Sie hatte etwas Vergessenes vermisst und war wieder zurückgeeilt, ohne zuvor den Schleier umzulegen. Jetzt stand sie vor mir, übergossen von der Glut des Schreckens, und deutlich sah ich das Zittern, unter dem sie erbebte. Es war mir, als sei der Himmel offen, um mir all seine Seligkeiten anzubieten, und mit einem raschen Griff fasste ich nach ihr und hielt sie bei den beiden kleinen, weißen Händen. Aber sprechen, sprechen konnte ich nicht, ebenso wenig wie sie; ich war nicht der rasche, waghalsige Mann, als den du mich ja kennst, sondern ich war wie ein Kind, wie ein Bettler, der nicht wagt, einen Laut über seine Lippen kommen zu lassen und das Verlangen nach Gnade und Barmherzigkeit nur in dem überwältigenden Blick seines Auges konzentriert.

Auch ihr Auge sprach. Zwar suchte es den Boden, aber ich bemerkte keinen Zorn in seinem Blick, sondern nur Angst und Beklemmung. Ich wusste alles, alles: Auch sie hatte mich während ihrer wiederholten Anwesenheit auf dem Dach bemerkt, mich beobachtet und vielleicht Teilnahme für den einsamen Fremden empfunden, der ihr so viel Aufmerksamkeit schenkte. Ein Gefühl unendlichen Glücks schwellte mir die Brust und im nächsten Augenblick hatte ich sie an mich gezogen und legte meinen Mund auf ihre weichen, schwellenden, lebenswarmen Lippen. Mit Anstrengung all ihrer Kräfte wollte sie sich loswinden, ich aber hielt sie fest und fragte:

‚Bitte, bitte, sage mir deinen Namen!'

‚Ich heiße Warde', klang es leise und mit einem neuen Versuch, mir zu entschlüpfen, fügte sie hinzu: ‚Lass mich gehen, es ist Tag und mir wird angst!'

‚Warde, Warde heißt du? Das bedeutet in der Sprache meines Landes ‚Rose'. Willst du meine Rose sein - *meine* Rose?'

Sie antwortete nicht, sondern rang weiter mit meinen sie noch immer umschlingenden Armen.

‚Es ist Tag, sagst du, und darum wird dir angst? Würdest du fliehen, wenn es dunkel wäre und kein Verräter meine Küsse sehen könnte?'

‚Lass mich gehen, o lass mich!'

‚Kommst du denn wieder, heute, wenn es Abend geworden ist?'

‚Ich darf nicht!'

Enger zog ich sie wieder an mich und drohte ihr energisch:

‚Ich halte dich fest, bis du mir sagst, dass du kommst.'

‚Du bist ein Franke, und dein Herz gehört der Heimat und...'

‚O nein, nein', unterbrach ich sie, ‚mein Herz gehört dir, dir, nur dir und nie wird es an eine andere denken! Kommst du? '

‚Ich komme', hauchte sie.

‚Allein?'

‚Allein!'

Noch ein Kuss, gegen den sie sich jetzt nicht sträubte, und dann eilte sie davon. Ich stand wie ein Träumender; doch bald musste ich mich an das Gefährliche meiner Lage erinnern. Ein Blick empor zur Brüstung, von der ich herabgesprungen war, zeigte mir, dass die zerbröckelten Backsteine der Mauer meinen Händen und Füßen zwar gefährliche, aber doch Stützpunkte zum Emporklimmen boten, und bald befand ich mich wieder oben. Zurück mich wendend, gewahrte ich die letzte verschwindende Falte eines weiblichen Gewands. Sie war in Sorge um mich gewesen und hinter dem Treppenvorsprung stehen geblieben, bis sie mich in Sicherheit wusste. Sie liebte mich; jetzt wusste ich es sicher und mit Ungeduld erwartete ich den Abend."

Während er von diesem glücklichsten Augenblick seines Lebens erzählte, röteten sich seine blassen Wangen und seine Augen füllten sich mit seligem Glanz. Ja, so war er: kühn, entschlossen und den Augenblick benutzend. Warum hatte ich es nicht auch so mit Leilet getan!

„Sie hielt Wort", fuhr er in seiner Erzählung fort; „sie kam und von nun an sahen wir uns täglich und beschäftigten uns bald ernstlich mit der Beratung über unsere Zukunft. Da bemerkte ich, dass sie einsilbiger und stiller war als sonst. Ich fragte nach dem Grund und erfuhr, dass jetzt täglich ein reicher Ägypter zu ihrem Schwager komme und mit ihm über sie zu verhandeln scheine. Du weißt, dass hier die Frauen gekauft werden oder wenigstens durch die Auszahlung einer Summe Geldes zu erlangen sind. Mir fehlten augenblicklich die Mittel, aber trotzdem beschloss ich, morgen schon den Schwager zu besuchen, um dem anderen zuvorzukommen. Warde wollte ihn vorbereiten.

Am nächsten Vormittag saß ich oben auf der Plattform. Da hörte ich ein Geräusch, bog mich vor und erblickte zwei Männer, die zu derselben Zeit nach oben sahen und mich sofort bemerkten.

‚Aaib aaleihu, Schande über ihn!', hörte ich den einen rufen, während er mit finsterem Blick die Stelle der Mauer musterte, die ich als Stiege zu benutzen pflegte.

Wer waren die beiden? War es der Schwager, den ich noch nicht kannte, vielleicht mit jenem Ägypter? Ich ließ mich nach einer Weile zu einer Unterredung bei ihm anmelden und erhielt den Bescheid, morgen zu kommen. Warum erst morgen? Ich konnte mich des Gefühls nicht erwehren, dass etwas Feindseliges gegen uns im Werke sei, und erwartete mit einer nicht zu überwindenden Beklemmung den Abend, an dem ich Warde sprechen konnte.

Die Zeit unserer Zusammenkünfte kam, aber die Geliebte nicht. Ich wartete bis spät in die Nacht, aber vergebens, und wünschte nun sehnlichst den Anbruch des Tages herbei, um mir bei dem Levantiner Gewissheit holen zu können.

Er empfing mich mit einem Gesicht, in dem die Schadenfreude deutlich geschrieben stand, und beobachtete kaum die gegen einen Besuch gebräuchlichen Höflichkeiten. Trotzdem trug ich ihm meine Angelegenheit mit möglichster Ruhe und Freundlichkeit vor und sah dann mit Spannung seiner Antwort entgegen.

‚Du bist einer von den Effendis, die der Vizekönig gerufen hat, damit sie ihm große Häuser bauen, in denen der Dampf mehr arbeitet als hundert Männer?'

‚Ja.'

‚Ich hasse diese Fremden, die zu uns kommen, um uns arm zu machen. Du wirst Warde niemals wieder sehen!'

Das war allerdings deutlich genug, trotzdem aber hielt ich meinen Zorn zurück und gab mir die möglichste Mühe, ihn zu einer Änderung seines Entschlusses zu bewegen, doch vergebens. Und als ich schließlich darauf bestand, das Mädchen selbst zu sprechen, erhob er sich und gab mir den niederschmetternden Bescheid:

‚Du hast die Sitte und das Gesetz des Landes verletzt und das Angesicht eines Weibes gesehen, das Eigentum eines anderen geworden ist. Warde ist gestern abgereist mit dem Mann, dem ich sie gegeben habe. Geh, lass deinen Fuß nicht wieder mein Dach berühren!'

‚So hast du sie gezwungen dieses Haus zu verlassen!'

‚Gezwungen?', lachte er. ‚Du irrst, Fremdling; sie ging mit Freuden nach dem Schiff, denn sie hoffte dich dort zu finden.'

‚Mich? Also getäuscht, verraten habt ihr sie! Weißt du, Elender, dass ich sie suchen und auch finden werde? Aber, wehe dir, wenn ich dich zur Rechenschaft ziehen werde!'

‚Schweig! Du bist ein Unwissender hier im Land, sonst wäre dir bekannt, dass ich die Gewalt habe, mit den Frauen meines Hauses zu tun nach meinem Wohlgefallen. Entferne dich, damit mein Zorn dich nicht dem Gesetz überweise!'

Er sprach die Wahrheit und hatte das Recht, die Beleidigung, zu der ich mich hatte hinreißen lassen, dem Richter anzuzeigen. Deshalb beherrschte ich mich und ging, fest entschlossen, alles zu tun und zu wagen, um die mir Entrissene wieder zu finden.

Möglich war es, dass er mir ein Märchen erzählt und Warde noch bei sich hatte, doch brachten mich meine Nachforschungen bald zu der Überzeugung, dass er mir die Wahrheit berichtet hatte. Umso erfolgloser aber waren alle meine Anstrengungen, eine Spur der Geliebten aufzufinden, obgleich ich nichts unterließ, was mir nur einen Schimmer von Hoffnung bringen konnte.

So sind Monde verflossen und haben mir nichts weiter gebracht als die Überzeugung, dass ich verzichten muss, obgleich alles in mir sich gegen den Gedanken sträubt, das herrliche Wesen, das mit aller Glut des Herzens nur mich allein liebt, in den Armen eines anderen zu wissen. Sieh mich an – was ist aus mir geworden?"

Er schwieg. Ich kannte ihn und wusste, dass jeder Versuch, ihn zu trösten, nutzlos sein würde.

„Hast du nicht den Gedanken gehabt, durch ihre Schwester etwas zu erfahren?"

„Natürlich; er lag so nahe, dass ich ihn gleich in der ersten Stunde hegte und befolgte. Ich war entschlossen, sie zu sprechen, selbst wenn ich dadurch in Gefahr geraten sollte; aber sie wurde streng bewacht, durfte das Dach nicht mehr betreten, und als ich doch den Posten auf der Plattform nicht aufgab, brachte es mein Gegner dahin, dass der Wirt mich unter tausend Versicherungen seines Bedauerns von der Nowendigkeit benachrichtigte, mir eine andere Wohnung zu suchen, da er meine jetzige von jetzt an für sich selbst haben müsse."

„Und du folgtest der Weisung freiwillig?"

„Ich musste wohl oder übel, da es mir nicht einfallen konnte, mich mit dem Mann herumzustreiten."

„Und jetzt bewohnt er die Räume wirklich?"

„Das fällt ihm gar nicht ein; sie stehen noch leer, obgleich er sie vermieten will."

„Gut, ich werde zu ihm gehen und sehen, ob ich sie für mich bekomme."

„Für dich?" rief er überrascht. „Wahrhaftig, du hast Recht. Gehe hin, Bruderherz; du gibst mir neues Leben! Oh, ich wusste wohl, dass dein Kommen mir Trost und Ermutigung bringen würde!"

„Da hat man den Sanguiniker! Erst vollständig hoffnungslos und jetzt infolge dieses einen Wortes voll großer Erwartungen! Täusche dich nicht, Bernhard. Wir müssen uns beraten und werden allerdings wohl nichts versäumen, was sich möglicherweise tun lässt, aber waren deine Anstrengungen vorher erfolglos, so dürfen wir nach so langer Zeit keine zu großen Ansprüche an das Glück oder den Zufall machen."

„Ich weiß, ich weiß es! Aber du darfst mir doch nicht verwehren, mich über deine Gegenwart und Mithilfe zu freuen und dabei die Ansicht zu hegen, dass zweien etwas leichter wird als einem. Nur eine Spur, eine kleine, leise Spur verschaffe mir und ich habe genug! Ich hole mir dann die Verschwundene, und wenn ich sie unter den Pyramiden hervorgraben sollte."

Er war aufgesprungen. Die Hoffnung spannte jetzt seine Muskeln wieder, rötete seine Wangen und belebte seinen Blick. Ich konnte nicht anders als mich darüber freuen und ging daher auf seine glückliche Stimmung ein:

„Das scheint mir denn doch etwas zu anstrengend; aber wenn du sie aus irgendeinem Harem entführen willst, so bin ich mit dabei. Ich habe in solchen Sachen einige Übung und auch das nötige Glück."

„Du?" fragte er lachend. „Mit welcher Suleika bist du denn dem Großtürken oder Padischah entwischt?"

„Suleika? Pah, ein zu ordinärer Name für ein solches Abenteuer! Leilet muss sie heißen, ja, und so heißt sie auch wirklich. Willst du sie sehen?"

„Junge, entweder fängst du an, Romane zu schreiben oder du hast sonst irgendeinen Klaps, was bei der hiesigen Hitze sehr zu verzeihen wäre."

„Selig sind, die nicht sehen und doch glauben; aber am allerseligsten sind, die nicht glauben und doch sehen. Du sollst zu den Allerseligsten gehören, darum ziehe dein Feierkleid an, du Ungläubiger, und mache dich auf, denn siehe, du sollst im Hotel d'Orient die Krone aller Schönheiten sehen, mit welcher sich vielleicht selbst deine Warde nicht vergleichen kann!"

„Höre, mein Sohn, du scheinst im Ernst zu sprechen!"

„Natürlich ist es mein Ernst."

„Wirklich? Also auch du bist verliebt? Du, diese Krankheit scheint in unserer Familie epidemisch zu werden: erst ich, jetzt auch du! Komm und erzähle!"

„Nein, komm und siehe! Zum Erzählen ist später ebenso noch Zeit, und übrigens bin ich fast schon allzu lang fortgeblieben."

„Wie du befiehlst. Aber eins sage ich dir: Wenn die Schönheit deiner Suleika..."

„Leilet heißt sie!"

„Gut, deiner Leilet nur halb so groß ist wie meine Neugier, so hat der ‚Klaps' seine vollständige Berechtigung. Also, en avant!"

Wir brachen auf und wanden uns bald durch das farbenreiche Gewimmel der engen Straßen. Schon waren wir in der Nähe des Hotels, da fasste mich der Bruder plötzlich bei der Hand.

„Mein Gott, ist's möglich? Bruderherz, es ist wahr, dass dein Kommen mir Glück bringt. Blicke die beiden Männer an, die soeben an uns vorüber müssen!"

Ich folgte der Richtung seines Fingers und – wäre fast erschrocken, denn der eine von den beiden war kein anderer als – Abrahim-Agha, der Heschan-Bej. Also hatte ihn der Sabeth-Bej ganz so, wie ich gedacht, sofort nach meiner Abreise freigegeben und er war mir gefolgt.

Auch er erblickte mich. Ein Blitz freudiger Genugtuung zuckte über sein Gesicht, doch fasste er sich schnell und schritt mit seinem Begleiter an uns vorüber. Das Mienenspiel des Überraschten war meinem Bruder nicht entgangen.

„Kennt ihr einander?" fragte er fast atemlos.

„Sehr gut. Warum?"

„Warum? Mein Gott, errätst du denn aus meinen vorigen Worten nicht, wer die beiden sind?"

„Sprich!"

„Der Levantiner mit dem Mann, den ich an jenem Vormittag auf dem Dach des Nachbarhauses sah. Wer ist er – und wo hast du ihn kennen gelernt?"

Ich hörte diese Frage kaum noch. Es war, als sei mir ein Keulenschlag versetzt worden; wie erstarrt blieb ich stehen und ich muss in diesem Augenblick einen Besorgnis erregenden Anblick geboten haben, denn der Bruder rief, mich am Arm fortziehend:

„Um Himmels willen, was hast du? Komm, komm, wir müssen den beiden folgen; jetzt haben wir ihn!"

Ich hielt ihn zurück, denn ein einziger Blick hatte mich belehrt, dass wir ihnen nicht nachzuschleichen brauchten.

„Das ist nicht notwendig; sie werden vielmehr uns verfolgen!"

„Sie uns? Weshalb?"

„Frage jetzt nicht, sondern komm!"

Mit ängstlicher, fieberhafter Hast drängte ich vorwärts; es war in mir eine Ahnung aufgestiegen, eine Ahnung, so furchtbar und doch auch wieder – doch nein, ich konnte den Gedanken nicht fassen, sondern eilte, die Bemerkungen des Bruders gar nicht beachtend, auf das Entree des Hotels zu und sprang mehr als ich stieg die Treppe empor, die zu meinem Zimmer führte.

Es war leer, als wir eintraten; Leilet befand sich also im Nebengemach.

„Aber sage mir nur endlich, was du hast! Du bist ja trotz des Sonnenbrandes so blass wie eine Leiche und deine Augen blicken wahrhaft Furcht erregend."

„Was ich habe? Da, sieh es selbst!"

Ich öffnete die Tür und schob ihn in das Zimmer. Eine einzige Sekunde war es still da drinnen, eine Sekunde, die für mich wie eine Ewigkeit wog, und dann jubelte es laut und jauchzend:

„Warde!"

„Bernardo!"

Sie hatten einander erkannt; sie hatten einander wieder. Ich aber stand inmitten meines Zimmers und fühlte, wie mir das Blut das Herz zu zersprengen, zu zerreißen drohte; es wurde dunkel vor meinen Augen – die Wände wirbelten mit sausender Schnelle um mich herum – die Füße fühlten den Halt unter sich weichen – die Hände suchten vergebens nach einem Stützpunkt – und wie von einer riesigen Faust niedergestreckt, brach ich zusammen und schlug besinnungslos auf den Boden nieder.

Wie lange ich gelegen, ich weiß es nicht; aber als ich erwachte, lag ich auf dem Diwan, fühlte meine Hand in der des Bruders und blickte in das liebevoll auf mich gerichtete, tränenfeuchte Auge Leilets, die sich voll Sorge über mich gebeugt hatte.

„Ich heiße Warde, Abrahim-Agha nannte mich Leilet“, erklärte sie mir.

Ich nickte; sprechen konnte ich nicht; es war mir unmöglich, auch nur einen einzigen Laut zu stammeln. Sie war die Geliebte des Bruders; nun war mir alles klar und so manche Kleinigkeit, so mancher Zug, für den mir die Erklärung gefehlt hatte, wurde mir jetzt begreiflich.

Sie hatte ihr Auge forschend auf mich gerichtet, als sie meine Stimme zum ersten Mal hörte. Der Klang erinnerte sie an Bernhard. Meine Ähnlichkeit mit ihm hatte ihr Vertrauen eingeflößt, ohne dass sie sich dieses Grundes klar bewusst wurde. Dankbarkeit und Liebe waren in ihrem Innern in Zwiespalt geraten, daher die Unklarheit in ihrem Tun und Wesen. Erst gestern hatte sie bei dem Blick auf die Mappe meinen wirklichen deutschen Namen erfahren und ihre Mitteilung zurückgehalten, da sich nun alles ja ganz von selbst auflösen musste.

Da trat der Kellner ein und meldete zwei Männer, die nach mir gefragt hatten. Warde entfernte sich und ich richtete mich empor.

„Bitte, Bernhard, lass mich für dich handeln!“, konnte ich nur noch sagen; dann traten sie ein. Es waren der Schwager Leilets und Abrahim, in deren Mienen der Triumph, uns überrumpelt zu haben, sich deutlich ausprägte.

Es verstieß gegen die gewöhnliche Handlungsweise des Morgenländers, uns ohne zeremonielle Vorbereitung, persönlich und ohne obrigkeitliche Begleitung in einer Angelegenheit aufzusuchen, die einen strafgesetzlichen Charakter hatte. Jedenfalls wurden sie von gewissen Berechnungen dazu bewogen, denen ich durch ein möglichst kurzes, bündiges und kräftiges Verhalten begegnen musste. Ohne eine Anrede abzuwarten, nahm ich deshalb zuerst das Wort und begann, die Glocke nach meinem Diener ziehend:

„Abrahim-Agha, du bist ein höflicher und gütiger Mann. Ich hätte vielleicht vergeblich nach dir suchen müssen, wenn du nicht selbst gekommen wärst!"

„Ich verstehe nicht, was du sprichst!", antwortete er, sichtlich verblüfft über die ruhige Art und Weise, ihn zu empfangen, wo er doch jedenfalls erwartet hatte, uns im höchsten Grade in Schrecken und Angst zu versetzen.

„Du wirst mich bald begreifen!" Und mich an den eintretenden Omar wendend, fragte ich: „Omar-Agha, sind die Läufe deiner Pistolen geladen?"

„Herr", antwortete er, die beiden Männer, von denen wenigstens der eine ihm nur zu wohl bekannt war, mit feindseligem Blick messend, „sage mir, wen ich niederschießen soll!" Und im selben Augenblick blitzten auch die blankgeputzten Läufe der beiden Schusswaffen in seinen Händen.

„Jeden, der dieses Zimmer verlassen will, ohne dass ich es ihm erlaube!"

„Gut, Effendi!"

Die Hähne knackten, und wie er in entschlossener Haltung und mit hasserfüllten Zügen an der Tür stand, mussten die beiden sofort erkennen, dass er meinem Befehl unbedingte Folge leisten werde, so wenig ernst es mir auch eigentlich damit gemeint war.

„Abrahim-Agha, kennst du mich?", wandte ich mich wieder an diesen.

„Dich, den Räuber meines..."

„Halt!", unterbrach ich ihn. „Nicht seit dieser Zeit meine ich, sondern von früher? Als ich zu dir kam, gerufen von dir, um Leilet gesund zu machen, da sah ich deinem Auge den Gedanken an, dass du mich schon einmal gesehen habest. Doch war deine Erinnerung zu schwach, dir zu sagen, wo."

Er blickte mich, ohne zu antworten, erwartungsvoll an.

„Denke an den Franken, den du, Hedschan-Bej, der Mörder der Karawanen, in der Wüste von Dakel überfielst, beraubtest und töten wolltest. Er war stärker und klüger als du und entkam dir, aber alles, was er besaß, seine Habe, seine kostbaren Sammlungen, musste er verloren geben. Wo hast du mein Eigentum, Mann? Ich fordere es von dir bis auf das letzte Kamelhalfter, bis auf die letzte Zeltstange – mein Eigentum oder dein Leben!"

In seinem Angesicht kämpften Furcht und Wut miteinander; Furcht meiner Entschlossenheit gegenüber und Wut, mir zum zweiten Mal als Besiegter gegenüberzustehen, mir, den er jetzt erst und allerdings nun zu spät wieder erkannte. Aber fast noch mehr als er nahm Omar meine Aufmerksamkeit in Anspruch, der jenem Überfall ebenfalls mit beigewohnt und später wohl tausendmal dem Räuber in den glühendsten und dabei belustigendsten Ausdrücken Hass und Rache geschworen hatte. Mit weit vorgebogenem Oberkörper und vor Hast stotternder Stimme rief er: „Effendi, Effendina, ich beschwöre dich bei allem, was im Himmel und auf Erden ist, sogar beim Bart aller alten Weiber, den ihnen Allah noch lange erhalten möge – ist er's, ist er es wirklich?"

„Er ist es!", bekräftigte ich, musste aber den erbitterten Diener mit einem strengen Befehl abhalten, sich auf Abrahim zu stürzen.

„Und du", wandte ich mich jetzt zu seinem Begleiter, „du hast geraubtes Gut empfangen, um die Schwester deines Weibes zu verkaufen! Frage das Gesetz, welches Los deiner wartet."

Der Ägypter hatte sich jetzt endlich von seiner Überraschung erholt und erkannte – allerdings wenigstens mit einigem Recht – in meinen Worten eine leere Drohung.

„Deine Rede ist weise", meinte er in dem Ton schadenfroher Überlegenheit. „Aber du vergissest, dass die Gnade des Mächtigsten im Lande mich erleuchtet hat. Du zückst die Waffe deines Dieners gegen mich; das Gesetz wird diese Tat bestrafen!"

„Du hast recht gesagt: Meine Rede ist weise; aber die Quelle deines Mundes gibt schmutziges Wasser. Weißt du nicht, dass dieser Mächtigste im Lande keine Missetat vergeben kann, die an einem Untertanen meines Landes, an einem Diener meines Herrschers verübt worden ist? Du kannst der Strafe nicht entgehen, denn der Konsul meines Volkes wird nicht ruhen, bis der Gerechtigkeit genug getan ist!"

Er erblasste und schwieg und auch der Levantiner bot einen Anblick dar, der mich auf den Gedanken brachte, dass er in irgendeiner Weise, vielleicht als Hehler und Ankäufer des erbeuteten Gutes, dem früheren Tun Abrahims nahe gestanden habe.

Ich musste den Vorteil, den ich errungen hatte, auszunutzen suchen.

„Abrahim-Agha, ich habe dir die Kraft meines Armes und den Mut meiner Seele gezeigt; du sollst auch die Güte meines Herzens kennen lernen. Setze dich an meine Seite; wir wollen Worte der Versöhnung miteinander sprechen!"

Er folgte halb gern, halb widerwillig meiner Aufforderung und nun begann eine Unterredung, in der alles entwickelt wurde, was die Beteiligten an Scharfsinn und Willenskraft besaßen, eine Unterredung, die alle Empfindungen und Regungen, deren das menschliche Herz fähig ist, in Gärung brachte, eine Unterredung, so heiß und aufregend, dass ich schließlich fast am Erfolg zu zweifeln begann und dann endlich doch so zufrieden war, dass ich Omar den Befehl gab, die Pfeifen zu bringen.

Er stand während unseres Wortkampfes wie auf glühenden Kohlen und hoffte immer, dass ich die Geduld verlieren und meine gegen Abrahim ausgesprochene Drohung wahrmachen würde. Jetzt nun sah er sich vollständig enttäuscht, sodass er mit vor Ärger fast weinender Stimme ausrief:

„Wenn es dir Vergnügen macht, unseren kostbaren Dschebeli mit Räubern zu verrauchen, so werde auch ich einer, Effendi. Er mag sich seine Pfeife selber stopfen!"

Ein Blick der tiefsten Verachtung auf Abrahim gab dieser Revolution gegen meinen Willen noch einen ganz besonderen Nachdruck, und jetzt erst die Pistolen wieder in den Gürtel schiebend, schritt er aus der Tür, um – meinen Befehl trotz alledem doch gehorsam auszuführen.

Unser Übereinkommen war einfach. Abrahim-Agha verzichtete auf Warde und ich auf eine gerichtliche Verfolgung gegen ihn. Mit diesem Zugeständnis brachte ich kein Opfer, da mir seine Bestrafung, die übrigens noch sehr zweifelhaft war, das verlorene Eigentum nicht zurückbringen konnte, während seine Verzichtleistung ihm so schwer wurde, dass ich mich einer Regung des Mitleids nicht erwehren konnte.

Als er sich mit seinem Freund, der den Wunsch, die Schwester seines Weibes zu sehen, gar nicht ausgesprochen hatte, entfernte, kehrte diese zu uns zurück. Sie hatte jedes unserer Worte gehört und dabei eine Angst empfunden, die an Größe nur mit dem Entzücken zu vergleichen war, das jetzt aus ihren Augen strahlte.

Sie warf sich schluchzend an die Brust Bernhards; dieser aber führte sie mir zu.

„Nicht mir gehörst du, sondern sein Eigen sollst du sein! Er hat dich gefunden und befreit, hat dich beschützt in den Gefahren der langen Wasserfahrt und gegen die Angriffe Abrahims, hat dich erkämpft und errungen jetzt wieder von neuem durch seine Verteidigung, und deshalb bist du sein Eigentum. Nimm sie hin, Bruder, und sei glücklich! Du hast sie verdient, und ich werde Trost finden in dem Gedanken, dass ich meine Pflicht getan!"

Er weinte laut auf vor tief innerer Bewegung und auch

mir stürzten die Tränen über die sonnverbrannten Wangen.

„Nein, Bernhard, dein Opfer würde dich und auch uns beide nur unglücklich machen! Gott weiß es, dass sie mir nicht weniger teuer ist als dir, aber ihre Liebe gehört dir und deshalb darfst du sie nicht von dir geben. Wache über ihr Glück, so wie ich es getan hätte zu jeder Stunde, zu jeder Minute meines Lebens, wenn ihr Herz mir nicht fremd geblieben wäre!“

Da schlang sie die Arme fest um meinen Nacken, legte ihre Lippen auf meinen Mund und sprach dann in beteuerndem Ton:

„Es würde nur dir allein gehören, hätte ich nicht ihn vor dir gekannt, aber es liebt auch dich – dich – nur ihn und dich!“

Ich nahm sie, legte sie in seine Arme und zog sie beide an mich. So standen wir lange, lange, weinend und schluchzend, als wären wir Kinder, bis sich die Tür öffnete und Omar-Agha eintrat.

„Effendi – ach so – verzeihe! – aber – Allah kerim, Gott ist gnädig – und wenn Abrahim-Agha, der Hedschan-Bej, der Räuber, da wäre, so hätte ich – beim Bart des Propheten, auch jemanden, den ich umarmen könnte. Salam alejkum, Friede und Heil sei mit euch!“

EIN WÜSTENRAUB

(1877)

Ich kehrte von einem Ausflug in die Berge des Sudah nach Mursuk zurück. Die Palmen-, Granaten-, Oliven-, Feigen-, Pfirsich-, und Aprikosengärten der Stadt lagen schon vor uns, und mein Diener Ali hielt seinen wackeren Braunen an, um die Löwenhaut, die er hinter sich aufgeschnallt hatte, aufzurollen, damit die Bewohner des Ortes sehen sollten, dass wir es gewagt hatten, den ‚Herrn mit dem dicken Kopf', wie der Araber den Löwen zu nennen pflegt, zum Kampf herauszufordern.

Ich ließ es lächelnd geschehen, denn der wackere, wenn auch ein wenig eitle Ali war ein Diener, zu dem ich mir wirklich Glück wünschen konnte: ausdauernd und kräftig, listig wie ein Fuchs, dabei aber seinem Herrn treu und ergeben und in allen Mundarten und Gebräuchen der Wüstenländer zu Hause, sodass ich mich in jeder Beziehung auf ihn verlassen konnte. Er war mir vom Wirt des rühmlichst bekannten Hotels d'Orient in Algier empfohlen worden, hatte mich von dort aus über Tunis, Tripoli und Sokna nach Fessan begleitet und war fest entschlossen, mit mir auch weiter über Augila und Siwa nach Kahira zu gehen. Er hing mit wirklicher Liebe an mir und wäre wohl bis nach Sibirien an meiner Seite geblieben, wenn eine solche Tour in meinem Sinn gelegen hätte.

Er blähte sich nicht wenig auf, als er die halb scheuen, halb verwunderten Blicke bemerkte, welche die uns nun Begegnenden auf unsere Jagdtrophäe warfen.

„Siehst du den Kahschef[1], der dort kommt, Sihdi", fragte er mich, „wie ihm vor Erstaunen die Augen aus dem Kopf fallen? Ja, ich habe einen Herrn, der ein großer Taleb[2]

[1] Bezirksvorsteher [2] Gelehrter

und Effendi ist und sich selbst vor Assad, dem Aufruhrerregenden[1], nicht fürchtet! Aber ich, Ali el Hakemi Ebn Abbas Ebn er-Rumi Ben Hafs Omar en Nasafi, ich habe von dem Vater meines Bruders die Flinte des weisen Sultans Sulejman[2] geerbt, der mit den Tieren redete, und fürchte mich selbst vor dem schwarzen Panther nicht, der noch gefährlicher ist als der Löwe, den wir Abu el Sselßele, den Vater des Erdbebens, nennen!"

Ich musste die Feinheit anerkennen, mit der er seine Tapferkeit noch über die meinige zu stellen verstand, und ließ ihn ruhig gewähren, bis wir vor dem Haus meines Gastfreundes, des jüdischen Kauf- und Handelsherrn Manasse Ben Arahab anlangten. Ich warf Ali die Zügel meines Pferdes zu, begab mich in die mir angewiesene Wohnung, um mich umzukleiden, und suchte dann den Hausherrn auf. Ich musste mich wundern, dass mir von der zahlreichen Dienerschaft niemand begegnet war, und erschrak wirklich, als ich in den Diwan trat und den ehrwürdigen Manasse nicht wie gewöhnlich mit untergeschlagenen Beinen sitzend, eine Stellung, die der Türke Rahat oturmark, Ruhen der Glieder, nennt, sondern mit wirrem Haar und tief vergrabenem Gesicht lang auf den Kissen liegend fand.

„Salam alejkum, Friede sei mit dir!", grüßte ich ihn.

„Salam – Friede? – Wie soll sein Friede im Hause Ben Arahabs, wo die Brunnen weinen und die Mauern klagen über – – ah, du bist's? Du? Gelobt sei Gott, der Allmächtige, der dich zurückgeführt hat an die Stätte des Unglücks! Sei mir willkommen, Effendi, und vernimm das Leid, das über uns hereingebrochen ist!"

„Was ist geschehen?" fragte ich, erschüttert von dem Ausdruck der Verzweiflung, der in seinen bleichen Zügen zu lesen war.

„Was geschehen ist? Der Gott meiner Väter hat sein Angesicht von mir gewendet und mir genommen das Kind,

[1] Löwe [2] Salomo

das Glück meines Alters, das da war meine größte Freude auf Erden."

„Dein Kind? Rahel?", rief ich bestürzt. „Ist sie gestorben?"

„Gestorben? Ach, wenn sie doch lieber gestorben wäre! Ich wollte Dank sagen dem Herrn, dass er mir wenigstens gelassen hätte ihr Grab, um darauf zu weinen meine Tränen und zu trösten das Weib, das mir gegeben hat das einzig gute Kind! Warum bin ich doch nicht geblieben in Sokna, wo es gibt keine Räuber der Wüste und keinen Mörder unserer Töchter; warum bin ich doch gegangen nach Mursuk, um zu vermehren mein Vermögen durch den Handel mit der Kaffila[1]! Du hast gekannt Rahel, die Tochter meines Herzens, das Kind meiner Seele und den Stolz meines Lebens. Sie war jung wie Sulamith, schön wie Bathseba und stolz wie Judith, die Heldin aus der Stadt Bethulia. Sie war das Licht meiner Augen, der Stern meiner Tage und die Sonne meines Daseins. Nun ist der Stern erloschen und die Sonne untergegangen; ich werde mit Herzeleid in die Grube fahren, wie Jakob wollte um Josef, den Verkauften!"

Die Tränen rannen ihm während dieser echt orientalischen Herzensergießungen in schweren Tropfen in den grauen Bart. Er versuchte sie zu trocknen und fuhr fort:

„Sie hat sich die schönen Augen bestrichen mit Khol und angelegt ihr goldgeschmücktes Gewand, um mit ihren Freundinnen lustzuwandeln vor dem Tore Ain el schems[2]. Da sind gekommen zwei gewaltige Reiter mit langen Flinten und scharfen Handschars[3], haben sie gezogen auf das Pferd und sind davongesprengt mit ihr, hinaus in die Wüste."

Ich wollte eben fragen, wann das geschehen sei, als einer der Diener eintrat und, sich demütig bis zur Erde neigend, meldete: „Es ist ein Mann im Hof, der dich zu sprechen verlangt, o Herr!"

[1] Karawane [2] Sonnenquelle, östliches Tor [3] Dolchsäbel

„Ich spreche nicht, ich rede nicht, ich will niemand sehen. Sage, ich bin verreist – sage, ich bin tot, gestorben vor Gram und Herzeleid!“

„Ich habe es ihm gesagt“, entgegnete der Mann, der seinen Herrn genau kannte, „aber er will reden von einem großen Geschäft, bei dem viele Beutel verdient werden können!“

„Ein großes Geschäft – viele Beutel? Was hilft mir das Geschäft und was sollen mir die Beutel, wenn fort ist Rahel, die einzige Erbin meiner Güter! Wer ist der Mann?“

„Ein Araber mit goldener Spange am Burnus und silberbeschlagenen Pistolen.“

„Goldener Spange – silberbeschlagen? Er mag kommen!“

Der Klang des edlen Metalls hatte bei meinem Freund wohl dieselbe Macht wie sein Schmerz. Nach einigen Augenblicken trat der Angemeldete in stolzer, würdevoller Haltung herein.

„Salam alejkum!“, grüßte er, ohne den Kopf nur einen Zoll tiefer zu neigen. Er war ein freier Sohn der Wüste und kam zu einem Giaur, er, der Rechtgläubige, zu einem Juden.

„Friede sei mit dir! Wie ist dein Name und was willst du von mir?“

„Mein Name ist gefürchtet wie der Name von el Timsach, dem Krokodil, und was ich will, sollst du vernehmen, Manasse Ben Arahab!“

Er sprach dies mit fester, tiefer Stimme, und obgleich er das Ende des Turbantuches als Lischam[1] herabgeschlagen hatte, bemerkte ich doch, dass sein dunkles Auge mit scharfem Blick den Raum durchsuchte.

„Du hast eine Tochter?“, fuhr er fragend fort.

„Eine Tochter! Kennst du sie – hast du sie gesehen – weißt du von ihr, nach der ich all die Meinen ausgesandt habe?“, rief Manasse, während er sich mit gespannter Miene erhob.

[1] Gesichtsschleier

„Weder deine Diener noch der Bej mit seinen Soldaten, bei dem du gewesen bist, werden sie finden, auch der Pascha von Tripoli nicht. Schick alle Schejatin[1] aus, es ist umsonst, denn – sie ist bei mir!"

„Bei dir?", Er sprang vollends auf und trat auf ihn zu. „Wie bist du zu ihr gekommen und wie heißest du?"

„Mein Name ist dir bekannt; ich bin der Kofla Agha."

„Der Kofla Agha!"

Manasse sank bei diesem entsetzten Ausruf wieder zusammen und auch ich war in hohem Grade bestürzt. Kofla Agha, Herr der Karawanen, nannte man den berüchtigten und gefürchteten Anführer einer Gum[2], die bald hier und bald dort auftauchte und die Karawanen überfiel und vernichtete, sodass weder von Mensch noch Tier jemals wieder etwas zu hören war. Jeder Handelszug, der nicht von einer zahlreichen militärischen Eskorte begleitet wurde, war ihr verfallen und weder die zornigen Befehle des Pascha noch die Anstrengungen des Bej hatten vermocht, dem Unwesen zu steuern. Jetzt stand der fürchterliche und kühne Mann vor uns und erklärte, dass Rahel sich in seiner Gewalt befinde.

Jedenfalls hatte er sie des Lösegeldes wegen geraubt, denn Ben Arahab war als sehr reich bekannt.

„Ja, der Kofla Agha!", wiederholte er in stolzem Ton.

„Allah kerim! Gott ist gnädig! Was soll sie bei dir?"

„Willst du sie wieder haben?"

„Ja, ja – so bald wie möglich – jetzt gleich! Du hast sie gefunden. Du willst sie wiederbringen – Hamdullillah, Preis sei Gott; du bist ein ehrlicher Mann!"

„Hilf ihm, o Gott; er ist verrückt geworden!", spottete der Räuber. „Du sollst sie haben, gesund und unverletzt, sobald du mir zehn Beutel in Gold bezahlst."

„Bezahlen?", Wie von einer Natter gestochen, fuhr Manasse hoch. „So hast du sie geraubt? Bösewicht, ich werde dich auf der Stelle festhalten lassen!"

[1] Mehrzahl von Schejtan = Teufel [2] Raubkarawane

„Das tust du nicht“, klang es unter einer verächtlichen Handbewegung; „denn ich schwöre dir beim Bart des Propheten, dein Kind stirbt, sobald ich nicht zur festgesetzten Stunde zurückgekehrt bin! Ich gebe dir zwei Wochen Zeit, die Beutel herbeizuschaffen, und werde dir dann sagen, wohin sie zu liefern sind.“

„Zehn Beutel in Gold! Ich bringe sie nicht zusammen!“

„So wird das Mädchen mein und meiner Männer Weib, Allah weiß es, und dann stirbt sie! Jetzt aber halte deinen Mund verschlossen, denn was der Kofla Agha beim Bart des Propheten schwört, das bricht er nie. Salam alejkum, Friede sei mit dir!“

Ohne mich auch nur mit einem einzigen Blick beachtet zu haben, schritt er hinaus. Manasse Ben Arahab aber sank wie vernichtet auf die Kissen nieder.

*

Wir waren nun drei Tage lang von Mursuk nach Augila unterwegs. Die Speditionskarawane, der ich mich mit Ali angeschlossen hatte, war von Manasse ausgerüstet worden, obgleich ich ihm geraten hatte, damit noch zu warten, bis sie sich einem größeren Zug anschließen könne. Allerdings wurden die Güter schon seit längerer Zeit erwartet und er meinte, da der Kofla Agha jetzt mit den zehn Beuteln beschäftigt sei, so werde ein Überfall nicht zu fürchten sein, obwohl der Bej ihm keine Schutzwache mitgeben könne, weil der für solche Zwecke bestimmte Teil der nur 250 Mann starken türkischen Garnison zu Mursuk sich schon nach allen Winden hin unterwegs befand.

Ich war anderer Meinung. Es war jedenfalls sicher, dass der Räuber das Haus Ben Arahabs bewachen ließ und folglich den Abgang der Karawane erfahren musste. Ich hatte dessen ungeachtet dem alten treuen Schech el Dschemali[1]

[1] Ältester der Kameltreiber

erklärt, mitzugehen, da ich es trotz des besten Willens zu keiner Bangigkeit vor dem arabischen Räuber bringen konnte und zudem der Wunsch in mir entstanden war, meinem Gastfreund nützlich sein zu können.

Ich hatte Rahel öfter gesehen. Sie war eine jener Schönheiten, wie sie nur der Orient reift, und wurde aus diesem Grund und weil sie aus Sokna stammte, mit vollem Recht in der Hauptstadt von Fessan ‚die Rose von Sokna' genannt. Wie oft hatte ich, in ihren Anblick vertieft, lautlos vor ihr gesessen, wie oft die kleine Kaffeetasse aus ihrer Hand empfangen, wie oft ihren Liedern gelauscht, von denen sie mir den arabischen Pilgergesang „Labehka Allah hümeeh"[1] am häufigsten wiederholen musste!

Jetzt befanden wir uns, wie gesagt, seit drei Tagen unterwegs und hatten nichts Verdächtiges bemerkt. Es war zur Zeit des Asr, des Reiseaufbruchs für alle echten Araber, zwei Stunden vor Untergang der Sonne. Ich ritt an der Spitze der Karawane neben dem Schech el Dschemali, der mir von den Gefahren der Wüstenreise erzählte, weil er mich, allerdings mit einigem Recht, für einen Rhassim[2] hielt.

Ich hörte seine nach morgenländischer Manier im Superlativ gehaltenen Schilderungen an, obgleich ich wusste, dass die Sahara ihre größten Schrecken nicht hier in der libyschen Wüste, sondern erst in der eigentlichen ‚Sahel' entwickelt.

„Sieh diese Steine, Sihdi, die herumliegen, als hätten die bösen Dschinns[3] sie gesät? Sie fielen vom Himmel herab, als der Erzengel mit dem Teufel kämpfte, der sich an den Mauern des Himmels festhielt und ein Stück davon mit herunterriss."

„Welch ein Glück, dass du nicht darunter standest, sonst hätte deinem Schädel kein Balsam helfen können!"

„Du willst nicht glauben, was ich dir sage? Ja, du bist

[1] Hier bin ich, o mein Gott [2] Neuling [3] Geister

ein Nemsi[1], dem kein Mollah und kein Derwisch helfen kann! Einst kamen die tapferen Uëlad Arfa und unterjochten sich das weite Land. Zwei Sonnenaufgänge von hier" – er zeigte dabei nach Süden – „waren einige Mauerbrocken auf den Rras[2] gefallen; sie bauten davon el Kasr[3]; aber der Schejtan trieb sie von dannen und nun wohnen die bösen Dschinns im Schloss, und wer ihnen mehr als zwei Tagereisen zu nahe kommt, ist der Dschehenna, der Hölle, verfallen. Im Namen des Allbarmherzigen, glaube, was ich dir sage; ich habe es von einem frommen Marabut, der war fünftausend Jahre alt und ist mit dabei gewesen!"

Ich machte keinen Versuch, ihn eines anderen zu belehren, und hielt mein Hedschin an[4], um den Zug, dessen Nachhut mein wackerer Ali bildete, an mir vorüber zu lassen. Die Lastkamele kamen nur sehr langsam vorwärts; das ermüdete mich mehr als der schnelle Ritt auf einem schlanken Reittier, das, wenn es zu der vorzüglichen Rasse der Bischahrinhudschun gehört, zehn bis zwanzig deutsche Meilen ohne Unterbrechung im Trab zurücklegt. Das meinige war ein solches; ich beschloss daher, mit Ali zu lagern, um den Eindruck der überwältigenden Wüstenöde einmal vollständig zu empfinden und dann auf unseren behänden Tieren den Zug bald wieder einzuholen.

„Hast du einmal etwas von el Kasr gehört?", fragte ich den Diener, als wir uns gelagert hatten. Es war bei der Erwähnung des Geisterschlosses ein Gedanke in mir aufgestiegen, der vielleicht eine Berechtigung haben konnte.

„El Kasr, Effendi?", Er streckte alle zehn Finger abwehrend von sich. „Hilf uns, o Herr, begnadige uns mit deinem Segen, denn das ist ja das verfluchte Gebäude, über welches nicht einmal die Vögel des Paradieses[5] wegkommen, ohne herabzustürzen! Ich habe in Mursuk davon gehört. Nur el Büdsch, der gewaltige Bartgeier, darf darüber

[1] Deutscher [2] einzelner Berg [3] Bergfestung
[4] Reitkamel [5] Schwalben

schweben, weil er die Unglücklichen verzehren muss, die sich zu den bösen Dschinns verirren."

„So fürchtest du dich vor diesen Geistern?"

„Allah icharkilik, Gott verbrenne dich, Sihdi, wenn du glaubst, dass ich, der unüberwindliche Ali el Hakemi Ebn Abbas Ebn er-Rumi Ben Hafs Omar en Nasafi vor einem Menschen oder vor einem Tier davonlaufe! Du bist ein großer Taleb und Effendi, aber Allah hu akbar, Gott ist noch größer, und wenn du mich mit Feigheit schändest, so lasse ich dich hier liegen und gehe dahin, wo ich hergekommen bin. Doch sage, wer kann mit Geistern kämpfen?"

„Und wenn nun diese Geister Menschen wären?"

Der gute Ali riss den Mund so weit wie möglich auf; er konnte nicht begreifen, wieso ein Geist ein Mensch sein könne, bis ich ihm die nötige Aufklärung gab.

„Bismillah, im Namen Gottes, Sihdi, du bist weise wie Sultan Sulejman, als er das Kind zerschneiden wollte! Doch was für Männer könnten auf el Kasr wohnen?"

„Vielleicht der Kofla Agha – mit seinen Räubern!"

„Der Kofla Agha – der Kofla Agha – der Würger der Karawanen?", wiederholte er mehrmals, um seinen unschuldigen Verstand für den kühnen Gedanken empfänglich zu machen; dann streckte er sich lang auf die Bastdecke aus und schloss die Augen. Ich wusste, dass er nun in der betreffenden Angelegenheit nicht eher wieder zu sprechen war, als bis er den Gegenstand vollständig verarbeitet hatte. Er unterbrach sein Nachdenken nur auf kurze Zeit, als die Sonne in das Sandmeer tauchte. Da erhob er sich und rief: „Jetzt ertönt von allen Moscheen der Ruf des Muezzin: ‚Haj alas sallah, rüste dich zum Gebete!' Wende ab dein Angesicht, Sihdi, denn ich will mich waschen und nach Mekka schauen!"

Er betete den vorgeschriebenen Abschnitt aus dem Koran und ließ an Stelle des Wassers, das in der Wüste mangelt, den aufgerafften Sand durch die Hände laufen. Dann nahm er seine vorige Stellung wieder ein.

Auch ich streckte mich aus und rollte mich in meine Decke, um mich so viel wie möglich gegen die fast unausstehliche Hitze zu schützen, die jetzt nach dem Sinken der Sonne der glühende Erdboden auszustrahlen begann.

Ich hatte zuvor beschlossen, nach nur kurzer Rast der Karawane zu folgen; da diese aber jedenfalls auch bald Lager machte und dieses vor Tagesgrauen nicht wieder verließ, so nahm ich mir vor zu bleiben, wo ich war. Ich konnte am Morgen ihren Spuren leichter folgen als jetzt, wo trotz des helleren Lichtes der südlichen Sterne das Auge in eine größere Entfernung nicht zu dringen vermochte.

Ich ließ mein Hedschin sich zur Erde legen; Ali folgte meinem Beispiel, und mit Hilfe einiger Durrhakuchen[1] und unserer Kirba[2] hielten wir ein frugales Abendmahl, nach dessen Beendigung wir den Schlaf suchten. Die ausgedehnten Fernen des Ozeans, die weiten Ebenen der amerikanischen Prairien, Savannen, Pampas und Llanos, die lang- und breitgestreckten Flächen der Wüste, sie haben gewiss sehr vieles gemein, aber die beiden ersten vermögen nie den Eindruck der Öde, Verlassenheit und Trostlosigkeit zu machen wie die letzte, von der Freiligrath so treffend sagt: „Sie liegt vor Gott in ihrer Leere, wie eine öde Bettlerfaust.“ Dieser Eindruck ist, je weiter entfernt man sich von menschlichen Wesen weiß, desto überwältigender; man fühlt sich hingeworfen in eine tödliche Verlassen- und Vergessenheit, wie ein einziges Körnchen Sand in das unermessliche Stein- und Trümmermeer, in welchem den verwegenen Wanderer auf Schritt und Tritt die hässliche Larve des Todes angrinst.

Ich schloss die Augen. Das ausglühende Licht des Tages brannte fort in ihnen und ich fiel nur langsam in einen unruhigen Schlummer, der mir die Gestalten Alis, Rahels, den Kofla Agha, den alten Schech el Dschemali und el

[1] Aus Negerhirse [2] Kleine Wasserschläuche für den persönlichen Tagesgebrauch

Kasr, die Geisterburg, mit el Büdsch, dem gewaltigen Bartgeier, und den tot aus der Luft herabstürzenden Thiur ed Dijinne in wirrem Durcheinander vorführte. Sogar die Himmelsmauer sah ich niederschmettern mit dem Teufel, der sich an ihr festgekrallt hatte, und stöhnend wälzte ich mich hin und her, bis sich endlich kurz vor Sonnenaufgang ein tieferer Schlaf meiner erbarmte.

Er währte nicht lange, denn die Stimme Alis weckte mich, der kniend und das Angesicht nach Osten gewendet das Fadschr betete, das kein guter Moslem zur Zeit des Zwielichts vor der Morgenröte versäumt.

Nachdem wir einen Schluck Wasser und einige Bissen Durrhakuchen zu uns genommen hatten, brachen wir auf. Wer im ‚wilden Westen' von Nordamerika auf die Fährte des Büffels, Bären oder Indianers zu achten gelernt hatte, dem konnte es nicht schwer werden, die Spuren der Karawane dem von scharfem Steingeröll bedeckten Boden abzulesen, obwohl ich deutlich erkannte, dass sie in kurzer Zeit verwischt sein würden.

Wir mochten etwas über eine Meile zurückgelegt haben, als wir den Ort erreichten, wo sie allem Anschein nach gelagert hatte.

Der Boden bildete hier einen feinsandigen, fast kreisrunden und von größeren Felsbrocken eingerahmten Teller und war auf eine so energische Weise zertreten, dass die mehr als zahlreichen Eindrücke meine Aufmerksamkeit erregten.

Ich stieg ab, um die verdächtige Erscheinung zu untersuchen. Hier hatte eine heillose Verwirrung, vielleicht gar ein Kampf, wenn auch ein unblutiger, stattgefunden. Ich suchte nach Anhaltspunkten und fand einen, der mir vollständige Aufklärung bot: Eine Kofla von fast zwanzig Tieren war von Süden her herbeigeschlichen, hatte unsere Karawane im Schlaf überfallen und sie nach derselben Richtung hin mit fortgenommen. Kein Zeichen war zurückgeblieben, auch nicht das geringste, keine Kamelhalfter, kein Zeltpflock, keine Schleife und kein Band von einem Lastgestell oder einem alten Sattel, keine Spur des Verbrechens sollte zurückbleiben, wenn der jetzt abwechselnd fächelnde Süd- und Nordwind die Fußstapfen ausgeglichen hatte.

„Ali, bist du mir wirklich so treu, wie du immer sprichst?"

„Warum fragst du, o Sidhi? Ich bin dir so treu wie der Tropfen dem Wasser und die Wärme dem Feuer!"

„Und gehst du mit, wohin ich dich führe?"

„Hamdullillah, Preis sei Gott, dass ich dich gefunden habe, den guten Effendi aus Nemsistan[1]! Du bist der beste Herr in ganz Bilad er Rumi[2] und ich der beste Diener in Maghreb el Ausath und Maghreb el Achsa[3]. Warum soll ich von dir lassen? Ich gehe mit dir bis an das Ende der Erde und noch zehntausend Tagereisen weiter!"

„Auch zum Kofla Agha, Ali?"

„Auch zu ihm, wenn du willst. Was ist's auch Großes? Er wohnte ja hier im Bahr bela mah, im Meer ohne Wasser[4]!"

„Er wohnt auf el Kasr."

„Weißt du das genau, Effendi?"

„Ja. Er ist mit seiner Kofla hier gewesen und hat unsere Karawane mit nach dem Geisterschloss genommen. Dort wird er die Tiere und Güter behalten und die Männer ermorden."

„Gott verdamme den Hund! Soll ich hingehen und ihn zerreißen, Sihdi?"

„Du hast Manasse Ben Arahab gekannt?"

„Warum sollte ich nicht? Habe ich nicht bei ihm das beste Kuskussu gegessen[5]?"

„Und hast auch Rahel gesehen, seine Tochter?"

„Ich habe sie gesehen. Sie hat Augen wie Leikum saaide, die segensreiche, und ihre Finger sind voll Güte und Barm-

[1] Deutschland [2] Europa [3] Ägypten und Nordafrika
[4] Wüste [5] Grütze mit Hammelfett

herzigkeit. Doch sie ist verschwunden; ich glaube ein böser Dschinn ist verzaubert worden von ihrer Lieblichkeit und hat sie durch die Lüfte geführt."

„Ja, ein böser Dschinn ist es gewesen, aber nicht einer von denen, die du meinst, sondern einer, der Fleisch und Blut besitzt. Er heißt Kofla Agha."

„Der Kofla Agha? Wer hat es dir gesagt, Effendi?"

„Ich weiß es. Er hält sie auf el Kasr gefangen."

„Gefangen? Sihdi, ich kenne einen, der wird hingehen und sie befreien!"

„Wer ist das?"

„Er heißt Ali el Hakemi Ebn Abbas Ebn er-Rumi Ben Hafs Omar en Nasafi."

„Ist dies dein Ernst, Ali?"

„Glaubst du, Sihdi, dass ich mit dem Kofla Agha scherzen möchte?"

„Nun gut. Ich gehe mit. Es handelt sich um das Leben vieler Männer und um die Freiheit der Tochter Ben Arahabs. Tust du alles, was ich will, so erhältst du den Preis, den der Bej von Fessan auf den Kopf des Kofla Agha ausgesetzt hat. Vorwärts, lass uns die Spur verfolgen!"

„Bismillah, in Gottes Namen, Sihdi; aber erlaube zuvor, dass ich die Fatha bete. Allah hilft dem, der sich in Gefahr zu ihm wendet!"

Er kniete auf dem Sattel seines ruhigen Tieres, das Angesicht nach Sonnenaufgang, und betete die Fatha, die erste Sure des Korans, die den Gläubigen bei allen wichtigen Unternehmungen vorgeschrieben ist. Sodann ließ ich mein Bischarinhedschin ausgreifen, um das Geisterschloss so bald wie möglich zu erreichen.

Wir waren nun beinahe zwei Tage lang der Richtung nach Süden gefolgt. Unser kleiner Proviant- und Wasservorrat, der ja nur für einen Tag berechnet war, ging trotz unserer Sparsamkeit zu Ende und es wurde Zeit, das Ziel unseres Ritts zu erreichen.

Wer sich die Wüste als eine große, nur von Sand erfüllte

Ebene vorstellt, ist im Irrtum. Vor uns erhoben sich nach und nach die scharfen, phantastischen Konturen einer Bergkette, zwischen deren Vorhügeln die uns zum Wegweiser dienende Spur dahinführte. Diese war jetzt von Stunde zu Stunde deutlicher geworden, und eben bogen wir um eine Felsenkante, als Ali sein Tier anhielt und ihm mit dem gebräuchlichen „Eoahhh" den Befehl, sich niederzulegen, gab. Ich folgte sofort seinem Beispiel; er musste einen Grund haben, sich nicht sehen zu lassen.

„Allah kerim, Gott ist gnädig! Siehst du dort die Gum, Sihdi?"

Ich folgte mit dem Auge seinem ausgestreckten Arm. Vor uns lag eine weite, von steil anstrebenden Bergwänden eingefasste Talrundung; unserem Standort gerade gegenüber, ungefähr dreiviertel Wegstunden weit, erhob sich auf der Kuppe des Rras ein eigentümliches Mauerwerk, zu dem eine lange Reihe von Reitern emporstrebte. Ich nahm das Fernrohr zur Hand und erkannte wirklich unsere Karawane, die, von den Räubern gedeckt und geführt, nach und nach unter dem alten, eingefallenen Tor verschwand. Schnell war ein Plan gefasst. Wir durften uns nicht sehen lassen und mussten daher den offenen Talkessel umgehen.

„Zurück, Ali, das ist el Kasr, wir müssen es auf einem Umweg erreichen!"

Es war ein böser, schlimmer Weg, den wir nun verfolgten. Wir mussten uns beeilen, noch vor dem bald zu erwartenden Einbruch der Dunkelheit an Ort und Stelle zu gelangen und hetzten bald durch enge Seitentäler, wilde und nackte Schluchten, bald über schroffe Höhengrate dahin, als würden wir von tausend Dschinns nach dem verhängnisvollen Geisterschloss getrieben. Im Grunde genommen war unser Unternehmen etwas unüberlegt; aber ich konnte es, wie bereits gesagt, wirklich zu keiner Furcht vor dem Kofla Agha bringen, freute mich sogar, offen gestanden, auf das zu erwartende Abenteuer und verließ mich dabei ganz auf unsere guten Waffen und auf mein gutes

Glück, das mich bis dahin selbst in den kritischsten Situationen nicht verlassen hatte. Auf die Tapferkeit Alis konnte ich sicher rechnen. Seit er wusste, dass el Kasr nicht von den Geistern, sondern von Menschen bewohnt war, hatte das Schloss seinen Schrecken für ihn vollständig verloren.

Wir ritten jetzt in ein enges Wadi[1] nieder, dessen Sohle mit trockenem, scharfschneidigem Halfagras bewachsen war. Es musste Wasser in der Nähe sein, und wirklich, als wir dem Winkel folgten, den das Tal beschrieb, glänzte uns das ersehnte Element entgegen. Es war ein Birket, ein kleiner See, wie man sie zuweilen in der Wüste findet, nur kurze Zeit ein wenig Wasser zeigend und das ganze Jahr dann leer und trocken.

Aber noch eins bemerkte ich: Wir hatten el Kasr erreicht. Das Wadi hatte eine lange, aber nur wenige Ellen breite Seitenschlucht, deren eine Wand fast senkrecht zu dem Gemäuer des Schlosses emporstieg. Gerade dieser Steilheit wegen konnten wir von oben nicht gesehen werden und ritten in die Schlucht hinein. Wir waren noch gar nicht weit vorwärts gekommen, als Ali in die Höhe deutete.

„Siehst du el Büdsch, den großen Bartgeier, mit seinen Frauen und Kindern, Effendi?"

Eine ganze Schar von Geiern hatte sich über uns erhoben und nach wenigen Schritten fanden wir die Schlucht von abgenagten und gebleichten Knochen dicht übersät. Es waren menschliche Gebeine und – mit Schaudern musste ich es denken – jedenfalls die Überreste der unglücklichen Kameltreiber, die in der Wüste gefangen, nach el Kasr geführt und vom Felsen in die Tiefe gestürzt worden waren. Darum also erzählte die Sage von el Büdsch, dem gewaltigen Bartgeier, der über der Geisterburg schwebte!

Das Aufsteigen der Vögel konnte unsere Anwesenheit verraten; wir mussten warten, bis sie sich beruhigt hatten. Ich lenkte mein Tier nach einer Spalte, die ich in der Fel-

[1] Tal

senschlucht bemerkte, stieg ab und wollte eben die Öffnung untersuchen, als ein Mann aus ihr hervortrat, der zwei Schläuche aus sudanischen Ziegenhäuten in den Händen hielt. Im Nu hatte ich ihn bei der Kehle gepackt, die ich so fest zusammenschnürte, dass er keinen Laut von sich zu geben vermochte, und in der nächsten Minute lag er gebunden am Boden. Dann setzte ich ihm die Spitze meines Dolchmessers auf die Brust.

„Vernimm, Mann, was ich dir sage: Versuchst du, dich zu wehren, oder antwortest mir einen einzigen Laut der Lüge, so schickt dich dieser Stahl hinunter in die Dschehenna! – Der Kofla Agha wohnt auf el Kasr?"

„Ja, Sihdi", stöhnte er voll Angst und Schreck.

„Er hat Rahel, die Tochter Manasse Ben Arahabs, bei sich?"

„Ja."

„Durch diese Spalte gelangt man in das Schloss?"

„Ja."

„Wie viel Männer seid ihr?"

Er zögerte mit der Antwort, aber ein leises Kitzeln mit der Klinge half seinem guten Willen nach.

„Vierundzwanzig."

„Wo ist der Agha jetzt?"

„In seinem Diwan."

„Und die anderen?"

„Bei der Beute."

„Wo?"

„Nicht weit von hier."

„Schwöre mir beim Haupt des Propheten, dass du mir die Wahrheit gesagt hast!"

„Ich schwöre!"

„Steh auf und zeige mir den Weg. Bist du gehorsam, so soll dir nichts geschehen; machst du aber den leisesten Versuch des Verrats, so bist du verloren! Wo sind die Gefangenen?"

„Eingeschlossen."

„Gut. Steige jetzt voran!"

Ich fasste den Strick, dessen anderes Ende ihm die Hände auf dem Rücken hielt, und nachdem Ali die Kamele gefesselt hatte, traten wir in die Spalte. Der Araber war unbewaffnet. Wir beiden anderen trugen jeder außer dem Dolch eine Doppelflinte und ein paar Doppelpistolen und ich außerdem zwei sechsschüssige Revolver, alle Läufe scharf geladen. Die Spalte führte uns erst waagerecht in den Felsen hinein und dann allmählich in die Höhe; durch die Nachhilfe der Schlossbewohner war sie in einen passierbaren Gang umgewandelt worden.

Wir mussten nach meiner Ansicht fast die Oberfläche des Felsens erreicht haben, als ich Stimmen vernahm. Wir gelangten an eine Tür, traten vorsichtig näher und blickten in den hinter ihr liegenden Raum. Ich erkannte auf den ersten Blick in ihm die Niederlage der geraubten Güter. Er war fast bis an die Decke mit Ballen und den verschiedensten Gegenständen gefüllt, wie sie eine Karawane mit sich führt, und ich zählte über zwanzig Männer, die teils beschäftigt, teils müßig beim trüben Schein der Kameldüngerfackeln zu erkennen waren. Ich warf die schwere, altertümliche Tür zu und schob die sicher unzerbrechlichen Mauerriegel vor. Mein Glück blieb mir auch heute treu: Die Bande des Kofla Agha war gefangen.

„Zeige mir die Männer, die vorhin gekommen sind!“, gebot ich dem Araber.

Er schritt noch eine Strecke aufwärts und blieb vor einer zweiten Tür stehen. Ich gab den Strick an Ali und tastete mich im Dunkeln zurecht. Auch hier waren starke Riegel angebracht. Ich öffnete. „Salam alejkum, ihr Leute! Tretet hervor, denn ihr seid frei!“

„Hamdullillah, Preis sei Gott! Bist du es wirklich, Sihdi?“, klang da die freudige Stimme des alten Schech el Dschemali.

„Ich bin es. Ich wollte mich von der Wahrheit dessen überzeugen, was dir dein frommer, fünftausendjähriger Marabut erzählt hat, und habe die bösen Dschinns gefangen.“

Ich führte ihn mit der Hälfte seiner Leute an die Tür

des Lagerraums zurück, deren Bewachung ich ihm übergab, und folgte mit den anderen unserem Führer weiter.

Wir traten endlich an das Tageslicht.

„Labehka Allah hümeh!“, hörte ich gerade über uns eine bekannte Stimme singen. Es war Rahel.

„Wo ist der Diwan des Agha?“, fragte ich den Araber.

„Geh diese Stufen empor und durch zwei Gemächer, du findest ihn im dritten!“

„Kommt mit und wartet vor der Tür!“

Die kurze Dämmerung des Südens war bereits hereingebrochen, als ich in den Diwan trat, aber ich vermochte doch noch die Pracht zu erkennen, mit der dieses Gemach der alten Ruine ausgestattet war. Der Kofla Agha saß auf einem kostbaren Teppich, der wenigstens vier Zentner schwer sein mochte, und war so mit seinem Narghileh[1] beschäftigt, dass er mein Kommen gar nicht hörte.

„Salam alejkum!“, grüßte ich. „Ist der ‚Würger der Karawanen‘ taub geworden, dass er den Schall meiner Füße nicht vernimmt?“

Beim Klang der fremden Stimme sprang er auf und trat mit einigen raschen Schritten auf mich zu. Er erkannte mich und griff zum Yatagan.

„Allah akbar, Gott ist groß! Wer, Fremdling, hat dich von Mursuk nach el Kasr geführt und wie bist du herbeigekommen, ohne dass wir dich gesehen haben?“

„Ich komme, um Rahel zu holen, die Tochter Manasse Ben Arahabs.“

„Sie ist nicht hier. Hast du die zehn Beutel?“

„Sie ist hier, du Vater des Mordes und Erzeuger des Raubes, und die Beutel liegen in Mursuk.“

„So gehe und hole sie!“

„Bah! Du wirst mich nie wieder von hinnen lassen, weil sonst die Wohnung des Kofla Agha verraten ist, sondern mich vom Felsen werfen lassen wie alle anderen!“

[1] Wasserpfeife

„Beim Barte des Propheten, Giaur, du hast recht gesagt! Gib deine Waffen her!“

„Die sollst du haben!“, Ich zog den Revolver. Er hatte wohl noch keins dieser kleinen Instrumente gesehen.

„Willst du mit mir scherzen? Ich schwöre dir bei Muhammed und allen heiligen Kalifen, lege deine Waffen nieder, sonst bist du ein Kind des Todes!“

„Und ich schwöre dir bei Isa Ben Marryam, den wir Jesus, den Sohn Mariens nennen, dass ich dir die Hand zerschmettere, wenn du die Klinge nicht sofort zu Boden wirfst!“

„So stirb, Kelb, du Hund!“

Er stürzte sich auf mich; ich drückte los – seine Hand sank nieder und die erhobene Waffe fiel klirrend zur Erde. Sofort aber raffte er sie mit der Linken wieder auf und sprang mit einem lauten Wutschrei bis hart an mich heran. Ich drückte zum zweiten Mal ab; auch seine Linke war getroffen; er stürzte jetzt selbst nieder. „Amahl, herbei, Ali!“, rief ich.

Der treue Diener kam herein und warf sich auf den Verwundeten, der sich unter seiner Umschlingung wie ein angeschossener Panther bäumte. Es half ihm nichts. Auch die befreiten Kameltreiber eilten hinzu. Er wurde überwältigt und gebunden.

*

Wieder ritten wir in Mursuk ein. Wir hatten nur den Kofla Agha, den Anführer der Räuber, mitgenommen, während sich seine Männer unter der Bewachung der zurückgelassenen Treiber noch auf el Kasr befanden. Sie sollten von den Soldaten des Bej abgeholt werden.

Der ‚Würger der Karawanen‘ ritt, fest auf sein Kamel geschnürt, zwischen Ali und dem alten wackeren Schech el Dschemali; ich folgte mit Rahel, die mit entzückter Miene von dem über dem Rücken des Kamels hängenden

Tachtirwan[1] aus die duftenden Gärten der Stadt begrüßte. Unsere jetzige Beute war kostbarer als die Haut von Abu el Sselßele, dem Vater des Erdbebens, die bei unserem vorigen Einzug den Rücken von Alis Pferd geziert hatte. Dieser war auch nicht wenig stolz auf unseren Fang und kam, als wir die ersten Häuser erreichten, an meine Seite.

„Sihdi, siehst du dort den Fundukih[2] an der Tür, wie neugierig er aufsieht, wer wohl unser Gefangener sein mag? Du bist ein großer Effendi und Taleb, aber dein Diener Ali el Hakemi Ebn Abbas Ebn er-Rumi Ben Hafs Omar en Nasafi hat den Kofla Agha festgehalten und gebunden, wie man el Dibb, den feigen Schakal, bindet. Er ist ein tapferer Held und wird sich vom Bej den Preis bezahlen lassen – wenn dir's gefällig ist!"

[1] Frauensänfte [2] Gastwirt

DIE ‚BOTH SHATTERS'

(1877)

Die Prairie schob sich halbkreisförmig in den zurücktretenden Urwald hinein und am äußersten Rand dieser ‚Bucht', wie die Jäger dergleichen Orte nennen, hatte die Gesellschaft, zu der ich gehörte, ihr Lager aufgeschlagen, um für einige Tage von den Anstrengungen, die wir hinter uns hatten, auszuruhen und bei dieser Gelegenheit einiges ‚Fleisch zu machen'. Es war uns auch gelungen, an eine Büffelherde heranzukommen, und während die anderen sich eifrig mit den Kälbern, die wir geschossen und zum Lager geschleift hatten, beschäftigten, hatte ich einen Ausflug hinaus in die Savanne unternommen, da Swallow, mein braver Mustang, nicht in dem Grade der Ruhe bedurfte wie die anderen Pferde.

Ich war am Morgen ausgeritten, die Sonne hatte jetzt schon seit einigen Stunden den Kulminationspunkt hinter sich und ich beschloss eben umzukehren, als ich mehrere Hufspuren bemerkte, auf die mein Weg im spitzen Winkel stieß. Ich stieg ab, um sie zu untersuchen.

Es war eine eigentümliche Fährte. In ihrer Mitte ließen sich die Hufeindrücke zweier Pferde deutlich erkennen, zu beiden Seiten waren je drei und drei, zusammen also sechs andere geritten und ein siebenter hatte, bald zu Fuß und bald zu Pferd, bald hüben und bald drüben, seine Eindrücke hinterlassen. Den Fußspuren nach war es ein Indianer gewesen. Ich verglich das niedergetretene Gras der einzelnen Fährten und fand, dass die mittleren beiden Spuren vielleicht um eine Stunde älter waren als die anderen, denn bei ihnen hatten sich die Halme bereits beträchtlich mehr erhoben als bei den übrigen. Es war mir sofort klar, dass die beiden von den sieben verfolgt wurden, deren Spuren so frisch waren, dass sie kaum vor einer halben Stunde erst vorübergekommen sein konnten.

Da die Fährte ungefähr die Richtung verfolgte, in der unser Lager sich befand, beschloss ich ihr zu folgen, die Sorge für die Meinen erforderte es. Wir befanden uns in der Nähe des Yellowstone River, also im Gebiet der den Weißen feindlich gesinnten Sioux, und wenn wir auch so einige Dutzend tüchtiger Arme besaßen, so konnte ein Zusammentreffen mit den Indsmen doch nicht in unserem Wunsch liegen. Ich bestieg also Swallow wieder und versetzte ihn in jene ausgiebige Gangart, die im Südwesten Sobrepasso genannt wird und darin besteht, dass das Pferd je die beiden rechten oder linken Füße zugleich, den Vorderlauf jedoch immer höher als den Hinterlauf erhebt, was eine weit schnellere und sanftere Bewegung ergibt als das Traben.

So legte ich in kurzer Zeit eine bedeutende Strecke zurück, sodass ich den Verfolgern schon ziemlich nahe sein konnte, als ich plötzlich zwei Fußspuren bemerkte, die von seitwärts herkamen und sich mit der Fährte, die ich nicht aus dem Auge gelassen hatte, vermischten. Wieder stieg ich ab, um sie zu prüfen.

Sie rührten von zwei Weißen her, das stand fest, denn die Zehen waren nach auswärts gekehrt und zugleich sah ich, dass die beiden Männer von sehr verschiedener Gestalt sein mussten: Die Fußeindrücke des einen waren bedeutend länger als die des anderen. Der Lage der Halme nach waren die beiden erst vor wenigen Minuten hier gegangen. Ich stieg auf und folgte ihnen im Galopp, die Augen bald auf die Fährte und bald in die Ferne gerichtet, wo ich auch bald zwei schnell vorwärts eilende Punkte bemerkte, die sich, als ich näher kam, als menschliche Gestalten erwiesen.

Einmal rückwärts schauend, erblickten sie mich und blieben halten, um mich mit zum Schuss erhobenen Büchsen zu erwarten. Als ich so nah war, dass ich sie genau zu betrachten vermochte, konnte ich mich eines Lächelns kaum erwehren.

Es waren zwei Männer und es schien, als habe die Natur sie als schroffe Gegensätze nebeneinander gestellt.

Der eine war klein, aber von einem ganz ungemeinen Körperumfang. Ein dichter struppiger Bart bedeckte sein Gesicht so, dass von ihm nur eine fürchterliche, in allen Farben spielende Nase und zwei kleine, listig blinzelnde Äuglein zu erkennen waren. Die verschobene Perücke, die auf seinem breiten Schädel lag, hatte jedenfalls seit langen Jahren weder Kamm noch Bürste gefühlt und glich einem umgekehrten und zerzausten Vogelnest. Auf ihr saß ein Ding, das früher einmal eine Pelzmütze gewesen sein konnte, jetzt aber alle Haare verloren und ganz das Aussehen eines umgestülpten faltenreichen Bärenmagens hatte. Der Jagdrock, in dem das Männlein steckte, war jedenfalls für eine bedeutend längere Persönlichkeit angefertigt worden, denn er hing ihm fast bis an die Knöchel herab und ließ von der unteren Partie des possierlichen Trappers nur zwei vielfach zerrissene und zerfetzte Mokassins erblicken.

Der andere war fast um die Hälfte höher als sein Gefährte. Seine Glieder waren so dünn und lang gezogen, dass man befürchten musste, sie könnten beim ersten Windstoß wie Fäden auseinandergetrieben werden. Alles an ihm war lang und dünn oder schmal: die Stirn, die Nase, die Lippen, das bartlose Kinn, der Hals, der Leib, die Arme und Beine, auf seinem Hinterkopf balancierte ein eigentümlicher Gegenstand, dessen hundertster Urenkel nach der Darwinschen Lehre wahrscheinlich Hut zu nennen sein würde, das lederne Jagdwams reichte ihm nur wenige Zoll über die dürren Hüften herab und die unendlichen Beine steckten in zwei weit heraufgezogenen Futteralen, von denen sich kaum entscheiden ließ, ob sie Strümpfe, Gamaschen oder Stiefel zu nennen seien.

Ihre Ausrüstung war ganz die bei einem Prairiejäger gewöhnliche und bot, außer der Büchse des Dicken, keinen Stoff für besondere Betrachtung. Diese aber sah einem im Wald abgebrochenen Prügel ähnlicher als einer Feuerwaffe. Das Holzzeug an ihr hatte durch Kerben, Sprünge und abgeschlagene Splitter seine ursprüngliche Gestalt verloren, Lauf, Schloss und Beschlag waren vom Rost zerfressen und ein europäischer Schütze hätte wohl nur mit der größten Vorsicht einen Schuss aus ihr gewagt. Doch sah ich hier nicht das erste derartige Schießinstrument, mit dem ein Fremder absolut nichts anzufangen weiß, während der Besitzer aus dem alten verlaufenen Rohr sicher keinen anderen als einen Meisterschuss tut.

„Stopp, Sir", rief mich der Dicke an, „in welcher Absicht reitet Ihr hier auf der alten Wiese spazieren?"

„Spazieren?", wiederholte bekräftigend der Lange, indem er den Lauf seines Gewehrs gerade auf meine Nase richtete.

„Tut eure Guns beiseite, Mesch'schurs[1]", antwortete ich. „Ich habe nicht die Absicht, euch aufzufressen!"

„Wollt's Euch auch nicht geraten haben, die Two Sams anzubeißen, Sir! Würdet nichts zu schmecken bekommen als ein paar runde Stücke Blei! Ihr seid doch jedenfalls nicht allein in der Savanne, schätze ich. Zu wem gehört Ihr?"

„Meine Gesellschaft liegt da vorn in einer Bucht, fünf Meilen ungefähr von hier. Wir machen Fleisch und ich bin ein wenig fortgeritten, um im richtigen Gang zu bleiben."

„Das ist einen ganzen Kürbis (Trapperausdruck für viel oder sehr) unvorsichtig von Euch, Sir, schätze ich. Wisst Ihr nicht, dass es hier auf der alten Wiese Rothäute gibt?"

„Rothäute gibt?", nickte bekräftigend der Lange.

„Haben seit mehreren Wochen keine Spur von irgendeinem Redman zu sehen bekommen."

„So könnt Ihr heute genug sehen, Sir. Die Two Sams sind von sieben verfolgt worden, von den Big Horns herab, und ist wohl noch eine ganze Herde Yanktons hinter ihnen her, schätze ich."

[1] Engl. korrumpiert aus frzs. Messieurs

„Ihr seid die beiden Reiter, deren Spur ich gesehen und verfolgt habe?“, fragte ich erstaunt und besorgt zugleich, denn die Yanktons bilden den unversöhnlichsten und kriegerischsten Stamm der Sioux. „Wo habt ihr denn eure Tiere und wie kommt ihr zu Fuß auf eure eigene Fährte zurück?“

Die Äuglein des Kleinen blinzelten mir halb pfiffig, halb mitleidig entgegen.

„Sam Thick schätzt, Ihr seid ein Greenhorn (Neuling), Sir, da Ihr noch nicht wisst, was ein echter rechter Westmann tut, wenn er sehen will, ob seine Spur verfolgt wird oder nicht! Er schlägt einen Bogen auf sie retour, ist sie frei geblieben, so liegt's gut, findet er aber den Feind auf ihr, so weiß er nun doch, woran er ist, und hat die Verfolger vor sich statt hinter sich. Seht Ihr das ein?“

„Danke für die Belehrung, Master, war nicht gerade notwendig! Konnte mir nur nicht sagen, warum ihr abgestiegen seid und eure Tiere nun den Roten schenkt.“

„Schenken? Zounds, seid Ihr verrückt, Sir?“

„Verrückt, Sir?“, schnarrte auch der andere.

„Nun, Mesch'schurs?“

„Wären die Two Sams den Bogen geritten, so hätten sie die Yanktons hinter sich behalten, sie haben aber ihre Pferde angehobbelt (an den Vorderbeinen gefesselt) stehen lassen, damit die dummen Indsmen denken, sie machen Lager und sind nur in den Wald gegangen, um Äste für das Feuer zu holen.“

„Feuer zu holen“, bestätigte das lange Echo.

„Ah!“, dehnte ich überrascht. „Ist's weit von hier?“

„Bloß einige Stecken (Trapperausdruck für nicht weit), schätze ich. Wie viel Mann zählt Eure Gesellschaft, Sir?“

„Zwölf.“

„Nur Weiße?“

„Ja. Könnt Ihr unsere Büchsen brauchen, Master?“

„Jetzt nicht, bei den sieben, es ist zu spät. Aber Euch können wir gebrauchen. Wollt Ihr mit oder fürchtet Ihr Euch?“

„Sehe ich so furchtsam aus?“

„Hm, Euer Pferd ist gut, sehr gut“, meinte er mit bewunderndem Blick auf Swallow, „aber der Mann, der Mann könnte besser sein, schätze ich. Ihr sitzt mir zu parademäßig im Sattel, Euer Rock hat weder Flick noch Flock, Euer Gürtel und was daran hängt, glänzt vor Metall und Lack, und Eure Fowling-piece (Vogelflinte) ist so blank geputzt, als käme sie soeben erst aus dem Store. Seid doch wohl ein Greenhorn, Sir?“

„Greenhorn, Sir?“, ließ sich auch der andere vernehmen. Ich wusste, was für ein Vorurteil der richtige Woodsman gegen eine gut gehaltene Ausrüstung hat und lächelte.

„Habt keine Sorge, Master Sam! Habt Ihr von einem gewissen Jake Hawkins in St. Louis gehört?“

„Sollte meinen! Er ist ja der beste Büchsenmacher in den Staaten!“

„Nun, von ihm ist diese Büchse, dieser Henrystutzen, der fünfundzwanzig Kugeln bei nur einmaligem Laden schießt, und diese beiden Revolver hat er auch gemacht. Und der Mann, der sie trägt, ist zwar kein Kentucky-Shooter, aber ein Deutscher, der heute nicht seinen ersten Schuss tun würde.“

„Behold, Sir, das lässt sich hören, schätze ich! Die Waffen sind gut und Sam Thick hat schon gar manchen Mann aus Germany da drüben kennen gelernt, der dem Grizzly in das Auge zu treffen wusste. Kommt mit, aber steigt vom Pferd, denn die Indsmen haben verteufelt gute Augen und ein Mann hoch zu Ross ist leichter zu sehen als einer, der nur auf den Sohlen reitet!“

Ich stieg ab, nahm Swallow am Zügel und fragte im Vorwärtsschreiten:

„Nun sagt auch Ihr wer Ihr seid, Master! Ich habe Euch Auskunft über mich gegeben und muss natürlich wissen, wem ich meine Kugel leihen werde.“

„Wer wir sind, Sir? Hm, das wäre eine verteufelt lange Geschichte, aber ich heiße Sam und der hier heißt Sam und darum werden wir von den Unseren nur die Two Sams genannt. Wir gehören zur Gesellschaft der Both Shatters und haben da oben am Wasser unser Hide-spot (Versteck)."

Ich blieb überrascht stehen und sah die beiden Männer staunend an. Die Both Shatters, Vater und Sohn, waren die berühmtesten Jäger zwischen den Seen und dem mexikanischen Meerbusen; niemand kannte ihren eigentlichen Namen; niemand wusste, woher sie stammten; aber jeder wusste irgendein außerordentliches Abenteuer von ihnen zu erzählen. Sie waren die furchtbarsten Feinde der Indianer, und obgleich kein Fremder ihren Lagerplatz betreten hatte, sagte man sich doch, dass dort mehr Nuggets (größere Waschgoldstücke) und Indianerskalpe zu finden seien, als man auf einen Ochsenkarren laden könne.

„Zu den Both Shatters? Ist's wahr, Master?"

„Natürlich, Sir! Und wenn Ihr einmal mit ihnen zusammenkommt, so werden sie Euch gern von Sam Thick und Sam Thin erzählen, die immer beisammen sind und schon manchem roten Schuft das Fell vom Kopf gezogen haben. Nicht wahr, Sam Thin, altes Coon?"

Coon ist Abkürzung von Racoon, der Waschbär, und wird von den Jägern unter den verschiedensten Bedeutungen als Anrede gebraucht.

Sam Thin grunzte zustimmend, Sam Thick aber hatte den Weg wieder aufgenommen und so schritten wir, die Spur verfolgend, rüstig vorwärts.

Nach einiger Zeit sahen wir eine Waldzunge sich lang und schmal in die Prairie hinausschieben. Die beiden Trapper wurden vorsichtiger. Sie verließen die Fährte, die sich um die Zunge herumzog, und eilten, zwischen den Vorbüschen so viel wie möglich Deckung suchend, rasch und in gerader Richtung auf die hochstämmigen Robinien und Weymouthkiefern zu. Als wir sie erreicht hatten, blieb Sam Thick halten.

„Heigh-day, Sir, das Schlimmste ist vorüber, schätze ich! Die Roten konnten uns durchschaut und hier erwartet haben, wo sie vor unseren Kugeln sicher waren und uns ebenso sicher ausgelöscht (Trapperausdruck für getötet) hätten. Aber die Halunken sind wahrhaftig dümmer als ein Dickkopf von Coloured Gentleman (Neger) und werden nun untergehen und ihre Felle geben müssen!"

„Geben müssen!", bestätigte Sam Thin, indem er seinem Gefährten folgte, der sich vorsichtig an den gegenseitigen Rand der Zunge schlich. Draußen lag eine der schon erwähnten Buchten. Sie wurde ihrer Länge nach von einem Bach in zwei Hälften geteilt, dessen beide Ufer mit dichtem Weichholz bestanden waren, er kam aus der obersten Ecke der Bucht und verschwand, einen Winkel beschreibend, hinter der gegenüberliegenden Waldesecke. Ein Blick genügte mir, um zu sehen, dass die List der beiden schlauen Trapper vollständig gelungen sei.

Sie waren vorhin über den Bach gegangen, hatten hinter ihm ihre Tiere angehobbelt und dann den jenseitigen Teil des Waldes aufgesucht, um von da aus nach rückwärts ihren Bogen auf die Fährte zu schlagen. Unterdessen waren die Yanktons angekommen, hatten die beiden Pferde bemerkt und sich sofort wieder hinter das Wasser zurückgezogen, um die Rückkehr der Weißen zu erwarten, die dann verloren gewesen wären. Zuvor hatten sie, um sich von ihrer Sicherheit zu überzeugen, unseren jetzigen Standort untersucht, wie die deutlichen Spuren, die wir bemerkten, bezeugten, und lagen jetzt keine zweihundert Schritte weit und ohne alle Deckung vor uns hinter den Büschen am Bach. Ihre Pferde hielten angepflockt in ihrer Nähe. Es war ein Glück, dass die Luft uns entgegenkam, sonst hätten uns die Tiere längst gewittert und verraten.

„Sam Thin, altes Coon, siehst du die Kupfermänner? Schau dort durch die Lücke, wenn du Sehnsucht nach unseren Pferden hast! Sie haben sie nicht angerührt. Jetzt, Sir, die Büchse auf. Ihr nehmt den ersten dort, ich den zweiten und Sam Thin den dritten, dann das Beil heraus und drauf! Ihr habt doch einen Tomahawk da unter dem Rock?"

„Habe einen und zwei Schüsse in der Büchse, ich nehme also den ersten und den vierten!“

„Gut, Sir! Ich schätze, dass sie verteufelt überrascht sein werden, wenn wir aus einer ganz anderen Richtung blasen, als sie denken!“

Vier Schüsse krachten und vier Indianer überschlugen sich, die drei anderen fuhren empor, erblickten uns und sprangen zu den Pferden. Dem ersten gelang es, das seine zu erreichen; er riss den Pflock aus der Erde, schwang sich auf und sprengte davon. Ich warf mich auf den nächsten, der auch schon im Begriff stand, auf eines der Tiere zu springen. Er riss den Tomahawk vom Gürtel und holte zum Schlag aus, sank aber augenblicklich zur Erde nieder. Mein Messer war ihm bis an den Griff in die Brust gedrungen. Mich umblickend, bemerkte ich die beiden Jäger, die auf dem letzten lagen, der sich verzweifelt gegen sie wehrte. Hier war meine Hilfe jedenfalls nicht nötig, aber der Entflohene durfte nicht entkommen.

„Swallow!“

Das brave Tier war unter den Bäumen halten geblieben. Auf meinen Ruf kam es augenblicklich herbeigetrabt. Ich saß auf und ritt um die Waldeszunge herum, wo ich den Indianer schon in ziemlicher Entfernung dahingaloppieren sah. Er legte denselben Weg zurück, den er gekommen war.

„Come on, Swallow!“

Das Wort genügte, um den Mustang in schnellsten Lauf zu versetzen; ventre à terre flog er vorwärts, sodass sich schon in den ersten Augenblicken zeigte, dass er dem Pferd des Wilden weit überlegen war. Von Sekunde zu Sekunde wurde die Entfernung zwischen uns beiden geringer, bis ich ihm auf kaum zwanzig Pferdelängen nahe gekommen war. Er hatte mich erblickt und trieb sein Tier zur äußersten Eile an.

„Stopp, Swallow!“

Der Mustang stand und vermied auch die leiseste Bewegung, denn ich zog den Stutzen aus der Sattelschleife und er wusste nun, dass ich schießen wollte. Der Schuss krachte und der Indianer fiel vom Pferd. Während sein Mustang reiterlos davonjagte, ritt ich zu dem Getroffenen heran. Die Kugel war ihm in den Hinterkopf gedrungen; er war tot. Ich stieg ab und nahm ihm Messer, Beil und Munitionsbeutel als Siegeszeichen. Sein Gewehr hatte er in der Bucht vor Schreck liegen lassen.

Als ich wieder im Sattel Platz nahm und unwillkürlich nach dem entkommenen Pferd ausschaute, erblickte ich in der Richtung der Fährte, aber noch in weiter Ferne, einen dunklen Haufen sich auf mich zu bewegender Gestalten. Ich nahm das Rohr vom Gürtel, schob es auf und beobachtete die verdächtige Erscheinung. Es waren Indianer, die unseren Spuren folgten, jedenfalls wohl die Yanktons, von denen Sam Thick gesprochen hatte. Ich wandte um und sprengte in Karriere zur Bucht zurück. Dort fand ich die Two Sams beschäftigt, den sechs Toten die Skalpe zu nehmen.

„Habt Ihr ihn, Sir?“, fragte Sam der Dicke.

„Ja, hier sind seine Waffen.“

Die Antwort kam mir nur stockend zwischen den Lippen hervor, so war ich über das Aussehen des Mannes erschrocken. Während des Ringens mit dem Wilden hatte er nämlich Mütze und Perücke verloren und ich sah nun einen haarlosen Schädel, dessen nachgewachsene Haut in den fürchterlichsten Farben spielte. Sam Thick war skalpiert worden.

„Behold, Sir, seht Euch wohl meinen Schädel an, schätze ich? Bin einmal den Yanktons in die Hände geraten und um meinen Pelz gekommen, ließen mich dann für tot liegen, die Schufte. Sam Thin, das alte Coon, aber hat mich gefunden und mitgenommen. Musste verteufelt viel ausstehen, ehe ich wieder zu Verstand kam, und bin dann hinuntergeritten nach Cheyenne zum Hairdresser, um mir dies Rattenfell zu kaufen, das sie Perücke nennen. Kostete mich damals vier volle Bündel Dickschwanzpelze (Biberhäute), ist aber bezahlt worden, hundertfach bezahlt, denn ich habe geschworen, dass die roten Scoundrels für jedes zehnte Haar einen Skalp geben sollen. Habe auch schon einen ganzen Haufen beisammen, da droben im Hide-spot, und wird wohl noch größer werden, schätze ich. Hier nehmt Eure drei Skalpe, Sir!"

„Danke, Mann! Bin noch nicht skalpiert worden und mag also das Zeug nicht haben, denn..."

„Nicht?", unterbrach er mich erstaunt. „Ihr habt bewiesen, dass Ihr kein Greenhorn seid..."

„Kein Greenhorn seid", schaltete sich auch der Dünne mit anerkennendem Kopfnicken ein.

„Und wollt die roten Felle nicht?"

„Bin darüber anderer Meinung als Ihr! Übrigens macht, dass wir von hier fortkommen! Es ist eine ganze Truppe Indianer hinter uns, die in zehn Minuten in der Bucht sein kann."

„Indsmen?"

Der kleine Mann sprang mit einer Behändigkeit, die ich ihm nicht zugetraut hatte, bis an die Spitze der Waldeszunge vor und blickte in die Prairie hinaus. Im Nu war er wieder zurück, schob drei der erbeuteten Skalpe unter den Gürtel, riss seine Waffen von der Erde empor und sprang über den Bach.

„Have care, Sam Thin, altes Coon, nimm die drei anderen Felle und mach dich davon. Die Yanktons kommen dir sonst zwischen die ewigen Beine."

Auch ich nahm meine Büchse auf, die ich vorhin weggeworfen hatte, und folgte den beiden. Als ich die Büsche jenseits des Baches durchbrach, saßen sie schon im Sattel. Wir waren zum Widerstand viel zu schwach und durften uns unmöglich auf der offenen Prairie sehen lassen. Ich schätzte die Zahl der Feinde auf gegen hundert. So schnell wie möglich ging es an dem vielfach ausgebuchteten Waldrand dahin, indem wir bald quer über die offenen Stellen jagten und bald zwischen den Büschen, Sträuchern und Bäumen hindurch die schmalen Waldspitzen durchschnitten. Die Pferde der Two Sams erwiesen sich als vortrefflich, obgleich Swallow seine ganze Schnelligkeit nicht entwickeln durfte, wenn ich ihnen nicht vorankommen wollte, und so ging der rasche Ritt eine ganze Weile lang, bis wir einen zweiten Wasserlauf erreichten, an dem Sam Thick sein Tier parierte.

„Wollt Ihr noch zu den Euren, Sir?"

„Versteht sich, Master Sam! Ich habe nur wenig über zwei Meilen noch zu ihnen und darf sie nicht in Sorge über mich lassen. Ihr macht doch mit?"

„Nein. Wir sind hier auf dem Wege zu den Both Shatters und in einer Viertelstunde in Sicherheit. Reitet Ihr weiter, so bringt Ihr Euch und Eure Gesellschaft in Gefahr, schätze ich. Unsere Spuren verschwinden hier, die Euren aber bleiben und werden von den Indsmen entdeckt. Kommt mit! Es ist uns zwar verboten, Fremde nach dem Hidespot zu bringen, Ihr aber habt eine Ausnahme verdient. Entscheidet rasch, Sir!"

„Rasch, Sir!", bat auch Sam der Dünne.

„So gehe ich mit euch!"

Dieser Entschluss war etwas rasch gefasst, doch ließ er sich entschuldigen. Sollte ich die prächtige Gelegenheit, die Both Shatters kennen zu lernen, ungenützt vorübergehen lassen? Ich brachte wirklich die Meinen in Gefahr, wenn ich durch meine Spur die Wilden zu ihnen führte, und wenn, was mit Hilfe des Baches allerdings recht gut möglich war, unsere Spuren wirklich hier verschwanden, so ließ sich vom Hide-spot aus doch vielleicht ein Weg finden, auf dem ich ohne Bedrohung ihrer Sicherheit zu ihnen gelangen konnte.

Wir lenkten unsere Pferde in das Wasser, um dessen Lauf aufwärts zu verfolgen. Mich noch einmal umschauend, sah ich einige Zweige am Buschrand, durch den wir gekommen waren, sich bewegen und glaubte das dunkle Gesicht eines Wilden zwischen ihnen zu erblicken.

„Master Sam, schlagt einen anderen Weg ein und verratet Euer Hide-spot nicht, die Indsmen sind schon da!"

„Egad, Sir? Das ist nicht möglich, denn unser Vorsprung war zu groß. Folgt schnell, Ihr habt Euch getäuscht!"

Ich ritt hinter ihnen her, machte mich aber schussfertig und blickte fleißig zurück. Da sich jedoch nichts Verdächtiges bemerken ließ, so beruhigte ich mich in dem Gedanken, dass mir nur meine aufgeregte Phantasie jenes Gesicht vorgemalt habe.

Das Bett des Baches war hart und felsig, sodass nicht der mindeste Eindruck eines Pferdehufes zurückblieb. Der Wald wurde dichter und immer dichter, trat vollständig bis an das Wasser heran und war so mit Unterholz bestanden, dass sich kein offenes Plätzchen finden ließ, an dem wir hätten landen können.

So ritten wir wohl eine Viertelstunde lang gegen den Wellenlauf, bis die ringsum herrschende Stille plötzlich unterbrochen wurde:

„Who is there?", rief uns eine Stimme an, ohne dass ich den Frager bemerken konnte.

„The Two Sams, altes Coon!", antwortete Sam Thick, indem er mit dem Lauf seiner Büchse in das Buschwerk stach. „Mach auf, Jim Polter!"

Das, wie ich jetzt bemerkte, nur zum Maskieren des Eingangs vorgesteckte Gesträuch verschwand von einer Stelle zur Rechten und wir ließen unsere Pferde an das Ufer steigen.

„Welcome, Sam, welcome! Zurück aus dem Cañon, alle oder nur Ihr? Was, ein Fremder?"

„Wirst's nachher hören, Jim, nachher. Aber mach das Loch zu, es sind Yanktons unten in der Bucht, wollen uns ihre Felle bringen, wie ich schätze!"

Sofort brachte der Mann die Büsche wieder in ihre vorige Lage zurück – wir aber ritten weiter. Vor uns lag eine jener kleinen Lichtungen, die man mit dem Namen stormgap zu bezeichnen pflegt und die dadurch entstehen, dass eine vom Wind gefasste Riesenbauminsel ihre weniger hohe Umgebung mit niederreißt und so mitten im Urwald einen Platz bildet, der mit Hilfe von Axt und Feuer in eines jener hiding-holes oder hide-spots umgewandelt werden kann, die von den Jägern so gern als überwinternder Lagerort und Versteck vor den Nachspürungen der Indianer benutzt werden.

Inmitten des freien Platzes brannte ein ‚weißes' Feuer, um das sich mehrere echte Woodlandsgestalten in den bequemsten Stellungen versammelt hatten. Der Saum der Lichtung war vollständig undurchdringlich gemacht, und als mein Auge ihn rundum musterte, gewahrte ich im äußersten Hintergrund eine kleine Blockhütte, unter deren Tür zwei Männer standen, die ihr Auge auf uns gerichtet hielten.

„Die Both Shatters, Sir", meinte Sam Thick, nach ihnen deutend. „Kommt, wir müssen zunächst zum Rapport zu ihnen!"

„Rapport zu ihnen!", wiederholte der Lange, der seine Zusammengehörigkeit mit dem Dicken am besten auf diese Weise in das Licht zu stellen glaubte.

Die beiden Männer kamen uns auf einige Schritte entgegen. Mochte die Fama auch übertreiben, so wie sie jetzt vor mir standen, war ihnen mehr als hundert anderen zuzutrauen.

Der Vater war eine wirklich hünenhafte Gestalt. Langes weißes Haar wallte ihm bis auf die breiten Schultern herab, der Strahl seiner großen blauen Augen war noch nicht vom Alter ermattet, Sturm und Wetter, Schnee und Regen, Hitze und Kälte hatten seine festen Züge gegerbt und jeder Zollbreit seiner riesigen Figur zeugte von einer Kraft, die weder Zeit noch Anstrengung zu schwächen vermocht hatte.

Der Sohn war beinahe so hoch, jedenfalls aber ebenso reckenhaft wie er. Er trug sein dichtes schwarzes Haar lang gehalten und in einen Knoten geschlungen, wie das die

Indianer tun, sein volles, dabei aber scharfes Gesicht war von der Sonne, vielleicht auch von der Abstammung gebräunt, denn seine ausgeprägten Züge verrieten den Mestizen, das eng anliegende Elenwams ließ seine breite Brust hervortreten und jede seiner Bewegungen war plötzlich, gewandt und kräftig wie die des Jaguars, der den Feind vor sich sieht.

Der Beginn des Gesprächs war ganz anders, als ich erwartet hatte. Der Blick des älteren der Both Shatters war von mir auf meinen Mustang gefallen.

„Swallow?", rief er erstaunt, „wahrhaftig, es ist Swallow! Wie kommt Ihr zu dem Tier, Sir?" Seine Augen leuchteten mich an, als wolle er mich mit dem Verdacht, der in ihm aufstieg, versengen.

„Ich erhielt ihn von Winnetou, einem Häuptling der Apachen, mit dem ich ein weniges am Rio Suanca zusammenkam."

„Sein bestes Pferd hätte er Euch gegeben? Dann müsst Ihr ihm einen hochwichtigen Dienst geleistet haben!"

„Er war von einem Stämmlein Athabaskas überfallen worden und sollte an den Marterpfahl. Ich kam dazu und – na, das andere könnt Ihr Euch denken! Ich bin dann mit ihm weit herumgestrichen, habe an ihm einen vortrefflichen Lehrmeister gehabt und beim Abschied Swallow von ihm erhalten."

„Ich kenne Euch nicht, Sir, und was Ihr erzählt, kann ausgesonnen sein. Winnetou hat nicht einmal mir das Pferd angeboten, verkauft aber hätte er es um keinen Preis, denn das Tier findet seinesgleichen nicht, so weit die Savanne reicht, und wer auf ihm vor Josias Shatter erscheint, gilt als der Mörder des Apachen. Könnt Ihr Euch von diesem Verdacht reinigen?"

Ich trat um einen Schritt zurück und fuhr mit der Hand nach dem Messer.

„Sir, sagt dieses Wort noch ein einziges Mal und Ihr sollt Gelegenheit haben, die Schärfe meiner Klinge mit der Eures Bowieknifes zu vergleichen! Wie soll ich hier am Yellowstone den Beweis liefern, dass mir Swallow vor einem Jahr am Rio Suanca geschenkt wurde?“

Sein Auge schien mir bis in die Seele dringen zu wollen.

„Es gibt einen Beweis. Hat Euch Winnetou lieb gehabt, so sind seine schweigsamen Lippen offen für Euch gewesen. Kennt Ihr seinen größten Feind?“

„Ihr meint Schatunga, den Häuptling der Yanktons, der ihm die Schwester mordete, weil sie nicht sein Weib, sondern das eines weißen Jägers wurde?“

„Und wer war dieser weiße Jäger?“

„Josias Parker, ein Kentuckymann.“

Er streckte mir die Hand entgegen.

„Ihr habt die Probe bestanden, welcome, Sir! Aber wie kommt Ihr zu meinen Two Sams?“

„Lasst Euch das nachher erzählen, Cornel“ (statt Colonel, Oberst), fiel Sam Thick hier ein. „Ich schätze, dass ich Euch vorher Notwendigeres zu berichten habe. Die Yanktons sind an den Big Horns über uns hergefallen, sodass nur ich entkommen bin und Sam Thin, das alte Coon; doch haben sie unsere Spur aufgenommen und sind hinter uns her bis unten in die Bucht, wo sie auf unsere Kugeln warten.“

„Kugeln warten“, nickte sein langer Kamerad.

„’s death! Und ihr habt euch wirklich überrumpeln und abschlachten – – aber das sollst du mir dann erzählen, jetzt vor allen Dingen unsere Sicherheit!“

Er hielt die Hand an den Mund und ließ den Ruf des Prairiehuhns vernehmen. In nur wenigen Augenblicken standen neun wetterfeste Männer bei uns.

„Hört, Boys, die Yanktons sind in der Bucht. Jeder weiß, was er für diesen Fall zu tun hat. Sie haben unsere Leute droben im Cañon erschlagen, das Übrige mögen euch die Sams erzählen. Bill Hawkens, schnall den Gürtel fest und schleich dich nach der Bucht, ich muss wissen, wie es dort steht. Die Wache am Tor wird verdoppelt und das weiße

Feuer rot gemacht. Ihr aber, Sir, kommt herein und macht es Euch bequem nach Möglichkeit. Ihr werdet der Ruhe und noch manches anderen bedürfen!"

Während die anderen im Freien blieben, trat ich mit ihm in das Innere der Hütte. Es bestand aus nur einem einzigen Raum, dessen vier Wände eine seltsame und Schauder erregende Tapete besaßen: Sie waren rundum von oben bis unten mit Indianerskalpen behangen.

„Setzt Euch hier an den Tisch und langt ganz nach Belieben zu, Sir! Ich habe mit den Two Sams zu sprechen und bin nachher gleich wieder bei Euch!"

Er trat hinaus. Ich musterte den Raum. Über den langen Haaren der Kopfhäute war ein ganzes Arsenal von in der Prairie gebräuchlichen Waffen befestigt. Ich begann die Skalpe zu zählen; zehn – zwanzig – fünfundzwanzig – dreißig – – – ich hörte auf zu zählen und wandte mich ab. Ich sah hier ein schlagendes Beispiel von der wilden Energie, mit der gegen eine dem Untergang geweihte und in den letzten Todeszuckungen liegende Menschenrasse der vernichtende Stoß geführt wird. Ich konnte vor Grauen nicht essen, trotz des Hungers, den ich gefühlt hatte.

Nach einiger Zeit trat Josias Shatter wieder ein.

„Die Two Sams haben mir alles erzählt, was vorgefallen ist. Ich danke Euch, Sir, für den Beistand, den Ihr ihnen geleistet habt! Man sieht es ihnen kaum an, dass sie meine besten Jäger sind."

Er nahm auf einem Bett in meiner Nähe Platz.

„Ihr habt nicht gegessen?"

„Ich konnte nicht", antwortete ich mit einem unwillkürlichen Blick auf die Tapete.

„Pah! Wer nach dem Westen geht, muss vor allen Dingen das Gefühl in den Mississippi werfen. Ich bin Josias Parker, der Kentuckymann, von dem Ihr vorhin spracht. Ich will Euch keine lange Geschichte erzählen, wie sie hier jeder an sich selbst erleben kann, aber Schatunga hat mir den Bruder lebendig am Pfahl gebraten, mein Weib und zwei Kinder geraubt, skalpiert und den Coyoten vorgeworfen, mich selbst gehetzt und verfolgt bis auf den heutigen Tag, und dafür habe ich ihm und seinem Stamm Vernichtung und den Tod geschworen. Die Yanktons waren stark und mächtig, geht jetzt und fragt, wie viel Köpfe sie noch zählen! Die Both Shatters haben Wort gehalten. Heute wagt er sich an mein storm-gap, aber er und seine roten Mörder, sie werden hier nichts finden als den Tod. Seht her!"

Er trat an die hintere Wand und öffnete eine Tür; sie führte hinaus in den dicht verschlungenen Urwald. Er trat hinaus und zog an einer Büffelhautschnur: Der vordere Eingang fiel in die starken Riegel. Dann nahm er eine Lunte vom Nagel und drehte sie in ein kleines im Boden der Hütte befindliches Loch.

„Begreift Ihr das, Sir?"

Ich nickte nur. Die Vorrichtung war angebracht, um den Feind in die Blockhütte zu locken, darin einzuschließen und, während der Besitzer nach hinten entkam, in die Luft zu sprengen. Die dark and bloody grounds sind kein Boden für die Blume des Erbarmens.

„Droben in den Big Horns liegt Gold in Massen. Ich entdeckte da einen Cañon mit Nuggets, so groß wie Taubeneier. Die Hälfte meiner Mannschaft war dort stets tätig, den Reichtum auszubeuten, damit wir nach Schatungas Tod das Nötige haben, um im Osten leben zu können. Ich bin reich, das Gold liegt hier im Hide-spot vergraben. Er hat die Leute jetzt entdeckt, überfallen, gemordet und den beiden glücklich Entkommenen..."

Draußen erscholl der Schrei des Prairiehuhns und gleich darauf ein Schuss. Er sprang auf, trat zur Tür und öffnete sie durch eine mir unsichtbare Vorrichtung. Mehrere Schüsse krachten. Auch ich eilte an den Eingang und kam gerade zur rechten Zeit, um die Wilden in hellen Haufen vom Bach aus auf die Lichtung dringen zu sehen. Das Gesicht, das ich gesehen hatte, war also doch wirklich gewesen. Man war uns vorsichtig gefolgt und hatte dabei den heimlichen Eingang entdeckt. Der arme Bill Hawkens war jedenfalls unterwegs abgefasst und ‚ausgelöscht' worden.

„Heigh-ho, das kommt zu schnell!", rief der überraschte Trapper und riss das Punk-Feuerzeug vom Brett. Im Nu glomm die Lunte am Boden. Dann stieß er die hintere Tür auf. „Schnell, Sir, helft mir die Waffen retten!" Während draußen auf der Blöße die Jäger hinter wirr durcheinander liegenden Stämmen Deckung suchten und den Feind mit wohlgezielten Salven im Zaum hielten, griffen wir in höchster Eile die Waffen von den Wänden herab und trugen sie hinaus in den Wald unter ein dort angebrachtes Roof (Schutzdach).

Die eingetretene kurze Dämmerung ging schnell in den dunklen Abend hinüber. Das Feuer, das erst, nach Gewohnheit der Weißen von großen Scheiten genährt und darum ‚weißes' Feuer genannt, hochauf gelodert hatte, war jetzt niedergesunken, weil man es nach Art der Rothäute geschürt hatte, die, um sich durch Rauch und Flamme nicht zu verraten, die Äste stets nach und nach in den Brand schieben. Die Wilden konnten daher die versteckten Weißen nicht erkennen und empfingen Kugeln, ohne selbst einen sicheren Schuss zu haben.

Da klang die tiefe Stimme ihres Häuptlings über die Lichtung und auf seinen Befehl rissen sie die Tomahawks heraus und stürzten sich auf die Stämme, hinter denen die Trapper lagen.

„Away, Boys, herbei zu mir!", rief da Josias Shatter. Die Jäger sprangen auf und eilten herbei, auf den Fersen gefolgt von den Indianern, die hinter ihnen in das Blockhaus drangen.

„Fort, fort, hinaus in den Wald!", gebot Josias, indem er mit mächtigen Beilhieben die Roten abhielt, den Seinen zu folgen.

Ich sah jetzt zum ersten Mal, weshalb er ‚Shatter' der

Zertrümmerer, genannt wurde. Er schlug nicht mit der Schneide, sondern mit dem Kopf seiner fürchterlichen Waffe; jeder Hieb zerschmetterte den Schädel des Getroffenen unfehlbar in knirschende Stücke. Die Weißen eilten alle an ihm vorüber und durch die hintere Tür. Sein Sohn folgte und ich diesem. Dann sprang auch er hinaus, schlug die Tür zu und schob zwei mächtige Riegel vor. Nachdem er einige Sekunden lang durch ein Loch in den Raum, den die Wilden mit betäubendem Wutgeschrei erfüllten, zurückgeblickt hatte, zog er die Schnur und der vordere Eingang war geschlossen.

„Die Hütte ist voll, vorwärts, Boys, um das Hide-spot herum und in den Bach!"

Er stürmte voran und wir folgten. Wer seine Waffe abgeschossen hatte, nahm aus dem geborgenen Vorrat eine oder mehrere frisch geladene auf. Ein schmaler Pfad war von außen um den Saum der Lichtung ausgehauen. Seine Mündung wurde am Bach durch einige Büsche verdeckt. Wir drangen hindurch, stiegen in das Wasser und standen einige Augenblicke später an dem unbewachten Eingang zum storm-gap.

Da ertönte eine Detonation, unter der die Erde unter uns erzitterte: Eine riesige Feuersäule stieg trichterförmig da auf, wo die Blockhütte gestanden hatte, und riss ihre Trümmer mit sich in die Höhe. Sämtliche Indianer hatten sich dort gesammelt, um ihre eingeschlossenen Gefährten zu befreien; die Explosion erfasste auch die meisten von ihnen, und kaum waren die Trümmer ringsum wieder auf der Erde aufgeschlagen, so rief Josias:

„Drauf auf die Übrigen! Gebt erst Feuer und greift dann zu Messer und Beil!"

Die Salve wirkte furchtbar und dann fielen die vor Schreck besinnungslosen Wilden fast widerstandslos unter den wuchtigen Streichen der Trapper.

„Schürt das Feuer wieder hoch, Boys, wir müssen sehen!", befahl der Colonel. Die langen grauen Haare wehten ihm mähnenartig um den Kopf, seine Augen sprühten vor Kampfeslust und wen sein Beil erreichte, der war verloren. Der Sohn stand ihm zur Seite und zeigte sich seines Namens würdig: Sein Tomahawk fand nicht weniger Opfer als der des Vaters.

„Ho – ho – hi!", erklang da der aufmunternde Schlachtruf des feindlichen Anführers, den das Hinschlachten der Seinen ergrimmte. Er wollte sich auf Josias stürzen und musste an mir vorüber. Ich fasste ihn an dem hoch aufgetürmten und mit Federn verzierten Haarschopf, riss ihn zurück und holte zum Schlag aus.

„Halt, Sir, es ist Schatunga, der gehört mir!", rief mir der Colonel zu und umfasste den Indianer mit beiden Armen. Es entstand ein fürchterliches Ringen. Die beiden Männer standen fest, als seien ihre Beine in die Erde gewurzelt, kein Hieb, kein Schlag fiel, kein Stich oder Stoß wurde geführt, aber ihre Muskeln arbeiteten mit unheimlicher Anspannung, wer den Halt verlor, war dem anderen verfallen. Da sprang Sam Thick herbei; wir anderen alle waren engagiert und hatten mit unseren eigenen Gegnern zu tun.

„Cheer up, Cornel, haltet ihn fest. Er soll mir jetzt meine Perücke bezahlen!"

Er warf den Tomahawk von sich, zog mit der Rechten das Bowiemesser, fasste Schatunga mit der Linken bei den Haaren, drei rasche blitzschnelle Schnitte – ein kräftiger Ruck – er hielt die Kopfhaut des lebendig Skalpierten in der Hand. Dieser sank mit einem unartikulierten Schrei zur Erde.

Ein entsetzliches Geheul erscholl aus den Kehlen der Wilden. Sie sahen ihren Anführer gefallen, drangen mit Aufbietung aller Kraft auf uns ein, warfen, stießen, schlugen und drängten uns beiseite und schnellten in weiten Sprüngen dem Eingang zu, um zu entkommen. Wir wandten uns zur Verfolgung.

Die wilde Jagd ging den Bach hinab. Er war so schmal,

dass höchstens zwei Männer nebeneinander Platz fanden. Es gab keine Zeit für Vorsicht und Behutsamkeit. Wir schossen vorwärts, so schnell es ein jeder vermochte. Wer stürzte, blieb im Wasser liegen, bis die anderen über ihn hinweggesprungen waren.

Da krachte weit vorn ein Schuss – noch einer – ein dritter. Was war das? Das Wutgeheul der Indianer erhob sich von neuem.

„Drauf, Boys, immer drauf! Ich weiß nicht, was es ist, aber sie müssen auf Widerstand gestoßen sein. Nehmt sie dazwischen!"

Wieder ging es vorwärts. Jetzt hatten wir sie erreicht. Vorn krachten noch immer die Schüsse, erst kräftig, aus Büchsen, dann stechend und fein, aus Revolvern, dann arbeitete nur der stille aber rastlose Stahl.

„Immer ruhig weiter, Jungens", hörte ich da eine tiefe Bassstimme vor uns, „sie sind auch im Rücken festgenommen. Wenn wir durch sind, werden wir ja sehen, auf wen es die Halunken abgesehen hatten!"

Ich kannte diese Stimme. Sie gehörte dem alten Fallensteller, den meine Gesellschaft zum Anführer gewählt hatte.

„Will Rawley", rief ich ihm zu, „haltet fest und lasst ja keinen durch!"

„Hallo, das ist ja unser Sir aus Germany, den wir suchen! Come on, Jungens, wir müssen zu ihm hin!"

Nach einigen Minuten stand er vor mir uns schüttelte mir freudig die Hände.

„Alle Wetter, Sir, war das eine Angst und Sorge um Euch und dann eine Arbeit, erst unten in der ‚Bucht' und dann auch jetzt hier oben! Wo habt Ihr denn gesteckt?"

„Wartet bis nachher, Master Rawley; jetzt gibt's anderes zu tun!"

Auch die übrigen Jagdgenossen traten herbei und gaben mir ihre Freude über unser Wiedersehen zu erkennen. Die Indianer waren vollständig besiegt und beinahe aufgerieben, da es nur wenige fertig gebracht hatten, durch die dichten Buschränder zu entkommen. Wir überzeugten uns zunächst, dass die im Bach liegenden Wilden wirklich tot waren, und kehrten dann nach dem storm-gap zurück, um nach unseren Wunden zu sehen, denn einen so glücklichen Ausgang der Kampf auch für uns genommen hatte, es gab doch keinen, der nicht mehr oder weniger verletzt gewesen wäre.

Das Feuer brannte ‚weiß' und hoch und beleuchtete mit flackerndem Licht die Stätte des Überfalls und der Verwüstung. Josias begrüßte die neuen Gäste, die zu so passender Zeit gekommen waren, mit dankbarer Herzlichkeit. Die Sorge um mich hatte sie auf die Pferde und hinaus in die Prairie getrieben. Dort war ihnen das entflohene Pferd des von mir getöteten Indianers begegnet, sie hatten seine Fährte zurückverfolgt, waren auf die Spuren der Yanktons gestoßen und von ihnen bis an den Bach geführt worden, wo die Indsmen ihre Pferde unter Bedeckung zurückgelassen hatten. Eben war dieser Posten von ihnen niedergestoßen worden, als sie die Explosion vernahmen und vom Schall und Flammenschein den Weg nach dem Ort gezeigt bekamen, wo ihre Hilfe vielleicht zu gebrauchen war.

Auch ich erzählte, während mir der Colonel selbst die kleine Wunde verband, die ich von einem Messer am Arm empfangen hatte.

„Nun glaube ich es von ganzem Herzen, Sir, dass Ihr Winnetou zum Lehrmeister gehabt habt", meinte er, als ich geendet hatte. „Ich werde ihm von Euch erzählen, denn ich sehe ihn wieder. Meinen Schwur habe ich erfüllt und werde nun nach dem Osten ziehen. Zuvor aber will ich erst einmal über die Mountains steigen und dem Häuptling der Apachen berichten, dass der Mörder seiner Schwester gefallen ist."

Da traten die Two Sams herbei, die diese Worte gehört hatten.

„Nehmt mich mit, Cornel", bat der Dicke. „Ich muss Winnetou sehen und schenke Euch den Skalp Schatungas dafür!"

„Ich mag von keinem Skalp mehr wissen, Sam. Mein Eisen hat dem Mörder das schwarze Herz durchbohrt; seine Haut magst du behalten. Doch wenn du willst, so gehst du mit!"

„Thank you, Sir! Und Sam Thin, das alte Coon?"

„Soll auch mit, denn ihr beide gehört ja zusammen."

„Heigh-day, so ist's richtig, Colonel, Ihr werdet's nicht bereuen; auf dem Weg da hinunter gibt's noch verteufelt viel Rothäute, und ich schätze, dass sogar die Both Shatters da die Büchsen der Two Sams gebrauchen können!"

„Gebrauchen können!", nickte Sam Thin bedächtig, indem er eine höchst zufriedene Miene machte, auch ferner bei seinem Colonel bleiben zu können.

DIE GUM

(1878)

1. Assad-Bej, der Herdenwürger

Zwischen dem Gebiet des Mittelmeers und der eigentlichen Sahara, also zwischen dem Sinnbild der Fruchtbarkeit, der Zivilisation und dem Zeichen der Unfruchtbarkeit, der Barbarei, liegt die nordafrikanische Steppe, die vom Atlantischen Ozean bis zum indischen Meer reicht. Eine breite Reihe von Hochebenen und nackten Höhenzügen bildend, deren kahle Berge aus den unbelebten Gewässern salziger Seen emporsteigen, ist sie im Sommer von den Zelten und Herden wandernder Araberstämme bedeckt, während sie im Winter öde und verlassen unter der Decke des auch hier fallenden Schnees liegt.

Die Kultur hat es nicht vermocht, hier eine bleibende Ruhestätte aufzuschlagen; auf diesen Höhen bringt höchstens die Gerste ihre Körner zu einer notdürftigen Reife und die hungernden Herden nagen jede Erscheinung aus dem Pflanzenreich mit gierigem Zahn bis an die Wurzel ab. Kein Haus, kein Baum bietet dem umherschweifenden Auge einen wohltätigen Ruhepunkt; Kieselbruch und Geröll bedecken den Boden oder wandernde Dünen schleichen sich, vom fliegenden Sand genährt, Schritt um Schritt über die traurige Fläche, und wo sich irgendein Wasser zeigt, da liegt es in seinem Becken wie eine tote Masse, aus der jeder lebendige, blaue Ton verschwunden ist, um einem unbelebten schmutzigen Grau zu weichen.

Ich hatte die Küstengegend verlassen, um einen Ausflug in die trübe Einsamkeit dieser Strecke zu machen und dann über Augila und Siwah Ägypten zu erreichen. Nur mein Diener Mahmud begleitete mich. Er war weit im Orient herumgekommen, sprach ein wunderliches Mischmasch aller arabischen und türkischen Dialekte, hatte zuletzt als Fremdenführer in Algier gedient und war in seine gegenwärtige Stellung getreten, um endlich einmal zu wissen, wem er angehöre. Er hatte eine wahrhaft riesige Goliathgestalt, wie sie bei den meist schlank gebauten Arabern höchst selten ist, und besaß eine dementsprechende Muskelkraft, die mich eigentlich veranlasst hatte, ihn zu engagieren. Seine Stärke konnte mir bei den gefahrvollen Wanderungen durch die Wüstenländer von Nutzen sein. Leider machte ich aber bald die Erfahrung, dass seine Mutlosigkeit ebenso groß war wie seine ungewöhnliche Körperstärke; er war trotz seiner Enaksfigur ein Hasenfuß und wurde von mir nur deshalb beibehalten, weil er die Verhältnisse des Landes genau kannte und ein munterer, lebhafter Gesellschafter war, mit dem man sich die Zeit verkürzen konnte.

Er ritt ein zwar sehr ausdauerndes, aber kleines, dürftiges beduinisches Pferdchen, sodass seine lang herabhängenden Füße fast auf der Erde schleiften, hatte seine respektgebietende Gestalt mit allen möglichen Waffensorten behängt und besteckt und verstand es trefflich, seinem Gesicht einen so martialischen Ausdruck zu geben, dass er mir bei geeigneter Gelegenheit recht gut als Abschreckungsmittel zu dienen vermochte.

Wir waren den ganzen Tag geritten. Jetzt neigte sich die Sonne dem Horizont näher und einige durch die dünne Luft schießende Schwalben, die der poetische Araber ‚Thiur el Dschinne, Vögel des Paradieses‘ nennt, bestätigten uns das Nahen der abendlichen Ruhezeit.

„Hamdullillah, Preis sei Gott, Sihdi“, seufzte Mahmud und warf die Kapuze seines Burnus, die sein Gesicht vor dem Sonnenstrahl geschützt hatte, in den Nacken zurück. Dieser Burnus war früher einmal weiß gewesen, sah jetzt aber aus, als habe er ein halbes Jahrhundert in der Feueresse gehangen und sei darauf mit einer fetten Speckschwarte tüchtig eingerieben worden. „Mahmud el kebir, Mahmud der Große, wie dein tapferer Diener von allen, die ihn kennen, genannt wird, ist müde wie eine Wachtel, die über das Meer geflogen kommt. Wann werden wir vom Pferd steigen?"

Ich musste lächeln, dass Mahmud der Große es nicht verschmähte, sich mit einer Wachtel zu vergleichen. Ich machte den Versuch, ihn zu trösten:

„Der Muezzin ruft sein ‚Haj alas sallah, rüste dich zum Gebet', erst wenn die Sonne in das Sandmeer taucht. Und auf das Gebet folgt die Ruhe!"

„Maalesch, das ist nichts, O Herr! Jetzt ist ja erst das Asr, die Zeit des Karawanenaufbruchs, zwei Stunden vor dem Abend. Dein Knecht Mahmud Ben Mustafa Jussuf Jaakub Ebn Baschar fällt vom Pferd, wenn er noch lange so reiten soll. Der Sattel brennt ihm zwischen den Beinen, als hätte er einen abgerissenen Zipfel der Hölle unter sich! Hab Erbarmen mit ihm und lass ihn auf die Erde steigen!"

Statt aller Antwort setzte ich meine Berberstute in Galopp. Er musste folgen und ich tat, als ob ich die aus allen orientalischen Sprachen zusammengesuchten Kraftwörter, die er in den Bart murmelte, nicht vernähme.

Ich hatte nämlich bemerkt, dass mein Pferd die Nüstern aufblies; es musste feuchte Luft schmecken und vielleicht war eines jener oben erwähnten Wasser, die ‚Birket el fehlate, tote See', genannt werden, in der Nähe. Wir ritten eine sanft abfallende, sandige Höhe hinab, die sich unten zu einer ziemlich ausgestreckten Ebene ausbreitete, und als ich mein Glas hervornahm, um sie abzusuchen, gewahrte ich eine Reihe von Zelten, in deren Nähe Schafe und Rinder weideten. Wir hatten ein arabisches Wanderdorf vor uns und konnten sicher sein, eine gastfreundliche Aufnahme zu finden.

In kurzer Zeit hatten wir den trüben See erreicht, in dessen Nähe es lag, und hielten unsere Pferde gleich beim ersten Zelt an. Es wäre eine ganz unverzeihliche Beleidigung für den Besitzer gewesen, wenn wir in einem der folgenden Aufnahme gesucht hätten. Der Bewohner der

Wüste ist ein geborener Dieb und Räuber, aber das Gastrecht hält er so hoch, dass er es nie verletzt.

Das alte, vielfach zerfetzte Tuch, das den Eingang bedeckte, wurde beiseite geschoben und es trat ein alter Mann hervor, der uns mit neugierigen und verwunderten Blicken musterte. Sein sonngebräuntes Gesicht war voller Falten und seine ausgedorrte Gestalt tief gebeugt; er mochte wohl an die neunzig Jahre zählen.

„Salam alejkum!", grüßte ich, die Hand zur Brust erhebend. „Hast du ein wenig Raum für uns, wo wir das Haupt zur Ruhe legen können?"

„Marhaba ia Sihdi, du sollst willkommen sein, o Herr!", antwortete er einfach, trat zu meinem Pferd und fasste es beim Zügel, damit ich absteigen möge.

Ich tat es. Es ließ sich ringsum keine Menschenseele erblicken, und nur einige wissbegierige Frauenköpfe blickten durch die leise zurückgezogenen Türvorhänge.

„Wo sind die Männer, denen diese Zelte gehören?", fragte ich.

„Das will ich dir sagen", antwortete er und trat darauf mit plötzlich sehr ernst gewordener, geheimnisvoller Miene an mich heran. Er hielt die zwei hohl ausgebogenen Hände an mein Ohr, legte den Mund an sie und flüsterte so leise, dass ich es kaum verstehen konnte:

„Kennst du Assad, den Aufruhrerregenden? Kennst du Assad-Bej, den Herdenwürger?"

Ich nickte bejahend mit dem Kopf.

„Er ist unserer Herde gefolgt schon seit langer Zeit, raubt uns die besten Tiere und hat sich erst in der vergangenen Nacht wieder ein Rind geholt. Ejb alejhu, Schande über ihn!"

Ich konnte den leisen Flüsterton begreifen. Der Araber hat einen außerordentlichen Respekt vor dem Löwen; solange das gewaltige Tier noch lebt, nennt er es mit den hochtrabendsten Namen, um es ja nicht zu beleidigen und so zur Rache herauszufordern; ist es aber getötet worden, so bewirft er es mit den demütigendsten Schimpfworten, deren die Sprache seines Landes eine überaus reiche Zahl besitzt. Er lässt sich lange Zeit die besten Stücke seiner Herde rauben, ehe er sich zu einem Angriff entschließen kann, denn dieser kostet stets wenigstens ein, meistens aber mehrere Menschenleben.

Der sonst so tapfere Sohn der Wüste wagt es nämlich nie, wie es der kühne europäische Jäger zu tun stets vorzieht, den Löwen allein anzugreifen; es treten die sämtlichen waffenfähigen Männer des Dorfes zusammen, suchen das Lager des Tierkönigs auf, locken ihn durch lärmendes Brüllen, Rufen, Pfeifen und Schießen daraus hervor, und jagen ihm, sobald er erscheint, aus ihren langen, unsicher treffenden Flinten so viel Kugeln wie möglich auf den Leib. Der Löwe stürzt nie sofort. Selbst wenn er zu Tode verwundet ist, besitzt er noch so viel Kraft, sich auf einen oder auch mehrere zu werfen und den an ihm verübten Mord blutig zu rächen.

Die Furcht, die man vor ihm hegt, geht sogar so weit, dass man beim Entschluss eines Angriffs nur leise spricht; man meint, er könne es hören. Darum teilte mir der Alte die Nachricht auch nur heimlich mit und warf dabei ganz besorgte Blicke nach der Gegend, in der das Abenteuer stattfinden sollte. Assad-Bej, der Löwe, hätte ja seine Worte vernehmen können!

Bei seiner Mitteilung war alle Müdigkeit in mir verschwunden. Im ‚wilden Westen' von Amerika hatte ich so mancher wilden Bestie gegenübergestanden und dabei dem Tod ins Auge geschaut; jetzt war ich nach Nordafrika gekommen, um den Löwen zu sehen; aber dieser Wunsch war mir trotz aller Mühe bisher unerfüllt geblieben. Heute nun war ganz ohne alle Erwartung seine Erfüllung möglich; sollte ich furchtsam zaudern?

„Nimm unsere Tiere auf", bat ich. „Ich werde gehen um den Emir el Sselßele, den ‚Herrn des Erdbebens' aufzusuchen!"

Ich wusste, dass der Löwe wegen der Macht seiner Stimme so genannt wird.

„Sprich leise!“, bat der Alte ängstlich. „Wenn er es hört, so bist du verloren. Er kommt herbei und reißt dich in Stücke.“

„Allah akbar, Gott ist groß!“, lamentierte Mahmud, der Goliath. „Bist du toll, Herr, dass du dein Fleisch zerreißen und deine Knochen zermalmen lassen willst von der fürchterlichen Katze, die mehr Kraft hat als zehn Schejatin, als hundert Teufel zusammen genommen?“

„Hat Mahmud el kebir Angst und Furcht im Herzen?“, fragte ich ihn.

„Ich? Sihdi, wenn mich ein anderer so fragte, so würde ich ihn auf der Stelle erwürgen, Mahmud Ben Mustafa Jussuf Jaakub Ebn Baschar hat niemals Angst und Furcht, das weißt du ganz genau, aber er ist nicht jung und auch nicht fett genug; der Löwe mag ihn gar nicht fressen!“

„Er soll dich auch nicht fressen: Du bleibst bei den Pferden!“

Niemand war froher über diesen Befehl als er; um auch mich abzuhalten, erging er sich in der kräftigsten Schilderung der Gefahr, die mich erwartete. Es half ihm nichts; ich zog meine Doppelbüchse hervor. Es war ein ‚Bärentöter‘, gekauft in Front-Street, St. Louis; sie hatte mich niemals im Stich gelassen und jede der aus ihr geschossenen konischen Kugeln war ihrer Schuldigkeit nachgekommen. Ich wusste, dass sie mir nicht versagen würde, und das war die Hauptsache.

„Hamdullillah, Preis sei Gott“, meinte der Alte mit frohem Gesicht. „Allah ist barmherzig und gnädig; er hat dich zu uns gesendet und wird deine Waffe segnen!“

Er hatte mich als einen Europäer erkannt. Der Morgenländer hält jeden Franken, der ein Gewehr trägt, für einen ausgezeichneten Schützen und hat Respekt vor ihm, denn er weiß, dass der Franke den Mut besitzt, jedem wilden Tier allein entgegenzutreten.

Nachdem ich zu meiner Erquickung nach dem angestrengten Ritt einen Schluck Wasser aus dem dargereichten Schlauch genommen hatte, ließ ich mir den Ort bezeichnen, an dem die Seinen zu finden seien. Vom See aus zog sich eine immer breiter werdende Vertiefung den Hügel hinan; es war eines jener Täler, die, Wadi genannt, sich bei den seltenen, dann aber desto stärkeren Regengüssen plötzlich mit Wasser füllen, sonst aber ausgetrocknet und nur an ihren Rändern mit einem dürftigen Pflanzenwuchs bestanden sind.

„Ganz oben in diesem Battn el hadschar, in diesem ‚Bauch der Steine', hat der ‚Herr mit dem dicken Kopf' sein Lager", flüsterte der Alte, auf die mit Steingeröll besäte Schlucht deutend. „Er wird bald hervortreten, denn die Sonne geht zur Rüste und dann soll er in die Dschehenna, in die Hölle gehen! Lauf schnell! Du bist berühmt unter den Söhnen der Jagd und wirst ihn töten!"

Es war spaßhaft, mit welcher Schmeichelei er es zu bewerkstelligen suchte, dass der Löwe mich statt einen der in das Dorf Gehörigen verspeisen möchte. Ich gab Mahmud dem Großen noch einige kurze Verhaltungsmaßregeln und ging dann fort.

Hatte der Löwe sein Lager wirklich in der Schlucht, so befand es sich jedenfalls im oberen Teil. Um diesen so bald wie möglich zu erreichen, vermied ich die Windungen, die sie machte, und schritt von den Zelten aus gleich direkt nach der Richtung, in der ich das Ziel vermutete.

Ich hatte richtig gerechnet, denn kaum befand ich mich in der Nähe des oberen Wadi, so vernahm ich einen ganz entsetzlichen Lärm, der aus der Tiefe scholl. Rasch eilte ich dem vor mir liegenden Rand zu und konnte dann die Situation vollständig überblicken.

Gerade mir gegenüber zog sich ein stacheliges Mimosengebüsch die steile Böschung hinan, das von den schreienden Arabern vollständig umzingelt war. Es musste den Löwen verbergen, denn die oberhalb des Gestrüpps Befindlichen rollten große Steine hinab, um das Tier herauszutreiben. Ich empfing einen eigentümlichen Eindruck von dieser untaktischen Art und Weise, ein Wild zu jagen, das sich am besten des Nachts, Auge in Auge und ohne allen Lärm, erlegen lässt. Die Männer schwangen die Flinten und Messer, tanzten dabei vor Aufregung und suchten sich durch kreischende Zurufe zu ermutigen.

Da bemerkte ich eine leise Bewegung inmitten des Gebüschs; sie wurde stärker, und nach wenigen Augenblicken trat er hervor, nicht schnell, nicht nach Katzenart springend und schnellend, sondern langsam, mit sicheren, majestätischen Schritten. Die reiche, dunkle Mähne hing ihm wirr um Kopf und Vorderleib; den stark bequasteten Schwanz zog er lang gestreckt hinter sich her; es war ein wirklich prachtvoller Anblick, das edle Tier so selbstbewusst und ruhig inmitten der schnell auf seinen Leib gerichteten Gewehre stehen zu sehen, und es wollte mir wirklich scheinen, als bemerke ich ein verächtliches Funkeln der großen rollenden Augen.

Da blitzte es aus allen Läufen auf; die Schüsse krachten. Mich packte die Jagdlust und mehr gleitend als steigend fuhr ich in die Tiefe hinab. Man bemerkte mein Kommen gar nicht. Der Löwe war von mehreren Kugeln, aber nur leicht, getroffen worden und mit zwei weiten Sätzen auf den nächsten seiner Feinde losgesprungen. Er hatte diesen niedergerissen, ihm die beiden Vordertatzen auf die Brust gesetzt und hob nun den Kopf zu einem Brüllen, wie man es niemals in einer Menagerie, sondern nur aus der Kehle des wirklich freien Tieres zu hören vermag. Im nächsten Moment musste der Mann zerrissen sein.

Ich kümmerte mich nicht um die anderen, die teils entflohen waren oder mit leeren Flinten und vor Schreck bewegungslos dastanden, sondern eilte gerade auf den Löwen zu. Dieser bemerkte mich und trat, ein Umstand, der nur außerordentlich selten vorzukommen pflegt, von seinem Opfer zurück. Ich kniete nieder und legte an. Es war nicht Furcht und nicht Angst, was ich empfand; es gibt keine Bezeichnung für das Gefühl, das in diesem Augenblick jede Faser in mir anspannte. Die rollenden Augen glühten mir vernichtend entgegen, der Schwanz krümmte sich verräterisch; die kraftvollen Pranken zogen sich zum Sprung zusammen; ein kurzes Zucken ging über den sich duckenden Leib. Ich drückte los und der zweite Schuss traf das Tier, als es schon in der Luft schwebte. Zurückspringend riss ich das Messer aus der Scheide. Der Löwe war mitten im Sprung gestürzt, wälzte sich zuckend noch einige Male hin und her und war dann verendet.

„Hamdullillah, Allah akbar, Preis sei Gott, der Herr ist groß!“, erscholl es aus allen Kehlen. „Hasa nessieb, das hat Gott geschickt, der Hund, der Sohn von einem Hund, der Enkel von einem Hundesohn ist tot; er ist schmachvoll gefallen, gestürzt und gestorben ohne Ruhm und Ehre! El Dibb, der Schakal, und el Tabäa, die Hyäne, mögen ihn fressen, el Büdsch, der gewaltige Bartgeier, mag ihm das feige Herz zerhacken und el Rhassal, die Gazelle, mag ihn und seine Väter beschimpfen, ihn, der ohne Blut und Kampf und Gegenwehr aus dem Land der Lebendigen gegangen ist. Holt die Hariri, die Musikanten, herbei; sie werden ihm auf der Rababa seine Schmach vorpfeifen!“

So klang es jubelnd und verhöhnend von allen Seiten. Man trat den toten Körper mit Füßen, man schlug ihn mit Fäusten, stieß ihn mit den Kolben und spie ihm verächtlich in das Gesicht. Die Spannung hatte mich verlassen; es war mir, als sei ich einer unvermeidlichen Todesgefahr entgangen oder aus einer langen, langen Gefangenschaft befreit, und tief atmend sah ich dem Treiben der sanguinischen Söhne einer glutüberfluteten Länderstrecke zu.

„Welch ein Glück, dass du zur rechten Zeit gekommen bist!“, klang es da neben mir.

Es war der Mann, der unter dem Löwen gelegen hatte. Von langer, hagerer, aber sehniger Figur, besaß er ein Gesicht, das von der Sonne fast schwarzgebrannt war. Seine großen, scharfen, dunklen Augen hatten ein eigentümliches Licht. Ein zorniger Blick aus ihnen konnte auch einen beherzten Mann aus dem inneren Gleichgewicht bringen; das war ihnen leicht anzumerken.

„Nicht ich, sondern Allah hat es getan“, antwortete ich. „Ihm allein die Ehre!“

„Ja, ihm die Ehre und dir den Dank!“, berichtigte er, während sein Auge scharf und forschend über mich glitt. „Du bist fremd unter den Kindern der Wüste?“

„Ich komme aus Frankhistan, um Assad-Bej, den Herdenwürger, zu töten.“

„Du hast ihn getötet; Allah gab dir Heil und Gnade. Sei mein Gast. Ich bin der Bej el Urdi, der Herr des Lagers, das da unten am Wasser steht; du hast mir das Leben gerettet und sollst Gnade und Vergebung finden.“

Ich sah ihm bei diesen rätselhaften Worten erstaunt in das Gesicht.

Er bemerkte es.

„Die Haut des ‚Herrn mit dem dicken Kopf‘ ist dein Eigentum; du wirst sie erhalten. Lass diese Männer hier; komm mit, ich will dich leiten!“

Ohne sich nach den anderen umzusehen, schritt er davon. Ich folgte ihm in das Wadi hinab. Am Ausgang, wo es sich gegen den See öffnete, war eine bedeutende Anzahl von Kamelen angepflockt. Es waren nicht die gewöhnlichen Lasttiere, wie man sie für vierhundert Piaster bekommt, sondern ohne Ausnahme Reitkamele, echte Hudschun, wie man sie in solcher Anzahl selten findet und mit mehreren tausend Piaster bezahlt. Er blieb stehen.

„Du willst in das Bahr bela mah, in das ‚Meer ohne Wasser‘, das ihr Sahara nennt?“

„Ja.“

„Hast du schon ein Dschemmel, ein Kamel, wie du es brauchst?“

„Nein!“

„So sieh dieses Tier an! Es ist ein Hedschin, ein Bischarinhedschin, wie es in der ganzen Sahel kein zweites gibt. Es ist dein, ich schenke es dir!“

Ich wollte widersprechen, denn ich hatte vom Wert eines Bischari gehört, er aber winkte mit einem so gebieterischen Blick zum Schweigen, dass ich meinen Einspruch für später aufhob, und setzte, mir voranschreitend, seinen Weg fort.

Warum waren diese Kamele hier im Bereich des Löwen versteckt? Woher hatten diese augenscheinlich armen Hirten diese Menge so kostbarer Tiere? Aus welchem Grund waren es lauter Reit- und keine Lasttiere? Weshalb hatte er von Gnade und Vergebung gesprochen, wo er mir doch nur Dank schuldig war?

Der Mann hatte ein böses Auge: Ich konnte mir diese Fragen nicht beantworten und beschloss, vorsichtig zu sein.

2. Hedschan-Bej, der Karawanenwürger

Die Karawane hatte vor längerer Zeit Augila verlassen und nach meiner Berechnung konnten wir längst Siwah erreicht haben. Der alte Schech el Dschemali, wie der älteste der Kameltreiber genannt wird, wollte mir gar nicht gefallen; sein finsteres, schroffes Wesen war nicht vertrauenerweckend. Schon vorgestern hatte er uns versichert, dass Siwah nahe sei und doch sahen wir heute noch keine Spur, die auf die Nähe einer Oase oder, wie der Araber sagt, einer ‚Uah‘, deutete. Der letzte Tropfen Wasser war verzehrt, die Schläuche dorrten zusammen; wir mussten das widerliche Durrha-Mehl trocken essen, so wie es in dem Beutel war, und dazu lag die Atmosphäre wie flüssiges Erz um unsere Glieder und die Erde brannte wie glühendes Eisen.

Da plötzlich kam freudige Bewegung in die langsam dahinschleichende Reihe der Wanderer, denn über dem dicht umflorten Horizont hoben sich die scharfen Umrisse der erwünschten Uah empor. Auf schlanken Säulen bauten sich die stattlichen Wipfel der Dattelpalmen übereinander und ihre leichten, vollen Fiederkronen wehten in dem frisch sich erhebenden Wüstenwind. Zwischen grünen Hainen schimmerte es wie das Wellengekräusel eines lieblichen Sees und die Luft schien sich von der Ausdünstung des Wassers zu feuchten. Die Palmenkronen spiegelten sich in der glitzernden Wasserfläche und Kamele wateten in der Flut, ihren langen Hals herunterstreckend, um das belebende Nass zu schlürfen.

„Hamdullillah, Preis sei Gott!", rief es. „Das ist Siwah; der Herr hat uns errettet, ihm sei Lob und Dank!"

„Hauehn alejhu ia Allah, hilf ihnen, o Gott", bat Mahmud der Große, der an meiner Seite ritt; „sie haben vor Hitze und Durst den Verstand verloren und sehen die Fata morgana, die gefährliche Spiegelung für Wirklichkeit an!"

Er zog die Flasche hervor, die schon vor vier Tagen leer geworden war, und setzte sie zum tausendsten Mal vergebens an den Mund, um ihr noch einen Tropfen des mit Zibib gewürzten Wassers zu entlocken.

„Sie bleibt leer", klagte er seufzend. „Mahmud Ben Mustafa Jussuf Jaakub Ebn Baschar wird an seiner trockenen Kehle sterben!"

Er hatte Recht; es war eine Fata morgana. Ich zog die Karte und den Kompass hervor, wie ich schon öfter getan hatte. Meine Berechnung brachte mich immer wieder zu der Überzeugung, dass wir uns nicht mehr auf dem rechten Weg befanden. Ich ritt zum zehnten- oder zwanzigsten Mal vor an die Spitze des Zuges zum alten Schech el Dschemali und machte ihm Vorstellungen.

Er hörte sie schweigend an, gab keine Antwort und ritt weiter.

„Ist dein Ohr taub geworden", fragte ich ihn, „oder willst du nicht hören?"

„Allah kerim; Gott ist gnädig; aber die Geduld eines

Menschensohnes hat ein Ende“, ließ er sich endlich vernehmen. „Wer ist der Bej, der Oberste hier, du oder ich?“

„Keiner von beiden. Du bist der Führer; wir haben uns dir anvertraut und jeder darf dich nach dem Weg fragen!“

„So geh, wenn du einen besseren weißt! Ich bin ein Hadschi, der Gott gefällt, du aber bist ein Giaur, ein Ungläubiger, den Gott zur Hölle fahren lässt. Geh fort, du machst mich unrein!“

Im nächsten Augenblick fuhr meine Kamelpeitsche durch die Luft und ihm so kräftig über das Gesicht, dass ihm sofort eine dicke Schwiele darauf schwoll.

„Kelb, Hund, stirb!“

Er drückte nicht los. Der Revolver, den ich ihm entgegenstreckte, hielt ihn davon ab, aber kaum war eine Minute vergangen, so hatte die Karawane einen für mich drohenden Kreis um uns gebildet.

„Er hat einen Gläubigen, einen Hadschi geschlagen; er muss sterben!“, rief der Schech. „Ich war zwölfmal in Mekka, der Stadt des Propheten, dreimal in Medina, der Ruhmbedeckten, und habe zu Dschidda gebetet, wo Eva, die Mutter der Menschheit, begraben liegt, fünfhundert Fuß lang und zwölf Fuß breit. Was aber hat er getan und an welchem gottgefälligen Ort ist er gewesen? Er ist ein Franke, der Isa Ben Marryam, Jesus, den Sohn Mariens, anbetet, und hat mich in das Gesicht geschlagen. Er muss sterben!“

Ich wusste, dass ich unter gewöhnlichen Umständen mit dem raschen Hieb mein Leben gewagt hätte, aber ich hatte nicht Lust, mich, wie leider so viele europäische Reisende, von einem bigotten und unwissenden Menschen nur allein deshalb ungestraft beleidigen zu lassen, weil ich ihm und den Seinen allein gegenüberstand. Der Angehörige einer zivilisierten Nation hat deren Ehre unter allen Umständen zu vertreten und ich brauchte mich vor den halb verschmachteten Leuten wenig oder gar nicht zu fürchten. Ich war verhältnismäßig noch gut bei Kräften und hatte für nur meine Person, Mahmud gar nicht mitgerechnet, mehr sichere Kugeln zu versenden als sie aus allen ihren langen und ungefährlichen Schießgewehren.

„Mach deinen Mund zu, du Ausbund aller Frömmigkeit", antwortete ich daher, „sonst werde ich ihn dir schließen! Du bist ein Hadschi, ein Pilger, der nur von Augila nach Mekka und von Mekka nach Augila gewandert ist, ich aber bin in allen Ländern der Erde gewesen und habe Städte und Menschen gesehen, deren Namen du nicht einmal kennst. Glaubst du, ein Franke fürchtet sich vor dir? Ein einziger Mann aus Frankhistan ist weiser und klüger als hundert Schechs el Dschemali, denn er hat einen Geist bei sich, der ihm alle Orte nennt und alle Wege führt, auch wenn er sie noch nie betreten hat. Schau her, du Inbegriff aller Klugheit! Siehst du, wie der Geist bebt vor Zorn darüber, dass du uns einen falschen Weg geführt hast?"

Ich zeigte ihm den Kompass vor, auf den er sein Auge mit unendlichem Staunen richtete. Der Orientale ist im höchsten Grad abergläubisch und liebt es, sich in fulminanter Weise auszudrücken. Ich wusste daher, was ich tat, wenn ich hier Eigenlob gebrauchte, für das ich in der Heimat herzhaft ausgelacht worden wäre. Darum fuhr ich fort:

„Sieh her! Diese zwei Revolver, von denen du noch niemals gehört hast, fressen zwölf Männer auf, diese Büchse nimmt zwei von ihnen weg und dieser Henrystutzen, dessen Name noch kein einziges Mal an dein Ohr gedrungen ist, kostet fünfundzwanzig Gläubige das Leben, wenn ihr es wagt, mich anzutasten. Gott erhalte dir deinen Verstand und gebe dir Besserung, sonst versammle ich dich zu deinen Vätern, obgleich du zwölfmal in der Stadt des Propheten gewesen bist. Ein Schech el Dschemali, der seinen Weg nicht kennt ist schlimmer für den Wanderer als der Samum, der giftige Wüstenwind. Nimm deine Flinte weg, sonst schieße ich dich vom Rücken deines Dschemmels herunter, das klüger ist und weiser als sein Herr!"

Diese Worte hatten eine sofortige Wirkung. Er warf das Gewehr wieder über den Rücken und machte Miene, den unterbrochenen Weg wieder aufzunehmen.

„Halt, ia Ibn Sulejman, du Nachkomme Salomos; wir sind noch nicht fertig! Du sagst, wir seien auf dem richtigen Weg. Wann werden wir Siwah erreichen?"

„Morgen noch vor Sonnenuntergang."

„Gut! Wir werden dir noch folgen; aber wenn wir die Uah bis morgen beim Niedergang der Sonne noch nicht sehen, so geht die Sonne deines Lebens unter, ich schwöre es dir beim Bart eures Propheten und bei Jesus, dem Gekreuzigten, den ihr Isa Ben Marryam nennt!"

Ich drehte mein Kamel herum und lenkte es an das Ende des Zuges zurück. Die Gefahr war für den Augenblick von mir abgewendet, aber sie konnte wiederkehren. Ich wusste, dass der Schech alles tun werde, den an ihm begangenen Schimpf zu rächen. Seine Mitgläubigen fühlten diesen, als sei er ihnen selbst angetan worden, aber einesteils waren sie von der Anstrengung und Entbehrung kraft- und mutlos geworden und anderenteils hatte ich durch die Behauptung, dass wir in falsche Richtung geführt worden seien, ihr Misstrauen gegen ihn rege gemacht. Schweigend und finster folgten sie ihm. Er war ein Moslem; sie hätten ihm gern vertraut; aber sie kannten auch die Überlegenheit europäischer Bildung und durften daher meine Anklage nicht so leicht nehmen. Jedenfalls waren sie still entschlossen, jetzt nicht Partei zu ergreifen, sondern den Verlauf der Dinge ruhig abzuwarten.

Die gewöhnliche Lagerzeit war noch nicht herangekommen, aber die allgemeine Ermüdung hatte einen solchen Grad erreicht, dass bald Halt gemacht werden musste. Die Kamele wurden entlastet und angepflockt, die Zelte errichtet und das mehr als spärliche Mahl gehalten. Einige legten sich dann zur Ruhe, während die anderen sich in der durch das Unterschlagen der Beine erreichten Stellung, die der Türke ‚Rahat oturmak, Ruhen der Glieder' nennt, im Kreis niederhockten, um ihrer trüben Stimmung Ausdruck zu geben. Es war eine schreckliche Befürchtung in ihnen wach geworden. Schon öfter hatten Karawanen, die von Augila nach Siwah gingen, ihr Ziel nicht erreicht; sie waren von dem berüchtigten Hedschan-Bej mit seiner ‚Gum', wie die Räuberkarawane heißt, überfallen und vernichtet worden. Aber niemals hatte man die Gebeine der Ermordeten auf dem Weg, sondern immer weit abseits in der Wüste gefunden. Die Unglücklichen waren entweder von dem Räuber aus der Richtung gelockt oder von einem bestochenen Führer ins Verderben geleitet worden. Wie nun, wenn wir einem gleichen Schicksal entgegengingen? Es war ein grässlicher Gedanke, denn man wusste, dass der Hedschan-Bej keinen Menschen leben ließ, und nannte ihn darum nicht anders als den ‚Karawanenwürger'.

Die traurige Unterhaltung währte nicht lange; die Erschöpfung machte sich geltend und bald schlief außer den aufgestellten Wachen alles den Schlaf der Gerechten. Auch ich streckte mich auf meine Decke, konnte aber zu keiner Ruhe kommen, denn die Sorge über unsere Lage öffnete mir immer wieder die müden Augen.

Da hörte ich aus der Ferne Laute an mein Ohr dringen, die mich sofort vollständig munter werden ließen. Zwar durch die Entfernung gedämpft, dem geschärften Gehör aber doch vernehmbar, klang es wie das bellende „I-au" des Schakals, und dazwischen hinein brummte das tiefe, heisere „Ommu" der Hyäne. Ich horchte mit Anstrengung, bemerkte, dass ich mich nicht getäuscht hatte, und sprang auf. Es musste Wasser in der Nähe sein, denn diese Tiere bedürfen seiner täglich, wenn sie nicht verschmachten sollen, und wagen sich daher nie weit in die wasserleere Wüste hinein.

Ich schlug den Vorhang des Zeltes zurück und trat hinaus. Mahmud der Große stand draußen; die Laute hatten auch ihn aufmerksam gemacht.

„Hörst du die Dschinns, die bösen Geister der Wüste,

Sihdi?“, fragte er leise. „Sie locken den Wanderer ins Verderben, aber Mahmud Ben Mustafa Jussuf Jaakub Ebn Baschar lässt sich nicht betrügen. Er hört, dass die Stimmen nicht vom Schakal und von der Hyäne kommen und bleibt in seinem Zelt liegen.“

Er kroch wieder unter das niedrige Leinwanddach, das er sich errichtet hatte; ich aber blieb horchend stehen. Wieder erklangen die Laute, aber ich vernahm jetzt auch, dass es keine natürlichen waren. Doch weit entfernt, sie bösen Geistern zuzuschreiben, war ich vielmehr überzeugt, dass sie irgendeiner menschlichen Kehle entsprangen.

Was hatte dies zu bedeuten? Wir waren vom richtigen Weg abgelenkt worden und ich musste an den Hedschan-Bej denken. Ich nahm die Waffen zu mir und schritt nach dem Zelt des Schech el Dschemali. Er war nicht zu finden. Ich suchte die nächste Wache auf. Der Mann war vor Ermüdung niedergesunken und schlief.

„Bismillah is radschal, um Gottes willen, auf, ihr Männer!“, rief ich. „Der Hedschan-Bej, die Gum ist in der Nähe!“

Im Nu war das Lager belebt und alles drängte sich zu den Kamelen, um augenblicklich die Flucht zu ergreifen. Ich widerstrebte den Unbesonnenen. Sie mussten ja zu Grunde gehen, wenn sie sich von ihrer Furcht in die tote Öde zerstreuen ließen. Nur nach langem Mahnen und Bitten brachte ich sie zum Bleiben; aber sie hatten eine solche Furcht vor dem ‚Karawanenwurger‘, dass sie nur widerstrebend zu den Waffen griffen. Die Ruhe, die ich mir zu bewahren suchte, imponierte ihnen endlich doch; sie gehorchten meiner Mahnung und kehrten in ihre Zelte zurück, um sich unter deren Deckung zu verteidigen. Mir aber ließ es hinter der Leinwand keine Ruhe; es trieb mich hinaus, um mich zu überzeugen, ob ich mit meiner Vermutung das Richtige getroffen hatte. Ich steckte nur das Messer und die Revolver zu mir, die langrohrigen Waffen konnten mir nur hinderlich sein.

Es war finstere Nacht, doch spendeten die Sterne des südlichen Himmels immerhin ein Licht, bei dem man einen nicht zu kleinen Gegenstand noch auf einige Entfernung hin erblicken konnte. Alles Geräusch vermeidend, schlich ich mich der Richtung zu, in der ich das Bellen gehört hatte. Noch war ich nicht gar weit gekommen, so vernahm ich leise nahende Schritte. Ich warf mich zu Boden. Zwei Männer nahten und blieben nahe bei mir halten. Ich hatte mich in den Prairien Nordamerikas oft in einer ähnlichen Lage befunden, nur dass ich hier statt der Rothäute zwei Araber beschlich. Ich machte mich auf einen Angriff gefasst und zog das Messer.

In dem einen erkannte ich den Schech el Dschemali. Wer war der andere? Ich sollte es gleich erfahren.

„Ein Franke ist dabei, sagst du? Ist er stark und tapfer?"

„Er hat Mut und viele Waffen, auch besitzt er einen guten Geist, der ihm die Wege zeigt. Du aber wirst ihn bezwingen, o Hedschan-Bej!"

„Schläft er?"

„Er schläft und alle Männer schlafen. Wenn deine Gum die Kamele verlässt und sich heimlich zu Fuß naht, so kann euch keiner entgehen. Eure Zahl ist größer als die unsrige, aber der laute Überfall würde euch doch wohl mehrere kosten."

„Dein Mund sagt die Wahrheit. Komm, zeig mir das Lager; dann kehre ich zurück und hole die Würger der Karawanen herbei!"

Der Schech el Dschemali konnte ihm nicht folgen. Ich sprang empor, fasste ihn beim Nacken und stieß ihm das Messer bis an das Heft zwischen die Schultern. Es war ins Herz gedrungen. Der Verräter stieß nur einen kurzen, hauchenden Laut aus und stürzte dann zu Boden.

Der Hedschan-Bej hatte das Geräusch vernommen und drehte sich um. Das sofort wieder aus der Wunde gezogene Messer in der Faust, warf ich mich auf ihn. Unter dem unvermuteten Anprall schlug er zu Boden. Ich kniete über ihm, fasste mit der Linken seine Kehle und hielt ihm die scharfe Klinge nahe vor die Augen.

„Hedschan-Bej, der Tod wird dich verschlingen, wenn du nur ein einziges Glied rührst!“

Der Schreck hatte den gefürchteten Mann ergriffen. Er lag vollständig bewegungslos unter mir.

„Ich bin der Franke, von dem der Schech zu dir gesprochen hat. Mein Messer hat ihm den Lohn gegeben und wird auch dein Herz zerschneiden, wenn du mir nicht gehorchst!“

„Was willst du?“, gurgelte er aus der zusammengepressten Kehle.

„Höre mich an! Ich trachte nicht nach dem Tod eines menschlichen Bruders und du kannst deine Seele retten, wenn du tust, was ich von dir begehre! Du kennst den Weg der Karawanen nach Siwah?“

„Ja“, antwortete er. Ich ließ ihm nur am Schluss jeder meiner Fragen so viel Luft, wie er zur Antwort bedurfte.

„Du wirst uns ungehindert und unberaubt ziehen lassen?“

Er schwieg und machte eine Anstrengung, sich zu befreien. Sofort setzte ich die Spitze des Messers auf seine Brust.

„Willst du sterben, Hedschan-Bej?“

Er gab den Versuch auf; es war mir Ernst mit der Drohung, das sah er.

„Also du lässt uns unberaubt ziehen? Antworte, ich warte nicht drei Sekunden!“

„Ja.“

„Du begleitest und beschützt uns mit deiner Gum, bis wir nicht mehr irren können?“

Es wiederholte sich das vorige Manöver; aber er musste sich fügen.

„Ja.“

„Und versiehst uns mit Speise und Trank aus euren Beuteln und Schläuchen?“

„Ja“, knirschte er.
„Und machst keinen Versuch, dein Wort zu brechen?“
„Keinen!“
„Schwöre mir, dass du hältst, was du versprichst!“
Er hatte jedenfalls gehofft, dass ich ihn ohne Schwur loslassen würde, und dann hätte er sich um das Versprochene natürlich nicht gekümmert. Als er sich getäuscht sah, vereinigte er alle seine Kräfte zu einem Stoß, der mich fast abgeworfen hätte. Jetzt fasste ich ihn umso fester und setzte ihm die Spitze des Messers etwas fühlbarer auf die Gegend des Herzens.
„Schwörst du es?“
„Ich schwöre“, flüsterte er ingrimmig, da er keinen Ausweg sah.
„Beim Bart des Propheten?“
„Beim Bart des Propheten!“
„Gut! Erhebe dich, Hedschan-Bej, und komm mit mir zum Lager. Du stehst unter meinem Schutz, und es wird kein Haar deines Hauptes gekrümmt werden!“
Er stand vom Boden auf. Es war vielleicht das erste Mal, dass der ‚Karawanenwürger‘ unter einem Feind gelegen hatte, und die außerordentlichen Zugeständnisse, mit denen er sein Leben erkauft hatte, mussten ihm im höchsten Grad demütigend vorkommen. Er stand unter dieser Last eine Weile fast regungslos vor mir, als ich aber fragte: „Fürchtest du dich, mit mir zu gehen?“, erklang ein kurzes, barsches: „Komm!“, und er schritt an meiner Seite ruhig den Weg zurück, den ich gekommen war.
Meine Vermutung, die mich vorhin fortgetrieben hatte, war also vollständig bestätigt. Der Schech el Dschemali hatte im Dienst des Hedschan-Bej gestanden und die Tierstimmen waren für ihn ein verabredetes Zeichen gewesen.
Als wir bei meinem Zelt ankamen, blieb der bezwungene Räuber überrascht stehen. Mein Kamel hatte sich aus seiner liegenden Stellung erhoben und seine hohe Gestalt zeichnete sich sehr deutlich gegen den sternenreichen Horizont ab.

„Ein Bischari – ein Bischarinhedschin? Der Araber verkauft kein solches Tier! Wie ist es in deine Hand gekommen, Franke?“

Er hatte laut gesprochen. Beim Klang seiner Stimme hob das Tier schnaubend den Kopf und kam so weit auf ihn zu wie es der Strick, der es am Pflock hielt, erlaubte. Rasch trat er herbei und fasste es am Halfter.

„Bei allen Schejatin, die in der Hölle wohnen, das ist ja mein Bischari, das ich...“, er unterbrach sich und trat auf mich zu, um mich genauer zu betrachten, als es bisher geschehen war. „Du bist es – du bist es wahrlich! Das ist Gottes Schickung, denn nun ist die Schmach, dass ich dir unterlegen bin, von mir genommen. Der Hedschan-Bej braucht sich nicht zu schämen, wenn er einen Mann begleitet und beschützt, der das heilige Gastrecht bei ihm genossen und den ‚Herrn mit dem dicken Kopf‘ getötet hat. Er wird sein Wort jetzt gern und willig halten!“

Auch ich erkannte erst jetzt den Bej el Urdi, der damals unter dem Löwen gelegen hatte und durch mein Einschreiten vom Tode errettet wurde. Ich war mehrere Tage bei ihm geblieben und hatte bei meinem Abschied das Kamel mitnehmen müssen. Erst jetzt vermochte ich mir die Fragen zu beantworten, die ich mir an jenem Tag auf dem Gang durch das Wadi vorgelegt hatte. Also darum hatte er von Gnade und Vergebung gesprochen, weil es gefährlich war, sein Lager zu betreten. Und darum besaß er lauter schnellfüßige Reittiere, weil der Wüstenräuber keine langsamen und schwerfälligen Lastkamele gebrauchen konnte, und er hatte sie in dem Wadi versteckt, um einen etwaigen Besucher seines Dorfes nicht auf sein eigentliches Handwerk aufmerksam zu machen.

Meine Rückkehr veranlasste Mahmud den Großen unter seinem Dach hervorzukriechen.

„Sihdi, sag, wen bringst du hier?“

„Sieh dir ihn an!“

Er tat es.

„Allah akbar, Gott ist groß! Das ist ja der edle Bej el Urdi, bei dem Mahmud Ben Mustafa Jussuf Jaakub Ebn Baschar das fetteste Schaf erstochen und verzehrt hat, das ihm jemals vorgekommen ist!“

„Er ist es“, bestätigte ich, über die Erinnerung des hungrigen Dieners lächelnd. „Er liegt mit seiner Karawane ganz hier in der Nähe und wird uns nach Siwah bringen!“

„Bismillah, das ist gut! Dann bekomme ich auch wieder etwas in meine Flasche; sie ist bom bosch, ganz leer!“

Ich rief die Männer herbei und teilte ihnen mit, so viel ich für gut befand. Von ihnen ungesehen wurde der Körper des Schech el Dschemali beseitigt. Sie erfuhren von dem Vorgefallenen nichts, ich musste es dem Bej el Urdi versprechen, und hielten den Schech für entsprungen, weil er uns falsch geleitet hatte. Allerdings hätte es ein ungeheures Aufsehen erregt, wenn man in Siwah erfahren hätte, dass der Hedschan-Bej gezwungen gewesen sei, den Beschützer derer zu machen, auf deren Untergang er es vorher abgesehen hatte, aber ich konnte mich gern zur Schweigsamkeit verstehen, weil ich froh sein musste, der uns überlegenen Gum so leichten Kaufs entgangen zu sein.

Der mit dem Messer erzwungene Schwur wurde gehalten. Wir erhielten alles Nötige und langten wohlbehalten in Siwah an. Eine halbe Tagereise vorher aber verabschiedete sich unsere, unter anderen Umständen so gefährliche Begleitung. Ihr Anführer liebkoste zum letzten Mal sein Bischarinhedschin und meinte dann mit ernstem Gesicht:

„Rabbena chalik, Gott erhalte dich! Du hast zwei große Bejs bezwungen, Assad-Bej, den Herdenwürger und Hedschan-Bej, den Karawanenwürger. Schieß auf den ‚Herrn mit dem dicken Kopf‘, so viel du noch willst, aber hüte dich in Zukunft vor der Gum, denn Allah gibt nur selten zu, dass einer seiner Gläubigen dem Fremdling unterliegt. Salam alejkum, Friede und Heil sei mit dir!“

AQUA BENEDETTA

(1878)

1. In Versailles

Ludwig der Fünfzehnte ging im Park von Versailles spazieren. Während die bevorzugten Herren und Damen seines Hofes in respektvoller Entfernung folgten, hielt sich die Marquise von Pompadour, seine allmächtige Geliebte und eigentliche Gebieterin Frankreichs, dicht an seiner Seite und die lebhaften Gestikulationen der beiden hohen Personen bewiesen, dass der Gegenstand der Unterhaltung für sie außerordentlich interessant sein müsse.

„Kennen Sie seine Abstammung, Madame?“, fragte der König.

„Sie ist ein Geheimnis, Sire, über das er die tiefste Verschwiegenheit beobachtet, und ich glaube, dass selbst Euer Majestät Fragen hier ohne Erfolg sein würden.“

„Dann hat er Gründe, seine Vergangenheit zu verbergen. Er ist aber trotzdem ein sehenswerter Abenteurer.“

„Der dem Staat von unendlichem Nutzen sein kann“, fügte die Favoritin angelegentlich hinzu. „Es scheint sicher zu sein, dass ihm die Fabrikation edler Steine und Metalle wenig Schwierigkeiten verursacht, er hat während der kurzen Zeit seines Hierseins die bewundernswertesten Kuren vollbracht und besitzt ein Elixier, das die Einwirkungen des Alters vollständig aufhebt.“

„Also ein Adept, ein Wunderdoktor!“

„Mehr, viel mehr als dies, Sire! Er zeichnet und malt genial, ist Virtuose verschiedener musikalischer Instrumente und spricht außer französisch, englisch, deutsch, italienisch, spanisch, portugiesisch und den sämtlichen alten Sprachen auch türkisch, arabisch, persisch und chinesisch. Der Mann ist ein Mirakel!“

„Und zwar eins von denen, deren Bewunderung in Enttäuschung übergeht."

Die Marquise war sichtlich bemüht, die Zweifel des Königs zu beseitigen.

„Gestatten Euer Majestät, die Gräfin von Gergy zu rufen!", bat sie, und ohne die Antwort abzuwarten, wandte sie sich um und winkte einer Dame, die sich im Gefolge befand.

Der längst verstorbene Graf von Gergy war vor fünfzig Jahren Gesandter in Venedig gewesen, die Dame war seine Witwe.

„Seine Majestät wollen das Nähere über Ihr Zusammentreffen mit dem Grafen von St. Germain in Venedig wissen, meine Liebe. Wollen Sie Ihren Bericht kurz wiederholen!"

Die Gräfin verneigte sich zustimmend.

„Darf ich fragen, wie alt mich Euer Majestät schätzen?", fragte sie.

Der König lächelte über diese Frage, die eine Dame nur in der sicheren Erwartung eines Kompliments auszusprechen pflegt. Er befand sich bei angenehmer Laune und beschloss, die Gräfin durch eine hohe Zahl zu ärgern. Er schätzte sie fünfzig, antwortete aber schnell und kurz:

„Sechzig!"

Jetzt war es die Frau von Gergy, welche lächelte.

„Sire, mein erstes Zusammentreffen mit dem Grafen St. Germain fällt um volle fünfzig Jahre zurück", antwortete Frau von Gergy, „und damals zählte ich einige Jahre über dreißig."

„Nicht möglich!", rief Ludwig, im Stillen etwas ärgerlich über die Blöße, die er sich gegeben hatte. Ein König muss ja alles wissen; sogar die Verhältnisse derer, die sich in seiner Nähe befinden, soll er kennen.

„Ich habe in Bezug auf mein Äußeres jenes Alter von dreißig Jahren ein volles Vierteljahrhundert hindurch unverändert behalten, und zwar in Folge eines Trankes, den mir der Graf von St. Germain damals gab, und selbst als der letzte Tropfen dieses köstlichen Elixiers verbraucht war, hat es seine Wirkung bis auf den heutigen Tag erstreckt; ich bin langsamer alt geworden als andere."

„Und der Graf? Er selbst braucht natürlich auch diesen Zaubertrank?"

„Augenscheinlich. Er ist seit fünfzig Jahren um kein Jahr älter geworden."

„Erzählen Sie uns von Ihrer zweiten Begegnung; sie muss voller Überraschung gewesen sein!"

„Ich traf ihn bei Madame", begann die alte Gräfin mit einer Verbeugung gegen die Marquise, „und glaubte einen dem Vater außerordentlich ähnlichen Sohn vor mir zu sehen. Ich wagte mich ihm zu nähern und redete ihn an: ‚Haben Sie die Güte, mir zu sagen, ob nicht Ihr Vater gegen das Jahr 1710 in Venedig war!'

‚Nein, Madame', antwortet er sehr gelassen, ‚es ist schon viel länger her, dass ich meinen Vater verlor, aber ich selbst wohnte zu Ende des vorigen und zu Anfang des gegenwärtigen Jahrhunderts in Venedig. Ich hatte die Ehre, Ihnen dort einiges Interesse einzuflößen, und Sie waren gütig genug, einige Barkarolen meiner eigenen Komposition, die wir zusammen sangen, hübsch zu finden.'

‚Verzeihen Sie, aber das ist unmöglich, denn der Graf St. Germain, den ich damals kannte, war wenigstens fünfundvierzig Jahre alt und Sie haben jetzt höchstens erst das gleiche Alter!'

‚Madame', sagte der Graf lächelnd, ‚ich bin schon sehr alt.'

‚Aber dann müssten Sie ja nahe an hundert Jahre zählen!'

‚Das ist nicht unmöglich!'

Und nun erzählte er mir eine Menge kleiner, näherer Umstände, die sich auf unseren gemeinschaftlichen Aufenthalt in den venezianischen Staaten bezogen und von denen nur ich und St. Germain wissen konnten. Sein außerordentliches Gedächtnis erinnerte sich nicht nur der unbedeutendsten Einzelheit, sondern jedes Wortes, das damals zwischen uns gesprochen wurde, und um mich gänzlich zu überzeugen, zeigte er mir eine kleine Narbe an seiner Hand, die dadurch entstanden war, dass er sich einst an meiner Stricknadel blutig riss."

„Hat er Sie hier besucht?", fragte der König.

„Nein, Sire, seine Zeit ist außerordentlich in Anspruch genommen. Aber er gab mir die Erlaubnis, auf eine Minute bei ihm vorzusprechen. Ich tat es. Er zeigte mir seine Diamantensammlung und erinnerte mich dadurch wahrhaftig an Aladins Wunderlampe. Sie ist viele, viele Millionen wert."

„So ist er reich?"

„Ich bin davon überzeugt, obgleich man sich seinen Reichtum auf keinerlei Weise zu erklären vermag. Er hat keine Güter, keine Renten, keine Bankiers, keine feste Einnahme irgendeiner Art, Karten und Würfel berührt er nie, und dennoch führt er einen großen Haushalt, hat Bediente, Pferde und Wagen und eine ungeheure Menge Edelsteine von allen Gattungen und Farben. Man weiß nicht, was man denken soll!"

„Er ist ein sehr geschickter Charlatan. Man wird ihm vielleicht einmal begegnen!", meinte Ludwig. Er konnte nicht gestehen, dass er diesem ‚geschickten Charlatan' gerade für die jetzige Stunde auf vorsichtige Weise ein Rendezvous habe andeuten lassen.

Diese Andeutung war verstanden und befolgt worden. Eben als man um ein Bosquet bog, war ein Herr zu erblicken, der eine Rose, die er in der Hand hielt, so sorgfältig betrachtete, dass er das Nahen des Hofes nicht zu bemerken schien. Des Königs Auge glitt forschend über die Gestalt des Fremden und leuchtete dann mit zufriedenem Blick auf.

Er hatte den Erwarteten erkannt.

„Wer ist dieser Mann?", fragte er dessen ungeachtet mit

zorniger Miene. „Es soll ja während Unserer Anwesenheit niemand Zutritt haben!“

„Sire“, antwortete die Gräfin erstaunt, „es ist der Graf von St. Germain. Er ist gewohnt, mehr als andere wagen zu dürfen. Gestatten Majestät, ihn vorzustellen?“

Der König nickte zurückhaltend.

„Wir sind geneigt, Uns einige Minuten von ihm unterhalten zu lassen!“

Frau von Gergy trat zu dem wunderbaren Mann, begrüßte ihn und führte ihn dann dem König zu. Er war von mittlerer Größe und elegantem Benehmen, hatte regelmäßige Züge, tiefbraune Gesichtsfarbe und schwarze Haare. Seine Kleidung war einfach, aber geschmackvoll. Der einzige Luxus, den er zeigte, allerdings auch ein außerordentlich ungewönhlicher, bestand in einer großen Menge von Diamanten, die er an allen Fingern, an der Uhrkette und statt der Knöpfe trug. Die Schuhschnallen allein würde jeder Kenner auf mindestens zweihunderttausend Franc geschätzt haben.

Ludwig begrüßte ihn freundlich, begann aber die Unterredung ohne alle Einleitung:

„Man sagt, Sie seien mehrere Jahrhunderte alt. Ist das wahr?“

„Sire“, antwortete St. Germain mit jenem Ausdruck in Stimme und Gesicht, der nur Menschen von großem Geist eigen ist, „ich belustige mich zuweilen damit, nicht glauben zu machen, sondern glauben zu lassen, dass ich schon in den ältesten Zeiten gelebt habe.“

„Doch die Wahrheit, Herr Graf, ist...?“

„Die Wahrheit ist häufig unergründlich.“

„Nach der Versicherung mehrerer Personen, von denen Sie schon unter der Regierung meines Großvaters gekannt worden sind, scheint es aber doch, dass Sie über hundert Jahre zählen.“

„Das wäre ein wenig überraschendes Alter. Im Norden Europas habe ich Menschen von hundertsechzig Jahren und darüber gesehen.“

„Ich weiß, dass es deren gibt, aber Ihr jugendliches Aussehen ist es, das alle Forschungen der Gelehrten über den Haufen wirft. Ich würde mich freuen, den Beweis zu erhalten, dass Sie schon im vorigen Jahrhundert lebten."

„Das wird mir sehr leicht sein, Sire!"

Er zog ein in gotischer Art gebundenes Souvenir aus der Tasche, öffnete es und suchte eines der zahlreichen Blätter, die es enthielt, hervor.

„Wird ein Zeugnis des großen Montaigne genügen, Majestät?"

„Vollständig. Geben Sie das Blatt der Marquise!"

Der Graf folgte diesem Befehl und Frau von Pompadour las die Zeilen des damals als unübertroffen geltenden Philosophen vor:

„Il n'est homme de bien qui mette a l'examen des lois toutes ses actions et pensées, qui ne soit pendable six fois en sa vie; voire tel qu'il serait dommage et très injuste de punir.

À son ami, le comte de Saint Germain.

M. Eyquem de Montaigne." [1]

Der erstaunte Monarch griff nach dem Zettel und überzeugte sich, dass Montaigne ihn im Jahre 1580 mit eigener Hand geschrieben habe.

„Merkwürdig, höchst merkwürdig, Graf!", rief er und auch der Herr von Gontout, der Herzog von Brancas und der Abbé Bernis, die näher getreten waren, vermochten nicht, ihre Verwunderung zurückzuhalten. „Ich sehe, dass Sie an Edelsteinen nicht Mangel leiden. Vermögen Sie aus kleinen Diamanten große zu machen?"

[1] „Es gibt keinen Menschen, der bei gesetzlicher Prüfung seiner Handlungen und Gedanken sich nicht wenigstens sechsmal hängenswert fände; es ist daher sehr schade und sehr ungerecht, zu strafen.

Seinem Freund, dem Grafen von Saint Germain.

M. Eyquem de Montaigne."

„Wer dieses vermöchte, Sire, der würde sicher mit seiner Kunst zurückhaltend sein“, antwortete der Graf ausweichend. „Eher darf man davon sprechen, Perlen wachsen zu lassen.“

„Ist Ihnen dies möglich?“

„Ja. Ich gebe ihnen fünf-, ja zehnfache Größe und verleihe ihnen dabei das schönste Wasser.“

„Haben Sie schon gehört, dass es fleckige Diamanten gibt?“

Über die geistreichen Züge des Grafen glitt ein feines, fast schonendes Lächeln.

„Ich habe deren oft welche gehabt. Die Flecke lassen sich fast stets entfernen.“

„Wie, Sie hätten dieses Geheimnis entdeckt, nach dessen Lösung die Kunst bisher vergebens strebte?“

„Die Lösung ist nicht schwer, Sire. Gelang sie anderen nicht, so lag es nicht an der Kunst, sondern an den Künstlern.“

„Wenn ich nun die Wahrheit Ihrer Behauptung einer Prüfung unterwerfe?“

„Ich werde sie bestehen“, klang es stolz und zuverlässig.

Der König zog einen Diamanten hervor und bewies damit augenscheinlich, dass er auf das Zusammentreffen mit St. Germain vorbereitet war.

„Sehen Sie diesen Stein, er würde viertausend Franc mehr wert sein, wenn er rein wäre.“

Der Graf betrachtete den Diamanten aufmerksam.

„Der Fleck ist etwas groß, aber ich werde ihn dennoch fortbringen. Wollen Ew. Majestät den Stein mir anvertrauen?“

„Sie dürfen ihn mitnehmen. Mein Juwelier, der ihn jetzt auf sechstausend Franc schätzt, versichert, zehntausend für ihn zahlen zu können, wenn er den Flecken nicht hätte.“

„In vierzehn Tagen gebe ich mir die Ehre, ihn vollständig rein zurückzubringen.“

„Man wird dann Grund haben, Ihre Geschicklichkeit anzuerkennen. Aber sagen Sie einmal aufrichtig, Graf, man spricht von einem Lebenselixier, von einem Aqua benedetta, das Sie zu bereiten verstehen, und wodurch Freunde von Ihnen Schutz gegen die Einwirkungen des Alters gefunden haben."

„Die Natur ist ewig jung, Sire. Wer ihre Lebenskraft zu extrahieren und in den menschlichen Organismus überzuführen versteht, kennt kein Alter. Er kann Tausende von Jahren gelebt haben, ohne davon zu sprechen."

„Sie weichen mir aus und geben dennoch Ihr Eingeständnis. Wir finden Wohlgefallen an Ihrer Unterhaltung. Lassen Sie sich wieder sehen. Man wird Ihre Gegenwart gern bemerken!"

Mit einem huldvollen Neigen des königlichen Hauptes war der Graf verabschiedet. Er entfernte sich und schritt einer entlegenen Partie des Parkes zu. Eben wollte er ihn durch einen dort befindlichen Ausgang verlassen, als er einem jungen Mann begegnete, der im Begriff stand, einzutreten. Auf dem Gesicht beider spiegelte sich eine Überraschung ab, die der Graf eher als der andere zu beherrschen verstand.

„Ah – !", rief der junge Mann, und zwar in deutscher Sprache, „da trifft man ja so ganz und gar unerwartet den Herrn Ritter von Schöning oder den Grafen Tzarogy oder wie der eigentliche Name lauten mag! Sagen Sie aufrichtig, mein Herr, mit welcher Magie operiert man in Versailles erfolgreicher, mit der schwarzen oder der weißen?"

Es klang eine unendliche Bitterkeit aus seinem Ton. Der Graf blickte ihm kalt und starr in das erregte Angesicht und fragte:

„Herr Baron, wie befindet sich Ihr Vater?"

„Ich danke, sehr wohl! An dem Tag, an dem Sie ihn ohne Abschied verließen, bemerkte er, dass er sich an den Bettelstab laboriert habe. Ihre Kunst hat ihm nichts gelassen als die Kugel, mit der er besser umzugehen verstand als mit Gaunern und Betrügern. Der Schuss gelang, es lebt ein Zeuge Ihres Talents weniger!"

„Es war vorauszusehen, da er meinen wohl gemeinten

Ratschlägen niemals Gehör schenkte. Dennoch tut mir der Fall um Ihretwillen Leid. Kann ich Ihnen hier in irgendeiner Weise dienlich sein?"

„Ich muss auf Ihre Dienste verzichten, da ich nichts besitze, um sie mit meinem Ruin bezahlen zu können!"

„Ich bin sehr nachsichtig, mein Herr, aber wahren Sie dennoch Ihre Zunge! Der Graf von St. Germain, der soeben eine vertrauliche Unterhaltung mit dem König verlassen hat, fühlt sich keineswegs gezwungen, die grundlosen Malicen des Barons von Langenau ruhig anzuhören."

„Graf von St. Germain? Lassen Sie mich Ihnen zu diesem neuen Titel gratulieren! Ich habe heute einiges mit dem König zu besprechen und werde nicht versäumen, ihm den Grafen von St. Germain zur Regelung seiner Finanzen zu empfehlen!"

Mit einer verächtlichen Handbewegung wandte er sich ab und schritt von dannen. Der Graf blieb stehen. Trotz seines braunen Teints war die Blässe zu bemerken, die sein Gesicht überzog. Nach einigem Besinnen kehrte er, statt durch den Ausgang zu treten, in den Park zurück und ging nach dem Schloss. Hier erfuhr er, dass die Marquise von Pompadour bereits ihre Gemächer wieder betreten habe. Er war schon öfters bei ihr gewesen, hatte die Erlaubnis zum beliebigen Zutritt erhalten und ließ sich anmelden. Frau von Hausset, ihre erste Kammerfrau, war bei ihr.

Die mächtige Dame empfing ihn mir außerordentlicher Liebenswürdigkeit.

„Willkommen, mein lieber Graf! Ich vermutete nicht, Sie so schnell wieder bei mir zu sehen."

„Durfte ich Versailles verlassen, Madame, ohne Ihrer Güte zu danken, welche mir erlaubte, den größten Monarchen unseres Jahrhunderts zu sprechen?"

„Diese Güte ist nicht ohne Eigennutz. Man profitiert bei Ihnen durch Unterricht über Außerordentlichkeiten, welche bisher für unmöglich galten. Werden Sie den Diamanten des Königs wirklich von seinen Flecken befreien?"

„Es wird ganz sicher geschehen. Sehen Sie diese Steine!"

Er zog eine Schachtel aus der Tasche und öffnete sie. Es befanden sich Topase, Smaragde, Saphire und Rubine von ganz besonderem Wert in ihr. Frau von Pompadour schlug die Hände zusammen.

„Welch ein Reichtum! Graf, Sie sind wirklich ein Phänomen!"

Er nahm die Bewunderung sehr gleichmütig hin.

„Diese Schachtel enthält nur die geheilten Patienten aus meiner Sammlung. Sie alle hatten Flecken. Ich habe sie ihnen genommen. Sie besitzen dadurch einen doppelten Wert. Diese Kleinigkeit mag als Beweis dienen!"

Er warf ein goldenes Kreuz mit grünen und weißen Steinen auf den Tisch. Ein Schmuckhändler hätte wenigstens eintausendfünfhundert Franc dafür gegeben.

„Frau von Hausset, wollen Sie es als Geschenk von mir annehmen?"

„Das kann doch nicht Ihr Ernst sein!", antwortete die Kammerdame, das Kreuz dennoch nehmend, es zur Probe an den Hals haltend.

„Warum nicht? Es ist ja nur eine Bagatelle!"

„Nehmen Sie es immerhin, meine Liebe, der Herr Graf will es ja!", redete ihr die Favoritin zu.

„Sie versprachen mir bei Ihrem letzten Besuch", sprach hierauf Frau von Pompadour, indem sie sich gegen den Grafen von St. Germain wandte, „noch einmal auf Ihr Aqua benedetta zurückzukommen. Ich hoffe, dass ich keine Fehlbitte tue, denn man hat mir erzählt, dass die kleine, zehnjährige Komtesse Lancy[1] schon eine Probe davon bekommen hat."

„Man hat die Wahrheit gesagt. Ich begleitete einige italienische Arien, die die Komtesse sang, und war von ihr so entzückt, dass ich beschloss, ihr das glückliche Los der Schönheit, die sie besitzen wird, zu verlängern."

„Auch der König hörte von Ihrem Wasser, er wünscht,

[1] Dasselbe Mädchen, das später als Frau von Genlis berühmt wurde.

dass der gegenwärtige Zustand seiner Gesundheit ihm so lange wie möglich erhalben bleibe."

Der Graf brachte zwei geschliffene Flacons zum Vorschein, die mit einer kristallhellen Flüssigkeit gefüllt waren.

„An der Erfüllung dieses Verlangens hängt das Glück einer ganzen Nation. Dieses Aqua benedetta wird Frankreich seinen Monarchen und Ihnen, Madame, Ihre Schönheit und Jugend erhalten."

Er reichte die Flacons ihr entgegen. Sie griff mit sichtlicher Begierde zu und rief freudig:

„Ich danke Ihnen sehr, mein lieber Freund! Einen Grafen von St. Germain darf man nicht nach dem Preis dieses unbezahlbaren Elixiers fragen. Bestimmen Sie, was ich für Sie tun kann!"

„Der einzige Lohn, den ich begehre, ist Ihr Wohlwollen, Madame, und die Erlaubnis, mit Hilfe der Sterne über Ihnen und dem König wachen zu dürfen."

„Der Schutz Ihres Genius ist uns willkommen. Ich bat Sie ja schon, die Sterne über mich zu befragen. Erhielten Sie eine Antwort?"

„Ich erhielt sie, heute in der Mitternacht."

„Und wie lautet sie?"

„Sie war klar und offen, sodass ich die Geister der Weltgegenden nicht zu Rat zu ziehen brauchte. Ich darf sie darum auch offen mitteilen."

„Nun?"

Die Marquise schien außerordentlich gespannt zu sein.

„Ich sah den Himmel Deutschlands erglänzen, ein großer Stern stieg strahlend in die Höhe, eine kleine Schnuppe flog von ihm ab, schoss über die Grenze herüber und stieß an den Stern Frankreichs. Da troff Blut herab vom Firmament, es wurde Nacht in den Lüften und die Erde zitterte unter dem Fußgestampf würgender Kohorten. Ich sah keine Person, ich sah keinen Namen, Madame, ich erblickte nur Tatsachen. Die Sterne haben mich noch niemals getäuscht. Die Lösung ist mir nicht gegeben, ich muss sie Ihnen überlassen."

Die Marquise war unter der Schminke leichenblass geworden.

„Oh, ich weiß, wer dieser Stern in Deutschland ist! Dieser König von Sanssouci glaubt ja, er sei schon längst unter die Himmlischen zu rechnen. Aber die Schnuppe, hatte sie nicht eine Farbe, eine Gestalt, aus der sich etwas Sicheres schließen ließe?"

„Ich glaube die Gestalt eines L erkannt zu haben. Doch steht mir der Zutritt in die chambres diplomatiques nicht offen, ich kenne keine Persönlichkeit, auf die ich eine Hindeutung aussprechen möchte."

„Meine Ahnung hat mich nicht betrogen! Ein L – ? Dieser deutsche Baron von Langenau ist mit einer geheimen Sendung betraut. Seine Physiognomie hat mir gleich vom ersten Augenblick an einen Widerwillen eingeflößt. Er soll mit dem König sprechen; ich werde aber dafür sorgen, dass diese Unterredung nicht stattfindet. Ich vertraue Ihren Sternen. Er mag noch heute in seine barbarische Heimat abreisen!"

*

Als sich einige Viertelstunden später Baron von Langenau zur Audienz meldete, ward ihm vom diensttuenden Kammerherrn die Weisung, seine kostbare Zeit nicht nutzlos in Versailles zu verschwenden, der König werde seiner augenblicklichen Rückkehr nach Deutschland kein Hindernis in den Weg legen.

Als er seine in Paris gelegene Wohnung betrat, überreichte ihm sein Diener ein duftendes Billett, das soeben erst hier abgegeben worden war. Es enthielt die wenigen Worte:

„Mein Freund.

Sie werden fortgeschickt. Obgleich meine Tante von dem Urheber dieser Maßregel ein Brillantkreuz geschenkt erhielt, konnte sie es doch nicht unterlassen, mich zu benachrichti-

gen. Ein wenig Aqua benedetta ist schuld, dass Ihre Sendung scheitert, und ich habe Sie lieb genug, um Ihnen das Nähere mitzuteilen, wenn Sie vor Ihrer Abreise noch einmal besuchen wollen

Ihre zärtliche

Amély Hausset."

2. Im Haag

Der Graf d'Affri, französischer Gesandter in den Niederlanden, hatte große Soirée. In den prachtvollen Räumen seiner Wohnung bewegten sich außer den hohen Würdenträgern der Generalstaaten und den Vertretern aller europäischen Nationen eine zahlreiche Menge berühmter oder einflussreicher Privatpersonen, deren Anwesenheit der Versammlung einen weniger diplomatischen Anstrich gab, als sie sonst besessen hätte.

Man hatte die Tafel aufgehoben, an der man mehrere Stunden lang den materiellen Freuden des Lebens gehuldigt hatte, und die Anwesenden suchten, in einzelne Gruppen aufgelöst und auf die verschiedenen Zimmer verteilt, ihren persönlichen oder staatlichen Interessen mittels einer regen, beliebig angeknüpften und ebenso leicht wieder abgebrochenen Unterhaltung nachzukommen.

Ein junger Mann in einfachem schwarzem Anzug durchschritt scheinbar teilnahmslos die Reihen der konversierenden Herren und Damen und gelangte in ein leeres Zimmer, das die lange Enfilade der Gemächer beschloss. Es war nur spärlich erleuchtet. Er trat an eines der Fenster und blickte, von den weit herabgehenden Gardinen vollständig verhüllt, hinaus in die abendliche Winterlandschaft.

Da vernahm er nahende Schritte. Zwei Männer traten ein und nahmen auf einem der die Wände garnierenden

Samtpolster Platz. Ganz sicher hatten sie sich zurückgezogen, um irgendeinen Gegenstand, der nicht für jedermanns Ohren war, zu besprechen. Der junge Mann stand schon im Begriff aus seinem unabsichtlichen Versteck, wie es ihm die Ehre gebot, hervorzutreten, als er einen Namen nennen hörte, bei dessen Klang er zu bleiben beschloss. Er hörte, dass der eine der Männer der Graf d'Affri selbst war, der andere war der berühmte Casanova, der sich durch seine kühne Flucht aus den Bleikammern Venedigs Ruhm erworben hatte und jetzt von Frankreich nach dem Haag geschickt war, um im Auftrag des Herzogs von Choiseul eine wichtige Geldangelegenheit zu betreiben.

„Ich sage Ihnen, mein lieber Casanova, dass Sie sich mit der Hoffnung, gute Geschäfte zu machen, täuschen werden", meinte der Graf. „Ich hege viel Teilnahme für Sie und wünsche Ihnen das beste Gelingen, aber der König wird schlecht bedient, die Operationen des Generalkontrolleurs haben die Nation diskreditiert und man ist, ich sage es Ihnen offen, auf einen unvermeidlichen Bankerott gefasst."

„Das weiß ich alles sehr genau, aber ich möchte dennoch nicht ganz an dem Erfolg meiner Sendung verzagen. Es mangelt der Regierung an Geld. Ich bin beauftragt, für zwanzig Millionen französische Staatspapiere, die der Minister Ihnen geschickt hat, mit einem möglichst geringen Verlust gegen besser stehende, ausländische Papiere umzutauschen, eine Manipulation, deren Gelingen mir nicht unmöglich erscheint, da der Minister mir versichert hat, dass der Krieg, der unsere Schuldscheine drückt, sich seinem Ende nähere. Die geheimen Friedensverhandlungen sind im vollsten Gang."

„Ich will diese Tatsache nicht in Abrede stellen, doch geben Sie sicherlich zu, dass ich als Gesandter über unsere politischen Hoffnungen und Befürchtungen vollständiger unterrichtet sein muss als Sie. Die Staatskasse ist geleert, die Flotte vernichtet, unsere Heere sind geschlagen. Der

Friede wird kein vorteilhafter für uns sein. Wer jetzt unsere Papiere kauft, muss lange warten, ehe er hoffen darf, sie ohne Verlust verwerten zu können, und Herr von Benis hat mich beauftragt, Ihnen die zwanzig Millionen nur mit acht Prozent Minus zu überlassen. Ich bin sehr geneigt zu glauben, dass bei einem solchen Angebot niemand kaufen wird."

„Ich halte trotzdem meine Hoffnung fest. Wenn der König sieht, dass seine Forderung zu hoch ist, wird er sich zu einer Reduktion entschließen. Ich hatte heute eine Konferenz mit Herrn Peels und sechs anderen Companiechefs. Sie boten zehn Millionen bar, sieben Millionen in fünfprozentigen Papieren und verzichteten außerdem auf zwölfmal hunderttausend Gulden, die die französisch-indische Gesellschaft der holländischen schuldet, das sind neun Prozent Verlust für uns. Dieses Gebot scheint mir unter den gegenwärtigen Verhältnissen durchaus akzeptabel."

„Sie täuschen sich, wenn Sie glauben, dass der König zu diesem Handel in irgendeiner Beziehung stehe. Die Politik des ‚Oeul de bœuf' befindet sich sehr oft und so auch gerade gegenwärtig in der Lage, sich der Berechnung ihrer kreditierten Vertreter zu entziehen."

„Ich verstehe Sie nicht."

„Das ist möglich. Kennen Sie vielleicht den Grafen von St. Germain?"

„Ich habe ihn in Paris bei Frau d'Urfé gesehen. Er besitzt ganz das Aussehen eines außerordentlichen Mannes. Der König schenkt ihm sein Vertrauen und hat ihm sogar eine Wohnung in Chambord eingerichtet."

„Ah?", rief d'Affri erstaunt. „Dieser Abenteurer scheint vom Glück bevorzugt zu werden. Wissen Sie, dass er sich hier im Haag befindet?"

„Kein Wort!"

„Er ist im ‚Prinzen von Oranien' abgestiegen und geriert sich mit diplomatischer Miene, ohne mich eines Besuchs zu würdigen. Ich habe die Art und den Zweck seiner Sendung nicht zu enträtseln vermocht, werde mich aber auch nicht in die Gefahr begeben, mich durch eine Empfehlung bloßzustellen, wenn man sich bei mir nach ihm erkundigt."

„Im ‚Prinzen von Oranien'? Das ist der Gasthof, in dem auch ich wohne!"

„Dann werden Sie vielleicht mit ihm zu sprechen kommen?"

„Auf alle Fälle, Graf."

„Darf ich Ihnen die Geschicklichkeit zutrauen, den Zweck seines Hierseins zu erfahren?"

„Ich weiß nicht, ob ich sie besitze, es kommt ja nur auf eine Probe an."

„Versuchen Sie es. Jetzt aber lassen Sie uns zur Gesellschaft zurückkehren, man würde uns sonst vermissen!"

Als die beiden Männer sich entfernt hatten, verließ der Lauscher sein Versteck und begab sich in die vorderen Gemächer zurück.

Dort trat er zu einem Mann, der sich durch eine eigenartige, männliche Schönheit auszeichnete und allein an einem der kleinen Pfeilertischchen saß.

„Verzeihung, mein bester Herr Casanova", entschuldigte er sich, „dass ich um die Erlaubnis bitte, an Ihrer Seite Platz zu nehmen! Es treibt mich der Wunsch dazu, Ihnen nützlich sein zu dürfen."

Der berühmte Verbannte Venedigs deutete auf einen vis-à-vis stehenden Stuhl und meinte höflich:

„Die Gesellschaft des Herrn Baron von Langenau ist mir zu jeder Zeit angenehm! Auch ich hege den Wunsch, Ihnen dienen zu dürfen."

„So lassen Sie mich Ihnen den ersten Beweis unserer gegenseitigen freundschaftlichen Gesinnung geben! Ich höre, dass Herr von Choiseul Ihnen die Ordnung einer gewissen finanziellen Angelegenheit aufgetragen hat?"

„So ist es. Ich habe keinen Grund, aus der Sache ein Geheimnis zu machen."

„Ich möchte gern das meine beitragen, Ihnen die Lösung Ihrer Aufgabe zu ermöglichen."

„Sie würden mich Ihnen dadurch zu lebhaftem Dank verbinden", meinte Casanova. „Sollte vielleicht wirklich eine positive Unterstützung in Ihrer Macht liegen?"

„Nicht eine positive, sondern eine negative, aber, wie ich hoffe, darum doch keine ganz und gar geringfügige. Ich bin nämlich in der glücklichen Lage, Ihnen ein bedeutendes Hindernis, das sich Ihrem Vorhaben entgegenstellt und von dem Sie keine Nachricht zu haben scheinen, nennen zu können."

„Ein Hindernis? Wirklich? Darf ich fragen, worin es besteht, Herr Baron?", fragte Casanova.

„Es heißt St. Germain", antwortete der Baron von Langenau.

„St. Germain? Kennen Sie diesen Mann?"

„Ein wenig, doch würde ich einem anderen gegenüber wohl kaum Lust haben, dies einzugestehen. Sie kennen die Angelegenheit nicht, die ihn nach dem Haag geführt hat?"

„Nein", antwortete Casanova. „Ist sie Ihnen bekannt?"

„Ja. Es handelt sich um nichts Geringeres als hundert Millionen gegen Verpfändung der französischen Krondiamanten. Dies Geschäft möchte der König ohne Einmischung seiner Minister und selbst ohne dass sie etwas erfahren machen. Der Graf St. Germain hält sich für den Mann, es glücklich zu Stande zu bringen, und lässt sich infolge dieses Selbstvertrauens nicht herbei, dem Grafen d'Affri einen Besuch zu machen."

„Sind Sie überzeugt, dass Sie mir die Wahrheit sagen?"

„Vollständig; Herr Calcoen, ein Sekretär Ihrer Hochmögenden, hat mir das Geheimnis vertraut und mich auch davon benachrichtigt, dass St. Germain den schönsten der Krondiamanten als Unterpfand deponiert habe. Der Stein soll prachtvoll und vom reinsten Wasser sein. Man ist nicht abgeneigt, auf das Geschäft einzugehen, und Sie sehen ein, mein bester Casanova, dass Sie darunter leiden werden.

Wenn man dem König hundert Millionen borgt, wird man nicht geneigt sein, Ihre zwanzig Millionen umzuwechseln."

„Sie haben Recht und ich bin Ihnen zu großem Dank verpflichtet. Ich verstehe vollkommen den Wink, den Sie mir geben wollen, und will Ihnen auch offen sagen, dass die hundert Millionen des Königs mir nicht so sehr am Herzen liegen wie meine zwanzig. Der Mensch ist ja Egoist. Sie scheinen bereits über diese Sache nachgedacht zu haben; können Sie mir vielleicht einen guten Rat erteilen?"

„Ein Mann von Ihren Fähigkeiten bedarf des guten Rates nicht, aber ich werde Sie dem Bankier Adrian Hope vorstellen, der die entscheidende Stimme in der St. Germainschen Angelegenheit hat und Ihnen in der Ihren auf meine Empfehlung hin gern nützlich sein wird. Sodann kenne ich hier einen ausgezeichneten Chemiker, der ein armer, aber ehrlicher Mann ist und sich von dem Aplomb des Grafen nicht im Geringsten blenden lassen wird. Sie verstehen mich?"

„Sehr gut! Er wird den Krondiamanten untersuchen. Wollen Sie mich auch mit ihm bekannt machen?"

„Sobald Sie es wünschen. Er heißt Van Holmen und wohnt hier ganz in der Nähe, für Vertraute ist er auch nachts zu sprechen."

„Wollen wir ihm noch diesen Abend unseren Besuch machen?"

„Ich stehe Ihnen zu Diensten! Ich glaube nicht", setzte der Baron mit einem Lächeln hinzu, „dass der Graf d'Affri Veranlassung oder Neigung hat, St. Germain zu protegieren. Wüsste ich, dass Sie die Neigung dieses Gesandten besitzen, so würde ich darauf hindeuten, dass ein Brief von ihm an den Minister die Pfandanleihe sehr in Frage stellen dürfte."

„Lassen Sie mich machen, Herr Baron! Der Graf befindet sich über die Sendung St. Germains im Unklaren; indem Sie es mir möglich machen, ihn zu unterrichten, erweisen wir ihm einen Dienst, der ihn veranlassen wird, sich mir gefällig zu erweisen. Ich werde sogleich mit ihm sprechen!“

Casanova erhob sich, um den ausgesprochenen Vorsatz auszuführen. Der Baron von Langenau blieb mit dem Bewusstsein zurück, dem Grafen St. Germain die erste Rate für das Andenken an den Park zu Versailles zurückzahlen zu können.

Als die Anwesenden sich zurückzuziehen begannen, entfernten sich auch die beiden Männer. Nach kurzer Zeit standen sie vor der Hintertür eines kleinen, unscheinbaren Häuschens, aus dessen Schornstein sie trotz der Nacht einen dichten, dunklen Rauch aufsteigen sahen, in den sich zuweilen rot und blau glühende Funken mischten.

Langenau pochte auf eigentümliche Art, worauf die Tür sich von selbst öffnete und sich ebenso hinter den Eintretenden wieder schloss. Nachdem sie einen kurzen engen Flur durchschritten hatten, kamen sie an einen verräucherten, niedrigen Raum, dessen Ausstattung ihn als Laboratorium kennzeichnete. Unter einer Menge von Gläsern, Retorten, Tiegeln und allerlei seltsam geformten Gefäßen kauerte ein kleines, dürftiges Männchen, das sich um die Eingetretenen gar nicht zu kümmern schien, sondern mit größter Aufmerksamkeit dem Erkalten einer metallischen Flüssigkeit zusah, die in eine Sandform ausgegossen worden war. Erst als sie sich im Zustand der Erkaltung befand, erhob er sich, um die Ankömmlinge zu begrüßen. Es geschah einfach und mit Herzlichkeit, er hatte nicht das Geringste vom Wesen eines Charlatans an sich.

„Wie kommt es, Herr Baron“, fragte er, „dass ich Sie heute noch so spät bei mir sehe?“

„Ich wollte Ihnen Herrn Casanova vorstellen, der vielleicht nächstens Gelegenheit haben wird, sich für Ihre Kunst zu interessieren.“

„Herr Jacob Casanova aus Venedig?“

„Ja“, antwortete der Genannte. „Sie verzeihen, dass mir der Name Van Holmen nicht unbekannt ist!“

„Sie sind ein Freund der Frau d'Urfé in Paris?"

„Ja. Kennen Sie diese Dame?"

„Ich stehe mit ihr in Briefwechsel. Sie hat mir oft von Ihnen geschrieben. Ich erwarte soeben einen Mann, den Sie vor einigen Wochen bei ihr gesehen haben."

„Darf ich fragen, wer dieser Mann ist?"

„Der Graf von St. Germain."

„Ah!", rief Casanova erstaunt. „Zählen Sie ihn zu Ihren Freunden?"

„Ich? Hm!", schüttelte der Chemiker stolz mit dem Kopf. „Es gibt hunderte, die ihn fast wie einen Gott verehren, ich aber halte ihn für einen klugen Quacksalber, der es versteht, aus den Dukaten anderer Leute sechzehnkarätiges Gold für sich zu machen. Er ist jetzt hier und benachrichtigte mich durch seinen Diener, dass er mir kurz nach Mitternacht einen Besuch machen werde. Ich bin neugierig zu erfahren, was ihn zu mir führt."

„Ein glücklicher Zufall", antwortete der Baron von Lange-nau. „Gerade der Graf ist es, dessentwegen wir zu Ihnen kommen. Er ist beauftragt oder gibt wenigstens so an, die französischen Kronjuwelen gegen die Summe von hundert Millionen zu versetzen, und hat mit der Bitte um sofortige Auszahlung von hunderttausend Gulden den größten der Diamanten zur Kaution gestellt. Ich sage Ihnen dies, weil ich weiß, dass Sie verschwiegen sind. Die Freundschaft zwischen diesem Grafen und dem König von Frankreich muss eine sehr innige und vertrauensvolle sein."

„Ja, entweder", versetzte Van Holmen, „oder ist das Vertrauen des Grafen auf die Naivität anderer Leute ein ebenso großes! Ich errate den Wunsch, den Sie mir vorzutragen beabsichtigen, Sie brauchen ihn also gar nicht auszusprechen. Hören Sie, es klingelt! Er wird es sein. Treten Sie in dieses Kabinett, er soll von Ihrer Anwesenheit nichts merken."

Er öffnete eine hinter dem Rauchfang verborgene Tür und wies die beiden Männer in ein kleines Kämmerchen, das von dem Laboratorium nur durch eine dünne Wand getrennt wurde, sodass man jedes Wort, das darin gesprochen wurde, vernehmen konnte. Sie hörten das Geräusch der Türen und waren dann Zeugen eines zwar kurzen, aber interessanten Gesprächs.

„Sie sind Van Holmen?"

„Ja."

„Ich bin der Graf von St. Germain."

„So!"

St. Germain hatte jedenfalls erwartet, mit der Nennung seines Namens Eindruck zu machen. Das einfache „So" des Chemikers schien ihn zu ärgern.

„Sie haben wohl noch gar nichts von mir vernommen?", fragte er kurz und gestoßen.

„Viel ist es nicht, was ich hörte."

„So werden Sie desto mehr noch zu vernehmen haben! Ich komme, um Ihnen ein gutes Geschäft anzutragen."

„Worin besteht es?"

„Haben Sie Kenntnis von meinem berühmten Aqua benedetta?"

„Ja."

„Ich habe dem König von Frankreich und der Marquise von Pompadour davon geben müssen; der Vorrat geht zur Neige und der König bittet mich um Erneuerung. Ich brauche zur Herstellung des Wassers ein vollständig eingerich tetes Laboratorium, und da ich meine Apparate nicht bei mir führe, so ersuche ich Sie, mir Ihr Laboratorium auf eine Stunde abzutreten. Ich werde seinen gegenwärtigen Zustand respektieren und biete Ihnen als Lohn für Ihre Gefälligkeit diesen Diamanten an. Ich erhielt ihn in Wien von dem Grafen Zobor, er ist seine zwölfhundert Gulden wert."

„Und die Ingredienzien zu dem Aqua benedetta?"

„Habe ich hier in der Manteltasche bei mir."

„Ich stehe Ihnen zu Diensten, da ich mit meiner Beschäftigung gerade jetzt zu Ende bin, und werde Sie mit meiner Einrichtung hier vertraut machen."

Es folgte die versprochene Instruktion, der Van Holmen hinzufügte:

„Jetzt werde ich Sie verlassen, schalten Sie nach Belieben. Sobald Sie meiner bedürfen, ziehen Sie an dieser Glocke!"

Eine Tür ging und ward hörbar von innen verschlossen. Nach kurzer Zeit öffnete sich eine in dem Boden der Kammer angebrachte Fallklappe und aus ihr stieg der Chemiker empor, der lächelnd den beiden anderen Schweigen winkte.

„Er fabriziert sein Universal-Lebenswasser", flüsterte er. „Ich werde ihn beobachten!"

Er zog einen Stuhl an die Wand, stieg auf ihn und öffnete vorsichtig eine unter der Decke in der Scheidewand angebrachte Luftklappe. Durch die entstandene Öffnung war es möglich, einen Blick in das Laboratorium zu werfen.

Er stand eine geraume Weile auf seinem Posten, ehe er herunterstieg.

„Nun?", fragten die anderen neugierig.

„Nichts. Er beguckt sich die Töpfe und Tiegel. Sein Aqua benedetta ist, ich bin davon überzeugt, eine ganz harmlose Mischung von Wasser mit irgendeinem wohlriechenden Stoff. Sein Besuch hat nur den Zweck der Reklame, aber es ist möglich, dass dieses Aqua benedetta für ihn zu Aqua maledetta wird. Ich meine sehr, dass er einen großen Fehler begangen hat, mir den angeblichen Diamanten des Grafen Zobor zu schenken. Ich werde ihn einer Analyse unterwerfen. Ich hoffe, Sie werden mich bis dahin nicht verlassen."

„Wir bleiben. Es liegt in unserem Interesse, das Resultat Ihrer Untersuchung zu vernehmen."

Einige Stunden vergingen doch, ehe St. Germain klingelte. Van Holmen verschwand augenblicklich durch die Falltür und betrat darauf das Laboratorium.

„Ich bin fertig", meinte der Graf, „und Ihre Bezahlung

haben Sie. Darf ich wiederkommen? Ich habe einige wichtige und komplizierte Operationen vorzunehmen, die eine längere Zeit erfordern, als ich sie heute brauchte. Doch wird meine Anwesenheit Ihnen keinerlei Nachteil bringen."

„Kommen sie wieder und bedienen Sie sich meiner Apparate nach Belieben!"

Der Graf entfernte sich. Der Chemiker ließ die beiden Männer wieder zu sich eintreten.

„Der Vorwand des Aqua benedetta diente als Einleitung. Wer weiß, welche chemischen Prozesse er vorzunehmen hat, die mit seinen hundert Millionen in Beziehung stehen. Jetzt aber werde ich vor allen Dingen den Diamanten prüfen."

Er schürte das bereits ausgegangene Feuer von neuem an, füllte verschiedene Gefäße mit ebenso verschiedenen Ingredienzien und unterwarf den Stein einem Verfahren, zu dem selbst Casanova, der sich guter Kenntnisse in der Chemie rühmte, die Einsicht fehlte. Die Prozedur nahm eine lange Zeit in Anspruch, der Morgen war längst angebrochen als sie zu Ende ging. Die beiden Zuschauer befanden sich in einer außerordentlichen Spannung, denn das Ergebnis dieser streng wissenschaftlichen Untersuchung musste auf ihr Vorhaben von bedeutendem Einfluss sein.

„Ich bin fertig!", entschied endlich mit trimphierender Miene Van Holmen.

„Und Ihre Entscheidung lautet?", fragte der Baron.

„Diamant besteht aus reinem Kohlenstoff. Er hätte in der Glühhitze verbrennen müssen. Ich wollte ihn verbrennen, aber es ist mir nicht geglückt. Welche Zusammensetzung dieser Stein eigentlich hat, weiß ich nicht."

„Getrauen Sie sich, den Krondiamanten, den der Graf hinterlegt hat, einer Prüfung zu unterziehen, ohne dass sein Wert gemindert wird, falls der Stein echt sein sollte?"

„Das getraue ich mir zu."

„So nehmen Sie einstweilen meinen Dank.“

Sie verließen den kenntnisreichen Mann mit dem Gefühl der Bewunderung.

*

Kurze Zeit später befanden sie sich bei Bankier Hope um ihm ausführlich zu berichten.

„Ich würde wenigstens die Steine erst einer strengen Prüfung unterwerfen“, schloss Casanova.

„Ah – ! Halten Sie diese nicht für echt?“, fragte der Bankier erstaunt.

„Ich kann nichts behaupten, doch wir kommen soeben von einer solchen Prüfung, die allerdings ein für den Grafen sehr ungünstiges Resultat ergeben hat.“

Er erzählte den Vorgang bei Van Holmen. Hope hörte ihn mit gespanntester Aufmerksamkeit bis zu Ende. Es folgte eine sehr bewegte Unterredung, an deren Schluss die drei mit der Versicherung des strengsten Stillschweigens auseinander gingen.

„Ich glaube, wir gehen einem Sieg entgegen“, meinte Casanova. „Wenn Sie mir in dieser Weise die Hindernisse zu beseitigen helfen, Herr Baron, so beginne ich allerdings zu glauben, dass ich mein Geschäft zu Stande bringen werde.“

„Ich wünsche es Ihnen, muss aber allen etwa reservierten Dank zurückweisen, da ich dem Grafen gegenüber weniger für Sie als in meinem eigenen Interesse handle. Ich bin ihm eine Revanche schuldig.“

*

Einige Tage später erhielt der Graf von St. Germain folgendes Billett:

„Der König von Frankreich hat durch den Herrn Grafen d'Affri, seinen Gesandten hier, Ihre Auslieferung verlangt.

Der deponierte Krondiamant ist untersucht und als Komposition erkannt worden. Er wird behalten werden, bis ihn der König selbst reklamiert. Aus Schonung gegen den König wird Ihnen Zeit zur schleunigen Abreise gelassen. Ein Freund des Schreibers lässt Ihnen sagen, ein wenig Aqua benedetta sei schuld, dass Ihre Sendung scheitert. Denken Sie an den Baron Langenau und an den Abend bei Van Holmen.

Zwei Stunden nach Empfang dieses Billetts wird man kommen, Sie zu arretieren..."

Als der abgesandte Polizeikommissar kam, fand er den Grafen bereits abgereist. Die Verfolgung wurde nur höchst lässig betrieben und so erfuhr man nach wenigen Tagen, dass St. Germain sich in Sicherheit befinde. Er war über Nymwegen und den Kanal nach England gegangen.

3. In Eckernförde

Der Prinz Karl von Hessen-Kassel, dänischer Feldmarschall und Statthalter der Provinzen Schleswig und Holstein, saß in seinem Polsterstuhl, auf den ihn das leidige Podagra bannte, und blätterte sehr eifrig in alten, vergilbten Manuskripten herum. Dabei blickte er von Zeit zu Zeit unruhig nach der Uhr, er schien irgendjemanden ungeduldig zu erwarten.

Endlich meldete der Kammerdiener zwei Männer, die auch alsbald eintraten und von dem Prinzen mit ausgezeichneter Höflichkeit empfanden wurden. Es war der dänische Legationsrat Morin und der Graf von Lamberg, der von dem Legationsrat vorgestellt wurde.

„Herr Graf", meinte der Marschall verbindlich, „Ihre Gegenwart ist mir angenehm, denn sie bietet mir Gelegenheit zu beweisen, dass ich den berühmtesten Mann dieses Jahrhunderts schon seit langen Jahren unter meinem Dach beherberge. Der Graf von St. Germain befindet sich augenblicklich in meiner Bibliothek. Er wird heute Nacht Punkt zwölf Uhr zwei Aufgaben lösen, an denen Magie und Scheidekunst schon seit Jahrtausenden vergebens gearbeitet haben. Sie kommen zur guten Stunde und ich lade Sie ein, Augenzeuge unseres Triumphes zu sein."

Der Graf verneigte sich dankend.

„Der Graf, den ich als Herrn von Bellamare kennen zu lernen die Ehre hatte, ist ein außerordentlicher Mann, eine Erscheinung, die sich aller unserer Berechnung entzieht."

„Wo trafen Sie ihn zum ersten Mal?"

„In Venedig, wo ich Zeuge war, dass ein einfaches Papierschnitzel, das er einem Bekannten schenkte, von einem Bankier für zweihundert Dukaten eingelöst wurde. Er ließ eine Perle im Wert von fünf Dukaten binnen acht Tagen so wachsen, dass man ihm sechzig Dukaten für sie bot, und der Baron Stosch versicherte, ihn vor vielen Jahren in Bayonne gesehen zu haben, wo er eine viele Pfund schwere Bleitafel in reines Silber verwandelte. Er war seitdem nicht im Geringsten gealtert."

„Haben Sie ihn musizieren hören?"

„Ja, auf dem Klavier. Er spielt virtuos."

„Sie werden ihn heute noch mehr bewundern. Ich sehe eine Gesellschaft bei mir, zu der auch Sie geladen sind. Er wird sich bei dieser Veranlassung auf der Violine produzieren, wie er mir versprochen hat. Seine Meisterschaft ist ganz ohnegleichen. Herr Morin hier, der ihn vor neunundvierzig Jahren spielen hörte, versicherte mir, dass seit dieser langen Zeit weder seine Fertigkeit noch sein Aussehen sich verändert habe."

„Darf man nach dem Namen dieses Manuskripts fragen?"

„Es ist ein Kommentar von Raimundus Lullus, der alle Dunkelheiten des Heber, Roger Baco und Arnauld de Villeneuve aufklärt. Es kostet mich beinahe viertausend Taler, ich habe es von St. Germain, der seinerzeit eine bedeutend höhere Summe dafür bezahlt hat."

„Und welches sind die Aufgaben, die der Graf heute lösen wird?“

„Ein Projektionspulver, das augenblicklich alle Metalle in das reinste Gold verwandelt, und ein Aqua benedetta, das nicht nur wie bisher den Einfluss des Alters hebt, sondern auch den durch äußere Einflüsse erfolgenden Tod, zum Beispiel durch Verwundung, zur Unmöglichkeit macht.“

„Dann bin ich wirklich begierig, ob es ihm gelingen wird.“

„Ich bin davon überzeugt. Das Pulver steht schon seit fünf Jahren über dem Feuer, ich musste immer von einer Zeit auf die andere warten, da die geheimen Stunden niemals mit der Konstellation der Gestirne harmonisieren wollten, und schon verlor ich die Geduld, als mir der Graf die Versicherung gab, dass heute um Mitternacht alle astronomischen und magischen Voraussetzungen vorhanden seien.“

„Darf ich mir erlauben“, fragte Morin, „zwei Herren mitzubringen, die mich in diplomatischer Angelegenheit besuchten und sich für Exzellenz lebhaft interessieren?“

„Wer sind sie?“

„Der Prinz Paranow und der Baron von Langenau.“

„Bringen Sie die Herren doch ja mit. Den Prinzen traf ich einst in Wien, er ist mir sehr willkommen, und der Baron hat sich als Diplomat ausgezeichnet. Ich freue mich, seine Bekanntschaft zu machen.“

„Sie sind beide mit ihren Damen hier.“

„Die natürlich bei der Gesellschaft sein werden. Sprechen Sie ihnen meine Einladung aus. Man kommt und geht bei mir ohne Zwang und die Bedenken von Versailles und Potsdam. Ich habe dem Grafen nichts gesagt von der Versammlung, die seine Kunst bewundern soll, vielmehr beabsichtige ich, ihn freudig durch die Anwesenheit von alten Bekannten zu überraschen, die ich eigens zu diesem Zweck eingeladen habe. Sie werden viel besprochene und sogar berühmte Personen bei mir finden. Wir wollen jetzt den Grafen nicht stören, er hat sich jede Behelligung verbeten, da alle seine Kräfte bis Mitternacht in Anspruch genommen sind!"

Der Marschall war ein eifriger Freimaurer und ist noch heute bekannt sowohl durch sein Streben, die strikte Observanz wiederherzustellen, als auch durch seine große Neigung für Mystiker und Geisterseher. Er wusste, dass man seine Freundschaft für den Grafen St. Germain und seine Freigebigkeit gegen ihn belächelte, und wollte heute einmal eklatant beweisen, dass der Adept keineswegs ein Betrüger, sondern ein Phänomen sei, das nur deshalb nicht recht gewürdigt werde, weil der Verstand des Uneingeweihten es nicht zu begreifen vermöge.

Die Eingeladenen erschienen alle. Außer den schon genannten Herren und Damen hatte sich eine reiche Anzahl politisch oder wissenschaftlich ausgezeichneter Personen eingestellt, die alle mit Spannung auf das Erscheinen des geheimnisvollen Grafen warteten. Dieser hatte bis Mitternacht im Laboratorium gearbeitet und erfuhr erst zu dieser Zeit vom Prinzen, dass er die Beweise seiner Kunst nicht ihm allein, sondern einer ansehnlichen Versammlung wissbegieriger Personen zu liefern habe. Nur nach langem Weigern war er darauf eingegangen. Es wurde ein mit Vorhängen drapiertes Podium im Salon errichtet, auf dem endlich der Held des Abends erschien, gehüllt in ein persisches Gewand und begleitet von mehreren Bedienten, die verschiedene Apparate und eigentümlich geformte Gefäße trugen. Er hatte das Aussehen eines sehr gut konservierten Sechzigers. Nachdem er die Gegenstände geordnet und den Vorhang zurückgeschlagen hatte, begann er mit tiefer, monotoner Stimme:

„Wer die Theorie der planetarischen Stunden, die Talismane des Polyphilos und des Grafen von Trier kennt und in die Geheimnisse des Artephius und Sandivaye eingedrungen ist, der mag seinen Genius ersuchen, mit mir zum

Merkur, vom Merkur zum Mond, vom Mond zum Jupiter und vom Jupiter zur Sonne zu gehen. Es ist dies der magische Kreis des Zoroaster, der den Saturn und Mars überspringt und den ich mit schwarzen Charakteren hier auf die weiße Tafel zeichne."

Bisher hatte er mit niedergeschlagenen Augen gesprochen. Jetzt erhob er sie, ließ sie über die Versammlung gleiten und fuhr fort:

„Ich begrüße Sie im Namen der Genien des Agrippa und umschließe Sie mit dem heiligen Fünfeck des großen Salomo, dessen Kunst, den Tod zu bezwingen, ich heute von neuem aufgefunden habe. Hier diese Phiole enthält das neue Aqua benedetta, die herrliche Kostbarkeit, von der es genügt, alle Jahrhunderte einen einzigen Tropfen zu nehmen, um unsterblich, ewig gesund und unverwundbar zu sein. Der erste Tropfen gehört dem Erfinder..."

Er ließ einen Tropfen der Flüssigkeit in einen mit Wasser gefüllten, goldenen Löffel fallen und sog den Trank langsam ein.

„...der zweite wird den Mann, bei dem wir uns befinden und der die heilige Wissenschaft durch so großmütige Opfer unterstützte, bei ewiger Jugend erhalten, er möge sich mir nahen!"

Der Marschall erhob sich. St. Germain nahm ihn scharf in die Augen. Bei dieser Gelegenheit fiel sein Blick auf den Mann, der hinter dem Prinzen Platz genommen hatte, die Hand, die den Löffel hielt, zitterte, er fiel zu Boden.

„Halt", rief er, „es sind finstere Dämonen in meine Kreise gedrungen, der Unglaube hat sich in diesen Raum geschlichen, ich kann nicht weiter!"

Der Vorhang fiel, der Graf raffte von den Apparaten zusammen, was er von ihnen fassen konnte, und entfernte sich. Die Gesellschaft war verdutzt und beobachtete ein minutenlanges Schweigen, das endlich von einer scharfen, lachenden Stimme unterbrochen wurde.

„Er hat uns erkannt, Baron, er fürchtet sich. Kommen Sie!“

Es war der Prinz Paranow, der diese Worte zu Baron von Langenau sprach. Beide traten zum Marschall.

„Exzellenz, wollen Sie die Güte haben, uns zu dem so genannten Grafen von St. Germain zu begleiten?“, fragte der Prinz.

Der Angeredete befand sich seinen Gästen gegenüber in großer Verlegenheit, die Aufforderung kam ihm gelegen, er nickte zustimmend und winkte den beiden Männern, ihm zu folgen. In einigen Augenblicken standen sie vor dem Gesuchten.

„Sie kennen mich wohl, Herr Graf?“, fragte der Baron. „Ich hatte die Ehre, Ihnen in Versailles zu begegnen, nachdem Sie die Bekanntschaft meines Vaters aufgegeben hatten, im Haag war es mir leider nicht möglich, Ihnen meine Aufwartung zu machen, da Sie zu schnell abreisten, desto mehr freut es mich, Sie hier zu sehen und Ihnen diesen Herrn mitbringen zu können, dessen Sie sich vielleicht noch erinnern!“

„Mein Gedächtnis ist Jahrhunderte alt“, antwortete stolz der Graf, „es verlässt mich nie!“

„So werden Sie sich wohl auch des Diamanten erinnern“, meinte jetzt Paranow, „den Sie mir in Wien für fünftausend Dukaten als echt verkauften. Er stammte aus Ihrer mit dem Grafen Zobor gegründeten Manufaktur und erwies sich als Komposition. Sie sind ein Betrüger, Herr von Montferrat, von Bellamare, von Schöning, von Welldone, von Solitkow, von Tzarogy und von St. Germain. Sie sehen, ich kenne alle Ihre Namen, die die eines Schwindlers sind. Sie werden nicht Ehrgefühl genug haben, um Satisfaktion zu fordern!“

„Ich habe Nachsicht genug, um mich durch die Raisonnements eines Unsinnigen nicht aus der Fassung bringen zu lassen!“

„Beim Teufel, Graf, das wäre schändlich!“, meinte der

Marschall. „Nach dem, was dieser Herr Ihnen gesagt hat, müssen Sie sich mit ihm schlagen. Ich müsste sonst auf Ihre Gesellschaft verzichten."

„Gut; aber wenn ich es tue, so geschieht es nur aus Rücksicht auf Sie, Exzellenz."

„Exzellenz riskieren dabei nichts", lachte Paranow höhnisch. „Der Graf bleibt Ihnen erhalten, er hat einen Tropfen seines Aqua benedetta getrunken und ist unverwundbar."

Die vier Männer blieben längere Zeit von der Gesellschaft abwesend. Nur drei von ihnen kehrten zurück, der Graf blieb unsichtbar.

Beim ersten Morgengrauen hörte man draußen zwischen den Dünen zwei Schüsse krachen und einen Tag später verbreitete sich die Nachricht, dass der berühmte Graf St. Germain plötzlich gestorben sei. Seine Anhänger glaubten, sein Geist habe nur eine neue Wandlung angetreten, der Graf hatte immer von seiner Apostasie gesprochen. Seine Gegner waren anderer Meinung.

Zu ihnen gehörten jedenfalls die beiden Männer, die einige Tage nach seinem Tod in einer Postkalesche die Stadt verließen. Sie unterhielten sich von ihm. Zwei Damen saßen bei ihnen.

„Er hatte wirklich Angst vor mir", meinte der eine. „Er schoss fehl, meine Kugel drang ihm gerade in die Brust. Sein Erbe gehört dem Marschall."

„Es wird wenig genug sein", fügte der andere hinzu, es war der Baron von Langenau, „ein Stück vergoldetes Blei und ein Fläschchen mit Aqua destillata!"

„Das dieselbe Wirkung haben wird wie das berühmte Aqua benedetta bei Ludwig dem Fünfzehnten und der Frau von Pompadour gehabt hat, nämlich keine."

Die Sprecherin war die Baronin von Langenau, jene Nichte der Frau von Hausset, die ihrem jetzigen Mann in Paris das aufklärende Billett mit der Unterschrift „Ihre zärtliche Amély Hausset" geschrieben hatte.

EIN SELFMADEMAN

(1878)

Das war damals ein munteres Leben dahinten im Westen, besser, viel besser als jetzt, das sage ich euch und darum könnt ihr's glauben! Die Rothäute kamen um ein Beträchtliches weiter in das Land herein als heutzutage, und man musste die Augen offen halten, wenn man sich nicht eines schönen Abends hinlegen und des Morgens im Himmel ohne Skalp erwachen wollte. Doch das war nicht sehr schlimm, denn so ein vier bis mehr Indsmen kann man sich schon gut vom Leib halten, aber es trieb sich neben ihnen auch allerlei weißes Gesindel dahinten herum, so was man hier im Osten Runners oder Loafers nennt, und diese Kerls waren bösartig und durchtrieben genug, um einem mehr zu schaffen zu machen, als alle Indianer zwischen dem Mississippi und dem großen Meer zusammengenommen.

Besonders einer machte von sich reden, der alle zehntausend Teufel im Leib hatte und ein so verwegener Satan war, dass sein Ruf sogar hinüber in die alten Länder des europäischen Kontinents gedrungen ist. Ich habe sogar gehört, dass man dort in allen Zeitungen von ihm schreibt. Ihr kennt ihn auch und wenn ich euch seinen Namen nenne, so werdet ihr wissen, woran ihr seid. Es ist nämlich der Kanada Bill, der größte Gauner und Spitzbube der Vereinigten Staaten.

Er ist ein englischer Zigeuner und heißt eigentlich William Jones. Er kam nach Kanada und trieb einen ganz leidlichen Pferdehandel, bis er bemerkte, dass mit der Karte noch einiges mehr zu verdienen sei. Er hatte ein Spiel gelernt, das man drüben in Germany ‚Kümmelblättchen' nennt – bei uns heißt es ‚three carde monte' –, und trieb damit zunächst da droben in den Britischen Kolonien sein

Wesen, bis er es zu einer solchen Meisterschaft gebracht hatte, dass er sich über die Grenze herüber zu den Yankees wagen konnte. Nun machte er den ganzen Norden unsicher, beutelte die pfiffigsten Gentlemen bis auf den letzten Cent aus und suchte dann den Westen auf, wo er neben dem Spiel noch allerlei Allotria trieb, die ihn zehnmal an den Strick gebracht hätten, wenn es rechtens zugegangen wäre. Auch ich bin einiges mit ihm zusammengekommen und habe dabei die Bekanntschaft eines berühmten Mannes gemacht, der – – na, ihr werdet ja wohl hören, wen ich meine, und die Einleitung zu einer guten Geschichte darf nicht zu lang gezogen sein, sonst rufen die Zuhörer „Stopp!" und reiten davon, ehe man nur richtig angefangen hat.

Also, ich war noch etwas grün im Fach, aber eine gute Faust hatte ich doch, mein Auge war hell und offen, mein Wille gut und munter, die Büchse verstand ich ganz leidlich draufzuhalten, und mein Bowieknife war schon einigen zwischen die Rippen gefahren, die sich so einen Aderlass nicht vermutet hätten. Ich war am oberen Arkansas auf Biber gewesen, hatte einen hübschen Fang gemacht, die Felle an einige Companiemänner, die mir begegneten, verkauft und suchte mir nun eine passende Gelegenheit nach dem alten Mississippi, um wieder einmal unter Menschen zu kommen und dieses und jenes einzukaufen, da meine Ausstattung mit der Zeit so ziemlich fadenscheinig geworden war.

Mein Vorhaben hatte seine Schwierigkeiten, denn die Gegend, durch die ich den Pfad schlagen musste, war ganz verteufelt unsicher. Die Comanchen, Choctaws, Seminolen und Creeks lagen einander in den Haaren, bekämpften sich bis auf die Messerspitzen und behandelten jeden Weißen als gemeinschaftlichen Feind. Es galt also aufzupassen. Mein Weg führte mich mitten durch das Kampfgebiet, und ich war ganz allein und nur auf meine eigene Vorsicht und Ausdauer angewiesen. Sogar ein Pferd mangelte mir, die Companiemänner hatten es mir abgeschachert, und ich musste darum auf den zwei Beinen reiten.

Ich hielt so ungefähr auf Smoky Hill zu und konnte nach meiner Berechnung nicht mehr weit vom Arkansas sein. Ich traf immer zahlreichere Wasserläufe, die sich nach ihm hinzogen, und stieß auf allerlei Getier, das nur an den Ufern großer Flüsse zu finden ist.

So drang ich durch den Urwald und sah mich schon nach einer passenden Lagerstelle um, denn es war schon ziemlich düster geworden, als ich plötzlich eine laute, tiefe Männerstimme vernahm, die mit mächtigem Schall in das Dickicht hinein räsonnierte. Der Sprache nach war es ein Weißer, der sich so unvorsichtig vernehmen ließ, ich hatte also nichts zu befürchten und drängte mich durch die Büsche hindurch der Stelle näher, an der er sich befand.

Was glaubt ihr nun wohl, was ich sah?

Auf einem alten Baumstumpf, den ich in der Mitte einer kleinen Lichtung erblickte, stand ein Mann, fuhr mit den Händen in der Luft herum und hielt den Hickory- und Sykomorenstämmen eine Rede, die er nicht besser und schöner bei einem Meeting hätte anbringen können. Ich bin ein ziemlich eigener Kopf und gebe nicht viel auf das, was mir vorgesprochen wird, aber der Mann hatte eine Stimme und eine Art des Ausdrucks, die mir das Lachen benahm, in das ich erst ausbrechen wollte, weil es mir verteufelt possierlich vorkam, dass einer mitten im Urwald den Käfern und Mosquitos eine Predigt hielt.

Es war, wie gesagt, schon ziemlich düster, aber ich konnte ihn und sein Gesicht noch deutlich erkennen. Er war lang und stark, war frisch, derb und zäh wie ein echter Yankee, hatte eine scharf hervorspringende Nase, spiegelblanke Augen ohne Lug und Trug, einen breiten, scharfen Mund, ein eckiges Kinn und konnte trotz der Gutmütigkeit, die ihm anzusehen war, doch vielleicht ein weniges verschmitzt und listig sein, wenn er es für gut hielt.

Vor dem Stumpf, auf dem er stand, lag eine gewaltige Axt und eine gute Büchse und noch einiges andere, was man in jenen Gegenden vonnöten hat. Es war augenscheinlich, dass sich der Mann im Reden übte, und er schien mir ganz zu einem Selfmademan gemacht zu sein, der sich durch Kampf, Arbeit und Not emporringt zu einer besseren Stelle als sie der Westen bietet.

„Ihr sprecht: Wir müssen darauf hinarbeiten, unsere Neger so in die Gewalt zu bekommen, dass sie, selbst wenn ihnen die Freiheit verkündet würde, aus reiner Furcht bei uns blieben“, deklamierte er. „Was diese europäische Rasse, diese deutschen Yankees von Humanität und christlicher Liebe schwatzen, ist der reine Unsinn. Die Liebe soll regieren! Die Liebe – ? Pah – die Peitsche muss regieren! So sagt ihr, weil der Eigennutz euer Herz verhärtet und zu Stein verwandelt hat. Ich aber sage euch, es wird die Zeit kommen, in der...“

Er hielt mitten in seiner Rede inne. Ich war etwas zu weit durch das Gebüsch getreten und er hatte mich bemerkt. Im nächsten Augenblick war er vom Baumstumpf herunter, hatte die Büchse zum Schuss erhoben und rief:

„Halt, Mann, keinen Schritt weiter! Wer seid Ihr?“

„Pah, legt das Schießzeug nur immer beiseite. Ich habe keine Lust, Euch aufzufressen oder eine Hand voll Blei in den Leib zu bekommen!“

Ein zweiter, schärferer Blick musste ihn von meiner Friedfertigkeit überzeugen. Er nahm das Gewehr nieder und nickte mit dem Kopf.

„So kommt her und sagt, wer Ihr seid!“

„Ich heiße Tim Summerland, Sir, Tim Summerland, solang ich lebe, und werde mir von meinem ehrlichen Namen auch nicht die kleinste Ecke herunternehmen lassen. Und wie heißt Ihr?“

„Mein Name ist Lincoln, Abraham Lincoln. Ich habe ein Floß hier im Wasser und will damit hinab nach dem Süden. Was treibt Ihr hier?“

„Viel und nichts. Ich habe mir einige Felle geholt und verkauft und möchte nun auch einmal da hinunter, wo Ihr hin wollt. Könnt Ihr mich vielleicht ein Stückchen mitnehmen?"

„Gern, wenn Ihr ein guter Kerl seid, mit dem man sich nicht schimpfieren muss, Tim Summerland. Ich habe Fenzstangen gehauen, die im Süden gut bezahlt werden, und bin mit meiner Arbeit fertig. Der Beimann, der mit sollte, ist mir davongelaufen und Ihr seid mir also gern willkommen, wenn Ihr bei der Fahrt zuweilen eine Hand mitanlegen wollt."

„Das versteht sich ja ganz von selber, Master Lincoln. Wie weit geht's denn hinab?"

„Bis so weit, als ich die Stangen verkauft habe. Aber sagt, ist Euch die Büchse geläufig, die Ihr auf der Schulter habt? Es ist nicht recht geheuer hier und zwei Männer sind wenig gegen einige Dutzend roter Burschen, wie sie jetzt am Wasser hin und her schwärmen."

„Sorgt Euch nur darum nicht, Sir! Ihr scheint ein verwegener Bursche zu sein, sonst würdet Ihr nicht so sorglos in den Wald hineinschreien, aber der Tim Summerland ist auch nicht aus schlechtem Holz gehackt, darauf könnt Ihr Euch verlassen! Was habt Ihr denn zu predigen, Sir?"

„Nichts von Bedeutung! Es kommen einem in der Einsamkeit so allerlei Gedanken, die anderen Nutzen bringen könnten. Da stelle ich mir denn vor, ich hätte diese anderen hier, und sage ihnen, was ich denke. Vielleicht kommt es noch einmal so weit, dass ich eine wirkliche Rede halte, die ich nicht in den Wind hineinstoße. Jetzt aber kommt mit zum Wasser. Da ist' s sicherer und bequemer. Es ist alles zur Fahrt bereit und bei guter Frühe schwimmen wir fort!"

Ich bemerkte zu meinem Erstaunen, dass wir bis an das Ufer des Flusses nur einige hundert Schritte zu gehen hatten. Da lag das Floß. Es war kunstgerecht zusammengefügt und trug eine schwere Menge junger Stämmchen, die dem Abraham ein schönes Geld einbringen konnten. Er hatte sich einen schönen Vorrat von Haar- und Federwild zusammengeschossen, sodass wir während der Reise wohl kaum zur Jagd gezwungen waren. Wir aßen also tüchtig Abendbrot und lagen dann mit unseren Pfeifen am Wasser und erzählten uns allerlei Gutes und Schlimmes, wie man es so hier und da zu erleben bekommt.

Der Mann war nicht unrecht. Er hatte gar vieles erlebt und über alles gehörig nachgedacht. Darum brachte er Ansichten zum Vorschein, die mir einen ganz gehörigen Res-pekt vor ihm einflößten, und als wir uns „good night" sagten, wusste ich, dass ich in eine ganz respektable Gesellschaft geraten sei und mich meines Bootsmannes nicht zu schämen brauchte.

Am anderen Morgen wurde die Fahrt begonnen. Sie ging ganz gut vonstatten, obgleich zuweilen ein Pfeil oder eine matte Kugel vom Ufer her zu uns herüberflog. Auf dem Wasser hatten wir wenig oder gar nichts von den Roten zu fürchten, und wenn wir abends anlegten, so geschah es stets an einem Ort, von dem wir die nötige Sicherheit erwarten konnten.

So gelangten wir in die Nähe von Fort Gibson. Wir wollten da an Land gehen, um unser Schießzeug gehörig in Ordnung zu bringen. Es war am hellen Mittag, als wir den Ort vor uns liegen sahen, und wir wunderten uns nicht wenig, keine Schildwache oder ein sonstiges menschliches Wesen zu erblicken. Selbst den Schornsteinen entströmte kein Rauch, es lag daher die Vermutung nahe, dass hier etwas Außergewöhnliches vorgefallen sei.

Aus Vorsicht legten wir das Floß nicht an die gewöhnliche Landestelle, sondern verfolgten unseren Weg noch ein Stück stromabwärts, als ob wir vorübergehen wollten, und hielten erst hinter einer Krümmung des Flusses auf das Ufer zu.

Hier nahm Lincoln Büchse und Messer zur Hand und stieg an Land.

„Ich werde rekognoszieren, Tim Summerland. Du lässt

das Ankerseil lang aus und hältst dich bereit, es sofort zu durchschneiden, wenn du etwas Verdächtiges bemerkst!“

Damit war er zwischen den hohen Uferweiden verschwunden. Ihr müsst nämlich wissen, dass sich während unserer Fahrt das geläufige „Du“ bei uns eingeschlichen hatte. Ich bin heute noch stolz darauf und gebe es für kein Amt und Ehre hin.

Ich tat, wie er befohlen hatte. Glücklicherweise aber gab es keine Veranlassung, mit dem Floß in die Mitte des Stromes zurückzugehen. Es dauerte eine geraume Zeit, ehe er wieder erschien. Sein Gesicht hatte einen halb zornigen, halb pfiffigen Ausdruck.

„Tim, es gibt für uns zu tun. Jetzt kannst du beweisen, dass du kein schlechter Westmann bist!“

„Bin bereit dazu! Was hast du gefunden?“

„Die Comanchen haben das Fort überfallen und alles niedergemetzelt. Sie sind jetzt auf einem Zug abwesend und haben nur eine Wache von zwölf Männern zurückgelassen. Die sind über den Brandy geraten und liegen besinnungslos auf der Erde. Ich bin mitten unter ihnen gestanden, ohne dass sie sich gerührt haben. Komm, es gibt eine gute Ladung für uns!“

Es war ein kühner Gedanke, den er aussprach, und ich hatte nicht Lust, ihm abzuraten. In wenigen Augenblicken hatten wir das Fort erreicht. Die überraschten Verteidiger lagen zerstreut auf dem Boden, waren ausgeplündert worden und hatten ihre Kopfhäute lassen müssen. Es gab nicht viel darüber zu sagen. Wir traten in den Versammlungsraum, wo die Indianer ihren ‚Drink‘ gehalten hatten. Sie hatten gezecht, bis sie nicht mehr konnten, und lagen nun in einem todesähnlichen Zustand um das Fass herum, das umgestürzt war und seinen Inhalt über die Erde ergossen hatte.

„Binden!“, meinte Abraham Lincoln kurz.

Im Nu waren aus den Mantelhäuten der Roten so viele Riemen geschnitten, als wir bedurften, und in weniger als einer halben Stunde befanden sich die zwölf auf unserem Floß, wo wir sie so fest an die Stämme schnürten, dass es für sie keine Möglichkeit zum Entrinnen gab. Für jetzt aber waren sie so betrunken, dass keiner von ihnen die Veränderung bemerkt hatte, die mit ihnen vorgenommen worden war.

Dann kehrten wir wieder nach dem Fort zurück, um von den dort befindlichen Gegenständen zu retten, was zu retten war. Wir mussten uns dabei sputen, denn die Rückkehr der übrigen Indsmen konnte jeden Augenblick erfolgen und dann waren wir verloren.

Ein Umstand musste uns auffallen. Die Getöteten waren sämtlich ausgeplündert und doch fanden wir nirgends einen der in ihrem Besitz gewesenen Gegenstände. Nachdem wir auch sie alle auf das Floß gebracht hatten, um sie später ohne Gefahr zu beerdigen oder mit den geborgenen Sachen in Kidron abzuliefern, standen wir schon im Begriff, vom Land zu stoßen, als plötzlich zwei Schüsse krachten. Sie waren auf uns gerichtet, aber schlecht gezielt gewesen, die eine Kugel pfiff mir am Ohr vorüber und die andere riss Abraham einen Fetzen aus dem Ärmel seines Büffelhemdes.

Augenblicklich waren wir wieder an das Land zurück und drangen durch die Weiden nach dem Ort vor, wo die Schüsse abgefeuert worden waren, wie ein über ihm schwebendes Wölkchen zeigte. Ein kleiner Sack lag dort am Boden. Wir ließen ihn ununtersucht, denn vor uns raschelten die Zweige und wir mussten den Mann haben, der uns ans Leben gewollt hatte.

Als wir den Rand des Strauchwerks erreichten, sahen wir ihn laufen. Es war ein Weißer, er floh nach dem Fort zu, um hinter den Gebäuden Deckung zu finden. Wir hatten, sobald die Schüsse gefallen waren, sofort nach unseren Büchsen gegriffen. Zu gleicher Zeit erhoben wir sie jetzt und im nächsten Augenblick stürzte der Getroffene mitten im Lauf zur Erde.

Wir eilten herbei. Er war durch die Brust geschossen und ohne Zweifel tot.

„Ah! Kennst du den Mann, Tim Summerland?", fragte Lincoln, indem er ihn mit dem Fuß hin und her wandte.

„Habe ihn noch nie gesehen!"

„Sieh ihn genau an, Tim. Wir haben einen berüchtigten Loafer ausgelöscht, es ist der Kanada Bill!"

„Der Kanada Bill? Ist's möglich! Was hat er hier zu schaffen gehabt? Ich denke, er ist jetzt so da unten am Red River, wie die Leute sagten!"

„Er war überall und auch hier, wie du siehst. Wer weiß, welche Rolle er hier gespielt hat, er steht nun vor dem, vor dem er es zu verantworten hat."

Er bückte sich nieder, um ihn und seine Kleidung zu untersuchen. Es war keine Spur von Leben mehr in ihm vorhanden, und seine Taschen waren vollständig leer.

„Komm, Tim! Wir lassen ihn liegen, denn er ist's nicht wert, dass wir uns seinetwegen noch länger der Gefahr aussetzen!"

Wir kehrten zu dem Sack zurück. Er war schwer. Als wir ihn auf dem Floß öffneten, fanden wir neben der Kasse des Forts einige Uhren, Ketten und Ringe und eine Menge wertvoller Kleinigkeiten darin, wie sie die Offiziere und Soldaten getragen hatten. Jetzt wussten wir, was der Kanada Bill bei dem Überfall für eine Rolle gespielt hatte. Unser Floß hatte ihm als ein gutes Mittel geschienen, mit seinem Raub fortzukommen. Alles Übrige konnte ein Verhör mit den gefangenen Indianern aufklären, deren Erwachen wir mit gespannter Neugierde herbeiwünschten, obgleich uns aus anderen Rücksichten ihr jetziger Zustand willkommener sein musste.

Wir stießen vom Land ab und befanden uns bald wieder inmitten der uns schnell vorwärts tragenden Strömung. Abraham Lincoln stand vorn am Floß, um nach Snaks, Alligatoren und Indianern auszuschauen, in jenen Gegenden die drei größten Feinde des Schiffers. Ich ahnte damals nicht, dass er bald die erste Stelle auf dem Floß der ‚Vereinigten Staaten' einnehmen würde, um es sicher durch die ärgste der Stromschnellen zu führen, durch die es jemals geschwommen ist.

*

Wenn zwischen zwei Geschichten so einige Jahre in das Land gehen, so kann man auch beim Erzählen eine Pause machen. Es geht ja auch im Leben nicht alles so glatt und hurtig ab und zumal unsereiner wird von den Winden hin und her geworfen, die bald von hier und bald von da herüberwehen und zumal dem Westmann gar arg mitzuspielen pflegen.

Ich hatte das an mir selbst erfahren und war nach Vicksburg gekommen, um mich einmal so recht gehörig auszuruhen. Aber, pshaw! Das Trapperblut ist mit keiner Ruhe einverstanden als mit der, zu der jeder einmal kommt, wenn er seine letzte Kugel verschossen und das feindliche Messer oder Blei gekostet hat. Es dauerte kaum eine Woche, so wurde mir die Zeit gewaltig lang, der Gedanke, wieder aufzubrechen, fing an, mir ernstlich zu schaffen zu machen, und ich stieg den lieben langen Tag am Strom hin und her, um nach irgendetwas auszuschauen, was meinem Entschluss eine bestimmte Richtung geben sollte.

So stehe ich denn am Quai oder wie sie das Ding dort nennen und habe meine helle Freude an dem Menschengewühl, das die ankommenden Steamer bringen und die abgehenden wieder mitnehmen, da sehe ich plötzlich ein Gesicht, sage ich euch, ein Gesicht, das ich nicht vergessen konnte, obgleich schon fast zwanzig Jahre vergangen waren, seit ich es zum letzten Mal vor mir gehabt hatte.

„Betty, Betty Kroner!", rufe ich und dränge mich durch das Volk bis hin zu ihr. „Gott segne meine Augen, bist du es oder bist du es nicht?"

„Tim", ruft sie, die Hände vor Freude und Verwunderung zusammenschlagend, „Tim Summerland, welch ein Glück, dass ich dich finde!"

„Ja, ein Glück ist's, Betty, ein verteufelt großes Glück! Weißt du noch, damals, als ich dich zur Frau haben wollte und du mochtest nicht, sondern hattest den Fink Panshlaw lieber als mich? Es war doch eine verdamm – – eine schöne Zeit, wollte ich sagen, Betty! Du bist mit dem Panshlaw gelaufen, ich aber habe dich nicht vergessen bis auf den heutigen Tag. Damn, es ist doch mit dem Ding, was sie Liebe nennen, eine eigentümliche Sache! Wie ist dir' s gegangen und wie kommst du nach Vicksburg?"

Ihre Augen wurden plötzlich nass, sage ich euch, so nass, dass ich mir beinahe auch mit der Hand in mein altes Gesicht fahren musste, denn ich muss euch sagen, dass mir alles gleich ist, aber die Betty Kroner, die kann ich nicht weinen sehen.

„Ach, Tim, mir ist's schlecht gegangen", antwortete Betty Kroner unter Tränen, „und jetzt, da ist's am allerschlimmsten!"

„Zounds, ist's möglich?", rief ich aus. „Wer ist schuld daran, Betty? Bring ihn her und ich nehme sein Genick zwischen die Finger, dass er seiner Seele fünfzig Meilen weit nachlaufen muss, ehe er erfährt, dass er sie nicht wiederbekommt!"

„Ja, wenn ich ihn dir nennen könnte, Tim, ich weiß ihn ja selber nicht!"

„So erzähle! Oder komm dort in den Store, da können wir sitzen und sind keinem im Wege!"

Sie ging mit und begann ihre Erzählung.

„Panshlaw ist tot, Tim, schon viele Jahre, meine jüngste Tochter, die Ellen, zählt acht Jahre. Es war mir fast die liebste von allen, aber nun ist sie auch verloren!"

„Verloren? 's death, hast du denn Kinder verloren, Betty?"

„Ja, alle vier", weinte sie leise aber heftig. „Ich zog mit Panshlaw nach New Orleans, wo ich geblieben bin bis vor wenigen Wochen. Da rief mich die Schwägerin nach dem Norden und ich brach mit den Kindern auf. Hier bin ich an das Land gegangen, um einen Einkauf zu machen, und als ich auf das Schiff zurückkam, waren sie fort. Ich konnte weiter nichts erfahren, als dass ein gut gekleideter Mann sie abgeholt habe, um sie zu ihrer Mutter zu führen."

„Bei meinem Bowiemesser, Betty, das ist eine verteufelt unglückliche Geschichte! Was werden wir tun?"

„Ich weiß es nicht, Tim! Ich bin auf der Policestation gewesen, es hat nichts geholfen. Ich habe die Stadt wohl Tag und Nacht durchstrichen, es ist vergebens gewesen. Nun ist mein Geld alle, weil ich die hohe Fahrt bezahlt habe, und ich bin in der fremden Stadt ohne alle Hilfe und allen Rat!"

„Beim Teufel, Betty, das ist nicht wahr! Oder hältst du den Tim Summerland für nichts, für gar nichts?"

„Tim, verzeihe mir, ich weiß doch nicht, ob du mir noch böse bist von damals her, und kenne doch auch deine Verhältnisse nicht, ob du mir helfen kannst!"

„Bös? Ich dir? Wer dich das glauben machen will, Betty, dem schlage ich den Kopf so breit, dass er ihn für eine alte Landkarte halten soll! Und meine Verhältnisse? Ich will dir etwas sagen, Betty: Tim Summerland hat keine Verhältnisse, aber Geld hat er, viel Geld, und das wird er gern darangeben, um deine Kinder aufzufinden!"

Die Sache war um ein weniges schlimmer, als ihr denken werdet. Die Betty war nämlich eine Freigegebene und hatte ein ziemlich Maß von dunklem Blut in den Adern, das war nicht nur an Haar und Hautfarbe, sondern auch an den Nägeln deutlich zu sehen. Ihre Kinder hatten also dieselben Kennzeichen an sich, und wenn irgendein Schelm sie vom Schiff geholt und für seine Sklaven ausgegeben hatte, so war es nicht leicht, sie wiederzubekommen, selbst wenn man wusste, wer's gewesen war.

Vor allen Dingen brachte ich sie zu meinem Boarding-Manager, bei dessen Frau sie eine freundliche Aufnahme fand. Dann musste sie mir alles genau beschreiben und erzählen und nun machte ich mich auf die Suche, um eine

Fährte des Wildes zu entdecken, das ich noch gar nicht kannte.

Mein Suchen war tagelang vergebens, bis ich zufälligerweise in die Bar des Washington-Hotels geriet.

Es waren verteufelt noble Gentlemen hier und der alte Tim Summerland wurde nicht zu wenig angestaunt, dass er es wagte, so eine ‚dearness-spelunc' zu betreten. Aber er ist ein besserer Mensch als mancher andere, der mit der Nase Löcher in den Himmel sticht, und ließ sich darum gar nicht irremachen.

Da, auf einmal kommt einer herein, der besser und gentlemanliker als sie alle aussieht, wirft einen Blick herum, als wolle er die Köpfe von den Rümpfen spießen, und dreht sich schon wieder zum Gehen um, als er mich gewahrt. Da blitzt es in dem treuen Auge auf, er tritt zu mir heran und streckt mir die Hand entgegen.

„Tim Summerland, alter Rifler, welcher Sturm hat denn gar dich in dieses Haus gejagt?"

„Lincoln, Abraham Lincoln, wahrhaftig, Ihr seid es mit Haut und Haar!"

„Du, du, heißt es, Tim, geradeso wie damals, als wir die zwölf Indsmen von Fort Gibson auf die Floßhölzer schnallten. Komm mit herauf in meinen Room, du musst erzählen!"

Denkt euch, der Mann war während der Zeit, dass ich ihn nicht gesehen hatte, Kapitän und gar Lawyer geworden, was man im alten Land einen Advokaten nennt, und alles ohne Schule und nur durch sich selbst. Jetzt hatte er ein Geschäft im Lande und hatte im Hotel gewohnt, wollte aber schon mit dem nächsten Steamer fort. Ich will des Teufels sein, wenn ich ihm nicht sofort die Geschichte von der Betty erzählte. Er hörte aufmerksam zu, sagte aber nichts und nickte nur einige Male zustimmend mit dem Kopf, als sei ihm alles schon bekannt.

„Well, Tim", meinte er dann, „du kommst jetzt gerade an den rechten Mann und sollst die Kinder haben, wenn du willst!"

„Ob ich will? Ich schieße jeden nieder, der das Gegenteil behauptet, und laufe neunzigmal um die Erde herum, wenn ich nur weiß, dass ich sie dabei irgendwo finde!"

„Gut, sehr gut! Wie also hat der Mann ausgesehen, mit dem sie vom Schiff gegangen sind?"

„Wie jeder andere! Karierte Beinkleider, grauer Rock und gelber Panamahut, eine Nase, zwei Beine und..."

„Und lahm, lahm ging er, nicht wahr, Tim?"

„Zounds, der Steward hat so etwas gesagt, doch wusste er es nicht genau! Kennst du den Kerl, Abraham?"

„Ein weniges! Ich muss dir nämlich sagen, dass ich beauftragt bin, einem Mann nachzugehen, den eine gewisse Jury gern bei sich sehen möchte. Er ist durch die Länder gegangen und keiner hat ihn finden können. Ich aber bin ihm auf der Ferse. Er scheint zwischen hier und dem Missouri ein artiges Kidnapbusiness zu treiben, nimmt braven Leuten die Kinder weg und verkauft sie in die unteren Staaten, wo diese Ware gut bezahlt wird. Ich werde ihm das Handwerk legen. Willst du mit?"

„Ich bin dabei! Wann geht es fort?"

„Sogleich!"

„Gut, ich bin fertig. Aber die Betty?"

„Bleibt hier. Wir gehen noch zu ihr und tragen Sorge, dass sie bis zu unserer Rückkehr nicht Not zu leiden hat."

„Lincoln, der Alligator soll mich fressen, wenn ich jemals vergesse, dass..."

„Schon gut, Tim! Ich bin ganz allein nur auf mich angewiesen, denn die Südstaatenmänner werden mir in meiner Angelegenheit nur feindlich entgegentreten. Wer weiß, ob ich nicht in schlimme Lagen komme, und da ist es mir ganz lieb, jemanden bei mir zu haben, auf den ich mich verlassen kann."

„Well done, so passen wir zusammen, gerade wie damals, als wir dem Kanada Bill unser Blei zu schmecken gaben und dann die Rothäute in Kidron so prächtig ablieferten."

„Was den Kanada Bill betrifft, Tim, so muss ich dir sagen, dass er gerade in dieser Gegend hier nicht selten zu finden ist. Er soll am Red River ein großes Sumpfland besitzen und dort viel Ebenholz zu seinem Vergnügen zu Tode peitschen. Das ‚three carde monte' hat er nicht verlernt und erst kürzlich in St. Louis zwanzigtausend Dollar damit gewonnen. Entweder habe ich mich da oben am Arkansas geirrt und er ist es gar nicht gewesen oder unsere Kugel ist nicht genug für ihn gewesen. Jetzt trink und rauch, ich will mich fertig machen!"

Es war ein wunderbares Zusammentreffen, ihr Leute, und ich hatte meine helle Freude über ihn. Er war ein Gentleman geworden, wie er nur so im Buch steht, und man konnte ihm schon ansehen, dass er es auch noch um ein Beträchtliches weiter bringen würde. Zu meiner Verwunderung zog er einen alten Trapperanzug aus dem Koffer und stand bald geradeso vor mir, wie ich ihn im Wald getroffen hatte.

„Jetzt bin ich fertig, Tim. Man darf es hier nicht in die Welt hineinschießen, wer man ist und was man will. Den Koffer schicken wir zu deiner Betty, die mag ihn behalten als Zeichen, dass wir wiederkommen."

Das schnappte und klappte nur so alles an ihm. Ein Stündchen später bestiegen wir den Steamer, suchten uns als einfache Westmänner ein Plätzchen auf dem Deck und machten es uns so bequem wie möglich. Die Fahrt dauerte vier Tage. Ich fragte nicht, wo wir aussteigen würden, und bekümmerte mich auch nicht um das, was Lincoln tat und trieb. Ich wusste, dass er reden würde, wenn die rechte Zeit gekommen war. Er hatte ein scharfes Auge auf jeden, der das Schiff bestieg, obwohl es kein anderer als nur ich allein bemerken konnte.

Da, es war in der Gegend von Gamecity, brachte ein Boot einen Mann an Bord, der zwei Kinder bei sich hatte. Es war ihnen auf den ersten Blick anzusehen, dass sie Negerblut in den Adern hatten. Sie schienen sich sehr vor ihm zu fürchten und blieben in dem Winkel versteckt, in den er sie führte.

„Das ist unser Mann!", meinte Abraham leise.

Wirklich hinkte er ein wenig, wenn auch die Kleidung nicht die beschriebene war. Er blieb bis zum Abend auf dem Schiff, wo er dann mit den Kindern einen Kahn bestieg, der mitten im Strom auf ihn gewartet zu haben schien.

„Bounce", sagte Lincoln, „er hat sich vorgesehen und wird uns leicht entgehen. Lass sehen, was zu machen ist!"

Er ging zum Kapitän und sprach einiges mit ihm. In kurzer Zeit wurde ein Boot ausgesetzt, wir stiegen hinein, und von sechs Rudern getrieben flog es in den Nebel, in dem der Kahn verschwunden war. Die Bootsleute hatten den Steamer wieder einzuholen und legten sich daher gewaltig auf das Holz. Die Leute im Kahn bemerkten uns nicht, obgleich wir fast zu gleicher Zeit mit ihnen das Ufer erreichten. Wir landeten an einer tieferen Stelle als sie und blieben ihnen wacker auf der Fährte.

Der Weg führte nach einer Pflanzung, die in der Nähe des Stromes lag. Als der Mann das Camp, in dem die Neger wohnten, erreicht hatte, stieß er einen Pfiff aus. Eine Gestalt erschien, die Peitsche in der Hand. Es war einer der Aufseher.

„Hier bringe ich zwei neue. Gib ihnen zu essen und lass sie mit den anderen spielen, damit sie nicht heulen. Sind sie aber nicht zu trösten, so zieh ihnen den Riemen über den Rücken!"

Unser Unbekannter ging dem Wohnhaus zu. Wir erreichten es, um nicht gesehen zu werden, auf einem Umweg. Auf der Veranda befand sich niemand, auch im Parlour war niemand zu erblicken, doch schimmerte aus einem offenen Fenster des Erdgeschosses Licht. Wir schlichen uns herbei. Am Tisch saßen drei Männer, der angekommene unter ihnen. Der zweite konnte der Pflanzer sein und der dritte, by God, das war der Kanada Bill, Zug für Zug und

Haar um Haar, gerade wie ich ihn droben am Arkansas zu meinen Füßen hatte liegen sehen.

„Und wie viel habt Ihr heut wieder, Willmers?", fragte er eben.

„Zwei. Es war eine harte Arbeit, fast so wie mit den vier, die ich für Euch von Vicksburg mitbrachte. Sind sie gefügig geworden?"

„Tragt keine Sorge, Hunger und Peitsche tun weh. Mr. Thanny hier sieht schon darauf, dass er bei dem Kostgeld nichts verliert. Morgen geht es fort nach dem Red River. Sind die zwei nach meinem Geschmack, so kaufe ich sie Euch noch ab und nehme sie mit."

Lincoln zog mich in eine dunkle Ecke.

„Tim, hast du verstanden?"

„So ziemlich."

„Es ist der wirkliche Kanada Bill."

„Der wirkliche."

„Unser Schuss ist ihm doch nicht durch das Leben gegangen und die Indsmen haben ihn mit ihren Kräutern geheilt."

„So meine ich auch. Vielleicht erfahren wir heute von ihm, was die zwölf Schurken damals in Kidron so hartnäckig verschwiegen. Es war nur richtig, dass sie die Kugeln bekamen."

„Ich glaube nicht, dass wir etwas erfahren, die Umstände sind nicht günstig. Tim Summerland, jetzt werde ich deine Hilfe brauchen!"

„Ist mir recht."

„Ich habe einen Verhaftsbefehl, aber er wird mir nichts nützen."

„Das ist möglich. Auf den Bill?"

„Nein, auf den, der sich hier Willmers nennen lässt."

„Ah so!"

„Er raubt Mulattenkinder."

„Und verkauft sie weiter?"

„So ist's. Hier bei diesem Mr. Thanny hält er die Niederlage. Bill ist gekommen, um zu kaufen. Die Kinder deiner Betty sind sein, sie befinden sich noch hier. Hast du es vernommen?"

„So viel ich brauche, ja."

„Wie bringen wir sie los? Gutwillig bekommen wir sie nicht! Achtung vor dem Gesetz und meinem Befehl finden wir nicht, Hilfe und Unterstützung gibt es ja auch nicht..."

„Hm, wie wär's, wenn wir's auch ohne Hilfe versuchten, Abraham? Ich habe eine verdammt gute Büchse und das Übrige ist auch nicht übel!"

„Ich dachte auch daran und bin dazu bereit, was meine Person betrifft; es gibt ja keinen anderen Weg. Aber wenn es misslingt, so sind wir verloren, und darum will ich dich..."

„Silence, alter Lawyer! Ich tue mit und damit stopp. Die Betty soll ihre Kinder wiederhaben. Vor diesen Menschenkrämern fürchte ich mich nicht!"

„So mag es sein! Es ist noch nicht da gewesen, sicher nicht, aber wir zwei werden bis morgen die Herren dieser Pflanzung sein. Früh acht Uhr geht der Steamer Wilson aufwärts hier vorüber, ich habe erfahren, dass der Kapitän Haller heißt und ein Deutscher ist. Einem solchen dürfen wir uns anvertrauen; sein Gastrecht wird uns schützen, solange wir uns auf seinen Planken befinden. Ich kenne diese Deutschen, sie sind Ehrenmänner durch und durch und mögen von der Sklaverei nichts wissen. Mach das Messer locker, nimm die Büchse herab und komm!"

Wir gelangten ungesehen und also auch unangefochten auf die Veranda, ebenso in das Parlour und hatten nun nur noch eine Tür zwischen uns und den dreien. Lincoln stieß sie auf.

„Good evening, Mesch'schurs!", grüßte er, trat an das Fenster, warf die Jalousien herab und schloss die Flügel.

Ich blieb an der sofort verschlossenen Tür stehen und zog die Büchse an das Gesicht. Die Männer waren aufgesprungen, aber die Überraschung raubte ihnen die Sprache.

„Bleibt sitzen, ich werde Gesellschaft leisten!"

Den gespannten Revolver in der Hand, zog er sich den Schaukelstuhl herbei und ließ sich in ihm nieder.

„Damn, Master, was wollt Ihr hier?", fragte Kanada Bill. Er hatte sich zuerst gefasst und griff mit der Hand nach dem Gürtel.

„Lasst das stecken, Bill! Ich gebe Euch mein Wort, dass ich Euch die Hand entzweischieße, wenn Ihr sie nicht augenblicklich wegnehmt!"

Bill folgte. Er sah, dass hier nicht zu spaßen war.

„Ihr fragt, was ich hier will? Hm, ich möchte gern wissen, wie Ihr wieder aufgekommen seid, als Euch bei Fort Gibson meine Kugel niederstreckte. Mein Floß und der Sack waren wohl die zwei Schüsse wert, die uns beide ins Jenseits schicken sollten. Ihr seht, ich habe eine kleine Rechnung mit Euch quitt zu machen!"

„Cheer up, da habe ich Euch ja!", rief er, frohlockend in die Höhe fahrend. „Ihr sollt mir jetzt Rede und Antwort stehen, dass..."

„Schon gut! Setzt Euch, Bill, sonst kann ich meine Kugel nicht mehr halten! Also Ihr habt jetzt eingestanden, dass..."

„Eingestanden? Nichts habe ich eingestanden; ich weiß nicht, was Ihr meint. Nur das weiß ich, dass Ihr ein verdammter Detektiv seid, den ich gehörig heimschicken werde!"

„Ein Detektiv bin ich nicht, wenigstens nicht für Euch, Bill, und heimgehen werde ich ganz von selbst, sobald es mir beliebt. Unsere Sache ist mehr privater Art. Also lasst euch sagen, ihr Herren: Dieser Mann dort an der Tür wird euch die Waffen abnehmen, die ihr vielleicht bei euch habt. Ihr lasst das ruhig geschehen, denn ich werde den, der eine widerspenstige Miene macht, sofort niederschießen!"

„Da habe ich zuerst ein Wort zu sprechen", meinte jetzt erst Thanny, der bisher bestürzt geschwiegen hatte. „Ich bin hier Herr im Hause. Wer mich überfällt, ist ein Räuber und wird gepackt. Ich rufe meine Leute!"

„Das sollt Ihr sogar tun, aber jetzt noch nicht. Tim Summerland, geh her. Nimm das Messer vor und zeige ihnen die Schneide!"

„Keine Sorge, alter friend! Wer sich nur rührt, der schmeckt die Klinge. Zeigt her, Mesch'schurs, ob sich was finden lässt!"

Sie hatten heillosen Respekt bekommen und gehorchten. Nur Bill und Willmers hatten Waffen bei sich, Bill ein Messer, der andere aber Messer und Revolver. Ich nahm die Sachen zu mir und kehrte an die Tür zurück.

„So, das war die Einleitung", lächelte Lincoln. „Nun kommt die Hauptsache und ich werde der Reihe nach einem jeden sagen, was ich ihm mitzuteilen habe. Die anderen haben zu schweigen, sonst mengt sich meine Kugel in das Gespräch! Mr. Willmers, ich kenne Euch. Ihr heißt eigentlich Jonas Forbisch und werdet mich auf einige Tage begleiten!"

Der Mann wurde blass.

„Das ist eine Lüge, das ist nicht wahr! Ich heiße..."

„Stopp, wir sind fertig. Sprecht Ihr noch ein Wort, so ist es aus mit Euch. Die Vereinigte-Staaten-Bank wird ihren Clerk wieder sehen, der so schnell zu verschwinden wusste, darauf könnt Ihr Euch verlassen! Nun zu Euch, Bill. Ich werde eine Frage an Euch richten; Ihr beantwortet sie mit Ja oder Nein. Sprecht Ihr ein Wort mehr oder zögert Ihr mit der Antwort länger als eine Minute, so schieße ich. Mein Name ist Lincoln, Abraham Lincoln. Merkt ihn Euch!"

„Was wollt Ihr?"

„Gebt Ihr freiwillig die geraubten Kinder heraus, die Ihr von Forbisch gekauft habt, wenn ich Euch verspreche, Fort Gibson nicht zu erwähnen?"

„Ja", ertönte es nach einer Pause. „Ja, wenn..."

„Halt, sonst schieße ich! Ich spaße nie. Den Preis werdet Ihr zurückerhalten, wenn er sich noch bei Forbisch findet. Und nun zu Euch, mein ehrenwerter Mr. Thanny. Ihr beantwortet meine Fragen der Wahrheit gemäß. Beim geringsten Widerstreben seid Ihr eine Leiche. Gehorcht Ihr, so wird Euch nicht das Geringste geschehen! Diese beiden Männer wohnen in Euerm Haus?"

„Ja."

„Ihr habt die Ware des Mr. Willmers in Euerm Camp?"

„Ja."

„Ich will Eure Handlungsweise nicht verurteilen, aber Ihr werdet gutmachen, was Ihr gefehlt habt, Schaden gibt's ja nicht für Euch dabei. Ihr führt mich nach Forbischs Zimmer, wechselt aber dabei außer mit mir mit niemandem Wort oder Miene, sonst seid Ihr verloren. Kommt! Tim, du sorgst dafür, dass ich hier alles so wieder finde, wie ich es verlasse!"

„Versteht sich ganz von selbst!"

Ich hatte keinen leichten Stand und die Abwesenheit Abrahams dauerte mir fast ein wenig zu lange. Es war beinahe eine Stunde vergangen, als er zurückkehrte. Er kam allein. Seine Beredsamkeit und die Beweise, die sie in dem Zimmer des Clerks vorgefunden hatten, waren ein Glück für uns. Der Pflanzer hatte versprochen, sich nicht in unsere Angelegenheit zu mischen, wenn er nicht behelligt werde, und Lincoln war so klug gewesen, ihm Vertrauen zu zeigen.

Mit den beiden anderen gab es noch ein hartes Stückchen Arbeit. Sie wurde glücklich vollendet, da der Pflanzer wirklich Wort hielt und uns keine Feindseligkeit in den Weg legte.

Am anderen Morgen verließen wir mit dem gefesselten Forbisch und mehr als einem Dutzend Kinder die Farm und nur der gewaltigen Persönlichkeit Abrahams hatten wir dieses glückliche Ergebnis zu verdanken. Kapitän Haller nahm uns auf. Zwar hatten wir unterwegs noch manchen kleinen Strauß mit unserem Gefangenen, aber es war nur gering gegen unser vorheriges Wagnis und wir kamen wohlbehalten in Vicksburg an.

Ihr könnt euch Bettys Freude denken, als sie die Kinder wieder sah. Die anderen waren schon unterwegs den Ihrigen zurückgegeben. Ich blieb in Vicksburg und – na ja, die Geschichte von dem Fink Panshlaw, den sie lieber hatte als mich, ist vergessen, sie hat nun einen anderen Mann und der ist besser als der erste, denn er heißt Tim Summerland.

Lincoln aber ist mit seinem Clerk fort nach dem Osten. Ich habe ihn nie wieder gesehen, desto mehr aber von ihm gehört. Ihr kennt ihn alle und die ganze Welt kennt ihn. Booth hat ihn erschossen, der Teufel gesegne es ihm, aber er lebt doch fort in den Staaten, denn was er tat, ist für Jahrhunderte getan, und solch einen Abraham bekommt das Land nicht wieder. Und wenn ich so dasitze und an ihn denke, so klingt's mir immer in den Ohren: „Du, du, hcißt cs, Tim, gcradcso wic damals!“ Ja, cr war cin ganzcr Mann, ein Selfmademan, wie es keinen zweiten gibt, und darum hatte er das Herz auf dem rechten Fleck, war zäh gerade wie Hickoryholz und weich dabei wie – wie – ja, wie es sonst eigentlich nur die Deutschen sind. Gott lohne es ihm!

DER AFRIKAANDER

(1878)

1. Der Raub

Wie eine große, riesige Sphinx, deren Rätsel seit Jahrtausenden ihrer Lösung harren, liegt an der südlichen Spitze der ‚Alten Welt' und bespült von zwei Ozeanen, die an Gegensätzen ebenso wie an Geheimnissen reiche Ländermasse Afrikas. Eine riesenhafte Natur schafft hier mit riesigen Kräften die gigantischsten pflanzlichen und tierischen Erscheinungen des Erdballs, Hunderttausende von Quadratmeilen Landes dürsten unter dem Fluch der Unfruchtbarkeit oder bilden weite Steppenplateaus, deren spärliche Vegetation nur in den feuchten Jahreszeiten dem Springbock und den ihm verwandten Arten ein Dasein gestattet. Unzählige Bäche und Wadis stürzen im Frühling donnernd und schäumend zu Tal, um schon nach kurzer Zeit im dürren Sand zu versiegen und nichts als wüstes Geröll und Steintrümmer zurückzulassen, und wo die Gesittung es wagt, den kühnen Fuß auf den widerstrebenden Boden zu setzen, da muss sie sich zum Kampf mit Gewalten rüsten, die über Tod und Verderben gebieten.

Die Bewohner der Nordküste Afrikas spielten schon in den ältesten Zeiten eine hervorragende geschichtliche Rolle, während der übrige Teil dieses bis heute noch unbekanntesten Kontinents in tiefes Dunkel gehüllt blieb, denn dass das Südkap schon im Altertum von historischen Völkern gekannt und umfahren worden sei, ist teils lose Vermutung, teils Sage. So glaubt z. B. Kant nach 1. Buch der Könige Kap. 22, dass zur Zeit des jüdischen Königs Josaphat die Seereisen vom Arabischen Meerbusen aus um das Kap nach Spanien etwas Gewöhnliches gewesen seien, und Herodot erzählt, dass Karthager, von dem ägyptischen König Necho gesendet, um 610 v. Chr. denselben Weg zurückgelegt hätten.

Übrigens galt schon ein weiteres Vordringen an der Westküste für eine Umschiffung Afrikas wie die Fahrt des Karthagers Hanno um 500 v. Chr., der doch höchstens bis Guinea kam.

Dass später der Kyzikaner Eudoxos von Gades aus eine Reise um das Kap in den Arabischen Meerbusen gemacht habe, ist eine Erdichtung.

Bis gegen Ende des 15. Jahrhunderts war von Norden aus niemand an und um das Kap gekommen. König Johann II. von Portugal sandte ein kleines Geschwader unter Bartholomäus Diaz aus, dieser umsegelte 1487 auch wirklich das Kap, aber weiter vorzudringen hinderte ihn eine unter seinen Leuten ausgebrochene Meuterei. Wegen der schrecklichen Stürme, die er an dem Kap auszustehen hatte, nannte er es Cabo tormentoso (stürmisches Vorgebirge), König Johann aber änderte diesen Namen in ‚Vorgebirge der guten Hoffnung' um, da er nun nicht zweifelte, dass der Weg nach Indien gefunden sei. Sein Nachfolger, König Immanuel, schickte eine Flottille von vier Schiffen unter Vasco da Gama aus, um den aufgefundenen Weg weiterzuverfolgen, eine Aufgabe, die dieser berühmte Mann auch glücklich löste. Doch war es den Portugiesen nur um den Weg nach Indien zu tun, um die Südspitze Afrikas kümmerten sie sich nicht.

Erst die Holländer besetzten diese 1600 durch Seekapitän Van Kisbock. Die Kolonisten (Boers) warfen die Hottentotten zurück, drangen nach und nach bis zu den Kaffern vor und rangen auch diesen eine Strecke Landes nach der anderen ab. Die Ansiedlung wuchs und erregte den Neid der Engländer, die nicht eher ruhten, als bis sie 1714 im Pariser Frieden das Land abgetreten bekamen. Dies zog eine Zufuhr englischer Kolonisten nach sich, durch die sich die holländischen Boers beeinträchtigt sahen, und es entstand zwischen beiden eine Feindseligkeit, die in den Kämpfen der Kolonie mit den Eingeborenen des Landes eine nicht unbedeutende Rolle spielte.

*

Über die einförmige Ebene ritten zwei Männer. Ihre Tiere waren von der leichtfüßigen, ausdauernden Rasse, wie sie von den Söhnen Altenglands nach Südafrika gebracht worden war und die sich so vorteilhaft von den schweren, unbehilflichen, niederländischen Trabern unterscheidet.

„Damn it", meinte der eine, indem er das Auge gegen den Strahl der niedergehenden Sonne mit der Hand beschattete und den vor ihnen liegenden Horizont musterte, „wo bleibt nur dieses verteufelte Klaarfontain! Oder hast du dich in der Gegend gerirrt, John Hoblyn?"

„Ich mich in der Gegend irren, Mr. Raffley? Das wäre ja ein Ding, das ich noch niemals kennen gelernt habe. Klaarfontain liegt gerade vor uns und in höchstens einer halben Stunde sind wir dort."

„Und das Mädchen ist wirklich so prachtvoll, wie du sie beschrieben hast?"

„Wirklich! Sie muss eine Amatomba oder eine Lagoanerin sein, der Schönheit nach, ich kenne das, Sir!"

„Gut, John, sie wird also für einige Zeit meine kleine Frau werden müssen. Ich kaufe sie, und wenn ich finde, dass..."

„Kaufen? Hm, ich glaube nicht, dass Euch das gelingen wird. Diese niederländischen Boers sind gar eigene Leute und der Piet van Holmen auf Klaarfontain ist gerade einer von den echten, obgleich er kaum einige zwanzig Jahre zählt. Er scheint mir selbst ein Auge auf sie geworfen zu haben und würde auch ohnedies nicht der Mann sein, ein Hausgesinde an einen Englishman abzulassen."

„Habe von ihm gehört! Er soll einer der verwegensten Afrikaander sein und sich vor einem ganzen Rudel Kaffern ebenso wenig fürchten wie vor dem Löwen oder Rhinozeros. Doch, wir werden ja sehen! Er ist die rechte Hand von Pieter Uys, der sich gegen den Zuluhäuptling Dingaan rüstet, wir dürfen diesen Boers den Sieg nicht lassen, und mit den Aufträgen, die ich vom Gouverneur in den Händen habe, ist es mir ein Leichtes, ihn zu verderben. Gefällt mir das Mädchen, so wird sie mein, dabei bleibt's!"

Die beiden Engländer setzten ihren Weg nun schweigend weiter fort.

John Hoblyn hatte Recht gehabt, denn noch war keine halbe Stunde vergangen, so traten die niedrigen Gebäude einer einzelnen holländischen Ansiedlung aus der Ebene hervor. Es war Klaarfontain.

Ein paar mächtige Fanghunde begrüßten die Ankömmlinge mit wütendem Gebell. Eine außerordentlich sauber gekleidete Frau trat aus der Tür und beschwichtigte die Tiere, wobei ihr Auge mit misstrauisch fragendem Blick die Fremden musterte.

„Seid Ihr die Mutter von Piet van Holmen?", fragte Raffley.

„Ja", antwortete sie einfach und kurz.

„Ist er daheim?"

„Nein."

„Wo trifft man ihn?"

„Auf der Jagd. Er sucht einen Leoparden, der uns in die Herde geraten ist."

„Wer ist mit ihm?"

„Er ist allein."

„Wann kommt er zurück?"

„Weiß nicht genau. Bis morgen sicher."

„Dann bleiben wir hier. Wir haben mit ihm zu reden."

Er stieg ohne Umstände vom Pferd, übergab es seinem Begleiter und trat in das Haus. Der Pflanzer versteht es, ohne große Einleitung von den Rechten der Gastfreundschaft Gebrauch zu machen. Als er in die Stube trat, schickte sich ein junges Mädchen an, diese scheu zu verlassen. Er warf einen raschen Blick auf sie und hatte sie dann sofort beim Arm gefasst.

„Halt, Kleine! Warum willst du so schnell fort? Du hast von mir keine Unliebenswürdigkeit zu befürchten!"

Sie suchte sich von ihm loszumachen und hob, als ihr das nicht gelang, das große, dunkle Auge bittend zu der Herrin empor.

„Wie ist Euer Name, Herr?“, fragte diese.

„Raffley.“

„Nun gut, Mr. Raffley, lasst mir das Kind in Ruhe. Ihr seid mein Gast und sie hat in der Küche für Euch zu sorgen.“

„Wollt Ihr das nicht lieber selber tun, Jeffrouw van Holmen?“

Er versuchte, das Mädchen an sich zu ziehen, aber die Wirtin schob ihre breite, holländische Figur dazwischen.

„Wartet mit Eurer Meinung, bis ich Euch frage, Sir! Das Hannje geht in die Küche, so habe ich gesagt und so bleibt es auch!“

Im nächsten Augenblick war das Mädchen verschwunden.

Das ‚Hannje‘, wie sie von der Boersfrau genannt worden war, konnte allerdings die Aufmerksamkeit auch eines sonst gegen das andere Geschlecht gleichgültigen Mannes auf sich ziehen. Die Frauen der Kaffern sind zwar meist klein, verkommen und unansehnlich oder sogar hässlich, aber es gibt einige Stämme, die durch die Schönheit ihrer Weiber und Mädchen berühmt geworden sind. Hannje musste einem dieser Stämme entsprossen sein und die einfache, zeeländische Kleidung, die sie trug, war ganz geeignet, diese körperlichen Vorzüge zur Geltung zu bringen.

Der Engländer war ihr mit leuchtendem Blick gefolgt. Dann wandte er sich an die strenge Frau zurück:

„Habt Ihr das Mädchen gekauft, Jeffrouw?“

„Nein. Der Boer – Gott segne sein Andenken – fand sie draußen in der Wüste, zwei Tote lagen bei ihr, ein Mann und ein Weib. Er nahm das Kind mit nach Klaarfontain, und da ist es mit Piet, unserem Sohn, aufgezogen worden.“

„So wisst Ihr nicht, woher es stammt?“

„Wir wissen es. Als Panda, der Häuptling der Zulu, von seinem Bruder Dingaan verfolgt wurde, übergab er sein Lieblingsweib nebst ihrem Kind einem Vertrauten, der sie in der Kalahari verbergen sollte. Sie fanden die Quellen verstopft und sind elendiglich umgekommen, das Kind aber war unsere Hannje. Panda hat es wieder erkannt, als er einst in Klaarfontain übernachtete."

„Warum hat er es nicht mitgenommen?"

„Er hatte keine Heimat mehr und Hannje wollte nicht von uns lassen."

„So! Ihr habt also mit Panda, dem größten Feind der englischen Regierung zu tun?", fragte Sir Raffley lauernd.

Die Frau sah ihm unerschrocken in das Gesicht.

„Habt Ihr etwas dagegen, Sir? Wer unter das Dach eines Boers tritt, darf unter ihm essen und ruhen, so war es Sitte, so ist es noch jetzt und so soll es auch bleiben. Oder soll ich Euch fortweisen?"

„Verkauft Ihr das Mädchen, Jeffrouw?", fragte er ausweichend. „Ich nehme sie für einen guten Preis morgen mit mir."

„Verkaufen? Nein, Sir, um keinen Preis. Sie ist mein Kind geworden und wird bald das Weib meines Sohnes sein. Die Boers von Klaarfontain haben nie mit Menschenfleisch gehandelt!"

Sie ließ ihn stehen und ging in die Küche. Er lächelte höhnisch vor sich hin, verließ die Stube, bog um das lang gestreckte Gebäude und trat zur Quelle, von deren klarem hellen Wasser die Besitzung ihren Namen erhalten hatte. John Hoblyn befand sich hier, um die dürstenden Pferde zu tränken.

„Nun, Sir, saht Ihr das Mädchen?"

„Ja."

„Und gefällt es Euch?"

„Ich muss sie haben, ich nehme sie mit!"

„Wann?"

„Jetzt gleich!"

„Jetzt – gleich jetzt?"

„Ja, weil es gerade jetzt am leichtesten ist. Sie ist Pandas Tochter."

„Pan – Pandas Tochter? Ist's möglich, Sir? Was würde Dingaan sagen, wenn er es erführe?"

„Er soll es erfahren, wir haben große Vorteile davon. Du sagtest, dass er jetzt die Quathlambapässe besetzt hält, um sich auf die Boers zu werfen."

„Es ist so, ich weiß es genau."

„Es ist nur eine halbe Tagereise bis dahin. Würden die Pferde den Ritt aushalten?"

„Sicher; sie sind noch ziemlich frisch, Sir!"

„Piet van Holmen ist auf der Jagd. Hast du irgendwelches Gesinde bemerkt?"

„Nein. Die Leute müssen bei den Herden sein."

„Ich denke auch, dass die beiden Frauen allein sind. Wir dürfen die Rückkehr der anderen nicht abwarten. Die Hunde sind angebunden, wir brauchen sie nicht zu fürchten. Pferde stehen im Stall; wir nehmen eins für das Mädchen. Die Frau wird gefesselt. Vorwärts, lass uns keine Zeit verlieren!"

Die beiden Männer verschwanden im Haus. Kaum waren einige Augenblicke vergangen, so ertönte ein Schrei – noch einer – – Hoblyn erschien wieder, trat in den Stall und zog eines der Pferde heraus. Auch Raffley kam. Er trug eine in eine Decke geschnürte Gestalt in den Armen. Sie wurde auf dem Tier befestigt; dann trabten die Räuber eiligst von dannen.

2. Die Vergeltung

Das Quellwasser von Klaarfontain berieselte eine weite, von Oxalis- und Pelargoniumarten reich bestandene Senkung und vereinigte sich dann mit einem Bach, der weit her von oben kam, wo einer der im Kapland so seltenen Wälder seine riesigen Stink- und Gelbholzstämme zum Himmel streckte.[1]

[1] Stinkholz ist ein südafrikanisches Lorbeergewächs, Octoea bullator, mit unangenehm riechendem Holz.

Auf einer Lichtung dieses Waldes standen drei Männer. Der eine von ihnen war ein Kaffer. Er musste schon engere Bekanntschaft mit der Zivilisation gemacht haben, denn er trug nicht die Waffen seiner Stammverwandten, sondern das Roer – die gefährliche, sicher treffende Büchse der holländischen Kolonisten – und das scharfe, spitze und leicht gekrümmte Messer, das für Stich und Hieb gleich gut geeignet ist. Auch seine Kleidung war halb europäisch, jedoch dem unsteten Leben angemessen, zu dem der verdrängte Sohn des Landes verurteilt ist. Die beiden anderen waren Boers, das sah man ihnen auf den ersten Blick an.

Der ältere von ihnen war nicht hoch, aber ungewöhnlich breit und kräftig gebaut; er hatte gewiss schon allen Unbillen eines harten und gefahrvollen Lebens Trotz geboten und sah ganz so aus, als könne ihn keine Schwierigkeit von einem einmal gefassten Vorhaben abschrecken.

Der jüngere konnte nur wenig über zwanzig Jahre zählen, aber seine Glieder waren von wahrhaft herkulischen Verhältnissen und das ihm über den Rücken hängende Pantherfell erhöhte den kriegerischen Eindruck, den seine stattliche Erscheinung machen musste.

Die drei Männer waren Panda, der Zulufürst, Pieter Uys, der Boermanführer, und Piet van Holmen von Klaarfontain, der jetzt für jeden Fremden als auf der Jagd befindlich galt, während seine Abwesenheit doch nur der Besprechung galt, die soeben ihr Ende erreicht zu haben schien.

„Also Panda ist mein Freund“, meinte Uys, „ er wird sein Wort nicht brechen?“

„Panda wird halten, was er sagt“, antwortete der Kaffer. „Dingaan hat ihn verstoßen von seinem Kraal, darum hat er sich gestellt an die Spitze der tapferen Männer von Fingo und wird noch heute mit ihnen aufbrechen nach den Schluchten von Quathlamba, wie er versprochen hat!“

„Und welche Stämme ziehen mit?“

„Die Amafengu, die Amabaca und Amawazi. Auch werden kommen die Sebembi, Latonga und Amahuta aus dem Lande Sofala, die nur auf seinen Boten warten, um Dingaan, den Verräter, niederzuwerfen."

„So sind wir einig. Ich reite direkt von hier nach Pieter-Moritzburg ins Lager, um meine Anordnungen zu treffen. Morgen früh greife ich Dingaan an und während er hervorbricht, besetzt mein Freund Panda hinter ihm die Pässe, sodass wir ihn erdrücken. Gelingt uns der Sieg, so wird Panda der König der Zulu und alle Fingo werden ihm Tribut bezahlen. Piet van Holmen, du kehrst jetzt nach Klaarfontain zurück und verabschiedest dich von den Deinen. Auf dem Weg nach Pieter-Moritzburg ziehst du alle Boers an dich, die noch ohne Anführer sind, und bringst sie mir in das Lager. Leb wohl!"

Er reichte den beiden anderen die Hände und verschwand sodann im Dickicht des Waldes. Panda legte seine Hand auf die Schulter des jungen Boers.

„Wenn Panda ist geworden der König der Zulu, dann wird er geben dem Mann von Klaarfontain seine Tochter und eine große Zahl von Diamanten, die wachsen in der Erde des Kurukaberges. Er wird ihm sein Bawo, ein guter Vater, und auch morgen beim Kampf seine Hand über ihn halten, damit ihn nicht treffe der giftige Spieß des Lagoamänner!"

„Will mein Vater nicht mit mir gehen, um die Stimme seiner Tochter zu vernehmen?"

„Nein. Die Stunde ist kurz und die Arbeit lang, die unsrer wartet. Geh in Frieden!"

Sie trennten sich. Der Kaffer trat in das wirre Gezweig des Waldes und Piet eilte der Heimat zu.

Es war ein weiter Weg, den er zu machen hatte, und es war daher bereits Abend geworden, als er die Ansiedlung erreichte. Er fand deren Bewohner in sprachloser Verwirrung und die Nachricht von der Entführung der Geliebten traf ihn beinahe wie ein vernichtender Donnerschlag. Doch war er nicht der Mann, sich durch eine solche Kunde widerstandslos niederschmettern zu lassen, vielmehr erhielt seine jugendliche Tatkraft dadurch nur eine erhöhte Spannung.

Piet van Holmen rief die Knechte herbei, übergab dem einen von ihnen den Auftrag Pieter Uys an die in der Richtung nach Pieter-Moritzburg liegenden Boers, ließ sich von den anderen schleunigst sein schnellstes Pferd satteln, befahl ihnen die Obhut über die Heimat und verabschiedete sich dann von der Mutter.

„Piet, nimm meinen Segen mit, er möge dich schützen und führen!“, meinte sie. Sie klagte und weinte nicht, sie fragte auch nicht, wohin er wolle. Ein echtes Boerenweib weiß, dass eine einzige Tat mehr wert ist als tausend leere Worte.

„Mutter, ich bringe sie dir zurück!“, antwortete er, die Schweißhunde losbindend, die sich sofort auf die Spur der beiden Engländer warfen, und im raschesten Schritt folgte er ihnen.

Der aufgegangene Mond erleichterte ihm den Weg; die Hunde waren gut dressiert und gingen ihm nicht außer Sicht- und Hörweite, und schon nach kurzer Zeit war er überzeugt, dass die Räuber ihren Weg nach den Quathlambapässen zu Dingaan genommen hatten.

Sollte er den Weg fortsetzen? Die Verfolgten waren jedenfalls in Sicherheit, ehe er sie zu erreichen vermochte, und auf welche Weise vermochte er dann noch, Hannje zu retten? Die Vorsicht gebot ihm, den morgigen Kampftag abzuwarten, die Liebe aber trieb ihn unaufhaltsam vorwärts. Er folgte ihr und beschloss, das Pferd an irgendeinem geeigneten Ort unter der Obhut der Hunde zurückzulassen und dann zu Fuß zu rekognoszieren.

Der Weg führte jetzt immer mehr bergan, durch tiefe Schluchten, an steilen Abhängen vorüber. Er musste bald am Ziel sein und sah sich nun zur doppelten Vorsicht genötigt.

Eben ritt er einen schmalen Felsensteig dahin, der scharf nach einem Abgrund niederfiel, während zur anderen Seite eine senkrechte Steinwand aufstieg, da gab der vorderste der Hunde einen scharfen Laut und zu gleicher Zeit ertönte mit gebieterischem Ton das unter den Kaffern gebräuchliche:

„Ilitzwi – halt, die Losung!“

Er parierte das Pferd, nahm das Rohr in die Höhe und gebot:

„Tiger, Simson, fasst!“

Er glaubte, einen vereinzelten Posten vor sich zu haben, wie sie von den Eingeborenen auch in größerer Entfernung von ihrem Kriegslager aufgestellt werden, hatte sich aber geirrt.

Die Hunde warfen sich mit schnaubendem Laut nach vorn, ein durchdringender Schrei ertönte – noch einer – ein dritter und vierter – es waren vier Feinde gepackt und zerrissen, dann erklang ein zweifaches, heulendes Winseln – die mutigen Tiere unterlagen der Übermacht. Jetzt fuhr der Lauf einer Büchse um die Felsenkante herum, und ein zorniges:

„Ilitzwi – teta – die Losung, sprich!“, erscholl.

Piet vermochte weder die Losung zu sagen noch den hinter dem Felsen Verborgenen auf das Korn zu nehmen. Der feindliche Schuss krachte, das Pferd des jungen Mannes war getroffen, ging schnaubend in die Höhe – er glitt blitzschnell aus dem Sattel, dann stürzte das Pferd kopfüber hinunter in die Tiefe.

Da er die Zahl der Feinde, die er vor sich hatte, nicht kannte, blieb ihm nichts anderes übrig, als sich so schnell wie möglich zurückzuziehen. So eilig er konnte, sprang er nach dem Eingang des Passes zurück, doch kaum hatte er ihn erreicht, so starrten ihm die Waffen einer Anzahl Kaffern entgegen, die seinem Passieren vorhin nichts in den Weg gelegt hatten, jetzt sich ihm entgegenstellten. Er gab die zwei Schüsse ab, die er hatte, und stürzte dann mit hochgeschwungenem Kolben auf die Feinde ein. Von hinten und von vorn gepackt, war ihm bei der großen Überzahl der Gegner ein Entkommen unmöglich. Er wehrte sich wie ein angeschossener Löwe; es half nichts; ein Keulenschlag streckte ihn besinnungslos auf den Boden nieder.

Als er wieder zu sich kam, war es heller Morgen. Sein Auge fiel auf ein Lager von mehreren tausend Eingeborenen, deren Anführer in diesem Augenblick vor der Hütte stand, die man ihm errichtet hatte.

Es war Dingaan, der Zuluhäuptling.

Er schien mit seinen Unterbefehlshabern in ein lebhaftes Gespräch verwickelt zu sein, an dem auch die beiden Engländer teilnahmen, auf deren Veranlassung er in der letzten Nacht eine Schar der Seinen ausgeschickt hatte, um den Adjutanten Pieter Uys zu fangen.

Sein Auge fiel auf den Erwachenden und mit einer schnellen Handbewegung lenkte er die Aufmerksamkeit auch der anderen auf diesen hin.

„Du bist Piet van Holmen?“, fragte er den jungen Mann, der sich langsam erhoben hatte.

„Ja“, antwortete dieser kurz. Sein Kopf schmerzte ihn zwar, aber er fühlte sich sonst bei vollen Sinnen und Kräften.

Mit einem schadenfrohen Zug um den breiten Mund trat Dingaan unter die Tür seiner Hütte und zog Hannje, die Tochter seines vertriebenen Bruders hervor. Piets Augen leuchteten, er wusste, dass ein grausamer Tod seiner harrte, wenn es ihm nicht gelang zu entkommen. Hier standen die beiden Männer, die ihm die Geliebte geraubt hatten, unweit der Hütte hielten mehrere Pferde – er war sich seiner riesigen Körperkraft bewusst – ein kühner, verwegener Entschluss durchzuckte ihn.

Noch ehe Dingaan eine zweite Frage an ihn richten konnte, hatte Piet John Hoblyn das Messer entrissen, es blitzte zweimal nieder – die Räuber waren in das Herz getroffen.

„Hannje, aufs Pferd dort!“, rief er und hatte im nächsten Augenblick den vor Überraschung starren Häuptling beim Schopf. Das Mädchen war oft an seiner Seite über die weite Steppe dahingebraust, mit einigen raschen Sprüngen stand sie bei den Tieren und schwang sich auf. Piet folgte ihr, den Kaffer wie mit Eisenklammern festhaltend, und dahin fuhr die Jagd, durch das Lager, durch Schluchten und Kloofs, über Abhänge und Bergwände immer talabwärts, hinter ihnen ein fürchterliches Schreien und Lärmen, über das sie lachen konnten, da die Kaffern stets unberitten sind und die wenigen Pferde der Anführer den jetzigen Vorsprung nicht mehr zu mindern vermochten. Aber die ganze Heeresmacht der Wilden war dessen ungeachtet hinter ihnen her auf den Beinen, um den geraubten Anführer zurückzuholen.

Längst schon lagen die Quathlambapässe hinter dem kühnen Afrikaander, sodass er nun die Pferde zu geringerer Eile zügeln konnte, da klang es aus einem Farren- und Aloëgesträuch:

„Halt! Bei der heiligen Jeffrouw von Antwerpen, das ist ja Piet van Holmen! Wo kommst du denn daher, myn Jong? Ich habe dich heute früh vergeblich erwartet!"

Es war Pieter Uys selbst, der sich noch bei der Vorhut des vorrückenden Boerenheeres befand. Er hatte sich bei dem Geräusch der nahenden Hufschläge mit den Seinen versteckt und trat nun staunend hervor.

„Wo ich herkomme, Baas Uys? Von den Pässen da oben. Und wen bringe ich mit? Da guckt ihn Euch an!"

Er warf den halb totgedrückten Häuptling vom Pferd.

„Dingaan – bei Gott, Dingaan selbst! Um Gottes willen, wie kommst du zu diesem Gefangenen!"

Piet erzählte mit fliegenden Worten das Abenteuer. Das Staunen der Zuhörer war ebenso groß wie die Freude über die Gefangennahme des gefürchteten Kaffernkönigs. Aber es war keine Zeit zu verlieren. Der Gefangene wurde gefesselt und in sichere Obhut gegeben, die Leute machten sich bereit, die nachfolgenden Feinde aus sicherem Versteck zu empfangen, und Uys begab sich mit Piet und Hannje zum Hauptheer zurück, das im vollen Anmarsch begriffen war.

Die berühmte Kaffernschlacht bei Pieter-Moritzburg wurde geschlagen und glänzend gewonnen, die Eingeborenen sahen sich vorn von den Boers und hinten von Panda angegriffen und vollständig aufgerieben. Dingaan musste der Herrschaft entsagen und Panda übernahm sie an seiner Stelle. Er hielt das Piet van Holmen gegebene Wort. Der junge Herr von Klaarfontain führte Hannje, die Tochter des berühmten Kaffernkönigs, heim und bekam den versprochenen Brautschatz, der „in der Erde des Kurukaberges wächst".

In der Nähe von Gröningen steht mitten unter Taxushecken ein kleines, einstöckiges Häuschen.

Sein Besitzer ist ein Herr van Holmen. Er war noch vor wenigen Jahren sehr arm, da erhielt er aus dem Kapland einen Brief von einem weit entfernten Anverwandten, der ihn unter vielen Grüßen um seine Verhältnisse befragte.

Auf die sofort erteilte Antwort erfolgte eine weitere Sendung, die einen hellen, goldenen Klang hatte, durch den die Not und Sorge des lieben ‚Neef' van Holmen vollständig behoben wurde. Und dieser erfreulichen Sendung war einer der wertvollen Kapdiamanten beigefügt, die von den Juwelieren jetzt so sehr gesucht sind.

Wer einmal nach Gröningen und in jenes Landhaus kommt, der kann ihn sehen und noch manches Interessante erfahren über Piet van Holmen, den verwegenen Afrikaander.

DIE RACHE DES EHRI

(1878)

Ungefähr auf dem 16. Grad südlicher Breite und dem 226. Grad östlicher Länge von Ferro oder dem 216. von Paris liegt eine Inselgruppe, die im Jahre 1606 von Quiros entdeckt und von dem berühmten Cook, der sie 1769 zuerst gründlich erforschte, zu Ehren der ‚Königlichen Gesellschaft der Wissenschaften zu London' Gesellschaftsinseln genannt wurde.

Sie gliedern sich in zwei durch eine breite Straße getrennte Abteilungen: die Windwards- und die Leewardsgruppe. Zu der ersten gehören Tahiti oder Otaheiti, die bedeutendste Insel des Archipels, Maitea, auch Osnabruc genannt, und Eimeo oder Moörea. Die Leewardsinseln sind Huahine, Raiatea, Taha, Borabora und Maurua oder Maupiti.

Diese ganze Inselgruppe ist vulkanischen Ursprungs, doch arbeiten die kleinen, fast mikroskopischen ‚Baumeister des Meeres', die Pflanzentiere der Polypen, unausgesetzt an ihrer Vergrößerung, umgeben jede einzelne Insel mit scharfen, spitzen Korallenringen, an die sich neues Land ansetzen kann, und machen dadurch die Schifffahrt auf den Wasserstraßen zwischen den Eilanden sehr gefährlich.

Der Boden dieser Inseln ist durchgehend reich und fruchtbar. Die Gebirge sind mit dichten Waldungen bedeckt und die Küstenebenen durch Bäche wohl bewässert, sodass die Vegetation außerordentlich üppig ist und eine Fülle von Zucker- und Bambusrohr, Brotfruchtbäumen, Palmen, Bananen, Pisang, Platanen, Bataten, Getreide, Yams-, Arumwurzel und anderen südländischen Gewächsen erzeugt.

Die Bewohner sind malaiisch-polynesischen Ursprungs, dunkel kupferfarbig, die Frauen meist etwas heller, gut und kräftig gebaut, gesellig, gastfrei und gutmütig. Sie leben in Monogamie und halten ihre Weiber in ziemlicher Zurückgezogenheit, lieben Musik, Tanz und Fechten leidenschaftlich.

Die Bewohner der Gesellschaftsinseln hingen ursprünglich einer polytheistischen Religion an, bei deren Ausübung selbst Menschenopfer nichts Ungewöhnliches waren. Ihre Priester, zugleich Ärzte und Wahrsager, übten einen ungemeinen Einfluss auf sie aus, dem allerdings schon zu Ende des 18. Jahrhunderts die von den Engländern hier gegründeten Missionen entgegenarbeiteten. Später sandte auch Frankreich seine Bekehrer herüber, um die „armen Heiden“, die ein vollständig zufriedenes und glückliches Leben führten, der ewigen Verdammnis zu entreißen und für den Himmel zu gewinnen, sodass gegenwärtig die einstigen Heiden in Christen umgewandelt sind, ob zu ihrem Vorteil und Segen, das ist freilich eine Frage, die der Bekenner des Christentums am liebsten unbeantwortet lässt.

Die Gesittung hat ihren Barbarismus, das Licht seinen Schatten, die Liebe ihren Egoismus, und von dem Ort der ewigen Seligkeit aus kann man, wie das Gleichnis von dem armen Mann und Lazarus lehrt, hinunter in die Hölle blicken. Christi Liebe, Milde und Erbarmung predigende Religion ist, vom unduldsamen Zelotismus auf die Spitzen der Schwerter gehoben und von einer schlau berechnenden Eroberungslust ins Panier genommen, über den größten Teil des Erdkreises gegangen: Ganze Rassen und Völker sind verschwunden oder liegen noch jetzt in den letzten, wilden Todeszuckungen, die Geschichte der Zukunft hat durch solche Vernichtung wichtige, kulturhistorische Kräfte und Momente verloren und der treue Seelenhirt, der „mit Aufopferung seiner selbst nach dem verlorenen Schäflein jagt“, das doch niemals zu seiner Herde gehörte, kehrt den zahlreichen und bösen Krankheiten den Rücken, die im heimischen Stall ihre Opfer suchen.

Als die Gesellschaftsinseln entdeckt wurden, fand man

in ihren Bewohnern ein kindlich naives, wunschloses und in paradiesischer Unschuld lebendes Völkchen, dem eine reiche Natur alle zu einem zufriedenen, sorgenfreien Leben notwendigen Bedürfnisse in verschwenderischer Weise verliehen hatte. Die Fremdlinge wurden mit freudiger Gastlichkeit aufgenommen, fast als Götter verehrt und erhielten alles, was ihr Herz begehrte. Sie brachten die Kunde davon in die Heimat, wo der Wunsch nach gleichen Genüssen und das Verlangen rege wurde, die Glückseligkeit der Insulaner durch die Predigt des göttlichen Wortes zu erhöhen und sie in politische Abhängigkeit zu bringen. Es wurden Schiffe ausgerüstet, die Waffen, Bibeln, Geistliche und – allerlei moralisches Gesindel nach den Eilanden brachten. Die Bekehrung begann, die Waffen und mitgebrachten Krankheiten taten ihre Wirkung, die Menschenopfer wurden verpönt, aber Herrn Bacchus und Frau Venus eine Hekatombe nach der anderen gebracht, sodass aus den „armen Heiden" sehr bald gelehrige Schäflein wurden, unter denen nur selten ein widerhaariger Bock auftauchte, der „zur Linken geschieden" werden musste, wenn er nicht von selbst dahin ging, wo Heulen und Zähneklappern ist. Das gute, teilnehmende Menschenkind ist nie so hassenswert wie dann, wenn es aufdringlich wird, um seinen Bruder glücklich zu machen. Dieses freundliche Bestreben hat unzählige Ströme warmen Blutes vergossen und Millionen – wer vermag sie zu zählen – Charakter, Heimat, Leben und Eigentum gekostet.

*

Tahiti, die „Perle der Südsee", lag unter einem herrlichen, tiefblauen Himmel, die Sonne glühte auf die blitzenden Wogen des Meeres und die bewaldeten Spitzen und Hänge des Orohenaberges nieder oder funkelte in den Bächen und schmalen Kaskaden, die von den malerisch aufstrebenden Klippen herabsprangen, aber ihre Glut erreichte nicht die freundlichen Ansiedlungen, die im Schatten der

Palmen und zahllosen Fruchtbäume lagen und von der frischen Seebrise angenehme Kühlung zugefächelt erhielten.

In dem milden Luftzug rauschten die langen gefiederten Wedel der Kokospalmen und raschelten die breiten, vom Winde ausgerissenen Blätter der Bananen; die abgeblühten Blumen der Orangen, deren Zweige aber trotzdem schon mit goldgelben Früchten bedeckt waren, tropften, wonnige Düfte verbreitend, zur Erde herab. Es war einer jener zauberisch schönen, wunderbaren Tage, wie sie in solcher Pracht und solchem Reichtum nur in den Tropen zu finden sind. Und während das Land in all seiner paradiesischen Schönheit so jung und frisch, als sei es eben erst aus der Hand des Schöpfers hervorgegangen, dalag, donnerte draußen an den Korallenriffen die Brandung ihr tiefes, ewiges Lied. Die Zeiten sind anders geworden und mit ihm die Menschen; die unendliche, stets wechselnde und doch ewig gleiche See ist dieselbe geblieben und schleudert auch heute wie vor Jahrtausenden ihre kristallenen Massen gegen die scharfen Dämme; die weißen, blitzenden Häupter der Wogen hoben und senkten sich, als blickten Tausende von Najaden hinüber, wo über dem Schaum der Wellen immergrüne wehende Wipfel sich erheben, unter denen ein dem allmählichen Untergang geweihtes Völkchen die letzten Pulsschläge seines individuellen Daseins zu zählen vermag.

Dort am Strand lag Papetee, die Hauptstadt Tahitis, und eine bunt bewegte Schar wogte in ihren weißen, blauen, roten, gelben, gestreiften oder geblümten, langen Gewändern hin und her. Wie prachtvoll hatten sich die jungen, bildhübschen Mädchen das schwarze, lockige und seidenweiche Haar mit Blumen und dem künstlich geflochtenen, schneeweiß wehenden Bast des Arrowroot geschmückt! Und wie gewandt und doch stolz waren die Bewegungen der eingeborenen Stutzer, die den bunten Parau oder die faltige Marra kokett um die Lenden geschlagen und darüber die Tebuta, das Schultertuch, malerisch über die Schulter geworfen, zwischen den

Schönen umherstolzierten! Sie hatten die langen, fettglänzenden Locken mit Streifen von ineinander geflochtener weißer Tapa und rotem Flanell umwunden, was ihnen zu den bronzefarbenen Gesichtern gar nicht so übel stand.

Da auf einmal drängte sich alles dem Ufer näher. Ein Canoe nahte, in dessen weißes Segel sich die Brise voll gelegt hatte, sodass der Darinsitzende des Ruders nur bedurfte, um das Fahrzeug auf dem richtigen Kurs zu halten.

Das Canoe war eines der hier stets gebräuchlichen, einfach aus einem Stamm gehauen und mit rundem Boden. Dadurch segelt es rascher, wäre aber auch sehr leicht umzuschlagen, wenn es nicht ein so genannter Ausleger (outrigger) davor beschützt hätte.

Diese Ausleger bestehen aus zwei fest und quer über das Canoe befestigten Stangen oder Hölzern, die nach rechts hinaus einen leichten, kufenartig geschnittenen Schwimmer halten. Dieser schwimmt also, mit dem Kahn parallel und etwa vier Fuß von seinem Rand entfernt, auf dem Wasser und ist mit Bast fest an die Querhölzer geschnürt. Ein Umschlagen des Fahrzeugs, ja selbst das Schaukeln wird dadurch unmöglich gemacht, denn es kann nicht nach links hinüber, weil es dann den ganzen, noch nahezu zwei Ellen abstehenden Schwimmer aus dem Wasser heben müsste, und nach rechts ebenso wenig, da sich der aus leichtem Holz bestehende Schwimmer mit den Stangen und auf diese Entfernung hin nicht unter Wasser drücken lässt. Diese Canoes fahren daher selbst bei unruhiger See außerordentlich sicher. Freilich würde man sich ohne diese Ausleger nur sehr vorsichtig darin bewegen müssen, da der runde Boden der geringsten Neigung des Körpers folgt und man bei der kleinsten Schwankung nicht nur Gefahr liefe, zu kentern und ein unfreiwilliges nasses Bad zu erhalten, sondern diesen an und für sich kleinen Unfall sogar mit dem Leben bezahlen könnte, da Buchten und sonstige Wasser dieser Insel von Haien wimmeln, die zu der gefräßigsten Art dieses unheilvollen Räubers der Meere gehören.

Der junge Mann wusste, wie alle diese Insulaner, ganz vortrefflich mit seinem Canoe umzugehen, er schnitt mit ihm quer die Wogen und ließ, in der Nähe des Landes angekommen, das Segel fahren, um vom Wind nicht an die scharfe Küste getrieben zu werden.

Mit Hilfe des Ruders arbeitete er sich nun zwischen die Korallenbänke hindurch an das Land heran, doch war diese Arbeit sichtlich nicht angestrengt, vielmehr schien die ungewöhnliche Anzahl geschmückter Kähne, die ruderfertig und einer neben dem anderen am Ufer hingen, einen großen Teil seiner Aufmerksamkeit in Anspruch zu nehmen. Denn unter ihnen befand sich einer, der sich durch Wimpel und allerlei Blumen- und Blätterschmuck am meisten auszeichnete und den er sehr gut kannte. In ihm war er von Potomba, dem Vater seines herrlichen, jungen Weibes, abgeholt worden, als er sie von Eimeo, der nächsten, westlich von Tahiti gelegenen Insel heimführte in sein unter Palmen gelegenes Haus zu Papetee.

Auch den alten, runzeligen Potai, der in dem Fahrzeug wartend saß, kannte er. Dieser hatte damals geradeso wartend in dem Canoe gekauert wie jetzt. Sah das nicht aus wie eine fröhliche Hochzeitsfahrt? Und warum zeichnete sich der Kahn Potombas von den übrigen aus, da er doch nur die eine Tochter besaß?

Er legte sich jetzt fester in das Ruder und in wenigen Augenblicken knarrte sein Boot auf den Sand des Ufers. Er befestigte es mit dem Baststrick an einem der hierzu eingeschlagenen Holzpfähle und sprang dann hinüber zu dem alten Diener.

„Potai“, fragte er, „was tust du heute hier am Strand von Tahiti?“

Der Alte blickte auf.

Sein Auge überflog die Gestalt des Fragenden mit einem unbeschreiblichen Blick.

„Atua, der Gott alles Guten, sei mit dir, Anoui! Gehe heim und frage, was ich hier tue!"

„Warum willst nicht du selbst es mir sagen?"

„Ich kann nicht, Anoui! Mein Herz hat viel an dich gedacht während der vielen Wochen, die du auf den Inseln von Tabuai warst. Oro, der Gott alles Bösen, hat sich über Eimeo gesenkt und ist über Potomba, den großen Fürsten, gekommen, der den Glauben der Väter von sich geworfen hat und nun den Gott anbetet, den der alte, bleiche Mitonare verkündigt."

Mitonare heißt Missionar und mit diesem Wort bezeichnet das in seiner Sprache sehr einfache Inselvolk auch alles, was mit der Religion der Christen in Verbindung steht, wie zum Beispiel Kirche, Prediger, Altar, Predigt, selig, heilig, fromm immer nur mitonare genannt wird.

„Ist's möglich, Potai?", fragte der junge Mann so erschrocken, dass man trotz seiner bronzenen Gesichtsfarbe bemerken konnte, dass ihm das Blut aus den Wangen wich. „Oh, wäre ich daheim geblieben! Ich wusste, dass der fremde Schleicher in sein Haus ging, um ihm den Glauben unserer Väter zu stehlen, aber der reiche Gewinn lockte mich nach den Ländern von Tabuai und der Handel, der mich dort so lange Zeit aufhielt, hat mir reichen Gewinn gebracht. Ich werde mit ihm sprechen, ich werde ihn wieder zurückführen zu der Wahrheit unserer Priester und Manina wird mir gern helfen!"

„Manina, dein Weib?"

„Ja. Sie liebt mich mehr als ihr Leben, sie ist mir vom Vater, von Eimeo gefolgt nach Papetee, sie hat geweint, als ich ging, ein ganzes Meer von Tränen. Oh, meine süße Manina, heute siehst du mich wieder und wir werden Potomba aus der Hand des Mitonare reißen! Doch sag, was tust du hier?"

„Mein Mund will schweigen, das Wort wird ihm zu schwer!"

„Potai – dein Geist ist finster und dein Auge nass! Du

liebst mich, dein Angesicht sagt mir auch ohne Worte, dass mir ein Unglück droht. Es gilt Manina. Was ist mit meinem Weib?“

„Ich sage es nicht, doch denke an Mahori, der dein Nebenbuhler war!“

„Mahori?“

Er sprach nur dies eine Wort aus, aber mit einem einzigen Satz war er zwischen den Canoes hindurch und flog landeinwärts. Er beachtete nicht die Menschenmenge, deren Blicke voll Teilnahme auf ihm ruhten, er rannte sogar achtlos an denen vorüber, die hervortraten, um ein Wort mit ihm zu sprechen. Sein Lauf ging um Papetee herum, bis er ein Gebäude erreichte, das sich durch seine Größe und den Umfang der zu ihm gehörigen Pflanzungen auszeichnete.

In diesem Haus hatte er seine goldene Jugendzeit verlebt, hier hatte er die Ehrfurcht beobachtet, die seinem Vater, dem größten Häuptling Tahitis, gewidmet worden war, hier hatte er auch die Zerstörung aller herkömmlichen und darum heiligen Verhältnisse erlebt, die seinen Vater die Macht, das Ansehen und – das Leben gekostet hatte. Der Adel war wertlos geworden, er hatte mit dem Bruder ein Handelsgeschäft mit den nahe liegenden Inselarchipelen gegründet und an Reichtum gewonnen, was er an Einfluss als Ehri, als Fürst verloren hatte. Dann war er so glücklich gewesen, das schönste und beste Mädchen der Gesellschaftsgruppe zum Weib zu bekommen, obgleich Mahori, der mächtige Priesterssohn, der Christ und einheimischer Mitonare geworden war, um ihre Hand angehalten hatte, um den Einfluss ihres Vaters für sich zu gewinnen.

Was war jetzt mit ihr geschehen? Er trat in das Haus und fand den Bruder finster in einem Winkel sitzend.

„Ombi, was ist geschehen?“, forschte er fast atemlos.

„Anoui, du hier? Atua sei gepriesen, der dich sendet, damit meine Seele erlöst werde von der Qual, die auf ihr lastet! Bist du stark genug, die Kunde zu vernehmen?“

„Ich bin stark. Was ist mit Manina? Warum kommt sie nicht, mich zu empfangen?"

„Sie ist nicht mehr hier."

„Nicht – mehr – hier?" Er brachte die inhaltsschweren Worte nur stockend hervor. „Das Weib meines Herzens nicht mehr hier? Wo ist sie hin?"

„Potomba hat sie geholt und sie Mahori, dem Abtrünnigen, zur Frau gegeben. Heute ist Hochzeit und die Canoes warten am Wasser, um den Bräutigam nach Eimeo zu holen."

Anoui antwortete nicht. Er trat an die Wandöffnung, die als Fenster diente. Er musste Luft haben, wenn er nicht ersticken wollte. Seine Brust flog konvulsivisch und sein Atem drang röchelnd zwischen den todesbleichen Lippen hervor.

Lange, lange stand er da, bis er sich endlich langsam umdrehte.

„Ombi, ist sie ihm gern gefolgt?"

„Nein. Er hat sie geholt, als ich nicht da war, und sie durch List fortgelockt. Nun ist sie bei ihm und er darf über sie gebieten."

Anoui atmete erleichtert auf.

„Die fremde Lehre wirft Hass, Zwietracht und Falschheit in die Herzen. Sie wird über unseren Glauben wachsen wie das Unkraut über die Pflanze. Ich gehe fort aus dem Land der Väter und kehre nie zu ihm zurück."

„Fort? Die Stimme der Verzweiflung spricht aus deinem Mund!"

„Nein, Ombi. Manina liebt mich noch, ich bin ruhig. Aber darf ich bleiben, wenn..."

Er hielt mitten in der Rede inne, aber der Bruder verstand den funkelnden Blick und die rasche Handbewegung des Sprechers.

„Anoui, du bist ein Ehri, und fürstliches Blut rinnt durch deine Adern. Man hat dir dein Weib geraubt, die beiden Mitonare sind schuld daran. Tu, was dein Herz dir gebietet. Ombi, dein Bruder, wird dir treu zur Seite stehen!"

„Ich bedarf deiner Hilfe nicht. Doch werde ich in der nächsten Nacht noch fliehen müssen. Ich gehe nach den Inseln von Tubuai, woher ich heute gekommen bin. Sorge für alles, was ich brauche, und verschweige den Ort, wohin ich geflüchtet bin."

„Ich werde schweigen und nachkommen. Atua hat die ‚Perle der Südsee' verlassen; ich werde dorthin gehen, wo ich weiß, dass ich dich finde."

„So sage ich dir Joranna (Ade, Lebewohl). Lass um Mitternacht das große Canoe mit Reisevorrat hinter der Spitze von Loga halten. Ich gehe!"

Er nahm von der Wand einen scharfen, zweischneidigen Kris (Dolch), den er zu sich steckte.

„Joranna, Ombi, ich bin ein Ehri und Manina bleibt mein!"

„Joranna, Anoui, der Gott alles Guten sei bei dir, er lasse seine Sonne leuchten über dir des Tages und seine Sterne in der Nacht, dass dein Weg licht bleibe und nie bedeckt werde von Finsternis!"

Anoui ging. Er vermied die Menschen und schritt zu einer Stelle des Ufers, wo ihn niemand sah.

Die Hochzeitsflottille, die den Bräutigam geholt hatte, war abgesegelt und befand sich unterwegs nach Eimeo. Er warf sich nieder, verdeckt von den breiten Blättern der Bananen, und wartete.

Erst als die Canoes verschwunden waren und die Menge sich verlaufen hatte, erhob er sich und schritt nach seinem Fahrzeug. Er stieg ein, ruderte sich zwischen den Korallenriffen hindurch und setzte dann das Segel.

Sein Kurs führte ihn um die Insel Eimeo herum nach dem auf ihr liegenden Ort Tamai, der sich unweit der Opoauho-Bai befindet. Dort wohnte Potomba, der Wortbrüchige und Frauenräuber, und dort fand die Hochzeit statt, die mit großer Feierlichkeit abgehalten wurde, weil der Vater der Braut ein Fürst und der Bräutigam ein einheimischer und überhaupt der erste Mitonare war, an dem eine solche Zeremonie vollzogen wurde.

Im hintersten Gemach der Wohnung saß Manina, zum Fest vorbereitet. Ihre Dienerinnen hatten sie auf ihr Geheiß verlassen, und nun, da sie sich allein fühlte, flossen die zurückgehaltenen Tränen über die bleichen Wangen. Einmal schon hatte sie als Braut hier gesessen, aber wie glücklich war sie damals gewesen und wie unglücklich, wie namenlos unglücklich heute! Und der Schmuck, worin bestand er? Sie war eine schlanke, edle Gestalt, noch voll Jugendfrische, wie man trotz des Herzeleids sah, das ihren Körper erbeben machte. Ihre schönen, dunklen Augen waren umflort, ihre scharfgeschnittenen Brauen fest zusammengezogen und ihre feinen Lippen geschlossen. Nicht eine einzige Blume oder irgendein anderer Tand war in ihrem Haar, an ihrer Gestalt zu bemerken. Ja, sie schien sogar die Kleidung und die Stoffe verschmäht zu haben, die ihr von den Weißen, den verhassten Fremden herübergebracht worden waren. Ein Parou von weicher, gelbbrauner Tapa, der ihr nur wenig über die Knie herabreichte, umschloss ihre Hüften und zeigte die tadellos schönen Formen des unteren Beines, während der Tehei, ein kurzer Überwurf von demselben Stoff, ihre Schultern und den Oberkörper verhüllte. Ihr rabenschwarzes Haar hing ihr lang, voll und lockig am Nacken hernieder, mit keiner Blume besteckt, von keiner wehenden Faser Arrowroot gehalten. Sie war ja selbst eine Blume, der glühender Tau im Kelch brannte und die herausgerissen war von dem Ort, wo sie am schönsten hatte blühen und am lieblichsten hatte duften dürfen.

Da hörte sie ein leises Geräusch an der äußeren Bambuswand.

„Manina!“, rief es leise.

Sie kannte diese Stimme. War es möglich, dass er hier sein konnte? Sie hatte ja gehört, dass er noch nicht zurückgekehrt sei.

„Anoui!“, rief sie jauchzend.

„Sprich nicht laut, Manina!“, warnte es von draußen.

„Oro, der Gott alles Bösen, wacht mit seinen Geistern um die Hütte, darum musst du still und vorsichtig sein."

„Aber wenn man dich sieht, Anoui?", fragte sie jetzt angstvoll.

„Der Pisang deckt mich zu, Sonne meines Herzens. Sag, hast du mich noch lieb?"

„Lieber als tausend Leben!"

„Und wolltest doch mit dem Abtrünnigen gehen?"

„Nein, nie! Ich trage den Dolch unter dem Gewand, er hätte mein Herz gefunden, sobald Mahori mich anrührt, glaube mir das, Anoui!"

„Ich kenne dich und glaube dir! Willst du mein Weib bleiben?"

„Wie gern, doch es geht nicht!"

„Es geht. Tritt immer mit ihm vor den fremden Priester, ich werde kommen und sprechen. Und helfen meine Worte nichts, so merke auf, wenn er dich nach Papetee bringt. Sobald ich deinen Namen sage, springst du herüber in mein Canoe. Willst du?"

„Ja."

„Dann fürchte dich nicht vor den Worten und Weisen des bleichen Mitonare. Er lässt unseren Bund nicht gelten, weil unser Priester ihn geschlossen hat, und so soll auch sein Segen zerrinnen wie nichts im Meer. Leb wohl, Manina. Joranna, Joranna, mein herrliches Weib!"

Der Pisang raschelte draußen. Anoui hatte sich zurückgezogen.

Die Flottille war in Tamai angekommen. Der Bräutigam betrat den Strand und wurde von Potomba willkommen geheißen. Die Gäste lagerten sich unter Palmen, genossen milchreiche Kokos, geröstete Bataten und eine Menge der schmackhaften Früchte, die jene Gegend so massenhaft hervorbringt.

Da ertönte der Schall der Trommel und der Klang der Flöte. Die Zeremonie sollte beginnen. Unter immergrünen Laubbäumen war ein blumengeschmückter Altar errichtet worden, an dem der „bleiche Mitonare“, der englische Missionar, der Braut harrte: Mahori trat in das Haus und brachte sie geführt.

Da drängte sich durch den Kreis der umstehenden Gäste ein junger Mann und trat zu Potomba, der in der Nähe des Altares stand.

„Sei gegrüßt, o Potomba, Vater meines Weibes! Sie ist, als ich nicht daheim war, zu dir gekommen, und ich bin herbeigefahren, sie mir wiederzuholen.“

„Weiche von mir, Heide!“, lautete die Antwort. „Ich habe mit dir nichts mehr zu schaffen!“

Anoui blieb ruhig. Er legte nur die Hand auf die Schulter seiner Frau und wandte sich zum Priester:

„Mitonare, dieses Weib hat mir auf den Schädeln unserer Voreltern Treue geschworen, der Priester unseres Volkes fragte mich: ‚Eita anei oe a faarue i ta oe vatrina? Willst du niemals dein Weib verlassen?‘, und ich antwortete: ‚Eita, nein!‘ Potomba gab uns seinen Segen. Hast du das Recht, uns zu trennen?“

Der Missionar schlug die Augen empor zum Himmel.

„Die heilige christliche Kirche kann als allmächtige Mutter ihre Töchter nehmen und geben, wem sie will. Weiche von hinnen, Ungläubiger, damit dich der Zorn der Kinder Gottes nicht treffe!“

„So komme, Manina!“, antwortete er, sie bei der Hand erfassend.

Da schlug ihm Mahori mit der Faust in das Gesicht und zugleich wurde er erfasst und davongeschleppt. Er sprach kein Wort, sondern ließ es geschehen. Aber in der Nähe des Strandes rang er sich los und sprang in sein Canoe.

„Sagt Mahori, dass ich mir mein Weib holen werde!“, rief er ihnen noch zu und ruderte hinaus auf die See. Die Insel umsegelnd, gelangte er an den Papetee gegenüberliegenden Ort Alfareaita, wo er anlegte, um auszusteigen und sich eine Anzahl größerer und kleinerer Fische zu kaufen.

Als ihm die rechte Zeit gekommen schien, begab er sich mit diesen wieder in das Fahrzeug und ruderte eine Strecke hinaus, wo er die Meeresstraße zwischen den beiden Inseln zu überblicken vermochte. Es wurde dunkler über dem Wasser, die Nacht war angebrochen, aber die Wogen lagen um das Canoe wie ein flüssiger, durchsichtiger Kristall. Er band einen der Fische an ein Stück Bast und hängte ihn ins Wasser, schon nach kurzer Zeit erfolgte ein scharfer Ruck. Ein Haifisch hatte sich die Lockspeise geholt. Nach einiger Zeit warf der junge Mann einen zweiten Fisch aus und fuhr so fort, bis sich fast ein halbes Dutzend Haie um sein Boot tummelten.

„Seid willkommen, ihr Diener des Ehri. Ich nehme meine Rache und ihr erhaltet eure Speise!"

Er fuhr fort, die gefräßigen Ungeheuer an sich zu locken, bis nahende, flackernde Bootsfeuer ihn überzeugten, dass die Flotte nahte, um die Neuvermählten heimzubringen. Er ruderte ihr, gefolgt von den Haien, langsam entgegen.

Allen weit voran fuhr Mahori. Er kauerte hinten am Steuer, während Manina vorn am Bug saß. Da plötzlich sah er vor sich ein Fahrzeug, das ihm den Weg verlegte. Er erhob sich.

„Halt, wer da vorn?", fragte er.

„Anoui, um dir den heutigen Schlag zu lohnen!", klang es zurück.

Zugleich legte sich das Boot längsseits mit dem seinen, zwei kräftige Schnitte mit dem scharfen Kris durch die Bastbänder des Auslegers, und der Querbalken fiel in das Wasser. Jetzt war Mahori bei der geringsten Bewegung rettungslos verloren.

„Manina, hinüber!", rief Anoui.

Mit einem raschen Sprung war sein Weib bei ihm, das Boot Mahoris, jetzt ohne Ausleger, kenterte, er stürzte mit einem lauten Aufschrei in die Flut und wurde von den Haien sofort in Empfang genommen.

Ehe die übrigen Fahrzeuge zur Stelle waren, hatte Anoui das Segel gesetzt und flog auf seinem guten, scharfgebauten Canoe der Gegend von Loga zu. Man hat niemals wieder etwas von ihm und Manina gehört. Ombi, sein Bruder, verließ nach einiger Zeit auch Tahiti und ging, wie man sagt, nach den Tubuai-Inseln. Potomba starb nach einiger Zeit. Er hatte sein einziges Kind geliebt und sein letztes Wort soll ein Fluch gegen den „bleichen Mitonare" gewesen sein, dem er den Verlust der Tochter zu verdanken hatte.

IBN EL 'AMM

(1877)

Es war ein ziemlich langer Zug von Habanié-Arabern und Fori-Negern, der sich im Wadi Salamat gegen die Berge des Dschebel Marra bewegte. Alle diese schwarzen oder tiefbraunen Männer saßen auf Eseln, denn im Sudan ist das ‚Schiff der Wüste' nicht zu Hause.

Voran ritt der tapfere Rakab es Seraf, zu deutsch Giraffenhals, welchen Namen er wegen der ungewöhnlichen Länge seines Halses erhalten hatte. Er war ein Sendbote des Mahdi und wollte seine Schar dessen Schwager, dem bekannten Schech El Obejd zuführen.

Wegen der nächtlichen Kühle war die Karawane bereits vor Sonnenaufgang aufgebrochen; der Tag war noch nicht erschienen und so hatten die Gläubigen ihr Morgengebet noch nicht gesprochen.

Da trieb Es Ssaghir, der ‚Kleine', sein Tier an die Seite des Führers. Er verdankte diesen Namen seiner Zwerggestalt, war aber als ein mutiger Mann bekannt und ritt das einzige Pferd der Karawane, eines jener berühmten Garbani, die über den Tsadsee nach dem Osten gebracht werden.

„Schau!", sagte er, nach vorwärts deutend, wo sich zwischen den auseinandertretenden Felsenhöhen ein lichter Streifen des Himmels sehen ließ, „es naht die Morgenröte, die Zeit, in der Saba-Bej den größten Hunger hat. Wollen wir nicht vorsichtig sein und lieber lagern bis er wieder zu Bett gegangen ist?"

Saba-Bej ist der Löwe.

Der Bewohner jener Gegenden scheut sich, den Namen des Löwen laut zu nennen. Er denkt, das Tier hört es und wird dadurch herbeigerufen. Darum machte Rakab es Seraf sofort eine warnende Handbewegung und antwortete leise.

„Dachel Allah – um Gottes willen! Sprich nicht so laut, sonst kommt der Herr des Erdbebens gerannt und holt uns beide aus dem Sattel! Er soll sein Lager hier in der Nähe haben; darum müssen wir ganz heimlich vorüberreiten. Sag den Leuten, dass sie kein Geräusch machen dürfen und die ersten Worte der achtundvierzigsten Sure beten sollen!"

Es Ssaghir richtete den Befehl aus und bald flüsterte jede Lippe:

„Wahrlich, dir ist ein großer Sieg verliehen, auf dass dir Gott alle deine Sünden vergebe und seine Gnade an dir vollende und dich leite auf dem richtigen Weg und dir beistehe mit seinem mächtigen Schutz."

So zog die Karawane möglichst geräuschlos weiter. Die Ufer des jetzt wasserlosen Wadi hatten sich wieder verengt. Sie stiegen steil empor und verschlossen mit einer scharfen Krümmung die Aussicht nach vorn.

Da plötzlich erscholl jenes tiefe Brüllen, das röchelnd beginnt, schnell zu fürchterlicher Stärke anschwillt und sich dann in ein donnerartiges Rollen verliert – das Brüllen eines Löwen. Der Araber nennt es Rrad, das ist Donner, und bezeichnet den Löwen als den ‚Herrn des Erdbebens'.

Alle, Menschen und Tiere, erzitterten.

„Allah akbar, Allah kerim – Gott ist groß, Gott ist gnädig!", rief es durcheinander. „Kawam, kawam – schnell, schnell, reitet Galopp!"

Im nächsten Augenblick sausten die Reiter in Karriere dahin, sodass die beladenen Packtiere, die sie bei sich hatten, kaum zu folgen vermochten. Die Stimme des Löwen hatte ein mehrfaches Echo erweckt, sodass man nicht genau wusste, woher sie erschollen war, ob von vorn, von hinten oder von einem der zu beiden Seiten aufstrebenden Felsenufer.

Als die fliehenden Reiter die Krümmung hinter sich hatten wurde das Wadi breiter, und vorn, wo sich das linke

Ufer senkte, sah man die ersten Strahlen der Morgenröte erglühen. Das ist die Zeit des Fadschr, des ersten Gebetes, das kein wahrer Gläubiger versäumen oder später vornehmen darf. Darum hielt Rakab es Seraf trotz der Angst, in der sich alle befanden, sein Reittier an und rief mit lauter Stimme:

„Haj alas salah – auf zum Gebet! Esch schems, das Licht des Tages, beginnt emporzusteigen. Gebt Allah die Ehre, der sie und uns geschaffen hat!"

Er sprang vom Esel und die anderen folgten seinem Beispiel. Er kniete nieder, das Gesicht nach Mekka gerichtet, machte mit den Händen die Bewegungen des Waschens und betete laut die erste Sure des Korans, die ihm die anderen nachsprachen.

Die Tiere standen schnaufend still, die Packesel in der Nähe eines stachelreichen Mimosengebüsches, das am Fuß des linken Ufers stand, wo eine enge Seitenschlucht in den Felsen lief. Sie waren höchst unruhig und zitterten unter ihren Lasten, was aber die frommen, eifrigen Beter nicht beachteten.

In vielstimmigen Chor erscholl das Gebet:

„Im Namen des allbarmherzigen Gottes! Lob und Preis sei Gott, dem Weltenherrn, dem Allerbarmer, der da herrscht am Tag des Gerichts. Dir wollen wir dienen und zu dir wollen wir flehen, auf dass du uns führst den rechten Weg, den Weg derer, die deiner Gnade sich erfreuen, und nicht den Weg derer, über welche du zürnst, und nicht..."

Weiter kamen die Knienden nicht in ihrem Gebet. In dem erwähnten Mimosengebüsch hatten gleich am Anfang leise Bewegungen stattgefunden und jetzt, in diesem Augenblick, erscholl das entsetzliche Brüllen abermals, aus unmittelbarer Nähe, und zwar nicht einfach, sondern aus den Kehlen mehrerer Löwen.

Einen Augenblick lang herrschte die tiefste Stille. Die Männer waren vor Schreck wie erstarrt. Dann sprang der Neger Er Rih als der erste vom Boden auf und schrie:

„Ma una, ma una, madad – zu Hilfe, zu Hilfe! Reißt aus, reißt aus!“

Er rannte davon. Aber donnernd ertönte die Stimme des Führers und Vorbeters Rakab es Seraf:

„...und nicht den Weg der Irrenden!“

Er vollendete als echter Muselmann, der an das Kismet glaubt, trotz der ungeheuren Gefahr sein Gebet, und dieses Beispiel wirkte so, dass alle ihm diese Worte noch nachsprachen. Freilich geschah das nicht in andächtiger Ruhe, sondern sie waren auch aufgesprungen und rannten vor Angst wirr durcheinander.

Diese Angst hatte freilich ihre volle Berechtigung, denn ein ungeheurer Löwe hatte sich in mächtigem Sprung auf einen der Packesel geworfen, ihn niedergerissen und zermalmte ihm krachend mit einem einzigen Biss das Genick; eine Löwin, die ihm an Mächtigkeit der Glieder fast nichts nachgab, warf sich eben auf einen zweiten Esel, der ihr mit einem angstvollen Satz entgehen wollte, und ein zweiter, schon ganz ausgewachsener männlicher Löwe trat im selben Augenblick aus dem Gebüsch hervor und stieß, sein Opfer wählend, in stolzer, selbstbewusster Haltung ein tiefes, herausforderndes Brüllen aus. Im Hintergrund schlich eine junge, doch sehr starke Löwin sich an ein anderes Packtier heran, das vor Furcht der Gefahr gerade entgegengerannt und in das Gesträuch hineingesprungen war.

Dem furchtsamen Neger Er Rih war es ebenso ergangen. Er rannte wie besessen gerade auf den alten Löwen zu und erhielt dabei von einem der Esel, der hinten so hoch und kräftig ausschlug, dass sein schweres Gepäck aus dem Sattel geschleudert wurde, einen solchen Schlag vor die Brust, dass er zu Boden stürzte. Im nächsten Augenblick warf sich der Löwe auf ihn.

Die wilde Szene, die der gegenwärtige Augenblick bot, spottet jeder Beschreibung. Menschen und Tiere rannten wirr durcheinander. Wer eine Stimme hatte, rief, schrie, brüllte, jammerte und zeterte aus Leibeskräften. Der Bewohner des Südens ist nicht so kaltblütig und geistesgegenwärtig wie der Nordländer. Dass nach Art und Weise der berühmten Löwenjäger Jules Gérard und Gordon Cumming ein einzelner Mann sich mutig und selbstvertrauend mit sicherer Büchse dem König der Tiere entgegenstellt, das ist ihm etwas Unerhörtes und Unbegreifliches. Zudem waren die Männer der Karawane nur mit alten Lunten- oder Steinschlossflinten bewaffnet, also höchst ungenügend solchen Tieren gegenüber.

Nur zwei hatten ihre Besinnung nicht verloren, nämlich der tapfere Giraffenhals und Es Ssaghir. Der ‚Kleine' sprang auf sein Pferd, um von allen gesehen zu werden, und rief mit schallender Stimme:

„Flieht nicht, ihr Männer, ihr Helden! Bleibt stehen, ihr Schurken, ihr Feiglinge, ihr Hunde! Nehmt eure Waffen, ihr Lieblinge, ihr Tapferen, ihr Elenden! Schießt auf den Ibn el 'amm! Er ist gekommen mit seiner Frau und seinen beiden Kindern, um uns und unsere Esel zu fressen. Allah jenarl esch schejtan – Allah verdamme den Teufel!"

Ibn el 'amm heißt ‚Vetter väterlicherseits'. So wird der Löwe genannt, wenn man sich scheut, das eigentliche Dingwort auszusprechen.

Der Kleine galoppierte auf den Alten zu, sprang vom Pferd, hielt ihm, der dem Neger eben den Kopf zerbiss, die Mündung des Gewehrs gerade vor das Auge und drückte los, sprang dann aber augenblicklich weit zur Seite. Das mächtige Tier zuckte zusammen, blieb einen Augenblick lang unbeweglich, fiel dann auf die Seite und streckte die Glieder – es war tot.

Ein unbeschreiblicher Jubel erhob sich. Das Beispiel des Kleinen wirkte. Die Fliehenden sammelten sich und rüsteten sich zum Angriff.

„Der Ibn el 'amm ist tot! Hamdullillah – Allah sei Preis!", schrien die Leute. „Tötet seine Frau und seine Kinder! Schießt die ganze Sippschaft tot!"

Einer schob den anderen voran, die Lunten begannen zu rauchen, Schüsse krachten, Kugeln pfiffen. Natürlich traf unter zwanzig nur eine, aber das Fieber des Kampfes war über die Leute gekommen und sie glaubten ja alle, dass Allah ihre Schicksale im Buch des Lebens verzeichnet habe. Sie hielten sich also wacker.

Freilich gab es einen grässlichen Kampf. Mehrere der Leute wurden von den Tieren getötet, viele schwer oder leicht verwundet, endlich aber lagen doch die Löwen mit arg zerschossenen Fellen tot auf der Walstatt. Keiner der Angreifer, Es Ssaghir, den Kleinen ausgenommen, konnte behaupten, dass er den tödlichen Schuss getan habe, sondern die Frau und die Kinder des ‚Vetters väterlicherseits' waren wohl am Blutverlust verendet, der eine Folge der zahlreichen Verwundungen war.

Nun fielen die Sieger über die Besiegten her, rauften sie, traten sie mit Füßen, spuckten sie an und gaben ihnen alle erdenklichen Schimpfnamen, an denen die arabische Sprache ja so reich ist.

Die Toten wurden mit Steinen zugedeckt, damit sie nicht von El Büdsch, dem gewaltigen Bartgeier verzehrt werden könnten, und die Verwundeten verbunden. Die Felle der vier Löwen wurden in so viele Stücke zerschnitten, dass jeder Sieger eines als Andenken erhalten konnte. Es Ssaghir aber erhielt die Haut des Ibn el 'amm, den er ja allein erlegt hatte. Es war eine Trophäe, unter deren Schwere sein Packtier weidlich zu schwitzen hatte. Die anderen trugen leichter.

Als die Karawane dann später an ihrem Bestimmungsort ankam, wurde das Abenteuer natürlich in allen Tönen ausposaunt.

Als der Mahdi Mohammed Achmed davon hörte, meinte er:

„Dieser Neger Er Rih ist wie die Luft gewesen, feig und schnell zur Flucht. Er hat sterben müssen, weil er sein Gebet nicht beendete. Er wird beim Jüngsten Gericht von der Brücke der Prüfung hinunter in die Hölle stürzen. Rakab es Seraf aber ist ein wackerer Führer. Ich werde ihn zum Mülasim[1] erheben. Und der Held Es Ssaghir ist klein von Gestalt, aber groß von Mut. Er soll in meine Leibwache treten und den Ehrennamen Abu el bundukija, Vater der Flinte, führen, bis Allah ihn von hinnen ruft. Fi aman Allah – Gott schütze ihn!“

[1] Leutnant

SKLAVENRACHE

(1889)

Es war im August, also während der Sommerregenzeit, als eine kleine Karawane langsam im Halimala-Tal herabgestiegen kam. Sie bestand aus etwa fünfzig männlichen und weiblichen Amhara-Sklaven und zwanzig bewaffneten Treibern, die der Sippe der Schibril-Abokr-Somal angehörten. Diese pflegen die Sklaven in Härär abzuholen und bis diesseits des genannten Tales zu bringen, wo ihnen die Isa-Somal die menschliche Ware abnehmen, um sie an die Küste zu transportieren. Die Amhara waren mit Stricken aneinander gefesselt. Ihre Rasse ist eine der heitersten und gewecktesten; diesen ihrer Heimat mit Gewalt entrissenen Leuten aber war das keineswegs anzusehen. Die Isa sind die hässlichsten und grausamsten unter den Somal; die Sklaven schritten also einer Verschlimmerung ihres schon bisher so herben Schicksals entgegen.

Das Tal mündete auf eine Ebene, auf welcher der Regen einen frischen Graswuchs hervorgelockt hatte. Auch die dastehenden Waba-Bäume, die das Pfeilgift der Somal liefern, hatten ihre immergrünen Blätter heller gefärbt. Unter ihren Kronen stand ein sonst verlassenes Hüttendorf, von dem eine Isa-Schar Besitz ergriffen hatte, um da die Schibril-Abokr mit den Sklaven zu erwarten.

Als der Zug sich zeigte, rannten sie ihm schreiend und die Waffen schwingend entgegen. Die Begrüßung fand in gewohnter lärmender Weise statt und dann wurden die Amhara nach dem Innern des Dorfes geführt, das mit hohen, stacheligen Dornzäunen umgeben war. Am Eingang stellte man mehrere Wächter auf.

Zunächst begann das Feilschen um den Preis der Sklaven. Jeder einzelne wurde genau untersucht und dabei vielfach gequält. Als man sich geeinigt hatte, erfolgte die Bezahlung in Tüchern, Schießpulver und allerlei Eisenwaren. Darauf sollte der unvermeidliche Schmaus folgen, stark mit rotem Pfeffer gewürztes Schöpsenfleisch, das die Frauen der Isa inzwischen bereitet hatten.

Ein Isa-Knabe hatte unter den Gefangenen zwei in seinem Alter stehende Brüder bemerkt, die sich ermüdet an die hohe, stolze Gestalt ihres Vaters gelehnt hatten. Einer Regung seines Herzens folgend, trat er zu ihnen, legte dem einen die Hand auf den Kopf und sagte laut, sodass alle es hörten:

„Ich bin dein Abban[1] und du bist frei."

Nach der Sitte des Landes war der junge Amhara nun kein Sklave mehr. Schon erhob der Isa-Knabe den Arm, um auch den anderen von der Knechtschaft zu befreien, da sprang der Anführer der Isa herbei, riss ihn zurück und schrie:

„Bist du toll? Haben wir diese Hunde bezahlt, um sie nun freizugeben? Das Wort eines Isa gilt, selbst wenn er ein Kind ist. Dieser Amhara-Bube gehört also nicht mehr zu den Sklaven; aber da wir ihn nicht verkaufen können, wollen wir ihn auch nicht mit uns schleppen!"

Er zog sein langes, zweischneidiges Messer und stieß es dem Amhara-Knaben ins Herz. Keiner der Somal erschrak über diesen Mord; solche Bluttaten gehören bei ihnen zu den Alltäglichkeiten; aber die Sklaven schrien vor Entsetzen auf. Der nicht an den Händen gefesselte Vater des Ermordeten stand einen Augenblick lang wie erstarrt, dann entriss er dem im Bereich seiner Arme stehenden Mörder das Messer, rannte es ihm in die Brust, durchschnitt dann den Strick, der ihn mit seinen Leidensgenossen verband, und stürzte sich, vor Wut brüllend, mitten unter die Somal, deren er mehrere schwer verwundete.

Da der Strick entzwei war, gelang es mehreren Amhara, sich loszumachen. Der Kämpfende sah das; er erkannte, dass er der Übermacht erliegen müsse; darum ergriff er die Flucht und rief den Seinen zu:

[1] Beschützer

„Flieht, mir nach, und dann Rache!“

Es war die höchste Zeit für ihn, denn schon hatte man ihm das Messer entrissen. Er rannte dem Eingang des Dorfes zu und mehrere Genossen folgten ihm. Aber die dort stehenden Wächter hatten den Lärm gehört; sie waren auf der Hut und eben, als er durch die Lücke es Dornenzaunes sprang, stieß ihm einer der Männer den Speer durch den Leib. Die anderen Flüchtigen sahen das, sie verloren den Mut, getrauten sich nicht weiter und wurden nach kurzer Gegenwehr überwältigt.

Wären die Schibril-Abokr schon wieder abgezogen gewesen, so hätte das Ereignis für die Isa einen schlimmen Ausgang nehmen können, da sie nicht mehr als fünfzehn Krieger zählten. Sie beschlossen also, die Aufwiegler aufs Strengste zu bestrafen. Man sonderte sie von den anderen Sklaven, band ihnen die Füße und hielt dann Gericht über sie.

Da sie verkauft werden sollten, wollte man ihr Leben schonen; nur der Trotzigste von ihnen wurde zum Tode verurteilt, und zwar zu einem sehr grausamen. Man band ihn in eine alte Decke, sodass er sich nicht zu regen vermochte, und sprang dann so lange auf ihm herum, bis ihm alle Rippen und Gelenke zerbrochen waren. In diesem Zustand sollte er liegen bleiben.

Die anderen wurden einer nach dem anderen an einen verdorrten Stamm gebunden und grausam durchgepeitscht, wobei ihnen die Weiber roten Pfeffer in das von den Ruten aufgerissene Fleisch streuten. Hierauf wurde der vorhin begonnene Schmaus fortgesetzt, als ob überhaupt nichts geschehen sei. Er währte bis in die Nacht hinein.

Am anderen Tag brach man auf. Die Schibril-Abokr wandten sich zurück und die Isa nahmen die Richtung nach der Küste, nachdem sie ihren toten Anführer unter einem Steinhaufen begraben hatten. Die toten Amhara, Vater und Sohn, wurden den wilden Tieren überlassen. Der von den Füßen Zermalmte lebte noch; seine Genossen konnten im Weiterziehen noch lange sein Rufen und Wimmern hören.

Die Karawane hatte die Hochebene des Landesinnern hinter sich und passierte nun die Hügelregion, in der man zahlreiche Torrents trifft, Flussbetten, die nur während der Regenzeit Wasser führen. Zu dieser Zeit ist es gefährlich, sich in solch einem trockenen Bett aufzuhalten. Geht nämlich oben in den Bergen ein plötzlicher Regen nieder, der gewöhnlich einem Wolkenbruch gleicht, so stürzt das Wasser mit Macht vorwärts und reißt alles mit sich fort. Das Wasser kommt wie eine hohe Mauer herangebraust und nach wenigen Minuten hat sich das vorher trockene, stille Tal in einen brüllenden, Verderben bringenden Strom verwandelt.

Ein solcher trockener Torrent wurde gegen Abend erreicht. Da der letzte Regen hier einiges Wasser zurückgelassen hatte, dessen man zum Trinken bedurfte, so wurde für die Nacht darin Halt gemacht. Die Isa zählten, wie bereits gesagt, fünfzehn Krieger; dazu kamen mehrere Frauen, denen bei den Somal selbst während der Reise alle Arbeit obliegt, und der auch schon erwähnte Knabe. Die Sklaven waren wieder an den langen Stricken gebunden und mussten auch mit dieser Fessel schlafen, auch diejenigen, die gepeitscht worden waren und ihre Schmerzen kaum zu unterdrücken vermochten. Nur der Amhara-Knabe konnte sich frei bewegen, da anzunehmen war, dass er nicht davonlaufen werde.

Es war eine mondhelle Nacht, deren Stille nur durch die Stimme des Schakals und den Ruf des Regenpfeifers unterbrochen wurde. Die Gefangenen lagen dicht zusammengedrängt, um sich gegenseitig zu erwärmen, da die Nächte hier sehr kühl zu sein pflegen. Die Isa saßen und lagen an einem Feuer; ein Teil von ihnen schlief, die anderen hatten die Sklaven zu bewachen. Es mochte nahe an Mitternacht sein, da erhob sich ein leiser Wind, der immer stärker wurde. Er war kalt und feucht und kam von den Bergen her. Sein Rauschen war hohl und unheimlich; die Schläfer erwachten davon. Da plötzlich mischte sich in dieses Rauschen ein eigenartiges Brausen, das näher zu kommen schien; bald war es kein Brausen mehr, sondern ein donnerndes Brüllen. Die Amhara kannten als Gebirgsbewohner diesen elementaren Ton. Sie sprangen erschrocken auf.

„Um Gottes willen, der Schellal kommt! Rettet euch!“, rief einer von ihnen.

Schellal heißt Katarakt, Flut, Wassermasse. Die Isa hörten diese Worte und griffen nach ihren Habseligkeiten, um zu fliehen. Vielleicht war es ihnen noch möglich, das steile Ufer zu erklimmen; die am Seil hängenden Amhara mochten immerhin ertrinken. Da aber brüllte einer von diesen, sodass seine Stimme die des herantosenden Wassers übertönte:

„Müssen wir ertrinken, dann sollen sie das auch! Haltet sie fest, haltet sie fest!“

Augenblicklich wurden die Isa von den Amhara wie von einer undurchdringlichen Kette umschlossen. Jeder Sklave packte einen seiner Peiniger. Die Isa gebrauchten zwar ihre Waffen, aber es war zu spät. Eine hohe, dunkle, tosende Masse schoss heran, ergriff Freund und Feind, hob sie empor und riss sie mit sich fort.

Von den anderen unbeachtet war der Amhara-Knabe zu dem kleinen Isa gesprungen und hatte ihn gefragt:

„Kannst du schwimmen?“

„Nein.“

„So halte dich an mir fest. Du hast den Bruder und mich retten wollen; dafür rette ich dich!“

Der Schellal ging vorüber und das Wasser floss ruhiger zwischen den Ufern. Der Mond spiegelte sich in der Flut und beleuchtete zwei Knaben, die dem Fluss folgten, um zu sehen, ob sich jemand gerettet habe – vergebliches Suchen! Der Strom hatte in die Rache der Sklaven gewilligt und sie samt ihren Herren verschlungen. Nur die beiden Knaben waren dem Verderben entgangen. Sie hielten sich umschlungen, und der kleine Isa sagte zu dem Amhara:

„Nun werde ich doch noch dein Abban sein. Wir werden bald Männer meines Stammes treffen, und der beste von ihnen wird dich als Sohn aufnehmen, weil du aus Dankbarkeit mein Leben höher als das deinige geachtet hast.“

MAGHREB-EL-AKSA

(1888)

Maghreb-el-aksa, das ist ‚der äußerste Westen', lautet der arabische Name Marokkos, dessen Sultan jüngst von einer rachgierigen tunesischen Odaliske Gift erhalten haben soll. Der Herrscher ist nicht daran gestorben, vielmehr geben die neuesten Nachrichten sein Befinden als ziemlich befriedigend aus; dennoch aber lauern Schakal und Hyäne an den Stufen seines Thrones mit Gier auf das jedenfalls blutige Erbe und die jenseits des Wassers lagernden Wappentiere der Mittelmeerstaaten sind sprungbereit, ihre „am Fuß des Atlas liegenden Interessen zu wahren" – wie der diplomatische Ausdruck lautet.

Schon hörte man Marokko als das afrikanische Bulgarien bezeichnen und von allen Seiten richten sich gespannte Blicke auf das Land, das zwar längst nicht mehr ein für uns mit sieben Siegeln verschlossenes Buch zu nennen ist, aber doch des Eigenartigen und Befremdlichen so viel bietet, dass man, besonders in Erwartung der dort bevorstehenden Ereignisse, wohl wünschen mag, etwas echt Maghrebinisches, wenigstens im Bilde, kennen zu lernen.

Eine vortreffliche Gelegenheit dazu bieten die Aufnahmen des Zeichners der britischen Mission, die im April des laufenden Jahres von Tanger aus nach der Hauptstadt des Landes ging.

Da sehen wir zunächst das lebenstreue Bild marokkanischer Musikanten, die den Empfang der Mission beim Gouverneur von Dukalla verherrlichen sollen. Sich tanzend vor und rückwärts bewegend, lassen sie die schrillenden Pfeifen erklingen, während der dunkelhäutige Dirigent die Tabl, ein dem Tamtam ähnliches Instrument, dazu schlägt. Von Harmonie ist dabei freilich keine Rede, denn seine Exzellenz, der ‚General Bass' hat sich in Dukalla noch niemnals sehen lassen

Marokkanische Bettler

Will der Beduine Gäste empfangen, so tut er das am liebsten durch ein Lab-el-barud, zu deutsch Pulverspiel, und je vornehmer diese Gäste und je mehr ihrer sind, desto bedeutender ist die Menge des Pulvers, das dabei verschossen wird. Die Empfangenden jagen den Ankommenden in wilder Karriere entgegen, bis hart an sie heran, sodass es scheint, als ob sie die Gäste niederreiten wollten. Dann reißen sie ihre Pferde herum und sprengen wieder zurück. Das wiederholt sich, bis das Duar oder Tschar, das Zelt- oder Häuserdorf, erreicht ist. Dabei wird geschossen und aus Leibeskräften geschrien; es scheint, als seien alle vom Schejtan oder den bösen Dschinns der Wüste besessen, und wollen die Gäste sich höflich erweisen, so stimmen sie mit ein und suchen die anderen womöglich noch zu überbieten. Es gibt das eine Szene, die gar nicht zu beschreiben ist.

Dann stehen die Frauen und Töchter am Eingang der Zelt- oder Hüttenreihen und rufen den Nahenden ihr „Marhaba" (Willkommen) entgegen. Die eine oder andere lässt sich von der Begeisterung vielleicht hinreißen, den Gruß vollständig auszuführen: „Ahla wa sahla wa marhaba – viel Familie, leichtes Leben und Unbeengtheit wünsche ich dir!"

Auf der Kehrseite dieser schimmernden Münze sind die Bettler zu sehen, deren sich der eigentliche, stolze Sohn der Wüste schämen würde. Er teilt den Stammesarmen so viel von seinem Reichtum mit, dass sie nicht zu betteln brauchen. Der sesshafte Maure aber ist härteren Herzens. Redet ihn ein Bettler mit einem „Dachel Allah – um Gottes willen" an, so sagt er ihm vielleicht ein „Allah jusellimak – Gott behüte dich!", und geht mit geschlossenen Händen weiter. Wir aber wollen den hier am Ausgang des Lagers stehenden Bittstellern freundlichere Geber wünschen, die nach den Worten des Propheten handeln: „A'melcher wa irmih fil bahr – tue Gutes und wirf es ins Meer!"

Pulverspiel zu Ehren der englischen Mission in Marokko

Haben die Gäste sich vom Staub der Reise gesäubert und ausgeruht, haben sie den Pillaw, das Kuskussu und den obligaten, in Fett schwimmenden Hammel gekostet, dann werden Besuche gemacht oder empfangen, die Herden besichtigt, oder der Scheik el Urdi, der Herr des Lagers, lädt sie ein, sich von der Vortrefflichkeit seines Schahin zu überzeugen.

Ein gut ‚abgetragener' und ‚berichtigter' Falke ist der Stolz seines Besitzers und wird sogar auf Gazellen abgerichtet, denen er auf den Kopf stößt, um ihnen das Augenlicht zu nehmen. Ein Schahin muss kühn und stets kampfbereit sein und darf sich selbst vor el Büdsch, dem gewaltigen Bartgeier, nicht fürchten. Der Beduine reitet, wenn er mit dem Falken jagt, stets sein bestes Pferd, vielleicht gar ein Radschi pak (‚reine Adern'), das von Mohammeds Lieblingsstute stammt. Es kennt jede Bewegung seines Herrn, es beobachtet ihn genau. Sobald er dem Falken die Kappe abnimmt, hält es sich sprungbereit, und kaum streckt er den Arm aus, um den Vogel aufzuwerfen, so schießt es ohne Kommando mit ihm von dannen, dem Wild nach, das es ebenso scharf beobachtet hat wie sein Herr.

Während der Falkenjagd nur von dem wohlhabenden Bewohner der Ebene gehuldigt wird, liebt der arme, aber verwegene Bewohner der Atlasberge einen anderen Sport, der freilich mit unserem siebten Gebot nicht gut in Einklang zu bringen ist. Das Wort Haremi, Räuber, gilt ihm als eine sehr ehrenvolle Bezeichnung. Dabei ist er ungemein höflich und wird niemandem die Taschen leeren, ohne bei jedem Gegenstand, den er nimmt, ein freundliches „Bidesturak" oder „'an isnak – mit Ihrer Genehmigung" zu sagen.

Ganz unvergleichlich ist bei den marokkanischen Tribus der militärisch sein sollende Empfang vornehmer Gäste. Es geht da freilich ohne Pomp nicht ab, aber ein deutscher Kavalleriewachtmeister würde, wäre er dabei, gar nicht aus dem Kopfschütteln herauskommen. Der Scheik selbst kommandiert zwar: „Has dur – Gewehr über!“ oder „Jsalam dur – präsentiert das Gewehr!“, aber wie diese Befehle vollzogen werden, das könnte den ältesten Karrengaul, der vor zwanzig Jahren in der Front stand, zum Durchgehen bringen. Dennoch ist der Anblick einer solchen Truppe nichts weniger als lächerlich. Jeder einzelne Reiter ist ein Charakter, ein würdevoller, selbstbewusster Repräsentant seines Stammes und seiner Art. Die Fremdwörter uniformieren und nivellieren zu wollen, würde bei ihm auf den zornigsten Widerstand stoßen. Er ist ein geborener Krieger und hält es für beleidigend, sich erst dazu drillen zu lassen. Er hat als kleiner Bube zwischen Pferdehufen geschlafen und die Hälfte seines Lebens im Sattel zugebracht. Die Ausdrücke Radschal und Chejal, Mann und Reiter, sind für ihn ganz gleichbedeutend. Wehe dem, der ihm sagen wollte, dass er schlecht im Sattel sitze oder seine lange Flinte nicht richtig anzufassen verstehe!

Dass er ein Reiter sei, und zwar ein ausgezeichneter, das zeigt er täglich und stündlich, mag sein Pferd, vor dem todbringenden Samum fliehend, die ungemessene Weite der Wüste oder Steppe förmlich verschlingen oder mag es, von glühendem Durst verzehrt, langsam, Schritt um Schritt über die eigenen Hufe stolpern. Wenn die Wasserschläuche ausgetrocknet sind und die Zunge wie sengendes Erz im Mund liegt, wenn die Augen wie durch Blut und Feuer sehen und der kraftlose Körper schmerzt und das Ziel doch noch so fern liegt, dann gilt es Mann zu sein.

Da sucht sein Blick am niedrigen Horizont vergeblich nach Hilfe. Wasser, nur Wasser kann Rettung bringen und er weiß doch genau, dass es, so weit sein Pferd ihn auch heute noch schleppen mag, nicht einen einzigen Tropfen gibt. Oder sollte er sich irren? Dort drüben, links, blitzt und wallt es wie eine ganze Wasserflut. Es ist ein See! Das Pferd des voranreitenden Führers öffnet prüfend die Nüstern und wiehert freudig auf. Auch der ihnen begegnende

Der militärische Empfang vornehmer Gäste

Ben Amir, der sich nach der Hauptstadt betteln will, deutet mit der Hand hinüber und grinst freundlich mit seinem Negergesicht, aber der Führer blickt hinweg und sagt traurig: „Das ist Châlaf el hawa, die Lüge der Luft, das ist Mah esch schejtan, das Wasser des Teufels. Wer dieser Lockung folgt, der reitet in die Irre und ist verloren!"

Überwindet der Reisende solche Gefahren, dann erquickt ihn doppelt der Anblick weiß schimmernder Häuser, grünender Gärten und um diese her lagernder Zelte. Sein Herz ist von Dank erfüllt und alles Ungute, Unreine scheint von ihm gewichen zu sein. Desto größer ist sein Mitleid mit den verhüllten Gestalten, die einsam seitwärts am Weg sitzen, weil es ihnen bei der Todesstrafe verboten ist, mit einem gesunden Menschen in Berührung zu kommen. Es sind Aussätzige, dem entsetzlichen Schicksal verfallen, dass ihnen die Glieder einzeln absterben und sich aus den Gelenken lösen.

„Ana dscho, ana atschan – ich habe Hunger, ich habe Durst!", rufen sie in flehendem Ton.

Wenn der Mitleidige sich nähert, so erheben sie sich, setzen ihre Schalen, in die er die Gabe legen soll, zur Erde und entfernen sich, um erst dann zurückzukehren, wenn er sich entfernt hat. Ihr Dank folgt in Segensrufen nach.

Auch die Mitglieder der britischen Mission kamen an solchen Bedauernswerten vorüber, bei deren Anblick biblische Erinnerungen erwachen; dann lagerten sie, als letzte Rast vor der Hauptstadt, bei einem Palmenwald, an einem Wasser, das ihren müden Tieren reichliche Erquickung bot.

Das war im April. Sie durften friedlich unter Palmen wandeln und bei den Pulverspielen waren die Flinten blind geladen. Jetzt rüstet man dort zum mörderischen Kampf. Dieses herrliche Land hat schon viel Blut getrunken. Es steht unter dem Zeichen des Halbmondes. Geben wir es fi aman Allah – in Gottes Schutz!

DIE BEIDEN KULLEDSCHI

(1891)

Bekanntlich gibt es in Ägypten kein anderes Trinkwasser als dasjenige, das man aus dem Nil schöpft. Es ist so lau, dass man es vor dem Genuss abkühlen muss. Dies geschieht dadurch, dass man es in poröse Tongefäße füllt, durch deren Wände es langsam sickert. Die dadurch hervorgerufene Verdunstung bewirkt, dass es bedeutend frischer und also auch wohlschmeckender wird. Diese Gefäße, die entweder Krug- oder Flaschenform besitzen, werden in der Gegend von Kenneh und Ballas aus echtem thebaischem Ton gefertigt und nach dem letzteren Ort Ballasi genannt. Eine minderwertige Sorte kommt aus Semennud in Unterägypten und wird von betrügerischen Händlern zuweilen als echte Ballasi verkauft. Wer mit solchen Tongefäßen handelt, wird nach dem arabischen Wort Kulle, das Wasserkrug bedeutet, Kulledschi genannt.

Kenneh und Ballas verschiffen jährlich Hunderttausende von Krügen, die zuweilen auf Nilschiffe verladen werden, meist aber in Form von Flößen nach ihrem Bestimmungsort gehen. Man fertigt zu diesem Zweck aus Palmfaserstricken ein Netz, in dessen Maschen die Krüge befestigt werden. Sind mehrere Lagen übereinander geordnet, so fassen zwar die unteren Wasser, die oberen aber bleiben leer, sodass das Floß unmöglich sinken kann. Darüber werden Stangen gelegt und Matten gebreitet, um ein festes Deck zu gewinnen. Zuweilen bringt man sogar einen Mast mit Rahe und dreieckigem Segel an, um den Wind, falls er günstig weht, auszunutzen.

Um beweisen zu können, dass ihre Ware echt sei und nicht etwa aus Semennud stamme, lassen sich die Händler, bevor sie Kenneh oder Ballas mit ihrem Floß verlassen, gewöhnlich von dem dortigen Schech el Beled[1] eine schriftliche Bescheinigung darüber geben, dass sie wirklich hier gewesen sind. Ob dies aber dem kaufenden Publikum hinreichende Sicherheit bietet, mag eine Geschichte zeigen, die sich zur Zeit des noch heute in lebhaftem Andenken stehenden Mustapha Effendi ereignete.

Dieser Beamte, ein geborener Kurde, war Muchtessib in Kairo, ein Wort, das man am besten mit „Marktmeister" übersetzt. Ein Muchtessib hat die Läden zu revidieren und die Händler zu beaufsichtigen, damit jeder Käufer das richtige Maß und Gewicht erhält und die Ware nicht höher als zu dem vorgeschriebenen oder gebräuchlichen Preis zu bezahlen hat. Bei der bekannten Bestechlichkeit orientalischer Beamten ist dieses Amt meist nur dazu da, seinen Inhaber reich zu machen; Mustapha Effendi aber bildete eine rühmenswerte Ausnahme von dieser Regel: Er erfüllte seine Pflicht mit großer, oft allzu großer Strenge und hätte gewiss jeden Versuch, ihn zu bestechen, auf das Härteste bestraft. Er durchwanderte vom Morgen bis zum Abend die Gassen und Plätze der Stadt, durchkroch alle Läden und Winkel und zeigte dabei einen Blick, dessen Schärfe nicht das Geringste zu entgehen vermochte. Nie war er allein; es folgten ihm stets mehrere Polizisten, die diejenigen Gegenstände trugen, die er zur Ausübung seines Amtes benötigte. Das war eine Waage, ein Hohl- und Längenmaß und – mit Respekt sei es gesagt – ein vollständiger Apparat zur Applikation der Bastonnade. Mustapha Effendi hatte nämlich nicht nur die Pflicht, die Sünden der Verkäufer zu entdecken, sondern er besaß auch das Recht, dieselben augenblicklich zu bestrafen. Dabei war die Bastonnade nicht etwa sein einziges Züchtigungsmittel, o nein, er hatte sich vielmehr durch das Ersinnen der verschiedensten und meist sehr originellen Bestrafungsarten geradezu berühmt gemacht. Seine beiden Haupteigenschaf-

[1] Ortsvorsteher

ten waren eine echt kurdische Unerbittlichkeit und eine Schlauheit, mit der er den größten Pfiffikus endlich doch einmal besiegte.

Ein solcher Pfiffikus war Sadok Omar, der Kulledschi. Die Wasserkrüge, die er verkaufte, trugen alle das Zeichen der echten Ballasi; es war erwiesen, dass er sie aus Ballas holte; er vermochte die Zeugnisse des dortigen Schech el Beled vorzuzeigen und doch war der Muchtessib überzeugt, dass diese Krüge nicht aus Ballas, sondern aus Semennud stammten. Der Ton, den sie beim Klopfen von sich gaben, klang nicht wie die echten Ballasi; aber dies reichte nicht aus, Sadok Omar des Betrugs zu überführen.

Neben diesem Händler wohnte ein anderer Kulledschi, Selim Ben Nuba genannt, weil er ein dunkelfarbiger Nubier war. Aus der fernen Heimat nach Kairo gekommen, war er mehrere Jahre Diener bei einem fränkischen Konsul gewesen und hatte sich so viel gespart, dass er einen Ballasi-Handel beginnen konnte. Da er ehrlich war, brachte er es nicht zu dem Gewinn seines Nachbarn Sadok Omar, der seine billige unechte Ware zum hohen Preis der echten verkaufte und sich dennoch außerordentlich darüber ärgerte, in dem Nubier einen so nahe wohnenden Konkurrenten bekommen zu haben. Er hasste ihn und tat sein Möglichstes, ihm Schaden zu bereiten und ihn geschäftlich zu ruinieren. Dies wollte ihm aber nicht gelingen, denn Selim Ben Nuba war infolge seiner Ehrlichkeit ein Liebling des Muchtessib, der ihn zwar nicht begünstigte, aber doch mit offenen Augen über ihn wachte. Dies erschütterte Sadok Omars Geduld in einer Weise, dass er beschloss, seinen Zweck durch einen Handstreich zu erreichen.

Er pflegte nämlich seine Krüge in Semennud zu kaufen und in dem Ballastraum eines Sandals[1] hinaus nach Ballas zu bringen. Dort wurden sie des Nachts ausgeladen und

[1] Nilschiff

zu einem Floß verbunden, um nach Kairo gebracht zu werden. Da ihnen das Zeichen der echten Ballasi eingedrückt war und der Schech el Beled die Bescheinigung darüber, dass Sadok Omar hier gewesen sei, nicht verweigern konnte, so hatte der Letztere niemals des Betrugs überführt werden können. Neben diesem Geschäft betrieb Sadok Omar noch ein anderes, nicht minder verwerfliches – die Schmuggelei. So oft er in Semennud unechte Krüge verlud, versteckte er in die untersten allerhand abendländische Artikel, die in Damiat heimlich an Land gekommen waren und von ihm mit nach Ballas geschafft wurden, wo er gegen hohen Gewinn sofortigen Absatz fand. Infolge dieses Gewinns hatte er es so weit gebracht, Besitzer des Sandals zu werden, während der Rejs[1] offiziell als Eigentümer des Schiffes galt.

Jetzt nun hatte Sadok Omar den Plan, unechte Krüge, die auch das Zeichen der unechten trugen, zu kaufen und sie Selim Ben Nuba in die Hände zu spielen. Er hatte erfahren, dass dieser im nächsten Monat nach Ballas gehen wollte, um ein Ballas-Floß zu holen, und das gab ihm die Gelegenheit, sein Vorhaben auszuführen. Er ging also nach dem Hafen von Bulak, um den Befehl zu erteilen, dass man den Sandal segelfertig machen solle. Eben als er auf dem Kleindeck des Schiffes stand und mit dem Rejs sprach, kam der Muchtessib Mustapha Effendi mit vier Polizisten über die nahe Brücke gegangen. Er sah den Kulledschi, blieb stehen und sagte zu einem der Polizisten:

„Siehst du Sadok dort auf dem Sandal? Diesem Spitzbuben war noch niemals beizukommen. Was mag er auf dem Schiff wollen? Du bist klug; eile heim, kleide dich wie ein Matrose an und begib dich dann zum Rejs des Schiffes, um ihm deine Dienste anzubieten. Vielleicht gelingt es dir zu erfahren, welche Absicht diesen Sadok Omar nach dem Hafen getrieben hat."

[1] Kapitän

Das war am Nachmittag. Abends kam der Polizist zu seinem Gebieter um ihm zu melden:

„Effendi, ich muss mit nach Semennud; gib mir die Erlaubnis dazu, wenn du den Kulledschi fangen willst!"

„Alles, alles erlaube ich dir, falls du ihn nur fängst", antwortete der Muchtessib schnell. „Was hast du erfahren?"

„Sadok Omar geht nach Semennud, um Töpfe zu kaufen. Der Rejs brauchte einen Matrosen und hat mich angeworben. Darf ich mit, so werde ich jedenfalls vieles erfahren, was uns bisher verborgen blieb."

„Natürlich musst du mit, ganz natürlich! Ich danke Allah für die Aussicht, diesen listigen Schakal endlich einmal fangen zu können. Wehe ihm, wenn er mir in die Hände läuft! Er soll die Scherben aller seiner Töpfe schmecken!"

Der Polizist wurde mit den nötigen Verhaltungsmaßregeln ausgerüstet und verließ am anderen Morgen mit dem Sandal Bulak, den Hafen von Kairo. Sadok Omar, der Kulledschi, befand sich auch an Bord. Er hatte seinen Laden unter die Aufsicht eines Gehilfen gestellt. Von da an wartete Mustapha Effendi mit großem Verlangen auf die Rückkehr seines Untergebenen. Diese erfolgte nach ungefähr drei Wochen. Er meldete, dass in Semennud über fünfhundert große Tonkrüge in den Raum geschafft worden seien. Bei dieser Arbeit war er nicht mit beschäftigt gewesen und so wusste er nicht, dass eine bedeutende Anzahl dieser Krüge mit ausländischen, unverzollten Artikeln angefüllt wurden. Den übrigen Platz hatte man zum Transport gewöhnlicher Waren, die noch heute in Kairo ausgeladen werden sollten, benutzt. Morgen früh sollte der Sandal dann flussaufwärts nach Ballas segeln.

„Mit den unechten Töpfen nach Ballas?", meinte der Effendi. „Hier liegt der Punkt, an dem Sadok Omar zu fassen sein wird, und zwar werde ich selbst ihn beim Schopf nehmen. Ich fahre schon heute mit einem Regierungs-Noqer[1] voran, um den Sandal in Ballas zu beobachten und

[1] Kleiner Schnellsegler

abzufangen. Du segelst natürlich mit dem Kulledschi. Ich verkleide mich und lege die Tracht eines Fellah an; dennoch wirst du mich leicht finden, denn der Ort ist klein, und ich werde danach trachten, dir heimlich zu begegnen."

Es bedurfte nur eines Befehls von Mustapha Effendi, so stand der Noqer ihm zur Verfügung. Als er sich nach einigen Stunden nach dem Hafen begab, um an Bord zu gehen, sah er Selim Ben Nuba, den armen, ehrlichen Kulledschi, der suchend längs des Ufers ging.

„Was willst du hier finden, mein Sohn?", fragte der sonst so grimmige Mann freundlich. „Erwartest du neue Ware?"

„Nein, o Effendina", antwortete der Gefragte mit einer tiefen Verbeugung. „Ich suche ein Schiff, mit dem ich morgen nach Ballas gehen kann, um Krüge einzukaufen."

„Du darfst mit mir fahren, und zwar ohne zu bezahlen. Eile heim, dein Haus zu bestellen! In einer Stunde segelt der Noqer ab, den du da vor uns liegen siehst. Aber sei verschwiegen. Niemand darf wissen, dass wir beieinander sind und welches Ziel wir haben."

Das war eine Ehre, die der Nubier wohl zu schätzen wusste. Er ging schnell nach seiner Wohnung, um sich zur Reise vorzubereiten, und trachtete dann, möglichst unbeobachtet an Bord zu kommen. Kurze Zeit später entfaltete der Noqer seine beiden Segel und richtete den scharfen Bug gegen die gelben Wasser des Nils, um nach mehrtägiger Fahrt in Kenneh anzulegen. Dort sollte er vor Anker bleiben, um nicht in Ballas gesehen zu werden. Mustapha Effendi hatte einen weißen Hajk angelegt, dessen Kapuze er über den Kopf zog. Er stieg mit Selim Ben Nuba aus, um sich über den Nil nach Ballas rudern zu lassen, wo er sich, da man ihn nicht kannte, für einen Verwandten Selims ausgab. Dieser Letztere kaufte über fünfhundert echte Ballasi und dazu die billigen Palmfasernetze, die zur Herstellung des Floßes nötig waren. Diese Aufgabe verschlang die ganze Barschaft, die er besaß. Er wollte das

Floß, das auf die einfachste Weise hergerichtet wurde, wie gewöhnlich ganz allein nach Kairo steuern, doch kaufte der Effendi ihm Matten zur Bedeckung der Krüge und sogar einen Mast mit dem gebräuchlichen Seil- und Segelwerk.

Noch während Selim Ben Nuba mit Hilfe einiger Fellahs an der Zusammensetzung des Floßes arbeitete, kam der Sandal seines Nachbarn an und legte sich ganz in der Nähe vor Anker; dennoch würdigte Sadok Omar den Nubier keines Grußes und scheinbar selbst nicht einmal eines Blickes. Er war übrigens fast reich gekleidet, während Selim der herrschenden Hitze halber und auch aus Sparsamkeitsrücksichten nur den hier gebräuchlichen Lendenschurz trug. Der Effendi hatte sich am hohen Ufer ganz einsam unter einen Akazienstrauch gelegt, von dem aus er alles leicht und gut beobachten konnte.

Sadok Omar verließ das Schiff, um mit seinem hiesigen Geschäftsfreund über den Preis und die Übergabe der Schmuggelwaren zu verhandeln. Die Bemannung des Sandal ging auch von Bord, um ein Kaffeehaus aufzusuchen. Der als Matrose verkleidete Polizist sonderte sich von ihnen ab, denn er hatte seinen Effendi bemerkt, mit dem er sprechen musste. Er stieg zu ihm hinauf und meldete:

„Herr, ich habe nun alles erfahren, mehr, weit mehr, als ich erwarten konnte. Ich schmeichelte mich bei Sadok Omar ein und er hat mir sein Vertrauen geschenkt, weil er mich für einen ebensolchen Menschen hält wie er selbst einer ist. Er hat mich als Harrabi[1] in seinen Dienst genommen."

„Als Harrabi?", fuhr der Muchtessib auf. „Er schmuggelt sogar?"

„Ja. Er hat viele Krüge voll zollpflichtiger Waren an Bord, und ich soll heute Abend mit beim Ausladen helfen. Wenn wir damit fertig sind, werden die Flöße umgewechselt."

[1] Schmuggler

„Die Flöße? Welche?“

„Wir haben unechte Krüge auf dem Schiff; Selim Ben Nuba aber hat echte gekauft. Unsere Krüge sind von derselben Größe wie die seinigen. Wir können also ein Floß bauen, das ganz genau dem seinigen gleicht. Dann schaffen wir in der Dunkelheit seine Matten, seinen Mast und sein Segel auf unser Floß und hängen dieses an die Uferstelle, an der jetzt sein Floß angebunden ist. Er wird nichts bemerken und mit den unechten Krügen nach Kairo fahren. Er kann erst dort den Umtausch erfahren und hat nur die Wahl, die Krüge entweder als Ballasi oder ehrlich als unechte zu verkaufen. Im ersten Fall zeigt ihn Sadok Omar bei dir an und im letzten hat er einen Verlust, an dem er zu Grunde gehen muss; in beiden Fällen ist er aber verloren.“

Da sprang Mustapha Effendi vom Boden auf, ballte seine Fäuste und rief ergrimmt:

„Wallahi mahul – bei Gott, das ist entsetzlich! Kann es solche Menschen geben? Dieser ehrliche Nuba soll betrogen, ja, zum Verbrecher gestempelt werden? Und meiner, meiner will man sich bedienen, ihn zu vernichten! Vorher aber will ich ein Wort mit dem Bösewicht sprechen, und was für ein Wort! Er dünkt sich seiner Sache sicher, denn er weiß, dass wegen der Gefahr der Augenentzündung am Nil kein Mensch im Freien schläft; darum meint er, dass Selim Ben Nuba sich während der Nacht nicht auf seinem Floß befinde und dieses also unbewacht sein wird. Aber er soll sich irren. Wann will er von hier abfahren?“

„Mit dem echten Floß morgen früh, nachdem er die Bescheinigung erhalten hat, dass er hier gewesen ist. Der Sandal aber geht schon vorher nach Kairo zurück.“

„Gut! Um ihn desto strenger bestrafen zu können, lasse ich ihm Zeit, sein Vorhaben vollständig auszuführen; dann aber ist er mir verfallen. Du wirst ihn bedienen, bis alles beendet ist. Jetzt kannst du gehen. Man soll uns nicht länger beieinander sehen.“

Selim Ben Nuba hatte sein Floß bis zum Anbruch des Abends fertig gebracht; dann begab er sich in die Hütte eines Fellah, der ihm geholfen hatte, um dort zu schlafen. Einige Zeit später entwickelte sich am Wasser ein geheimnisvolles, aber lebhaftes Treiben.

Krüge und Netze wurden aus dem Schiff ans Ufer gebracht, um dann zu einem Floß vereinigt zu werden, das mit dem des Nubiers vertauscht wurde. Dann mussten alle Matrosen sich in den Sandal zum Schlaf begeben. Nur zwei durften noch bleiben, nämlich der verkappte Polizist und noch einer, dem Sadok Omar sein Vertrauen schenkte. Diese beiden mussten die Schmuggelwaren in Tücher binden und zum Tadschir[1] tragen, für den sie bestimmt waren. Dann wurden auch sie auf das Schiff geschickt, denn sie sollten nicht zugegen sein, wenn Sadok Omar das Geld in Empfang nahm. Es war ein erkleckliches Sümmchen, das ihm in ägyptischen goldenen Pfunden ausgezahlt wurde. Er steckte sie in einen Lederbeutel, verabschiedete sich von seinem Geschäftsfreund und kehrte nun auch nach dem Fluss zurück. Bevor er den Sandal bestieg, ging er auf das Floß, dessen echte Krüge er gegen seine unechten umgetauscht hatte, hob an einer Stelle die Decken und Matten empor und versteckte den Beutel mit dem Gold in dem darunter befindlichen Krug, wobei er murmelte:

„Das ist heimlich verdientes Geld und muss auch heimlich aufbewahrt werden. Man weiß nicht, was geschehen kann; Allah allein ist allwissend."

Nun erst begab er sich auf das Schiff, um sich unter dem Hinterdeck schlafen zu legen. Als er erwachte, war die Zeit der Morgenröte nahe. Er musste den Sandal verlassen, da dieser bald absegeln sollte, während er auf dem Floß, wo, wie schon erwähnt, sein Geld versteckt war, nachfolgen wollte. Schon setzte er den Fuß auf das Landungsbrett, als er draußen mehrere bewaffnete Männer stehen sah, deren einer ihm zurief:

[1] Kaufmann

„Schon wach, Kulledschi? Hat dich das böse Gewissen aufgeweckt? Das ist mir lieb, da ich mit dir zu sprechen habe."

Der Sprecher kam, gefolgt von den anderen, über das Brett gegangen. Sadok Omar stand schon im Begriff, eine zornige Antwort zu geben, da erkannte er im Näherkommen das Gesicht des Mannes und rief erschrocken aus:

„Allah kerim! Das ist ja Mustapha Effendi, der Muchtessib von Kahira!"

„Ja, der bin ich", donnerte ihn der Genannte an. „Du hast deine Rolle ausgespielt, du Schmuggler und Betrüger!"

„Schmuggler? Betrüger? Effendi, wer hat mich bei dir verleumdet? Wer ist's gewesen, der..."

„Schweig!", unterbrach ihn der Beamte. „Sage mir, wem dieses Schiff gehört! Aber lüge nicht, sonst lasse ich dich zur Dschehenna fahren! Ist es dein Eigentum?"

„Ja – es – gehört – mir", stammelte der eingeschüchterte Kulledschi.

„Nein, es gehört nicht dir, sondern dem Khedive[1], für den ich es hiermit in Besitz nehme, da es Schmuggelwaren enthalten hat. Und wem gehört das Floß hier nebenan?"

„Auch mir."

„Nein, sondern dem ehrlichen Selim Ben Nuba, der hier neben mir steht; sein sind die echten Krüge, die du umgetauscht hast. Dir gehört das zweite Floß mit den Krügen aus Semennud, deren Scherben du schmecken wirst, wie ich mir vorgenommen habe."

Sadok Omar wollte leugnen; da rief der Effendi den Polizisten auf, der alles erzählte. Gegen einen solchen Zeugen war nicht aufzukommen. Der Kulledschi sah sich gezwungen, ein Geständnis abzulegen, zumal seine eigenen Leute, um nicht selbst bestraft zu werden, gegen ihn aussagten. Die Folge davon war der eigentümlichen Individualität des Effendi entsprechend außerordentlich drastisch.

[1] Vizekönig von Ägypten

Über das Schiff bestimmte er, dass es bis zur tatsächlichen Besitzergreifung hier liegen zu bleiben habe. Dann begab er sich mit allen aus dem Schlaf geweckten Bewohnern des Ortes zu dem Geschäftsfreund, um ihn gefangen nach Kenneh zu liefern und die gepaschten Waren zu konfiszieren. Darauf verkündete er den Leuten mit lauter Stimme:

„Hört, ihr Männer von Ballas! Dieser Sadok Omar hat schlechte Krüge aus Semennud hierher gebracht, um sie als echte Ballasi zu verkaufen und den Ruhm eures Gewerbes zu schänden. Ich habe geschworen, dass er die Scherben seiner Krüge schmecken soll. Ich befehle also: Man binde ihn an einen Baum; man nehme sein Floß auseinander und werfe ihm die Krüge einen nach dem anderen an den Leib, bis sie in Scherben zerbrechen. Ich bin Mustapha Effendi, der Muchtessib von Kahira, und wer mir nicht gehorcht, bekommt die Bastonnade!"

Es lässt sich denken, dass die Leute nicht länger zögerten, den Mann zu bestrafen, der ihren industriellen Ruf in dieser Weise gefährdet hatte. Die Krüge aus Semennud wurden ihm vom ersten bis zum letzten förmlich auf dem Leib zerschlagen und groß war dabei der Jubel dieser allerdings ungebildeten Menschen. Als diese Exekution vorüber war, erklärte der Effendi, dass er nun seines Amtes gewaltet habe und nach Kenneh aufzubrechen gedenke. Man bestieg das Floß, das aus den echten Krügen bestand. Sadok Omar wankte mit halbzerschlagenem Leib hinterdrein; ihn erwartete in Kairo eine noch viel härtere Strafe.

*

Somit könnte unsere Erzählung schließen, wenn nicht ein Nachspiel gefolgt wäre, das zu berichten nicht vergessen werden darf. Einige Zeit später kam der Effendi mit seinen vier Polizisten wieder durch die betreffende Gasse von Kairo. Der Laden Sadok Omars war zwar offen, aber leer. Der Inhaber war für mehrere Jahre eingesperrt worden. Daneben aber stand Selim Ben Nuba vor dem seinigen. Als er den Effendi auf sich zukommen sah, lud er ihn höflich zu sich ein, bot ihm die unvermeidliche Pfeife und die ebenso notwendige Kaffeetasse und sagte dann:

„Effendi, das Herz ist mir schwer; ich muß es erleichtern, indem ich dir ein Geständnis mache. Ich habe in einem meiner Krüge Geld, viel Geld gefunden und weiß nicht..."

„Still!", fiel ihm der Effendi lächelnd in die Rede. „Sadok Omar hat beim Verhören davon gesprochen. Er hat nichts zu fordern und der Khedive hat die Waren erhalten. Was in deinen Krügen steckt, ist dein Eigentum Sadok Omar wollte dich verderben; dieses Geld aber wird das Gegenteil bewirken. Wende es gut an und bleib ehrlich wie bisher; dann wird Allah dich stets so behüten, wie er dich in Ballas behütet hat."

Als die Leute in Ballas sahen, dass das Floß abgehen sollte, kamen mehrere von ihnen, die auch nach Kenneh wollten, und baten, sie kostenlos mitzunehmen. Der Effendi befand sich in guter Stimmung und erteilte ihnen die Erlaubnis. Darum sehen wir auf unserem naturgetreuen Bild das Floß zahlreich besetzt, sogar Frauen und Kinder fahren mit. Selim Ben Nuba steht, mit dem Lendenschurz bekleidet, im Mittelpunkt der Szene am halben Mast. Ihm zur Rechten sieht man, das weiße Tuch um die Schultern geschlagen, den pfiffigen Polizisten. Im Vordergrund steht, auf einen Stab gestützt, Mustapha Effendi in der Kleidung eines Fellah. Und auf der hinteren Ecke des Floßes liegt, den Kopf in die Hand gestützt, Sadok Omar, dem man es leicht ansieht, dass ihm die letzte Vergangenheit und nächste Zukunft bedeutende äußerliche und innerliche Schmerzen bereiten.

Dieser Absatz steht im Erstdruck der Kulledschi-Erzählung im Anschluss an den auf S. 408 unserer Ausgabe gebrachten Stern. Der etwas holperige Wortlaut legt den Gedanken nahe, dass nicht Karl May der Verfasser dieser Zeilen ist, sondern ein anderer, der die Erzählung in engere Beziehung zu dem Bild (S. 412/413) bringen wollte. Durch einen glücklichen Umstand blieb eine Abrechnungsliste des Union-Verlags, Stuttgart, erhalten, in dessen berühmter Wochenschrift „Der gute Kamerad" diese Beiträge abgedruckt wurden. Dieses Blatt trägt die Überschrift *Karl May* und enthält u. a. einen Hinweis auf *Ibn el 'amm* und *Sklavenrache*; die erstgenannte Geschichte war dort 1887 unter dem Decknamen P. van der Löwen gebracht worden, während die Veröffentlichung von *Sklavenrache* und *Die beiden Kulledschi* ohne Namensnennung erfolgte. Aus Briefen des Union-Verlegers Spemann an Karl May ist ferner ersichtlich, dass der Schriftsteller offenbar diese

Topffloß auf dem Nil

Kurzgeschichten für fertig vorliegende Bilder gestaltete. Das ist für die Betrachtung der Arbeitsweise Karl Mays sehr aufschlussreich; der bloße Anblick des auf S. 412/413 wiedergegebenen Bildes regte ihn also zur Erfindung seines kleinen *Kulledschi*-Märchens an, das nach Stil und Inhalt durchaus einer alten orientalischen Märchensammlung entstammen könnte. Ähnlich verhält es sich mit *Maghreb-el-aksa*; diesen beschreibenden Text verfasste Karl May als Ergänzung zu den in der vorliegenden Ausgabe gleichfalls mit abgedruckten Bildern für das Januarheft 1888 der Zeitschrift „Vom Fels zum Meer", Verlag Spemann, Stuttgart.

Über die am Anfang des Buches abgedruckten Urtexte konnte Folgendes ermittelt werden. *Inn-nu-woh* ist die früheste Indianererzählung Karl Mays überhaupt; zusammen mit *Old Firehand* erfolgte der Erstdruck 1875 in der von Karl May selber herausgegebenen Zeitschrift „Deutsches Familienblatt" beim Verlag Münchmeyer, Dresden. – *Die Rose von Kahira* erschien zunächst 1876 unter dem Titel *Leilet* in der ebenfalls von Karl May redigierten Münchmeyer-Zeitschrift „Feierstunden am häuslichen Heerde" und wurde unter dem anderen Titel 1877 in der von Peter Rosegger betreuten Monatsschrift „Heimgarten", Graz, nachgedruckt. – *Ein Wüstenraub* erschien 1881 in der Wochenschrift „Die Heimat", Wien; die erste Veröffentlichung geschah 1879 unter dem Titel *Die Rose von Sokna* in der Zeitschrift „Deutsche Gewerbeschau", Mühlhausen (Thür.). *Die ‚Both Shatters'* wurde gegen 1877 veröffentlicht – wo, war bisher nicht zu ermitteln; ein Nachdruck erfolgte um die Jahreswende 1881/82 im V. Jahrgang der Stuttgarter Zeitschrift „Für alle Welt!" – *Die Gum*, *Aqua benedetta*, *Ein Selfmademan*, *Der Afrikaander* und *Die Rache des Ehri* stammen sämtlich aus dem zweiten Jahrgang der Wochenschrift „Frohe Stunden" vom Verlag Bruno Radelli in Dresden (1877/78).

Zur besseren Übersicht sei abschließend auf die Parallelen zwischen Urtexten und späteren Gestaltungen in den ‚Gesammelten Werken' hingewiesen.

Inn-nu-woh bildet die Urform der entsprechenden Szene im ersten Kapitel von Bd. 36 *Der Schatz im Silbersee*. – *Old Firehand* wurde von Karl May für den Mittelteil seines Buches *Winnetou II* verwandt, wobei wesentliche Änderungen von ihm durchgeführt wurden. – *Die Rose von Kahira* fand 1881 ihre endgültige Gestalt in Form des Nil-Abenteuers aus *Durch die Wüste*, während *Ein Wüstenraub* später Namen und Motive für die kleine Reiseerzählung *Von Mursuk bis Kairwan* (heute in Bd. 38 *Halbblut*) beisteuerte. – *Die Gum* wurde von Karl May 1879 in erweiterter Form neu geschaffen; diese spätere Fassung bildet den Anfang von Bd. 10 *Sand des Verderbens* und verbindet die früher gleichnamige Erzählung mit Szenen und weiteren Handlungsteilen des oben erwähnten Textes *Ein Wüstenraub*. – Die endgültige Fassung von *Aqua benedetta* entstand 1880 und liegt der ersten Erzählung des Sammelbandes 48 *Das Zauberwasser* zu Grunde. – *Ein Selfmademan* erfuhr sogar mehrere Umwandlungen: Aus der zweiten Fassung von 1879 entwickelte sich um 1894 der endgültige Wortlaut, heute in Bd. 19 *Kapitän Kaiman*. – Auch *Der Afrikaander* und *Die Rache des Ehri* erhielten ihre spätere Form bereits 1879, heute in Bd. 23 *Auf fremden Pfaden* (*Das Kafferngrab*) und Bd. 11 *Am Stillen Ozean* (Anfangskapitel) nachzulesen.

Der Neuabdruck der Texte des vorliegenden Sammelbands folgt der heute gültigen Rechtschreibung und Zeichensetzung. Ferner wurden offensichtliche Versehen, Fehler des Setzers usw. berichtigt. Ein Beispiel: In der *Old Firehand*-Novelle heißt einer der Flüsse in der Urfassung stets „Mankizila"; richtig ist „Mankizita". Höchstwahrscheinlich schrieb Karl May in seiner (leider nicht erhalten gebliebenen) Originalhandschrift dieses Wort korrekt, jedoch der Setzer las es falsch. Ähnliche Beispiele für derartige Verwechslungen und Irrtümer fanden sich auch anderweit.

Dieser 71. Band von Karl Mays Gesammelten Werken bietet einen aufschlussreichen Einblick in die Werkstatt des Dichters.

KARL MAY
GESAMMELTE WERKE

1 Durch die Wüste
2 Durchs wilde Kurdistan
3 Von Bagdad nach Stambul
4 In den Schluchten des Balkan
5 Durch das Land der Skipetaren
6 Der Schut
7 Winnetou I
8 Winnetou II
9 Winnetou III
10 Sand des Verderbens
11 Am Stillen Ozean
12 Am Rio de la Plata
13 In den Kordilleren
14 Old Surehand I
15 Old Surehand II
16 Menschenjäger
17 Der Mahdi
18 Im Sudan
19 Kapitän Kaiman
20 Die Felsenburg
21 Krüger Bei
22 Satan und Ischariot
23 Auf fremden Pfaden
24 Weihnacht
25 Am Jenseits
26 Der Löwe der Blutrache
27 Bei den Trümmern von Babylon
28 Im Reiche des silbernen Löwen
29 Das versteinerte Gebet
30 Und Friede auf Erden
31 Ardistan
32 Der Mir von Dschinnistan
33 Winnetous Erben
34 „ICH"
35 Unter Geiern
36 Der Schatz im Silbersee
37 Der Ölprinz
38 Halbblut
39 Das Vermächtnis des Inka
40 Der blaurote Methusalem
41 Die Sklavenkarawane
42 Der alte Dessauer
43 Aus dunklem Tann
44 Der Waldschwarze
45 Zepter und Hammer
46 Die Juweleninsel
47 Professor Vitzliputzli
48 Das Zauberwasser
49 Lichte Höhen
50 In Mekka (von Franz Kandolf)
51 Schloß Rodriganda
52 Die Pyramide des Sonnengottes
53 Benito Juarez
54 Trapper Geierschnabel
55 Der sterbende Kaiser
56 Der Weg nach Waterloo
57 Das Geheimnis des Marabut
58 Der Spion von Ortry
59 Die Herren von Greifenklau
60 Allah il Allah!
61 Der Derwisch
62 Im Tal des Todes
63 Zobeljäger und Kosak
64 Das Buschgespenst
65 Der Fremde aus Indien
66 Der Peitschenmüller
67 Der Silberbauer
68 Der Wurzelsepp
69 Ritter und Rebellen
70 Der Waldläufer
71 Old Firehand
72 Schacht und Hütte
73 Der Habicht
74 Der verlorene Sohn
75 Sklaven der Schande
76 Der Eremit
77 Die Kinder des Herzogs
78 Das Rätsel von Miramare
79 Old Shatterhand in der Heimat
80 Auf der See gefangen
81 Abdahn Effendi
82 In fernen Zonen
83 Am Marterpfahl
84 Der Bowie-Pater

– Diese Reihe wird fortgesetzt –

KARL-MAY-VERLAG
BAMBERG · RADEBEUL
www.karl-may.de

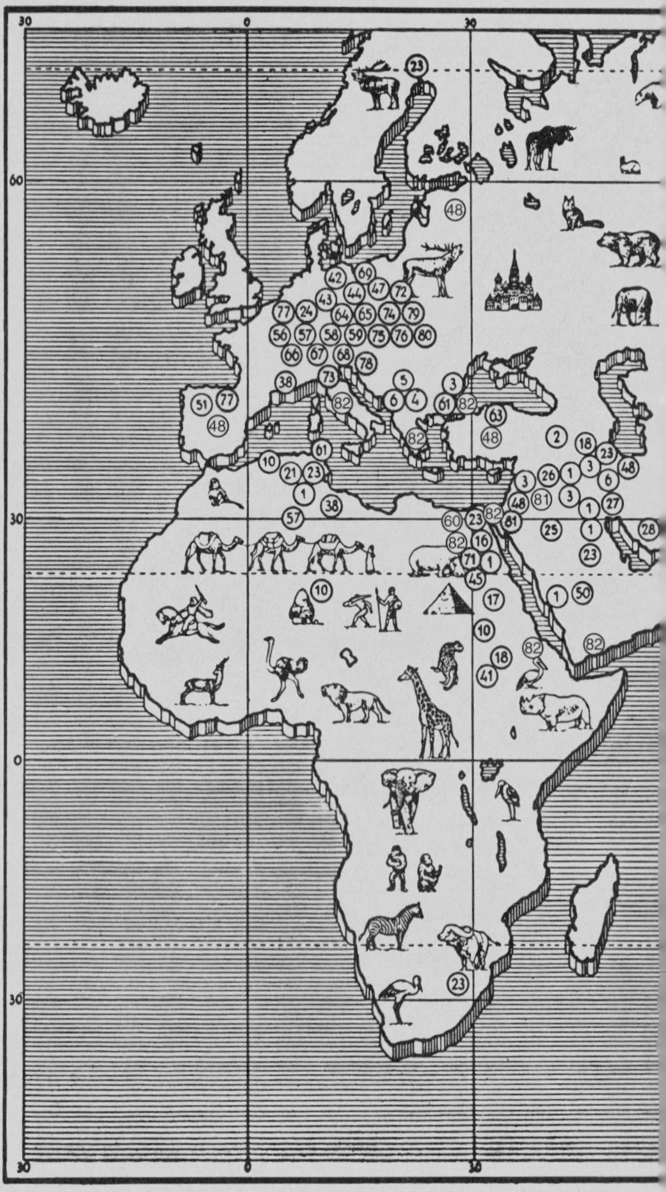

30
0
30
60
0
30
23
48
42
69
44
47
72
43
77
24
64
65
74
79
56
57
58
59
75
76
80
66
67
68
78
38
73
5
3
51
77
82
6
4
61
82
48
63
82
48
2
18
61
23
48
10
21
23
3
26
1
3
6
1
38
48
81
3
1
27
57
60
23
82
81
25
1
28
82
16
23
71
1
45
10
17
1
50
10
82
82
18
41
23